A roda de Deus

O Evangelho do Exorcista vol. 1

A roda de Deus
O Evangelho do Exorcista vol. 1

ILUSTRAÇÃO DE CAPA: *Danilo Martins*
ILUSTRAÇÕES: *Dan Ramos e Reynaldo Siqueira*
PROJETO GRÁFICO E DIAGRAMAÇÃO: *André Carvalho*
EDIÇÃO: *Guilherme Dei Svaldi*
REVISÃO: *Elisa Guimarães e Jair Barbosa*
REVISÃO DE CONTEÚDO SENSÍVEL: *Naomi Maratea*

NERD BOOKS

PRODUÇÃO EDITORIAL

JAMBÔ

Rua Coronel Genuíno, 209 • Porto Alegre, RS
contato@jamboeditora.com.br
www.jamboeditora.com.br
@jamboeditora

1ª edição: janeiro de 2022 | ISBN 978658863417-2

C146r Caldela, Leonel

A roda de Deus / Leonel Caldela. Ilustrações por Danilo Martins e Reynaldo Siqueira. Edição por Guilherme Dei Svaldi. Porto Alegre: Jambô, 2021.

544p. il.

1. Literatura brasileira - Ficção científica. I. Martins, Danilo. II. Svaldi, Guilherme Dei. III. Título.

CDU 794:681.31

Für Josefine Schultz. It's never too late to have a happy childhood, or a rebellious adolescence.

Sumário

Transubstanciação

Heligoland, Alemanha, 25 de dezembro de 1936

NO FIM, NÃO RESTAVA MAIS NINGUÉM.

Só ele.

E o livro.

Búfalo carregou o livro pelos rochedos escorregadios da ilha de Heligoland, enquanto a tempestade começava a amainar. Em volta, tudo era cinzento e vermelho: nuvens pesadas, mar severo, rocha inclemente. Amigos mortos. O furor do combate se esvaía aos poucos e ele voltou a sentir a dor horrenda no flanco, que se espalhava para o corpo todo. Inspirou com dificuldade o ar gelado, forçando o tórax a se expandir. Reuniu forças para dar mais um passo, então outro. Descendo a costa rochosa, procurando uma forma de ir embora. No mesmo ritmo lento, a ferida latejava em explosões de agonia.

Ele deveria ter sido o primeiro a morrer. Tinha sido alvejado por uma rajada de metralhadora. Alguns centímetros para o lado ou para cima, uma ínfima mudança de ângulo, e as balas teriam destroçado órgãos vitais. Búfalo sempre contara com a sorte, mas achava que aquilo não era sorte.

Era proposital.

Era um milagre.

Milagres, disse o livro, *são apenas horrores mal lembrados.*

A voz chiada, insinuante, cruel e amistosa reverberou em sua cabeça. Era impossível não acreditar pelo menos um pouco. Se havia milagres, por que todos surgiram carregados de tragédia e sangue? Se Deus existia, o que era o deus que iria emergir da água?

Foi naquele momento que Giacomo di Monti, conhecido como "Búfalo", decidiu que a verdade não importava.

Só importava a fé.

Ele era um boxeador famoso. *Havia sido* um boxeador famoso. Toda sua vida anterior, as mulheres, as lutas, as noites bêbadas, até mesmo as obras de caridade... Tudo aquilo ficou para trás no instante em que Búfalo viu um deus monstruoso cheio de tentáculos emergir do mar tempestuoso. Tudo ficou para trás quando seus amigos morreram, um a um, sacrificando-se na luta contra o mal encarnado em gente e monstros. Eles tinham morrido lutando contra nazistas e criaturas profanas, tinham morrido de jeitos absurdos e terríveis naquela ilha gelada, no meio de lugar nenhum.

Don Azaghal, seu mentor, morreu com o livro nas mãos. Um padre e exorcista inflexível até as últimas consequências, impávido em sua crença apesar de qualquer prova em contrário, morrera depois de realizar um ritual de feitiçaria profana. Uma inversão do ritual contido nas páginas do livro. A única forma de impedir que o deus-monstro pisasse na Terra.

Eu posso trazê-los de volta, disse o livro. *Posso trazer Don Azaghal e todos os outros. Basta você pedir.*

Assim como decidira que a verdade não importava, Búfalo, naquele momento, decidiu que não importava a aparência daquela coisa. Não importava a sensação da capa de pele humana em suas mãos, a grossura de suas páginas ou as palavras sedutoras em seu interior. Aquele era o Necronomicon, chamado de Livro dos Mortos, mas não era um livro.

Aquele era o inimigo.

O último e único adversário numa luta que duraria sua vida toda, e além.

— Meus amigos, o sacrifício de vocês não será em vão — ele disse para si mesmo.

Ouvir a própria voz abafava um pouco a voz do Necronomicon. Búfalo teve forças para descer mais um pouco pelas rochas. Viu um píer com um pequeno bote salva-vidas. Por milagre ou por horror, não tinha sido destruído pela tempestade.

— Cada parte de mim, cada gota do meu sangue — continuou — será dedicada a proteger o mundo desse livro profano.

Caminhou com cuidado pelo píer. A chuva tinha se transformado numa garoa fina e leve. Os pés enfraquecidos ameaçaram escorregar nas tábuas encharcadas.

Conseguiu entrar no bote, apesar do mar ainda raivoso. O livro ofereceu ajuda. Encarou os remos como o maior desafio de sua vida: precisaria fazer esforço contra o ferimento, forçar seu corpo a resistir pelo menos até chegar de volta ao continente. O livro se voluntariou para lhe emprestar força.

Ouça-me, Búfalo, disse o Necronomicon. *Vamos conversar.*

Ele grunhiu de dor ao dar a primeira remada. Apesar do frio, sua testa ficou coberta de pequenas gotas de suor.

Eu posso trazer Don Azaghal de volta.

Remou mais uma vez e o bote deslanchou. Seus olhos ficaram cheios de lágrimas. Mais uma vez, rilhando os dentes, a ilha começou a ficar para trás.

Você não precisa ficar sozinho.

E, porque ele era Búfalo, porque era um lutador e principalmente porque era humano, ele riu.

Riu da fraqueza e ingenuidade do mal.

— Você ainda não entendeu, não é mesmo? — disse Giacomo di Monti. — Eu nunca estou sozinho.

E era verdade, ainda que não da forma como ele achava. Quando abandonou o pugilismo e se ordenou padre, não estava sozinho. Quando foi treinado como exorcista em Roma, não estava sozinho. Quando, no fim da Segunda Guerra Mundial, usou a geografia sagrada e o Mecanismo do Destino para conter o poder do Necronomicon, não estava sozinho.

Porque eu estava com ele.

Os eventos fantásticos
desta narrativa podem
ou não ser verdadeiros.
Dependem de crença, medo,
superstição ou loucura.
Os eventos históricos,
por mais fantásticos
que pareçam, são reais.

O Homem que Não Existiu

Münster, Alemanha Ocidental, 5 de novembro de 1989

VOCÊ LEMBRA, AGNES, DO DIA EM QUE FOI ATRÁS DELE E NÃO o achou?

Eu sei a resposta, mas esta parte da história é sobre você e preciso saber se ainda está comigo. Se estou falando com a mesma Agnes que procurou um rapaz num endereço que não conseguia encontrar, numa rua silenciosa, nos subúrbios da cidade de Münster. Preciso ter certeza de que tudo aconteceu para você assim como aconteceu para mim.

Nós não nos conhecíamos ainda. Era um dia de frio e sol. Seus pés se esquentavam enquanto você caminhava pelas calçadas estreitas, passando por pessoas que lhe davam bom dia. Você carregava nas costas a mesma mochila que tinha no dia em que a conheci e lá dentro estava tudo que você possuía, com exceção de seu hábito e seu crucifixo. Não era comum ver uma noviça naquele lugar, mas seu rosto sempre atraiu simpatia, como você sabe muito bem.

O endereço que você trazia anotado numa folha de caderno arrancada dizia Fernholzstrasse, 98, mas, cada vez mais, você achava que algo estava errado. Era uma rua de casas grandes bem espaçadas entre si, com jardins extensos e verdes. Não parecia o tipo de lugar em que você poderia encontrar uma pensão onde um estudante alugava um quarto. Depois da guerra, as casas antigas foram divididas entre andares, cada família vivendo com conforto num andar, às vezes abrigando jovens em cômodos vagos. Mas aquelas casas eram novas, certamente não tinham sido construídas antes de 1945. Você estava vendo a nova prosperidade da Alemanha Ocidental, não os restos reconstruídos do que o país fora antes da divisão.

E o mais alarmante era que não havia número 98.

A numeração das casas pulava de 96 para 100. Você andou pela rua nos dois sentidos, repetidamente, refazendo o caminho até que o sol começasse a vencer o frio e a fizesse suar, até que as donas de casa que espiavam pelas janelas começassem a estranhar a freira vasculhando os arredores. Por fim, você decidiu bater na porta da casa de número 96.

Não se passaram dez segundos até que alguém abrisse. Era uma senhora que podia ser sua mãe, se você tivesse conhecido sua mãe. Alta, rechonchuda e loira, com cabelo curto e um sorriso pronto para recebê-la. Você também sorriu, porque sabia que seria bem tratada.

— Estou procurando pelo número 98 — você disse.

A senhora franziu o cenho.

— Esta rua não tem esse número. Tem certeza de que está na rua certa, irmã?

Você não sabia se poderia ser chamada de "irmã" por muito mais tempo, mas por enquanto o hábito era um bom cartão de visitas, então melhor aproveitar enquanto durasse.

— Fernholzstrasse, não é? Münster. Há alguma outra rua com esse nome na cidade?

A senhora coçou a cabeça. Pediu licença e pegou a folha de caderno dobrada que você tinha nas mãos, com o nome da rua e o número anotados na letra apressada e ansiosa que pertencia a ele. A mulher leu e releu o endereço, mas não havia mistério naquilo. Pediu que você entrasse, lhe ofereceu um copo d'água e sumiu por cinco minutos no interior da casa. Você ficou sentada na beira de uma poltrona, observando a sala de estar vazia, com brinquedos espalhados no chão e uma enorme televisão a cores mostrando notícias de Berlim. Algo importante estava acontecendo, mas você não conseguia prestar atenção. Uma multidão interminável estava gritando enquanto um homem tentava discursar. As imagens eram intercaladas com cenas de policiais e soldados batendo em manifestantes, atirando em gente que tentava pular o Muro. Filmagens recentes, a cores, e antigas, em preto e branco, contando a progressão da mesma história.

A mulher voltou, desdobrando um imenso mapa bem gasto. Colocou-o na mesa de centro, a sua frente, e procurou toda a cidade com o dedo por sobre as ruelas, em busca de outra Fernholzstrasse, mas aquela era a única.

— O que é o endereço que você está procurando?

— Uma pensão — você explicou. — Uma casa que possa alugar quartos para estudantes.

— Não há nenhuma pensão aqui perto, irmã — a senhora falou em tom de desculpas.

— Você conhece alguém chamado Dennis Von Strauss?

Não era um nome incomum, mas ela não conhecia. Uma bola de gelo se instalou em seu estômago e a possibilidade nítida se desenhou em sua mente de que ele simplesmente tivesse mentido. Que tivesse mentido desde o início, porque você já tinha voltado à universidade e descoberto que não havia registro de nenhum estudante com aquele nome.

Mas, se fosse assim, como você o tinha encontrado pela primeira vez?

Naqueles dias de notícias sobre a polícia secreta, de homens que vigiavam, prendiam e assassinavam uns aos outros, você chegou a especular que ele fosse um espião da Alemanha Oriental. Diziam que havia espiões em toda parte. Mas você não sabia nada importante. Você conhecia pouco do mundo fora do convento e nem sabia direito o que os espiões podiam querer. Não fazia sentido que ele mantivesse toda uma fachada só para enganá-la.

— Pode descrevê-lo para mim? — a senhora continuou solícita. — Talvez eu o tenha visto por aqui. Talvez seja parente de algum vizinho.

Você ficou ainda mais confusa quando notou que não, não sabia mais descrevê-lo. A imagem de seu rosto estava cada vez mais tênue, até que não sobrou nenhum detalhe, nem mesmo a cor do cabelo. Apenas uma noção vaga de um jovem chamado Dennis Von Strauss.

Então você começou a duvidar do nome. Era mesmo Dennis? Talvez fosse Dietrich. Como você podia ter esquecido de algo assim?

Você parecia confusa e sua anfitriã ofereceu para que descansasse ali por algum tempo, mas você não quis. Levantou-se rápido, enquanto a TV continuava tagarelando sobre a situação em Berlim, os protestos, o Muro, a violência e as especulações sobre as próximas medidas do lado comunista. Nada daquilo interessava a você, apenas o rapaz cujo nome soava cada vez mais estranho. Dietrich? Não, Dieter.

Você saiu atabalhoada. Tropeçou num caminhão de brinquedo que estava sobre o carpete, pediu desculpas, abriu a porta e se apressou pela rua antes que a mulher conseguisse entender o que estava acontecendo.

O número não existia.

O rapaz não existia.

Você não conseguia lembrar do nome ou do rosto dele.

Mas você, assim como eu, tem ótima memória, Agnes. Se você lembra das coisas de forma diferente, só pode significar uma coisa.

Com você, elas aconteceram de forma diferente.

Ainda está comigo?

Pareidolia

Osnabrück, Alemanha Ocidental, 9 de novembro de 1989

1

TODAS AS CRIANÇAS CRESCEM. ATÉ MESMO AQUELAS QUE estão mortas.

Agnes iria descobrir isso em breve e Tristano já sabia. Eles estavam calados por enquanto, cada um com seus segredos, depois de ter esgotado a conversa sobre trivialidades. Estavam viajando juntos há poucas horas e a razão pela qual tinham se conhecido era tudo que possuíam em comum, além da religião. Agnes olhava para baixo, tentando disfarçar a apreensão com um sorriso forçado. Puxava uma alça da mochila que carregava nas costas como se fosse uma menina indo para o colégio. Tristano olhava pela janela do trem, vendo a estação se aproximar, de pé, ansioso para descer. Ele tinha todo o tempo do mundo e, ainda assim, nunca era suficiente.

O trem parou na estação com um chiado alto, mas suave, e um solavanco leve. Tristano puxou uma alavanca para que a porta se abrisse e desceu com pressa. Agnes veio logo atrás, com um pulinho que a fazia parecer ainda mais juvenil. Eles saíram do caminho dos outros passageiros, andando pela Estação Central da cidade de Osnabrück, então pararam e se mediram. Havia uma decisão a ser tomada e nem mesmo Tristano conhecia o resultado.

— O que você vai fazer, Irmã Agnes? — ele perguntou, e com isso movimentou as engrenagens do destino.

Tristano inclinou a cabeça para olhar fundo nos olhos dela. Era bem mais alto, um homem vasto como uma torre, rosto quadrado de paralelepípedo. O nariz torto e o ar maltratado não combinavam com um padre. As rugas criavam uma textura áspera nas bochechas e na testa, misturando-se com cicatrizes antigas. Ainda tinha bastante cabelo, embora estivesse todo branco, e os olhos brilhantes contavam a história de um homem que, na juventude, deveria ter sido tão bonito quanto um galã de cinema.

Em contraste, Agnes parecia ainda mais baixa, jovem e ligeira, uma brisa em forma de pessoa. Se quisesse, poderia passar por uma adolescente, mas o hábito de noviça lhe dava uma aura de respeito. Não era fácil ignorar a percepção de sabedoria emprestada que um padre e uma freira carregavam consigo, mesmo que cada um dos dois escondesse suas próprias tolices. Ou coisa pior.

— Vou ajudar o senhor, é claro — ela respondeu.

— Você vai me chamar de você, ou nada disso vai dar certo.

— Nada disso o quê?

— Nada do que vamos fazer. Do que você vai me ajudar a fazer se concordar mesmo em me seguir.

— Vai ser bem mais fácil se você me contar o que é.

— Você não pode apenas ter fé, Agnes?

Ela deixou um sorriso meio insolente se espalhar por seus lábios.

— Fé e confiança nem sempre são a mesma coisa.

Um segundo se passou em que a seriedade, o tamanho e a idade de Tristano pareceram prestes a se juntar numa avalanche de recriminações, num sermão sobre obediência e respeito. Mas, como um avô que não consegue ralhar com a neta, ele também sorriu, deu uma pequena risada de orgulho.

— Essa é a resposta certa, Agnes. Você não imagina como é certa.

— Vai me contar então?

— Não. Vai me contar aonde estava indo quando nos encontramos?

— Não.

Os segredos dos dois foram como um único segredo compartilhado de ambos. Tanto Tristano quanto Agnes sentiram uma onda de conexão, um carinho estranho um pelo outro, como se não fossem desconhecidos que tivessem se encontrado há poucas horas, de madrugada, numa estação de trem vazia, em algum lugar perdido, no interior da Alemanha Ocidental.

Os hábitos que vestiam tinham feito com que conversassem. Agnes estava sentada num banco de madeira, sozinha, abraçando a mochila para se proteger do frio e esperando o primeiro trem chegar. Ela nem lembrava do nome do lugar onde estava, porque realmente não importava.

A estação era composta de duas plataformas, um quiosque de venda de passagens e uma lanchonete minúscula. Ambos fechados. Quando estivesse aberto, o quiosque abrigaria uma funcionária muito sorridente e solícita, que sabia recitar os horários e itinerários de todos os trens que passavam por lá e adorava calcular a oferta mais barata para cada passageiro. Naquele momento, a funcionária do quiosque estava em casa, dormindo, sonhando com trens e clientes, enquanto células cancerosas se multiplicavam em seu cérebro. Ela tinha notado que seu olho esquerdo estava cada vez mais fechado, como se algo o pressionasse por dentro, mas há alguns meses vinha tentando se convencer de que era apenas o peso da idade empurrando a pele de sua pálpebra. A funcionária iria morrer dentro de seis meses, mas não sabia disso. Ela nunca conheceria Agnes ou Tristano, nem saberia o quanto seu destino tinha passado perto do destino dos dois. Se Agnes tivesse chegado à estação um pouco mais tarde, o quiosque estaria aberto e a simpática funcionária a teria aconselhado a comprar uma passagem para a cidade de Colônia, já que era uma viagem barata e um destino útil e cosmopolita. Agnes e Tristano nunca teriam se conhecido e tudo teria sido diferente. Mas, como o quiosque estava fechado e a funcionária estava em casa, dormindo e morrendo de câncer, a noviça estava sozinha, esperando pelo primeiro trem, sem saber para onde viajaria. Ela não estava preocupada com o preço da passagem ou com quão interessante era o destino, apenas em continuar se movimentando até que Jesus lhe dissesse qual caminho seguir. Jesus lhe mostraria um caminho, mas a simpática funcionária teria mostrado outro, e Agnes nunca teve a chance de decidir qual dos dois seria melhor.

Em contraste, Tristano sabia exatamente para onde deveria ir. Ele subiu os degraus da rua até a pequena estação, depois de ter atravessado a cidadezinha escura e silenciosa sem encontrar ninguém. Seus passos pesados assustaram Agnes, que segurou o crucifixo no pescoço, mas Tristano não viu isso. Ele se surpreendeu ao ver a jovem esperando sentada. Passou pela lanchonete fechada e se dirigiu até ela. Se Tristano tivesse chegado um pouco antes à estação, teria flagrado o único funcionário da lanchonete lá dentro, fora do horário de serviço, vendendo maconha para clientes selecionados que conheciam seu negócio secundário. No interior pacato da Alemanha, não era fácil conseguir a droga, e o rapaz de espírito empreendedor tinha descoberto um mercado fértil para ganhar algum dinheiro por fora. Ele tinha toda a confiança do dono da lanchonete, um senhor idoso que não se arrependia das atrocidades que tinha cometido durante a Segunda Guerra Mundial. Numa cidade pequena, todos se conheciam e todos confiavam uns nos outros. O dono da lanchonete nunca dirigiria a palavra a alguém de certas etnias, mas não hesitara em entregar a chave do estabelecimento a um rapaz alemão. Por sua vez, o rapaz logo começou a esconder uma quantidade cada vez maior de tijolos de maconha no fundo dos balcões, vendendo-os de madrugada, na estação deserta, para uma clientela composta de adolescentes entediados. Se Tristano tivesse se adiantado apenas duas horas, teria testemunhado uma dessas transações. Um dos compradores teria se assustado e o atacado com uma faca. Tristano teria se defendido, ferindo o garoto, e o jovem traficante empreendedor teria fugido, deixando a lanchonete aberta e a maconha espalhada. A polícia teria achado tudo pela manhã e, numa entrevista casual com o dono da lanchonete, teria encontrado suvenires nazistas em sua casa, expondo-o como um criminoso de guerra responsável pelo assassinato de duas famílias judias. Isso não teria mudado todo o curso do destino, mas seria uma parcela de justiça a mais para um covarde, o que teria agradado Tristano.

Mas nada disso aconteceu.

O que aconteceu foi bem mais simples: notando o hábito de noviça de Agnes, vendo o destino surpreendente que existia em torno dela, enxergando as linhas do destino que culminavam naquilo que ele queria, Tristano se aproximou. Viu quando ela soltou o crucifixo, aliviada porque o estranho enorme tinha um colarinho de padre.

— Para onde vai, irmã? — ele perguntou.

Agnes hesitou. Dizer que não sabia era esquisito demais. Então, surpresa consigo mesma, inventou uma mentira instantânea.

— Eu ia visitar minha mãe, mas acabei de saber que ela está no exterior. Então agora estou procurando algo para fazer nos próximos dias, antes de voltar ao convento.

Agnes não costumava mentir, então a habilidade súbita foi mesmo um choque. Talvez fosse a prática — mentiras estavam se tornando cada vez mais necessárias. Ela fez uma nota mental sobre essa vida fictícia que acabara de construir: tinha mãe, e sua mãe era o tipo de pessoa que viajava ao exterior sem aviso. Se Agnes tivesse conhecido sua mãe, nunca teria se tornado freira e tudo teria sido diferente. Ela não sabia, mas havia uma linha de possibilidades em que sua mãe era mesmo um espírito livre que a levava em viagens de surpresa a vários países, tirando-a do colégio durante a infância e a adolescência e possibilitando que conhecesse pessoas de todos os tipos. Se fosse assim, Agnes teria desenvolvido o talento musical que ignorara, teria se tornado vocalista de uma banda punk e sido assassinada por um fã perturbado. Talvez a facilidade da mentira tenha vindo de uma lembrança fugidia daquela vida que nunca aconteceu, mas o importante é que Tristano acreditou nela.

— Posso sentar com você? — perguntou Tristano.

Em resposta, ela escorregou para o lado, dando-lhe espaço.

Tristano sentou, fazendo as tábuas frágeis do banco de madeira rangerem. Seu corpanzil rangeu também, os ossos reclamando do esforço simples. Ele pousou uma maleta preta no chão e deixou um suspiro fundo sair.

— Para onde o senhor vai?

— "Você".

— O quê?

— Chame-me de você.

Não era comum que um superior hierárquico imediatamente solicitasse aquele tratamento íntimo, antes mesmo de se apresentar, mas Agnes deu de ombros e perguntou de novo.

— Vou a Osnabrück — ele respondeu. — Já ouviu falar?

— Não — ela admitiu.

— Quase ninguém ouviu.

— Você mora em Osnabrück?

— Não, embora não seja um lugar ruim para se morar, especialmente para nós, católicos.

— Vai encontrar alguém lá?

— Acho que sim. Tenho uma tarefa a cumprir em Osnabrück, irmã, e provavelmente essa tarefa vai me levar a encontrar algumas pessoas.

— Amigos?

— Já foram.

Agnes não ignorou as palavras enigmáticas daquele padre que mais parecia um homem forte do circo. Era o tipo de conversa de quem tem um segredo e quer contar, mas não pode. Ela decidiu não perguntar, mas sentiu algo dentro de si se mover ante a figura daquele homem. Uma sensação boa, quente, a mesma que a empurrara para a vocação divina e guiava suas melhores decisões. Desde que não tinha conseguido achar o rapaz que procurara em Münster, Agnes estava perdida e com medo. Pela primeira vez desde então, a sensação se mostrou de novo. Talvez fosse só a presença de um padre idoso.

— Você precisa de ajuda? — ela perguntou.

— Preciso — Tristano sorriu. — Preciso de ajuda, irmã, se estiver mesmo disposta a me ajudar.

Assim eles firmaram um acordo de meias palavras. Ficaram calados até que o trem chegasse, então entraram e só lá dentro lembraram de se apresentar. Travaram uma conversa desimportante, típica de estranhos sentados lado a lado numa intimidade temporária. Tristano usou as costas da mão para secar algumas gotas de suor de sua testa.

Agnes estranhou que o padre estivesse suando no frio da madrugada de outono, mas decidiu não falar nada.

E agora, horas depois, eles estavam na Estação Central de Osnabrück, seu destino, nas primeiras horas da manhã. Diferente da plataforma solitária na madrugada, aquela estação já estava movimentada, com trabalhadores das cidades vizinhas chegando para seus empregos; viajantes embarcando para visitas familiares, férias ou eventos esportivos; passagens, revistas, doces e cafés sendo comprados e vendidos.

Enquanto Tristano e Agnes trocavam aquele olhar demorado, um homem passou por eles. Calvo e grisalho, destoava de forma quase imperceptível dos demais. Se estivesse vestindo seu uniforme militar, todos notariam que não era alemão, mas inglês. Chamava-se Tony Green, era um capitão do Regimento de Tanques do exército britânico e há anos morava na cidade, fazendo parte do maior destacamento das forças armadas britânicas fora da Inglaterra. Tristano notou o destino se agitando ao redor daquele homem, mas não conseguiu entender o que isso significava. Nenhuma das outras pessoas na Estação Central de Osnabrück, ocupadas com suas viagens e compromissos, sabia que o Capitão Green tinha como hobby a arqueologia e que por acaso descobrira no município o local de uma das maiores batalhas da história do Império Romano, colocando fim a uma controvérsia de séculos. A chance de um inglês equipado com um simples detector de metais mudar para sempre o entendimento da história da Alemanha era tão pequena quanto a de um padre e uma noviça católicos se encontrarem numa estação deserta no meio de um país protestante, mas improbabilidades acontecem a cada segundo e só se tornam marcantes quando são notadas. Tony Green passou por Agnes e Tristano e teve uma vaga impressão de familiaridade. Mas eles se confundiram com todos os outros na estação e o inglês descartou o pensamento. Continuou rumo a seu regimento, preocupado com o que aconteceria em Berlim e com o conteúdo do anúncio que a Alemanha Oriental faria naquele dia.

— Não precisa me contar qual é a tarefa, Padre Tristano — disse Agnes. — Jesus me disse para ajudá-lo.

11

NÃO ESCAPOU À PERCEPÇÃO DE AGNES QUE ELE DEIXARA CLARO que não acreditava em sua mentira. A história sobre uma visita à mãe que saía do país sem avisar durara apenas até que pisassem na Estação Central, então Tristano tinha acabado com a farsa e perguntado se ela não ia contar aonde estava indo. Nenhum dos dois precisou falar em voz alta para que ambos soubessem que mais aquele segredo mudo os ligava. Tristano sentia a ligação deles no presente se reforçando, tornando-se cada vez mais a ligação que teriam no futuro, embora ainda não visse com clareza qual era. Ele sabia que tinha achado a pessoa certa.

Quando saíram da Estação Central, foram recebidos pelo ar gélido e pelas minúsculas gotículas de chuva da manhã de fim de outono. Era raro que fizesse sol naquela cidade e o dia prometia continuar o cinza lúgubre das últimas semanas. A chuva parecia não cair das nuvens sem forma que cobriam todo o céu — apenas estava suspensa no ar, deixando tudo úmido e pesado. As ruas estavam atapetadas por folhas amarelas, marrons e alaranjadas, o que era bonito, mas também irritante.

Um homem que também saía da Estação Central, apressado, de cabeça baixa, murmurando para si mesmo, esbarrou com força no ombro de Tristano. O velho padre se virou, olhou-o nos olhos. Era um sujeito rosado e irritado, com a aparência de um trabalhador do campo e as roupas de quem ia para uma festa. Um terno velho, mas bem arrumado, um buquê de rosas nas mãos. As flores estavam meio murchas, perdendo as pétalas, ele segurava o buquê com muita força em seus dedos brutos, sujos de nicotina. O fedor de cigarro era tão forte que Agnes sentiu o fundo da garganta arder. O nariz inchado e vermelho, os olhos injetados e a pele maltratada sugeriam alguém que bebia muito, há muito tempo. A tremedeira sugeria alguém que precisava de uma bebida, mas estava tentando se controlar. O homem olhou para Agnes e seu rosto foi tomado por fúria.

Nem Tristano nem Agnes sabiam que ele carregava a mágoa de um pedido de divórcio. Não sabiam que ele já batera na ex-esposa e que tentara dissuadi-la da carreira de arqueóloga. Não conheciam o ciúme doentio que ele sentia pela posição que ela obtivera no Parque Arqueológico de Kalkriese, onde trabalhava na escavação dos artefatos da Batalha de Teutoburgo, a partir das descobertas fortuitas do Capitão Tony Green. Não sabiam que, além das flores, escondido no paletó, ele carregava um revólver.

O homem se chamava Ernst Hoffman, vinha a Osnabrück atrás da mulher de quem estava separado e tinha duas ofertas como resposta ao pedido de divórcio: ou as rosas e a reconciliação, ou o revólver e a morte.

Ernst Hoffman se sentiu ofendido pela juventude e pela beleza de Agnes. Teve um instinto de pegar a arma e atirar nela ali mesmo, como punição por ser mulher. O ódio e a agressividade que ele sentia por mulheres vinham de uma visão distorcida da vida e do mundo, e da noção de que qualquer tipo de rejeição amorosa ou sexual era parte de uma grande conspiração feminina contra homens gentis como ele. Ernst Hoffman também se sentiu intimidado com o tamanho imponente de Tristano. Ele *quase* puxou o revólver. Se tivesse feito isso, Tristano o teria desarmado com facilidade, ele teria sido preso, sua ex-esposa teria ouvido a notícia por meio de colegas, teria respirado aliviada por ter tomado a decisão certa a tempo e tudo teria ocorrido de modo diferente. Mas Ernst Hoffman, além de misógino, era um covarde. O medo que sentiu de Tristano foi mais forte que o ódio por Agnes e ele continuou em seu caminho, levando suas flores semimortas e seu revólver carregado.

Então Agnes e Tristano seguiram em silêncio.

O caminho que os levou da Estação Central até o pequeno centro da cidade ofereceu poucas visões marcantes. Agnes nunca tinha estado em Osnabrück e, agora que estava, era como se continuasse sem a conhecer. Osnabrück não era nada, passava pelos olhos sem chamar atenção, com lojas, prédios, pessoas e ruas que se misturavam a inúmeras outras paisagens alemãs.

Osnabrück tinha árvores e jardins, mas principalmente asfalto, ônibus e lanchonetes turcas. Nenhum prédio alto, mas muitos blocos de concreto com três ou quatro andares. Agnes foi recebida por uma impressão de mais sujeira e umidade que em outras pequenas cidades do país. Não era um lugar que se prestava para cartões postais, mas, por isso mesmo, parecia mais humano. Ela teve a impressão de que ali pessoas trabalhavam, fumavam, envelheciam, preocupavam-se, transavam, rezavam, apaixonavam-se, ouviam música, suicidavam-se, estudavam. Mas não era um lugar que alguém visitava.

Quase toda a arquitetura era recente: farmácias, escritórios, padarias, lojas de calçados. Apenas quando chegaram ao centro, foi possível ver traços das ruelas apertadas que caracterizavam uma cidade medieval.

— A culpa é da Estação Central — disse Tristano, de repente.

Agnes foi tirada de sua introspecção e pediu que ele repetisse.

— Tudo culpa da Estação Central.

— O quê? — ela perguntou, meio irritada. Estava ficando claro para ela o quanto Tristano gostava de enredar suas palavras em enigmas.

— Toda a grande quantidade de nada que você está vendo — ele deu um sorriso triste. — A cidade é antiga. Tem quase mil e duzentos anos. Na verdade muito mais. Mas, de tudo isso, o que podemos enxergar? Um supermercado? Uma loja de departamentos?

— Todas as cidades têm supermercados e lojas de departamentos.

— É culpa da Estação Central. Osnabrück ficava em um ponto estratégico importante para os trens de carga durante o Terceiro Reich — ele explicou. — E também ficava no fim de uma rota de bombardeiros durante a guerra. Era importante cortar as linhas de suprimentos e era importante não voltar para casa com nenhuma bomba sobrando. O que quer que restasse nos aviões era despejado aqui. Por isso, em vez de construções históricas, você está vendo supermercados e lojas de departamentos. Por isso, em vez de caminhos serpenteantes entre casas antigas, você está vendo espaço aberto e amplo. Osnabrück foi destruída.

Agnes lhe dirigiu um olhar de esguelha. Tentou notar se ele estava reclamando sobre alguma suposta injustiça cometida pelos Aliados. Tristano tinha idade mais que suficiente para ter participado da Segunda Guerra Mundial. Ela imaginou qual teria sido seu papel, quais eram suas lembranças, quais eram seus arrependimentos e crimes. Na Alemanha de 1989, todos os avós simpáticos tinham perguntas a responder.

O frio de novembro se tornava ainda pior com o dia nublado e a chuva indecisa. Parecia que cada habitante saía de casa a contragosto, suportando mais uma manhã carrancuda. Havia um burburinho quase mal-humorado na rua e vários grupos se reuniam ao redor de rádios.

Tristano desviou do caminho para se dirigir a um daqueles grupos, sem avisá-la. Agnes o seguiu, porque era o que estava fazendo. O conflito entre a suposta importância da tarefa do padre e sua falta de pressa a deixava incomodada, mas ela tinha decidido ajudá-lo e, se Tristano quisesse se juntar a um grupo em torno de um rádio, ela o seguiria.

O grupo estava de pé na porta de um café com mesas na rua. Todos ouviam com atenção as notícias no rádio. O locutor falava sobre Berlim e o governo da República Democrática Alemã.

— O que está acontecendo? — perguntou Tristano.

Alguém mandou que ficasse quieto, mas então uma mulher com pouco mais de 40 anos olhou para trás e viu a batina. Por alguma razão, ser um padre dava a Tristano mais direito de incomodar os outros, e ela resolveu responder a ele em um sussurro alto.

— Parece que o pronunciamento dos comunistas vai ser importante hoje — disse a mulher. — Acho que vão falar sobre o Muro.

Tristano notou que, por baixo das roupas medianas, ela exibia tatuagens que chegavam até as mãos. Não era algo normal.

— O que acha que vão dizer?

— O cara do rádio está falando que eles não conseguem mais manter todo mundo preso do lado de lá. Mas eu não sei. Eles não podem continuar prendendo e matando quem tenta fugir?

Trânsito, fuga e infiltração entre as duas Alemanhas eram uma preocupação constante. A República Democrática Alemã, que não era democrática e talvez quase não fosse uma república, garantia que seus cidadãos viviam numa utopia de fartura e igualdade, financiada pela União Soviética. O problema era manter o povo ali dentro para gozar de toda aquela fartura e igualdade. Tinham construído um muro em Berlim para forçá-los a desfrutar daquela utopia. Tinham colocado soldados vigiando o muro, prontos para atirar e matar quem não quisesse aproveitar aquela terra de maravilhas.

O Muro de Berlim era na verdade dois muros, separados por uma área vazia de 100 metros chamada de "faixa da morte". A faixa da morte não oferecia cobertura para quaisquer fugitivos e possuía trincheiras para barrar a passagem de veículos. Torres de vigilância, minas, canis, casamatas com soldados armados, arame farpado, cercas e outros tipos de barreiras e armadilhas completavam a versão atual do Muro, muito mais segura e avançada do que fora no passado. E, embora a estrutura de concreto reforçado fosse feita para resistir a choques com blindados, havia seções do muro que eram propositalmente mais frágeis, para que a Alemanha Oriental pudesse invadir o lado ocidental de Berlim com tanques em caso de guerra. Postos militares chamados de *"checkpoints"* eram as únicas zonas de passagem, mas eram fortemente guardados por militares e agentes infiltrados da Stasi, a brutal polícia secreta.

Depois que a Polônia e a Tchecoslováquia tinham aberto suas portas e permitido que o povo deixasse a utopia, havia cada vez mais pressão para que a Alemanha Oriental fizesse o mesmo. O bom senso dizia que o governo comunista precisava ceder. Mas não havia nenhuma posição oficial.

O que havia, todos os dias, era um pronunciamento. Cerca de um mês atrás, os maiores protestos da história do país tinham resultado em violência e prisões em massa. Quase houve um banho de sangue. Houvera uma troca nas lideranças do Partido, mas os novos líderes ainda eram considerados zumbis políticos. Para evitar que a situação chegasse àquele ponto de novo, havia uma tentativa de apaziguar os ânimos com migalhas de liberdade, oferecidas na TV, diariamente às 18h00, para uma sala cheia de jornalistas do mundo todo. Embora fosse transmitido a partir de Berlim Oriental, o pronunciamento chegava à Alemanha Ocidental e a todo o resto do mundo capitalista. O povo acompanhava como um seriado e o episódio daquele dia prometia ser bom.

Mas os pronunciamentos eram sempre vazios. No meio de algumas novidades e um punhado de promessas, as conferências para a imprensa internacional eram um festival de autoelogios de um regime parado no tempo.

Tristano franziu o cenho ante o comentário da mulher tatuada. Era difícil dizer se, para ela, prender e matar quem tentava fugir da Alemanha Oriental era boa ideia ou tirania.

— E você acha que eles devem ficar presos do outro lado? — perguntou Tristano.

A pergunta era inusitada. O padre olhou fundo nos olhos da desconhecida, como se fosse uma dúvida importante e ela estivesse escondendo um segredo. Agnes não entendeu, e entendeu menos ainda quando ela ficou embaraçada e começou a tossir.

A mulher vivera em Berlim, como seu leve sotaque podia atestar. Tinha passado a infância na pobreza do pós-guerra do lado comunista e a frustração com a vida sob o regime a tinha levado a entrar no movimento punk. Tatuagens amadoras e algumas aulas de guitarra deram caminho à formação de uma banda com sua melhor amiga, a vocalista. Enquanto a banda emergia na cena punk dos anos 70, a polícia secreta entrou em contato. Depois de muitas bajulações, ameaças e mentiras, conseguiram que ela se tornasse uma informante dentro do movimento. Não era algo raro: uma em cada seis pessoas eram informantes do governo. A jovem guitarrista tatuada começou relatando apenas datas e locais de shows, mas logo foi forçada a reportar as atividades de sua melhor amiga.

A banda acabou quando a vocalista sumiu no meio da noite e a guitarrista foi parabenizada pelos agentes da polícia.

Ela se arrependeu imediatamente e, alguns anos mais tarde, conseguiu escapar para o lado ocidental através de um túnel sob o Muro. Refugiou-se em Osnabrück, onde estava longe do passado e da fronteira, onde mesmo suas tatuagens e seu histórico dúbio não impediram que conseguisse trabalho numa fábrica. Nunca mais encostou numa guitarra, embarcou numa vida cinzenta, amenizada todas as noites por quantidades cada vez maiores de bebida.

A mulher não respondeu nada para Tristano, pediu licença num resmungo e foi embora. Agnes a acompanhou com os olhos.

— Por que você perguntou isso?

— Curiosidade.

Curiosidade, mas nada sobre a tal tarefa. Era como se ele fosse outra pessoa.

Todos continuavam especulando em volta do rádio sobre o futuro de Berlim. Talvez o pronunciamento fosse mais alguma promessa vaga ou a garantia de estabilidade do regime. Ou talvez fosse uma possibilidade de trânsito. Havia em Osnabrück pessoas cujas famílias estavam do outro lado e que ansiavam por um reencontro. Também havia a mulher tatuada que não desejava admitir que traíra sua melhor amiga e temia que ela estivesse morta tanto quanto que ela tivesse sobrevivido e houvesse um reencontro.

Tristano se separou do grupo sem aviso. Agnes se apressou atrás dele. Ela ainda estava pensando na esquisitice do padre quando eles chegaram a uma praça aberta, onde se encontrava a Casa do Conselho e uma imponente igreja. Não eram as construções mais impressionantes que ela já vira, mas se destacavam da monotonia urbana e assim pareciam brilhar. A Casa do Conselho, equivalente a uma espécie de prefeitura, ostentava as palavras "Cidade da Paz", o título de Osnabrück, sobre uma porta pesada e entalhada com esmero. A igreja de paredes amareladas se erguia com torres pontudas no céu, revelando uma faceta angulosa a cada passo dado em sua direção. Não era surpresa que estivesse sendo renovada, fechada para o público. Obras e reformas eram uma constante em qualquer prédio histórico europeu.

— Aí está nossa primeira parada — disse Tristano. — A Igreja de Santa Maria.

III

EM BERLIM ORIENTAL, MULTIDÕES PROTESTAVAM SOB A SOMBRA dos fuzis.

A ideologia estava deixando de importar, mesmo para quem um dia acreditara nela. Na Alemanha, não houvera uma revolução dos trabalhadores, mas um recorte feito por países ocidentais e pela União Soviética. Talvez isso tenha importado em como as coisas transcorreram, talvez não. Nas primeiras décadas depois da queda do nazismo, a Cortina de Ferro fora absoluta, sua maior expressão sendo o próprio Muro de Berlim. Mas o fechamento ao resto do mundo não era mais viável. Até mesmo os comunistas mais resolutos dentro do Partido sabiam que seria preciso aliviar a pressão, dar ao povo alguma forma de liberdade adicional para que a República Democrática Alemã, como o lado oriental era chamado, pudesse sobreviver.

Países do bloco comunista estavam se abrindo e isso era perigoso. Milhares de cidadãos da Alemanha Oriental tentavam fugir por essas rotas, levando o Partido a fechar a fronteira com a Tchecoslováquia e aumentar o isolamento ainda mais. Depois de negociações tensas, o governo comunista alemão expulsou seus próprios cidadãos refugiados em trens. Mas, em vez de expulsão, isso foi visto como uma fuga para a liberdade. Outros milhares de pessoas tomaram as estações de trem das cidades de parada no lado comunista, esperando embarcar. O governo impediu que os trens parassem e prejudicou o tráfego ferroviário internacional. A medida gerou protestos que resultaram em batalhas abertas contra a polícia e na destruição de uma estação. O povo estava disposto a lutar. O governo tcheco pressionava por mudanças.

Tudo isso acontecia durante o aniversário de 40 anos do regime.

Até então, a resposta do Partido Socialista Unificado da Alemanha fora realizar um imenso desfile militar, durante o qual mais de mil manifestantes haviam sido presos. O líder do regime dera a ordem para que a polícia atirasse contra seu próprio povo e foi apenas insubordinação dos policiais que impediu um massacre. Líderes culturais pediam paz, os manifestantes gritavam por liberdade e pelo direito de ficar no país. Soldados da polícia de choque paramilitar choravam nos quartéis, sabendo que seus familiares, seus amigos, suas namoradas e esposas estariam nos protestos e eles podiam a qualquer momento receber a ordem de abrir fogo. Um banho de sangue estava pairando sobre Berlim e, de novo e de novo, só era evitado por rebeldia e acasos fortuitos.

Mikhail Gorbachev, líder da União Soviética, visitou a Alemanha Oriental nessa época. Sua postura moderada e sua política de reconciliação com o Ocidente foram aplaudidas pelo povo alemão e recebidas com reservas nos corredores do Partido. Nas ruas, o povo gritava "Gorby, nos salve!". Durante o banquete principal, Gorbachev discursou para os membros do governo, falando de abertura econômica e política. Logo depois dele, o Secretário Geral do Partido, líder da Alemanha Oriental há 28 anos, fez um discurso enaltecendo seu próprio país, dizendo que tudo continuava como antes e garantindo que a indústria da Alemanha Oriental estava em vias de desenvolver um novo chip de computador.

Mudanças políticas globais de um lado, a promessa de um chip de computador do outro. Gorbachev deu uma risada contida de desprezo, enquanto olhava para dois oficiais do governo. Era a carta branca para um golpe.

Os dois figurões que articularam a derrocada do líder alemão se chamavam Egon Krenz e Günter Schabowski. Egon Krenz se tornou Secretário-Geral e Schabowski recebeu a função ingrata de porta-voz do governo.

Schabowski era o responsável por falar à imprensa todos os dias, oferecer boas notícias e a ilusão de mudança, para que os cidadãos comuns não arriscassem a fúria da Stasi, como acontecera um mês antes. Todos os dias, uma corrida contra o tempo para achar algo de bom a ser dito, sem dizer nada de concreto. Pelo menos o pronunciamento diário à imprensa era um ambiente controlado, onde aquele homem racional podia articular as palavras sem precisar recorrer a gritos.

Gritos abafavam a voz de Günter Schabowski, enquanto ele tentava discursar para uma multidão reunida na Alexanderplatz, em Berlim. O povo estava acostumado a ver bandeiras com o símbolo do Partido, mãos unidas em solidariedade, mas naquele dia o símbolo era uma paródia cruel. Para os berlinenses, era como se as duas mãos do Partido os segurassem à força.

Mais de meio milhão de manifestantes se reuniu na praça. Em desafio aberto à polícia de choque e à polícia secreta Stasi, os berlinenses e cidadãos de várias partes da Alemanha Oriental vaiaram Schabowski. Era uma reação espontânea, indignada. Uma pressão insustentável que vinha de dentro.

O próprio Schabowski não fora feito para lidar com aquilo. Ele não era o que se podia esperar de um alto oficial do regime, não era autoritário ou pomposo. Parecia frustrado e fora de lugar, como um professor frente a uma imensa turma de alunos rebeldes. Queria diálogo racional, não gritos e palavras de ordem, mas ninguém estava disposto a ouvir. Na verdade, racionalidade e diálogo não eram características comuns nos corredores do poder comunista. Günter Schabowski acreditava no comunismo e, assim como muitos no Partido, achava que seria preciso abrir as fronteiras para que os descontentes saíssem e parassem de causar problemas. Mas a República Democrática Alemã continuaria, assim como o Muro.

Naquele dia, para aplacar os ânimos dos manifestantes e contornar o problema diplomático com a Tchecoslováquia, seria anunciada uma nova norma de viagens entre as duas Alemanhas. Uma mudança superficial, mas suficiente para acalmar os ânimos e preencher o tempo do pronunciamento diário.

Escrever aquela norma era um trabalho de semanas ou meses, para um comitê de pessoas experientes, que pesassem todas as implicações de cada palavra. Infelizmente, não havia tempo, porque os protestos inchavam, governos estrangeiros faziam pressão, a linha dura do Partido queria responder com balas e a polícia se recusava a cumprir ordens autoritárias. A revolta e a insubordinação estavam se infiltrando em todos os níveis da sociedade. Também não havia pessoal para o serviço, porque a convenção do Partido, os afazeres diários e o labirinto burocrático deixavam todos ocupados.

Assim, quatro oficiais do governo receberam a tarefa de escrever a norma em apenas uma manhã.

IV

EMBORA ELE TENHA TENTADO SORRIR E SEUS OLHOS MANTIVESSEM o mesmo charme, havia uma seriedade inconfundível na voz de Tristano.

— Está fechada — Agnes objetou.

— Você está disposta a me ajudar?

O olhar sério do padre subitamente teve um toque malandro. Sorriu com só um lado da boca e ergueu uma sobrancelha. Agnes balançou a cabeça de leve, intrigada. A cada minuto, ele se mostrava um pouco diferente. A perspectiva de invadir uma igreja fechada era sacrílega, mas lembrava uma travessura infantil. Todas as crianças crescem, mas nem todas esquecem da infância, e foi em parte essa ligação com o passado que levou Tristano a Agnes. Ela não conseguiu controlar um risinho e fez que sim.

Tristano não falou nada, mas fez sinal para que ela o seguisse, como em um filme de agentes secretos. Agentes secretos em plena manhã, numa cidadezinha nublada, em meio a crianças indo para o colégio. Uma brincadeira.

Havia uma rua estreita entre a igreja e a Casa do Conselho. Não ficava escondida, mas estava tomada por sombra por causa do ângulo dos fracos raios de sol e não era imediatamente visível a quem estivesse na praça. Agnes seguiu Tristano pela ruela. Por um instante, o padre ficou estático, como se estivesse concentrado, então retomou o passo. No mesmo momento, uma van passou na frente da Casa do Conselho e tentou entrar na ruela, mas ficou trancada entre os dois prédios históricos. Isso tapou a passagem pela qual eles haviam entrado. Na praça, diversas pessoas reclamaram aos gritos com o motorista da van. Irritado e nervoso, ele não conseguia manobrar o veículo ou mesmo explicar por que tinha cometido um erro tão imbecil ao volante. A comoção escondeu Tristano e Agnes por tempo suficiente para que ele chegasse a uma porta lateral da igreja. Concentrou-se por mais um segundo e testou a maçaneta. Estava destrancada. Tristano abriu a porta e fez com que Agnes entrasse na igreja. Logo a seguiu.

Os olhos dela demoraram uns instantes para se acostumar com a penumbra. Agnes se sentiu tonta, precisou se segurar numa coluna. Não era fome ou enjoo, não era nem mesmo nervosismo pela situação. Era uma tontura diferente, como se o chão estivesse inclinado, como se os ângulos das paredes e do teto estivessem errados de uma forma que ela não conseguia explicar. Agnes já tinha sentido isso antes, mas esperava que não fosse se tornar algo constante.

Ela piscou e achou que o mundo parecia meio diferente. As cores tinham matizes ligeiramente errados. Nem mais brilhantes nem mais mortiças, mas como se houvessem se deslocado numa outra escala. Ela esfregou os olhos.

Tristano pousou a manzorra em seu ombro com um toque surpreendentemente gentil. Agnes viu que ele estava ofegante e suava.

— Você está bem? — ela perguntou.

— Não se preocupe comigo. Também não se preocupe com você. Eu sei que isso é estranho, mas tudo vai ficar bem.

A cabeça de Agnes girou como se ela estivesse num sonho. As últimas semanas tinham algo de onírico e bizarro, e ela não se surpreenderia se de repente acordasse e descobrisse que tudo desde que partira para Münster tivesse sido uma alucinação. A tontura, as cores e os ângulos, até mesmo a própria figura de Tristano eram vagamente familiares, mas também distantes e inexplicáveis. Como uma memória que ela não conseguia localizar.

— Tudo vai ficar bem — repetiu Tristano, agora numa voz autoritária e antipática. — Não seja fraca.

E então, assim como tinha surgido, a tontura desapareceu. Ela olhou em volta e não havia mais estranhamento. As cores e os ângulos sempre tinham sido assim. Tentou lembrar do que reconhecera antes como normal, mas não conseguiu. Tudo aquilo se passou em instantes e logo ela esqueceu o mal-estar. Tinha mesmo ficado tonta?

Não havia nada de misterioso no interior da Marienkirche, como era chamada a Igreja de Santa Maria. Era um lugar amplo e aberto, envolto em penumbra porque as luzes estavam desligadas e o dia nublado não oferecia muito brilho do sol. Embora o prédio fosse antigo, a parte de dentro era decepcionantemente moderna. Lembrava mais um hospital ou uma repartição pública do que uma construção histórica. A nave estava cheia de sacos de areia, tijolos, latas de tinta, tábuas grandes, andaimes montados e desmontados. Era um depósito para os materiais da reforma. Estranho que naquele dia ninguém estivesse trabalhando ali.

Agnes ouviu som de passos e alguém tossindo no fundo da nave, atrás do púlpito. Imediatamente, Tristano se colocou à frente dela, com a mão espalmada do lado do corpo, como se fosse impedir que ela passasse.

— Quem...?

— Fique atrás de mim — ele ordenou. — Obedeça sem questionar. Não responda a nenhuma pergunta dele.

Agnes sentiu o coração bater forte no peito. Tocou o crucifixo e pediu em silêncio para que Jesus a guiasse. Aquilo tudo era muito esquisito. O padre agora parecia só um brutamontes. Ela era uma noviça, no meio de seus dois anos de preparação intensa para a vida de freira, mas não era cega nem ingênua. Sabia que existia sordidez na Igreja Católica e que muitos padres estavam envolvidos em abusos horrendos. Os homens eram falhos, mas Deus era perfeito.

Será que Tristano era um predador no meio do rebanho? Será que ela tinha confiado na pessoa errada? O que estava fazendo com sua vida?

Tristano avançou pela nave com cautela, carregando a maleta. A tosse ecoou de novo no ambiente mundano. O padre desviou de uma pilha de tijolos, sem tirar os olhos do púlpito, como se de lá pudesse surgir um animal selvagem.

A figura que emergiu no fundo da igreja, segurando-se no altar para se manter de pé, era um mendigo.

Um homem barbudo e sujo, coberto por camadas de trapos cinzentos, os olhos afundados e a pele quebradiça. Quando abriu a boca, mostrou cacos de dentes marrons. Estava magro e trêmulo.

— Me ajude — disse o homem, com voz fraca.

Agnes não pensou antes de tirar a mochila das costas e abrir o zíper. Dentro ainda havia uma barra de chocolate e um pão embrulhado em guardanapo, além de uma garrafa térmica cheia até a metade de café velho. Tinha um casaco, um par de meias e roupa de baixo. Ali estava alguém necessitado, em situação muito mais precária que ela própria. Mesmo que não tivesse aprendido a caridade no convento, seu caráter natural a empurraria a ajudar. Ela deu alguns passos à frente, fez menção de passar ao lado de Tristano.

— *Mandei ficar atrás de mim!* — ele a puxou de volta com brutalidade.

Agnes cambaleou para trás, tropeçou numa caixa de ferramentas e se segurou numa escada de mão. A garrafa térmica caiu. Rachou e começou a vazar café no chão da igreja, espalhando o cheiro forte e curtido.

— Não toque em mim! — a voz de Agnes se elevou, seus punhos já fechados. Além da caridade, tinha o forte instinto de respeito por si própria. A indignação ferveu em seu peito.

Mas então Tristano virou para ela e mais uma vez seu rosto tinha mudado. Os olhos arregalados mostravam preocupação genuína.

Mais que preocupação: medo.

— Por favor, Agnes, não se aproxime dele. Não responda a nenhuma pergunta.

— Me ajude — repetiu o mendigo.

Tristano se ajoelhou no chão, sem tirar os olhos do homem. Pousou a maleta a sua frente, abriu-a. Tirou de dentro uma Bíblia, um frasco metálico, um grande crucifixo e uma espécie de estola púrpura. Colocou a estola por sobre os ombros e se ergueu, empunhando a Bíblia e o crucifixo como armas.

— Não chegue mais perto, coisa do abismo! Mostre sua verdadeira face!

O mendigo começou a andar, trêmulo, na direção dos dois.

— Estou com fome — disse o pobre coitado. — Não comi ontem. Por favor, me ajude.

— Nem mais um passo! — ameaçou Tristano.

O mendigo se encolheu de medo do padre, mas não parou de avançar. Procurou os olhos de Agnes com uma expressão de dar pena.

— Só um pouco de comida...

Num gesto impulsivo, Agnes meteu a mão na mochila e segurou o pedaço de pão que sobrara. Era o último resto dos suprimentos que trazia consigo desde que saíra de Münster, tudo que estava economizando até que Jesus a iluminasse com alguma solução ou um caminho a seguir, mas não hesitou ao jogá-lo para o homem. O pão caiu à frente dele e o mendigo se abaixou com dificuldade, levando as mãos imundas ao embrulho.

De qualquer forma, talvez Jesus tivesse lhe mostrado o caminho na forma do Padre Tristano.

O mendigo começou a comer. Partiu pedacinhos de pão com os dedos e os colocou na boca arruinada, procurou dentes que não doessem para mastigar.

— Obrigado, irmã, obrigado.

— Revele sua forma verdadeira — disse Tristano entre dentes.

Agnes tentava entender.

Então o mendigo abriu um sorriso de gratidão:

— Qual seu nome, irmã?

— Não diga...

Mas era tarde demais:

— Agnes.

Ela piscou e, quando notou, o mendigo estava atrás dela, segurando-a pela garganta, pressionando um caco de vidro afiado contra seu rosto.

— *Agnes, nome de cadela* — chiou o mendigo, numa voz ríspida e esganiçada. — *Vai ficar na coleira.*

V

Ela não ouvia mais os barulhos da briga entre o motorista e os pedestres lá fora. Não ouvia o burburinho dos habitantes da cidade reclamando do frio ou especulando sobre as notícias de Berlim. Só ouvia seu próprio coração e o resfolegar do mendigo perto de seu rosto. A força do homem era impressionante. As pontas de seus dedos se afundaram na pele alva que cobria a garganta de Agnes e ela achou que pudessem perfurar sua carne. O homem tinha cheiro de podridão e tudo nele era áspero e afiado.

Era a primeira exposição de Agnes à violência. Sua história de vida havia passado perto da brutalidade algumas vezes, mas alguém tentando machucá-la era algo improvável, algo que acontecia com os outros. Ela demorou alguns segundos para processar tudo que estava acontecendo, o fato de haver vidro cortante perto de seu rosto, de estar fechada num lugar deserto com dois estranhos. Havia um sentimento de negação, quase uma decepção com o próprio mundo. Ela oferecera algo para comer e ele respondera com uma ameaça.

O pedaço de pão estava no chão, a metros de distância. Ela ainda não entendia como ele havia se movimentado tão rápido.

— Achou uma mais burra que o normal — disse o mendigo, numa zombaria cruel. — Quanto já revelou a ela?

Tristano se virou para os dois. Chegou perto aos poucos. Agnes pôde ver a expressão de doçura em seu rosto, as rugas e cicatrizes se torcendo num mapa de apreensão.

— Tudo vai ficar bem, Agnes — ele garantiu. — Mas não responda a mais nada que ele perguntar. *Nada.*

— O que preciso saber além do nome? — zombou o mendigo.

Tristano engoliu em seco.

— Nem mesmo é o nome inteiro — disse o padre. — Há séculos eles usam sobrenomes.

— Quantas pessoas conhecem uma humana jovem pelo sobrenome? Ela é mesmo Agnes do Sobrenome de Sua Família? Ou é apenas Irmã Agnes?

— Ela é uma noviça — Tristano retrucou devagar. Sua voz tremeu de emoção por baixo da frieza. — Tem o nome de batismo e o nome em Deus. Dois nomes, duas identidades. Você só possui um deles.

— Talvez — riu o outro. — Mas existe a chance de, neste caso, serem o mesmo.

— Vai apostar nisso?

— Coisas mais improváveis já aconteceram, irmão. Você mesmo vem estreitando as probabilidades. Mudou a linha só para entrar numa igreja sem chamar atenção? Lembro de quando você teria chutado a porta e matado qualquer humano que ficasse em seu caminho. Talvez, entre todas as possibilidades, só tenha sobrado uma, em que uma humana imbecil escolheu não mudar de nome para se ajoelhar a seu deus morto na cruz.

— Não é ela que você quer — Tristano disse, deixando a voz quebrar no fim.

Agnes começou a tremer. Nada do que eles falavam fazia sentido. Mas, sem conhecer o risco ou a importância daquela informação, amaldiçoou-se pelo dia em que tinha escolhido manter seu nome de batismo ao vestir o hábito.

Quando criança, ela fora Agnes Schmidt, porque não podia ser apenas Agnes. Um sobrenome comum só para preencher os papéis. Ela nunca se sentira ligada a ele, sempre se vira muito como Agnes, e a identificação com o nome próprio se tornou tamanha que parecia estranho se desfazer dele. As outras noviças escolheram um nome em Deus, passaram a se chamar Irmã Maria Teresa, Irmã Maria de Lourdes, Irmã Maria Alguma Coisa. Só ela continuara como sempre fora.

Irmã Agnes.

E só.

— Você não sabe nada dela — disse Tristano, como um policial negociando com um criminoso em um filme. — Não sabe onde ela nasceu, nem quem são seus pais. Não sabe o que ela quer, nem nenhum segredo. Apenas essa palavra. Agnes.

Agnes arregalou ainda mais os olhos. Sobre o que eles estavam falando?

Ela também não conhecia o nome de seus pais, muito menos onde nascera.

O mendigo rosnou uma risada.

— Acho que nada disso existe — ele disse, exalando uma nuvem invisível de hálito pútrido. — Acho que ela é só isso. Só possibilidades e destino.

— É só uma menina. O que ela vai lhe ensinar?

— Logo não vai haver mais nada para aprender! Estou cheio deste corpo corroído por doença! Você se esquivou por décadas, mas finalmente estou onde você está, traidor.

— Solte-a.

— De que adianta salvar as vidas deles? — o mendigo retrucou. — A escrava vai morrer em breve. Os selos estão sendo abertos. O sacrifício atômico é inevitável.

— Nada é inevitável.

— Nada? Por acaso consegue ver um futuro sem mísseis?

Tristano não respondeu.

Eles se fitaram por longos segundos. Era um duelo e os dois adversários tinham escolhas a fazer. Ambos podiam estar blefando. Ou ambos podiam estar falando a verdade.

Agnes deu um grito quando o mendigo abriu a boca muito perto de seu rosto. Da garganta dele, saiu um urro inumano, um misto de fera raivosa com um terremoto e um trovão. Fumaça úmida e fedorenta borbulhou na goela do homem, mas Tristano gritou:

— Não!

E se jogou num salto sobre ele, interrompendo o que quer que fosse.

O caco de vidro cortou a bochecha de Agnes, mas ela não gritou. A dor foi desprezível no turbilhão de sensações. Ela foi empurrada por um ou por outro, cambaleou para trás e tropeçou em algo. Tristano voou com as duas mãos contra o rosto do mendigo e os dois caíram embolados.

Ela se segurou numa coluna e conseguiu se orientar por alguns segundos. O instinto não era se proteger, mas ajudar alguém. Olhou para onde eles tinham caído, mas já não estavam mais lá. De alguma forma, tinham se transportado para o outro lado da igreja. Tristano tinha na mão uma grande tábua amarrada com uma corda. Ele usou a tábua à frente do corpo, como um escudo, e segurou um cano metálico por cima da proteção, como uma arma. Avançou contra o mendigo, que se agarrou nas bordas da tábua. Subiu pela proteção, como se não tivesse peso, e abriu a boca cheia de dentes podres para morder o rosto de Tristano. Não havia fumaça negra em sua garganta, Agnes teve certeza de que tinha imaginado aquilo.

Tristano deu uma estocada curta e rápida contra o rosto do inimigo, acertando seus dentes e o céu da boca. O mendigo guinchou e recuou um passo. Tristano avançou e bateu nele com o escudo improvisado, fazendo com que ele perdesse o equilíbrio e caísse de costas. Tudo muito rápido, muito preciso. Agnes teve a impressão de que os dois homens dançavam uma coreografia, cada um conhecendo o próximo movimento do outro. Mas Tristano era um dançarino melhor.

O padre segurou a tábua-escudo com as duas mãos e bateu com a borda no rosto do inimigo. Mais uma, duas, três vezes, e a madeira se espatifou. Tristano se livrou dos restos, deu um pisão forte em seu pescoço, deixou-o tossindo, então caiu sobre ele. Segurou os pulsos, prendeu o tronco com o joelho.

Afastou a cabeça, o mendigo tentava mordê-lo como um animal raivoso.

— Traga minhas ferramentas! — vociferou o padre.

Agnes ficou parada.

— Traga logo minhas ferramentas, menina inútil! — ele trovejou. — Este homem está possuído!

Ela olhou para a maleta aberta no chão. Ao lado, a Bíblia, o frasco metálico e o crucifixo. Tristano tinha largado os objetos no chão, em algum momento, sem que ela notasse. A estola ainda estava sobre seus ombros, ameaçando voar para longe, enquanto ele lutava pela igreja.

Parecia fazer uma semana. Nem um minuto tinha se passado.

— Seu ritual não vai funcionar comigo — grunhiu o mendigo, sob o peso do corpanzil de Tristano. — A mesma magia fraca, o mesmo enigma que já foi resolvido há muito tempo. Cada vez mais diluído pelas ficções dos humanos.

Tristano encontrou o olhar de Agnes. O rosto em fúria do padre se transformou, com um esgar de esforço, num sorriso doce, mas apreensivo.

— Por favor, Agnes, eu não sei por quanto tempo vou segurá-lo. Preciso das ferramentas.

Ela apontou para os instrumentos litúrgicos, fazendo uma pergunta muda.

— Sim, é isso. As ferramentas mais poderosas. As ferramentas de Deus. Traga-as para mim, Agnes, por favor. Preciso de sua ajuda.

Ela deu um passo na direção das coisas santas. Mas:

— O que está acontecendo?

— Este homem está possuído, Agnes. O demônio está dentro dele e nós vamos exorcizá-lo.

O mendigo riu. Uma gargalhada que não parecia só desprezo, mas humor genuíno, humor cruel. A risada de quem vê alguém caindo e quebrando o pescoço, a risada de quem se deleita com a decepção alheia, a risada mais primitiva e verdadeira, que dizia "Estou feliz porque não sou você".

— As ferramentas, Agnes.

— Você não pode fazer isso — ela respondeu.

— Eu preciso. Nós precisamos. Há um demônio dentro deste homem e ele precisa ser expulso.

— Não. Não assim. Não sem a ordem de um bispo, não sem a presença de um médico, de um psicólogo ou psiquiatra. Não sem a família. Não numa igreja vazia.

— Agnes...

— Não assim. Assim as pessoas morrem.

Ela foi até os objetos espalhados. Colocou as mãos na Bíblia.

E a guardou de volta na maleta.

— *Agnes, não seja imbecil!*

Quase qualquer noviça obedeceria. Quase qualquer jovem devota veria naquela situação incompreensível sinais do demônio, do mundo obscuro e supersticioso, e faria qualquer coisa para afastá-lo. A palavra "exorcismo" vinha carregada de mistério e a promessa de libertação.

Mas Agnes, por acaso, tinha crescido na cidade de Würzburg, onde uma jovem chamada Anneliese Michel estudara, e onde sua doença psiquiátrica fora considerada possessão demoníaca. A negligência médica tinha levado a incontáveis exorcismos fracassados e por fim à morte da garota. Se não houvesse aquela coincidência enorme, se Agnes não visse com ceticismo aquele ritual quando praticado sem autorização, sem cuidado e sem método, ela teria entregado a Tristano suas ferramentas, e ele teria feito o exorcismo.

Mas ela lembrou de quem era e de onde estava. O mundo era um lugar ordenado, criado por Deus e descoberto pelos humanos por meio da razão e da fé. Um pobre mendigo poderia ser violento, mas ela não podia condená-lo à morte por negligência.

Agnes guardou as ferramentas.

Tristano foi arremessado para trás. Seu corpo se chocou com um andaime, as barras metálicas ferindo a coluna, o pescoço, as pernas. Desabou sobre o altar, derrubando-o, quebrando a madeira, enchendo a pele de farpas.

O mendigo se ergueu, sangrando e sorridente.

VI

GERHARD LAUTER ACORDOU NA MANHÃ DO DIA 9 JÁ COM DOR DE cabeça, prevendo a tarefa ingrata que teria pela frente. Saiu de casa, entrou no carro e dirigiu até o número 32 da Mauerstrasse, a "Rua do Muro", onde trabalhava no Ministério do Interior. Lauter há muito já tinha se acostumado com o cheiro de enxofre e a aparência marrom de Berlim Oriental e de todo o lado comunista da Alemanha, fruto do tipo de carvão que se queimava para fazer o país funcionar. Mas, naquele trajeto até seu local de trabalho, pareceu notar tudo como se fosse um recém-chegado. A Alemanha Oriental era como um carro andando com o freio de mão puxado. Cabia a ele dar um empurrão.

Com 39 anos, Lauter era quase um garoto para os padrões do Partido, representava uma visão nova e jovem dentro dos corredores do poder. No dia anterior, recebera a ordem de reformular a norma de viagens a partir da República Democrática Alemã, mas aquela quinta-feira era o dia de executar e entregar o projeto. Assim que chegou, ouviu a instrução de ter o texto pronto até o meio-dia. Estava ocorrendo uma convenção do Partido e seus superiores ainda precisariam ler e aprovar o que ele e seus três colegas escrevessem, antes do anúncio no pronunciamento diário das 18h00. Os quatro se reuniram em seu escritório no quinto andar e começaram a deliberar entre si.

Gerhard Lauter não era ingênuo. Um coronel da Polícia Popular e "trabalhador extraoficial" da Stasi, ele estava acostumado à burocracia e à brutalidade do Politburo e do Comitê Central. E já tinha colaborado com aqueles colegas em outras ocasiões. Mas o grupo que sentou com ele naquela manhã o deixava nervoso: um general da Polícia Popular e dois agentes da Stasi. Conviver com a vigilância era o cotidiano nos corredores do Partido, mas Lauter não conseguia relaxar sabendo que cada comentário, cada ponderação era percebida pelos dois e reportada a alguém.

A lei de viagens que eles deveriam reformular era convoluta e restritiva. Essencialmente, cidadãos da Alemanha Oriental só podiam sair do país sob circunstâncias especiais e dependiam de aprovação do governo. Além disso, e mais importante, a saída era permanente. "Viagem" significava "imigração". Na prática, com a abertura recente de outros países comunistas, os cidadãos da Alemanha Oriental estavam usando aquelas fronteiras para fugir ao Ocidente. Em especial para a Tchecoslováquia, que tinha sido palco de uma fuga em massa que causara imensos protestos e quase resultara num massacre de civis. Não adiantava fechar a fronteira em Berlim se outras fronteiras estavam abertas.

A ordem era para que houvesse alguma nova tecnicalidade que permitisse a saída de descontentes e agitadores. Algo para diminuir a pressão e tirar do país quem criava problemas. A necessidade, a realidade e as diretrizes eram contraditórias entre si. Lauter teve coragem de falar a verdade em voz alta:

— Estas ordens são esquizofrênicas.

Gerhard Lauter não achava realmente que uma decisão importante sobre a liberdade de saída em uma das fronteiras mais importantes do mundo coubesse a ele. Não era uma decisão de algumas horas numa manhã de quinta-feira. O que quer que eles escrevessem seria analisado, revisado, alterado. Chegaria a Egon Krenz, o novo líder do Partido. Talvez até a Mikhail Gorbachev. Mas a ordem era aquela. Lauter assistira às vaias para Günter Schabowski na Alexanderplatz, estava a par da situação. Então, quando seus colegas começaram a se perder em discussões, tomou a liderança.

O mundo estava esperando o pronunciamento, e Lauter iria propor as palavras a serem ditas. Tudo seria aprovado pelos altos escalões, é claro, mas começava com ele.

O Muro de Berlim fora um assassino de alemães, de seu próprio povo, por décadas. De novo e de novo, pessoas do lado comunista tentavam atravessar para Berlim Ocidental e eram presas ou mortas na terra de ninguém, vigiada por agentes da fronteira pertencentes ao Ministério de Segurança do Estado. Lauter pensou naqueles que tinham tombado tentando passar para o outro lado, em meio milhão de pessoas desafiando a polícia para vaiar Günter Schabowski e no que aquele povo estava disposto a fazer para exigir maior liberdade.

Mais do que tudo, pensou no tédio esmagador que era a vida na Alemanha Oriental. Embora não fosse um jovem, ele era muito mais conectado à juventude e à vida das pessoas comuns do que os anciões que detinham o poder. Eles falavam em orgulho nacional, no triunfo dos trabalhadores, mas Lauter sabia que as pessoas queriam um sabor de sorvete diferente. Roupas de boa qualidade, que fossem bonitas e servissem bem. Peças para seus carros. Discos de bandas americanas e inglesas. O povo queria respirar, queria se divertir, queria experimentar um cotidiano que não fosse aprovado e regulamentado. Havia proteção contra a fome, havia condições básicas para todos. Havia inclusive aqueles no Partido que eram idealistas e tentavam fazer o regime funcionar. Mas condições básicas não eram o suficiente para a população.

Muitos arriscavam a vida porque queriam viver um pouco.

Ele também pensou em famílias divididas pelo Muro. Pensou em quem só queria viajar.

Muitos, que tinham saído da Alemanha Oriental através da Tchecoslováquia, mais tarde tentaram voltar. Quando os agentes de fronteira perguntaram as razões de sua viagem arriscada, alguns disseram que foi por aventura. Para tomar um café do outro lado. Para verificar se as coisas realmente eram como a mídia comunista retratava.

Razões pequenas. Razões individuais. O povo não era uma massa sem face, era composto de indivíduos. Pessoas com razões bobas, mas válidas, para sair do país.

E voltar.

Aquilo não era um assunto de espiões, operações militares ou grandes panoramas sociopolíticos, decidiu Lauter. Quem estava sendo afetado eram os indivíduos, os cidadãos privados, até mesmo o infeliz Schabowski sendo vaiado por uma multidão. Ele precisava pensar não apenas nos radicais que queriam abandonar o país a qualquer custo, mas nos milhares que gritaram "Vamos ficar aqui!" durante os protestos. Precisava pensar nas pessoas simples que queriam rever parentes e poder voltar para casa. Era ridículo que alguém que quisesse visitar sua tia do outro lado do Muro fosse considerado antirrevolucionário ou inimigo do Estado.

Quanto mais ele olhava o texto da norma, mais absurdo parecia que se permitisse apenas a saída permanente do país. Também não fazia sentido que as circunstâncias específicas de cada cidadão fossem analisadas por um funcionário e que a intimidade de cada um fosse julgada para decidir se o pedido de saída do país tinha mérito. Por que não visitar uma tia ou tomar um café? Ele observou os dois agentes da Stasi perdidos em discussões e imaginou se confiaria neles para decidir o que era importante para ele mesmo ou para sua família.

Mas Lauter também era consciente de sua responsabilidade e suas limitações. Era consciente dos perigos de navegar pelo governo. Suas ordens tinham sido fazer mudanças superficiais. Os cidadãos ainda precisariam pedir um visto para sair do país, o que dava todo o poder à burocracia. Haveria uma enxurrada de pessoas nas repartições públicas pedindo vistos, mas sem um prazo definido para que eles fossem aprovados ou negados, o Partido continuava protegido.

Lauter datilografou as palavras:

"Viagens pessoais ao exterior podem ser solicitadas sem a presença de requisitos (razões de viagem e relações de parentesco). As licenças serão expedidas em curto prazo. Os motivos de recusa serão aplicados apenas em exceções especiais."

O que era "curto prazo" e "exceções especiais" foi deixado vago.

Tomou um gole de café. Não entendeu exatamente o que sentia, mas eram centenas de futuros convergindo naquela página.

Gerhard Lauter sentiu as palmas das mãos suarem ao tirar a folha de papel da máquina de escrever. Era uma aposta — ali estava sua versão ideal da nova norma, algo que se preocupasse com adolescentes entediados, cidadãos sob vigilância, sobrinhos querendo visitar as tias, aventureiros em busca de um café e fugitivos dispostos a morrer para deixar aquele lugar. Ele garantiu que toda a equipe ficaria a postos ao lado do telefone para fazer novas mudanças e ficou curioso imaginando qual seria o texto final lido no pronunciamento para 40 jornalistas.

Lauter e seus três colegas se levantaram das cadeiras, apertaram as mãos, saíram da sala exígua e foram almoçar.

VII

TRISTANO VIU O FUTURO SE REARRANJAR.

Fora da igreja, alheios a tudo, os cidadãos de Osnabrück especulavam sobre qual seria o pronunciamento do governo da República Democrática Alemã, quais os planos dos comunistas para o Muro de Berlim. Muito longe dali, Gerhard Lauter discutia com seus colegas e datilografava numa máquina de escrever. No caminho para seu posto, o Capitão Tony Green imaginou o que aconteceria com o povo daquela cidade que o acolhera se a tensão popular e diplomática na Alemanha Oriental explodisse.

Agnes não sabia de nada daquilo, mas talvez tudo fosse diferente se ela não tivesse crescido em Würzburg e concordasse em auxiliar um exorcismo improvisado.

— Para onde você vai quando esse corpo for destruído? — grunhiu o mendigo. — O que vai acontecer com todos que você carrega?

Tristano tentou se levantar, mas sentiu a idade de uma vez só. Um músculo da perna esquerda teve um espasmo de dor e ele se viu sem forças para completar o movimento. Procurou um apoio com as mãos, sentindo farpas de madeira se remexerem nas palmas. Em meio ao altar arruinado, tocou em algo.

O mendigo deu um passo à frente.

— Eles vão fazer isso consigo mesmos, mais cedo ou mais tarde — disse. — Ou morrerão de outra forma. Podem pelo menos ser úteis.

Passou pela maleta, em direção ao altar. Chutou-a para longe.

— Eles são primitivos — ele falou. — São simples. São menos que animais.

Então o mendigo olhou para a noviça e disse:

— Agnes. É seu nome. Agnes.

Foi como ouvir uma ordem. Ela se sentiu um pouco menos ela mesma, como se enxergasse o próprio corpo de cima. Sentiu-se conectada ao pobre mendigo doente.

— Há quanto tempo vocês se conhecem, Agnes?

— Não responda — avisou Tristano.

— Menos de um dia — ela se ouviu dizer.

O sorriso do mendigo aumentou. Agnes sentiu uma tontura que não era totalmente desagradável. Como os primeiros estágios da embriaguez.

— Você não confia na autoridade de qualquer um que apareça lhe dando ordens, não é mesmo, Agnes? Não vai obedecer a um padre só porque ele usa batina.

— Agnes, ele está tentando enganá-la. Não ouça as palavras dele.

Entre um mendigo e um padre autoritário, Agnes se sentiu mais próxima do mendigo. Não seria também miserável caso as freiras não a tivessem adotado? Ela pensou em como ainda sentia a ardência do corte na bochecha. Lembrou de ser ameaçada. Mas nada tinha acontecido de verdade. Ele era uma vítima, assim como ela, despejando brutalidade porque só conhecia brutalidade. Ela podia ser a primeira a romper o ciclo, dando-lhe uma chance.

Andou na direção dele.

— São mentiras, Agnes — disse Tristano.

— Os homens dizem que falam por Deus, mas você sabe a verdade, não é mesmo, Agnes? — retrucou o mendigo.

E ela respondeu:

— Sim.

— Você não precisa mais obedecer aos homens, não precisa confiar em quem não merece — disse o homem imundo. — Pode se juntar a nós. Pode servir só a Deus e a mais ninguém.

Ela sorriu. Já se sentia bêbada, mas de uma forma superior e transcendental. Havia uma conexão tranquila e morna com o pobre mendigo. Ele precisava de ajuda. Precisava que alguém o aceitasse.

Tristano fechou os dedos ao redor do objeto que achou nos restos do altar.

— *Venha para mim* — rosnou o mendigo.

Agnes não notou que seus pés não se moveram quando ela deslizou em direção ao homem. Estava suspensa no ar, as pontas dos sapatos raspando no chão da igreja, deixando rastros na poeira. Abriu os braços, recebendo a bênção do mendigo assim como recebia a bênção de Jesus.

Ele colocou a mão áspera sobre seu rosto. Atrás da palma fedorenta, ela continuava sorrindo.

— *Isso. Na coleira.*

Agnes conseguia ver, por entre os dedos que seguravam sua cabeça e a mantinham flutuando, os vitrais da igreja se mexerem. Os santos feitos de vidro colorido olharam para ela. E, num segundo olhar, aqueles nas janelas não eram santos, mas *coisas*.

Coisas com corpos de barril, tentáculos no lugar da cabeça, terminando em pinças, estruturas carnosas parecidas com cones e uma esfera bulbosa cheia de olhos. Não pareceu estranho a ela que os antigos artesãos tivessem retratado isso.

O mendigo se voltou para Tristano.

— Sua punição não será severa — ele continuou. — Quando tudo acabar, você voltará para nós. Você reuniu informações sobre eles. Vamos estudar seus achados por muito tempo ainda, se você conseguir achar algo que eles tenham feito de valor.

— Eles são muito bons em criar rituais — Tristano deu um sorriso feroz.

O altar tinha se despedaçado. Em seu interior havia um crucifixo. E uma Bíblia.

A palavra escrita tinha poder, porque era permanente. Ele lembrava de quando um grande homem tinha decidido que a Bíblia deveria ser sempre escrita do mesmo jeito, o que mudou a história do mundo. A palavra escrita era pura rebeldia humana. Eles tinham criado um ritual, codificado o caos do mundo, que nenhum deles podia entender, num apelo a sua divindade.

E o Padre Tristano, mesmo sabendo de toda a verdade, conhecia o poder que havia naquele livro. Em qualquer história que fosse contada de novo e de novo, que sobrevivesse à escuridão da morte. Ele ficou de pé com o crucifixo numa mão e a Bíblia na outra. Mostrou as pequenas letras ao mendigo como se apontasse uma arma.

O inimigo chiou.

— Acorde, Agnes — disse Tristano, sem tirar os olhos do inimigo. — Preciso de você.

— Ela será minha — o mendigo esganiçou. — Sem passado. Plena de destino. Minha.

— Ele não tem poder sobre você, Agnes. Você ainda pode escolher a liberdade.

Agnes ouviu as palavras, mas elas não fizeram sentido. Os vitrais da igreja se movimentavam, criando imagens caleidoscópicas e cada vez mais complexas com as cores e a luz do sol difusa.

— Fale comigo, Agnes. Lembre de quem você é, lembre do que sempre lhe deu força.

— Não há nada para dar força a essa escrava. Ela está sozinha.

— Você não está sozinha, Agnes! Deus está com você!

O mendigo gargalhou.

— Você enlouqueceu! — guinchou o homem imundo. — A cacofonia em sua mente está tomando o controle! Está possuído por humanos! E riu de novo.

— Você não está sozinha, Agnes! — Tristano tentou lembrar de como era não saber da verdade. Buscou uma memória que não era sua, da certeza reconfortante de que havia ordem no universo e de que o Criador de tudo era bom. Ele precisava convencê-la, mas era difícil mentir tão descaradamente. — Jesus está sempre com você!

Aquelas palavras soaram mais alto na mente de Agnes. Todos os crucifixos na igreja se inverteram ao mesmo tempo, sinalizando o diabo. Mas Jesus não estava naqueles símbolos.

Jesus estava com ela.

— Repita comigo, Agnes! — vociferou Tristano.

O mendigo abriu a boca e a fumaça negra borbulhou em sua garganta.

Agnes sentiu pena do homem que a segurava pelo rosto. Sentiu-se tomada pela caridade. Só queria confortar sua dor, fazê-lo feliz.

— Renunciais ao pecado — gritou Tristano, sobre o barulho da fumaça borbulhante, numa tentativa desesperada de ser ouvido por Agnes — para viverdes na liberdade dos filhos de Deus?

A fumaça negra emergiu do mendigo e serpenteou em direção a Agnes. Mas então não era mais fumaça. Era algo que ficava cada vez mais sólido. Tinha a forma de tentáculos. O primeiro terminava em uma garra, como a de uma lagosta. A coisa chegou mais e mais perto da cabeça da noviça.

Agnes pensou que podia dar sempre um pouco mais à caridade. Podia dar tudo.

O que Jesus ordenaria?

— *Renunciais ao pecado* — repetiu Tristano, aos gritos — *para viverdes na liberdade dos filhos de Deus?*

Três tentáculos imensos saíram da boca do mendigo. O primeiro encostou no ouvido de Agnes, fazendo cócegas.

Ela sempre podia dar um pouco mais à caridade.

Dar a si mesma.

— Você não pertence a ele, Agnes! Você pertence a Jesus!

O quarto tentáculo era fino e repulsivamente sedoso. Tocou o fundo do ouvido dela. A pressão era insuportável.

— *Você pertence a Jesus! Renunciais ao pecado para viverdes na liberdade dos filhos de Deus?*

Ela ouviu as palavras e sentiu a invasão de seu corpo, de sua alma.

Num segundo de pânico, buscou a resposta em Jesus.

Ela não podia dar a si mesma, porque ela já tinha um dono.

Então Agnes gritou, por sob a mão do mendigo:

— Sim, renuncio!

VIII

ELA CAIU NO CHÃO QUANDO A MÃO E A FORÇA PROFANA A SOLtaram. De repente, não havia mais tentáculos, apenas o rosto sujo desfigurado de ódio e raiva. A sedução foi quebrada e Agnes rejeitou a possessão, sem ter entendido bem o que acontecia. Seu coração bateu com tanta força que ela achou que fosse morrer.

— Ele não tem poder sobre você, Agnes! Preciso de ajuda para exorcizá-lo!

Ela olhou de um para o outro, tentando fazer sentido do teatro absurdo que ocorria naquela igreja. Os vitrais continuavam insanos, as cruzes ainda estavam invertidas. A gritaria de Tristano e os guinchos inumanos do mendigo criavam uma algazarra ensurdecedora. Todas as coincidências improváveis, os instantes de sua vida que tinham se combinado para formar aquela situação ficaram embaralhados na memória. O mundo deixara de fazer sentido de uma hora para a outra.

Ou talvez já tivesse deixado de fazer sentido em Münster, mas ela não tinha tempo para pensar naquilo.

— Ajude-me, Agnes! Vamos expulsar o demônio deste homem!

Ela se ergueu e correu pela nave da igreja. Não quis olhar para trás, mas ouviu o berro agudo do mendigo e sons de luta. Um tijolo enorme foi arremessado em sua direção, errou sua cabeça por pouco, espatifou-se numa coluna a seu lado. Agnes controlou o pavor, alcançou a maleta do Padre Tristano. Abriu-a e tirou de dentro a Bíblia.

Virou-se para enxergar os dois engalfinhados, Tristano pressionando o crucifixo contra a testa do mendigo.

— Sua alma deve estar livre de pecado! — trovejou o padre. — Você precisa se confessar!

Ela olhou para a luta dos dois de olhos arregalados, trêmula.

No fundo da igreja, um mosaico que retratava Santa Maria se moveu. Os olhos na imagem encontraram os de Agnes. A santa colocou o dedo indicador sobre os lábios, avisando para ela se calar.

— Confesse seus pecados! Me ajude a exorcizá-lo!

— Isso é inútil — grunhiu o mendigo. — Quando tudo tiver acabado, eu vou devorar o cadáver dessa vaca.

— Confesse! Tudo que estiver pesando em sua alma vai ser usado pelo demônio!

A santa fez que não com a cabeça.

Agnes fechou os olhos e disse:

— Perdoe-me, padre, porque pequei. Não faz muitos dias desde minha última confissão, mas eu menti. A verdade é que traí meus votos. Eu me deitei com um rapaz.

Falar aquilo em voz alta pela primeira vez foi um alívio surpreendente. Não importava que fosse para aquele homem que ela mal conhecia, numa situação surreal. A irrealidade tornava mais fácil admitir. Admitir o que fizera e admitir que não sentia culpa nenhuma. Não achava que aquilo era errado. Ela não tinha sido uma traidora.

Tinha sido humana.

— Você está perdoada, minha filha! — urrou Tristano, empurrando o mendigo contra uma coluna.

Por um segundo, tudo ficou parado. Então o mendigo atacou os olhos de Tristano com unhas imundas e o padre começou a gritar o ritual:

— Renunciais ao pecado, para viverdes na liberdade dos filhos de Deus?

E Agnes falou, atônita, em voz baixa:

— Sim, renuncio.

O mendigo mordeu Tristano como um animal, mas o padre enfiou a Bíblia em sua boca. Saliva escura escorreu pela capa do livro sagrado.

— Renunciais às seduções do mal, para que o pecado não vos escravize?

A voz de Agnes foi um pouco mais alta:

— Sim, renuncio.

Tristano se desvencilhou do mendigo e lhe deu um chute no peito. O homem imundo cambaleou para trás.

— Renunciais a Satanás, que é o autor do mal e pai da mentira?

E Agnes respondeu com convicção:

— Sim, renuncio!

Ela enfiou a mão na maleta e pegou o frasco metálico. Controlando a tremedeira, caminhou com passos deliberados na direção do mendigo, enquanto destampava o frasco. Aquelas palavras decoradas lhe traziam conforto. Os vitrais mostravam obscenidades, a santa no mosaico a olhava com fúria e decepção. Mas havia força naquela litania, assim como havia força na verdade. Ela não entendia o que estava acontecendo, mas sabia quem era. Era a Irmã Agnes, que pertencia a Jesus e que não se arrependia de ter cometido o pecado da luxúria ao fazer sexo com um rapaz.

Havia liberdade naquilo tudo.

Agnes borrifou o mendigo com a água benta. A pele do homem soltou fumaça e ele gritou. Tristano deu um sorriso feroz. Então fez o sinal da cruz num movimento preciso e estudado:

— Eis a Cruz do Senhor! Fugi, forças inimigas!

O mendigo caiu de joelhos, berrando.

Tristano e Agnes trocaram um olhar. Ele não ousava mais lhe dar instruções. O ritual havia começado e tudo precisava ser exato. A noviça borrifou água benta no homem possuído. A santa na parede começou a verter sangue pelos olhos, pela boca.

Tristano se aproximou do mendigo e soprou em seu rosto. O outro tentou morder seus lábios, ele afastou a cabeça no último instante.

— Com Vosso Espírito, Senhor, afastai os maus espíritos! Mandai que se afastem, porque chegou o Vosso reino!

A voz do mendigo saiu ainda mais alta, estridente e irritante:

— Qual espírito é mais maligno que você? Conte a verdade a sua nova escrava se acredita mesmo na lealdade dela! Conte o que você fez! Conte a ela tudo que causou!

O tom grave de Tristano inundou as palavras do outro:

— Deus, criador e protetor do gênero humano, olhai para este Vosso servo que formastes a Vossa imagem e chamais a participar em Vossa glória! O antigo adversário atormenta-o ferozmente, com poderosa dureza o oprime, com cruel terror o aflige! Enviai sobre ele Vosso Espírito Santo, para que o fortaleça no combate, o ensine a orar na tribulação e com Sua poderosa proteção o defenda!

Agnes começou a ouvir um sussurro, vindo de algum lugar.

O mendigo olhou para ela e sorriu.

— Escutai, Pai Santo, o gemido da Igreja suplicante! Não deixeis que Vosso filho sofra a possessão do pai da mentira; que Vosso servo, remido pelo sangue de Cristo, Vosso Filho, esteja prisioneiro no cativeiro do diabo; que o templo de Vosso Espírito Santo seja morada do espírito imundo!

— Conte a verdade a ele — chiou o mendigo, olhando fixamente para Agnes. — Conte tudo que aconteceu. Conte o que está escondendo. Sua alma não é pura nem verdadeira. Você é uma parasita mentirosa. Tudo em sua vida é uma mentira e todos vão descobrir.

Ela jogou água benta no rosto do homem. Mais uma vez, o líquido o queimou como ácido. As palavras foram cortadas por um berro de dor.

— Ouvi, Deus de misericórdia, as preces da Virgem Santa Maria, cujo Filho, ao morrer na cruz, esmagou a cabeça da antiga serpente e confiou a Sua Mãe como filhos todos os homens! Resplandeça neste Vosso servo a luz da verdade, entre nele a alegria da paz, tome posse dele o Espírito de santidade e, com sua inabitação, torne-o sereno e puro.

A máscara de ódio do possuído se transformou em puro horror. Ele olhou para Agnes em súplica e ganiu com voz quebrada:

— Eu sei que o demônio está em mim. Eu sei. Estou com medo. Não me deixe sozinho. Pegue minha mão, por favor, só pegue minha mão. Eu não tenho culpa. Não me machuque mais, por favor, eu imploro, só pegue minha mão. Eu não quero estar sozinho.

Lágrimas gordas escorreram dos olhos, deixando rastros na sujeira das bochechas.

Tremendo, Agnes quis mais do que tudo aceitar o pedido.

Mas jogou água benta na mão estendida e o mendigo gritou.

— Ouvi, Senhor, a intercessão do Arcanjo São Miguel e de todos os Anjos que incessantemente Vos servem! Deus de todos os poderes, repeli a força do diabo! Deus da verdade e do perdão, afastai suas insídias enganadoras! Deus da liberdade e da graça, desligai os laços da iniquidade!

O mendigo voltou a berrar com um guincho estridente:

— Ele a despreza! Você traiu tudo e todos, mentiu, condenou sua alma, por um homem que só a enganou! Ele se escondeu de você porque a despreza, assim como todos! Você não tem ninguém, é um refugo, é o excremento que a humanidade deixa para trás!

Ela fez o gesto para jogar mais água benta, mas o frasco estava vazio. Ficou paralisada, sentindo as palavras se esgueirarem para o fundo de sua mente.

— Deus clemente, que no Vosso amor infinito quereis a salvação humana, ouvi a oração de Vossos apóstolos São Pedro e São Paulo e de todos os Santos, que por Vossa graça foram vencedores do Maligno! Libertai este Vosso servo de todo o poder do mal e guardai-o, são e salvo, para que, recuperando a tranquila piedade, Vos ame com todo o coração e Vos sirva em suas obras, Vos glorifique em seu louvor e Vos exalte em sua vida!

Ela aproximou a mão do rosto do mendigo.

— Você é lixo. Sua mãe a odiou assim que a pariu. Ela odiou um bebê, desejou ter abortado, porque é só isso que você merece.

A noviça viu Santa Maria rindo de sua miséria, zombando do ato profano de uma mãe tentando sufocar sua filha com um travesseiro.

— Foi deixada para trás pelos médicos e enfermeiras. Eles a jogaram no lixo para morrer, mas no lixo você prosperou como o verme que é. Só foi acolhida no convento por pena, mas todos preferiam que nunca tivesse pisado lá. Todos estão felizes em se ver livres de sua presença imunda!

Tristano gritou ainda mais alto, tomando a igreja com sua voz de trovão:

— Por Nosso Senhor Jesus Cristo, Vosso Filho, que é Deus convosco na unidade do Espírito Santo!

Agnes estava prestes a encostar no rosto do mendigo. Ele estava sorrindo.

Ela desenhou com o dedo uma cruz em sua testa e disse:

— *Amém.*

O mendigo caiu no chão e começou a convulsionar. A saliva que escorria de sua boca era negra. Tristano se aproximou, descrevendo cruzes no ar como um lutador desfere golpes.

— Eu te esconjuro, Satanás, inimigo da salvação humana! Reconhece a justiça e bondade de Deus Pai, que condenou com justo juízo a tua soberba e inveja! Afasta-te deste servo de Deus, que Deus formou Sua imagem, enriqueceu com Seus dons e adotou como filho de Sua misericórdia!

O mendigo começou a proferir uma torrente de palavras incompreensíveis. Primeiro parecia glossolalia sem sentido, mas então Agnes reconheceu fragmentos em francês e espanhol, algo de latim. Não havia como saber se tudo aquilo eram linguagens humanas ou se era a língua do diabo.

— Eu te esconjuro, Satanás, príncipe deste mundo! Reconhece o poder e a força de Jesus Cristo, que te venceu no deserto, te derrotou no Horto das Oliveiras, te destronou na cruz e, ressuscitando do sepulcro, transferiu os teus troféus para o reino da luz! Retira-te desta criatura de Deus, que Jesus Cristo, nosso Senhor, nascendo, tornou Seu irmão e, morrendo na cruz, adquiriu por Seu sangue!

Então, da garganta do mendigo, emergiu um som gutural. A boca não se moveu, a língua permaneceu estática. Mas a voz horrenda emanou daquele corpo, inconfundivelmente:

— *Satanás é o nome que deram ao medo de sua própria natureza. Jesus Cristo é o nome que deram ao sacrifício profano de um carpinteiro louco. Meu nome é Raiz da Agonia Inevitável e eu terei minha vingança. Você renunciou a sua chance, traidor, e vai pagar junto a todos na glória do sacrifício atômico.*

O olho esquerdo do mendigo foi empurrado para fora por um tentáculo que emergiu da cavidade ocular. A coisa ficou maior e maior, tomou forma até mostrar uma espécie de cabeça bulbosa e cheia de olhos na ponta. Exatamente como nos vitrais.

— Eu te esconjuro, Satanás, sedutor do gênero humano! Reconhece o Espírito da verdade e da graça, que desarmou tuas ciladas e desfez tuas mentiras! Sai desta criatura de Deus, que Ele marcou com o selo divino! Retira-te deste homem, que Deus, com a unção espiritual, converteu em Seu templo sagrado!

Agnes não podia fazer nada além de olhar e rezar, esperando o momento de falar a palavra santa. Era parte do ritual, tanto quanto o discurso de Tristano.

A voz gutural cessou, mas foi substituída por uma voz infantil de menina. Falou algo que Agnes não compreendeu, numa língua ríspida. Então uma voz de mulher madura, falando algo em francês, mas ela também não conseguiu captar tudo. A voz grossa de um homem adulto, falando em inglês e dizendo que não queria mais estar ali. As vozes humanas emergiram da garganta do mendigo entrecortadas, como pedaços de uma música inseridos numa fita cassete. O olho direito também saltou, empurrado por mais um tentáculo. Um terceiro tentáculo saiu de uma narina.

Uma voz de velho, falando em alemão, dominou todas as outras:

— Eu sou Hans Richter! Eu sou, eu ainda lembro de quando era! Minha vida foi miséria e drogas, mas era minha! Tire-o de dentro de mim, eu imploro!

Tristano brandiu o crucifixo:

— Hans Richter não pertence a você, Raiz da Agonia Inevitável! Eu te esconjuro!

À menção do nome, tentáculos eclodiram como numa enchente da boca, das narinas, dos olhos, dos ouvidos. A criatura estava se contorcendo, como se estivesse sentindo dor.

— *Por isso, afasta-te, Satanás!* Em nome do Pai, do Filho e do Espírito Santo! Afasta-te, pela fé e a oração da Igreja! Afasta-te pelo sinal da Santa Cruz de Nosso Senhor Jesus Cristo! Ele que vive e reina pelos séculos dos séculos!

E Agnes fez o sinal da cruz:

— *Amém!*

— Agnes, feche os olhos!

Ela obedeceu sem pensar. Num segundo, a igreja tremeu com o urro monstruoso, que parecia uma avalanche. Todas as vozes humanas gritaram ao mesmo tempo, em pavor ou júbilo. Agradeceram e amaldiçoaram. Tristano também gritou de dor, uma ventania fétida soprou por todos os lados, puxando o crucifixo ao redor do pescoço de Agnes em todas as direções.

Então, assim como tinha começado, acabou.

A Marienkirche estava em silêncio total. Nada se movia. Sem precisar de instrução, a noviça abriu os olhos.

Os vitrais mostravam os santos, como deveria ser. O mosaico retratava Santa Maria sem nenhuma profanação. As cruzes estavam na posição correta.

O mendigo jazia no chão, imóvel. Agnes só precisou de poucos segundos para notar que não respirava. Mas não trazia nenhum sinal de violência. Tinha os dois olhos.

Tristano estava ajoelhado perto dele, tentando arrumar as próprias roupas. Tremia muito e sangrava pelo nariz e pela boca. Agnes foi até ele, porque os dedos não tinham força o bastante para abotoar a camisa.

IX

ELES FICARAM EM SILÊNCIO. AGNES ESPEROU QUE, DE ALGUM modo, aquilo começasse a fazer sentido.

— Era essa sua tarefa? — ela perguntou, por fim.

Tristano assentiu com a cabeça.

— Você veio a Osnabrück para exorcizar este homem?

— Não, Agnes. Não. Na verdade, eu não sabia que ele estava aqui, não sou capaz de detectar demônios em corpos humanos. Só soube que deveria exorcizá-lo porque ele estava desesperado e nos atacou imediatamente. Isso foi só o início.

— Início de quê?

Ele manteve o olhar nela por algum tempo. Estava com aparência melhor, mas ainda muito pálido e suarento. O nariz começou a sangrar de novo e ele tentou conter o sangue com um lenço já empapado.

— O que você acha que houve aqui?

Ela não respondeu.

— Você está em choque — disse Tristano, mas então ela foi rápida:

— Não estou em choque. Estou com medo.

— Não precisa ter medo. Com sua ajuda, eu posso...

— Você vai me matar?

Mais uma vez, o rosto de Tristano foi tomado por uma expressão de carinho e preocupação. A sugestão era ofensiva.

— Não, Agnes! Eu nunca faria mal a você. Por que perguntou isso?

— Porque, se você não me matar ou não me prender aqui, eu vou chamar a polícia.

Tristano pareceu confuso.

— Um homem morreu! — Agnes falou, acusatória. — Talvez a morte dele não seja nossa culpa, mas fizemos um ritual em vez de chamar uma ambulância.

— Agnes, não faça isso comigo. Não faça isso com você mesma.

— Não fazer o quê? Contar o que aconteceu aqui? Tratar esse coitado como uma pessoa, pelo menos na morte?

— O que você acha que aconteceu?

— Vou chamar a polícia agora.

— O que você acha que aconteceu?

— Um homem perturbado morreu na minha frente! — ela gritou.

Uma enxurrada de emoção e medo tardio a tomou. Enquanto ela falava, o risco e a violência que acabara de vivenciar se tornaram muito reais. Agnes tremeu sem controle. As lágrimas se avolumaram em seus olhos, mas ela se conteve para não chorar.

— *Ele está morto... Está morto. Eu podia ter... Ele quase...*

Tristano levantou com dificuldade e a segurou em seus braços grossos como toras.

— Ele está morto, mas isso não significa o que você pensa. E você não morreu. Ele não fez nada que algum tempo e alguns curativos não possam consertar. Você foi corajosa, Agnes, foi uma guerreira. Você me ajudou e preciso que continue me ajudando.

— Ele quase...

— Isso *não* aconteceu. Não faz parte de seu passado. Você só está lembrando do que *poderia* ter acontecido.

Vários segundos se passaram antes que Agnes notasse o absurdo daquela frase. Ao mesmo tempo em que o exorcismo e a noção do perigo se tornavam mais distantes, como se tivessem acontecido há muito tempo, a situação real daquele instante ficou mais sólida. Sua percepção já havia mudado tantas vezes desde que pisara naquela cidade que por um momento Agnes não soube se estava sonhando ou acordada, lembrando de algo ou vivenciando o presente.

— Fique comigo, Agnes. Fique comigo, não vá embora.

Ela se desvencilhou do abraço dele.

— Vou chamar a polícia.

— Tudo bem. Apenas me ouça. Ainda tenho minha tarefa a cumprir e ainda preciso de sua ajuda. Apenas ouça o que tenho a dizer e se, depois disso, ainda quiser chamar a polícia, vou esperar ela chegar.

Ela pensou por algum tempo.

— O que acha que aconteceu aqui? — repetiu Tristano.

— Você fez um ritual de exorcismo em um homem doente. Ele morreu, assim como muitas vítimas de doenças mentais já morreram durante exorcismos.

Tristano suspirou fundo, deixou os ombros largos penderem.

— Tudo que você acabou de ver, Agnes...

— Faz dias que não como direito. Eu sei que tive alucinações, mas isso também não é incomum. Vou chamar a polícia.

— Por que acha que isso não foi real?

— Porque nada disso existe!

— O demônio não existe, Agnes?

Ela não teve resposta.

Para Agnes, a existência de Deus não implicava a existência do diabo. A certeza de um Criador benevolente era um conforto perene em sua vida, principalmente depois que fizera os votos de noviça. Mas as histórias sobre o inferno nunca a tinham impressionado. Ouvir as freiras falando sobre lagos de fogo e danação eterna era como ouvir histórias de fantasmas, como ver um filme de terror. Ela tinha saído do convento em busca de um rapaz, mas não era do inferno que tinha medo. Tinha medo da incerteza, do vazio de uma existência sem propósito caso não tivesse mais a vocação divina. Tinha medo da falta de uma explicação para não tê-lo encontrado em Münster e do misterioso endereço que não existia. A resposta podia ser uma mentira enorme ou o mundo podia simplesmente ter enlouquecido.

Agnes não tinha medo do diabo. Sabia que as pessoas eram mais perigosas.

Mas, quando ouviu a pergunta de Tristano, a resposta que parecia tão pronta trancou em sua língua. Agnes não sabia dizer se o demônio existia ou não. O ritual que acabara de presenciar estava cada vez mais embaralhado em sua memória. Ela tinha certeza de que as palavras do pobre esquizofrênico e a zombaria profana de Santa Maria eram só manifestações de sua própria insegurança. Sabia que nada daquilo realmente existira, exceto em sua mente.

Mas estava preparada para dizer que o demônio realmente era falso?

— O mundo é grande, Agnes. É maior do que você imagina.

— Está me dizendo que existem demônios no mundo?

— Coisa pior que demônios.

Ela olhou o cadáver do mendigo, como se fosse uma âncora para puxá-la à sanidade. Um homem morto numa igreja em reforma, numa manhã de novembro. Só isso. Assunto para a polícia.

Mas disse:

— O que é pior que demônios?

Tristano deu um meio sorriso.

— Você precisa manter sua mente aberta, Agnes. O mundo diz para você o tempo todo que só o que existe é o que você pode ver e tocar.

Ela não respondeu.

— Ouça-me, Agnes. Deixe que eu lhe conte sobre um homem que conheci há muito tempo. Por acaso, Agnes, você já ouviu falar de um pároco chamado Don Azaghal?

Um calafrio tomou a espinha de Agnes como um choque elétrico. Tristano conhecia muito sobre ela. De alguma forma a tinha espionado. Ou então havia coincidências demais naquele dia bizarro.

A chance de uma noviça no interior da Alemanha ter ouvido falar de um obscuro padre espanhol do início do século era nula. Mas anos atrás, movida pela curiosidade mórbida sobre o exorcismo de Anneliese Michel, o infame e trágico caso na cidade em que crescera, ela pesquisara sobre exorcistas da Igreja Católica. O que lera tinha cimentado sua crença de que, se demônios existiam, estavam bem longe da Terra. O maior risco aqui era mesmo a crueldade humana. Mas a figura do homem chamado Don Azaghal tinha ficado guardada em algum canto de sua memória, como se esperasse o momento certo de ressurgir. Ela não sabia quando ou onde tinha achado informações sobre aquele homem, mas não importava.

— Sim — ela falou com voz pequena.

Tristano ouviu aquela palavra com gravidade.

— As linhas estão se estreitando, Agnes. Não fique presa ao que acha que conhece, pois foi isso que condenou Don Azaghal.

Ela ainda não tinha tomado café da manhã. Não tinha dormido direito e há dias estava sob estresse pesado. Estava metida em um turbilhão e acabara de presenciar a morte de um homem que tinha tentado atacá-la, tudo isso em meio a um ritual antiquado que mexia com medos irracionais. Era a noção da loucura transformada em algo que podia ser vencido com intervenção divina. Tudo isso explicava as alucinações.

O certo era chamar a polícia.

Do lado de fora da Marienkirche, um mestre de obras pegou uma chave no bolso de seu macacão de trabalho. Ele tinha esquecido a carteira lá dentro no dia anterior e, mesmo que não houvesse expediente naquela manhã, rumou à porta da frente para entrar na igreja e recuperá-la. Quando estava prestes a enfiar a chave na porta, o mestre de obras ouviu uma voz conhecida. Um homem que não via há décadas o chamou. Ele se virou e o choque de revê-lo o deixou paralisado por um segundo. Os dois homens se abraçaram sem pensar.

O mestre de obras tinha crescido em Berlim, antes da construção do Muro. Desde a infância, ele soubera que era um pouco diferente dos outros garotos, mas descobriu a si mesmo realmente quando, já jovem adulto, conheceu um rapaz. Os dois se apaixonaram e viveram juntos um furacão, mantendo o namoro escondido de todos e passando as noites numa febre de revelações e felicidade. O namorado morava longe, no lado ocupado pelos soviéticos, e eles gastavam um longo tempo chegando um ao apartamento do outro enquanto o controle sobre a fronteira crescia gradualmente. Já faziam planos para morar juntos. Então um dia o governo autoritário do lado oriental ergueu um muro e uma cerca de arame farpado. Surgiram vigias. O namorado ficou do outro lado. O muro cresceu, os guardas aumentaram em número e logo havia tanques nos pontos de cruzamento.

Eles nunca mais se viram. O mestre de obras passou alguns meses olhando para o Muro de Berlim com melancolia profunda, considerando fugir para o outro lado e rezando para que seu namorado conseguisse escapar. Mas, aos poucos, isso se tornou apenas tortura. Ele voltou à pequena cidade onde viviam seus avós, sua família estendida. Conheceu outros rapazes, mas a memória do namorado nunca o deixou. Teve cada vez mais medo de ser descoberto naquele lugar muito menor, muito menos vibrante e menos cosmopolita. Conheceu uma mulher, se casou sem amor e teve dois filhos.

Se eles tivessem passado juntos a noite em que o Muro de Berlim foi erguido, tudo teria sido diferente.

Mas agora o antigo namorado tinha ressurgido. Tinha escapado da Alemanha Oriental e estava há meses procurando seu antigo amor, na esperança de que ainda houvesse algo entre os dois. Quando eles se reencontraram, a enxurrada de memórias, tesão, amizade e amor foi tamanha que o mestre de obras esqueceu da carteira. O ex-namorado perguntou se ele queria tomar um café e ele disse sim, o sim mais sincero em décadas.

Se os dois namorados não tivessem se reencontrado naquele exato instante, se o Muro de Berlim não tivesse separado o casal quase 30 anos antes, se o mestre de obras tivesse se apaixonado de novo, a chave teria entrado na fechadura antes de Tristano começar a falar. O cadáver do mendigo teria sido encontrado, a polícia teria sido chamada e tudo teria ocorrido de forma diferente.

Mas a porta continuou fechada.

E, dentro da igreja escura, Tristano contou a Agnes a história daquele estranho padre espanhol, Don Javier Francisco Azaghal.

O Sonho Americano

Estados Unidos, 1880

J

QUANDO CHEGAMOS LÁ, ESTAVAM TODOS MORTOS.

Javier se agarrou a meu braço, mas eu não o teria considerado fraco se ele desmaiasse. Era pouco mais que um garoto, alguém que tinha tomado para si uma missão imensa, talvez pensando que seria só glória. Desmaiar ao ver os cadáveres e os abutres não seria mostra de fraqueza, apenas de humanidade. Eu queria que ele tivesse passado algum tempo na fantasia de que o serviço a Deus seria repleto de beleza e inspiração, mas isso nunca daria certo.

Javier queria ser um exorcista.

Javier era o homem que você conhece como Don Azaghal, Agnes. Existe um mistério em como você ouviu falar dele, mas vamos resolvê-lo mais tarde. Se você conhece a reputação de Don Azaghal, sabe que ele foi uma pessoa dura e implacável, mas ninguém nasce assim. Ele se segurou em mim para não desmaiar, porque provavelmente nunca tinha visto uma pessoa morta, e agora estava vendo uma cidade inteira.

Ou era o que parecia. Deixei que Javier respirasse e recuperasse a firmeza nas pernas, então puxei-o ao longo da Rua Principal para procurar algum sobrevivente.

Os Estados Unidos não estavam sendo bons para nós. Naquele tempo, a viagem da Europa até a América era longa e penosa, feita de navio. Não sabíamos o que iria nos receber. O pedido de ajuda chegara à arquidiocese por uma carta. Pobres católicos perdidos no meio da vastidão do Novo Mundo encontraram alguém que acreditavam estar possuído. Precisavam de ajuda. Havia naquela época todo tipo de pastores, homens santos, reverendos e charlatães que afirmavam saber lidar com o diabo, mas para uma comunidade católica apenas um exorcista sancionado por Roma serviria. Aquela gente tinha escolhido contar com o correio e com a divina providência. A carta chegara à arquidiocese, que então me deu a tarefa. Javier se voluntariou a ir comigo. Seria o fim de seu aprendizado. Fizemos os preparativos com a maior rapidez possível. Cada um de nós carregava um pequeno baú com algumas mudas de roupa e aparatos eclesiásticos.

Uma vez que aportamos em Nova York, não houve tempo para maravilhamento. Eu falava inglês como um nativo, mas Javier tinha começado a aprender há pouco e apressara os estudos durante a viagem, com um livrinho embolorado que carregava para todo lugar. Seu sotaque era terrível, mas ele estava determinado a se fazer entender. Ele tentou tomar a frente para achar os aposentos que a Igreja tinha reservado para nós em uma pensão, mas tudo era muito mais longe do que parecia no mapa. Acabamos nos perdendo por várias horas e, quando chegamos ao lugar, ninguém tinha ouvido falar de nossa chegada e não havia vagas. Não tínhamos como contatar alguém que nos conhecesse, mal sabíamos o nome do responsável por aquela paróquia. Dormimos num banco de praça, ao relento, o que não foi tão ruim para mim, porque já dormi em lugares piores. Fomos abordados por rufiões, mas não perdemos nada importante. De manhã, pegamos um trem, que atravessou boa parte do país e parou no meio da viagem, pois um trecho dos trilhos estava comprometido. Assistimos enquanto trabalhadores chineses que eram pouco mais que escravos consertavam os trilhos, na vastidão das planícies, sob sol escaldante. Nós dois suávamos dentro da batina. Então continuamos viagem até Chicago, onde mais uma vez nos perdemos, mas conseguimos achar nossa diligência, que enfim nos levou até a parada final, e enfim foram só duas horas de caminhada em sapatos pretos, guiados por um mapa e uma bússola, para chegar em Golgotha Hill.

Uma placa na entrada da cidade anunciava que a população consistia de seiscentos habitantes, mas agora aquilo era um cemitério a céu aberto.

Quando você assistir a um filme de cowboys, pense em Golgotha Hill. Pense que, depois que os bandidos assolam uma cidade, os corpos continuam estendidos e isso é um convite aos abutres. Filmes não mostram o cheiro de um massacre, nem a tristeza abjeta de tantas vidas terminando de forma abrupta. Uma bala é uma coisa terrível, Agnes, algo tão pequeno e capaz de fazer tanto mal. Golgotha Hill nos recebeu com um jardim de corpos e balas e tudo que eu conseguia pensar era procurar algum sobrevivente.

Vale a pena descrever Golgotha Hill? Achamos que nossa jornada ia acabar ali, mas foi só o começo. Golgotha Hill era um ajuntamento de casas ao redor de uma igreja, uma delegacia, uma loja de produtos diversos e uma casa cívica que fazia as vezes de prefeitura. Não havia gente suficiente para preencher todos esses cargos com vocação ou competência, mas não importava, porque estavam todos mortos. Não havia para quem pregar, para quem vender. Não havia quem prender e quem governar. Só havia corpos a serem enterrados.

Foi isso que Javier quis fazer.

— Vamos lhes dar um funeral cristão? — ele me perguntou com um misto de medo e esperança.

Não desviei o olhar. Continuei ao longo da Rua Principal, contornando os cadáveres. Muitos animais também haviam morrido, mas havia alguns cavalos e cachorros vivos. Observei um dos cães latindo para uma casa em particular e achei que tinha matado a charada.

— Vamos enterrá-los, não? — insistiu Javier. — Eles eram católicos! Merecem um funeral digno!

— Por que acha que isso faz diferença? — provoquei.

Javier já me conhecia há algum tempo. Ele sabia que eu tinha ideias não convencionais e que a própria arquidiocese já havia me repreendido algumas vezes. Mas eu era o mais extraordinário exorcista que eles conheciam. Quando nenhum médico conseguia explicar o que afligia um paciente, quando nenhum sanatório oferecia qualquer alívio a uma alma atormentada, quando mesmo os padres tinham medo do que podia existir no interior de um fiel desgarrado, era eu quem chamavam. Javier tinha pedido minha tutela porque, apesar de minha infâmia, eu também tinha fama, e era fama merecida. Mas ele ainda assim se chocou.

— Porque é o certo a fazer! — ele respondeu. — O senhor pensa em deixá-los à mercê dos animais?

— Eles não estão mais aí. O que você está vendo são corpos. Pedaços de carne.

— A Igreja nos ensina...

— Você não está na igreja, Javier. Está em Golgotha Hill, e Golgotha Hill está morta. Agora cale a boca e preocupe-se com os vivos.

Fui até a casa que o cachorro indicava. Quando cheguei perto, não tive dúvidas de que era o local de pecado da cidade. Entrei no saloon, vi uma mesa de pôquer com cartas espalhadas e os cadáveres dos jogadores manchando de vermelho o feltro verde desbotado. Havia também cadáveres de mulheres com roupas provocantes, corseletes e camisolas perfurados de balas, maquiagem forte borrada de choro e de sangue. Em todo lugar havia pecado. Os habitantes da cidade eram bons católicos, mas muita coisa acontecia com bons católicos isolados sem nenhum entretenimento.

Não havia bebida visível. O que era algo sábio em meio ao auge do Movimento da Temperança, que tentava banir o álcool em todo o território dos Estados Unidos. Mas não existia saloon sem bebida, era só questão de achá-la.

Procurei um pouco e descobri um alçapão escondido sob um tapete dobrado. Desci uma escadinha e encontrei um porão enorme, iluminado por um lampião fraco, com uma vasta quantidade de bebida em barris e garrafas. Entre as prateleiras estavam todos os sobreviventes de Golgotha Hill. O cachorro latia feliz atrás de mim.

Fui recebido com um revólver apontado para meu rosto.

— Não chegue perto! — disse um homem que tremia muito. — Não vamos nos entregar sem uma briga!

Não era a primeira vez que alguém me apontava uma arma e não seria a última. Mantive a calma ao erguer a mão e afastar o cano.

— Os assassinos já foram embora. Sou o Padre Tobias. Estou aqui para o exorcismo.

Duas ou três pessoas começaram a chorar de alívio. O homem com o revólver deu um suspiro fundo e guardou a arma. Havia cerca de trinta pessoas no porão, disputando espaço com garrafas e barris. Mais da metade eram crianças ou jovens, mas também havia mulheres e homens adultos, além de um punhado de velhos. Um bebê começou a berrar, como se fosse incentivado pelo choro dos adultos, e sua mãe tentou confortá-lo.

— Não há mais perigo — eu disse. — Quem quer que tenha feito isso já foi embora.

O homem do revólver me olhou com seriedade.

— Nós sabemos quem fez isso, padre. Foi o diabo no corpo de Henry Smith.

11

SE VOCÊ ESTÁ IMAGINANDO POR QUE CHAMEI A MIM MESMO DE Tobias, está prestando atenção. Infelizmente, está prestando atenção à coisa errada. Naquela época, eu era o Padre Tobias e estava em Golgotha Hill para um exorcismo.

Eu mesmo tirei os cadáveres do saloon e os deixei na rua, ante os olhos horrorizados de Javier. Eu queria que os sobreviventes saíssem do porão sem precisar encarar imediatamente o que tinha ocorrido. O homem do revólver tinha insistido para me ajudar, mas eu disse que ele precisava ficar ali e cuidar dos outros.

— Já podem sair! — ergui a voz para ser ouvido lá embaixo.

Os sobreviventes saíram do porão um por um. Primeiro alguns homens e um garoto ainda mais novo que Javier, com armas em punho, olhando para os lados em busca de ameaças. Então as mulheres, os velhos e as crianças. O bebê continuava chorando. Por último, o sujeito que tinha me apontado a arma. Aos poucos, eles ocuparam o saloon, sentando nas cadeiras e se apoiando nas paredes e no balcão.

Ficaram ali por um tempo, tentando se acalmar e lidar com a nova realidade de suas vidas. Eles eram e sempre seriam as pessoas que tinham sobrevivido ao massacre de sua cidade, que tinham perdido maridos e esposas, pais, mães e filhos, animais queridos e vizinhos odiados. Tinham perdido quase todo mundo.

— Tragam um barril — mandei.

— Mas padre... — uma matrona de vestido preto começou a protestar.

— Deus compreende — interrompi. — Tragam um barril, ninguém vai para o inferno por beber um pouco agora.

Se havia alguém que precisava de uma bebida, eram os sobreviventes de Golgotha Hill.

Eles trouxeram um barril e duas garrafas. Serviram quem quis. Quase todos quiseram.

Javier, escandalizado, tinha ficado do lado de fora.

Tomei uma dose de uísque e perguntei:

— Por que acham que o culpado é esse tal Henry Smith?

Alguns questionavam com o olhar um padre bebendo uísque, sentado de pernas abertas numa cadeira dentro de um antro de pecado. Era bom que eles prestassem atenção a isso, embora fosse a coisa errada a prestar atenção. Mas era algo para distraí-los do trauma.

— Não foi Henry Smith, na verdade — disse o homem do revólver, há muito já com o revólver guardado. — Foi o demônio que está dentro dele.

— Deixe que eu decido quem tem um demônio dentro de si.

Vários deles se entreolharam. O bebê continuava chorando.

— O senhor não entende, padre. Há anos sofremos com Henry Smith.

— Ele é um bandido?

— Um fora da lei perigoso.

— Se todo bandido fosse possuído, o inferno estaria vazio.

O homem do revólver abriu a boca para argumentar, mas a matrona de vestido preto interrompeu:

— Vamos ignorar o que está acontecendo aqui?

Franzi o cenho para ela.

— Por acaso a passagem do diabo por nossa cidade lhes deu permissão para beber? Não bastasse o sangue derramado, agora também querem derramar lágrimas?

Eu conhecia aquela retórica. A bebida era um problema em muitos lugares dos Estados Unidos, como sempre fora e sempre seria em locais que não ofereciam estímulo para a alma ou estrutura para a mente. O Movimento da Temperança era uma resposta ao abuso que vinha se tornando uma epidemia. Em geral era capitaneado por mulheres, pois o alcoolismo era mais comum em homens, que gastavam todo seu dinheiro nos bares e negligenciavam a família. E era um movimento eminentemente protestante, mas era bem presente naquela cidade católica, porque no mundo real as coisas quase nunca são ordenadas e estáveis. Muitos em Golgotha Hill já tinham esquecido dos ritos do catolicismo tradicional, pois o último padre tinha morrido com uma bala de Henry Smith. Sempre houve e sempre haverá permeabilidade entre diferentes religiões, principalmente num lugar como a América. E sempre haverá quem está mais preocupado com derramar lágrimas por causa do álcool do que com derramar sangue.

— Não se preocupe com isso, senhora — falei.

— Ah, eu me preocupo! Eu me preocupo, porque quando não me preocupei a bebida levou meu marido e meu genro! Ninguém se preocupava com toda essa bebida escondida, e agora Deus está nos punindo!

— Eu garanto que Deus não se importa. Agora me fale sobre Henry Smith.

A matrona empinou o nariz e fungou com desdém. A ela se juntou um pequeno grupo que então se dedicou à atividade de olhar com reprovação para quem estava bebendo. Em meio a isso, os cadáveres apodreciam sob o sol e os sobreviventes choravam, tentavam confortar uns aos outros ou juravam vingança.

— Henry Smith tem o diabo no corpo — garantiu o homem do revólver. — É a única explicação para alguém tão dedicado à maldade.

Ouvi as histórias de Henry Smith e convidei os outros para contá-las. Eles o chamavam de "Horned" Henry, ou Henry Chifrudo. Era líder de um bando que rondava a região. Ninguém sabia por que ele havia escolhido a pequena Golgotha Hill como seu alvo principal, já que lá não havia grandes riquezas ou qualquer coisa de interesse. Quem quer que entrasse ou saísse da cidade tinha a chance de encontrar o bando. Quando encontrava, às vezes só pagava um tributo em dinheiro. Às vezes era achado meses depois, torturado até a morte. O bando já havia aparecido na cidade certa vez. Tinham amarrado os cavalos na frente do saloon, exigido que bebida fosse servida e saído de lá sem pagar, mas nada mais. Também já tinham matado dois xerifes e, é claro, o padre.

— Nada disso indica possessão — falei. — Vocês precisam de um Pinkerton, não de um padre.

— A lei não quer saber de nós, Padre Tobias. Não temos nada a oferecer. Como Henry Smith nunca assaltou um trem ou agiu numa cidade grande, não há recompensa pela cabeça dele.

— Mesmo assim, não é uma possessão.

— Eu ouvi ele falando numa língua estranha! — disse alguém atrás do bar. — Não era língua de gente!

Alguns confirmaram. Horned Henry Smith era a maldade em pessoa, atacava Golgotha Hill sem motivo, matava e torturava por prazer, falava em línguas desconhecidas. Tinha matado o padre na calada da noite, deixando seu cadáver profanado no meio da igreja. Quando ele aparecia, o leite das vacas azedava e certa vez sua chegada foi prenunciada pelo nascimento de um bezerro de duas cabeças.

— Isso é sinal de bruxaria, não de possessão demoníaca.

— O quê?

— Há algum tempo houve uma onda de execuções de bruxas, aqui mesmo em seu país — expliquei. — Um massacre supersticioso e cheio de ódio. Vacas com leite azedo e bezerros de duas cabeças eram supostos sinais de bruxas, não do tipo de possessão que você está descrevendo.

Então o homem do revólver fez uma pergunta sincera:

— Isso quer dizer que não vai nos ajudar?

Suspirei.

O homem que me apontara o revólver, que assumira uma posição de liderança informal, se chamava Joseph Warwick. Era o pai do bebê que não parava de chorar e acreditava que era errado dar atenção especial a sua esposa e seu filho, por isso se mantinha de costas para eles enquanto conversava comigo. Havia um outro homem, chamado Alphonse Chapelle, com sua esposa e suas duas filhas. Alphonse não estava armado e, com sua casaca e sua barriga, parecia mais mole e mais próspero que os outros. A matrona que avisava sobre os perigos do álcool era Margaret Schneider e tinha perdido o que sobrara de sua família no massacre. Havia uma mulher que se mantinha afastada, e vim a descobrir que era a única prostituta que escapara do massacre. Seu nome era Libby Jones e ela parecia mais sozinha que todos ali. O rapaz no fim da adolescência se chamava Bobby Fletch, insistia para ser chamado de Robert e tentava esconder o choro — seus pais e sua irmã tinham morrido no ataque. Havia um homem sem família, um vaqueiro alto e forte com uma arma na cintura. Seu nome era Charles Cochran e, dentre todos, ele se parecia mais com o estereótipo do pioneiro da América.

A pergunta de Joseph Warwick era simples e sincera. Não era nem mesmo uma súplica, mas uma dúvida. Naquele momento em que nada mais fazia sentido, o homem que estava lá para ajudá-los iria mesmo ajudar? Ou viraria as costas a todos? Estava em meu direito virar as costas. Cada um tinha uma história que supostamente provava que Horned Henry Smith estava possuído, mas nenhuma delas era convincente. Ninguém sabia onde ele se escondia. O que eu deveria fazer? Montar num cavalo e sair em busca do bando que acabara de massacrar uma cidade?

Ouvi-os por algumas horas, então os deixei deliberando entre si. Levantei da cadeira e saí do saloon.

Encontrei Javier na rua de terra, encharcado de suor. Ele já enterrara um corpo e estava começando a cavar outro buraco. Os abutres o estavam olhando como se fosse um lanche.

— Onde conseguiu essa pá? — perguntei.

É impressionante o que as pessoas revelam na fração de segundo antes de montar a expressão neutra ou amigável que a maior parte de nós usa na maior parte do tempo. Javier se voltou para mim com um olhar de desprezo no rosto exausto. Então assumiu a postura respeitosa que se esperaria dele.

— Achei na loja.

— E o que está fazendo com ela?

Ele engoliu em seco. Os jovens acham que são cheios de segredos, mas seus pais ou tutores conhecem quase todos. Javier queria gritar comigo, dizer que obviamente estava enterrando os mortos e que eu era um imbecil. Mas ele disse:

— Estou cavando covas, padre.

— Está fazendo algo idiota.

— Estou fazendo o que aprendi ser certo.

— É certo desmaiar de insolação e negligenciar as almas cristãs que realmente precisam de você?

— É certo entrar num prostíbulo e beber enquanto os abutres comem carne humana?

Foi a primeira vez em que Javier me desafiou abertamente. Acho que foi culpa da exaustão e do sol, mas aquilo estava fervendo dentro dele há bastante tempo. Talvez eu o chame de garoto ou rapaz ao contar esta história, mas não esqueça de que Javier Francisco Azaghal era um homem. Um homem cheio de convicções, devotado a Cristo e à Igreja, que cobrava muito de todos e mais ainda de si mesmo.

Havia muita coisa a corrigir em Javier.

— Sente comigo — mandei em tom amigável. — Você precisa descansar.

— Preciso enterrá-los.

— Precisa me obedecer, fedelho.

A mudança súbita fez com que ele ficasse mais ereto, como um militar em posição de sentido. Então deixou a pá cair no chão e sentou comigo na beira do tablado à frente do saloon. Ofereci uma garrafa.

— Não, obrigado, padre.

— Você não é proibido de beber — falei.

— Não quero.

— Muito bem.

Ficamos alguns minutos em silêncio.

— O que o senhor vai fazer? — ele perguntou.

Dei um suspiro fundo.

— Existe dedo do diabo aqui, Javier, quanto a isso não há dúvida. Mas não sei se é alguém possuído ou só o rastro da maldade do Inimigo.

Expliquei a ele as histórias de Horned Henry Smith. Javier era jovem, mas era astuto. Ele também duvidou de que o bandido estivesse possuído, principalmente porque era uma explicação fácil. Era uma boa oportunidade para testá-lo.

— O que você acha, Javier? Viemos até aqui para determinar se há necessidade de um exorcismo. Mas o possuído em geral é alguém que está sofrendo, a quem temos acesso. Não sabemos se existe possessão, nem podemos examinar o suposto aflito. Não existe nenhuma garantia de segurança para nós. Essa gente precisa de algum tipo de ajuda, mas podemos caminhar por algumas horas e esperar pela próxima diligência que nos leve à estação de trem e então a Chicago.

Era um teste óbvio, mas mais complexo do que parecia. Coragem física soa impressionante, mas muitas vezes o maior desafio para um sacerdote é se ater aos assuntos espirituais. Por outro lado, o mundo já sofreu muito pela omissão de padres católicos que fingiram não ver injustiças. Seria interessante ouvir a resposta de Javier, mas fomos interrompidos pela porta do saloon abrindo. Joseph Warwick surgiu com um semblante resoluto.

— Já decidimos o que fazer, Padre Tobias — ele anunciou.

Virei-me para ele, mas não levantei.

— Há uma cidade que pode nos receber. Golgotha Hill era nosso lar, mas foi destruída. Nós já votamos e a decisão foi tomada. Vamos a Goatsbrook.

III

O QUE VOCÊ DEVE LEMBRAR, AGNES, É QUE ESTÁVAMOS EM MAIO. Isso é importante.

As pessoas emergiram do saloon com um ar de esperança tímida. Se você acha que isso não é uma reação apropriada para uma população que perdeu tudo há menos de um dia, saiba que não existe reação apropriada. Quando alguém passa por algo tão terrível, precisamos lhe dar permissão de agir como bem entender, desde que não aumente a tragédia. Você verá pessoas que riem diante do horror, pessoas que se apaixonam, pessoas que ficam enfurecidas. Até mesmo pessoas que têm a reação que todos esperamos, a reação que aparece na TV ou em livros, de resignação e tristeza dramática. As pessoas de Golgotha Hill tiveram um rasgo de esperança movida por uma promessa e uma boa quantidade de álcool. Tudo que eu podia fazer era tentar ajudá-las.

— Goatsbrook? — perguntei. — Onde é esse lugar?

Joseph Warwick se empertigou, como se soubesse que sua resposta não era muito boa.

— Longe daqui. Muito longe.

— Onde?

— Califórnia.

Viajar à Califórnia era algo que tinha definido o espírito desbravador dos Estados Unidos décadas antes, durante a corrida do ouro. Milhares de pioneiros atravessaram o país até aquele estado, atrás das minas e da promessa de oportunidades sem fim. A promessa ainda era bem viva na mente de muitos americanos e imigrantes.

Joseph olhou em volta.

— Golgotha Hill virou um cemitério, Padre Tobias. Queremos estar longe daqui. Longe de Henry Smith.

— Por que vocês acham que um lugar tão distante é a melhor escolha?

Nisso, Joseph Warwick abriu um grande sorriso. Sua esposa também sorriu e, segurando no colo o bebê que enfim parara de chorar, entrou de novo no saloon e saiu de lá arrastando um homem baixo. Alguém que, de alguma forma, eu não tinha visto.

— Não seja tímido, senhor Gottfried! — disse a esposa de Joseph. — O senhor é um de nós agora!

O estranho deu um sorriso amarelo, sem saber como agir. Estava com uma cartola amassada nas mãos e trajava uma casaca azul, uma camisa que deveria ter sido refinada um dia e uma gravata borboleta. Fui cumprimentá-lo, mas, para minha surpresa, ele se abaixou de leve e beijou minha mão.

— Muito prazer, padre — ele falou, respeitoso. — Sou Gottfried Guttmacher.

Os sobreviventes estavam aglomerados no tablado à frente do saloon. Javier estava de pé, um pouco atrás de mim. Bobby Fletch, o jovem que perdera toda a família, estava tentando captar a atenção das crianças mais novas para distraí-las dos cadáveres. A matrona Margaret Schneider olhava o homenzinho com aprovação.

— Por que não estava no saloon, Gottfried? — perguntei.

Ele abaixou a cabeça automaticamente.

— Sou o único forasteiro aqui — falou. — O povo da cidade tem tanto a fazer, tantas decisões a tomar... Não achei que era certo me meter. Fiquei no porão.

— Mas ele nos trouxe a salvação! — disse Joseph.

— Não, não é salvação nenhuma! — Gottfried Guttmacher agitou as mãos, como se Joseph fosse uma carroça que ele tentasse fazer parar. — É muito longe daqui, não sei se é uma boa ideia...

— É uma cidade católica na terra da riqueza! — disse Joseph. — Isso é um sinal de Deus! Ele está nos levando para algo melhor!

— Por favor, senhor Joseph — disse Gottfried. — Não se apresse em conclusões precipitadas. Eu venho daquela cidade e é mesmo um lugar lindo, mas a jornada é perigosa.

— Mais perigoso do que ficar aqui? Com um bandido que está nos matando? Com o próprio diabo à espreita?

Todos os sobreviventes começaram a falar ao mesmo tempo. Troquei um olhar com Javier. Não importava o quanto ele discordasse de mim: naquele momento éramos dois estrangeiros ouvindo uma história improvável e sabíamos que qualquer um de nós dois podia confiar no julgamento do outro.

Gottfried Guttmacher também era um forasteiro. Não só porque vinha dessa tal cidade chamada Goatsbrook. Seu sotaque carregado deixava claro que era um imigrante alemão. Ele tinha um bigode loiro e um jeito educado do Velho Mundo que o marcava como diferente dos americanos mais empedernidos.

Todos nós sabemos como nossa Igreja Católica Apostólica Romana é pouco popular na Alemanha. Por isso pessoas como eu e você, Agnes, que sentimos o chamado dessa vocação tão particular neste país, somos raros. Enxergamos os protestantes luteranos como irmãos, mas nem sempre foi assim. Naquela época, ser católico na Alemanha podia até ser perigoso, certamente retirava o fiel de boa parte da vida social. Não era improvável que Gottfried Guttmacher tivesse emigrado da Alemanha e que tivesse se estabelecido numa cidade católica e procurado outra em suas andanças. O que era improvável era que ele procurasse aceitação justamente nos Estados Unidos, colonizado por protestantes que em muitos casos até hoje nos veem com desconfiança.

Guttmacher contou um pouco de sua história. Estava há menos de dez anos na América, e sua motivação para deixar a Europa era, ele não tinha medo de admitir, o ouro. Havia oportunidade na América, diziam que qualquer um com coragem e ambição podia enriquecer lá.

— Vivo na Califórnia desde que cheguei a este país maravilhoso! — ele disse. — Não se enganem, há muita dificuldade, sangue e tragédia por lá também. Mas não há fome.

A grande diferença entre a Europa e a América, hoje em dia e no fim do século 19, é que na Europa se passa fome por falta de comida e na América se passa fome por falta de dinheiro. Não há escassez real, criada por Deus, apenas escassez artificial, criada pelo homem. Na América, alguém pode morrer de fome ao lado de uma fazenda cheia de gado e trigo maduro, protegida por capangas que vão garantir que o faminto não entre. Na Europa, o rico morre de fome tanto quanto o pobre, porque nosso continente está sempre sendo assolado por alguma praga ou destruído por alguma guerra. Mas o que importa disso tudo é que, para um imigrante como Gottfried Guttmacher, a noção de um lugar com tanta fartura a ponto de não haver risco de fome era fascinante, quase incompreensível.

— Também não deve haver o diabo! — disse Joseph Warwick. — Aqui ele está nos matando!

— O diabo está em todos os lugares — adverti.

Guttmacher elevou sua voz atrapalhada acima do burburinho:

— Ouçam o padre! Não pensem que a Califórnia vai resolver todos os seus problemas!

— Eu não tenho medo do diabo, padre! — disse o jovem Bobby Fletch, intempestivamente. — Sei que posso me confessar e comungar, e isso vai manter o diabo afastado de minha alma. Mas o que podemos fazer quando o diabo está no corpo de um bandido e ele tem mais balas e mais gente do que nós? Também não tenho medo de lutar! Mas até quando nossas crianças vão continuar morrendo?

— Você também é uma criança, Bobby — disse a matrona Margaret Schneider.

— Não sou mais, porque meus pais morreram! Preciso morrer também para deixar de ser?

Eles começaram a falar uns por cima dos outros. Não estavam querendo convencer ninguém além de si mesmos.

— Você vai nos acompanhar, não é mesmo? — perguntou a esposa de Joseph Warwick, com os olhos arregalados de esperança.

Corrigindo, queriam convencer a mim.

Um silêncio se instaurou no grupo. Aquilo ia muito além do dever que a arquidiocese tinha me imposto. E mesmo meu dever inicial já era algo que poucos em minha posição aceitariam. Eu deveria avaliar um caso de exorcismo, não embarcar numa jornada ao longo de metade dos Estados Unidos.

— Ele matou nosso padre — disse Joseph. — Estamos sem um guia espiritual. Quem virá até nós?

— Existem padres na cidade — ofereceu Guttmacher. — Ninguém precisa vir até aqui, pois nós não ficaremos aqui.

— E quanto tempo a viagem vai demorar? — perguntou Margaret. — Vamos ficar meses sem ninguém para zelar por nossa alma?

— Henry Smith vai vir atrás de nós — disse Bobby Fletch. — Ele não vai nos deixar em paz.

Evitei responder. Eu não estava lá para assumir a liderança espiritual de uma comunidade. Além do dever eclesiástico, eu tinha minhas próprias preocupações. Tinha minha tarefa autoimposta, assim como tenho agora, Agnes. Talvez o tal bandido Henry Smith estivesse mesmo possuído. Ou talvez houvesse outro possuído naquela cidade.

Javier deu um passo à frente:

— Se o Padre Tobias não os acompanhar, eu vou — ele disse, num inglês quebrado com forte sotaque espanhol.

Eles ainda não tinham falado com Javier. Mal o tinham visto, exceto como um rapaz magro e mirrado que quase sumia perto de mim.

— E quem é você? — perguntou Margaret Schneider.

— Meu nome é Javier — ele se ergueu, ainda exausto. — Também sou um padre, embora não seja tão experiente quanto Tobias. Meu treinamento de exorcista não está completo, mas, enquanto eu estiver aqui, vocês não vão ficar sozinhos contra o diabo!

O povo de Golgotha Hill se dividiu entre reprovar o risco assumido pelo jovem padre e suspirar de alívio. Javier tinha uma expressão dura e inflexível. As mangas de sua batina estavam arregaçadas e ele estava coberto de poeira pelo trabalho de coveiro que tinha feito durante a tarde. Ele raramente sorria e, naquele momento, parecia impossível imaginar que um dia viesse a sorrir.

— Então que Bobby seja nosso padre! — disse Joseph, com desdém. — Precisamos do exorcista que a Igreja nos mandou!

Javier andou até ele e, mais baixo e muito mais franzino, foi imperioso:

— Eu fiz os votos do sacerdócio tanto quanto o Padre Tobias. Não importa que eu seja mais jovem que vocês, tenho o Espírito Santo a meu lado. E não admitirei esse tipo de desrespeito.

Joseph pediu desculpas com um murmúrio e Bobby deu um meio sorriso de satisfação.

— Sou seu tutor — falei. — Você não fará nada sem minha autorização, Padre Azaghal.

— Eles estão sem um padre há quanto tempo? — ele se exasperou. — Estão acossados, com medo e sem um sacerdote! Isso é um terreno fértil para a heresia! Respeito sua autoridade, Padre Tobias, mas há uma autoridade maior. Não posso permitir que estas ovelhas se desgarrem da Mãe Igreja.

Javier e seus delírios de heresia! Ele enxergava heresia em toda parte. Naquela época ainda fazia algum sentido, mas tenho certeza de que, se estivesse vivo hoje em dia, continuaria intransigente. Hoje em dia o que se costumava chamar de heresia é chamado de diferença de opinião, e já era assim no século passado, ao menos em alguns lugares. Um padre carismático que sabe atrair a atenção do rebanho é popular atualmente, mas seria queimado como herege séculos atrás. Às vezes acho que era isso que Javier queria. Ele estaria mais à vontade na Espanha do século 15, mas estávamos na América do século 19.

Eu sabia que não o faria mudar de ideia. E, de qualquer forma, ele era outra de minhas tarefas. Eu precisava de Javier assim como preciso de você, Agnes. Javier usava sua obstinação como arma. Os outros faziam o que ele queria porque não tinham coragem de o deixar entregue à própria sorte e ele nunca recuava.

Dirigi um olhar de reprovação a ele, mas a batalha estava perdida.

— Muito bem — falei. — Serei seu guia espiritual até a Califórnia.

Alguns beijaram minha mão. Então os homens mandaram que as mulheres e as crianças entrassem de volta no saloon e se puseram a empilhar os cadáveres espalhados pela cidade.

A situação era tão absurda que ninguém conseguia mantê-la em mente por muito tempo. Aquelas eram pessoas que os sobreviventes tinham visto todos os dias. Mas ali estavam, transformadas em pedaços de carne. Eu estava acostumado a ver cenas como aquela, mas senti culpa. Não pense nisso agora. Os homens tinham tomado para si o trabalho macabro porque tinham aprendido desde cedo que cabia a eles tudo que era pesado ou desagradável. Muitas daquelas mulheres, que tinham dado à luz sem condições mínimas de medicina ou higiene, eram muito mais resistentes a se confrontar com o que havia no interior do corpo humano do que os homens. Mas assim tinha sido feito sempre, então continuou sendo feito. Eles pararam para vomitar, desabar no choro ou beber mais. Um punhado caiu de embriaguez porque não era capaz de lidar com o que estavam fazendo. Isso só os tornava humanos.

Não demorou para que os corpos virassem apenas algo a se carregar e uma praticidade mórbida tomasse conta de todos. Para mover um homem alto e gordo, eles discutiram quantos seriam necessários e qual seria a posição mais cômoda. Improvisaram macas e instrumentos para puxar os cadáveres quando já estavam cansados. Já era noite quando todos os corpos estavam empilhados atrás de uma linha de casas que os escondia da visão imediata. Os abutres tinham desistido do banquete, mas moscas e vermes tomaram seu lugar. Todos os vivos estavam sujos de sangue e de coisas mais nojentas, suando e ofegando. Bobby Fletch foi o último a jogar um cadáver num monte de corpos. Ele destinou um olhar de cobiça para as botas do morto e então olhou para trás, sentindo que alguém o observava. Era eu. Mesmo no escuro, nossos olhos se encontraram.

— Ele não vai precisar das botas — eu disse. — Você vai.

— Não parece certo — Bobby argumentou contra si mesmo.

— Nada parece certo aqui. Mas um homem morto não precisa mais de botas e você precisa. Pode pegar.

Bobby hesitou ainda algumas vezes antes de firmar a mão no joelho do morto e com a outra puxar a bota de couro.

— Está roubando de cadáveres? — disse Javier.

Eu não tinha visto quando ele chegara. A lua ainda estava escondida pelas pilhas de corpos e o jovem padre era uma sombra sangrenta no escuro.

— O Padre Tobias disse...

— O Padre Tobias disse que profanar corpos é correto? — cortou meu pupilo.

As coisas aconteciam rápido em Golgotha Hill, Agnes, assim como estão acontecendo rápido em Osnabrück. Era a segunda vez em poucas horas que Javier me desafiava.

— Se vamos fazer uma viagem longa, todos precisam de botas — eu disse.

— Não importa o motivo. Profanar cadáveres é errado.

— Deus não vai punir o garoto por tentar sobreviver.

— Então só devemos seguir os desígnios de Deus quando é conveniente? Quando agir como um depravado é útil devemos nos entregar à depravação?

Fui até ele em dois passos e dei-lhe um tapa com toda a força no lado do rosto. Javier cambaleou e caiu. Peguei-o pela roupa, como um brigão de bar.

— Você é meu pupilo, moleque. Vai me obedecer.

— Vou obedecer a Deus e à Igreja.

— Você não pode ser um fanático, Javier. Você é um guerreiro do Senhor, e um guerreiro muda de tática para vencer a luta.

— Um guerreiro depende de força. Deus me dá toda a força de que preciso.

Soltei a camisa dele, deixando-o cair sentado. Ofereci para ajudá-lo a se levantar, mas ele recusou e se ergueu sozinho. Ficamos os dois olhando para Bobby Fletch, esperando para ver sua reação.

Ele foi embora sem levar as botas.

IV

NA MANHÃ SEGUINTE, CELEBREI A MISSA E TODOS SE CONFESSARAM e comungaram. A igreja ainda estava em estado razoável. Os fiéis sentaram em bancos com furos de bala e me ouviram falar sobre recomeço, esperança e confiança. Eu disse que, mesmo que seus parentes e amigos estivessem mortos, não devíamos nos desesperar, porque eles estavam no Paraíso.

Acho que, durante a missa, Javier notou que eu não acreditava em nada daquilo.

Ouvir as confissões de toda uma comunidade foi tocante, engraçado e doloroso. Eles não tinham ninguém que os escutasse ou que os absolvesse desde que o padre anterior morrera. Era muita culpa acumulada. Dividi meus deveres de confessor com Javier, sabendo que ele seria bem mais severo. Soube então que havia naquela cidade, como em todas, ciúme e ódio, roubo e luxúria. Havia muitas histórias como aquelas em mim. Havia beleza naqueles dramas, embora eu não esperasse que as pessoas envolvidas neles conseguissem enxergar isso. Ser capaz de sofrer é bonito, Agnes, mas só quem vai dizer isso é alguém na posição confortável de não estar sofrendo.

O mais surpreendente foi descobrir que o filho de Joseph Warwick não era realmente de Joseph Warwick. Mary-Anne, sua esposa, tinha apenas uma vez se entregado ao desejo que sentira desde sempre por um vizinho, também casado. Era um período em que ela e o marido não demonstravam afeto um pelo outro, e assim ela tinha certeza de que a única traição resultara em gravidez. A causa do quarto frio do casal era justamente sua incapacidade de ter filhos, o que gerara rancor e frustração. Quando Mary-Anne notou que estava grávida, procurou o marido à noite para encobrir a prova da infidelidade. O

bebê trouxe mais felicidade do que o casal pensava poder existir. O verdadeiro pai morreu no massacre.

— Sou uma pessoa terrível, padre? — ela perguntou depois de contar tudo.

— Você é humana — respondi.

— Mas enganei o homem que amo. Eu o engano todos os dias.

— É verdade. O que você fez não está certo.

— O que devo fazer então?

— Nada. Pare de desejar um passado melhor. Você já errou. Se contar a verdade, vai roubar de seu marido a alegria que o filho traz a ele. Será mais uma crueldade.

— Qual é minha penitência?

— Reze dez Ave-Marias e dez Pais-Nossos. E ame seu filho, Mary-Anne.

O último a se confessar foi Gottfried Guttmacher.

— Perdoe-me, padre, porque pequei — disse o imigrante. — Não me confesso desde que deixei a Califórnia. Quanto tempo faz? Três meses. Três meses inteiros.

— Conte-me o que pesa em sua alma, meu filho — eu disse em alemão. Ele pareceu animado.

— Eu me entreguei à preguiça e à gula nesses três meses, padre — Guttmacher continuou em alemão. — A vida na estrada é muito solitária, mesmo quando você está cercado de pessoas. Não há comunidade, então não há quem o faça se comportar. Eu bebia quando tinha vontade, comia tudo que queria. Muitas vezes dormia a manhã inteira.

— Nada disso é grave. Você não parece um homem indolente.

— Não! Acho que Deus me livrou desse defeito, ao menos. Mas sou fraco para resistir às tentações. Eu... Eu visitei duas prostitutas em meu caminho da Califórnia até aqui.

— Isso é mais grave, mas não deve deixar que torture sua consciência. O importante é tratá-las com respeito.

Notei que meu comentário foi surpreendente. Muitas vezes era difícil manter a fachada que aquela época exigia.

— Acho que as respeitei, padre. O que quer que isso signifique num quarto de bordel.

— Toda pessoa decente sabe o que isso significa.

Ele ficou em silêncio por alguns segundos.

— Se viajou à Califórnia em busca de ouro — perguntei — por que então saiu de lá? E o que estava fazendo num lugar como Golgotha Hill?

Gottfried Guttmacher deu um risinho pequeno, meio constrangido.

— Vim atrás de mais riqueza. Imagino que possa incluir a cobiça como mais um pecado em minha alma. Estamos em Illinois e aqui as minas estão pipocando como estrelas no céu! Dizem que o povo deste estado não tem medo de trabalho e algumas empresas do oeste do país querem terra e gente que lhes traga dinheiro. Eu vim com a missão de achar bons investimentos. Parei em Golgotha Hill para descansar, mas mais uma vez a preguiça tomou conta de mim. Acabei me apegando ao povo daqui e fiquei muito mais tempo do que o necessário, vivendo do dinheiro que me foi confiado.

Como em quase toda confissão tradicional, eu estava de um lado do confessionário e ele estava do outro. Não era possível discernir sua expressão através dos furos na divisória, mas tentei mesmo assim. Gottfried Guttmacher parecia tão pacato que uma jornada daquele tamanho não combinava com ele.

— Então você conhece bem os caminhos da viagem que vamos empreender?

— Muito bem para um viajante solitário, menos bem para uma cidade inteira, ou o que sobrou dela. Eu avisei a todos que a jornada não é algo a ser feito levianamente, mas há pontos de parada, diligências e uma estrada de ferro construída com afinco pelos imigrantes chineses. A parte mais difícil é o *Donner Pass*, a Passagem dos Donner, já na Califórnia, mas há alguns anos um trem leva e traz passageiros em segurança. A única preocupação será o que fazer com as carroças se todos entrarem no trem. Talvez os homens façam o sacrifício de seguir com as carroças enquanto mulheres e crianças viajam no conforto do trem? Eu confiaria mais nas mulheres para o trabalho difícil, mas acho que não convenceremos esses durões orgulhosos disso.

— Eu posso ser o guia espiritual dessa gente, senhor Guttmacher — falei. — Mas eles precisam de um guia terreno. Você será esse guia?

— Eu tenho meu próprio guia, padre. Deus está no céu e nos ditou a Bíblia, mas o *Emigrants' Guide to Oregon and California* está bem aqui em minhas mãos, e é meu livro sagrado.

Depois que as confissões acabaram, quis ver o tal *Emigrants' Guide*. Era um livro gasto, as páginas duras e ensebadas por anos e anos de uso. O "Guia dos Emigrantes para o Oregon e a Califórnia" era um livro com cerca de 150 páginas, escrito por alguém chamado Lansford Hastings e destinado a pioneiros que viajavam do leste para o oeste durante o auge da corrida do ouro, quase quarenta anos atrás. Explicava rotas e perigos de uma época em que o meio dos Estados Unidos era em grande parte selvagem e intocado. Folheei o livro e prestei atenção a algumas passa-

gens destacadas com lápis, cheias de anotações em alemão. Não havia razão para crer que as rotas estivessem em pior estado naquele ano de 1880 do que na primeira metade do século. O mais provável era que o Guia avisasse sobre dificuldades e perigos que não existiam mais.

Devolvi o Guia para Gottfried Guttmacher. Ele abriu um largo sorriso que o deixava com uma leve cara de tolo. Era difícil manter em mente que aquele homem tinha o espírito desbravador de quem saía da Alemanha para procurar ouro na América. Ele foi então ajudar os outros sobreviventes a organizar a partida.

Javier estava a alguns metros de mim, dirigindo-me um olhar indecifrável. Resolvi ignorá-lo.

Preparar uma jornada tão grande, principalmente sem volta, não é só trabalhoso — é complexo e inesperadamente emotivo. Todos estamos acostumados à noção de voltar atrás. Nunca realmente acreditamos que uma partida será a última vez que enxergamos um local querido. Atribuímos qualidades humanas a coisas inanimadas e nos sentimos como traidores ao deixá-las para trás. Mas Golgotha Hill tinha morrido com o massacre. Mesmo que alguém voltasse àquele lugar e restabelecesse ali uma comunidade, não seria mais a mesma. Houvera uma ruptura drástica, não gradual. Todos os sonhos e a continuidade de gerações que compunham uma cidade tinham sido interrompidos por Horned Henry Smith. Os sobreviventes faziam escolhas sobre o que era prático levar e sobre o que deixar para ser esquecido. Pais de filhos mortos olhavam seus brinquedos e chegavam à conclusão de que tudo que podiam carregar eram memórias. Um vestido caro, que tinha sido o maior presente de toda uma vida, era abandonado para dar lugar a mais um saco de farinha. Bois, cavalos e cães eram reunidos, mas todos os animais menos úteis foram soltos para morrer na selvageria inesperada.

Os migrantes tinham carroças cobertas com tecido branco, como você vê em filmes de Velho Oeste. Era assim que se viajava naquela época. Eram ao todo nove carroças. Elas precisavam ser grandes para abrigar aqueles que não conseguiam caminhar durante a maior parte do dia, para carregar toda a vida daquelas pessoas e para que, em caso de ataque, formassem um círculo e se transformassem numa espécie de forte improvisado. Você pode ter visto isso em desenhos animados, Agnes, e achado que fosse um clichê de roteiristas repetitivos, mas aquela era uma técnica de sobrevivência. Numa viagem de pioneiros ou emigrantes, todos se tornavam soldados e todos se tornavam alvos. Não havia a quem recorrer e uma carroça entre você e a espingarda do inimigo podia ser a diferença entre a vida e a morte.

A chance de encontrar nativos era pequena, porque naquela época os colonizadores brancos já tinham diminuído sua ameaça por meio do genocídio. O maior risco eram bandos como o de Henry Smith ou tropas de soldados desgarrados e desgraçados da Guerra de Secessão. O conflito tinha acabado quinze anos antes, mas seus efeitos ainda eram sentidos. E, para enfrentar tudo isso, os sobreviventes de Golgotha Hill só contavam consigo mesmos. Se você está imaginando pessoas fortes e determinadas, montadas a cavalo, com chapéus de cowboy, uma imagem melhor vai fazê-la entender o risco da viagem que estava prestes a começar. Cada cidadão tinha um ou dois trajes que serviam para todas as situações. Os mais abastados tinham ainda uma roupa mais requintada, que vestiam aos domingos. E não eram trajes de explorador ou de vaqueiro. Aquelas pessoas usavam casacas e paletós, coletes e camisas abotoadas até o pescoço, chapéus-coco e cartolas. Calçavam sapatos feitos para grandes cidades. Golgotha Hill era uma cidade, embora não fosse grande, e as pessoas queriam viver lá como se vivia na civilização. Para a maior parte dos migrantes, atravessar os Estados Unidos era como hoje em dia fazer uma longa trilha pelo mato vestindo terno e gravata ou um vestido de festa. Com a diferença de que era uma trilha que duraria meses.

Eu pensava naquilo e ajudava no que podia, quando enfim me rendi ao escrutínio de Javier e fui falar com ele. Meu pupilo vestia a mesma batina suja de sangue do dia anterior.

— Você acha que seu jeito vai ajudar essa gente, Javier?

Algo tinha mudado nele. Ele me olhava sem quase nenhum resquício da admiração de dois dias atrás. Houve um impulso dentro de mim de simplesmente matá-lo. Ele era um rapaz magro e baixo, seria fácil lhe dar um soco, agarrá-lo pelo pescoço e apertar. Em outra época, era o que eu teria feito. Mas eu não queria mais matar. Matar não era a resposta, principalmente no caso de um amigo que só estava me desafiando. Eu também queria entrar na cabeça de Javier e saber tudo que se passava lá, entender a razão de sua rebeldia súbita, sua intransigência, o que havia acontecido para que ele fosse assim, mas soube que era errado.

— Os fiéis que se confessaram ao senhor rezaram bem pouco — ele disse, a título de resposta.

— Eles têm mais o que fazer. Precisam montar a caravana.

— Montar a caravana é mais importante que cumprir a penitência devida? De que adianta preservar a vida neste mundo se a alma está condenada?

— Eles cumpriram suas penitências, determinadas por mim. Eu os absolvi.

— Um dia o senhor vai descobrir se sua leniência não condenou ao inferno aqueles que confiaram em sua absolvição.

Coloquei a mão em seu ombro. Movi-a alguns centímetros, para seu pescoço. Meu polegar sobre sua garganta. Seria fácil.

— O que está acontecendo, Javier? Por que me desrespeita desta forma?

— O senhor mudou quando chegou a esta cidade.

Javier podia ser irritante, mas não era burro. Ele notara.

— Quis ser seu pupilo porque o senhor faz o que ninguém mais faz! — ele disse. — Num mundo cada vez mais cientificista e apóstata, o senhor sabe que existem demônios! O senhor segue a Bíblia! O que mudou quando chegamos aqui?

Eu não podia dizer, não ainda. Não podia dizer por que era fácil ser implacável na civilização, por que era certo ser inflexível quando as pessoas comuns eram cegas ao perigo real de uma possessão verdadeira. Mas enxergar mais um campo de massacre tinha trazido à tona algo em mim. Não algo, *alguém*, mas isso não importa agora.

— Apenas um tolo não se adapta às situações que enfrenta, Javier.

— Não é verdade! Deus nos entregou um mapa de como viver! O mundo deve se adaptar, não nós, que estamos corretos!

— Javier, muito tempo atrás, eu tive um amigo que pensava como você. E ele pensava assim em grande parte por minha culpa. Eu achei que esse amigo podia ser um pupilo, assim como você é, mas tudo deu muito errado. E só não deu mais errado porque ele nem sempre me deu ouvidos.

— Pare de falar em enigmas! Eufemismos são só mentiras ditas com educação.

— Não é hora ainda, Javier. Não é hora, mas um dia falarei sobre meu amigo. Primeiro você precisa abrir seu coração para um mundo que não conhece. Os fanáticos nunca serviram bem à Igreja. Você não pode ser um deles.

— Fanáticos? — ele deu um riso de desprezo. — É assim que os hereges chamam os fiéis.

Minha mão estava em torno do pescoço dele. Podia ser um gesto de carinho, podia ser uma ameaça brutal. Havia muita gente com potencial em Golgotha Hill. Eu enxergava o que havia dentro deles. Bobby Fletch era mais jovem que Javier, mais flexível. Seria mais fácil transformar um sobrevivente num religioso do que o contrário. Inglês era sua língua

nativa e ele sabia atirar. Ele não tinha família, nem perspectivas de se casar. Eu poderia convencê-lo a vestir a batina, então o destino de Javier pertenceria a ele. Bobby entenderia melhor a verdade.

Levei a outra mão ao pescoço de Javier. Seria fácil. Só mais um assassinato entre tantos. Para ser franco, eu sentia falta. Para ser franco, Agnes, matar é uma droga e você pode ficar sóbrio, mas nunca vai deixar de sentir vontade de usá-la. Aquele era um moleque pomposo desafiando minha autoridade, um pústula que estava neste mundo de merda há vinte e poucos anos, querendo me ensinar como as coisas funcionavam. Ele não sabia o poder que eu tinha sobre ele, *eu* e mais ninguém, ele não sabia que seu deus era eu. Ele não sabia, mas se soubesse estaria ajoelhado me venerando.

Seria fácil. Seria bom.

Levei a outra mão a sua bochecha, num gesto de carinho.

— Deus não é ódio, Javier — menti. — Deus é amor. Chame isso de clichê, chame de fraqueza. Eu amo você, meu pupilo, então por favor abra mão de seu ódio.

Ele se deixou ser abraçado. Era como se ninguém nunca o tivesse abraçado antes.

E eu começara mentindo, como mentia todos os dias e como já muito menti para você, Agnes, mas uma parte daquilo era verdade. Eu amava Javier. Ainda o amo, mesmo que ele não exista mais.

— Meu coração se enche de alegria! — disse Gottfried Guttmacher, de repente. — A amizade vai nos guiar nesta jornada!

Ele levou o *Emigrants' Guide* ao peito, como se fosse uma Bíblia.

V

PARTIMOS.

Eu queria saber como a população de sobreviventes tinha chegado à conclusão de que era melhor abandonar tudo que conhecia e rumar à Califórnia, e nos primeiros dias de viagem obtive minha resposta.

A ideia inicial viera de Mary-Anne Warwick. Fui descobrir depois, em confissões posteriores e em trechos da primeira confissão que ouvira dela, que a mulher tinha medo de ter sido a responsável pelo massacre. Se isso soar idiota, considere-se privilegiada, porque você não vive com medo de um juiz arbitrário e onipresente. Mary-Anne muito rezara para que Deus lhe oferecesse uma solução ao dilema que era o filho de uma traição. Ela via o vizinho com quem traíra Joseph todos os dias, temia que sua vergonha e sua culpa a denunciassem em algum ponto. Temia que seu filho começasse a demonstrar semelhança com o amante e Joseph juntasse as pistas. Todas as noites ela rezava para que algo a livrasse daquilo, então um dia o pai de seu filho morreu. Em meio ao horror, Mary-Anne não conseguiu evitar uma ponta de alívio, pois ela nunca mais precisaria encontrar o vizinho e mesmo seu rosto logo seria esquecido.

E, por sentir alívio, ela sentiu ainda mais culpa.

Naquelas primeiras horas, assim que chegamos a Golgotha Hill, Mary-Anne Warwick tinha certeza de que haviam sido suas orações que tinham matado a cidade. Segundo sua teologia ingênua e apavorada, Deus a tinha punido ao fazer exatamente o que ela tinha pedido e forçá-la a conviver com as consequências. Ela achava que era uma adúltera e assassina, queria fugir do palco de seus crimes. Logo de início, implorou a Joseph para que eles fossem embora, dizendo que era por medo de Henry Smith.

Depois que surgiu a ideia de ir embora, quem primeiro falou em rumar para a Califórnia foi Bobby Fletch. Em geral, num lugar isolado como Golgotha Hill, crescia-se rápido, mas a cidade não apresentava desafios, exceto o horror de Horned Henry Smith. Nem mesmo os adultos eram capazes de enfrentar o fora da lei, então Bobby ficara relegado ao estado de eterna criança, sem grandes aventuras, vivendo ao lado de pessoas que o viam como um mero menino, sendo obrigado a se esconder com as crianças pequenas quando o bandido atacava. A alma de um adolescente já é conturbada normalmente, mas a noção de ser inútil e a impressão de covardia tinham criado nele uma espécie de ódio por si próprio. O que só piorou quando seus pais foram mortos. Bobby via a si mesmo como um fraco, um estorvo que nunca crescera e fora incapaz de ajudar sua própria família. Naquelas primeiras horas depois do massacre, ele se culpava e desejava mais do que tudo provar a si mesmo e aos outros que era um homem. Quando Mary-Anne falou em sair da cidade, Bobby foi logo invadido por histórias de desbravadores. O lema do século nos Estados Unidos era "Vá ao oeste, jovem": um chamado ao destino que se acreditava pertencer a todo americano. Menos de um dia depois de ver seu mundo cair sob balas e sangue, repleto de vergonha e raiva de si mesmo, Bobby achava que só a Califórnia podia redimi-lo. Numa viagem ao oeste, ele poderia provar a todos que tinha crescido e se juntar às fileiras dos bravos.

Libby Jones, a última prostituta sobrevivente de Golgotha Hill, queria ir para o lugar mais distante possível. Por causa de sua profissão, ela era detentora de muitos segredos dentro da comunidade. Sabia quais homens visitavam o saloon, sabia quem se apaixonara por prostitutas, quem mentia para a esposa. Seu quarto era como um confessionário, um local sagrado cujos segredos ficavam para sempre ocultos. Assim, além de fazer sexo, muitos homens contavam a ela seus medos, falavam dos lados mais obscuros de suas personalidades. Libby sabia que nunca conseguiria sair de Golgotha Hill. Mesmo que o dono do saloon permitisse, os cidadãos de bem da cidade não deixariam que ela se afastasse de suas vistas por muito tempo. Quando começaram a falar na ideia de ir à Califórnia, ela imediatamente pensou que, tão longe, poderia começar de novo. Os sobreviventes poderiam fingir que seus segredos não existiam, ela poderia seguir para outra cidade. Todos na Califórnia eram ricos, então ela poderia arranjar um marido abastado e se libertar de sua vida atual, sem ameaçar a dignidade dos demais cidadãos. Fugir para perto dali era arriscar a vida, mas fugir para longe era seguro. Libby elogiou a ideia de Bobby, fazendo com que ele se sentisse muito adulto. Num sussurro, pediu que ele a protegesse, o que garantiu que o rapaz iria ser leal a ela até o fim.

A matrona Margaret Schneider notara a ausência de Gottfried Guttmacher. Todos a chamavam de matrona ou viúva, a ponto de ela não ter outra identidade. Sendo uma das pessoas mais velhas de Golgotha Hill, Margaret realmente tinha noções morais antiquadas e ficava escandalizada com alguns comportamentos dos mais jovens, mas não demorou para que ela se sentisse presa naquele papel. De início, tinha a companhia do marido, mas ele morrera há vários anos. Então tivera pelo menos o padre, mas este também tinha sido morto por Horned Henry Smith. Súbito, não havia ninguém com quem ela pudesse conversar. Todos achavam que Margaret fosse julgar e condenar qualquer palavra ou ação minimamente questionável. Mantinham segredos, só lhe dirigiam a palavra sobre trivialidades e riam em suas costas. Ela passava as noites sozinha em casa, invejando os demais. Margaret queria dizer que também achava algum homem bonito. Queria rir de alguma piada. Queria, que Deus a perdoasse, beber um pouco. Queria fazer o que todos faziam, para ser como todos e conviver com todos. Mas se criou em torno dela uma aura de seriedade imposta. Ela não sabia como sair daquela prisão.

Quando o senhor Gottfried Guttmacher chegou a Golgotha Hill, ela finalmente achou alguém com quem conversar. Eles falavam em alemão, ela relembrando aos poucos a língua aprendida de seu pai imigrante. Guttmacher certa vez tomou a liberdade de chamá-la de Gretchen, o apelido natural de Margaret na Alemanha. Era como seu pai a havia chamado. Ela sentiu uma conexão imensa com aquele homem e demorou a compreender que tinha feito um amigo. Gottfried Guttmacher podia ser um forasteiro e ficar voluntariamente afastado dos assuntos sérios da comunidade, mas Margaret o via como parte da cidade e, quando todos deliberavam o que fazer, pediu para que alguém o chamasse.

Foi Joseph Warwick que, ao ver Gottfried, lembrou das histórias que o alemão contava sobre a cidade de Goatsbrook. Ficava na Califórnia, como Bobby queria. Joseph já tinha folheado o *Emigrants' Guide*, porque afinal havia pouca coisa para ler em Golgotha Hill.

Tudo se encaixava, no dia em que dois padres chegavam à cidade. Era mesmo como se Deus tivesse lhes mostrado um caminho, uma viagem para a libertação. Eles se sentiram como o Povo Escolhido na

Bíblia. Eram cerca de quarenta pessoas em nove carroças rumando para a redenção.

Nem mesmo o início da trilha foi fácil. Havia uma estrada nos primeiros quilômetros depois da cidade, mas ela logo desaparecia, tornando-se pouco mais que um caminho pisoteado por cavalos e homens. Não era lugar adequado para uma carroça, muito menos nove. Mas naquela época as pessoas viajavam por caminhos que não eram adequados para elas, porque nada era. A natureza não é feita para o ser humano, Agnes, e quem vive em cidades nunca vai exatamente entender isso até que seja confrontado com a realidade indiferente do mundo selvagem.

O terreno nunca é plano, pelo menos não do jeito como você está acostumada. Terreno plano na natureza significa pedras, elevações e quedas grandes e pequenas, lama, riachos, terra fofa demais. Os ermos do estado de Illinois, de onde saímos, eram cobertos de vegetação rasteira que escondia buracos e pedregulhos que podiam quebrar as rodas das carroças, e muitas vezes quebravam. Havia muitas árvores, mas felizmente também um terreno de planície que possibilitava nossa travessia. Joseph Warwick e Charles Cochran cavalgavam um pouco à frente, para desbravar o caminho, mas mesmo assim sempre nos deparávamos com algo inesperado. Às vezes um trecho que era fácil para um cavalo se mostrava intransponível para um boi. Ou um obstáculo como uma ravina ou um bosque muito denso só se revelava tarde demais e éramos obrigados a dar meia-volta e refazer todo um trecho. A natureza raramente é vazia. Animais selvagens eram uma preocupação constante. A lentidão dos bois irritava e a precariedade das carroças ameaçava cortar a jornada o tempo todo.

Algo que poucos mencionam é que, nessas situações, o tédio é onipresente e inevitável. Não havia nada para fazer.

Você conhece mais a contemplação, tendo crescido num convento, mas mesmo uma noviça hoje em dia está acostumada a ter uma TV ou um rádio por perto. A ver pessoas diferentes, ouvir notícias, ter assuntos sobre os quais falar. Mas a maior parte daquelas pessoas nunca conhecera ninguém além de seus próprios conterrâneos e o único assunto era o massacre ou a possibilidade de que Horned Henry Smith estivesse à espreita. As crianças, sendo crianças, precisavam de estímulo e queriam brincar, mas não podiam. Mesmo sem ser mateiros e desbravadores, os habitantes de Golgotha Hill não eram ingênuos e sabiam que precisavam ficar atentos para seus filhos. Mas, com o passar dos dias, a jornada se tornou a nova normalidade, o desconhecido se tornou o cotidiano e eles passaram a permitir que as crianças brincassem em volta das carroças, acompanhando o passo lento dos bois.

Na segunda semana, um menino foi mordido por uma cobra. Ele não morreu, o que talvez tenha sido pior. Esse foi o fim das brincadeiras.

Então as crianças eram mantidas dentro das carroças, entediadas, sentindo a tensão e o medo dos adultos, sem saber como processar a morte e a incerteza. Elas gritavam, choravam, tentavam achar coisas para fazer. A comida era contada, mas tanto crianças quanto adultos tentaram roubar só um pouco de suas comidas preferidas nos primeiros dias, apenas para matar o tédio.

Sem nada para fazer além de seguir em frente, o horror do que havia acontecido atacou os sobreviventes em ondas periódicas. Cada pessoa tem seu próprio tempo de luto e de trauma, então sempre havia alguém desabando. Tudo isso criava um caldo de irritação e muitas vezes alguém que se entregava ao choro e ao desespero era recebido com recriminações e raiva.

Mas seguimos.

À noite, cada movimento nas árvores parecia a chegada de Horned Henry Smith. Era a terceira semana de viagem e o garoto mordido pela cobra ainda não tinha morrido. Estávamos acampados no meio das carroças com uma fogueira acesa, os cavalos e bois pastando, amarrados, as mulheres cozinhando algo em panelas grandes, os homens fazendo pequenos consertos ou apenas descansando, as crianças quietas de nervosismo ou tentando achar ânimo para brincar. Cabia a mim e a Javier mediar as emoções daquela gente, com conselhos espirituais que tinham pura aplicação terrena.

Fiquei de pé e todos prestaram atenção em mim.

— Os dias a nossa frente oferecem incerteza e os dias que ficaram para trás nos oferecem melancolia. Mas nós viajamos rumo à esperança! O fim de nossa jornada será melhor que o começo, então não é preciso ter medo de nada.

Eu não queria dizer aquilo. É claro que não acreditava em uma palavra sequer, e não planejara que aquela ideia se manifestasse. Foi algo que surgiu dentro de mim, vindo de algum lugar otimista e estúpido, algo infantil e enterrado no passado. Fiquei desorientado enquanto tentava ordenar meus pensamentos em algo coerente, inserindo algumas de minhas próprias palavras no meio da torrente de espontaneidade, retomando o controle aos poucos.

Mas houve alguns sorrisos.

— Também não podemos ter medo do que já passou — continuei. — Deus nos presenteou com a vida que temos, então nosso dever é dar graças. Vamos achar algo para agradecer em nosso passado.

O que quer que tivesse falado dentro de mim, mesclado a tantas outras presenças e experiências, tinha uma alegria de desespero, uma necessidade frenética de achar conforto no passado, porque nunca teria futuro. Mas isso ressoou com os sobreviventes de Golgotha Hill e logo alguém falou:

— Eu sou grata por ter tantos livros para ler em Golgotha Hill. Foi muita sorte ter conseguido livros num lugar tão remoto.

Era uma jovem senhora com o rosto cheio de marcas de varíola. Chamava-se Vivien Chapelle, era esposa de Alphonse Chapelle. O marido colocou o braço em seus ombros, num gesto de carinho. Ela falava de livros baratos, escritos às pressas e impressos em papel de péssima qualidade, que contavam as façanhas fictícias de pessoas reais. Narravam os fora da lei sendo mortos ou levados à justiça e tinham sempre uma boa dose de romance. Os livros tinham ficado para trás, mas o fato de ela ter conseguido lê-los de novo e de novo em algum ponto era mesmo extraordinário. Só o fato de saber ler já era algo notável.

— Eu sou grato por nossos animais — disse um homem bigodudo, que em Golgotha Hill tivera a profissão de fabricar selas e outros apetrechos. — Eles não sabem o que aconteceu. A amizade deles é sempre pura e verdadeira. Eles nos deram tudo de si e continuarão dando.

Era um sentimento admirável, mesmo que prosaico.

Gottfried Guttmacher pigarreou e tomou a palavra.

— Perdoe-me, padre, mas não vou agradecer pelo passado. O passado me trouxe a Califórnia e a cidade para onde vamos, mas há muito a agradecer agora mesmo, no presente! Somos irmãos aqui. Mesmo eu, que vim de longe e cheguei há pouco, fui recebido como um irmão. Mesmo o senhor, Padre Tobias, e o jovem Padre Azaghal são irmãos aqui. Precisamos agradecer por esta caravana! Aqui perdoamos uns aos outros, porque amamos uns aos outros. O senhor, por exemplo, me deu uma penitência tão leniente quando me confessei! Todos aqui receberam do senhor penitências leves, porque devemos mesmo perdoar nossos erros. Somos todos irmãos, não temos cobranças ou rancores.

Senti o olhar de Javier sobre mim.

Nisso, as árvores se movimentaram perto do acampamento.

Todos saltamos, em atenção imediata. Joseph agarrou uma espingarda que jazia a seu lado, duas mulheres reuniram as crianças. O bigodudo segurou as rédeas de um cavalo e começou a desamarrá-lo.

A vegetação se moveu, inconfundivelmente. O barulho se aproximou.

Joseph tomou a frente com outros dois homens. Bobby se pôs a seu lado.

— Fique para trás, garoto! — Joseph o empurrou com a coronha da arma.

Eu mesmo me aproximei.

— Deixe que cuidamos disso, padre — sussurrou um dos homens.

— Dê-me um revólver e posso lutar — respondi.

Mas, antes que alguém atendesse a meu pedido, Joseph os chamou para avançar. Eles saíram da cobertura das carroças, andando agachados. Ele gritou:

— Quem está aí? Fale ou eu atiro!

Então houve mais barulho nas folhagens, um grunhido, galhos quebrando.

— *Quem está aí?*

E uma voz emergiu do escuro:

— Não atire, Joseph! Sou eu!

A folhagem escura se abriu, revelando um dos sobreviventes, que se aproximava de mãos para cima. Era Charles Cochran, o vaqueiro, que costumava cavalgar à frente da caravana com Joseph.

— Jesus Cristo, homem! — disse o recém-chegado. — Eu disse que fui reconhecer os arredores, não lembra?

Joseph começou a falar algo, mas foi interrompido pela chegada de outra figura.

Mary-Anne surgiu logo atrás de Charles, carregando o bebê nos braços.

— Calma, meu amor — ela disse para o marido. — Está tudo bem.

O tempo pareceu ficar estático, nenhum barulho, enquanto o batedor e Mary-Anne caminharam para perto de nós. Joseph começou a baixar a espingarda, mas parou no meio do movimento.

— O que você estava fazendo, Mary-Anne?

A mulher olhou para ele, intrigada.

— O que você quer dizer?

— É uma pergunta simples. O que você estava fazendo?

— *Joseph!* — ela deu um sussurro alto, típico de maridos e esposas, que universalmente significa "não vamos discutir na frente dos outros".

Mas Joseph repetiu a pergunta. De forma mais pausada, mais deliberada, mais grave.

— O que você estava fazendo, Mary-Anne?

À luz da fogueira, vi Mary-Anne Warwick ficar ruborizada.

— Se quer saber, estava amamentando nosso filho! Vai atirar em mim por causa disso?

Ela ruborizou ainda mais e desviou o olhar para baixo, enquanto fazia menção de se juntar ao grupo mais uma vez. Naquela época, não só atos comuns e naturais eram motivo de escândalo, mas apenas falar sobre eles já era indecente. Mary-Anne não podia amamentar o filho perto do grupo e mencionar isso já causava vergonha.

Charles Cochran abaixou os braços e não parecia mais estar pensando naquilo. Também caminhou na direção das carroças, esfregando as mãos e indo se juntar ao círculo perto da fogueira.

Joseph atravessou a espingarda e barrou o caminho dos dois.

— Mary-Anne, por que você não estava fazendo isso dentro da carroça?

— O quê?

— O lugar de fazer o que você falou é dentro da carroça, não no meio do mato, onde qualquer bandido ou animal pode atacá-la. Por que não estava na carroça?

— Joseph, vamos conversar depois.

— *Por que não estava na carroça?*

Charles ergueu uma mão, num gesto apaziguador.

— Joseph — ele disse — você não precisa...

— Não estou falando com você. Por que não estava na carroça, Mary-Anne?

— Não vou falar disso aqui.

— Vai falar se quiser voltar. Ou pode ficar no meio do mato.

Coloquei a mão no ombro dele.

— Joseph, não faça uma loucura. Você não quer...

— Fique fora disso, padre. O senhor não conhece as mulheres.

— *Joseph!* — ela falou, de olhos arregalados.

— Por que não estava na carroça? — ele já estava quase gritando.

— Porque alguém sempre entra na carroça! Estou farta de ser vista enquanto estou fazendo isso! Estou farta de pessoas verem...

Ela não completou a frase. Era uma vergonha sem sentido, mas era a maneira como todos pensavam.

— *Outros* viram seu corpo, Mary-Anne? — perguntou Joseph.

O sorriso que ela deu era doce, mas tinha um toque de medo.

— E eu não quero mais isso, meu amor. Você sabe que só pertenço a você. Então me afastei um pouco. Me desculpe, meu marido.

Mas ele não abaixou a espingarda.

— Por que chegou junto dele?

Alguém do grupo tentou acalmá-lo, mas Joseph não pareceu ouvir nada.

— Por que chegaram juntos?

— Joseph... — disse Charles, com cuidado. — Eu estava vigiando para que nada acontecesse com ela. Justamente porque poderia ser perigoso.

— *Então todos aqui viram os peitos da minha mulher?* — ele explodiu num berro.

— Não vi nada! — Charles se apressou. — Eu estava de costas, juro!

O bebê começou a chorar. Por um momento, pareceu que Joseph ia apontar a espingarda para alguém, mas ele se conteve. Tremia de raiva.

Eu sabia que não podia falar com aquele homem como se fosse alguém racional. Eu precisava descer ao nível de seu medo. Então disse:

— Quando uma mulher amamenta, o que se vê é um milagre. Nem mesmo o pior pervertido acharia algo indecente nisso, Joseph Warwick. Você não pensa seriamente que seus conterrâneos veem seu filho como um acessório para a luxúria?

Ele se voltou para mim, seus olhos injetados.

— O senhor não conhece as mulheres!

Senti raiva antiga dentro de mim. Raiva vinda de muitos lugares, que queriam responder de muitas formas, que queriam vingança por séculos de homens como ele, mas fui interrompido pela voz de Javier:

— Se você apertar esse gatilho, será amaldiçoado por Deus, Joseph Warwick.

Meu discípulo andou com passos deliberados, sem tirar os olhos de Joseph.

— Uma mulher adúltera deve ser punida — disse Javier. — Mas não é o que está acontecendo aqui! O que se descortina diante de meus olhos é um pai ameaçando a mãe de seu filho! Um irmão julgando outro irmão! Assim como Caim, você vai matar seu irmão pela pequenez de sua alma, Joseph Warwick? Assim como Caim, você será amaldiçoado para sempre! Se é um fratricida, revele-se agora, ímpio!

Ele chegou bem perto de Joseph e enfiou o dedo apontado em seu peito. Sem medo da arma, sem medo de nada.

— Se o amor de Deus e de sua esposa não forem suficientes para lhe ensinar o caminho da retidão, que o fogo do inferno seja. Atire, Joseph Warwick! Atire!

Joseph Warwick não atirou.

Sua esposa voltou a nosso grupo contendo as lágrimas, carregando nos braços o filho de outro homem.

O garoto picado pela cobra não morreu, nem Mary-Anne Warwick. Mas houve o primeiro dedo do primeiro gatilho, sem sinal de Horned Henry Smith.

VI

O CALOR ERA INTENSO, AGNES. ERA JUNHO E O SOL COZINHAVA nossos miolos durante o dia. Andávamos enfiados dentro das roupas de cidade do fim do século passado e sempre estávamos empapados de suor. O suor fazia todos federem e não havia tempo ou condições para que todos tomassem banho. Dentro dos sapatos, estávamos sempre com os pés cheios de bolhas e feridas. Era menos cansativo viajar no interior das carroças, mas o calor lá dentro era insuportável. Todas estavam cheias de mantimentos e objetos, então havia pouco espaço. Embora a comida sempre fosse uma preocupação, a água era abundante. E tínhamos alguns homens no grupo capazes de caçar. Por um tempo, houve relativa fartura para amenizar a rigidez da jornada.

E, depois de quase um mês de viagem, Henry Smith não tinha nos atacado. Tínhamos parado para almoçar na beira de um riacho de água límpida quando alguém levantou a hipótese de que tivéssemos saído de seu território.

Descansar naquela paisagem era acachapante. Os Estados Unidos naquela época pareciam o paraíso. A natureza era inclemente, mas dotada de tamanho esplendor que quase me fazia acreditar que tudo ficaria bem. A vastidão das planícies é incompreensível. Sob o sol forte, o verde dos arbustos e das folhas de árvores parecia brilhar, zumbir com vida e possibilidades. Havia tantas possibilidades naquela terra que eu mesmo não conseguia enxergá-las, tudo se embaralhava, um turbilhão de destinos para aquele país e aquela gente. Estávamos sentados no chão ou em pedras, as crianças chapinhando na água, os cavalos e bois matando a sede. Alguns estavam sentados em cadeiras entalhadas que carregavam desde a cidade. O massacre em Golgotha Hill já estava começando a ficar para trás e o caminho percorrido dava a impressão de que ainda mais tempo havia se passado.

Alguém deu voz ao otimismo:

— Se eles não vieram atrás de nós até agora, acho que não virão mais — disse Alphonse Chapelle.

— Não podemos relaxar — objetou Bobby Fletch. — Eles podem estar só esperando baixarmos a guarda.

Margaret Schneider riu ante o comentário.

— O que foi, senhora? — perguntou Bobby.

— É bonito ouvi-lo falar que nem homem. Dando conselhos! Seu pai ficaria orgulhoso.

Margaret Schneider não tinha nada além das melhores intenções ao dizer aquilo. Ela olhava para Bobby Fletch e via um homem. Achava que o pai morto do rapaz teria orgulho verdadeiro de vê-lo seguindo em frente, com a sabedoria que era exigida pela situação.

Mas eu vi o semblante dele ficar vermelho de fúria súbita. Suas narinas dilataram, ele bufou. Eu estava comendo um pedaço de carne seca e parei no meio de uma mordida, atento para o que aconteceria.

— Eu sou homem, senhora.

— Eu sei, Bobby — disse a matrona, com um sorriso.

Era um sorriso genuíno. Mas Bobby notou que estavam todos prestando atenção a ele e, naquele momento, pareceu uma expressão de condescendência.

— O que preciso fazer para provar que sou homem? Por acaso não trabalho tanto quanto qualquer um?

— Não falei nada em contrário — gaguejou a mulher.

— Sou... — ele começou de novo.

— Nunca existiu um adulto, homem ou mulher, que tenha precisado dizer que era adulto, Bobby — interrompi. — Algumas coisas, quando são ditas, são sempre mentiras.

Ele se virou para mim, tremendo. Um confronto contra uma viúva e um padre era sempre uma derrota, mesmo que ele vencesse. O único caminho era recuar.

Mas ele não recuou:

— Meu nome é Robert.

— Muito bem, Robert. Ninguém está acusando você de nada.

Você acabou de aprender o poder que os nomes têm, Agnes. Bobby Fletch estava tentando ser outra pessoa. Estava tentando ser Robert Fletch. Assim como meu nome agora é Tristano e na época desta história era Tobias. Assim como meu discípulo era Javier, mas um dia seria Don Azaghal. Mas ainda era Bobby, porque é assim que o chamavam.

Não podemos decidir nosso próprio nome, podemos no máximo conquistá-lo, ou ele nos é imposto.

Foi assim com Henry Smith, mas estou me adiantando.

Naquele mesmo dia, quando o sol já começava a cair e estávamos quase nos preparando para acampar, encontramos um deslizamento na lateral de um barranco. Terra e pedras tinham barrado toda a extensão da passagem até uma outra elevação, efetivamente trancando um corredor. Abrir caminho levaria dias, o que nos obrigava a uma escolha.

Podíamos acampar ali, um local seguro, e voltar atrás no dia seguinte. Ou podíamos voltar naquele instante, tentando refazer o caminho enquanto ainda houvesse luz. Mas, se a noite chegasse antes que completássemos o retorno, precisaríamos parar em fila, num ponto onde não era possível montar um acampamento adequado e onde ficaríamos vulneráveis.

Todos estavam irritados. Naquele primeiro trecho da viagem, havia praticamente só uma rota. Estávamos prestes a chegar ao Missouri, então atravessaríamos o Wyoming para a primeira parte realmente difícil, o Deserto do Grande Lago Salgado em Utah. Mesmo assim, era frustrante que o *Emigrants' Guide* não avisasse sobre a precariedade do terreno.

— O Guia não tem nada a ver com isso! — protestou Joseph Warwick. — Não é um mapa detalhado, mas um relato geral! Vai ser útil mais tarde! Ele nos dá uma rota bem melhor e mais rápida que o caminho normal!

— De fato — concordou Gottfried Guttmacher — o Guia não é capaz de descrever cada ravina. Mas talvez seja melhor desistir de segui-lo e procurar um mapa tradicional na próxima cidade.

Houve um resmungo generalizado. Ninguém queria perder mais tempo. O Guia delineava uma rota capaz de economizar quase um mês inteiro, e essa economia faria a diferença quando estivéssemos chegando na Califórnia. Era imperativo chegar a Sierra Nevada antes do início do inverno, ou as nevascas tornariam o terreno intransponível. Um mapa tradicional estava fora de cogitação.

— Não é motivo para desespero — disse Joseph, em tom tranquilizador. — Vamos acampar aqui e dar meia-volta pela manhã.

Charles Cochran, que tinha sido ameaçado por Joseph no acampamento semanas atrás, vinha guardando animosidade. Ele não era acostumado a ser acusado e intimidado sem dar o troco. Era, afinal, alguém que tinha sido designado como batedor e vigia, estava confortável sobre um cavalo e com uma arma na mão. Vendo uma chance de contradizer Joseph e fazê-lo parecer mole e medroso, deu o bote:

— Acampar aqui? — Cochran deu um meio riso. — E deixar quase metade do dia se esvair por nada?

— Qual é a alternativa? — Joseph fingiu não notar o tom do outro, mas não era segredo para ninguém a disputa que começava a se estabelecer.

— A alternativa é não ficar aqui desperdiçando tempo e comida! Não sei quanto a vocês, mas eu não quero morrer de fome antes de chegar a Goatsbrook! Estamos seguindo o caminho desse livro para economizar tempo, mas vamos jogar dias inteiros fora por preguiça?

Um dos piores insultos que você podia dirigir a um desbravador americano naquela época era chamá-lo de preguiçoso. Naquele país, principalmente no fim do século 19, importava muito menos sua origem do que seu destino. Ser preguiçoso significava que seu destino era perder, deixar-se atropelar pelos infortúnios e afundar na terra de oportunidade onde tantos ascendiam. Joseph sentiu seu orgulho ser mordido.

— Não me chame de preguiçoso, Charles Cochran! Estou pensando no bem de nossas famílias! Não podemos viajar à noite!

— Não precisaremos viajar à noite se não perdermos tempo discutindo! Precisamos virar as carroças e continuar agora mesmo.

— Isso é sua soberba falando! Você pode montar em seu cavalo e galopar, mas deve se preocupar com as mulheres e as crianças!

— Eu estava preocupado com sua mulher quando você mesmo a ignorou!

Joseph levou a mão ao revólver na cintura. Eu e Javier nos erguemos, mas foi a voz de Gottfried que cortou a tensão.

— Cavalheiros, cavalheiros! — disse o europeu. — Não há necessidade de conflito! Estamos na terra da liberdade, não? Vamos resolver isso com democracia. Vamos votar.

Joseph e Charles se miraram. Joseph cruzou os braços, fingindo que não tinha quase puxado a arma.

— Muito bem — disse Joseph. — Vamos votar.

Houve um futuro imediato, muito possível, em que Charles Cochran desafiava o papel de liderança não oficial de Joseph, apenas por ele ter proferido aquela frase como se fosse uma decisão. Era um futuro rápido, cheio de sangue, mas não se concretizou.

Joseph pediu para que todos que queriam esperar se manifestassem. Então fez o mesmo com todos que queriam retomar a viagem naquele mesmo dia. Eu e Javier não votamos, mas todos pediram que tomássemos partido.

— Essa escolha é de vocês — falei. — Decidam sozinhos.

Gottfried Guttmacher também se recusou a dar sua opinião. No fim, apenas os cidadãos de Golgotha Hill votaram. Por apenas um voto, decidiu-se dar meia-volta imediatamente. Joseph resmungou algo sobre estarem se arriscando à toa, mas ficou resignado. Começou a organizar na mesma hora os procedimentos para virar as carroças.

— Ei! — ouvi a voz de Bobby Fletch. — Não contaram meu voto!

Muitos nem pararam o que estavam fazendo. Joseph deu um sorriso cansado.

— Só os adultos votam, Bobby.

É claro que isso foi a coisa errada a dizer.

— Meu nome é Robert! — vociferou o rapaz. — Eu sou adulto!

— Você ouviu o padre — respondeu o outro. — Se precisa bater no peito e dizer que é adulto, então não é.

Ergui a mão, dizendo que aquilo não era o significado do que eu tinha falado. Era cada vez mais difícil ordenar tudo que estava dentro de mim e achar a coisa certa a dizer, mas aquela era uma interpretação maliciosa. Incentivar um jovem a agir como adulto não era o mesmo que humilhá-lo. As linhas do destino estavam cada vez mais embaralhadas.

— Eu ia votar para que esperássemos! — gritou Bobby Fletch. — É tão arrogante que prefere arriscar sua vida a me escutar?

— Você não toma as decisões aqui, *Robert* — ele foi incisivo ao pronunciar o nome. — Os adultos tomam.

E aconteceu com Bobby Fletch a pior coisa que poderia acontecer e que acontece sempre com jovens colocados naquele tipo de pressão. Seus olhos se encheram de lágrimas. As pessoas são imbecis quando o assunto é o simples ato de chorar — por mais que eu ame os humanos e encontre em cada um de vocês um enigma e uma história cheia de poesia, a verdade é que pessoas podem ser idiotas. Todos os adultos daquela caravana sabiam que os sentimentos de alguém naquela idade eram selvagens e que Bobby estava quase chorando de raiva, de confusão, de humilhação e de uma série de processos fisiológicos, não por alguma falha moral. Mas quase todos dirigiram a ele um sorriso condescendente.

Um menino de uns 8 anos riu. Bobby explodiu com ele, então as lágrimas escorreram. Chorando e gritando com uma criança, Bobby Fletch passou a ser definitivamente uma criança aos olhos dos outros sobreviventes. Ele quis se esconder para continuar chorando, mas Joseph não permitiu.

— Se vai chorar, chore trabalhando — ele decretou. — Ninguém é preguiçoso aqui.

Bobby Fletch trabalhou, a caravana deu meia-volta.

E, como era óbvio que iria acontecer, anoiteceu antes que chegássemos a uma clareira.

Estávamos no meio de uma passagem estreita, numa ravina ladeada por árvores, quando todos notaram que não era mais possível enxergar um palmo à frente sem lampiões. Qualquer inimigo poderia atacar naquela posição e a caravana não poderia fazer nada para se defender.

— Vamos nos apressar! — gritou Charles Cochran, sobre seu cavalo. — Quanto menos tempo ficarmos aqui, melhor!

— Cale a boca! — Joseph estava furioso. — Foram suas ideias que nos trouxeram até aqui! Precisamos andar com cuidado ou um boi vai tropeçar e quebrar a pata!

— Foi sua cautela que nos atrasou! Vamos votar...

— *Não!* — berrou Joseph Warwick. — Não vamos votar! Isto não é uma democracia! Eu mando!

E dessa vez pegou o revólver, num desafio mudo a quem insistisse num outro sistema de governo. Mesmo no escuro, pude notar alguns homens tocando de leve em suas armas.

— Tomem cuidado — disse Joseph, mais calmo e confiante com a arma na mão. — Sem pressa. Examinem o caminho antes de deixar os bois passarem.

Foi um progresso lento e excruciante. Logo era noite fechada e os estômagos reclamavam de fome. Os animais estavam exaustos e começaram a refugar os comandos. As crianças choravam, gritavam de raiva e cansaço ou simplesmente dormiam. Cada passo precisava ser analisado e colocávamos tábuas de madeira no chão para que bois e carroças passassem. Talvez tivesse o mesmo efeito de ficarmos parados. Àquela altura, eu não sabia mais.

Estávamos trabalhando à luz de tochas e lampiões, o que significava que havia claridade a nosso redor, mas escuridão maciça alguns metros mais longe. Estávamos fazendo um barulho infernal.

Então não notamos que a mata se moveu a nosso redor.

Não ouvimos nada até o primeiro tiro.

O estampido seco foi uma surpresa incompreensível, algo surreal e ridículo. Um cavalo berrou e seu sangue farto e quente espirrou sobre um dos homens. Senti o cheiro inconfundível de pólvora e, assim que os ruídos do ataque ficaram evidentes por todos os lados, fomos envolvidos por um berreiro esganiçado e a voz de Joseph Warwick se sobressaiu:

— É Henry Smith! Estamos sob ataque!

Não houvera treinamento. Aquela gente era corajosa, mas não estava pronta para aquilo. O massacre não os tinha preparado, apenas causado um trauma horrível. Outros estampidos vieram de todos os lados, em meio a uma cacofonia de gritos desafinados, quase musicais. Uma das mulheres levou a mão à altura dos olhos, vendo o sangue rebrilhar entre os dedos, ainda não entendendo direito que havia sido atingida. Vi um dos homens mais empedernidos largar a arma e se encolher em posição fetal ao lado de uma carroça. O horror tinha voltado e o deixado sem ação.

A terra bem a meu lado explodiu com um tiro enquanto saltei para o homem encolhido. Protegi-o com meu corpo enquanto tateava em busca de seu revólver.

— Eles estão nos cercando! — gritou Joseph. — Protejam a retaguarda! Charles, Michael, Jerry, comigo!

Algo dentro de mim achou que conhecia aqueles gritos, ou ao menos aquelas vozes. O turbilhão em meu interior se agitou, alguém quis sair, quis se juntar ao inimigo. Lembrei de cavaleiros vindo de lugar nenhum, circundando-nos como criaturas inumanas, nos matando, muito tempo atrás. Por um instante, não soube o que era agora e o que era antes. Se eu tivesse tempo, poderia silenciar as vozes e lembrar de onde eu conhecia aquilo, determinar por que eu tinha vontade de ser um deles. Enxerguei linhas que levavam meu destino de encontro ao destino daqueles assassinos que eu não conhecia. Talvez eles não fossem mesmo humanos, talvez Horned Henry Smith estivesse possuído. Eu não posso me dar ao luxo de ser supersticioso, mas na superfície pareciam mesmo demônios saindo do inferno para nos arrastar, e eu quis me juntar a eles.

Achei o revólver no chão.

Os tiros furaram nossas carroças. Por toda parte, pessoas berravam, tentando ser ouvidas, mandando os outros calarem a boca ou apenas colocando para fora o medo em seu interior.

— *Billy!* — gritou uma mulher. — *Billy, onde você está?*

— *Não quero morrer! Não quero morrer!*

— *Me levem, mas poupem minha mulher e meu filho!*

Joseph, Charles e os outros dois que tinham sido chamados avançaram entre as carroças, agachados, com espingardas em punho, atirando contra o escuro. Alguns ali eram veteranos da Guerra de Secessão, tinham algum conhecimento de táticas militares e do que era estar num moedor de carne.

— Apaguem esses lampiões! — gritou Joseph. — Não consigo enxergar nada na floresta!

Mas, no meio da gritaria, sua ordem foi interpretada como o contrário:

— Joseph mandou acender mais lampiões! — disse alguém. — Ele não está conseguindo enxergar!

Senti o chumbo quente de uma bala raspar meu ombro, atingindo só tecido. Avancei agachado para me juntar a Joseph e aos outros homens.

— Fique para trás, padre! — disse o líder. — Aqui não é seguro!

— Nenhum lugar é seguro, Joseph Warwick!

Só havia uma carroça a nossa frente. Estávamos espremidos dos lados, tentando enxergar na escuridão enquanto nosso grupo sob ataque brilhava cada vez mais, com lampiões e tochas sendo acesos. Um tiro acertou um lampião e derramou óleo sobre a cobertura de uma carroça. O tecido incendiou na mesma hora, transformando-nos num farol. Um velho estava lá dentro e saltou, tentando fugir do fogo. Tropeçou nas estruturas de madeira e caiu com o rosto contra uma pedra. Foi pisoteado por outros que tentavam recuar.

Eu não conseguia discernir os inimigos nas trevas, mas deixei que minha percepção do destino me guiasse. Vi as linhas se cruzando como a trajetória do voo de mil moscas bêbadas. Linhas sendo cortadas abruptamente e outras continuando por décadas, linhas se misturando e se separando. Uma sombra passou bem a minha frente, um borrão súbito ainda mais escuro, as possibilidades pipocando a todo instante. Agarrei o momento preciso em que todas se apagavam e puxei o gatilho. O estampido de meu revólver me deixou surdo, mas eu não estava preocupado com escutar. O corpo caiu no chão e as possibilidades não se acenderam de novo.

Joseph e os outros atiravam a esmo.

De repente, um cano de espingarda surgiu atrás de mim, sobre meu ombro. Ouvi a respiração rápida e superficial de alguém apavorado. As linhas de destino me mostraram que era Bobby Fletch antes mesmo que meus olhos vissem as mãos jovens tremendo.

Joseph também o notou.

— Bobby, o que está fazendo aqui? — ele gritou.

— Meu nome é Robert! Eu sou homem!

Pontuou o comentário com um tiro. Estava tão perto de nós que precisei me jogar no chão e tapar os ouvidos para não sofrer dano permanente. Ele tremia muito e a bala foi para qualquer lugar, sem nem chegar perto de um inimigo.

— Volte para trás com as crianças! — ordenou Joseph.

— Eu não sou...

— Faça o que estou mandando ou vou matá-lo aqui mesmo!

A última ordem foi um rugido. Eu vi as linhas de destino dos dois se entremeando e havia a possibilidade distinta de que o garoto morresse ali mesmo. Havia muitos futuros para Bobby Fletch e um deles era ser assassinado por um líder inseguro que se via atacado por todos os lados.

Bobby levou a coronha da espingarda ao ombro e atirou de novo.

Joseph se virou para ele, já com o dedo no gatilho. Segurei-o pela roupa, pronto para migrar para algum futuro em que aquilo não acontecesse. Mas, antes que eu precisasse fazer aquilo, o futuro foi escolhido por outro.

Bobby sentiu um puxão forte vindo de baixo. Alguém havia se arrastado no chão, por entre as rodas das carroças, para chegar até nós.

— Você precisa cuidar das crianças! — Gottfried Guttmacher falou com seu sotaque alemão pesado.

— *Não sou...*

— Elas confiam em você, Robert! Só há o caos lá atrás! Proteja as crianças! Ninguém mais pode fazer isso!

Então os olhos de Bobby Fletch brilharam. No meio do combate e do horror, ele deu um sorriso, porque realmente não queria estar lá. A chance de ser Robert sem estar na frente, ser Robert sem estar junto aos outros homens, se apresentou e ele a agarrou. Uma saída digna.

Robert Fletch abraçou a espingarda e começou a recuar.

Uma massa de gente avançou em nossa direção, num ataque suicida. Eles atiraram, agitaram coisas que eu não conseguia ver — talvez facas, talvez tomahawks ou pedaços de pau. Tive uma lembrança súbita de bárbaros vindo até mim com espadas, mas não sabia se era uma lembrança minha ou de alguma pessoa. De novo, não soube em que época estava. Alguém no escuro apertou um gatilho sem mirar e a bala veio rumo a minha cabeça. Ninguém consegue enxergar a trajetória de uma bala, nem mesmo eu, mas meu futuro imediato se descortinou bem claro. Não havia como sair do caminho, então, enquanto o chumbo encontrava o meio dos meus olhos, fazendo meu cérebro espirrar sobre meus companheiros, desloquei-me para outra linha de destino, na qual a bala passava raspando em minha orelha. Senti a ardência se espalhar em meu rosto. Minha visão mundana ficou turva de lágrimas com o choque. Experimentei uma fração de minha morte e isso nunca é fácil. A onda de horror e possibilidades de uma vida interrompida tomou conta de mim. As lágrimas se misturaram com o suor do esforço. A voz mais alta e mais recente dentro de mim gritou, porque não conseguia compreender o que tinha acontecido.

Atrás de nós, era mesmo o caos.

A carroça ainda queimava e os cidadãos tentavam se afastar dela.

— Minhas roupas estão lá dentro! Nossa farinha! Nossa carne!

Não sei quem gritou aquilo, mas foi um apelo para que alguém fizesse algo. As labaredas subiam pelo céu da noite, destruindo o que tinha sido guardado, matando o futuro, condenando sobreviventes ao frio e à fome.

Ao lado, o homem cujo revólver eu pegara continuava preso em seu trauma, abraçando os próprios joelhos no chão.

Ele foi tirado de seu estado de horror por um tapa.

— O que está fazendo? — disse Javier, com um sussurro de indignação.

O homem olhou para ele com a expressão de uma criança.

Javier lhe deu outro tapa.

— Você vai morrer aqui! Quer morrer na lama, escondido como um covarde? Ou quer morrer como um herói?

— Por favor, não... — balbuciou o coitado.

— Vai fazer o que Deus espera de você. Vai se erguer e vai entrar nessa carroça. Vai tirar de lá as roupas, a farinha, a carne e tudo mais que conseguir. Vai cumprir seu dever. Porque você não é um covarde.

— Por favor — ele repetiu. — Não quero morrer.

O tiroteio e a gritaria esganiçada continuavam, em círculos a nosso redor. A lama perto do homem ficou ainda mais encharcada e as chamas refletiram em um líquido vermelho. Era sangue, mas ninguém sabia de quem.

— Por que tem medo de morrer? — perguntou Javier, com dureza. — Se você morrer fazendo o que é certo, vai ao Paraíso. Neste momento você está abrindo o caminho para o inferno. Vai morrer de qualquer jeito, mas se continuar assim vai sozinho e envergonhado para o sofrimento eterno, maldito por todos, porque decepcionou sua família. *Você vai morrer agora.* Quer a recompensa? Ou quer a danação?

Existia algo na voz de Javier que convencia as pessoas. Não, não em sua voz. Em sua alma. O destino que brotava de Javier englobava os outros, envolvendo-os e modificando seus futuros. Conheci apenas um punhado de pessoas com esta característica. E seu destino era sua fé. Ele não acreditava no que dizia — "acreditar" é uma palavra fraca. Ele *sabia* que cada palavra que saía de sua boca era a pura verdade divina. E essa certeza inquebrável não podia ser refutada.

Aquele homem tinha escolha entre obedecer ou não, mas duvidar não era mais uma opção.

Sabendo que ia para o Céu, ele se ergueu como um fantoche. Olhou fixo para o cavalo em agonia que sangrava a seu lado, apertou a gravata e entrou na carroça em chamas.

Alguns segundos depois, os pacotes de farinha começaram a voar de dentro do veículo. O homem já estava em chamas, mas não se importava.

E você pode questionar por que Javier ordenou que aquele homem se sacrificasse, mas ele mesmo não fez isso. Javier Francisco Azaghal tinha muitos defeitos, Agnes, mas a covardia não era um deles.

Meu pupilo ficou de pé no meio do tiroteio, bem iluminado pelas chamas e pelos lampiões, e elevou a voz acima de toda a algazarra.

— Fiquem juntos! Olhem para mim! Não precisam ter medo! Jesus Cristo está conosco!

Então começou a entoar um cântico:

— *Avante, soldados de Deus!*

Os sobreviventes de Golgotha Hill, que não acreditavam que podiam sobreviver a mais aquela noite, enxergaram-no como um bastião. Suas vozes se uniram à dele e eles tiveram clareza de seus arredores. Viram que estavam pisoteando seus conterrâneos, que não estavam ouvindo instruções, que estavam misturando em suas cabeças o massacre da cidade e o ataque que estava acontecendo naquele momento. As balas zuniram em volta de Javier e ele não teve nenhum medo da morte. Ou pelo menos soube abafar seu medo por meio da fé. Com seu cântico, conseguiu ordenar o caos e com certeza salvou algumas vidas.

— As crianças estão atrás daquela carroça! — disse Gottfried Guttmacher. — Lá é mais seguro!

Ele apontou para uma carroça enviesada no caminho. Um boi tinha sido alvejado um punhado de vezes e estava caído, encostado nela. O corpanzil do animal tinha caído de um jeito que bloqueava o acesso mais fácil ao veículo. Tudo isso tinha criado um espaço de relativa segurança, uma fatia da estrada que estava entre o desabamento, a carroça e o boi, onde Robert Fletch protegia as crianças com sua espingarda.

— Avante, soldados de Deus! — continuou Javier.

Gottfried Guttmacher apontou o caminho.

— Graças a Deus! — gritou Margaret Schneider. — Ali estão as crianças!

— Bobby está escondido com elas! — disse Mary-Anne Warwick. — Vamos! Primeiro os velhos e os inválidos!

Era um longo caminho a ser percorrido, mas Javier os manteve unidos e na mesma direção.

Mas nem os tiros nem os gritos ou mesmo a cantoria religiosa impediram que as palavras das mulheres chegassem aos ouvidos de Bobby Fletch.

Quando a manhã chegou, o ataque já tinha cessado há algumas horas. Contudo, só sob a luz do sol pudemos contar os mortos e avaliar o estrago.

Não havia nenhum corpo do bando de Horned Henry Smith. Eu sabia ter matado pelo menos um deles, e outros tinham sido varados pelas balas cegas. Mas, por alguma razão, os corpos foram arrastados quando os bandidos se afastaram. Havia alguns rastros de sangue e um dos homens quis segui-los, mas era uma temeridade que não fazia sentido naquele momento.

O incêndio ficou contido a uma só carroça. O homem a quem Javier tinha prometido a morte e o Céu acabou sobrevivendo, embora tenha sofrido queimaduras horríveis. Ele se juntaria ao garoto picado pela cobra na carroça das pessoas que, se não estavam mortas, eram só peso morto. Todos se sentiram culpados por desejar que ele tivesse realmente morrido em vez de se tornar um estorvo.

Alguns animais tinham caído, mas a caravana podia continuar. Charles Cochran teria que seguir a pé e os bois precisariam ser rearranjados, mas aquilo não era uma sentença de morte.

Nada fora roubado. Muita coisa fora arruinada ou destruída, mas o objetivo do ataque tinha sido violência, não lucro.

Então começou a contagem de cabeças.

Quando a primeira mulher deu falta de seu filho, alguém disse que as crianças deviam estar escondidas. Realmente achamos um casal de irmãos encolhidos atrás de uma roda de carroça, meio enterrados num buraco que eles mesmos tinham cavado.

Mas o filho desaparecido não era um deles.

Então um homem chamou sua filha e ela não respondeu.

E depois sentimos falta de um garoto estudioso, que sonhava em criar um jornal para Golgotha Hill e distribuía panfletos manuscritos para os cidadãos.

E também de uma menina que estava começando a aprender a andar.

A dor de pais e mães que perdem os filhos não pode ser explicada, Agnes. Eles berraram, entraram em desespero. Eles tiveram certeza de que suas crianças estavam em *algum lugar*, que logo seriam achadas. Eles odiaram os pais que tinham encontrado seus filhos, tomados pela pior das invejas. Urraram contra um mundo aleatório e injusto que, naquele momento, estava sendo injusto contra eles. Duvidaram de Deus em silêncio, porque tiveram a clareza de que um Deus bondoso nunca deixaria aquilo acontecer. Depois do massacre em Golgotha Hill, os filhos eram boa parte do que mantinha aquelas pessoas indo em frente. Quatro razões para ir em frente sumiram naquela noite.

— Tudo vai ficar bem — disse Gottfried Guttmacher. — Tudo vai ficar bem. Bobby estava cuidando das crianças.

Então Mary-Anne Warwick perguntou:

— Onde está Bobby?

Éramos apenas quarenta, mas era fácil perder a conta. As pessoas estavam o tempo todo fazendo algo, movendo-se de um lado para o outro e sendo chamadas para alguma tarefa. Entravam e saíam das nove carroças — agora oito — e se misturavam umas com as outras. Enquanto todos estavam preocupados com as crianças, ninguém tinha notado que Bobby Fletch não estava em parte alguma.

Alguns de nós avançaram pelo terreno, em duplas e trios, procurando cadáveres que não queríamos encontrar. Os cadáveres das quatro crianças e também o de Bobby. Ele não tinha mais família, não havia quem se desesperasse por sua ausência. Havia amigos, conterrâneos e vizinhos queridos que diziam que Bobby era como um membro da família, mas se precisavam dizer isso era porque não era família de verdade. Margaret Schneider tomou para si o papel de carpideira e se desesperou pela falta de Bobby, como se fosse sua mãe.

Os pequenos grupos de busca voltaram, cerca de duas horas depois, sem nenhum resultado. O terreno era bem menos traiçoeiro sob a luz do sol, então retomamos o trabalho, pois precisávamos sair daquele corredor e voltar a um ponto onde pudéssemos fazer um perímetro defensivo à noite.

Javier estava ajudando a desatolar uma roda. Seu físico franzino era totalmente inadequado à tarefa, mas isso nunca o havia impedido de fazer nada. Agachei-me perto dele e me juntei ao esforço.

— Você foi muito além de seu dever esta noite — falei. — Estou orgulhoso.

— Obrigado, padre — ele continuou concentrado no trabalho. — Mas só fiz o mínimo.

— Você arriscou sua vida.

— De que vale esta vida? Por que continuar neste mundo sem servir ao próximo e a Deus?

Ele não estava me desafiando. Aquilo foi dito com uma simplicidade óbvia, como se estivéssemos discutindo a cor do céu.

— Não menospreze o valor da vida, Javier. Temos pouco tempo na Terra, não há necessidade de encurtá-lo ainda mais.

— Da maneira que vejo, meu tempo na Terra é uma provação. Farei a vontade de Deus tão bem quanto puder, mas a verdadeira existência vai chegar depois, no Paraíso.

Ele não sabia o que estava falando. Sua certeza era absoluta, mas ele não fazia ideia do que estava falando. Se você tirar só uma lição disso tudo, que seja o valor que nossa vida tem.

— A morte não é ruim por si só — disse Javier. — Pode ser dolorosa, mas não tenho medo da dor. Dor terrena é risível perto da punição que os ímpios sofrerão no inferno. A morte é só uma passagem para o próximo estágio e meu corpo é só um veículo para minha alma.

— Não pense assim, Javier. Parte de nosso dever é preservar a vida. A Igreja se dedica a curar os enfermos.

Conseguimos desatolar a roda. A carroça seguiu seu caminho. Andamos ao lado dela, no passo lento dos bois, secando nosso suor. Javier tremia de esforço, mas não esmorecia.

— Eu não acho que seja tarefa da Igreja retardar a morte de quem tem medo da danação — disse meu discípulo. — Quem é puro sabe para onde vai.

— Você não sabe o que está falando, Javier.

— Eu tenho fé.

— E o choque que sofreu quando viu os cadáveres em Golgotha Hill?

Ele pigarreou, desconfortável.

— Nunca disse que sou perfeito, Padre Tobias. Sei que devo combater minha fraqueza. Mas uma vida humana é uma gota no mar da eternidade. E toda aquela gente ia para o Céu ou para o inferno mais cedo ou mais tarde. Se a gota é um pouco maior ou um pouco menor, pouco importa. Chegará ao oceano de qualquer forma.

— Precisamos conversar sobre isso, meu pupilo. Você comete o pecado da soberba. Acha que sabe tudo, mas mesmo a ciência dos homens mostra nossa ignorância dia após dia. Como presumir que sabemos tudo que se passa fora do mundo físico?

Eu sabia tudo que se passava fora do mundo físico. Você também saberá. Mas não era algo que eu podia falar naquele momento.

— A ciência mostra nossa ignorância? — Javier desdenhou. — Eu digo que a ciência cria mais e mais ilusões, nos deixando cegos para a verdade. E eu sei que tudo que se passa fora do mundo físico está escrito num livro. A Bíblia.

— Mesmo os filósofos da Igreja...

Nossa discussão foi interrompida. A primeira carroça estava saindo da passagem estreita quando a voz de Mary-Anne Warwick cortou o ar, cheia de entusiasmo:

— *Bobby!*

E logo as pessoas desceram das carroças aos pulos, empurrando umas as outras para chegar ao início da fila e ver o rapaz. Deixaram que os pais das crianças desaparecidas passassem na frente. Eu e Javier os acompanhamos. Deparei-me com o jovem Bobby Fletch muito sorridente, com a espingarda apoiada no chão. A roupa toda suja de sangue e o rosto todo cheio de pequenos machucados.

Um homem morto a seus pés, como se fosse um troféu, um animal que ele tinha caçado.

— Peguei um deles! — disse Bobby, explodindo de orgulho. — Consegui pegar um deles, vejam só!

O cadáver estava cravejado de balas. Estava claro que não fora uma morte limpa ou fácil. Bobby tinha acertado suas pernas e seu tronco algumas vezes em pontos não vitais. O ferimento mortal tinha sido na cabeça: metade do crânio do homem estava destruída.

Todos se reuniram em torno dele. Os pais dos desaparecidos na frente.

— E as crianças? — um deles perguntou.

Bobby olhou para ele, ainda sorrindo, franzindo o cenho.

— Que crianças?

Aos poucos, uma percepção cinzenta tomou conta do grupo.

— Bobby — disse Mary-Anne Warwick. — Quando você sumiu, quatro crianças também sumiram.

— Que crianças? — ele repetiu.

Uma das mães caiu no choro. Era como se em questão de horas ela tivesse perdido o filho duas vezes.

— Você ficou responsável pelas crianças — disse Joseph, em tom sombrio.

— Você estava com elas, Bobby — falou Margaret Schneider. Então com cuidado, como se a palavra pudesse quebrar algo: — Não...?

O sorriso de Bobby estava se desfazendo, mas ele insistiu em mostrar o cadáver.

— Vejam! Peguei um deles. Finalmente, temos um dos desgraçados.

O corpo não mostrava nada extraordinário. Era um homem em roupas imundas de mateiro ou explorador. Nada mais.

— Bobby — falou Joseph, pausadamente — você abandonou as crianças para perseguir os bandidos?

Ainda havia um resquício do sorriso, mas Bobby deu um passo para trás.

— Eu peguei um deles — falou mais uma vez.

Então Joseph explodiu:

— *De que nos adianta um cadáver, seu fedelho imprestável? Onde estão nossas crianças?*

Mary-Anne pareceu prestes a desmaiar e se segurou em Charles. Joseph não deu atenção a isso. A noção da escolha de Bobby Fletch se revelou em sua enormidade para todos nós.

— Por que... — começou Margaret, então engasgou antes de completar: — Por que fez isso, Bobby?

Ele não estava mais sorrindo.

— Vocês disseram para eu ficar escondido com as crianças! Mas eu não sou uma criança! Só eu consegui matar um deles e trazer o corpo de volta! Só eu consegui persegui-los. Só eu e mais ninguém! Quem é o homem agora?

— Bobby — falou Gottfried Guttmacher, para a surpresa de todos. Sua voz embargada de pesar. — Eu disse para você proteger as crianças. E você... Você...

— Você as abandonou — disse Margaret. — E os bandidos as levaram embora.

Bobby se afastou do cadáver, como se com isso pudesse se afastar da decisão.

— Eu deixei todas elas em segurança! Como eu ia saber...

— Se estivessem em segurança, quatro não teriam sido levadas — disse Joseph.

— Levadas — completou Charles — ou coisa pior.

— Não! — Bobby soltou a espingarda. — Não! Não foi culpa minha! Eu não podia saber! Eu fui atrás deles, como um homem!

— Um homem cumpre seu dever — disse Margaret, com frieza.

— Vocês disseram que eu era uma criança! Me mandaram ficar escondido!

— Você não é uma criança — disse Mary-Anne. — É um verme.

Bobby, por alguma razão, procurou os olhos de Libby Jones. A prostituta virou o rosto, então se escondeu atrás de alguém.

Bobby olhou em toda a volta, procurando um rosto amigo. Quis ter pena dele, mas havia muitas vozes dentro de mim que o condenavam.

Charles levou a mão ao revólver.

— O que vão fazer agora? — disse o garoto, com a voz trêmula. — Vão me matar porque cometi um erro? Se querem atirar em mim, podem vir! Vou levar alguém comigo!

Deu um passo para perto da espingarda e, num segundo, havia quatro armas apontadas para ele.

Quatro armas.

Uma para cada criança.

— Não vamos atirar em você, Bobby — Joseph tomou a frente, fazendo um gesto pacificador com as mãos espalmadas.

Os olhos do garoto se encheram de lágrimas. Havia alívio e esperança em seu rosto. Infelizmente, eu podia ver para onde seu futuro levava.

— Mas você não é mais bem-vindo entre nós — completou o líder.

Bobby demorou um pouco para entender.

— Como assim...?

— Vamos votar — disse Joseph Warwick, sem emoção na voz. — Vamos votar para decidir se você tem permissão de continuar na caravana.

— Mas... Mas estamos no meio do nada! Não tenho para onde ir!

— É triste ser abandonado, não é mesmo?

Ele chorou, mas eram as únicas lágrimas no grupo todo. Até mesmo os pais dos desaparecidos tinham semblantes de granito. O começo do luto era a vingança.

— Todos a favor de expulsar Robert Fletch da caravana — disse Joseph — ergam as mãos.

Bobby olhou em volta, desesperado.

— Não! *Não!*

Joseph ergueu a mão.

E Charles Cochran também.

E os pais das quatro crianças, é claro.

— Não façam isso! Eu não podia saber!

E Mary-Anne Warwick.

E Libby Jones.

E, um por um, todos.

— Margaret, por favor! Explique a eles! Margaret, você me conhece!

Margaret Schneider ergueu a mão.

Bobby caiu de joelhos e olhou para Gottfried Guttmacher.

— Por favor...

— Desculpe, Bobby — ele disse.

E ergueu a mão.

Então Bobby Fletch, ajoelhado e chorando, rastejou em minha direção.

— Perdão, padre. Perdão, perdão. Eu não posso ficar sozinho. Perdi meu pai e minha mãe. Por favor.

Parte de mim lembrou de ter sido como Bobby. Lembrei de péssimas decisões que tomei ao longo de muitos e muitos anos. E o que era mesmo eu, era meu âmago, soube que eu não podia condená-lo a menos que condenasse a mim mesmo, pois meu crime foi infinitamente maior. Mas também havia tudo que não era eu. Havia crianças e pais, havia a noção do que acontecera com aquelas crianças se estivessem mesmo mortas. Eu sabia que era horrível demais.

Um culpado condenando outro culpado.

Ergui a mão.

Ele se jogou no chão, convulsionando de choro. A realidade do que estava acontecendo chegou a ele em ondas, horror após horror, assim como estava chegando aos pais, assim como chegara aos habitantes de Golgotha Hill em geral, assim como chega a todos nós, em um momento ou em outro.

— Todos a favor de manter Robert Fletch na caravana — disse Joseph — ergam as mãos.

Bobby ergueu o rosto sujo de lama, encharcado de lágrimas e saliva, só para ver a confirmação de sua sentença.

Mas Javier ergueu a mão em sua defesa.

Meu discípulo estava inflexível, como sempre. Olhando para cada um, ele falou com severidade:

— Um pecado não conserta outro pecado. Ele abandonou as crianças por estupidez e agora vocês o abandonam por vontade própria.

Senti minha admiração por Javier me preencher, como ele sentia sua fé preenchê-lo. Ele tinha fé em Deus e eu tinha fé nos humanos, ou ao menos em humanos bons como ele. A inflexibilidade também o fazia ser clemente, pois para Javier o que importava não eram os fins, mas os meios e os motivos.

Admirei-o por votar pelo perdão.

Mas não mudei de ideia.

Então, com apenas um voto a seu favor, Bobby Fletch foi expulso da caravana. Aos 17 anos, foi deixado sozinho para sobreviver nos ermos selvagens, um mês após ter perdido sua família.

Deus não teria piedade de sua alma e os homens não tiveram piedade de seu corpo. Para ele, o único futuro era o inferno.

VII

VOCÊ DEVE TER UM MILHÃO DE PERGUNTAS, MAS A RESPOSTA DA maior parte delas é: sim, estou falando a verdade. Você vai entender muita coisa mais tarde, Agnes, mas por enquanto quero que entenda como posso lembrar do que não aconteceu comigo.

Não é preciso viver algo para lembrar, este é o fundamento mais importante. Eu tento manter a memória de todas essas pessoas, porque elas merecem. Tento descrever as inquietações e os medos que compunham o turbilhão dentro de cada uma delas, porque seria muito injusto que tudo isso se perdesse.

Um dia você vai lembrar também.

Cerca de uma semana depois do ataque, chegamos à cidade de Independence, no Missouri. Após um mês sem enxergar civilização, aquilo foi como um oásis, um milagre em nosso caminho. Estávamos no rumo certo, seguindo o *Emigrants' Guide to Oregon and California* e a próxima parte da jornada seria mais amena, com algumas paradas onde comprar provisões e descansar. Mas não podíamos descansar muito, pois ainda havia um longo caminho à frente e não podíamos perder tempo.

Chegar a uma cidade depois de viajar pelos ermos é como despertar de um sonho. Você nunca teve essa experiência, pois vive numa época em que a humanidade dominou todas as rotas, pelo menos todas as que importam. Pessoas normais não saem da civilização porque outras pessoas, em décadas e séculos anteriores, espalharam a civilização por toda parte. Mas, ao ver um rosto desconhecido pela primeira vez depois de tanto tempo em terreno bravio, acompanhado pelas mesmas pessoas, você tem um choque de realidade. Os ermos têm suas próprias regras. Nos ermos, você faz coisas que nunca faria no meio de uma cidade.

Como, por exemplo, expulsar um adolescente.

Vários de nós choraram ao chegar a Independence. Era uma cidade de fronteira, acostumada a receber migrantes. Cerca de três mil pessoas viviam lá, o que pode parecer pouco, mas era cinco vezes a população de Golgotha Hill. Enquanto a cidade da qual partimos se organizava em torno de uns poucos prédios públicos, Independence tinha um tribunal, um prédio grande e imponente meio perdido numa praça com algumas árvores, em frente à rua de terra em que transitavam carroças e cavalos. Tinha ruas com um estabelecimento atrás do outro: lojas, alfaiatarias, hotéis. Toda uma economia girava em torno dos sonhos de ir para a Califórnia. Era um dos últimos lugares em que o dinheiro valia alguma coisa, antes que apenas comida e ferramentas importassem. Os estábulos estavam prontos para nossos cavalos, como sempre estavam prontos para receber quem ousava no sonho americano da época. Havia uma estrada chegando e saindo de Independence — dizia-se que achar o caminho na trilha para o oeste era fácil, mera questão de seguir os sulcos das rodas de carroças do passado. Em muitos lugares, o rastro era tão fundo que chegava à cintura de um homem adulto.

Não posso dizer que não houve certa desconfiança por parte dos habitantes quando viram dois padres católicos no meio da caravana. A fé dominante era a Igreja dos Santos dos Últimos Dias, que talvez você conheça como Mórmons. Era uma crença jovem e marcadamente americana, e isso atraía muita gente. Mas Independence não podia se dar o luxo da intolerância. A cidade vivia da passagem de pessoas diferentes.

Ficou combinado que passaríamos dois dias ali. O suficiente para descansar, mas não tanto tempo a ponto de comprometer nosso cronograma. Nosso grupo se dividiu, com Joseph e alguns outros tomando para si o dever de comprar provisões, Charles cuidando dos cavalos, Margaret e Mary-Anne arrebanhando as crianças e dois ou três desgarrados escapulindo para os saloons. Eu e Javier nos voluntariamos para procurar um médico que pudesse cuidar do garoto mordido pela cobra e do homem que sofrera queimaduras.

Andamos pelas ruas poeirentas, cumprimentando com um aceno de cabeça os locais. Como entreposto em jornadas, Independence tinha mais de um médico. Logo achamos um que mantinha um consultório onde tratava os feridos e vendia tônicos pretensamente milagrosos.

— O que você pensa sobre o bando que nos atacou? — perguntei a Javier enquanto andávamos sob o sol.

Ele me olhou com um misto de desconfiança e reverência.

— O senhor está me testando?

— Quero sua opinião, meu pupilo. Não precisa receber cada palavra com pedras na mão.

Javier suspirou.

— Acho que o diabo está rondando esta caravana. Mas não sei se está nos bandidos.

— Onde você acha que ele está?

— Em qualquer pessoa que votou para condenar um menino à morte.

Imaginei até que ponto Javier me odiava. Ou se ele estava apenas tentando me forçar a impor limites, como uma criança.

— Você mesmo disse que a vida não tem valor por si só — falei. — Pouco antes de votar para preservar a vida de Bobby Fletch.

— Continuo acreditando que colocamos valor demais nesta vida terrena — ele respondeu. — Mas isso não diminui a crueldade de expulsar alguém da única família que lhe restou.

— As pessoas fazem isso, Javier. Quando alguém contraria as normas do grupo, é expulso. Bobby foi punido pelo tabu que quebrou.

— E o senhor faz parte desse grupo?

Parei de andar. Sequei o suor de minha testa.

— Faço parte do grupo dos mortais filhos de Deus. Sou uma pessoa.

— Não deveria ser — ele balançou a cabeça devagar. — O senhor deveria estar acima das mesquinharias das pessoas comuns. Se não for assim, como pode guiá-las?

— O orgulho será sua perdição, Javier. Você também é humano, não está acima de ninguém.

— Eu sei que chafurdo na imundície assim como todos que carregam o Pecado Original. Mas almejo por mais. Resignar-se à sujeira é o mesmo que compactuar com ela.

Ele voltou a andar. Aquela postura intransigente era boa parte da razão pela qual eu precisava de Javier. Ele seria um bom soldado. Ele cumpriria seu destino muito bem. Mas apenas se não odiasse os mortais. Se continuasse com aquele desprezo por tudo que era terreno, ele podia se juntar ao inimigo, mesmo sem querer.

— Javier! — ergui a voz.

Ele continuou andando.

— Javier, você não virará as costas a seu superior!

Ele se deteve.

— Volte aqui, fedelho insolente — ordenei. — Peça perdão e aprenda humildade.

Javier não hesitou. Veio até mim de cabeça baixa. Ofereci a mão e ele a beijou.

— Perdão, Padre Tobias.

— Eu o perdoo, meu filho.

— E Deus perdoa o senhor?

Houve uma centena de futuros momentâneos em que eu não tolerava aquilo. Houve muitas possibilidades de que eu agisse como agi no passado, como agiriam muitas partes de mim, e o punisse fisicamente. Seria fácil derrubar aquele moleque magrelo com um soco ou mesmo um mero empurrão. Deixei-me examinar por um segundo que pareceu eterno a sensação de pisar em sua forma patética, remexendo-se no chão, colocar o joelho sobre seu peito, fechar os punhos e apenas bater, bater até que minha superioridade sobre ele fosse inegável. Mas eu precisava dele e não queria mais conseguir aquilo de que precisava por meio da violência. Ele tinha destino e, por enquanto, as linhas que passavam por ele ainda eram fluidas e variáveis. Ele precisava de compreensão, não de uma surra. Então, em vez de espancá-lo, eu o abracei.

Muitos destinos convergiram quando abri os braços. Ele teve um pequeno susto e eu o puxei para perto de mim num gesto de carinho.

— Você está fazendo as perguntas erradas, Javier. O perdão dos homens é mais importante que o perdão de Deus, principalmente para mim. Eu o perdoo e eu peço seu perdão. E peço que perdoe a si mesmo por ser humano.

Ele não me abraçou. Acho que não sabia como.

Soltei-o e olhei para seu rosto com um sorriso triste.

— Prometa que vai ouvir a verdade quando ela chegar, Javier.

— A verdade já chegou. Há quase dois mil anos, quando nosso Salvador veio à Terra.

Era meu dever forçar as linhas de destino para que ele se libertasse. Meu dever e de mais ninguém.

Mas, por enquanto, meu dever mais imediato era chegar ao médico, e pelo menos esse eu consegui cumprir.

O médico que achamos em Independence era um homem nervoso e bigodudo, que começou a praguejar assim que ouviu sobre o estado de nossos dois convalescentes. Juntou seus apetrechos numa maleta e se apressou conosco até a carroça onde os dois estavam estendidos.

— Um menino picado por uma cobra! — ele esbravejou. — E continua letárgico após tanto tempo! O intestino ou os rins devem estar comprometidos! Como esperam que eu trate desse pobre coitado neste fim de mundo?

— É melhor do que deixá-lo sem tratamento — respondi.

— E melhor ainda seria tê-lo deixado em casa. Ah, nossa sanha de viagens e ambição! De que vale conquistar o oeste quando um menino é o sacrifício da estrada?

— Ele morreria se não estivesse na estrada — falei. — Estamos todos migrando depois de um ataque de Horned Henry Smith.

O médico olhou para mim como se eu estivesse delirando.

— Ataque de quem?

— Horned Henry Smith. Líder de um bando de fora da lei. Vocês devem conhecê-lo. Deve ser um problema para outras caravanas.

— Certamente nunca ouvi falar de um fora da lei com um nome tão risível. Temos problemas suficientes aqui sem que vocês tragam seus próprios bandidos consigo! Mas, a menos que esse Henry tenha gota ou rubéola, é problema do xerife, não meu!

Aquilo não fazia sentido. Se Henry Smith se mantivesse apenas nos arredores de Golgotha Hill, seria mais plausível, embora ele provavelmente fosse um bandido pobre. Mas ele tinha nos perseguido por um mês inteiro, ou ao menos estava acostumado a expandir sua área de saques até perto daquela cidade. Muitas caravanas passavam por Independence. Por que então atormentar apenas a nós?

— O diabo ronda a caravana — repetiu Javier, baixo demais para que o médico ouvisse.

Talvez Henry Smith estivesse mesmo possuído, mas então restava saber qual era seu objetivo com os habitantes de Golgotha Hill. Porque, se fosse assim, estávamos lidando com uma coisa bem pior que o diabo.

Talvez isso soe engraçado para você, mas naquela época não se sabia que a extensão das queimaduras tinha a ver com a taxa de mortalidade de uma vítima. Assim, o médico não pôde fazer uma avaliação realista das chances de sobrevivência do homem que se queimara. Ele era capaz de pouco mais que oferecer láudano para diminuir a dor. Quanto ao garoto, tudo que se podia fazer era rezar.

O médico praguejou mais um pouco ante a própria impotência.

— Para onde estão indo, afinal? — ele perguntou. — Espero que seja um lugar que valha a pena!

— Califórnia — respondi. — Uma cidade chamada Goatsbrook.

— Nunca ouvi falar. Mas pelo menos não vão para os mesmos lugares cheios de gente iludida que quase todos os migrantes que passam por aqui! Marque minhas palavras, em menos de dez anos não haverá mais espaço nem trabalho para ninguém na Califórnia. O futuro está aqui mesmo, no meio do país.

Não respondi. Eu só estava ali pela viagem, meu futuro estaria na Europa ou em qualquer outro lugar onde houvesse possessão.

— Mas onde vão passar o inverno? — o médico continuou em sua arenga. — Espero que aqui perto, ou haverá mais garotos moribundos!

— Na Califórnia — respondi.

Ele me olhou incrédulo.

— Nunca vão chegar a tempo — avisou. — Já estamos quase em julho. Vocês serão pegos nas nevascas antes de chegar a seu destino.

— Nossos guias têm um livro que descreve uma rota mais rápida.

Ele franziu o cenho.

— Já ouvi uma história sobre uma rota mais rápida... Não lembro do que aconteceu, mas boa coisa não foi! Aconselho que achem um lugar para passar o inverno e esqueçam dessa rota. Façam tudo como todos fazem, esqueçam da ambição desmedida e tudo vai ficar bem.

— Os últimos trechos da viagem serão pela estrada de ferro — falei. — Não estaremos em risco.

— Pelo menos estarão em risco bem longe de mim! Os condenados que arrastarem consigo não serão minha responsabilidade!

Eu não sabia, mas tinha entrado numa linha de destino bem específica. Não era surpreendente que aquele médico conhecesse uma história sobre uma rota alternativa. Era surpreendente que ele não lembrasse dos detalhes. Isso só aconteceu porque ele tomava o láudano destinado a seus pacientes e sua mente estava quase sempre enevoada. Muita coisa teria sido diferente se ele lembrasse.

Quase todas as pessoas em Independence conheciam os detalhes de uma expedição que seguira uma rota alternativa. A "Caravana Donner" deveria fazer parte do vocabulário de todos que tentassem a migração para a Califórnia e certamente não foi coincidência que tudo tenha acontecido com os habitantes de uma cidade que não tinha muito contato com o mundo exterior e que não conhecia essa história. Também era muito provável que alguém em Independence mencionasse os perigos da rota alternativa a alguém de nossa caravana. Infelizmente, os habitantes de Golgotha Hill eram bons católicos e dotados de bastante superstição. Eles tiveram medo de travar muito contato com os Mórmons de Independence, acharam que podiam estar sendo tapeados e assim conversaram pouco. Quando donos de estábulos, vendedores de ferramentas e garçons em restaurantes estranharam a época tardia de nossa viagem, os migrantes resmungaram algo sobre serem protegidos por Deus e estarem fugindo de um bandido possuído. Eles não confiavam em estranhos e estavam traumatizados. Pessoas de fora traziam a morte. Além disso, conversas demais podiam revelar fatos desconfortáveis como a expulsão de Bobby Fletch.

À noite estávamos reunidos em nossas carroças. Notei a ausência de Libby Jones. Alguns de nós gastaram dólares preciosos com noites em camas de verdade nos hotéis, mas ao todo havia pouco dinheiro.

Porque o dinheiro tinha queimado.

— Foi estupidez colocar o dinheiro comunitário numa só carroça! — esbravejou Alphonse Chapelle. — Quem assumiu esse risco deve pagar pelos outros!

Dentro da comunidade restrita de Golgotha Hill, Alphonse Chapelle pertencia a uma das famílias mais prósperas. Ele fora dono da única mercearia da cidade e era um pilar da comunidade. Sua esposa e suas duas filhas tinham sobrevivido ao massacre, o que só aumentava sua aura de sorte aos olhos de seus conterrâneos. Alphonse não era um homem arrogante. Quando a caravana foi organizada, reconheceu que havia outros mais qualificados que ele mesmo para a liderança e passou a obedecer sem questionar. Sua grande contribuição para a organização da viagem foi a sugestão de um fundo comunitário destinado à sobrevivência da caravana como um todo. As filhas de Alphonse ganharam docinhos de menta quando chegamos a Independence, mas isso vinha dos bolsos inchados dele próprio. A maior parte do dinheiro estava no fundo comunitário — e Alphonse tinha contribuído com boa parte dele. Ele não extraía prazer de ser mais rico que seus conterrâneos, nem era egoísta. Cedera os produtos de sua loja de graça e seu único luxo eram os móveis que carregava dentro da carroça de sua família.

Mas, como homem de negócios, Alphonse abominava o desperdício. E o dinheiro comunitário havia queimado. Não havia desperdício maior.

— Não podíamos saber que justamente aquela carroça iria queimar — Joseph se defendeu. — Foi um acaso.

— Você está entregando nossa sobrevivência ao acaso então! — Alphonse espirrou gotas de suor e perdigotos. — Vamos contar com a sorte! Talvez, por acaso, nossos filhos sobrevivam! Talvez vamos todos morrer de fome!

— Alguns de nós vão morrer de fome — disse Margaret. — Enquanto outros comem doces de menta.

Margaret herdara de seu falecido marido um grande rancor por Alphonse. O marido, por sua vez, tinha herdado a rixa de seu pai. A família Chapelle chegara a Golgotha Hill quando a família Schneider já estava estabelecida com sua própria loja. Os Chapelle eram melhores administradores e, como concorrentes, logo devoraram a clientela dos Schneider. As duas famílias continuaram prósperas, mas sempre havia a especulação sobre o que poderia ter acontecido, quanta riqueza podia haver, se os Chapelle nunca tivessem se mudado para lá.

— Eu mesmo pago pelos doces de minhas filhas — Alphonse se defendeu.

— Prefere mimar suas filhas do que contribuir com o bem-estar de todos! — disse a viúva. — Que elas comam doces agora, veremos o que comerão quando se encontrarem com Deus!

— A senhora está ameaçando minhas filhas com o inferno?

— *Senhores!* — interveio Gottfried Guttmacher. — Ninguém está ameaçando ninguém. Só precisamos resolver um problema financeiro.

— E por acaso existe solução? — perguntou Alphonse, com sinceridade.

O dinheiro tinha queimado. A caravana saíra de Golgotha Hill com provisões e equipamentos, mas nem havia tudo que era necessário para uma viagem à Califórnia na cidadezinha. Já Independence era cheia de tudo que um viajante usaria na jornada. Os próprios lojistas estavam prontos para aconselhar migrantes sobre os produtos indispensáveis. Mas, sem dinheiro, nada podia ser feito.

— A única coisa que um católico de verdade pode fazer — decretou Margaret — é compartilhar sua própria riqueza.

— E a senhora vai compartilhar a sua também? — retrucou Alphonse.

— Preciso de algo para me manter na Califórnia! Sou uma viúva sozinha, não posso recomeçar a vida lá.

— Conte com a caridade — disse o outro. — Afinal, somos todos bons católicos.

— Com a *sua* caridade?

— A senhora receberá de volta toda a bondade que demonstra em sua vida.

E assim cada um deles deu algum dinheiro para o novo fundo comunitário, mas ficou com a maior parte para si. Num gesto de desafio, Alphonse Chapelle levou sua família para dormir num hotel e jantar num restaurante quente e convidativo, enquanto aos outros restou comer a mesma carne seca e pão de todos os dias. Conseguimos algumas ferramentas e mantimentos, mas não seriam suficientes.

— Vamos economizar um mês inteiro com nossa rota — garantiu Joseph. — Não estamos sozinhos. Temos o *Emigrants' Guide*!

Os outros tentaram compartilhar de seu otimismo. Em meio a resmungos, foi Charles Cochran quem perguntou:

— Onde está Libby?

Os cidadãos de Golgotha Hill se entreolharam. A família Chapelle e mais um punhado de gente próspera podiam passar a noite em hotéis, mas Libby Jones não tinha dinheiro para aquilo. E, se ela não tinha dinheiro, a conclusão era óbvia:

— Ela está ganhando dinheiro — disse Mary-Anne Warwick.

Algumas mulheres ficaram vermelhas, alguns homens pigarrearam, desconfortáveis. Nenhum deles comprara os serviços de Libby durante a jornada, mas não havia ninguém que não tivesse pensado nisso.

— Se ela está ganhando dinheiro — disse Margaret Schneider — então vai dividi-lo conosco.

— Senhora Schneider! — Mary-Anne se escandalizou. — Vai mesmo querer o dinheiro de uma... Dinheiro ganho com...

Ela não conseguiu completar as frases.

— Por que não? — Charles Cochran deu de ombros. — Dinheiro é dinheiro! Podemos usá-lo para comprar equipamentos.

— Não acho que seja certo — disse Joseph. — Dinheiro de pecado é sujo.

Então começou uma discussão sobre o que fazer com o dinheiro de Libby Jones. Eles discordaram disso por horas, pediram nossa opinião, mas nem eu nem Javier entramos no assunto. Por fim, foram dormir.

De manhã cedo, a família Chapelle chegou quase ao mesmo tempo que Libby.

Charles Cochran foi o primeiro a interpelá-la.

— Todos nós conversamos ontem à noite — disse o homem. — Chegamos à conclusão de que você deve dividir seu dinheiro conosco.

Ela franziu o cenho, sem entender.

— Vamos — insistiu Charles. — Pode ficar com um pouco, mas deve compartilhar o resto.

— O que está falando? Que dinheiro?

— O dinheiro que ganhou à noite.

— Que ganhei? O que...

— Libby, os outros têm vergonha de falar, mas eu não me assusto com essas coisas. Nós sabemos que você se prostituiu ontem à noite. É um rosto novo, deve ter feito sucesso. Com quantos deitou? Cinco? Dez? Vamos lá, mostre o dinheiro.

— Não há dinheiro nenhum!

— Quer dizer que não abriu as pernas para ninguém ontem?

Ela se calou.

A verdade era que Libby tinha procurado clientes em Independence. Mas, depois da taxa que o dono do saloon cobrou, o dinheiro só tinha sido suficiente para uma cama, um jantar e um café da manhã. Ela achava que tinha valido a pena.

— Eu fiquei sabendo de algo — Libby tentou mudar de assunto. — Dizem que o livro que estamos seguindo é falso. Seu autor era um trambiqueiro. Nós deveríamos...

— Não tente se livrar de sua culpa! — Charles interrompeu. — Dê logo o dinheiro!

— Precisamos de suprimentos e ferramentas — disse Margaret Schneider. — É tão egoísta assim? Não tem vergonha?

— Não há dinheiro nenhum! — Libby protestou em voz alta. — Querem me revistar? Querem tirar minha roupa? Vão em frente!

Vivien Chapelle tapou os olhos de suas filhas, temendo o pecado existente no corpo da outra.

Então Mary-Anne Warwick surgiu triunfante de dentro de uma carroça. Segurava uma bolsa bordada em uma mão, seu filho no outro braço.

— Vejam o que achei! — ela anunciou.

— Não mexa nas minhas coisas! — gritou Libby.

Mary-Anne virou a bolsa de cabeça para baixo. Várias notas de dólares caíram de dentro dela. Ela soltou a bolsa na lama, como se fosse suja.

— O que temos ali? — disse Charles Cochran. — Não é fruto do seu trabalho?

— Conseguiu se esgueirar no meio da noite para esconder seu lucro? — acusou Margaret.

Todos os olhos estavam sobre ela.

— Muito bem — disse Libby, controlando a voz. — É verdade. Ganhei esse dinheiro me prostituindo. Mas não foi esta noite, não foi em Independence. Bobby Fletch me deu tudo que tinha semanas atrás.

Os migrantes ficaram em silêncio por quase um minuto. Joseph Warwick foi até o dinheiro que sua esposa tinha deixado cair no chão. Recolheu-o. Sem falar uma palavra, andou rumo às lojas, para gastá-lo em suprimentos. Os sobreviventes de Golgotha Hill observaram Libby Jones como se a desafiassem a reclamar.

Ela voltou à carroça de cabeça baixa. Recolheu sua bolsa vazia do chão.

Mary-Anne Warwick murmurou, apenas alto o suficiente para que ela ouvisse:

— Antes Bobby era um menino tão bom...

Ao longo do mês, tivemos mais três paradas, mas já havíamos dado adeus às cidades. Era território ainda assolado pelos nativos, como os colonizadores brancos pensavam na época. Seria mais certo pensar que era território cujos habitantes originais ainda não tinham sido todos exterminados e montavam alguma resistência, mas, de qualquer forma, eles queriam nos matar. Por sorte não tivemos nenhum encontro abertamente hostil, mas precisamos pagar uma espécie de pedágio. Atravessamos o Wyoming, descansando em Fort Laramie, um entreposto comercial que, para seus olhos de 1989, pareceria um forte de brinquedo em que cowboys e apaches de plástico batalham em alguma imaginação infantil. Paramos num ponto de acampamento de caravanas perto do Rio Little Sandy, mas era pouco mais que um espaço vazio. Não havia outros viajantes, o que deveria ser uma dica de que estávamos atrasados. Nossa última parada foi Fort Bridges, que consistia apenas de duas cabanas de madeira e um curral. Agosto já chegava ao fim e o calor diminuía. As pessoas da caravana estavam mais animadas, pois as condições eram menos extremas, mas eu mantinha em mente as palavras do médico de Independence. Se o verão já tinha acabado antes de entrar na parte mais difícil da viagem, tínhamos mesmo esperança de chegar à Califórnia antes do inverno?

Houve tempo para uma derradeira discussão antes de partirmos do último forte.

— É arriscado demais — falei. — Pelo que todos dizem, é necessário sair de Sierra Nevada antes que comece a pior parte do inverno. Caso contrário, não conseguiremos passar. Precisaremos passar o inverno acampados lá.

— Se chegarmos a Sierra Nevada, estaremos em segurança — garantiu Joseph. — Há uma linha férrea atravessando Donner Pass. Mesmo que seja necessário abandonar as carroças e perder toda a mobília, vamos preservar nossas vidas. Estaremos dentro de um trem.

Eu não sabia a relevância do nome "Donner". Nem nenhum dos outros migrantes.

— De qualquer forma — completou Joseph — qual é a alternativa? Não podemos passar metade do ano em Fort Bridges. Não temos dinheiro e não há estrutura para todos nós.

— Não havia alternativa mesmo quando estávamos em Golgotha Hill — disse Mary-Anne, tocando o braço do esposo com carinho. — Um bandido nos roubou tudo que tínhamos.

— Ainda é possível voltar a Independence — argumentei.

— E fazer o quê? — perguntou Joseph.

— Viver lá.

Todos me olharam com incredulidade. Eu estava sendo precavido, pois aquela era uma jornada perigosa. Mas também estava numa posição de conforto. Em Independence, eu podia pegar um barco que viajasse pelo Rio Missouri até uma cidade grande e chegar à Europa antes do inverno. Nenhum dos sobreviventes de Golgotha Hill tinha essa possibilidade. Goatsbrook era sua rota de fuga.

— O senhor está esquecendo de nosso propósito aqui — disse Javier. — Achar e exorcizar um possuído.

Eu nunca poderia esquecer daquilo. A possessão estava em minha mente muito mais do que Javier podia suspeitar. Mas não adiantava exorcizar alguém e condenar outros tantos à morte. Javier não imaginava o crime que era condenar alguém à morte, nem o quanto daquilo era culpa minha. Eu era parcimonioso ao arriscar qualquer vida humana. A expulsão de Bobby Fletch pesava em minha consciência agora que as outras vozes estavam mais silenciosas.

— Se o objetivo é achar Henry Smith, talvez seja melhor voltar a Independence — falei. — Já há um mês não vemos sinal dele.

— Então vamos ambos abandonar a vocação de exorcistas e fixar residência em Independence? — perguntou Javier. — Fundar lá uma paróquia?

— Ajudaremos estas pessoas, depois partiremos para a próxima missão que a arquidiocese nos impuser.

— O senhor então está falando em entregar o povo de Golgotha Hill aos hereges.

Javier e sua mania de enxergar hereges! A Igreja dos Santos dos Últimos Dias nunca fizera nada de mal para meu pupilo, mas as crenças deles eram heréticas a seus olhos. Suspeito de que, se Javier tivesse encontrado o próprio Martin Luther, teria tentado acabar com o protestantismo, tamanha era sua intransigência.

— Goatsbrook é uma cidade católica — disse Javier. — Isso o senhor Gottfried Guttmacher nos garante.

— Será que devemos temer Mórmons mais do que o deserto ou o inverno?

— Devemos temer mais a Terra do que a danação eterna?

Não foi a primeira vez que Javier me desafiou na frente dos outros, mas foi a mais extrema. Não estávamos falando sobre as botas de um cadáver, mas sobre o destino de toda a caravana. E todos lá entenderam que Javier preferia que eles morressem na estrada do que vivessem fora do seio da Igreja.

— Padre Tobias, Padre Azaghal! — disse Joseph, em tom cautelosamente amistoso. — Não estamos falando em morrer na estrada ou viver em Independence. Nossa rota está toda prevista há quase 40 anos!

Ele brandiu o *Emigrants' Guide to Oregon and California*.

— Mas talvez o Padre Tobias tenha razão em algo — disse Gottfried Guttmacher. — Por que essa ainda é uma rota alternativa se está traçada há tanto tempo?

Era algo que ninguém esperava ouvir dele. O livro pertencia ao alemão, embora ultimamente estivesse sempre na posse de Joseph. Era seu guia há anos e estava cheio de suas anotações.

— Isso não faz sentido, senhor Gottfried — disse Joseph. — Por que vamos dar ouvidos a especulações se um de nós já empreendeu essa viagem?

— Talvez seja melhor usar a rota normal — Guttmacher deu de ombros.

Charles Cochran se manifestou:

— Isso sim seria suicídio!

A trilha estabelecida divergia da nossa no Rio Little Sandy. Enquanto tínhamos seguido para Fort Bridges, a trilha normal, chamada Trilha do Oregon, seguia para Fort Hall. Era uma trilha bem mais longa, mas evitava o deserto.

— Em vez de gastar um mês na trilha mais longa, vamos passar dois dias no deserto — disse Charles. — Apenas 40 milhas e estaremos em segurança!

Dois dias no deserto, então segurança relativa. Um trem pelo Donner Pass e enfim a Califórnia.

— Admito que nunca usei a trilha tradicional — disse Gottfried Guttmacher. — Mas sou só um viajante estrangeiro. Como posso saber mais do que todos os pioneiros americanos que estão acostumados a essa jornada?

— O autor do guia é Lansford Hastings — disse Joseph. — Parece um nome bem americano!

Como bons americanos, eles votaram, embora não tivessem todas as informações. Como bons americanos, escolheram a trilha mais ousada.

No dia seguinte, continuamos a viagem. Javier rezou por nossas almas. Eu estava mais preocupado com nossos corpos.

VIII

ERA O FIM DO VERÃO, E FOI ISSO QUE NOS IMPULSIONOU PELAS Montanhas Wasatch. Perdemos muito tempo tentando encontrar um ponto de passagem. Alguns homens avançaram a cavalo para fazer o reconhecimento. Todos viam como era absurdo ter de recorrer a isso quando teoricamente havia uma descrição do caminho, mas àquela altura era tarde para voltar atrás. Mas enfim descobrimos um ponto entre as montanhas por onde nossas carroças poderiam passar e por ali seguimos.

O terreno era acidentado, pedregoso e alagado. Estávamos no Echo Canyon, um espaço imenso no meio da cordilheira. Havia estradas de ferro que atravessavam o cânion e, vez por outra, avistamos trens. Era como uma provocação: eles zuniam numa velocidade tentadora, prometiam conforto e descanso, enquanto nós progredíamos lentamente, sob o sol e com os pés enfiados na água, por um emaranhado de desfiladeiros, água rasa e vegetação rasteira.

A trilha subiu e desceu entre as montanhas. O progresso dos bois foi lento e um deles quebrou uma pata. É claro que teve de ser sacrificado, mas pelo menos isso nos garantiu carne para mais uma parte da viagem.

Javier era um dos que mais sofria. Seu físico não fora feito para aquele tipo de esforço e a jornada ameaçava exauri-lo até a morte. O orgulho de meu pupilo era um risco ainda maior que o terreno traiçoeiro, porque ele não admitia demonstrar fraqueza e não aceitava uma quantidade de trabalho menor que a do mais forte dos sobreviventes. Ele estava tentando ajudar a limpar o terreno à frente, removendo alguns pedregulhos para que as carroças passassem, quando o interpelei. Foi apenas com uma ordem que ele desistiu de erguer uma pedra quase do tamanho de seu tronco para me dar atenção.

Javier andou alguns passos até mim e teve que se segurar em meu ombro. Piscou diversas vezes para se orientar melhor. A paisagem a nossa volta era estonteante, uma cordilheira vasta com topos que pareciam algodão. Quase me fazia duvidar do caos inerente ao mundo. Mas Javier, como sempre, estava carrancudo.

— Você não é um trabalhador braçal — eu disse. — Está aqui para guiá-los, não para levantar pedras.

— O senhor me acusa de soberba, mas não admite que eu faça o mesmo trabalho de nosso rebanho.

— O excesso de humildade pode ser uma forma de soberba, Javier. Aquele que se diz o mais humilde dos homens está se colocando acima dos demais.

— Peço perdão, Padre Tobias, mas não entendo o que é esperado de mim. Viemos a este país para um exorcismo e há meses mal tocamos no assunto. Quando exalto o sacrifício em nome do próximo, sou repreendido. Quando tento salvar uma vida, sou repreendido. Quando me atenho ao trabalho espiritual, estou errado, e também quando me resigno ao trabalho braçal. Por que vim até aqui?

Ainda não era hora de falar.

Mas será que um dia a hora chegaria?

— Você está aqui para me ajudar no exorcismo, Javier. E acredite, por mais que só tenhamos nos distanciado durante esta viagem, cada uma de suas ações me mostra que você foi a escolha certa.

— Mas deve haver algo fundamentalmente errado, ou haveria entre nós amizade e compreensão.

Suspirei.

— Sim, Javier, há algo errado. É seu fanatismo, meu filho.

O jovem padre forçou a mandíbula. O vinco entre suas sobrancelhas ficou ainda mais profundo.

— Não sou um fanático. Sigo a verdade.

— A verdade é mais profunda do que imaginamos. Foi para isso que o trouxe. Para que você compreenda a verdade.

— A verdade está na Bíblia.

Minha impaciência ameaçou aflorar, ameaçou se transformar em raiva. Não havia mais ninguém na caravana que pudesse cumprir o destino de Javier após a partida de Bobby Fletch, mas tive vontade de matá-lo.

— A Bíblia não é literal, Javier — falei. Era, na melhor das hipóteses, uma meia verdade, mas era um começo. — A Bíblia nos foi deixada não para que a aceitássemos como algo transparente, mas para que a estudássemos.

— Isso soa como a ladainha de quem procura justificativas para a transgressão.

— Ouça o que está dizendo. Já ouviu falar de algo grandioso que revele seu valor sem esforço? Por acaso Deus se revelou a você sem que precisasse meditar, rezar, ler? O mesmo vale para a verdade. Precisamos interpretar o que está na Bíblia. Precisamos interpretar o mundo, precisamos interpretar o que é o próprio Reino de Deus.

Eu estava chegando mais perto e ainda não o havia perdido.

— Isso faz sentido, Javier?

Ele ficou mudo por um segundo.

— Faz — respondeu, por fim.

— Então deixe que eu o ajude a entender algo mais profundo que a mera interpretação literal e a repetição dos Salmos. Você tem um potencial muito grande, meu discípulo. Um potencial para enfrentar o mal. O mal verdadeiro. Permita que eu o guie.

Javier não quis demonstrar, mas seus olhos brilharam com minhas palavras. Ele engoliu em seco.

— Todos estamos aqui para enfrentar o mal — ele desconversou.

— Não é verdade. Você sabe que não é verdade. A Igreja fala sobre espalhar o amor e a Palavra de Deus, mas você sempre sentiu que havia algo além, não é? Desde que ouvia a missa sem entender as palavras em latim, desde o seminário, você sempre suspeitou de que havia um lado combativo na vocação, não é? Por isso luta contra mim, contra qualquer um que contradiga seu humor num momento específico. Porque você quer lutar contra o mal verdadeiro e ele está oculto.

— A caridade...

— *Foda-se* a caridade, Javier Francisco Azaghal. Somos soldados.

A palavra o deixou em choque, mas ele mal conseguiu conter um sorriso. Não porque gostasse da obscenidade; acho que nunca ouvi Javier falar nada que não pudesse ser dito na frente do próprio Papa. Ele sorriu porque eu estava indo direto ao ponto. Eu estava sugerindo uma teologia da guerra, como em séculos passados. Estava sugerindo a existência de um inimigo claro que podia ser atacado com ferocidade.

— O senhor está falando do exorcismo? — ele perguntou, tentando conter o entusiasmo.

— O exorcismo é só uma parte do combate maior.

O mundo pareceu se fechar a nosso redor. Não havia montanhas, nem céu, nem mesmo a caravana. Só a verdade.

— De onde acha que vêm os demônios que assolam as pobres almas que libertamos? — sussurrei.

— Do inferno — ele respondeu, como uma criança.

— Você pode chamar isso de inferno — falei. — Outras culturas têm outros nomes para o mesmo conceito. O mesmo lugar.

Ele deu um passo para trás, mas ainda estava interessado.

— E por que os demônios nos atormentam, mas os anjos não nos protegem? — provoquei. — Onde eles estão?

— O senhor está entrando em território herege!

— E se eu dissesse que não há nenhum Céu, Javier... Mas há um inferno?

Então ele começou a gritar.

— Cale a boca! — levou as mãos aos ouvidos, em um segundo mudou de ideia e agarrou uma pedra no chão. — Cale a boca! Herege!

Javier arremessou a pedra em mim. Virei-me só um pouco, a coisa atingiu meu ombro sem força. Todos pararam de trabalhar e ficaram assistindo ao escândalo.

— Javier, ouça...

— O senhor está tentando me enganar! Também está possuído?

Uma voz bem distinta dentro de mim quis aflorar, falar a verdade. Com esforço, eu a calei.

— Javier, tenha calma...

— Calma é o que o diabo quer dos filhos de Deus! Calma enquanto ele envenena tudo e todos com suas mentiras!

Tentei falar com meu discípulo, mas ele virou as costas e correu para as carroças na retaguarda da caravana. Mesmo com minhas capacidades, com tudo que eu já vira ao longo do tempo, mesmo enxergando as linhas do destino, senti medo. Porque, ainda que estude e examine os humanos, eles sempre podem me surpreender. Havia poucos futuros em que Javier rejeitava o início dos ensinamentos de forma tão radical.

Eu não conseguia mais ver se um dia ele cumpriria seu destino.

Pior: eu não sabia quem era o possuído. Era possível que o pedido de ajuda inicial fosse só uma reação supersticiosa de uma população acossada. Era possível que o possuído fosse Horned Henry Smith, estivesse onde estivesse. Era possível que fosse um dos sobreviventes de Golgotha Hill, e que agora ele descobrisse que eu não era um padre comum, mas que conhecia a verdade sobre a possessão.

Era possível que a criatura tivesse saído do corpo original e possuído Javier, então eu tinha acabado de lhe dar uma grande vantagem.

Javier não quis falar comigo por vários dias. Os outros perguntaram timidamente o que havia acontecido e consegui despistá-los, ou ao menos acho que consegui. Disse que Javier vinha se rebelando contra mim, o que não era mentira e todos já tinham testemunhado. Quando houve perguntas sobre qual era o tema de nossa desavença, comecei a falar sobre as filosofias de Santo Agostinho e ninguém entendeu nada, o que é sempre uma boa estratégia para evitar mais perguntas.

A travessia das montanhas demorou duas semanas. A perda do boi e o enorme esforço que nos foi exigido cobrou seu preço. Então entramos numa região florestal e pareceu que precisaríamos deixar as carroças para trás por completo. Mas alguns desbravaram o caminho à frente, abriram uma trilha improvisada. Nos trechos íngremes, precisamos dobrar o número de bois em cada carroça, tirando os animais de um veículo e passando-os para outro de novo e de novo, num revezamento enervante, até que toda a caravana tivesse atravessado, e então repetir tudo para mais uma parte quase intransponível.

Enfim chegamos às margens do Grande Lago Salgado e soubemos que estávamos em Utah.

Todos estávamos exaustos e, assim, irritados. Discussões surgiam quase todos os dias. Alphonse Chapelle e sua família foram tacitamente isolados do resto, fazendo as refeições entre si e sendo excluídos até mesmo dos espaços de oração. Libby Jones pediu para comer com a família, mas eles nem responderam. Alphonse não conseguia olhar para a cara dela, temeroso de que ela revelasse que ele fora um de seus clientes mais assíduos antes do massacre. Havia a desconfiança de que Alphonse estivesse escondendo dinheiro. No último dia que passamos no cânion, alguém revirou suas posses, quando ele não prestava atenção, em busca do tal dinheiro oculto. Não serviria para nada, mas seria prova de sua culpa. De qualquer forma, não acharam nada. Ninguém admitiu a violação, o que gerou mais acusações mútuas. Precisei intervir para que não houvesse ameaças físicas.

Quis acolher Libby, mas Javier fez isso antes de mim.

Sem falar nada, meu discípulo parou de fazer as refeições com os outros e sentou com Libby. Tentou ajudar a cozinhar, mas só conseguiu atrapalhá-la. Assim, ela cozinhou, ele passou a lavar a única panela que ela possuía, além de oferecer conforto espiritual e apenas conversa, de seu jeito duro e controlado. Javier era um bom homem.

A doença acometeu o filho de Joseph Warwick.

A trilha não era feita para adultos fortes e muito menos para bebês. Mary-Anne percebeu que a criança tossia e perdia peso. Todos se apressaram com remédios caseiros e passamos a rezar muito. Com medo do que poderia enxergar, olhei para as linhas de destino que saíam do menino e não consegui discernir o que aconteceria com ele. Algumas acabavam em breve, outras continuavam por um longo tempo. Talvez fosse irresponsável, mas parte de mim quis saltar para outra linha de destino quantas vezes fosse necessário até chegar em uma em que ele sobrevivesse.

Mas, enfim, saímos das montanhas, passamos pelo lago e chegamos ao Deserto do Grande Lago Salgado.

É uma coisa impressionante, Agnes. Tão magnífico a ponto de nos motivar a louvar a Deus, tão terrível a ponto de nos fazer temer o inferno. O deserto se formou no leito seco de um lago salgado e suas areias são brancas. Poucas vezes estive num lugar tão inclemente. A chuva é mínima e o sal que está logo abaixo da areia parece sugar a água. Não existe umidade para oferecer qualquer alívio, mas existe para dificultar a jornada. Você conhecerá os detalhes, então desejará não os conhecer.

Frente ao deserto, as linhas de destino de todos na caravana começaram a encurtar.

Se houvesse uma divisão clara entre planície e deserto, uma fronteira entre um e outro, como minha narrativa faz parecer, talvez houvesse chance real de parar e reavaliar nossa rota. Mas a natureza é contínua. Quando notamos, estávamos no deserto. Um dia antes e era cedo demais para pensar em voltar atrás, um dia depois e era tarde demais. De qualquer forma, a decisão já fora tomada no Little Sandy, mas é tragicamente cômico lembrar quantas oportunidades para dar meia-volta tivemos.

— São só 40 milhas de deserto! — disse Joseph, entusiasmado apesar da preocupação acachapante com a saúde de seu filho. — Dois dias de travessia! A parte difícil já ficou para trás, nas montanhas.

Quarenta milhas, ou pouco mais de sessenta quilômetros. Dois dias, pelas anotações no *Emigrants' Guide*.

— O senhor já atravessou este deserto, não é mesmo, senhor Gottfried? — perguntou Mary-Anne, os olhos chorosos e um sorriso forçado no rosto.

Ela pronunciava muito mal o nome "Gottfried" e nem sequer tentava "Guttmacher". Essa dificuldade de pronúncia foi outra pista que poderia ter me avisado do que estava para acontecer, mas fui muito cego.

— Veja bem, *eu* não atravessei o deserto, senhora Mary-Anne — disse o alemão, em tom grave. — Mas, como sempre falei, eu viajava sozinho. A jornada a leste é diferente da jornada a oeste, principalmente para um homem solitário. O guia de Lansford Hastings nunca me decepcionou, então estou inclinado a acreditar nele aqui também. Mas não falo por experiência própria.

Ela não conseguiu manter o sorriso. As lágrimas escorreram por suas bochechas magras. Como se sentisse o desespero da mãe, o bebê começou a berrar, então a tossir.

— Podemos voltar atrás! — disse Gottfried. — Se for incerto demais...

— Não! — cortou Joseph. — Seguimos adiante! Só dois dias.

O bebê tossia.

Dois dias, então a pior parte haveria passado. Ou duas semanas por entre as montanhas de novo, com um filho doente. Duas semanas nas montanhas que haviam matado um boi, provocado divisão no grupo e sido o palco da briga amarga entre dois padres. Ou dois dias em terreno plano.

— Dois dias! — disse o líder da caravana. — Dois dias, com a graça de Deus!

Após o terceiro dia, um boi enlouqueceu de sede.

Eu achava que também poderia enlouquecer. Existe um desespero típico do mar, Agnes. Às vezes, quando você está num navio sem recursos, ou quando naufraga e está à deriva, você está morrendo de sede, mas tem água por toda a volta. Você sabe que não pode beber a água salgada, sabe que isso só vai piorar tudo e pode resultar em sua morte, mas a tortura da água visível é incessante. É um desespero que existe no mar e você pensaria que, num deserto, estaríamos pelo menos a salvo disso.

O Deserto do Grande Lago Salgado não era totalmente seco. Ele tinha umidade da forma mais perversa. O sal sugava a água e a retinha por baixo da areia. Quando adentramos o deserto, aquela mistura fez com que nossos pés e as rodas das carroças afundassem numa espécie de lodaçal branco e salgado. Após três dias, não havia sinal de que o deserto iria um dia acabar. Não chovia e nossa água estava perto do fim. Não dividíamos os cantis com os animais. Tínhamos vontade de beber a água em que nossos pés chapinhavam, mas em geral conseguíamos nos conter.

Mas os animais não sabiam disso, Agnes.

Eles estavam sem água. Sem água porque nós negávamos água a eles. O olhar de horror de bois, cavalos e cachorros vai me perseguir para sempre. E, por mais que tentássemos segurá-los, eles lambiam o lodaçal, lambiam a água salgada. Não havia grama para eles pastarem, apenas cereais que carregávamos nas carroças, mas então começamos a sentir medo da fome e também lhes negamos comida.

A força de um boi apavorado e enfurecido com sua própria fome e sede é algo horrendo. O animal deu um grito que parecia humano, quebrou a canga, o canzil e as arreias, saiu em carreira pelo vazio, atropelou uma criança.

Era uma das filhas de Alphonse Chapelle. O sangue da menina se misturou à umidade branca e salgada. Ela ainda estava viva enquanto seu peito afundado esguichava vermelho. Alphonse berrou, berrou como um demônio, berrou como o boi, puxou um revólver e começou a atirar contra o animal. Acertou seu flanco uma, duas, três vezes, mas isso não mata um boi, Agnes. As pegadas do sangue de menina se misturaram com um rastro de sangue de boi e Alphonse continuou atirando, como se o boi tivesse culpa.

Charles Cochran perseguiu o animal para dar fim a seu sofrimento.

Eu dei a extrema-unção à menina. Então a enterramos no sal.

O calor era insuportável durante o dia e as noites eram geladas. Você com certeza já ouviu isso sobre outros desertos, e talvez haja outros piores, mas há algo que não existe em muitos outros lugares da Terra. Durante o dia, o calor fazia a água sob a camada de areia e sal borbulhar. Ela fervia e machucava nossos pés mesmo através dos sapatos. Eram sapatos de andar na cidade, sapatos de gente respeitável, não tinham sido feitos para um deserto borbulhante. À noite, o vento zunia e não havia coisa nenhuma na paisagem para cortá-lo, então o sal soprava contra nós. Os olhos ardiam, os lábios ficavam gretados, a pele ressecava. Mais dois bois morreram sob as condições horrendas das tempestades de areia e sal.

Não ousávamos mais parar ao meio-dia, porque tínhamos medo da extensão do deserto. Qualquer parada adicional consumia comida, consumia água, deixava os animais mais perto da morte.

O último cachorro ficou para trás no quinto dia.

Joseph não contou a nenhuma das crianças que a carne que tinha nome fez parte do jantar naquela noite.

Joseph imaginou se comer o cadáver de um cachorro que morrera de privações era pecado. Se seu filho estava doente como punição por algum de seus pecados. Como punição por ter expulsado Bobby Fletch.

Foi também no quinto dia que o leite de Mary-Anne Warwick secou.

O filho do casal chorava e tossia, chorava e tossia. Havia água no chão, mas não podíamos bebê-la. Havia comida, mas o bebê não podia comê-la. Mary-Anne olhou com horror para o próprio corpo que a traía, incapaz de alimentar seu filho.

E deixe-me falar da dificuldade que era a travessia, antes de falar sobre o que aconteceu no acampamento. O lodaçal era pior que qualquer coisa. Cada passo era dificultoso. As rodas das carroças não giravam. Quando giravam, isso só servia para estragá-las. Nós precisamos imobilizar todas as rodas, transformando as carroças numa espécie de trenós desajeitados e forçando os bois a fazer ainda mais força para arrastá-las. Eles pareciam nos olhar com ódio, como se soubessem que éramos responsáveis por aquele esforço. Uma carroça atolou no lodaçal fervente e não conseguimos mais puxá-la. Foi algo desesperador, pois o veículo afundou mais e mais, sendo tragado pelo solo aos poucos, enquanto soltávamos os bois e tirávamos de dentro dela tudo que era mais precioso. O resto ficou enterrado lá para sempre.

Alguém sussurrou que todos tínhamos morrido na travessia das montanhas e agora estávamos no inferno. Era um medo infantil, mas na verdade era otimista. O inferno é muito pior, Agnes, e em parte é culpa minha, mas você não precisa saber disso agora.

Para diminuir o peso, deixamos uma trilha de móveis e posses queridas pelo caminho. Armários, baús, roupas, caixas de pregos e ferramentas, até livros. Tudo que não era indispensável ficou no caminho.

Só tínhamos dois livros: a Bíblia e o *Emigrants' Guide to Oregon and California*.

Na noite do quinto dia, sentamos ao redor da fogueira para comer um pouco de carne seca e beber um gole de água.

— Precisamos matar um boi — disse Charles Cochran.

— Estamos com poucos bois para puxar as carroças — objetou Joseph.

— Vamos deixar uma carroça para trás então.

— E o que vamos jogar fora? Suas roupas, por acaso, Charles? Suas armas?

— Não "o que"... — disse o outro, de modo sinistro. — Quem.

Eu olhei, Agnes. Todos olharam. Todos nós olhamos para a carroça que carregava as duas primeiras vítimas da jornada. O menino mordido pela cobra e o homem queimado. Eles não podiam colaborar, mas também teimavam em não morrer. Eram transportados dia após dia na carroça, um peso morto enquanto viviam. Havia pessoas responsáveis por lhes dar comida e água, e às vezes essas pessoas esqueciam de seus deveres, ou os negligenciavam de propósito, mas eles sobreviviam.

— Eles vão morrer mais cedo ou mais tarde — disse Charles. — Por que devem nos arrastar consigo?

— Você está falando de matar duas pessoas, Charles Cochran! — trovejou Joseph. — Isso é assassinato!

— E não foi assassinato quando você sugeriu expulsar Bobby? Não teria sido assassinato se você tivesse atirado em mim?

— É diferente! Bobby nos traiu! E você...

— O que fiz? Cuidei de sua esposa? Quando você mesmo não pôde cuidar?

— Retire o que disse!

Então os dois puxaram revólveres.

— *Chega!* — gritou Javier. — Ninguém matará ninguém aqui! Se quiserem um sacrifício para sua sanha sangrenta, que seja eu!

Ele olhou para mim:

— Pois eu sei que meu destino é o Paraíso.

Eu não tinha nem saliva para argumentar com meu pupilo.

— Guarde a arma, Joseph — implorou Mary-Anne. — Por mim, guarde a arma.

Joseph hesitou. Então obedeceu.

Os dois sentaram e, por algum tempo, o único barulho que se ouviu além do crepitar do fogo foi o choro e a tosse do bebê.

— Precisamos matar um boi — repetiu Charles.

— De que adianta comer carne? — Joseph começou outra discussão. — Só vai aumentar nossa sede.

— Não para comer sua carne... Para beber seu sangue.

Não era mais cruel do que matar um boi por vingança. Mas foi um choque. Aquele homem falava o que todos estavam pensando: deixar os inúteis para trás, beber sangue quente para matar a sede.

— Estamos falando em beber sangue! — disse Margaret, à beira de um desmaio. — Estamos falando em matar nossos irmãos! É por isso que Deus está nos punindo!

— É verdade! — Mary-Anne caiu no choro. — Eu pensei, eu admito que pensei que seria melhor se os dois morressem! E agora Deus tornou meu corpo tão árido e estéril quanto este deserto!

— Isso não é verdade, Mary-Anne — disse Libby. — Você é uma ótima mãe.

— Acha que quero a *sua* aprovação? — Mary-Anne Warwick disparou as palavras com nojo. — Você corrompeu Bobby! Você quis guardar seu dinheiro quando todos precisávamos!

— Não corrompi ninguém — Libby firmou o rosto. — Se visitar o saloon é se corromper, muitos em Golgotha Hill já estavam corrompidos antes de partir.

Alguns homens aproximaram as mãos dos revólveres. Só um pouco.

— Quem? — exigiu Mary-Anne, tomada de fúria. — Fale claramente! Quem você seduziu?

Uma comoção pareceu prestes a começar, mas foi Gottfried Guttmacher quem interveio:

— Senhoras! Senhoras, por favor! Estamos numa situação ruim, mas ninguém aqui está sendo punido por Deus! Imagino que os padres me deem razão.

Eu me apressei em concordar com ele. De todas as coisas desesperadoras que estavam acometendo aquela gente, a ira de um Deus detalhista e mesquinho não era uma delas.

— Deus só nos dá força — continuou Guttmacher. — Todo o resto pode ser explicado pela ciência.

Elas olharam para ele com esperança. O alemão trouxera esperança desde o começo, talvez algo que ele tivesse a dizer pudesse aliviar sua alma, sua culpa. Libby não deixou de notar que estava em risco, era melhor mudar de assunto.

— Em vez de nos concentrar nos horrores, por que não lembrar das bênçãos que recebemos todos os dias? — ele prosseguiu. — Por que não pensar na beleza deste mundo, que estamos descobrindo a cada dia?

Todos queriam algum alívio. Minha garganta ardia, a garganta de todos ardia. Os revólveres estavam à mão, o bebê estava chorando e tossindo, havia desconfiança e ódio. Seria muito fácil se entregar a algo que ninguém queria, matar e morrer por não ver nenhuma outra saída. Todos se agarraram a algum discurso que falasse em uma opção.

— Séculos atrás, quem pensaria que um grupo de pessoas comuns poderia atravessar uma terra tão vasta quanto esta? Estávamos presos ao lugar onde nascemos. Mas, pela engenhosidade que Deus nos deu, conseguimos nos libertar! Criamos novos lares, escapamos da tirania e da sanguinolência de quem nos persegue. Tudo porque, através de Deus, inventamos carroças, desenhamos mapas, criamos remédios.

As mãos se afastaram dos revólveres. A tensão diminuiu. Alguns voltaram a respirar.

— É fácil se entregar ao horror que existe em nosso passado. Ou mesmo às dificuldades do presente. Mas quem sabe quais maravilhas estão em nosso futuro? Se hoje temos o telégrafo, amanhã o telefone será um aparato comum, acessível para todos!

Margaret chegou a dar um sorriso pequeno. Era uma ideia de ficção científica.

— Todos os dias descobrimos mais e mais deste mundo que nos foi presenteado por Deus! Criamos a vacina! Descobrimos a droga milagrosa chamada ácido acetilsalicílico! Isso sem falar nas recentes descobertas de Mendel! Estamos desvendando o mistério da vida! Percebem como isso é extraordinário, como toda a escuridão empalidece diante de nosso futuro brilhante?

Vários sobreviventes estavam prestando atenção ao curioso discurso de Gottfried Guttmacher.

— Senhor Gottfried — disse Joseph, já com mais leveza. — Tenho certeza de que ninguém aqui entendeu metade do que o senhor falou. Mas, se diz que devemos ficar felizes, eu acredito.

— Não conhecem as descobertas de Mendel? — Guttmacher balançou a cabeça, divertido. Como um pai preocupado querendo distrair uma criança com o joelho ralado. — É um monge, um devoto! Ele explica por que nascemos como nascemos! Por que somos parecidos com nossos pais e nossas mães!

— Deus nos fez a Sua imagem e semelhança — disse Charles.

— Sim, é claro — o alemão sorriu. — Mas por que eu sou baixo e rechonchudo e o senhor é alto e forte?

O outro deu de ombros.

— Existem traços que são herdados! Pelo que minha inteligência limitada é capaz de entender, há traços fortes e traços fracos. Então posso não ser tão forte quanto o senhor, mas meus traços são fortes, para me tornar baixo e rechonchudo!

Quase todos riram.

— O quão extraordinário é isso? É um quebra-cabeça que nos foi deixado por Deus e fomos capazes de decifrá-lo! Quantas superstições cairão por terra nos próximos anos? Se eu casar com uma moça baixa e rechonchuda, de olhos azuis como os meus, terei filhos baixos e rechonchudos, de olhos azuis! Talvez meus filhos já nasçam com este bigode loiro, mas espero que minha esposa não tenha esse traço!

Todos estavam fascinados, ou pelo menos entretidos.

O primeiro sorriso que se desfez foi o de Mary-Anne Warwick. Seus olhos azuis perderam o brilho e assumiram um ar de terror contido.

O segundo foi o de Joseph. Seus olhos azuis ficaram pálidos e cinzentos, como se perdessem toda a luz.

A mulher escondeu o rosto do bebê enquanto Joseph tentava sutilmente examiná-lo.

Mas Joseph Warwick lembrava da cor dos olhos de seu filho.

Eram castanhos.

Provavelmente você sabe tudo que está errado com os comentários de Gottfried Guttmacher, tendo mais de um século de conhecimento acumulado de vantagem sobre os pobres coitados da caravana de Golgotha Hill. Você sabe tudo que ele ainda não deveria saber. Não pense que estou mentindo porque detectou essa inexatidão. Pense, em vez disso, que eu deveria ter percebido o que havia de errado, mas naquela época achava que informações sobre um monge pesquisando ervilhas na Europa nunca seriam úteis em minha missão de exorcista.

Não importam os erros. Importa a gritaria que se ouviu na carroça da família Warwick naquela noite.

E as olheiras fundas e os olhos vermelhos de Mary-Anne na manhã seguinte.

Joseph também estava com o aspecto cansado e pálido de quem não tinha dormido, mas a isso se juntava o cheiro forte de álcool. Enquanto estávamos levantando acampamento no deserto de sal, ele arrastou sua esposa com o bebê nos braços para o meio das carroças.

— Mary-Anne tem algo a dizer a todos! — gritou Joseph.

Todos continuaram com os olhos fixos em suas tarefas. Durante a noite, ninguém fez nada, porque era uma briga de casal. E, se isso lhe parece uma barbárie, saiba que também parecia a mim. Eu quis intervir, Agnes, durante as longas horas da madrugada gélida eu quis intervir, mas havia séculos e séculos de dogma pesando sobre mim. Um conselho de vozes criadas sob costumes de opressão deixando minhas pernas e meus braços pesados demais para se erguerem, colando meus lábios e fechando meus olhos. Durante aquela noite, eu agarrei um rosário e repeti o Pai-Nosso sob a respiração milhares de vezes, tentando abafar os berros de um marido enfurecido. Centenas de mulheres dentro de mim queriam rezar para que ele não batesse em Mary-Anne, como aconteceu com tantas delas, mas ao mesmo tempo elas mesmas me diziam que nesses casos ninguém deve se meter.

Eu só ouvi, Agnes. Só ouvi a noite inteira.

Todos só ouviram.

E agora Mary-Anne Warwick estava sendo segurada pelo braço, olhando para um e para outro em busca de alguma simpatia, mas todos fingiam não ver. Charles Cochran foi o único que fez menção de se erguer, mas ele sabia o que qualquer ação sua iria significar. Duas vezes Joseph e Charles tinham puxado armas. Na terceira, puxariam gatilhos.

— Vamos, minha esposa! — gritou Joseph. — Diga o que todos precisam ouvir!

Ela não conseguia parar de chorar, mas já não tinha mais lágrimas.

Fiz força com os dedos para soltar o rosário e, lutando contra mim mesmo, abri a boca.

— Solte-a, Joseph — mandei.

— O senhor não conhece as mulheres, padre! Nunca casou, então não sabe como elas nos sugam e nos humilham! Vamos, Mary-Anne, fale!

— Joseph, por favor... — ela balbuciou.

— Eles precisam ouvir!

Javier se ergueu.

— Joseph Warwick! — falou meu discípulo, com voz imperiosa. — Você soltará sua esposa agora mesmo!

Joseph se virou num repelão, sem largar Mary-Anne, e quase a derrubou. O bebê voltou a chorar.

— Fique fora disso! — Joseph apontou o dedo para Javier. — Você entende de almas! Quem entende de boceta sou eu!

— Joseph! — urrou Javier.

— E ela entende do que os homens têm no meio das pernas!

Houve alguns futuros se descortinando naquele momento. Em quase todos Joseph Warwick batia na esposa, levando a tensão a um ponto intolerável. Em vários isso levava Charles a intervir, os dois atiravam um no outro e morriam. Em pelo menos dois a bala de Charles atingia Mary-Anne e o bebê, o que levava a um tiroteio no qual mais três morriam. Em um futuro eu intervinha e era obrigado a matar Joseph. Havia também um futuro, eu confesso, em que guerreiros antigos, escravocratas e nobres arrogantes dentro de mim eram mais fortes que todo o resto e condenavam a mulher. Eu vi o futuro em que eu mesmo transformava a caravana num antro de fanáticos e executava Mary-Anne como bruxa.

Precisei tomar as rédeas. Arranquei uma linha de destino do meio de todas as outras, desenredei-a num ato de desespero.

Joseph ergueu a mão, mas não teve coragem.

Caí no chão de sal e areia, afundando as palmas das mãos e os joelhos. O sal entrou em contato com todos os minúsculos cortes e esfolados em minhas mãos. A ardência me deu algum prazer, porque era uma punição por minha incapacidade de agir.

— Fale, Mary-Anne! — urrou Joseph.

E ela falou, Agnes.

— *Eu sou uma vagabunda* — sussurrou Mary-Anne Warwick, entre soluços secos.

— Mais alto! Eles precisam saber quem está na caravana!

— Eu sou uma vadia! — berrou a mulher. — Eu traí meu marido! O filho não é dele!

Todos continuaram olhando para suas tarefas. Joseph abriu a boca, mas por um segundo sua expressão não foi de ódio. Foi de horror e pesar. Como se houvesse uma pequena parte dele mesmo que não acreditasse. Até que ela falasse em voz alta na frente de todos, a verdade estava contida à carroça dos dois, a uma noite de bebedeira e abismo. Mas, à luz do dia, compartilhada com todos, aquela verdade se concretizou.

A última empatia que tive por Joseph Warwick foi ao ver sua expressão ao olhar para o filho. O que ele sentia era uma perda enorme. Talvez pior que uma morte. O bebê estava no caminho para morrer de fome e de sede, e nunca fora seu. Cada memória estava maculada para sempre. A alegria do dia do nascimento ganhou um novo contorno. Cada sorriso de Mary-Anne tinha um novo contexto, um matiz de segredo.

Então Joseph se tornou todo ódio mais uma vez.

— Eu voto que Mary-Anne Warwick e seu filho sejam expulsos da caravana — ele disse.

E assim ninguém mais conseguiu fingir.

— *Não faça isso com seu filho...* — ela suplicou.

— Não é meu filho. É uma criança de olhos castanhos. Um bastardo maldito, filho de um pai morto.

— Joseph — disse Alphonse — você não pode fazer isso.

— Posso fazer! E estou fazendo! Ela mentiu sobre isso o tempo todo, quem sabe sobre o que mais pode estar mentindo? Ela chorou por seu amante, não por sua família! Ela nos fez carregar um produto do pecado!

— Todos somos produtos do pecado — disse Javier. — Todos somos lama e pó, Joseph Warwick.

— Eu voto para que Mary-Anne Warwick e seu filho sejam expulsos! — Joseph ignorou meu discípulo. — Quem mais?

Ele olhou em volta. Ninguém ergueu a mão.

— Vocês não ouviram! — gritou Joseph. — Ela é uma vadia! Deus está nos punindo porque ela é uma puta! Deveria estar morta no saloon com as outras!

Libby Jones se ergueu:

— Eu deveria estar morta no saloon?

Ela segurou o olhar de Joseph.

— Os homens desta cidade nem sempre foram fiéis — disse Libby. — Se expulsar todos que traíram suas esposas, teremos quase duas caravanas!

— As meretrizes se unem — rosnou Joseph.

— Não! — disse Mary-Anne. — Eu não sou como ela!

A decepção nos olhos de Libby Jones foi todo um relato de tragédia. Ela defendeu Mary-Anne. Mas não houve reciprocidade.

— Claro que é como ela! — gritou Joseph. — Vamos! Quem vota por expulsar Mary-Anne Warwick e seu filho bastardo?

Ninguém.

A caravana ficou em silêncio, ouvindo o vento na areia salgada.

— Vamos, votem, seus malditos! Quem acha que ela deve ser expulsa?

Mary-Anne caiu de joelhos. Olhou com súplica e gratidão para mim, para Javier, para Margaret, para Alphonse, para Vivien, para Charles.

Não para Libby.

— Quem vota para que ela continue entre nós? — perguntou Charles Cochran, com voz contida.

Um a um, todos levantamos as mãos.

Joseph foi atingido mais uma vez pela traição e pela vergonha. Olhou com amor, decepção e nojo para a esposa e o filho. Tremeu tanto que achei que ele fosse desmaiar.

Então seus olhos se apagaram. Ele parecia um boneco. Perdeu toda expressão e disse:

— Vou fazer o reconhecimento do caminho à frente.

Joseph Warwick subiu num cavalo e se afastou de nós. Ao longo do dia, voltou algumas vezes para avisar que o deserto continuava vazio e infindável.

À tarde, dois bois enlouqueceram de sede, quebraram as cangas e se desgarraram. Charles montou num cavalo para tentar ir atrás deles, mas o animal refugou e o derrubou. Charles caiu de costas no sal e os cascos do cavalo erraram sua cabeça por questão de centímetros. Eu vi muitos futuros em que o coice o matava, mas naquela linha ele sobreviveu.

À noite, Joseph não quis dormir na carroça com Mary-Anne.

Quando amanheceu, descobrimos que ele tinha fugido com um cavalo e alguns dias de provisões.

Estávamos há uma semana no deserto e os cantis estavam secos.

Ninguém teve energia para sequer comentar a fuga e traição de nosso líder. Havia poucas pessoas com experiência militar ou qualquer capacidade de liderança. Eu me abri para algumas vozes altas em meu interior e, tentando não falar muito para não irritar ainda mais minha garganta seca e cheia de sal, tomei a liderança do grupo.

Era tardinha quando um boi caiu de exaustão. Parte da canga quebrou, mas ele não se soltou da carroça que puxava. O veículo ficou inclinado e logo começou a desaparecer no lodaçal. O calor da areia misturada com sal e água era intenso, após um dia inteiro de sol. O flanco do boi começou a afundar. Um cheiro familiar e horrível emergiu daquela pobre criatura quando ele lentamente foi cozinhado vivo.

O boi sabia, Agnes. O olhar de terror dele era quase humano. Um grito desesperado e baixo, sem força, emergiu incessante de sua garganta enquanto ele morria aos poucos.

Charles Cochran se aproximou do boi, chapinhando no lodaçal fervente. Com uma faca na mão. Seus lábios inchados de falta de umidade, a língua mal cabendo na boca. Ele se ajoelhou à frente do boi, como se estivesse rezando. Seus joelhos arderam com o calor da areia, do sal e da água. Ergueu a faca com as duas mãos, porque não tinha mais força com uma só, mas o gesto parecia um sacrifício. Algo pagão e primordial, porque estávamos fora da civilização, no meio do nada, abandonados por Deus.

Charles desceu a faca no pescoço do boi e acertou uma veia na primeira tentativa.

O cheiro ferroso dominou o ar do deserto enquanto o sangue espirrou farto e espesso, de tão vermelho quase negro. Charles abaixou a cabeça, com a boca aberta, ansioso por receber aquela bênção, e bebeu.

— Venham, antes que ele morra! — ele ergueu a cabeça, o rosto vermelho, os olhos focados num ar revigorado. — Bebam! Vamos ficar vivos!

Um a um, nós nos ajoelhamos à frente do boi moribundo e bebemos seu sangue direto da fonte. Era vida, era uma vida deliciosa e horrenda. Naquele momento, o boi foi nosso deus, o ato de se ajoelhar foi adoração pelo sacrifício que ele fazia por nós. Bebemos de seu sangue e depois comemos seu corpo. E, no fim, estávamos todos marcados de vermelho pela experiência.

O sol se pôs.

— Vamos morrer se ficarmos parados — falei. — Não importa a dificuldade, precisamos seguir durante a noite.

— Não temos como nos orientar — falou Charles. — Podemos andar em círculos ou seguir no caminho contrário. Podemos prolongar este inferno ainda mais!

— Mais uma tempestade de sal vai nos matar — disse Mary-Anne.

— Se um boi morrer nos ventos de sal — Margaret limpou a boca — podemos comê-lo.

Ela olhou para os animais vivos com apetite.

— Eu posso me orientar pelas estrelas — eu disse.

Uma voz dentro de mim, de um homem que há muito tempo tinha feito a travessia de barco da Europa para a América, falou mais alto que todas as outras. Um homem que sabia saquear e matar, mas que tinha uma curiosidade insaciável e também queria ver o mundo. Ele sabia se orientar pelas estrelas e abriu esse conhecimento para mim, generoso, em troca de mais uma experiência nova, de conhecer mais uma parte do mundo.

— Além disso — continuei — pouco importa morrer à noite ou morrer de dia. Se não nos apressarmos, vamos morrer da mesma forma.

Javier pediu para que eu lhe desse a extrema-unção. Ele estava fraco. Porque eu disse que todos nós bebemos do sangue do boi, mas foi uma mentira. Javier se recusou. O rosto de meu discípulo estava limpo e ele estava delirando de sede.

— Você devia ter bebido o sangue — falei.

— Nunca — disse meu pupilo. — Aquilo foi um ritual pagão.

— Você não precisa morrer, Javier.

— Morrerei se for meu destino, mas morrerei em paz com meu Criador.

— Ninguém nunca está em paz com seu criador, meu discípulo.

Dei-lhe então a extrema-unção em vida, para que ele estivesse preparado se não conseguisse sobreviver à noite.

E à noite nós prosseguimos. Caminhamos na escuridão. Tremendo de frio, enrolados em todos os casacos e cobertores que ainda tinham sobrado, cobertos em grupos de dois ou três pelos tecidos das carroças que tinham ficado para trás, prosseguimos.

Então o sol nasceu e houve um milagre.

Avistamos uma cordilheira e, logo no limite da vista, algo que rebrilhou ao sol.

Um córrego.

Caminhamos com mais vigor, sempre duvidando daquela visão, até que se confirmou. Havia um rio à frente. Gottfried Guttmacher consultou o *Emigrants' Guide* e verificou que aquele devia ser o Rio Humboldt. Estávamos voltando à trilha tradicional e ainda rumo à Califórnia.

— Fomos abençoados! — Mary-Anne chorou de felicidade.

— Fomos abençoados — disse Margaret em voz quieta — pelo sangue do boi.

O leite de Mary-Anne Warwick voltou aos poucos. Seu filho parou de tossir.

No oitavo dia, saímos do deserto.

IX

PRECISO FALAR MAIS SOBRE JAVIER, QUE VOCÊ CONHECE COMO Don Azaghal.

Eu me surpreendi pela mudança que houve nele depois que vimos o massacre de Golgotha Hill, mas na verdade não houve mudança. Acho que Javier esteve a vida toda buscando um mestre que fosse tão severo com ele quanto ele era consigo mesmo e com os outros. Javier imaginava que Deus fosse esse mestre. Mas nunca conheci ninguém que fosse tão inflexível e ainda assim tivesse amor e preocupação dentro de si. Javier nunca se entregou ao ódio fácil que fez a Igreja abraçar tiranos e monstros ao longo dos séculos. Seu ódio era contra o pecado e principalmente contra a fraqueza que, em sua visão, gera o pecado.

Não se pode ser tão inclemente quanto Javier sem se conectar profundamente às outras pessoas. Ele queria conhecer cada um de seu rebanho, pois não achava que podia julgá-los sem saber as circunstâncias de suas vidas. Ao longo de toda aquela jornada, vi a habilidade de Javier com a língua inglesa melhorar em saltos. Quando saímos do deserto, ele era capaz de se comunicar com perfeição e o sotaque espanhol era uma das únicas evidências de que começara a estudar já adulto.

Javier não era uma tábua monolítica de mandamentos, mas um arbusto que queimava sem ser consumido. Era por isso que eu precisava dele. Sua chama era quente e vigorosa, e foi assim até o dia de sua morte.

Já estávamos no outono, sem perspectiva de chegar à Califórnia. Guttmacher garantia que no Donner Pass haveria trens e a viagem seria segura.

— Nossa perdição foi esse livro! — acusou Alphonse Chapelle. — Deveríamos ter seguido a rota normal, não os delírios que um desconhecido escreveu!

Guttmacher deixou a cabeça pender.

— O senhor tem razão — ele disse. — É minha culpa. Já fiz essa viagem tantas vezes com o guia. Nunca imaginei que houvesse esse erro.

— *Erro?* — Alphonse reuniu toda a força que tinha para elevar a voz. — É assim que chama a jornada por esse deserto assassino, que matou minha filha? Um erro?

— Perdão. Não é um erro, o senhor tem razão. É um crime. E eu sou o criminoso.

Alphonse desinflou. Não sabia como responder a uma admissão de culpa.

— É... É um criminoso sim! — falou, com pouca convicção. — E nós julgamos criminosos nesta caravana! Não os deixamos entre nós.

Estávamos agora seguindo o Rio Humboldt. O córrego que encontramos ao sair do deserto tinha matado nossa sede e salvado a vida dos bois que restavam. Quando o seguimos, ele se transformou no rio e então o pesadelo da sede acabou para sempre. Aos poucos a terra nos mostrou grama de novo e os bois puderam pastar. Mas, se eles comiam, nós continuávamos com fome. Os suprimentos eram poucos e quase todo equipamento para caçar e pescar tinha ficado para trás. Eu sabia pescar, ou pelo menos muitos dentro de mim sabiam, mas não seria o suficiente para alimentar a caravana inteira. Havia frutinhas e um punhado de pequenos animais que se aproximavam o suficiente para que os matássemos, mas dia após dia os bois pareciam mais apetitosos.

Assim, imagine que esta cena ocorreu em algum ponto nas margens do Humboldt, com penhascos acima de nós e uma trilha bem clara em nosso futuro. Seguiríamos o Humboldt, depois o Rio Truckee, para então chegar a Donner Pass e pegar o trem.

Mas, antes de tudo isso, estávamos parados em um tribunal improvisado.

— Muito bem — falou Guttmacher. — Eu me coloco a sua mercê.

Alphonse olhou para os lados, esperando que alguém assumisse a liderança. Desde a partida de Joseph, o mais próximo que tínhamos de líderes eram eu mesmo e Charles Cochran. Charles não era na verdade um líder, apenas um homem que agia bem sob pressão e estava acostumado a provações físicas. Mas ele obedecia muito melhor do que mandava e claramente ficava desconfortável com a responsabilidade de longo prazo. Sobrava eu. E eu me recuso a julgar humanos, Agnes. Já fiz isso há muito tempo e sei que o criminoso na verdade sou eu. Assim, ninguém assumiu o controle daquele julgamento e a tarefa coube ao próprio Alphonse.

Ele engoliu em seco.

— Todos... Todos que estiverem a favor de expulsar Gottfried Guttmacher da caravana ergam a mão!

Ele mesmo ergueu, assim como sua esposa. Foi o máximo de resposta que vi dela desde que a filha do casal morrera. Mais um ou dois votaram pela expulsão de Guttmacher.

Alphonse deixou a mão cair, derrotado. Passaram-se alguns segundos de silêncio.

— Você precisa fazer o julgamento inteiro, senhor Chapelle — disse Charles.

— De que adianta? Querem que ele fique conosco, mesmo tendo matado minha filha.

— É assim que fazemos. Os que querem a expulsão de Gottfried votaram. Agora chame o voto dos demais.

Alphonse fechou os olhos. Abriu a boca algumas vezes antes de proferir as palavras.

— Todos a favor de manter Gottfried Guttmacher na caravana — ele disse, convidando todos a mostrar o quanto seu sofrimento era desimportante — ergam as mãos.

E todos os demais ergueram.

— Erramos desde o começo! — disse Libby Jones, de repente.

Os migrantes a olharam com relutância.

— Eu sabia que esse Guia era uma armadilha! — ela continuou. — Me falaram isso em Independence!

— Quem falou? — perguntou Margaret Schneider, os olhos estreitos e a boca torta num esgar. — Um de seus clientes?

Ela apertou os punhos. Respirou fundo algumas vezes.

— Sim — disse Libby, desafiante. — Sim, foi um de meus clientes. Um dos homens com quem dormi em Independence. E ele tinha razão.

— Vamos então confiar na palavra de um frequentador de prostitutas acima de um cavalheiro vindo da Europa? Um pecador acima de alguém de nossa comunidade?

— Por que não? — disparou Libby. — Vêm confiando em frequentadores de prostitutas desde que saímos de Golgotha Hill.

Vários dos homens baixaram os olhos. Alphonse deixou os ombros caírem, entregando-se ao inevitável.

— Dê nome a suas acusações! — exigiu Margaret.

— Charles Cochran! — disse Libby. — Charles usou nossos serviços muitas vezes!

— Um erro, mas ele é um homem solteiro — ela rebateu, sem perceber que não sabia se os desconhecidos de Independence que ela classificava como pecadores eram solteiros ou casados. — Vamos, continue tentando arrastar os outros para a lama com você.

Então ela apontou o dedo a Alphonse Chapelle. Falou o nome dele. Vivien Chapelle não demonstrou reação.

— Não estou surpresa — riu Margaret.

As pessoas voltaram a suas tarefas, reunindo seus pertences e preparando-se para seguir viagem. Margaret Schneider chegou perto de Gottfried e sorriu para ele.

— Não faria sentido expulsá-lo, Herr Guttmacher — ela disse em voz alta. — Já não estamos mais seguindo esse guia lamentável. Agora voltamos à trilha original!

— O pior ficou para trás — concordou o alemão.

Alphonse ouviu aquela conversa e sua expressão era de vazio total. Eles tinham votado por expulsar Bobby Fletch quando sua negligência causara o desaparecimento de quatro crianças. Bobby era forte e motivado, ainda que tolo. Era um recurso útil para a caravana. O livro de Gottfried Guttmacher causara todo o suplício do deserto. E o próprio Gottfried tinha pouca utilidade. Mas a única morte que ele causara fora dentro da família Chapelle. Ficou bem claro quem era menos importante ali. O julgamento de Gottfried se resumiu à questão prática. Estávamos fora da trilha alternativa. Não havia sentido em chorar o leite derramado.

Ou o sangue.

Alguns dias depois, enquanto seguíamos a margem do Humboldt, a esposa de Alphonse Chapelle se jogou no rio. Fez isso sem alarde e sem aviso. Apenas continuou andando, mas mais e mais próxima do barranco, então, sem uma palavra, caiu na água.

Seu vestido pesado logo se encharcou e a arrastou para o fundo. Notei o que tinha acontecido segundos depois, corri e me joguei no rio atrás dela. Nadei com a maior velocidade que consegui, mas a correnteza era muito mais veloz. Com a água gelada tapando metade de minha visão, logo perdi o corpo da suicida. Demorei muito até me dar por vencido, mas enfim me agarrei a um tronco caído e pedi ajuda para subir de novo.

A outra filha de Alphonse não conseguiu mais andar. Foi colocada na mesma carroça em que estavam o menino mordido pela cobra e o homem queimado.

À noite, fizemos um funeral simbólico para a falecida. Alphonse não conseguiu falar. Mary-Anne disse que ela era uma boa amiga. Charles ensaiou uma elegia, mas ficou vermelho de vergonha, como se falar fosse mais difícil que sobreviver na trilha.

Gottfried Guttmacher tomou a frente.

— Conheci Vivien Chapelle há pouco tempo — começou o alemão — mas sinto que minha vida foi mais rica por tê-la conhecido.

Alphonse arregalou os olhos.

— Não! — ele gritou. — Cale a boca! Cale a boca, assassino!

— Senhor Chapelle... — Guttmacher tentou acalmá-lo.

— Cale a boca! Ela se matou por sua causa! Porque você continua entre nós! Você deveria estar morto, não ela! Você é o culpado!

— Eu assumo minha culpa. Mas, por favor, não permita que sua esposa nos deixe sem que ninguém fale sobre sua vida.

— Você não tem direito!

Nisso, Margaret balançou a cabeça.

— O senhor é um ingrato, Alphonse Chapelle. Abra mão de seu amargor e aceite a ajuda de nosso amigo.

Alphonse caiu de joelhos, chorando.

— Ele se preocupa mais com Vivien do que o senhor, que a traiu.

Gottfried Guttmacher fez uma bela elegia à falecida, contra os desejos do marido. Alphonse não participou mais do funeral. Foi tudo como os outros quiseram. Construímos uma cruz de madeira, que fincamos na margem do rio.

Então fomos dormir.

NA MANHÃ SEGUINTE, OS TIROS VIERAM DE CIMA DOS PENHASCOS.

— Emboscada! — gritou Charles. — Escondam-se!

A caravana se espalhou como um bando de formigas. Lá em cima, os estouros e as nuvens de fumaça se multiplicaram. Eles estavam nos cercando, quem quer que fossem. O chão perto de mim foi perfurado com balas, mas me joguei para trás.

Ouvi um berro medonho quando o primeiro boi foi atingido.

Mary-Anne arrastou algumas crianças para a margem, descendo o barranco, tendo cuidado para não sofrer o mesmo destino de Vivien Chapelle. Charles se escondeu atrás de uma roda de carroça, conseguindo cobertura parcial, e empunhou sua própria espingarda. Atirou duas, três, quatro vezes, mas era impossível ver os inimigos. O cheiro de pólvora tomou minhas narinas e os tiros ecoaram pelo vale. Todos estávamos desorientados, era impossível saber quais estampidos eram disparos reais e quais eram meros ecos.

— Charles! — gritei. — Não desperdice munição!

Tínhamos poucas balas. Deveríamos ter comprado mais em Independence, mas nosso dinheiro queimara. Só pudemos usar o dinheiro de Libby. Perdemos balas numa vingança contra um boi enlouquecido, com o roubo de Joseph e para caçar criaturinhas porque nossas provisões tinham quase acabado.

— Eles vão nos matar! — berrou Charles Cochran. — Vou matá-los primeiro!

Um garoto corria abaixado, quando de repente foi tingido de vermelho: outro tiro varou um boi.

— Eles estão atacando o gado! — gritei.

E, em uníssono com minha voz, mais um animal foi esburacado.

Saltei num mergulho até onde Javier estava, encolhido ao lado de uma carroça. Rolei no chão para me agachar perto dele. Meu discípulo estava respirando raso, tentando manter a calma.

— Os alvos são os animais, Javier. Fique longe deles.

— O senhor não deveria se preocupar...

— Fique quieto, garoto insolente, me escute pelo menos uma vez. Nada disso faz sentido. Esta emboscada é absurda. Um bando nunca iria nos seguir por tanto tempo.

— Acha que é Henry Smith? — ele falou, num rasgo de sensatez.

Javier não se preocupava com o mundo. Ouvi-lo especular sobre quem eram nossos atacantes era sinal de que ele sentia o desespero de nossa situação. Em outro momento, sua única consideração seria para com o destino de sua alma.

— Precisa ser — respondi. — Eu vou descobrir.

— O que o senhor vai fazer?

— O que importa é o que *você* vai fazer, Javier. Você ficará responsável pelas almas destas pessoas. Elas não precisam de um inimigo, mas de um pastor. Consegue guiá-las?

— O que o senhor vai fazer? — ele repetiu.

— Vou subir a montanha e caçar quem está nos caçando. Vou descobrir por que tudo isso começou.

O boi preso à carroça que nos escondia foi atingido no flanco. Correu, enlouquecido de dor, arrastando o outro boi que arrastava o veículo. Os dois se chocaram com uma carroça à frente. Um baú despencou de dentro, uma roda se espatifou. Eu e Javier corremos para buscar abrigo atrás de uma pedra enorme. De cima do despenhadeiro, ouvimos gargalhadas e gritos agudos. O bando de Horned Henry Smith zombava de nosso medo, comemorava a morte de cada boi.

— Nossa missão é o exorcismo! — ele objetou.

— Talvez o possuído seja mesmo o fora da lei. Mesmo que não seja, ele vai saber mais.

— Vou com o senhor.

— *Não,* Javier. Você ficará aqui. Será tolerante com seus irmãos e, se eu não voltar, procurará o possuído entre a caravana. Fará o exorcismo sozinho.

Ele assentiu.

— Mas, antes de tudo, há algo que você precisa saber, Javier. Precisa entender que seu papel é muito maior do que apenas fazer exorcismos. Você tem um destino importante.

Lembrando do que aconteceu, vejo que o que falei em seguida nunca seria ouvido. Fui ingênuo ao pensar que algumas verdades pudessem mudar o espírito de Javier, mas talvez nada fosse capaz disso.

— Você deve lutar contra o mal, Javier.

— Eu sei.

— Não, não sabe. O mal não é o que você pensa. O mal está em toda parte, Javier, mas não o bem.

— Não fale heresias.

— Javier, o Deus para quem você reza não existe.

Então Javier ficou de pé.

Em meio ao tiroteio, ele andou com tranquilidade. Como fizera antes, na outra emboscada. Ao renegar a segurança de seu corpo, Javier realizou um ato de fé muito maior do que qualquer juramento de devoção. Não acho que estivesse realmente indo a algum lugar. Era só uma demonstração de falta de medo — não coragem, pura falta de medo.

O destino de Javier se estreitou naquele momento, mas ainda jorrava dele como de quase ninguém. Havia muitas linhas que levavam para onde eu precisava.

Não havia mais nada a fazer, então saí do esconderijo e corri para a encosta da montanha.

Procurei uma trilha na montanha, e é claro que havia. Foi uma trajetória longa, na qual me afastei do Humboldt e deixei de ouvir as risadas e os berros. Os únicos sons eram o vento e os tiros. Então até mesmo os tiros cessaram. Levei horas para achar o ponto onde eles tinham montado a emboscada. Eram elevações cobertas por vegetação rasteira e arbustos, mas principalmente eram feitas de pedra e poeira. O senso de direção de muitas pessoas dentro de mim montou um quadro do que era a posição do inimigo na montanha. A tarde ia alta quando encontrei sinais de um acampamento no topo do penhasco. Rastejei até a beira e vi o local da emboscada lá embaixo. A caravana já tinha se afastado, deixando duas carroças arruinadas e os corpos de vários bois.

Achei rastro de gente. Cerca de dez pessoas que conheciam bem o terreno. Segui os indícios até o início da noite. Tudo já estava escuro quando ouvi um som de conversa atrás de uma cobertura espessa de arbustos. Eu estava agachado, escondido, perfeitamente silencioso. O grupo reunido ali não tinha feito fogueira e não possuía grandes equipamentos. Estavam descansando, talvez se preparando para dormir, mas não tinham prestado nenhuma atenção a seu próprio conforto. Apurei os ouvidos para entender o que diziam, mas não consegui discernir nada.

Senti mais do que ouvi alguém se movimentando perto de mim. Duas sentinelas: homens vestidos em casacos longos de couro, com botas resistentes e chapéus de abas largas na cabeça. Tinham espingardas nas mãos.

Abri-me para tudo que existia de selvagem dentro de mim. Matar uma pessoa é algo horrível, Agnes, bem mais horrível do que você imagina. Nunca faço isso levianamente. Aquelas sentinelas precisavam morrer porque não podiam alertar o bando de minha presença. Lamentei suas mortes por antecipação, sabendo que tudo era minha culpa.

Dentro de mim, um caçador que conviveu com homens de Neandertal tomou a frente. A astúcia dele só se comparava a sua ferocidade. Senti minhas mãos serem preenchidas por sua intenção, meu peito respirar para que ele sentisse o cheiro daquela era. Deixei que ele tomasse o controle do corpo que não era meu, admito, mas que eu roubara. Meu corpo roubado foi vestido como uma luva e, num segundo, eu fui o caçador. Saltei em silêncio completo sobre a sentinela que ia mais atrás, agarrando-a pelas costas. Mordi sua jugular enquanto tapava sua boca. Bebi seu sangue ao mesmo tempo em que, com outra mordida, destruía sua garganta. Ele morreu sem fazer um som.

Havia uma faca na cintura dele. Uma artista marcial filipina que vivera há poucos séculos vestiu meu corpo. Ela agarrou a faca com uma intimidade que alguém só tem com o próprio corpo. E, usando a faca como uma extensão de meu corpo, eu, sendo ela, degolei a segunda sentinela também sem nenhum som.

Fiz força para ser eu mais uma vez, enquanto o caçador e a artista marcial lutavam pelo controle de mim. Pelo controle de nós.

Peguei as duas espingardas. Deixei uma pendendo do ombro e empunhei a outra.

Respirei fundo.

Havia mais oito pessoas no acampamento. Todas armadas, todas dispostas a matar. Talvez fosse mais inteligente abordá-las de outra forma, mas naquele momento o destino não favorecia a inteligência. De todos os futuros possíveis, a maioria resultava em ruína se eu tentasse conversar.

Seduzido como milhões de humanos já foram e milhões ainda serão, eu abri mão do diálogo porque estava armado.

Anunciei minha presença, entrando no acampamento de Horned Henry Smith subitamente, vindo das sombras, com a arma apontada.

— Parados! — mandei.

Alguém fez menção de pegar um revólver. Atirei sem pensar, num reflexo. A bala entrou certeira na testa e o cadáver caiu para trás. Só então registrei que era um homem asiático. Assim como as duas sentinelas que eu matara.

No acampamento havia alguns negros, dois brancos, um nativo americano, mas todos os outros eram asiáticos. No centro, uma mulher esguia, traços asiáticos delgados e ferozes. Vestia roupas de explorador. Ela não se intimidou quando apontei o cano da arma para seu rosto.

— Atire se quiser — disse Horned Henry Smith. — Haverá outros para enfrentar Gottfried Guttmacher.

A caravana andou um dia inteiro, fugindo do ataque como se o bando pudesse estar em seu encalço, quando finalmente alguém disse:

— Não podemos continuar. O Padre Tobias ficou para trás.

Lembre-se, Agnes, eu não preciso ter vivido aquilo para possuir a memória do que aconteceu. E acredite, grande parte de mim gostaria de não ter essa memória, de não precisar viver com a lembrança da última parte da viagem.

Javier olhou para Charles Cochran. O homem empedernido parecia uma criança. Acho que minha ausência foi pior para ele do que para qualquer outro, porque comigo por perto Charles podia dividir o comando da caravana. Agora só havia ele mesmo, e ele não sabia o que fazer.

— Então, Charles? — disse Mary-Anne. — Vamos continuar sem ele?

Longos segundos se passaram.

— Você é nosso líder! — falou Margaret. — Precisa tomar uma decisão!

— Por que eu sou o líder? Não sei, não me perguntem! Não quero!

Ele se pôs a limpar sua espingarda. Contou as balas restantes. Só havia mais seis.

— Não vamos voltar — disse Javier.

Todos olharam para ele.

— Não podemos deixá-lo para trás! — falou Margaret. — O Padre Tobias veio a este país por nossa causa.

— Estamos aqui porque Deus quis que estivéssemos — meu pupilo retrucou. — O Padre Tobias fez sua escolha. Se ele encontrar o possuído, estaremos salvos. Caso contrário, que Deus tenha piedade de nossas almas.

Charles tentou se isolar do grupo, ficando de fora da discussão. Mas Mary-Anne insistiu:

— Mesmo assim, precisamos de um líder. Sem Joseph, sem o Padre Tobias, alguém precisa nos guiar — ela tentou falar o nome do marido como se fosse uma pessoa qualquer.

Charles fingiu não ouvir.

— Precisa ser você, Charles!

— Não — ele balbuciou, mal audível sob o rugido do rio — Eu não. Escolham outro.

— Você é o único veterano de guerra que sobrou entre nós! Sabe atirar, sabe sobreviver! Quer que eu seja a líder? Ou Margaret?

— Eu não — sua voz foi pouco mais que um muxoxo. — Qualquer outro. Eu não.

Alphonse Chapelle tomou a frente.

— Eu posso nos liderar — gaguejou.

Margaret fez um grunhido de desdém.

— Você? Um almofadinha afetado?

— Por que me odeia tanto, senhora Schneider?

— Eu não o odeio! Só sei que seu dinheiro não vai ajudá-lo aqui!

— Até Libby vai ser melhor que o senhor Chapelle! — disse Mary-Anne.

Libby Jones não respondeu à agressão gratuita.

— Que seja o Padre Azaghal então — Mary-Anne cortou a discussão. — Ele é o discípulo do Padre Tobias, afinal.

Javier ficou sério.

— Não posso tomar decisões por vocês. Este país não é meu. Guiarei suas almas, mas seus corpos pertencem ao mundo.

Eles se entreolharam, cada um captando a desolação. Tinham sobrado poucos bois, todos magros. Ainda havia um cavalo. Além de todas as carroças que tinham se perdido pelo caminho, outras ainda foram deixadas para trás por não haver mais animais para puxá-las. Das nove originais, sobravam três. Uma era ocupada pela filha catatônica de Alphonse Chapelle, pelo menino mordido pela cobra e pelo homem queimado. Todos os pertences das famílias estavam enfiados nas outras duas. Não havia mais espaço para viajar dentro delas, então a única alternativa era andar. Os migrantes já haviam descartado mesmo os pertences que não pesavam nem ocupavam espaço, apenas porque não conseguiam manter tudo consigo. Cartas, joias, fotografias de entes queridos, tudo foi deixado na estrada com lixo e cadáveres.

— Só uma pessoa pode nos liderar — disse Margaret Schneider. — O senhor Gottfried Guttmacher.

Gottfried se apressou em negar.

— Ele não é um de nós! — protestou Alphonse. — Chegou a Golgotha Hill há menos de um ano, trazendo consigo a desgraça!

— Ele trouxe nossa salvação! Sem o livro do senhor Guttmacher, como teríamos sobrevivido?

— O livro está nos matando!

— Realmente, não posso ser seu líder — disse Gottfried Guttmacher. — Não sou natural de sua cidade, não tenho família entre vocês. Não posso tomar decisões em nome de um pai ou de uma mãe que protege seus filhos.

Mary-Anne Warwick segurou o bebê mais perto de si. Ele estava em estado bem melhor que a maior parte dos sobreviventes.

— Acho que isso é uma vantagem — disse a mulher. — Estamos todos tomados pela emoção e pelo medo. Veja o que meu marido fez! Quis me expulsar, roubou nossas provisões! Tudo porque foi tomado pela emoção.

— É verdade, precisamos de razão, não de emoção — disse Margaret. — Pode um cego guiar outro? Não, precisamos de alguém que conheça a trilha.

Eles votaram. Alphonse Chapelle também se candidatou a líder, mas ninguém votou nele. Relutante, Gottfried Guttmacher fez um pequeno discurso, jurando proteger a caravana tanto quanto pudesse.

— Mas estamos quase chegando — disse o alemão. — Continuamos pelo Humboldt, depois seguimos o Rio Truckee e então o Donner Pass, onde viajaremos de trem. A pior parte já passou.

A liderança de Gottfried Guttmacher se tornou a normalidade. Passou-se um mês sem mim e minha morte ou desaparecimento se transformou num fato. O outono já ia avançado e eles continuaram pelo Humboldt até chegar ao Truckee. Era um rio mais estreito, mas também mais caudaloso. As corredeiras tornavam a água branca de espuma. Nos últimos dias, a chuva tinha sido constante, fina e gélida. Todos tinham medo do primeiro floco de neve, mas margeando o último rio estavam, enfim, chegando ao destino. O Truckee era a porta de entrada para Sierra Nevada. A Califórnia estava tão perto que era possível ver o cintilar do ouro. Ou pelo menos sentir o cheiro de comida quente.

Sierra Nevada, é claro, é uma cordilheira. Uma serra. E, embora atravessar montanhas com a caravana tivesse sido uma das maiores provações da jornada, aquele trecho não deveria assustar. A trilha tradicional, empreendida por milhares de pioneiros nas décadas da Corrida do Ouro, passava por Sierra Nevada. Havia o Lago Donner oferecendo água em abundância e entrepostos de civilização por perto. Dentre todas as apostas insanas que nosso grupo fizera, aquela era uma certeza. Toda viagem pelos ermos tem seus riscos, mas os migrantes de Golgotha Hill estavam agora contando com a experiência de gerações de viajantes e desbravadores.

Mesmo com fome e com frio, quando estavam bem perto da região montanhosa, eles acamparam de bom humor. A fome é trágica quando não há perspectiva de saciá-la. A caravana tinha a perspectiva de uma mesa cheia em Goatsbrook, então a fome naquela noite foi quase uma diversão.

— Já sei o que vou comer primeiro quando chegarmos — disse Mary-Anne Warwick. Apesar da ameaça de violência no deserto, ela tinha tomado para si o papel de espírito do grupo, responsável por manter os ânimos elevados. — Um bolo de carne, como minha mãe costumava fazer.

Os outros sorriram.

— Quando chegarmos a Goatsbrook, é bom que todos escondam seus porcos — disse Charles Cochran, mais à vontade sem precisar liderar. — Tudo que eu quero é bacon. Bacon crocante, pingando gordura. Quero queimar minha língua e comer até ficar enjoado.

Dessa vez houve risos.

— Eu quero apenas pão — disse Margaret. — Pão quente e manteiga bem salgada. Nunca pensei que sentiria tanta falta de pão. Ah, e cerveja! Uma boa caneca de cerveja.

Todos olharam para ela espantados. A grande defensora do Movimento da Temperança em Golgotha Hill era a última pessoa que deveria suspirar por cerveja.

— Me deixem em paz! — disse Margaret, bem-humorada. — Depois de tudo isso, todos merecemos uma bebida!

E então eles riram de verdade. Estômagos vazios e almas cheias de esperança.

— Quero comer um filé — disse Libby Jones, de surpresa. — Um bom filé malpassado. Só isso.

A ousadia dela em se pronunciar pairou entre eles. Mas então Gottfried Guttmacher perguntou:

— É algo que você costumava comer, Libby?

— Não — ela respondeu, com um leve sorriso. — Só comi um punhado de vezes. Vai ser minha recompensa. Um filé em Goatsbrook.

Havia muitas respostas prontas. Podia-se retrucar que uma prostituta não merecia um luxo como aquele. Ou que ela não seria bem-vinda em Goatsbrook. Mas ninguém falou nada maldoso.

— Um filé vai acompanhar bem meu bacon — disse Charles. — Reserve um lugar na sua mesa para mim.

Libby Jones chegou um pouco mais perto dos outros.

— Não sei se vai haver muitos porcos em Goatsbrook, Charles — disse Mary-Anne. — Talvez você precise comer bode.

Goatsbrook, ou "Riacho dos Bodes". Era um nome peculiar, mas nada muito estranho para uma cidade americana.

— Ah, há muitos porcos em minha cidade, senhora — sorriu Gottfried Guttmacher. — Eu desisti de corrigir sua pronúncia, mas lembre-se de que esse não é o verdadeiro nome do lugar!

Um exorcista, de certa forma, precisa ser um pouco detetive. Ao ouvir aquele comentário, Javier ergueu uma sobrancelha. Algo chamou sua atenção — talvez uma mudança no humor do grupo, talvez só a presença de um detalhe nunca antes mencionado.

— Qual é o nome verdadeiro de nosso destino, senhor Guttmacher? — perguntou meu discípulo.

— Eu sei! — disse Margaret Schneider, como uma criança. Então, devagar, cuidando da pronúncia: — *Gottsbrücke.*

Javier tentou pronunciar o nome, mas a língua alemã sempre escapou de seu domínio.

— Significa "Ponte de Deus" — disse Guttmacher. — Uma pequena homenagem a minha cidade natal, na Alemanha.

— É também o nome de sua cidade natal? — perguntou Javier.

— Ambos os nomes significam a mesma coisa, mas minha cidade natal ainda tem seu nome saxão antigo. Meu lar é Gottsbrücke, neste país abençoado, mas nasci na Baixa Saxônia. Na cidade de Osnabrück.

— Gottfried Guttmacher é um feiticeiro — disse a mulher chinesa que era Horned Henry Smith. — A viagem é um ritual. Sua caravana é um sacrifício.

Viajei com o bando, saindo do local da emboscada e chegando até um acampamento permanente. Eles não tentaram se vingar por eu ter matado três de seus companheiros, nem ficaram especialmente intimidados quando apontei uma arma para sua líder. A vida e a morte eram indiferentes para aqueles bandoleiros e eu logo soube por quê.

Demoramos duas semanas para atravessar o rio e chegar até o acampamento. Ouvi tantas histórias que poderia passar o dia inteiro contando-as e ainda não chegaria na metade. O relato da caravana de Golgotha Hill até Gottsbrücke não era mais trágico ou mais extraordinário que as histórias de ex-escravos, guerreiros indígenas, trabalhadores das estradas de ferro, vaqueiros e tantos outros cujas famílias, tribos, bandos e cidades tinham sido dizimados por Gottfried Guttmacher.

As histórias se acumularam durante a viagem e desembocaram no acampamento, quando vi os rostos a quem cada uma delas pertencia. Horned Henry Smith comandava cerca de cinquenta bandidos. Ou cinquenta sobreviventes. Gente com olhar mortiço, cheia de cicatrizes, com dois ou três dedos em cada mão. Gente marcada para sempre pelos atos de crueldade deliberada de um imigrante alemão que sempre tinha um sorriso e uma promessa de esperança.

Henry Smith tinha sido a esposa de um trabalhador das estradas de ferro. Milhares de chineses migraram para os Estados Unidos para construir as ferrovias, sem saber que seriam praticamente escravizados. Sem falar a língua local, sem conhecer a terra, eles embarcaram com falsas expectativas e coragem inacreditável para o outro lado do mundo. A maioria era composta de homens jovens, solteiros e sem nada a perder. Mas um casal não quis se separar para enfrentar a América e uma garota chamada Jin se vestiu de homem e se manteve disfarçada no navio e nos campos de trabalho. Quase todos os chineses adotavam um nome americano que os habitantes locais conseguissem pronunciar, e foi assim que Jin se tornou Henry Smith.

Até conhecer o alemão.

— Ele era o único ocidental que falava minha língua — disse Jin/Henry, em cantonês. — Estávamos morrendo aos poucos para construir as ferrovias. Ele surgiu com histórias de uma cidade construída pelos imigrantes chineses, onde poderíamos ser livres.

— Na Califórnia? — perguntei.

Ela balançou a cabeça.

— No sul. Logo antes do início da Guerra de Secessão.

Jin/Henry, seu namorado e todos os outros imigrantes chineses viviam num campo de trabalho. Aquele era seu mundo, a construção da ferrovia era sua vida, os colegas imigrantes que morriam um a um eram sua família. Eles começaram a pensar em fugir logo depois que o amigável Gottfried Guttmacher mencionou casualmente uma cidade onde seriam livres.

O alemão nunca sugeriu que eles fugissem do campo de trabalho e empreendessem uma jornada louca para o sul. Apenas contou sobre o destino, mostrou-lhes um mapa, deixou escapar que tinha amigos no exército e eles poderiam ajudá-los. Segundo o alemão, o sul estava se separando do resto do país e não havia por que continuar no norte que os tratava tão mal. Gottfried repetiu a retórica confederada, sobre como os estados deveriam ser livres e ter seus próprios direitos, sobre como cada cidadão deveria ter autonomia sobre sua própria vida, sem que o governo impusesse suas próprias regras e seus próprios valores.

Não mencionou que os chineses não eram cidadãos.

Também não falou que uma guerra para defender a continuidade da escravidão estava prestes a explodir.

O grupo debandou, rumo ao sul.

— Não demorou para que o primeiro de nós morresse — disse Henry. — Por onde Gottfried Guttmacher passa, a fúria o acompanha.

Ela contou muitas pequenas histórias e cada uma poderia ter saído da caravana de Golgotha Hill. Dois homens puxando facas um contra o outro por uma briga de jogo. Ciúmes resultando em morte. Então privações, fome e sede.

— Mas nós chegamos a um forte militar — ela falou, em tom grave. — Os confederados abriram as portas para nós.

Os chineses logo descobriram que os oficiais que lutavam pelo direito de ter escravos não tinham simpatia por pessoas que eram essencialmente escravos fugitivos. Eles foram escravizados de novo e, quando tentaram se rebelar, foram torturados e massacrados.

— Por que você acha que ele é um feiticeiro? — perguntei, já sabendo a resposta.

— Muitos de nós morreram com tiros ou na ponta de uma corda — ela respondeu. — Outros foram sacrificados.

Gottfried Guttmacher tinha todo um repertório de sacrifícios americanos. Fazia suas vítimas renegarem crenças, matarem uns aos outros de formas ritualísticas. O linchamento, o fuzilamento, a retirada dos escalpos. Todos cometidos de formas específicas, com símbolos e uma espécie de oração.

— Não sei como ele faz isso, só sei que faz — disse Henry. — Todos aqui passaram pela mesma coisa. Irmãos se voltando uns contra os outros, decidindo quem vive e quem morre. Adorando objetos como se fossem deuses.

Nos relatos dos bandidos, sempre alguém acabava se ajoelhando e aceitando uma bênção de carne e sangue. Como o boi no deserto. Sempre havia um objeto que adquiria uma aura sagrada, como se contivesse dentro de si a salvação.

Como o *Emigrants' Guide to Oregon and California*.

No caso dos chineses, o mapa se tornou uma relíquia santa, disputada e protegida ao custo de vidas humanas. Aquele que tinha a honra de carregar o mapa era considerado superior aos outros.

Também ouvi o caso de um grupo de escravos negros fugitivos, que tinham escapado com um baú cheio de dinheiro. Aos poucos, o dinheiro virou o centro daquele grupo, mais importante que a liberdade. Eles rezavam em volta do dinheiro e cada um o contava obsessivamente a cada dia, desconfiando dos outros, gastando assim um tempo enorme e diminuindo a vantagem em relação aos caçadores de escravos que estavam em seu encalço. No fim, sem que Guttmacher nunca sugerisse diretamente, alguns ex-escravos delataram outros para seus perseguidores, para não precisar dividir a riqueza.

Havia também um grupo de nativos que escolhera trair sua própria tribo para se unir ao genocida General Custer — sem a sugestão direta de Guttmacher, mas por meio de informações que ele havia dado. Os indígenas carregavam um uniforme de cavalaria que começaram a adorar como se tivesse poderes mágicos, capaz de torná-los aceitos entre os brancos. No fim, os soldados de Custer se voltaram contra eles, depois que sua utilidade havia acabado, e eles também precisaram enfrentar suas próprias tribos numa batalha perdida.

— Deve haver muitos outros casos — disse Henry. — Casos sem sobreviventes.

Gottfried Guttmacher manipulava os acontecimentos para que tudo sempre transcorresse daquele jeito. Aquela descrição me fez ter certeza de que ele não era um feiticeiro — era o possuído. Assim como eu, Guttmacher enxergava o destino, analisava os futuros possíveis e escolhia o melhor, garantindo os resultados de que precisava. Sua habilidade de causar a discórdia podia ser algum tipo de magia, mas eu duvidava. Ele devia ter estudado as reações dos humanos desde a criação da humanidade. Sabia como semear a fúria de maneiras sutis demais para que qualquer um percebesse. Ele não era um demônio, mas talvez seja a melhor maneira de se referir a ele para que você entenda. Um demônio que dedicou sua existência à psicologia humana pode surgir num lugar e fazer com que todos tomem as decisões que ele deseja, enquanto acreditam que tudo foi espontâneo.

A frase que define a viagem de Golgotha Hill até Gottsbrücke é só uma: o que aconteceu uma vez deve acontecer de novo.

Gottfried Guttmacher repetia o mesmo ritual várias vezes. Transformava irmãos em inimigos, transformava devotos em cultistas, fazia com que morressem em locais específicos. E, embora eu ainda não soubesse, estava repetindo com a caravana de Golgotha Hill algo que tinha acontecido antes. Algo de grande poder.

O bando de Henry Smith odiava o alemão e tinha jurado caçá-lo, mas também tinha um medo supersticioso de qualquer confronto com ele.

— Isso não explica por que você nos atacou — falei. — Pessoas inocentes estão sofrendo por suas perseguições.

Ela ficou alguns segundos sem responder.

Era medo.

Eles não queriam confrontar Gottfried Guttmacher. Cinquenta pessoas armadas, cinquenta sobreviventes de infernos terrenos tinham medo de estar cara a cara com o diabo no corpo de um imigrante baixo e rechonchudo.

— Nós não massacramos Golgotha Hill — disse Henry, quase como um ato de contrição.

— Guttmacher fez isso? Nem mesmo alguém como ele...

— Não foi Guttmacher. Foram os próprios cidadãos.

Ela viu, ou viu pelo menos o começo. Seu bando tinha mesmo acossado Golgotha Hill quando souberam que Gottfried rumava para lá. Havia uma certa intenção de fazer com que o povo deixasse a cidade antes que ele chegasse, mas na verdade tinha mais a ver com dinheiro e sobrevivência. Se aquela gente estava mesmo condenada, que pelo menos servisse para alguma coisa antes de morrer. Henry Smith era culpada de matar algumas pessoas da cidade, mas tudo começou a dar errado depois da chegada de Guttmacher.

O possuído chegara pelo menos três meses antes de fazer sua aparição oficial para os habitantes. Ficara vivendo nos ermos, escondido de todos, espreitando a cidade sem que ninguém soubesse.

— Ele começou a caçar o povo de Golgotha Hill — disse Henry. — Um a um. Quando eles saíam da cidade, ele os emboscava e os matava. É claro que todos culpavam o meu bando. Nós... Nós acabamos cumprindo a vontade dele.

Quando tudo transcorria da melhor forma para Gottfried Guttmacher, era difícil saber se uma decisão era mesmo voluntária ou só manipulação sutil. Ou se, dentre milhares de futuros possíveis, por acaso estávamos no futuro em que acontecia aquilo de que ele precisava.

— Matamos o primeiro para roubá-lo — disse Henry. — Depois eles organizaram um grupo para nos caçar. Matamos todos. As vítimas de Guttmacher se confundiam com as nossas.

Os habitantes de Golgotha Hill não notaram que havia um padrão nas mortes. Os corpos não eram encontrados em lugares aleatórios, mas em pontos específicos, descrevendo um círculo ao redor da cidade. Ainda faltavam oito anos para que Jack, o Estripador, introduzisse o conceito de assassino serial para a maior parte das pessoas, e quase um século para que este fenômeno fosse nomeado e estudado. Não havia ponto de referência para um matador meticuloso, que eliminava suas vítimas com um propósito que não era dinheiro, vingança ou fúria.

— Eu matei o padre — admitiu Henry Smith. — Ele estava começando a se interessar por conhecimentos profanos.

O antigo padre de Golgotha Hill encontrara, por acaso, uma cópia de um livro de rituais. Um livro que foi compilado muito tempo atrás, na época de um de meus grandes amigos. Um livro cuja história está intimamente ligada a minha e à de Javier. Mas ainda não é hora para você descobrir isso, Agnes. Henry assassinou o padre e manteve o livro escondido dentro da igreja, onde ficou e onde talvez ainda esteja.

— Mas os outros não foram minha culpa — ela continuou. — Não sei se foi o livro na igreja, ou os assassinatos rituais, ou só a presença de Guttmacher. Mas certa manhã a cidade acordou com facas e armas. Você chegou horas depois.

O bando de Horned Henry Smith cavalgou para Golgotha Hill, numa tentativa desesperada de deter a insanidade, mas foi rechaçado. Alguns cidadãos caíram mesmo sob suas balas, mas foi só um punhado. Por acaso, por uma coincidência incrível, os sobreviventes só testemunharam essas mortes, não a loucura furiosa que deu cabo de todos os outros. Não viram os pais de Bobby Fletch abraçados num frenesi de lâminas e revólveres. Não viram os vizinhos de Joseph e Mary-Anne Warwick executando seus próprios filhos. Não viram as prostitutas do saloon numa roda alegre de suicídio, cada uma apontando o revólver para a outra.

— Isso foi o início de tudo, o início verdadeiro — Henry tinha um olhar assombrado. — Ele é paciente. Cada ritual pode durar um ano ou mais. Este ritual está quase completo. Ele está seguindo a Linha do Dragão até Gottsbrücke.

— Você quer dizer Goatsbrook? — falei, mais um comentário imbecil numa sequência de burrice que custou a vida de muita gente.

— Os americanos não conseguem pronunciar o nome da cidade — e ela também não conseguia, para ser franco. Foi por isso que demorei a entender. — O nome verdadeiro é Gottsbrücke.

Como fui idiota, Agnes! Eu nunca ouvira o alemão pronunciando o nome de nosso destino. Ele falava "Califórnia" ou "minha cidade". Os americanos falavam Goatsbrook.

Mas o correto é Gottsbrücke.

A Ponte de Deus, ou Ponte dos Deuses.

Ou, na língua saxã antiga, Osnabrück.

Abra uma enciclopédia e talvez você ache uma explicação diferente. O nome da cidade onde estamos agora, em 1989, pode também ser traduzido como Ponte dos Bois, e isso é mais plausível. Mas o mais plausível não é o real na maior parte das vezes, pelo menos não quando lidamos com o bizarro. E mesmo a Ponte dos Bois tem um significado místico e adquire um tom macabro quando lembramos que os cidadãos de Golgotha Hill se ajoelharam para beber o sangue de um boi que lhes deu vida renovada.

Tudo estava mesclado.

Golgotha Hill, a colina de Gólgota, onde Jesus Cristo se sacrificou segundo a tradição cristã. Os cidadãos deixaram Gólgota, deixaram a religião, para trilhar uma Linha do Dragão, uma Linha de Ley, rumo a uma cidade ritualística, que eles mesmos batizaram aludindo a um bode. Existia poder real naquilo tudo, e também simbolismo e metáforas, que invariavelmente se tornam poder real. Você vai entender tudo, Agnes, prometo que vai. Por enquanto, saiba que nosso mundo físico é repleto de quebra-cabeças, enigmas, labirintos e diagramas, e por meio disso tudo podemos acessar o que existe além do mundo físico. A magia e aquilo que você chamaria de inferno.

A trilha alternativa descrita no *Emigrants' Guide to Oregon and California* era um diagrama, parte de um labirinto místico.

Henry Smith estava preparada para que eu refutasse cada uma de suas histórias, então não soube o que fazer quando aceitei tudo e completei os relatos com informações místicas que ela não tinha. Muita coisa ficou não dita, porque não havia como explicar a ela tudo que estou explicando a você. E porque eu não confiava nela como confio em você. As linhas de destino que surgiam de Horned Henry Smith eram esfiapadas, cheias de morte, lúgubres e sangrentas. Você tem destinos melhores, muito melhores. Acredite em mim.

Mas, como eu disse, viajei duas semanas para chegar ao acampamento permanente do bando de Horned Henry Smith. Eles tinham se escondido no meio da floresta de coníferas ao largo do Rio Truckee, de encontro a um paredão inclinado. Tinham comida, cavalos e armas.

Além dos cinquenta fora da lei, tinham as quatro crianças que foram raptadas durante o primeiro ataque.

E o jovem Bobby Fletch.

Meu rosto se iluminou quando vi aqueles cinco. Porque, acontecesse o que acontecesse, eles eram um novelo de linhas de destino, estavam repletos de possibilidades.

— Você achou que eu tinha matado as crianças — disse Henry.

— Você matou outros.

Ela fez que sim com a cabeça.

— Melhor que morram por minhas balas do que da maneira como Guttmacher deseja.

— Mortes ao longo do caminho vão cumprir o ritual de qualquer maneira.

Foi meu segundo momento de idiotice. Ela franziu o cenho e recuou dois centímetros, surpresa com minha ignorância. Durante aquelas duas semanas, algo não fora dito porque Henry achou que não precisava ser dito. Mas era a coisa mais importante daquilo tudo.

— O que aconteceu antes está acontecendo de novo — ela explicou. Com essas palavras, meu estômago foi tomado por uma bola de gelo, pois era uma das maneiras de expressar um dos maiores poderes dos rituais. — Sua caravana está repetindo a história da Caravana Donner.

XI

O QUE ACONTECERA ANTES ESTAVA ACONTECENDO DE NOVO. Estava acontecendo naquele momento, com Javier e os outros, em Sierra Nevada.

Era novembro. Eu estava a caminho, mas a trilha se provou difícil. Eles estavam sozinhos.

Era novembro. A chuva secou e o tempo ficou cada vez mais frio. A primeira a avistar um floco de neve foi Mary-Anne Warwick, mas ela não avisou a ninguém. Como uma criança, pensou secretamente que, se não falasse em voz alta, aquilo não seria verdade. Tentou se convencer de que fora só impressão. Não podia ser um floco de neve. Não quando eles estavam tão perto.

Já era a Califórnia, Agnes. Depois da floresta, dos bandidos, da cordilheira, do deserto, da emboscada, era a Califórnia. Donner Pass estava logo ali.

Ninguém falou nada quando amanheceu nevando. Todos com a mesma reação, rezando em segredo para que aquilo não fosse verdade. Só neve fora de época, só um pouco para tornar o mundo branco e ordenado, para fazer a paisagem ficar mágica.

Mas não era só um pouco.

Era o inverno.

A neve caiu e caiu, e eles prosseguiram sem falar nada. Andavam, porque não havia mais como viajar nas carroças. Os bois magros mal tinham força para arrastar os veículos. Eles estavam acostumados à jornada. Eram gente da cidade vestida em roupas de cidade, mas eram migrantes determinados, que tinham vencido tudo que a estrada tinha jogado sobre eles até então. Faziam bom progresso a cada dia, mas no primeiro dia de neve o progresso foi bem menor. Primeiro a neve fazia barulho sob suas botas e sapatos, ameaçando-os com alguns escorregões, mas era só. Então as solas afundaram um pouco, deixaram a umidade penetrar pelo couro descosturado, molharam os dedos dos pés com água gelada, fizeram com que eles perdessem a sensação naquelas extremidades. Quando chegou o meio-dia, eles afundavam os pés inteiros na neve, precisavam erguer bastante as pernas para caminhar. E isso cansava, Agnes. Cansava e era um lembrete do inverno chegando mais rápido que eles.

No meio da tarde, a neve chegava em suas canelas e Charles Cochran começou a chorar.

— Não vamos conseguir! — ele disse entre soluços. Um veterano de guerra, um homem que não tinha medo de chumbo nem da América. Chorando como uma criança porque conhecia a verdade. — A neve vai ficar funda demais! Não vamos conseguir.

— Ânimo, senhor Charles! — disse Gottfried Guttmacher. — Estamos quase em Donner Pass. Lá teremos um trem confortável. Vamos beber café e chocolate quente!

Charles Cochran olhou à frente e só viu montanhas dos dois lados, as árvores ficando pesadas de branco e uma cortina de neve encobrindo a vista.

O vento era forte e afiado, e só ficou mais forte à medida que o dia avançou. Soprava de encontro à face deles, deixando a pele vermelha e os lábios azuis. Os olhos lacrimejavam de frio. Eles se inclinavam para a frente, fazendo força contra o vento, e logo a neve chegou a sua cintura.

Eles decidiram acampar antes que o sol se pusesse, pois estavam exaustos e enregelados. Olharam para trás e, por trás da neve, conseguiram ver o contorno das formações rochosas onde tinham começado o dia.

Chegaram bem perto uns dos outros para se aquecer. Fizeram uma barreira improvisada com as carroças e acenderam uma fogueira a muito custo. Comeram as últimas provisões e ficaram um longo tempo sem dizer nada.

— Só precisamos de força por mais um dia ou dois — garantiu Gottfried Guttmacher. — Então o trem! Quem sabe não conseguimos uma passagem na primeira classe?

Ele disse isso sorrindo e esfregando as mãos, então mordeu um dos últimos pedaços de carne seca. Foi um comentário inócuo, até otimista. O tipo de frase que pode motivar um grupo exausto a continuar pelo último trecho, quando não faz mais sentido desistir. Não havia nada de errado com o comentário de Gottfried Guttmacher.

Mas falar em primeira classe lembrou Margaret Schneider de algo:

— Como vamos pagar a passagem?

Mary-Anne abriu a boca para falar, mas então percebeu que não tinha resposta. O sorriso que começava a se desenhar em seus lábios se tornou uma linha torta de preocupação. Eles passaram meses vivendo da natureza, depois de Independence, por suas próprias regras, num mundo paralelo onde os artifícios da civilização não faziam sentido.

Mas, para pegar o trem, precisariam de dinheiro.

— Nosso dinheiro queimou — disse Charles Cochran.

Houve só um segundo de silêncio antes que Mary-Anne dissesse:

— Libby vai trabalhar. Vai ganhar dinheiro para nossas passagens.

Libby Jones olhou para ela com a boca aberta, os olhos arregalados.

— Eu...? — começou, mas foi interrompida.

— Isso não vai funcionar — disse Charles. — Com quantos ela vai ter que trepar para conseguir dinheiro para todo mundo?

— Ela pode fazer com os funcionários do trem — sugeriu Mary-Anne. — Assim eles nos deixam entrar.

— Não vou fazer nada disso! — protestou Libby.

— Por que não? — perguntou Mary-Anne.

— Por que você não trepa com eles então?

— Não sou prostituta — disse Mary-Anne Warwick, sem emoção. — Você é.

— Eu escolho com quem...

— Precisamos que abra as pernas para os funcionários do trem — disse Charles Cochran. — Vai fingir que é uma mulher direita agora que dependemos de você?

— Não vou...

— Mas, se ela dormir só com os funcionários do trem, vamos ter que entrar escondidos — disse Mary-Anne. — Melhor ela trabalhar até ganhar dinheiro suficiente para as passagens de todos.

Ante o olhar horrorizado de Libby Jones, os outros começaram a discutir quanto ela deveria cobrar, quantas horas deveria trabalhar por dia, o que deveria fazer, quem ficaria com o dinheiro. O mesmo tom de voz que usavam para falar dos bois.

Do fundo da batina preta, a voz de Javier emergiu cortante e fria como o vento:

— Continuem assim — disse meu discípulo. — Continuem. Façam isso e irão todos para o inferno.

Eles se detiveram. Observaram-no com medo. Mary-Anne segurou o filho mais perto de si.

— Vocês vão direto para o inferno — prometeu Javier, sem alterar o tom de voz. — Pecadores imundos. Era só a civilização que impedia que fossem proxenetas e escravistas? Mostram aqui sua verdadeira face? Deus sempre os enxergou! Nos braços do diabo, vão desejar estar aqui de volta, passando frio e fome!

Ele se calou.

Aos poucos, sem dizer nada, o plano de escravizar Libby Jones foi descartado.

— Não se desesperem! — Guttmacher manteve o sorriso. — Duvido que todo o dinheiro tenha queimado. Temos algo guardado, não?

Foi um comentário inócuo. Até otimista.

Mas Margaret Schneider olhou com veneno para Alphonse Chapelle.

— O que está insinuando? — disse Alphonse.

— Você vai pagar nossas passagens, senhor Chapelle? — ela perguntou. — Ou vai nos deixar no frio enquanto gasta seu dinheiro com uma cabine de luxo e doces para sua filha?

Talvez, se a acusação não tivesse citado a única filha sobrevivente de Alphonse, pudesse ter sido ignorada.

— Até quando vai esbravejar porque comprei doces para minhas filhas? Dou graças a Deus por ter feito isso! Foi a última parcela de infância que elas tiveram!

— Por que sua filha tem direito a infância quando os filhos dos outros estão morrendo congelados?

— A senhora está feliz com as mortes em minha família, pois quer que todos sejam infelizes como você!

— Não precisamos nos desentender! — Guttmacher ergueu as mãos, como fazia para apaziguar os ânimos. — Tenho certeza de que o senhor Chapelle não tem nada a esconder.

— É fácil descobrir isso — disse Charles Cochran.

Ele se ergueu, porque estava com medo genuíno, porque tinha chorado na frente de todos e porque precisava parecer forte. Dentre os sobreviventes, era o único que sabia dar um soco ou apertar um gatilho, então foi simples para ele se impor daquela forma.

— Não! — protestou Alphonse, mas Charles o empurrou e ele ficou sentado.

Então Charles Cochran começou a mexer nas posses de Alphonse. E achou um maço de dinheiro escondido.

— Temos um mentiroso entre nós.

Eu não o culpo, Agnes, assim como tento não culpar a maioria dos humanos, mesmo aqueles que matei. Alphonse Chapelle era um homem tirado de seu elemento, jogado num mundo onde seu conhecimento não tinha valor. Insultado constantemente, tendo perdido a esposa e a filha, sabendo que a filha catatônica tinha a capacidade de entender a humilhação de seu pai. Dinheiro era a única coisa que o fazia se sentir maior, mais poderoso. O dinheiro não tivera valor durante toda a jornada, mas agora teria de novo, e ele tinha mais que os outros.

— Eu ia comprar passagens para todos! — esganiçou Alphonse. — Juro!

— Mas a sua seria melhor, não é?

Ele fez menção de se erguer e Charles apontou a arma.

Então Alphonse Chapelle ficou sentado, chorando, enquanto Charles Cochran contou e dividiu seu dinheiro igualmente entre todos. Guttmacher aceitou sua parte, assim como Margaret, Mary-Anne e todos os outros.

Charles fez um meneio de cabeça para a carroça onde estava o homem queimado.

— Ele não precisa — decretou Margaret.

Então sua parte foi dividida entre os demais.

Charles estendeu uma pequena quantidade de notas para Javier. A mesma parcela de todos.

— Aquele que rouba está se condenando ao inferno — disse meu pupilo, olhando Charles Cochran nos olhos. — Mas quem dá à caridade se salva. Vocês estão tirando de Alphonse a chance de ser generoso.

— Pegue o dinheiro, padre — insistiu o outro. — Vai precisar.

Javier não fez nada por um segundo. Então pegou o dinheiro.

E o jogou na fogueira.

— Não preciso de riqueza maldita.

Os sobreviventes de Golgotha Hill pularam para salvar as notas do fogo, e realmente conseguiram recuperar algumas, queimando os dedos. Até mesmo Libby.

— Acha que vão aceitar esta? — perguntou Mary-Anne, sorrindo enquanto examinava uma nota chamuscada.

— É dinheiro que conquistamos com nosso esforço! — respondeu Margaret. — Claro que vão aceitar.

Alphonse chorava baixinho. Era orgulhoso, mas não tão forte quanto Javier. Não recusou a parcela que lhe coube.

A neve não parou de cair a noite inteira. O dia amanheceu esbranquiçado e eles seguiram viagem.

XII

A NEVE NÃO CESSOU. CAÍA COM MAIS OU MENOS INTENSIDADE, mas não parava de cair. Os bois estavam cada vez mais fracos e o caminho era inclinado. Ninguém sabia se conseguiriam continuar puxando as carroças. Ou se isso adiantaria — as rodas não giravam direito e mais uma vez os veículos tinham se transformado em trenós.

— Se conseguirmos progredir bastante, podemos chegar a Donner Pass ainda hoje — disse Gottfried Guttmacher.

— Não podemos contar com isso — disse Charles. — Ontem mal saímos do lugar.

— Mas já estamos muito perto — objetou Margaret. — O senhor Guttmacher já disse várias vezes.

— Não se preocupem — o alemão sorriu enquanto tremia. — Só precisamos ser rápidos por um dia.

Então surgiu a questão. Eles estavam carregando o que restava de suas vidas nas carroças. Mas precisariam daquilo tudo se a jornada duraria só mais um dia? Se fosse mais demorada, os equipamentos e as ferramentas que estavam nos veículos seriam úteis? Livrar-se do peso iria garantir a velocidade?

Era uma aposta.

— Eu digo que devemos deixar as carroças para trás — opinou Mary-Anne. — Só mais um dia de força de vontade e estaremos em segurança.

— Não podemos deixar as carroças para trás! — disse Alphonse. — Não todas…

Faltava só um dia e o dilema que os perseguira durante toda a viagem continuava. A carroça com os três convalescentes.

Charles falou algo em voz baixa. Alphonse pediu que repetisse.

— Eles não servem para nada! — vociferou o homem. — Estão só nos atrasando desde o início.

— Aquele homem se sacrificou para salvar nossas posses! — disse Margaret. — Quem o motivou foi o Padre Azaghal!

— Muito bem — Charles cuspiu na neve. — Ele tem o direito de continuar conosco. E o menino que foi mordido pela cobra também, é só uma criança. Mas a outra está lá porque quer.

— O que está falando? — Alphonse ficou estarrecido. — Ela viu sua mãe se matar. Não consegue se mexer.

— Todos vimos nossas famílias morrerem. Sua filha é só mimada. Toda criança rica é mimada.

— Isso mesmo! — Margaret se apressou em concordar. — É mimada porque sempre teve tudo que quis! Não precisou trabalhar como o resto de nós!

Ela crescera com certa opulência e casara-se com o homem mais rico de Golgotha Hill, pelo menos até a chegada da família Chapelle. Criara seus filhos com todos os luxos que o dinheiro podia comprar naquele fim de mundo. Mas, frente a alguém ainda mais privilegiada, Margaret Schneider abraçou a causa das pessoas humildes e se colocou como uma delas.

— Vamos colocá-la para andar — decretou Charles. — Se ela não conseguir, que fique aqui!

Javier não falou nada.

Em vez disso, foi até a carroça dos convalescentes e sentou-se entre eles. Os outros olharam, intrigados.

— O que está fazendo, padre? — perguntou Mary-Anne.

— Eu posso andar — disse meu discípulo. — Mas escolho ficar aqui. Se quiserem deixar esta menina para trás, vão me deixar também.

Charles se aproximou dele, tentando achar as palavras em seu vocabulário bronco.

— Padre, seja razoável. O senhor não quer ficar aqui, para trás...

— Eu não tenho medo do que me encontra do outro lado. Posso morrer de frio aqui, rezando com esta menina, com a tranquilidade de um servo de Deus. E você, Charles Cochran? Você implorará pelo frio e pela neve no calor do lugar que o espera!

Charles fez o sinal da cruz.

— Ninguém será deixado para trás — decretou Gottfried Guttmacher.

— Mas... — Margaret começou a argumentar.

— Desculpe-me, senhora Schneider. Vocês me elegeram como líder. E, como líder, digo que não podemos deixar ninguém para trás. Vamos cuidar uns dos outros.

E assim a maldade se fez por um ato de piedade, Agnes. Eles não deixaram nenhum dos convalescentes para trás. Em vez disso, entulharam tudo que conseguiram na mesma carroça, desprenderam os bois das outras e seguiram viagem pela tempestade.

E então se perderam, porque a tempestade não cessou. Os pontos de referência foram enterrados pela neve, seus próprios rastros foram apagados. Eles progrediram devagar, atravessando a cobertura branca a custo de um esforço enorme. Mataram um dos bois depois de um dia e comeram sua carne crua, começando a congelar, porque não conseguiram fazer uma fogueira. E amaldiçoaram-se, porque no dia seguinte outro boi morreu de frio e de fome. Não havia como levar a carne de ambos, então jogaram boa parte fora.

Na quarta noite de tempestade ininterrupta, encolhidos no frio, sem fogo e lentamente sendo cobertos pela neve, eles já não tinham mais esperança.

— Amanhã — garantiu Gottfried Guttmacher. — Só mais um dia e chegaremos a Donner Pass.

Ninguém acreditou.

Mas eles acordaram e continuaram a jornada. E, naquele dia, chegaram a Donner Pass.

Quarenta anos atrás, Donner Pass não tinha este nome. Era só uma passagem por entre as montanhas, um lugar remoto e isolado que podia ser usado para atravessar Sierra Nevada. Ficava próximo ao Pico Donner, que quarenta anos atrás também não se chamava assim. O pico podia ser alcançado por uma caminhada vigorosa de alguns dias, sem exigir escalada real. Havia um lago por perto, que em 1880 se chamava Lago Donner, mas quarenta anos atrás também tinha um nome diferente.

Tudo ali havia sido rebatizado por causa da Caravana Donner, que passara o inverno naquele lugar em 1846.

A história da Caravana Donner tinha ficado notória em todos os Estados Unidos. Jornais noticiaram os eventos trágicos, a narrativa foi sensacionalizada e até mesmo os diários dos sobreviventes se tornaram públicos. A região se tornou uma atração turística e, assim, um ponto de civilização nos ermos. Havia mesmo uma estrada de ferro atravessando a passagem.

E a caravana de Golgotha Hill encontrou tudo isso.

Mas, por causa da tempestade de neve, estava tudo abandonado.

Mary-Anne Warwick caiu de joelhos, mal tendo forças para segurar seu filho. Afundou na neve e quis afundar até ser soterrada, até sumir na imensidão branca e se perder, esquecer de tudo, porque era horrível demais.

Os trilhos suspensos estavam tão cobertos de neve que pequenas colinas brancas se formavam sobre eles. A boca de um túnel estava totalmente tapada pela neve. Uma cabana de madeira que vendia café e passagens para os turistas tinha desabado. Eles procuraram nos destroços, sem forças, mas só encontraram lixo.

— Você disse que estaríamos em segurança — Charles Cochran tinha os olhos arregalados. — Você disse que iríamos tomar chocolate quente.

Ele chorou e suas lágrimas congelaram no rosto. Meteu as mãos trêmulas no casaco e puxou as notas de dólar. O dinheiro que tinha tirado de Alphonse Chapelle, que seria usado para comprar sua passagem através das montanhas. Abriu os dedos e deixou o vento soprar as notas para longe. Logo caíram no chão e foram cobertas de branco.

— Foi minha culpa — disse Gottfried Guttmacher. — Eu nos trouxe até aqui. Eu deveria saber que uma tempestade iria interditar a estrada de ferro e derrubar a cabana. É minha responsabilidade.

E foi assim, clamando para si uma culpa desmedida, assumindo a malícia do clima e do frio, que o possuído garantiu que ninguém o culpasse.

Os braços de Mary-Anne fraquejaram. Ela quase deixou o bebê cair. Javier se apressou até ela, tão rápido quanto podia ao abrir caminho na neve. Tomou na mão ossuda o rosto da mãe e fez com que ela o olhasse.

— Você não tem direito de desistir — disse meu discípulo. — Sua vida não é sua. Ela pertence a seu filho.

Mary-Anne não pareceu entendê-lo. Só obedeceu, como se Javier fosse o próprio Cristo. Ele então voltou seu julgamento para os demais.

— A culpa será decidida no dia de sua morte! Agora é hora de ação, não de arrependimentos!

Não havia opção a não ser tentar continuar a pé, forçando os dois últimos bois a puxar a carroça pesada por uma barreira constante de neve. Seria uma jornada rápida com o trem, mas daquela forma era mais um suplício de semanas ou meses.

Ou talvez fosse apenas impossível.

Porque eram as montanhas no inverno, Agnes. Eram as montanhas no inverno contra um grupo de pessoas da cidade, com roupas da cidade, com pouca comida.

Eles avançaram por três dias, travando a luta corajosa e fútil dos condenados. Tudo era branco.

No terceiro dia, Charles, que ia à frente, viu-se subitamente cego. A tempestade não cessava, o branco era onipresente. Em meio a isso, um sol tímido brilhou entre as nuvens. E a neve refletiu tudo, deixando-o ofuscado, apagando as sombras, misturando branco com branco, destruindo qualquer sentido de orientação. Eles precisaram esperar até que ele recobrasse a visão, mas avançaram às cegas depois, porque o mesmo fenômeno ameaçava afetar todos.

E, à noite, eles descobriram que tinham andado em círculos.

Quando amanheceu, a nevasca cessou por algumas horas. Eles deram graças a Deus e juraram aproveitar a chance. Mas, com o ínfimo aumento da temperatura, algo se mexeu na camada de neve no Pico Donner e houve um deslizamento. Não foi uma avalanche, foi um deslizamento pequeno, mas eles gastaram o resto do dia desenterrando a carroça.

— Aqui estamos muito vulneráveis — disse Charles. — Nossa única chance é subir a montanha.

Mais um boi morreu de frio e fome. Eles cortaram sua carne, comeram o que conseguiram e guardaram o resto. O último boi dava um passo laborioso depois do outro, arrastando a carroça com dificuldade extrema. Eles jogaram fora os últimos pertences, todas as ferramentas, tudo que tinha a ver com o futuro. Só pouparam as pessoas e os itens de sobrevivência imediata: uma arma, pois só havia mais uma bala. Roupas, cobertores e a cobertura da carroça.

E a Bíblia.

E o *Emigrants' Guide to Oregon and California.*

Vou lhe contar, afinal, o que foi a Caravana Donner. Uma história que todos os migrantes deviam conhecer, mas que ninguém em Golgotha Hill ouvira, e que eu mesmo só ouvi da boca de Horned Henry Smith, enquanto acompanhei seu bando rumo a Gottsbrücke, inverno adentro.

Em 1846, algumas famílias, por razões que pertenciam a elas mesmas, decidiram migrar de Illinois para a Califórnia. Uma história muito semelhante à de Golgotha Hill, mas motivada pelo desejo de prosperidade, não pelo medo. Havia uma trilha consagrada, usada por milhares e milhares de migrantes, a Trilha do Oregon. Mas também havia um homem chamado Lansford Hastings.

Hastings, por razões que pertenciam a ele próprio, desejava se ver como um explorador e montanhista. E realmente, comparado às pessoas comuns das cidades e principalmente a nós, que estamos em 1989, era um desbravador. Mas era um amador, um principiante entusiasmado. Hastings era um advogado com pretensões ao poder. Naquela época, a Califórnia pertencia ao México e ele tinha a ambição de formar lá uma república independente, onde seria o líder supremo. Hastings queria se diferenciar dos homens comuns, queria ser um pioneiro admirado. Talvez por isso ele tenha escrito e publicado um livro chamado *The Emigrants' Guide to Oregon and California*.

No livro, Hastings descreveu uma trilha alternativa, que economizaria um mês de jornada, pelo que ficou conhecido como o "Atalho de Hastings". Ele também descreveu a Califórnia como um Éden moderno, um paraíso de riqueza inesgotável para todos. Tendo o truque para atrair seu público e um destino tentador, Hastings detalhou sua trilha alternativa após tê-la atravessado só uma vez, sem uma caravana. Ele nem chegou a trilhar o caminho todo — parte de suas descrições vinha de relatos que ele apenas ouvira.

Os líderes da Caravana Donner eram homens empreendedores e ambiciosos. Eles desejavam enriquecer na Califórnia — mais do que isso, desejavam enriquecer rápido. A perspectiva de riqueza rápida é um chamado que seduz os tolos desde o início da humanidade, Agnes, e continuará seduzindo para sempre. Os líderes da caravana ignoraram todos os avisos de que o Atalho de Hastings era garantia de fracasso e se jogaram, com suas famílias, na chance de chegar à Califórnia um mês antes do previsto.

De noventa migrantes, menos de cinquenta chegaram vivos, depois de um ano.

A trilha sangrenta descrita pela Caravana Donner foi a mesma que nós seguimos na caravana de Golgotha Hill. Uma vez por tolice e ganância, uma vez por maldade, como um sacrifício.

E o que aconteceu com a Caravana Donner também aconteceu com os migrantes de Golgotha Hill.

Eles demoraram uma semana para chegar ao topo da montanha.

No meio do trajeto, Charles Cochran pareceu enlouquecer. Era noite e ele estava encolhido, tentando dormir, quando acordou, de súbito, com um berro. Arrancou o casaco, então começou a tirar o resto da roupa. Rasgou os tecidos que o mantinham vivo e, sua pele ficando azul a olhos vistos, começou a correr pela neve.

— Atrás dele! — gritou Gottfried. — Ele vai morrer!

As mulheres e Javier conseguiram alcançar Charles, mas Alphonse caiu no meio do caminho. Torceu o pé. Eles precisaram imobilizar Charles Cochran, forçá-lo a vestir roupas, enquanto ele berrava, dizendo que iria morrer de calor. Isso faz parte da loucura do frio. Então, da mesma forma repentina como começou, o surto acabou. Charles adormeceu e teve de ser arrastado de volta ao acampamento.

E eles subiram.

E subiram.

Quando chegaram, o último boi morreu.

O simples fato de terem chegado ao topo foi uma vitória inacreditável. Na passagem lá embaixo, eles estavam vulneráveis. No pico, tinham um pouco mais de segurança. Também havia lá os restos de duas cabanas. Lugares arruinados, mas com um teto esburacado e quatro paredes. Seria a diferença entre a vida e a morte. Eles não sabiam, mas naquelas cabanas a Caravana Donner tinha passado o inverno. As cabanas tinham sido reconstruídas para marcar o lugar exato da famosa história, mas agora estavam de novo em ruínas.

O que acontecera uma vez acontecia de novo.

Eles comeram a carne do boi. Comeram tudo, vendo os dias, então as semanas passarem. Comeram todos os órgãos, então fizeram sopa com os chifres, os ossos e os cascos. Eu não mencionei várias pessoas da caravana, porque suas histórias não importam. Começamos com quarenta, você lembra, mas agora eram só dez. Alguns morreram no deserto, a maioria tombou para o frio. Eram dez pessoas dividindo um boi magro, e logo o boi acabou.

Dezembro chegou e eles mascaram o couro do boi, em busca de qualquer tipo de nutrição. Não havia animais, Agnes. Eles comeram as folhas pontudas das coníferas, mas elas não traziam nenhuma saciedade. E logo as folhas que estavam ao alcance da mão foram consumidas e ninguém tinha forças para escalar sequer os galhos mais baixos. Talvez houvesse grama morta por baixo da neve, mas também não tinham energia para escavar.

Depois que tinham mascado todo o couro do boi, eles comeram cola que sobrara na carroça. Mascaram a sola dos sapatos e a casca das árvores. Qualquer coisa para aliviar a dor feroz da fome.

E então não comeram mais nada.

Mary-Anne acordou um dia com uma certeza.

— Padre Azaghal — ela sacudiu meu discípulo. — Padre Azaghal, acorde.

Javier abriu os olhos, enterrado numa pilha de roupas e trapos. Quase tudo fazia um barulho crocante quando qualquer um deles se mexia. O menor resquício de umidade congelava, as roupas ficavam duras. Javier piscou, tirando o gelo dos cílios. Ele comia menos que todos, menos que as crianças, para deixar mais para o rebanho. Estava mais magro do que nunca, mas seu rosto não demonstrava o menor sinal de fraqueza.

— Hoje é Natal, padre — ela sussurrou.

— Como você sabe?

— Eu apenas sei. Feliz Natal.

Ela segurava o filho nos braços. Isso deve parecer estranho, pelo menos se você tem qualquer experiência com crianças. O filho de Mary-Anne não deveria mais ser um bebê. Mas, com quase um ano na estrada, ele não falava ainda, muito menos andava. Era pequeno e quieto.

Javier se ergueu com dificuldade. Todos ainda estavam dormindo.

— Feliz Natal, Mary-Anne. Que Deus a abençoe.

— Ele já abençoou, padre. Ele me deu meu filho. Mas eu quero um presente. Um presente seu.

— Mary-Anne...

— Hoje é aniversário do meu filho. Ele nasceu no dia 25, assim como nosso Senhor. Eu quero que ele seja batizado.

Se você quer entender Javier, saiba que a noção de uma criança pagã foi tão importante para ele quanto a fome que ele sentia. Nem eu nem meu discípulo fizemos o cálculo de que o bebê dos Warwick não poderia ter sido batizado, pois o padre morrera antes de seu nascimento.

— Qual é o nome dele, Mary-Anne?

— Joseph. Como o pai.

Javier deixou as pálpebras penderem ante a tristeza daquilo. Mary-Anne estava sorrindo em meio à tremedeira, agarrando-se à noção de família às portas da morte. Ele teria muito a dizer sobre glorificar os ímpios, sobre tolerar a maldade, mas não para uma mãe em desespero. Nem mesmo Javier teve coragem de lhe roubar aquela última felicidade.

Ele fez o rito. Não tinha óleo ou água benta, mas aspergiu a criança com neve.

— Eu te batizo, Joseph Warwick. Em nome do Pai, do Filho e do Espírito Santo.

Os outros sobreviventes acordaram. Mary-Anne chorou lágrimas de gelo, segurando o filho perto de si. No dia de Natal, aquela natividade moribunda trouxe a lembrança de que Deus ainda estava com eles. Não havia manjedoura, mas a cabana arruinada, e o boi tinha sido devorado até os ossos. Mas havia a criança e com ela a promessa de um futuro.

Passaram-se horas até que Charles Cochran dissesse o que todos estavam pensando:

— Não aguento mais. Preciso comer algo.

Eles ficaram em silêncio por mais uma hora. De novo, foi Charles Cochran quem primeiro olhou para os três convalescentes.

Então Margaret Schneider olhou também. Depois Mary-Anne Warwick e Gottfried Guttmacher. E Libby Jones. E, por último, até mesmo Alphonse Chapelle.

— Eles não vão sobreviver — disse Charles.

— O que você quer dizer com isso? — Alphonse perguntou, quase sem voz.

Não houve resposta.

Gottfried engatinhou pelo chão da cabana até os três. Colocou a mão em seus pescoços.

— Estão vivos, todos eles. Todos têm pulsação forte.

— Eles não vão sobreviver — repetiu Charles.

— *O que quer dizer com isso?* — Alphonse esganiçou.

— Por que precisamos todos morrer? Se eles vão morrer de qualquer jeito…

Alphonse achou força em algum lugar, arrastou-se e colocou-se sobre a filha, protegendo-a com seu corpo.

— Padre, por favor! — implorou o homem.

Javier olhou fundo nos olhos de cada um e falou o que ninguém dizia:

— Tenho certeza de que ninguém aqui está falando em comer carne humana.

Charles, Margaret, Mary-Anne, Libby e até Alphonse viraram os rostos, envergonhados. Apenas Gottfried Guttmacher abriu a boca, estupefato.

— O quê? — disse o alemão. — Claro que não!

— Eu sei que não — respondeu Javier.

Mais uma hora se passou no dia de Natal.

Eles não tinham mais sapatos, Agnes, porque tinham mascado as solas. Eles enrolavam tecidos nos pés para evitar que perdessem as extremidades para a hipotermia. Eles tinham mascado um casaco de couro, um chicote e uma bolsa.

Algumas pessoas dentro de mim sabem qual é o limite da privação que faz você enxergar um ser humano como comida. Eu não quero saber. Mas, se não suprimir essa sabedoria macabra ao contar a história, ela é sussurrada em meu ouvido, e eu sei exatamente.

No Natal, a caravana de Golgotha Hill chegou a esse ponto.

— Charles tem razão — disse Margaret. — Não faz sentido que todos morram, se apenas três podem morrer.

— Não precisam ser três — disse Charles. — Só um.

Eles olharam para os três convalescentes.

Ao longo da viagem, já os tinham visto com pena, com ressentimento, até com ódio. Tinham desejado que eles morressem e avaliado quanto tempo demorariam para deixar de ser um estorvo.

Pela primeira vez os sobreviventes olharam os três que não se mexiam e avaliaram quanta carne cada um tinha.

— Isso mesmo — disse Margaret. — Só um.

— Vocês não farão isso — disse Javier.

Mary-Anne dirigiu a ele um olhar suplicante.

— Eu fiquei sem leite no deserto, padre. Porque não estava comendo. Meu filho...

Javier não desviou os olhos.

— Farei qualquer coisa para salvar meu filho — ela completou.

A noção pairou no ar gelado.

— Vocês estão errados! — disse Alphonse. — Não são os três que certamente morrerão.

Ficou quase um minuto tentando falar o resto:

— Minha menina está bem. Só os dois vão morrer.

E assim ele também concordou.

— Como vamos decidir? — perguntou Charles.

— Vamos escrever seus nomes num papel — disse Margaret. — Vamos deixar que Deus decida.

A cada resposta, a certeza ficava maior. Assim como a aceitação.

— Matá-los é errado — disse Guttmacher, com horror na voz.

Alphonse continuava sobre sua filha, bloqueando a visão dos outros. O estômago de Margaret roncou.

— Deixe-me ver sua filha — disse Charles.

Alphonse tremeu todo, então teve uma ideia:

— É errado matá-los! Um sorteio não é a vontade de Deus! Deus só vai mostrar Sua vontade matando um deles!

— Vamos todos morrer esperando por isso — rosnou Margaret.

— Eles já estão mortos — disse Alphonse. — Praticamente mortos. Se ficarem do lado de fora, não é como se fosse nossa culpa. Não os estaríamos matando.

Charles e Margaret assentiram lentamente. Então Mary-Anne também.

Charles e Margaret se aproximaram dos três corpos estendidos. Alphonse se agarrou à filha. Mas os dois seguraram o homem queimado pelos tornozelos, então começaram a arrastá-lo para fora da cabana.

O homem gemeu.

— Cale a boca — disse Charles. — Você está morto.

O trabalho de arrastá-lo foi lento, porque nenhum dos dois tinha força. O condenado tentou chutá-los. Eles ouviram barulho de pés no chão da cabana e não olharam o que acontecia. Estavam fixados em sua tarefa. E na refeição.

Então toparam com a figura magra de Javier barrando a porta.

— Este homem é um herói que se sacrificou por vocês. Se vão condená-lo à morte, precisarão me condenar também.

Charles e Margaret soltaram os tornozelos do homem queimado. Ele tentou se arrastar de volta ao lado das duas crianças.

— O padre tem razão — disse Margaret Schneider. — Não podemos condenar um homem bom. Nossa escolha deve ser o pior entre nós.

E olhou para Alphonse.

Primeiro ele temeu pela filha. Um segundo depois, notou o perigo verdadeiro.

— Não! Não!

Então Aphonse Chapelle achou uma maneira de se defender:

— Eu não sou o pior de nós! A pior de nós é Libby.

Margaret Schneider começou a objetar. Então se deteve e assentiu com a cabeça.

Mary-Anne também.

— Ela é a pior — disse Mary-Anne Warwick. — Uma prostituta egoísta. Ia nos deixar morrer em vez de nos ajudar a comprar as passagens. Ela corrompeu Bobby.

Libby se arrastou para trás no chão da cabana.

— Você já fez coisa pior com seu corpo — disse Charles Cochran.

— O que estará perdendo de verdade? — disse Margaret. — Vamos só colocar fim a sua miséria.

— Fiquem longe! — disse Libby Jones. — Fiquem longe! Canibais!

— Você também estava salivando pelos três inúteis — disse Charles. — Não queira nos dar uma lição de moral, depravada.

Por instinto, Libby olhou para o homem queimado.

E então para Alphonse.

— Ele foi meu cliente! — ela acusou, apontando o homem rico. — E escondeu dinheiro! Ele é o pior de nós! Eu fui obrigada a ser prostituta, mas ele foi meu cliente porque quis!

Então deu o último argumento:

— Ele tem mais carne.

O silêncio foi mais pesado que o frio.

— Ele é mesmo o pior — disse Margaret, com os olhos no que restava de gordura em Alphonse Chapelle. O pior de nós...

Charles deu um passo na direção de Alphonse.

— Assassinos! — gritou Javier, sacudindo os sobreviventes. — A marca de Caim...

Charles virou, concentrando toda sua força num repelão, e deu um soco no rosto de Javier. Ele caiu para trás, abrindo a porta da cabana. A neve e o vento do Natal entraram no ambiente.

Então Charles colocou a mão dentro do casaco.

Virou-se de novo para Alphonse Chapelle.

Puxou um revólver.

— Não! Por que eu? — gritou Alphonse. Então apontou para Libby: — Por que não ela?

— Ela foi obrigada a ser escória — repetiu Margaret, séria. — Você teve escolha.

— Eu lhes dou tudo que tenho! — disse Alphonse. — Vamos matar o menino!

Ele apontou para o garoto mordido pela cobra. Então, fosse por medo, fosse por fome ou pela influência de Gottfried Guttmacher, falou:

— A carne dele será mais tenra!

— Maldito canibal — disse Charles, com ódio e alegria.

Era um julgamento e era toda a permissão de que ele precisava para devorar Alphonse Chapelle. O que um canibal merecia além do canibalismo?

Apontou o revólver para o outro e puxou o cão, engatilhando.

Então uma figura surgiu cambaleando da neve. Andava em passos erráticos, mas tinha mais força que todos os outros lá. Especialmente, tinha uma espingarda e uma faca.

A figura se desenhou numa silhueta na porta aberta contra o branco.

— O que há para o jantar, Mary-Anne? — perguntou Joseph Warwick. — Estou faminto.

XIII

O HORROR DE MARY-ANNE WARWICK AO VER SEU MARIDO SÓ FOI tingido por um outro sentimento: a decepção de ter um comensal a mais para dividir a carne.

Charles apontou o revólver para ele, mal conseguindo manter a arma erguida. Seu braço tremia sem controle, o cano balançando para todas as direções. E ele chegou a tentar apertar o gatilho, mas não tinha mais força. Joseph deu um safanão no revólver e o objeto caiu no chão da cabana, girando até um canto.

Alphonse Chapelle aproveitou para rastejar até perto de Joseph e agarrar a barra de sua calça.

— Joseph, me salve! Eles vão me matar, Joseph! Me salve, eu lhe dou tudo que tenho.

Joseph apenas sorriu.

Se os sobreviventes da caravana estavam perdidos numa imensidão branca, mal conseguindo se manter vivos com as carroças e os bois, a presença de Joseph Warwick deve parecer um absurdo improvável. Poderia ser mais uma das coincidências de Gottfried Guttmacher, mas a verdade é que a própria caravana garantiu que ele os seguisse. Joseph fugira com provisões, não precisara cuidar de crianças e feridos. Motivado pela raiva, sem as amarras da moral, ele só sobreviveu. E a trilha que os cidadãos de Golgotha Hill deixaram pelo caminho levou o ex-líder até eles. Joseph seguiu um rastro de móveis e roupas descartados, de carcaças de boi e restos de acampamento. Os sobreviventes não conseguiam carregar todos os bois que morreram pelo caminho, mas deixaram a carne preservada em neve para Joseph.

Assim, Joseph estava alimentado e forte, tanto quanto era possível naquelas condições.

Você lembra do que falei no início, Agnes, sobre o tédio e a falta de estímulos da estrada? Você agora deve estar pensando só em questões de vida e morte, mas o horror lento da monotonia continuava existindo. Não havia nada para distraí-los da fome, assim como não houvera nada para distrair Joseph do ódio. Ele não encontrou mais ninguém desde que fugira da caravana. Um homem cheio de fúria e insegurança, deixado sozinho com seus próprios pensamentos, torna-se uma câmara de eco. A traição de Mary-Anne, que machucaria qualquer pessoa, ficou ainda mais grave na mente isolada de seu marido. A imagem de Mary-Anne com o vizinho o atormentou dia e noite, até que ele não lembrasse mais o que eram memórias e o que eram especulações.

Ela dissera que tinha sido só um vizinho? Ou foram vários?

Só os dois amantes sabiam? Ou todos os amantes? Ou toda a cidade?

Onde ocorreu a traição? Na casa do vizinho? Na própria cama do casal?

No saloon?

Ela tinha cobrado?

A cidade se reunia para rir dele?

As prostitutas estavam envolvidas? E as outras mulheres? Todas as mulheres eram assim?

Aos poucos surgiram essas e outras perguntas, então as perguntas viraram afirmações dele para si mesmo. A conversa do ódio só ficava mais extrema e ele sempre concordava com seu interlocutor paranoico.

Então, quando Alphonse pediu para que ele o protegesse, Joseph respondeu com uma pergunta:

— Você também comeu minha mulher?

E encostou o cano da espingarda em sua testa.

O estômago de Margaret roncou. Ela viu naquilo uma oportunidade.

— Sim, eu vi os dois juntos na cama!

— *Margaret!* — gritou Mary-Anne.

— Mate-o, Joseph — insistiu a mulher. — Mate-o, ele penetrava sua mulher e ria pelas suas costas.

Alphonse não conseguiu articular as palavras.

— Mate-o, por favor, Joseph, eu estou com fome.

O dedo de Joseph Warwick encostou no gatilho. Então a voz de Gottfried Guttmacher o interrompeu:

— Isso é impossível. Quando Mary-Anne o traiu, ela imediatamente teve um filho. Se o tivesse traído de novo, teria mais filhos, porque você é o único que não é capaz de ser pai.

Joseph soltou um rugido de fúria e apontou a espingarda para Guttmacher. O alemão continuou olhando-o fixo nos olhos. Aquilo não fazia sentido. Nada garantia que toda relação sexual de Mary-Anne Warwick fosse resultar em filhos. Mas foi o bastante para distrair Joseph de seu alvo. E lembrá-lo de que havia aquela prova da traição.

— Quantos foram, Mary-Anne? — ele perguntou.

— Só um, Joseph. Eu juro.

— Fale a verdade, vagabunda — ele rosnou. — Quantos foram?

— *Só um...*

Ela segurou o filho com mais força.

— *Quantos foram?* — Joseph berrou.

E, de novo, foi Gottfried Guttmacher que o tirou do frenesi:

— Você não vê, Joseph? É claro que foi só um.

Joseph começou a gritar palavrões, acusar todos na cidade, apontando a espingarda para um e para outro. Porque um homem naquela situação aceita tudo, menos alívio. Joseph não conseguia acreditar que a verdade podia ser algo além de sua pior imaginação.

Então acreditou quando Gottfried apresentou a pior versão de todas:

— Mary-Anne sempre foi uma mulher correta. O problema não foi ela, foi você. Ela precisou procurar um homem de verdade. Não mais precisou traí-lo depois que ganhou o que você não conseguia lhe dar.

Joseph se calou. A fúria borbulhou dentro dele, junto a uma tristeza abjeta. Se Mary-Anne fosse uma mentirosa pérfida, ele era a vítima. Se todos na cidade estivessem conspirando, ele era o herói solitário. Mas se sua própria falta de hombridade tinha levado a mulher a fazer aquilo, Joseph Warwick precisava reconhecer o verdadeiro alvo de seu ódio, que era ele mesmo.

Ele abaixou a espingarda.

— É minha culpa, Mary-Anne?

Ela não respondeu. Continuou agarrando o menino, com os olhos fechados e os dentes trincados, embalando-o para a frente e para trás.

— É Natal, Joseph — disse Libby. — É um dia de união. Por favor, Joseph, largue a arma.

Charles olhava para ele e para o revólver alternadamente. Ninguém sabia o que Joseph faria. Ele precisava de só mais um empurrão, em qualquer direção. Então Charles disse:

— Mary-Anne ainda o ama. Fez questão de batizar seu filho hoje, no Natal, no dia de seu aniversário. Você lembra do nome dele?

Os dois homens se olharam.

— Joseph.

Então houve um urro. Quase não era mais humano, nem mesmo animal. Era puro sentimento, frustração, algo primordial implorando por alívio. O bebê se chamava Joseph, ele lembrou, seu nome era o nome da traição, ligados para sempre.

Joseph Warwick largou a espingarda e se jogou sobre a esposa. A arma fez barulho no chão, Charles começou a engatinhar para ela. Mary-Anne berrou, tentou proteger o filho, mas seus braços estavam finos como gravetos e até seu coração batia sem força. Joseph arrancou a criança dela, puxou-a com violência, deixou cair o cobertor em que estava enrolada.

Pela primeira vez em semanas todos viram a pele do bebê.

Azulada, quase preta.

E era ainda um bebê, porque tinha parado de crescer.

Joseph segurou a coisa nas mãos e demorou um pouco para compreender.

— Está morto — disse.

A cabana ficou imóvel.

— Bem, se está morto — falou Margaret Schneider — então não há problema em comê-lo.

Javier tentou impedi-los fisicamente, mas Charles Cochran deu-lhe uma coronhada no rosto.

— Vocês receberão a marca de Caim — avisou meu discípulo. — Nunca serão perdoados.

Margaret olhou para ele com o rosto cheio de gula.

— Nós não matamos ninguém.

Joseph Warwick puxou a faca. E eles cortaram a ceia de Natal.

Alphonse não tinha forças para ficar de pé, então continuou ajoelhado frente ao homem que presenteava a comida. Joseph lhe deu um bom corte, ele aceitou com as duas mãos em concha e levou a carne à boca.

Mordeu e sentiu-a macia.

Chorou não pelo horror, mas porque era deliciosa.

— Por que ele ganhou o primeiro pedaço? — reclamou Margaret.

Ela estava de pé, mas viu Alphonse de joelhos e se ajoelhou também. Andou assim até Joseph. Recebeu a bênção da comida e fechou os olhos de prazer ao mastigar.

Também Charles Cochran se ajoelhou, porque já estava engatinhando em direção à espingarda. Ergueu uma mão para pegar o pedaço que lhe cabia. Mas, como era um pedaço grande, usou as duas mãos erguidas.

Puxou a carne do osso com voracidade.

Libby Jones dirigiu um esgar de triunfo para Mary-Anne Warwick. Na loucura assassina da fome, a tragédia da outra era quase tão saborosa quanto a carne de seu filho. Ela aceitou a hóstia de joelhos, mastigou com voracidade.

— Você precisa comer, Mary-Anne — disse Margaret.

— *Não... Não...*

Ela não conseguia olhar para a cena.

— Precisa comer ou vai morrer de fome — insistiu a outra.

— *Não...*

— Acha que é tão melhor que nós?

Mary-Anne segurava o cobertor nos braços, abraçava-o e embalava-o, como se o filho ainda estivesse lá.

— Chega, senhora Margaret — disse Gottfried Guttmacher.

Margaret ficou chocada pela repreensão. Mary-Anne balbuciou um obrigado.

— Mary-Anne não vai comer — continuou o alemão. — A morte do filho dela é só isso. Só uma morte. Não tem significado. Acha que o filho de Mary-Anne por acaso é o Messias, nascido no dia 25 e dando seu corpo para nós? Não! Isso é blasfemo. Ele é só um cadáver. Depois vamos enterrá-lo aqui mesmo e aqui ele ficará.

Mary-Anne ergueu o rosto do cobertor:

— *Mas e se...*

E se não fosse só a história de uma mãe ninando um bastardo morto pela neve? E se tudo aquilo tivesse um sentido, além do horror e do absurdo? E se o filho que não era de seu marido fosse um milagre, e não uma vergonha?

Mary-Anne Warwick seguiu aquela estrela-guia e andou de joelhos até Joseph.

Ele segurou a faca contra sua garganta.

Mas, vendo o olhar de súplica e subserviência, usou a lâmina para cortar uma fatia.

E Mary-Anne comeu.

XIV

SE VOCÊ PROCURAR EM ALGUM LIVRO DE OCULTISMO QUALQUER informação sobre Linhas de Ley, achará as divagações de um vigarista tentando tirar dinheiro dos ingênuos. Mas, apenas porque algo é mentira, não quer dizer que também não seja verdade.

Horned Henry Smith tinha aprendido sobre as Linhas do Dragão, como são chamadas as Linhas de Ley na China, com sua avó, que tinha aprendido com a avó dela e assim por diante. Existe um lado sobrenatural em tudo no mundo, Agnes, e não é por acaso. Na verdade o sobrenatural é tão presente que até mesmo os tratantes tropeçam em alguma verdade profunda de vez em quando. Se continuar a educação que planejo para você, encontrará médiuns charlatães que em algum momento realmente conjuram uma entidade, ou jogos para crianças que funcionam como conduítes para comunicação com o outro lado, ou mensagens invertidas em discos de heavy metal. Você até mesmo descobrirá por que o exorcismo católico funciona se Deus não existe.

A verdade é que tudo é verdade, Agnes.

A superstição chinesa das Linhas do Dragão, usada para vender projetos de decoração no Ocidente, é verdadeira, apenas não da maneira como os ignorantes pensam. Se você tiver o azar de achar algum resto de conhecimento real nesta tradição prostituída e alinhar sua mobília num padrão que realmente forme um diagrama místico, vai chamar a magia para sua vida, mas não da maneira como donas de casa entediadas gostariam. Provavelmente algum animal doméstico sofrerá um acidente, e isso será sacrifício suficiente, então o sangue derramado chamará uma entidade que ficará com você para sempre. E ela não lhe trará prosperidade e boas vibrações, mas doença, azar infinito e provavelmente uma estadia permanente numa casa de repouso.

O sobrenatural existe e é sempre horrendo.

Stonehenge, na Inglaterra, está sobre partes de um grande diagrama místico, assim como as pirâmides do Egito, as Linhas de Nazca, no Peru, e o Caminho de Santiago de Compostela. Tudo é verdade, apenas não como os tolos pensam.

Henry Smith reconheceu as histórias de sua avó e viu o padrão das Linhas do Dragão na trilha alternativa descrita por Lansford Hastings. Até onde sei, a Caravana Donner original não foi um sacrifício, apenas uma vítima da estupidez humana e da tendência desses lugares ao bizarro. Mas, uma vez que a trilha tinha bebido sangue, estava propensa ao verdadeiro propósito de Gottfried Guttmacher, que se conecta com nosso propósito aqui mesmo em Osnabrück.

Segui com o bando de Henry Smith por semanas, no rastro da caravana de Golgotha Hill, ouvindo suas histórias e amaldiçoando minha cegueira. Henry Smith não tinha nenhum prazer em matar inocentes, mas sabia que era melhor que os migrantes morressem por suas balas do que pelos desígnios de Guttmacher. Ela não via como estava fazendo a vontade do possuído mesmo enquanto tentava intervir.

— Por que nos emboscou nas margens do rio? — perguntei certo dia, enquanto enfrentávamos uma tempestade de neve.

Os cavalos eram fortes e estavam bem alimentados, mas fazíamos progresso lento. Dentro do bando, crianças eram tratadas como adultos, em parte porque aquela fora a educação que Henry recebera no interior da China. Ela tinha as marcas de uma infância difícil seguida por uma juventude de privações. Mesmo assim, considerava-se afortunada. Melhor ter o nariz quebrado e o rosto cheio de cicatrizes do que os pés deformados para ser uma dama delicada que mal conseguia se mover.

— Eu queria detê-los — ela justificou. — Não estava atirando em vocês, mas nos bois.

— Você fez o que ele desejava. Você os deixou passando fome.

Todos estávamos fazendo o que Guttmacher queria. E Henry não sabia, mas no exato ponto em que ela havia emboscado a caravana de Golgotha Hill, a Caravana Donner tinha sofrido uma emboscada de nativos, que também tinham alvejado seus bois. O que acontecera uma vez acontecia de novo. O ritual se completava com aquele eco no tempo.

A diferença teria que ser o fim. No fim, a Caravana Donner foi resgatada e muitos sobreviventes tiveram vidas felizes. Não se mostraram amaldiçoados por azar extremo nem foram envolvidos em outros acontecimentos extraordinários. Eles tinham viajado por uma Linha do Dragão, mas não tinham completado a jornada a um local de poder. Assim como alguém que anda de ônibus por certos trechos de estradas na Espanha não realiza na verdade o Caminho de Santiago de Compostela. Acontecesse o que acontecesse, Guttmacher não podia completar o trajeto até Gottsbrücke, porque isso iria conectá-lo com a coisa que existe aqui.

A Linha de Ley, ou Linha do Dragão, era parte de um diagrama místico imbuído na própria Terra. E por esse diagrama era possível afetar rituais que eu mesmo realizei muito tempo atrás.

Gottfried Guttmacher estava tentando ativar mais uma vez o Mecanismo do Destino.

Nós também encontramos o Donner Pass interditado. Encontramos os restos de construções tão afetadas pelas nevascas que pareciam uma ruína pós-apocalíptica. Encontramos as carcaças de bois e os restos de carroças semienterrados no branco. Vasculhamos a área ao redor da passagem, mas só havia um lugar para onde eles poderiam ter ido.

— A Caravana Donner acabou montando acampamento no pico durante o inverno — disse Horned Henry Smith. — Guttmacher deve estar lá.

Todos olhamos para a elevação branca perdida em névoa e neve. Éramos cinquenta, entre adultos e crianças, todos vítimas daquele homem que eu sabia não ser um homem verdadeiro. A coisa que era Gottfried Guttmacher tinha dizimado os grupos a que todos nós pertencíamos. E agora, prestes a fazer a última jornada para enfrentá-lo, uma mortalha de pavor desceu sobre o bando.

Henry tomou a frente, afundando os pés na neve em direção à encosta. Perto do que eu tinha experimentado na caravana de Golgotha Hill, e principalmente perto do que os sobreviventes experimentavam lá em cima, tínhamos tantos equipamentos e provisões que éramos como reis. Cada um de nós usava sapatos de neve improvisados, com superfícies largas como raquetes amarradas às solas para que afundássemos menos. Nossos casacos eram grossos, feitos de peles de animais, e por baixo havia camadas de lã e tecido grosso. Tínhamos chapéus e cachecóis. Durante todo o trajeto, houvera comida à vontade e estávamos fortes. Tínhamos armas para todos e mais balas do que seriam necessárias em um mês de tiroteio.

Tudo contra um homem e meia dúzia de vítimas.

Mas, quando Henry começou a subida, eu a segui e os outros ficaram para trás.

Ela olhou para eles confusa.

— O que estão fazendo? Vamos!

Todos se entreolharam. Cinquenta, entre adultos e crianças, bem mais do que a caravana original de Golgotha Hill. Ninguém tinha coragem de dar o primeiro passo.

— Nunca fizemos as coisas desse jeito! — protestou, enfim, um ex-escravo. — Nunca o confrontamos diretamente!

— Agora é nossa chance — disse Henry.

— Ele vai nos matar — alguém objetou, como uma criança.

E Bobby Fletch, que havia sido expulso de nossa caravana e resgatado pelo bando, colocou seu medo de uma forma mais heroica:

— Não vou abandonar as crianças desta vez.

As quatro crianças que ele deixara para trás tinham sido levadas por Horned Henry Smith. Posicionou-se mais perto delas, colocou as mãos em seus ombros. A noção de que elas seriam levadas num confronto contra o inimigo foi intolerável. Deixá-las longe de sua vista também. Ele não teria a mesma sorte se as abandonasse pela segunda vez.

— Podemos vingar nossos irmãos! — disse Henry. — Finalmente livrar o mundo desse monstro!

Eles tinham seguido Gottfried Guttmacher por muito tempo. A noção de encontrá-lo os mantinha indo em frente, mesmo com a lembrança do que tinham feito no passado. Mas agora, quando o confronto era algo concreto, a ideia se tornou grande demais.

Gottfried Guttmacher sempre vencia.

O que era diferente daquela vez?

— Mas e se ele nos dividir? — outro imigrante chinês retrucou, com sotaque pesado. — Já aconteceu tantas vezes, por que agora será diferente?

Henry abriu a boca, mas não tinha resposta.

E não tinha resposta porque aquele era o raciocínio mais lógico.

— Isso não é problema nosso — disse um nativo.

— Nosso problema? — disse Henry Smith. — Isso é nossa vida! Nossa vingança!

Alguém falou:

— Por que se vingar? Podemos achar um lugar para viver em paz.

Nenhum membro do bando tinha dado um passo na direção da montanha.

— Olhem quantos somos! — justificou Henry. — Quantas armas temos!

— Já fomos muitos, com muitas armas. Nunca deu certo para ninguém.

— Guttmacher sempre tinha algum truque! — insistiu a líder. — O forte confederado ou os caçadores de escravos. Agora está sozinho.

— Não, agora ele está muito perto da cidade! Ele deve ter capangas em Gottsbrücke!

— Ninguém consegue chegar até aqui nesta tempestade!

— Nós conseguimos.

Ela ficou sem reação.

— Você pode continuar — disse um nativo americano com metade do rosto queimado. — Nós ficamos.

Henry olhou para cima, para a trilha que nos aguardava.

— Fiquem aqui então, traidores — ela rosnou. — Eu vou enfrentá-lo.

Eu vi os futuros que estavam se descortinando. Eu poderia arrastar todos ali a um destino em que tomassem a decisão certa. Mas isso é uma coisa terrível, Agnes. Tomar o controle de uma pessoa sem que ela perceba que qualquer coisa aconteceu é um pecado talvez pior que assassinato. Talvez pior que a possessão.

Eu podia fazer aquilo.

Mas hesitei.

Horned Henry Smith andou até o bando, foi até seu cavalo. Abriu uma sacola, meteu as mãos lá dentro para pegar provisões e equipamentos. Bobby Fletch se interpôs. Segurou sua mão, impediu que ela mexesse em suas próprias coisas.

— Você não vai levar isso para Guttmacher — disse o rapaz.

— É para mim. Para matá-lo.

— Se você morrer, tudo ficará com ele — então, um segundo depois, completou: — Com as pessoas que me expulsaram.

Bobby Fletch naquele momento era Robert. Henry insistiu, mas ele não cedeu.

— Eu preciso de suprimentos — ela falou, com simplicidade.

— Nós também — disse Bobby.

O resto do bando se aproximou.

— A subida… — começou a líder.

— A subida é suicídio! — gritou o ex-escravo que tinha falado antes. — Você vai levar provisões para ele. Vai torná-lo mais forte!

— Ele deve ter dominado todos! — disse alguém. — Qualquer sobrevivente vai ter virado um capanga!

Então Bobby percebeu algo:

— Não todos... Ainda há alguém bom entre eles. O Padre Azaghal.

O nativo riu dele.

— Sua caravana está lambendo os pés do feiticeiro.

— Não o Padre Azaghal! — disse Bobby. — Ele nunca iria se curvar.

Bobby Fletch olhou para as crianças, olhou para o pico. A indecisão estava clara em seu rosto.

— Faça a coisa certa — disse Henry. — Venha comigo.

Uma arma foi engatilhada.

— Lembre-se das crianças, garoto — disse o nativo, com uma espingarda apontada para Bobby.

Ele se virou devagar, tirando as mãos de Henry.

— Vocês não entendem — Bobby protestou. — O padre...

— Está conosco ou contra nós?

Silêncio.

— Todos aqui só estão vivos porque eu os salvei — disse Horned Henry Smith. — Sua desobediência é só covardia.

— Desobediência? — um homem branco grunhiu um riso. — Não obedeço a nenhum amarelo!

Bobby olhava de Henry para os outros. De mim para as crianças.

Em silêncio, só mexendo a boca, ele me perguntou:

— O que faço?

E, entre as milhares de vozes em meu interior, eu não soube responder.

Um chinês interveio, a mão no revólver que levava na cintura.

— Olha como fala. Ela é nossa líder.

— Eu decido quem é meu líder.

— Calma! — disse Bobby. — Não façam nada que...

— Quem lhe deu o direito de falar, fedelho? — vociferou o homem branco. — Você matou um de meus companheiros! Sobrevivemos ao trabalho nas minas, sobrevivemos a Guttmacher e ele foi morrer na mão de um moleque! Um moleque que ainda foi recebido no bando! Agora quer nos dar ordens?

Dois chineses tomaram a frente:

— Henry o perdoou. Ela decidiu, ele está conosco.

— Ninguém vai nos obrigar a fazer o que não queremos — disse um nativo. — Muito menos um maldito celestial.

Era uma ofensa racial grave para os imigrantes chineses. Os dois apontaram as armas para ele.

E, num segundo, dezenas de armas foram apontadas. As pessoas do bando se dividiram em etnias, como não faziam há anos, acharam imediatamente grupos a que podiam pertencer. Bobby se colocou à frente das crianças, com dois revólveres apontados, olhando para mim em busca de auxílio.

Os futuros eram muito limitados ali. A magia ou a língua de Gottfried Guttmacher estava presente, mesmo que ele não fosse visto há muito tempo. Cada uma daquelas pessoas tinha uma corda de destino amarrada às mãos do possuído, como se ele fosse um titereiro. E bastava um movimento errado para que alguém puxasse o gatilho.

— Isso é o que ele quer — falei, devagar, mostrando as mãos para deixar claro que não ia puxar uma arma. — A única maneira de vencer é se ficarmos juntos.

Comecei a suar por baixo das camadas de roupa.

Roubei deles a decisão.

Em quase todas as linhas de destino havia um massacre. Arrastei-nos de uma para a outra, de uma para a outra, tremendo de esforço. Vi que eles começaram a ficar desorientados, como você ficou ao ser forçada a um futuro quando entramos na igreja. Aquilo era arriscado, nem mesmo eu conseguia ver todas as consequências possíveis. Cada linha gerava milhões de outros futuros, tudo se enredava, elas se multiplicavam. Enquanto tudo a meu redor oscilava, a visão, a audição e dezenas de sentidos que você não tem, eu precisava me concentrar para manter a atenção nas probabilidades. E havia dentro de mim muitas presenças fortes, trapaceiras ou apenas carentes que estavam ansiosas pela chance de tomar o controle. Num segundo, fui uma sacerdotisa egípcia, um mercador fenício, uma menina devorada por uma leoa nas savanas da África. Os dois homens que eu tinha matado para me infiltrar no acampamento afloraram, ainda sem entender o que tinha acontecido com eles, muito apegados à vida, ansiosos por ter alguma sensação física, ao mesmo tempo lutando contra as presenças que os tinham matado. Todos quiseram vestir meu corpo.

Bobby Fletch viu meu estado. Num reflexo de bondade, virou-se para mim, começou a falar meu nome, para perguntar se eu estava bem.

Tentar pecar e não conseguir é melhor que pecar, Agnes? Ou é só falta de competência?

Eu tentei cometer um pecado enorme, mas demorei demais.

Bobby se virou para mim.

Alguém interpretou seu movimento como prenúncio de agressão.

Depois do primeiro estampido, veio uma sinfonia.

Henry e eu demoramos dois dias para subir até o pico. Não nos faltava comida, pois a meia dúzia de sobreviventes fugira com os cavalos e a roupa do corpo. Nem eu nem ela tínhamos nenhum pudor de roubar cadáveres.

Eu sentia o pavor de Bobby Fletch dentro de mim, o trauma e a decepção das quatro crianças, os dramas acumulados e a raiva das outras dezenas de mortos.

Era meu fardo carregar todos eles.

Era o fardo deles continuar existindo, depois da morte, dentro de mim.

Quando avistamos a cabana, já estava anoitecendo. Enfrentei inimigos dezenas de vezes, Agnes. Centenas, milhares, se contar todas as batalhas em que me envolvi, ou um número incalculável se acumular as experiências das presenças em meu interior. Mas meu coração bateu descontrolado no peito. Em parte era o medo recente dos recém-mortos, em parte era eu mesmo, o que quer que eu fosse depois de todo esse tempo sendo também outras coisas. Tenho memórias que não posso descrever para você, pois remetem a épocas anteriores ao que você conhece como sentido e lógica. Mas, em todo esse tempo, houve poucos inimigos que se provaram tão perigosos.

Subimos os últimos metros com os revólveres em punho. A cabana crescia cada vez mais em minha visão. Alguns sons lá dentro faziam com que eu tivesse certeza de que era o lugar certo. Dezenas de presenças em meu interior queriam fugir e isso deixou minhas pernas mais pesadas. Eu trouxe à tona o Padre Tobias, o dono verdadeiro do corpo que eu roubara, porque ele era um exorcista e seu ritual seria nossa melhor arma.

Henry, a meu lado, tinha o cenho franzido. A palidez em seu rosto não era só pelo frio.

— Não deixe que eu obedeça a ele — ela pediu. — Mate-me antes que eu faça a vontade de Guttmacher.

— Jin — eu disse, usando o nome original de Horned Henry Smith, falando em sua língua nativa — nada do que você pensa sobre a morte é real.

— Tudo que tenho é minha dignidade. Não quero obedecer a ele. Se chegar a esse ponto, mate-me.

Olhei em seus olhos. Não adiantava tentar explicar a ela o que aconteceria. Pensei no melhor caso possível, em que ela ficaria presa dentro de mim pela eternidade, sentindo ecos vagos das sensações que conhecera em vida. E no pior caso, o mais provável.

— Prometa — disse Horned Henry Smith.

E era o que eu amo e invejo nos humanos. A necessidade e a capacidade de um último gesto, mesmo que fútil, porque era o certo a fazer.

— Eu prometo.

O vento ficou ainda mais forte quando demos os últimos passos. A neve desabou com mais força, como se houvesse mesmo um deus jorrando fúria fria contra nós. Com o coração batendo na garganta, eu empurrei a porta da cabana e entrei de revólver em punho.

XV

ELES HAVIAM DISPOSTO NO CHÃO OS OSSOS DO BEBÊ.

A minúscula caveira no centro, as costelas e a espinha formando um círculo largo a seu redor. Os ossinhos dos braços e das pernas como hastes partindo do crânio em direção ao círculo. Um altar no formato de uma roda de carroça.

Não foram instruídos a fazer isso por Gottfried Guttmacher. Eles tiveram a ideia sozinhos e pensaram que simbolizava exatamente isso, uma roda de carroça, em homenagem ao Messias que dera seu corpo para que eles continuassem vivos e à jornada que tinham feito nas carroças. Mas não era isso, Agnes. Era a Roda de Deus, o brasão de Osnabrück que você vê em tantos lugares nesta cidade. Como muitas coisas no mundo físico, o brasão é mundano e também místico. É um selo. Profanando-o, eles o enfraqueceram.

Mas a jornada ainda não estava completa. O selo ainda não estava totalmente quebrado.

Meu revólver tremeu em minha mão.

Javier estava amarrado num canto. Seu rosto inchado mostrava marcas de agressões repetidas.

Do outro lado da cabana exígua, os sobreviventes estavam reunidos, sentados no chão. Como uma família ao redor da mesa de jantar.

Mas, no lugar da mesa, havia o homem queimado. Mais da metade de seu corpo já fora consumido.

— Ele estava morto! — Margaret Schneider falou imediatamente. — Estava quase morto.

Gottfried Guttmacher ergueu um pedaço de carne para mim, como uma taça de vinho em um brinde.

Então atirei.

Chamei à superfície Bobby Fletch, e sua pontaria foi certeira apesar do medo. Ele acertou Joseph Warwick no peito, antes que o outro conseguisse reagir. Joseph caiu para trás, gritando e sangrando.

Henry me empurrou, entrando na cabana e descarregando o revólver contra Guttmacher.

Ou da figura que ela pensou ser Guttmacher.

Existiam vários futuros possíveis, mas o que realmente aconteceu foi este: Horned Henry Smith confundiu o possuído com Alphonse Chapelle. Alphonse morreu na hora, crivado de balas. Em meio segundo, Henry apontou o revólver para o alvo certo. Apertou o gatilho e ouviu o clique do cão batendo numa câmara vazia do tambor.

Deixou cair a arma e levou a mão à cintura para sacar outra, mas nisso Charles Cochran já tinha agarrado a espingarda de Joseph.

Um balaço explodiu o peito de Horned Henry Smith, fazendo-a voar para trás, de encontro à parede de madeira.

Gottfried Guttmacher sorriu para mim e colocou a carne na boca.

Atirei quase a esmo, tentando intimidá-los mais do que atingi-los. Mergulhei para o lado, na direção de Javier. Meu discípulo estava se debatendo contra as cordas. A cabana foi tomada de estampidos e do cheiro de pólvora, enquanto eu procurava uma linha de destino em que as balas me errassem até que eu conseguisse desatar os nós.

— Javier! — gritei. — Javier, precisamos exorcizá-lo!

Soltei Javier no exato instante em que vi Charles Cochran sobre mim, a espingarda em meu rosto. Joguei-me para o lado, o estouro me deixou surdo, o calor fez minha orelha queimar. Rolei e atirei. O esguicho de sangue para cima mostrou que eu tinha acertado o alvo: a bala entrou na garganta de Charles e saiu pelo topo de seu crânio. Furou o teto da cabana e fez nevar lá dentro.

Gottfried Guttmacher sorriu para mim, mastigando.

Fiquei de pé e Javier também. Eu tinha na mão uma arma. Ele, um livro.

Os homens armados estavam mortos. Ao lado de Gottfried Guttmacher havia apenas duas crianças imóveis e as três mulheres, Margaret Schneider, Libby Jones e Mary-Anne Warwick.

— O ritual falhou — eu disse. — O Mecanismo do Destino continua selado.

Guttmacher sorriu para mim e engoliu.

— Acha que irá quebrar o selo com fazendeiros e comerciantes? — falei. — Acha que aqui, no meio do nada, irá anular o ritual feito por Carlos Magno?

Ele parou de sorrir.

— Deus, criador e protetor do gênero humano — comecei o ritual do exorcismo. — Olhai para este Vosso servo que formastes a Vossa imagem e chamais a participar em Vossa glória!

Olhei para Javier, satisfeito com sua presença. Com sua força. Ele era como Carlos Magno, como Arminius dos Queruscos, como tantos humanos extraordinários que conheci. O destino jorrava dele. Seria, enfim, perfeito para o que eu precisava. Ele tinha na mão um livro, que era sua maior arma.

Javier abriu o livro.

Então, para seu horror, viu que pegara o livro errado.

Aquela não era a Bíblia.

Era o *Emigrants' Guide to Oregon and California*.

Mary-Anne Warwick deu um berro. Agarrou um revólver, o revólver que nos acompanhara desde o princípio. O revólver de Charles Cochran, que só tinha uma bala. Apontou para mim e atirou.

Senti o impacto no estômago meio segundo antes de a dor ardida tomar todo meu tronco. Caí sentado, o sangue quente começou a encharcar minhas roupas. Deixei cair o revólver e Javier deixou cair o livro.

Gottfried Guttmacher começou a gargalhar.

Javier olhou para mim de cima, do alto, como se fosse um deus sobre uma montanha, consternado, chocado.

Agarrei sua perna.

— *Ouça-me* — supliquei. — *Entenda seu destino. Deus não existe, Javier, apenas...*

Tudo que ouvi foi a risada de Guttmacher e a resposta de meu pupilo:

— Não!

Javier deu um repelão com a perna, fazendo-me tombar para o lado. A dor do impacto reverberou por meu corpo inteiro. Ele largou o *Emigrants' Guide* numa poça de meu sangue, correu pela cabana, atropelando o altar profano. Saiu pela porta aberta, rumo à neve e ao vazio.

Gottfried Guttmacher sentou de pernas cruzadas frente ao cadáver semidevorado. Estendeu as mãos para os lados e as mulheres engatinharam até ele. Tomaram suas mãos e as beijaram, curvadas, com devoção.

— Eu sou seu deus — disse a entidade no corpo de Gottfried Guttmacher. — E meu nome é Nenhum Caminho Exceto o Declínio.

XVI

JAVIER CONSEGUIU DESCER A MONTANHA E FICOU POUCO TEMPO aguardando a morte até ser achado por trabalhadores da ferrovia. Aquele era um local notório, palco da trágica história de sobrevivência da Caravana Donner. Era o ponto de passagem de uma importante linha férrea. Era muito improvável que uma pessoa ficasse muito tempo lá sem ser achada.

Era quase impossível que um grupo inteiro ficasse perdido em Donner Pass.

Eles o levaram para a segurança. Quando Javier pôde falar, contou sobre a caravana que se perdera naquela trilha, mais uma vez. Foi preciso aguardar semanas para que o tempo permitisse uma tentativa de resgate. Quando chegaram à cabana, não havia mais ninguém lá.

Só posso especular a razão de Javier ter preferido fugir da cabana a ouvir a verdade. Ele não cumpriu o destino que eu tinha traçado, mas cumpriu outro destino. Como você sabe, Agnes, ele se tornou um exorcista de renome. Mas sua intransigência só aumentou, e por isso alguém tão brilhante, que dominava como poucos o ritual, acabou numa paróquia obscura até a velhice, e foi um herói nas sombras, reconhecido por ninguém. Por isso, já velho, ele se agarrou ao lado mais fanático e obstinado de nossa Igreja, e continuou punindo seu corpo como se isso elevasse sua alma.

Só posso atribuir a sobrevivência de Javier por todo aquele tempo sem comida a sua força de vontade inacreditável. Ele foi um homem extraordinário, Agnes, e morreu de forma extraordinária. Mas podia ter sido mais. Podia ter lutado na luz e não nas sombras. Podia ter lutado comigo, não sozinho. Podia ter odiado menos, podia ter aprendido a perdoar.

Podia ter me odiado menos.

Também podia ter deixado de odiar a si mesmo.

Eles colocaram carne humana em minha boca e eu engoli. Meu próprio excremento envenenou meu sangue, o tiro na barriga praticamente garantindo minha morte. Havia poucos futuros possíveis em que eu sobrevivia. Mas, provavelmente graças a Nenhum Caminho Exceto o Declínio, foi num desses futuros que seguimos. Sobrevivi. Apesar de tudo.

Chegamos a Gottsbrücke em algum ponto no fim do inverno.

Eu vi quando os habitantes da cidade chegaram ajoelhados até seu mestre. Centenas e centenas, nus, seus corpos exibindo pinturas ritualísticas de diagramas místicos, feitas com sangue. Gottfried Guttmacher surgiu como o rei que era, enquanto Mary-Anne, Libby e Margaret dançavam nuas em frenesi a seu lado.

Não sei quem me levou à cidade, mas sei que vi os corpos da caravana de Golgotha Hill sendo empilhados e a fogueira começando.

Senti as mãos dos cultistas agarrando meus ombros e meus tornozelos.

Vi o mundo do outro lado chegando. Vi a procissão de milhares de mortos e entidades, um cortejo fúnebre no céu, com um lugar de honra no meio, pronto para mim. Aquela honraria não se destinava a uma criatura como eu, apenas aos humanos, mas eu sempre seria homenageado.

Quando eles me jogaram na fogueira, as chamas já lambiam o céu. Senti as roupas ardendo, um segundo depois a pele. A fumaça tomou minhas narinas, meus olhos se encheram de lágrimas antes de derreter.

Jogaram por cima de mim o menino mordido pela cobra. Era também uma improbabilidade que estivesse vivo, mas gritou enquanto queimava. A filha de Alphonse Chapelle também berrou na morte. Eu não tinha forças para mantê-los comigo e só pude pedir perdão.

E eu não enxergava mais nada, mas senti os selos do Mecanismo do Destino se rompendo, a presença na pequena cidade do outro lado do oceano se agitando, enquanto a coisa que havia sido Gottfried Guttmacher completava seu ritual de sangue.

E então morri.

O Delírio do Meio-Dia

Osnabrück, Alemanha Ocidental, 9 de novembro de 1989

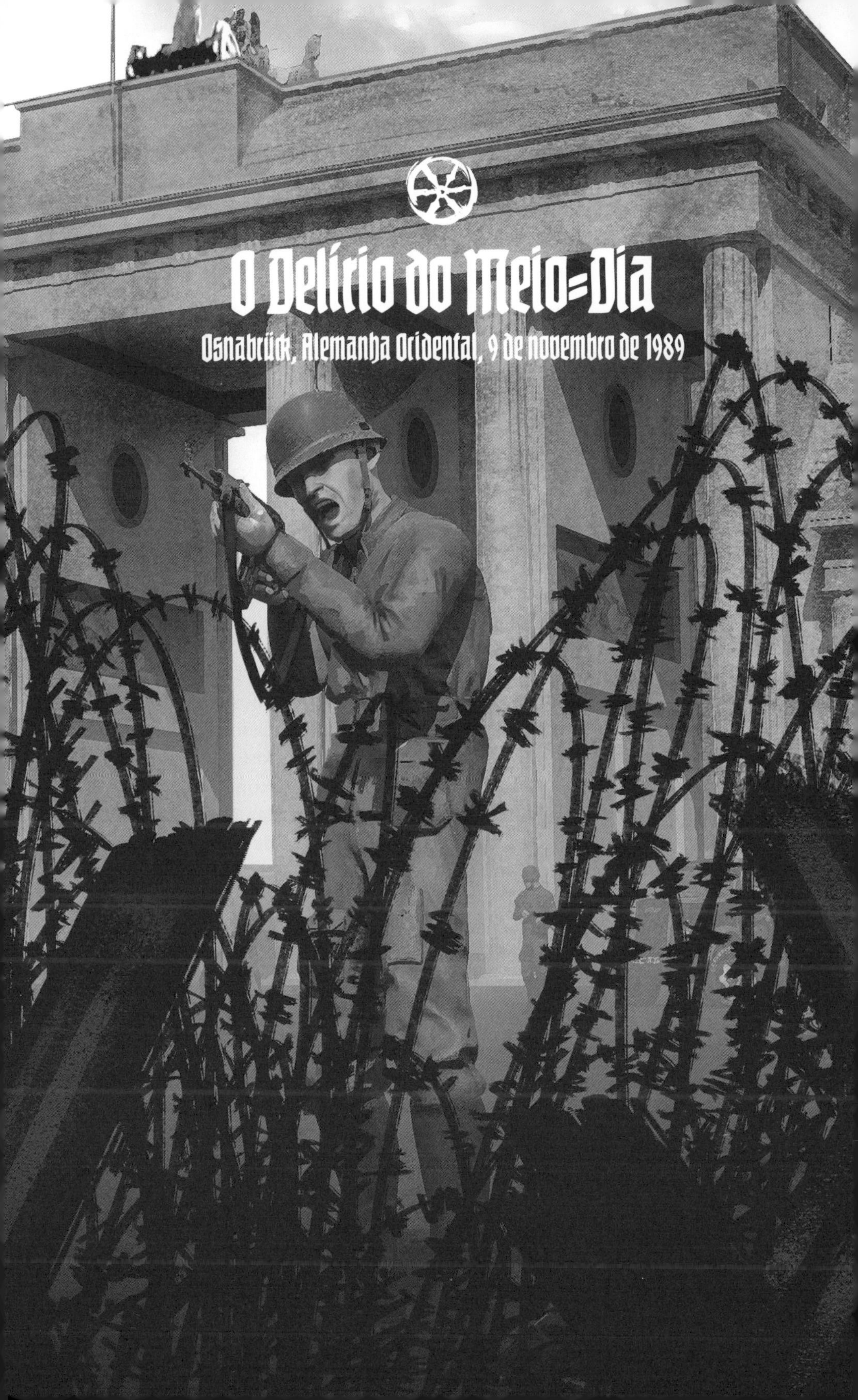

J

EXISTE UM TERROR ESPECÍFICO QUE SURGE DO CONTATO COM A loucura.

A primeira manifestação desse terror, mais superficial, é a incerteza. A noção de estar muito próximo a alguém instável, que pode fazer qualquer coisa sem motivo racional, é fonte de um medo primitivo. Mas esta é só a manifestação mais banal desse terror.

O contato com a loucura traz uma segunda onda de inquietação. É um misto de repulsa, piedade e pânico. A loucura nos mostra o que poderíamos ser, o reflexo incompreensível de nós mesmos. De alguma forma, tememos ser contaminados. A imprevisibilidade de alguém tomado pela loucura é uma pergunta que tem resposta: em algum momento a tensão pode se romper e a violência é algo concreto e objetivo. Mas a ideia de que tudo dentro de nós pode mudar, de que todos os princípios que sempre nos guiaram podem parar de fazer sentido, é algo terrível demais. O louco não tem culpa de ser louco. Assim, nosso sentimento de piedade ordena que o ajudemos. Mas o que ele tem dentro de si, o que todos poderíamos ter se nossa vida fosse só um pouco diferente, se um gene ou uma experiência de formação fossem outros, torna-o pavoroso e repulsivo. E assim odiamos a nós mesmos e o odiamos sem entender o porquê, e tentamos nos afastar e retornar a nosso mundo cheio de regras.

O mundo da sanidade.

Foi esse o terror que Agnes sentiu enquanto o Padre Tristano contava a história absurda de uma caravana de canibais de mais de cem anos atrás. Existia a possibilidade de que ele estivesse mentindo deliberadamente e por alguma razão quisesse brincar com ela antes de fazer o que quer que fosse fazer. As descrições de carnificina e derrocada à devassidão a deixaram cada vez mais desconfortável, olhando de relance para a porta da igreja, tentando calcular quanto tempo demoraria para levantar, chegar até lá, abri-la e ganhar a rua, o mundo real onde não se falava em comer carne humana. Ele estava extraindo algum prazer em amedrontá-la antes do bote? Estava tentando fazer com que ela o perdoasse por algum crime horrendo e achava que aquela história bizarra a convenceria de seus motivos?

Também havia a possibilidade de que ele acreditasse naquilo tudo. Era ainda pior.

Aquele homem passara horas narrando com detalhes algo que ele alegava ter vivido, em outro país, em outra era. Um relato que acabava com sua própria morte. Agnes sentiu nojo da loucura dele, estremeceu ao imaginar o que se passava naquela mente perturbada. Mais do que tudo, sentiu pânico ao avaliar sua própria reação ao se flagrar acreditando em alguns trechos. O que isso dizia sobre ela mesma?

Tristano ficou em silêncio depois de pronunciar a última palavra, como se esperasse pela reação da noviça. Quase um minuto se passou sem que houvesse nenhum som ou movimento. Então Agnes meneou a cabeça, tentando controlar os olhos arregalados e os dentes rilhados. Engoliu em seco e franziu o cenho de leve. Era a expressão de um adulto ao fingir levar a sério as noções esdrúxulas de uma criança.

— Entendi — ela falou. — Graças a Deus pelo menos Don Azaghal ficou bem.

Tristano deu um sorriso triste, mas resignado.

— Eu já passei por isso muitas vezes, Agnes. Sei que você não acredita em mim e me considera perigoso. É a reação normal de um humano. Mas garanto que não represento perigo nenhum. Você tem muito a temer, mas nada de mim.

— Eu acredito em você — ela falou, prestando atenção na posição das mãos dele e pronta para qualquer movimento súbito.

Agnes também tentava não olhar para o cadáver. Impossível saber o que podia desencadear um surto no padre.

— Vou lhe dar uma prova de que não lhe quero mal, Agnes. Ficarei aqui, sentado no chão, enquanto você levanta e vai até a porta lateral. Está destrancada, pois eu nos trouxe para uma linha de destino em que estivesse. Não vou me mexer até que você esteja do lado de fora e feche a porta atrás de si. Então poderá fazer o que quiser. Chame a polícia, fuja, vá até a estação e pegue um trem para alguma cidade longe daqui. Não vou obrigá-la a nada. Você tem uma missão e um destino, mas a escolha será sempre sua.

Ela continuou com os olhos fixos nele. Talvez fosse mais um jogo. Desafiá-la a tentar fugir, então caçá-la pela igreja. Ela tinha visto a velocidade com que ele se movia, não teria chance mesmo com uma vantagem.

Não, nada daquilo tinha acontecido, foi tudo imaginação.

Agnes apertou os lábios. Ou ele era sobrehumano e pelo menos partes de sua história eram verdadeiras, ou não oferecia risco. Era um homem grande e imponente, mas era um idoso. A história tinha sido mentira ou loucura. Ele era uma pessoa comum e não conseguiria alcançá-la se ela decidisse correr.

Tristano fechou os olhos.

— Você é livre para ir, Agnes.

Agnes sentiu o coração batendo forte, a respiração cada vez mais superficial. Seus músculos estavam tensos, os nervos formigando. Quase se entregou à intenção de sair correndo uma, duas, três vezes.

Então, numa explosão de coragem, levantou-se de um salto. Agarrou a mochila e correu pela Igreja de Santa Maria, desviando dos materiais de construção, seus passos ecoando nas paredes. Não ouviu nada atrás de si, só a própria respiração. Teve certeza de que ele estava atrás dela. A visão se tornou um túnel para a porta lateral. Ela esticou os braços, segurou a maçaneta, girou e puxou.

A porta se abriu sem resistência. Ela quase pulou para fora, bateu a porta atrás de si e se encostou nela, ofegando.

A lateral da igreja estava sombreada, a fraca luz do sol bloqueada pelas casas e pelos pequenos prédios antigos, do outro lado da rua estreita. A manhã já ia alta, era quase meio-dia. Pessoas conversavam, continuavam com seus cotidianos, existiam normalmente.

Trêmula, Agnes andou alguns metros pela ruela, até alcançar o largo aberto. Lá estava a Casa do Conselho, com sua porta entalhada que ostentava o epíteto "Cidade da Paz". Lá estava o restaurante com mesas na calçada, as casinhas geminadas coloridas, a fonte esculpida mostrando a história de Osnabrück. A luz cinzenta deixava tudo muito sério e real.

Aquele era o mundo real. A rua tinha cheiro de comida e muitos já estavam se preparando para almoçar. Ela estava no interior da Alemanha Ocidental, num lugar que só era notável por ser totalmente comum. Agnes olhou para trás, para a igreja fechada. Era impossível que lá dentro houvesse um cadáver e um padre louco.

Agnes riu de si mesma. Assim como uma criança só tem medo do monstro debaixo da cama à noite, ela tinha perdido todo o medo da loucura e mesmo de Tristano. Seu estômago roncou e ela não pensou em migrantes canibais, mas lembrou que não tinha dinheiro nem um plano. Podia procurar outra igreja — Osnabrück era uma das raras cidades alemãs com grande presença católica e certamente ela receberia toda a ajuda de que precisasse. Mas não tinha vontade nenhuma de estar num espaço de espiritualidade. Queria comer e pensar.

Ela olhou para os dois lados. Se seguisse à direita, passando pelo restaurante, ela seguiria ao centro novo, então o caminho natural seria de volta à Estação Central. Era uma rota conhecida, que ela fizera com Tristano naquela manhã. Agnes não tinha dinheiro para uma passagem de trem, mas não era tão ingênua a ponto de não pensar em embarcar ilegalmente num vagão e engambelar um fiscal com seu hábito de noviça e uma expressão chorosa. Ela poderia ir para qualquer lugar, tentar qualquer coisa e seguir qualquer caminho, aconselhada ou não por Jesus, continuando ou não na vocação religiosa, confessando ou não seu pecado ou a razão para ter fugido do convento. Cada uma dessas decisões iria se bifurcar em infinitos futuros possíveis.

Existia um futuro em que, na tentativa de se afastar de um fiscal dentro do trem, ela conhecia um rapaz que se oferecia para pagar sua passagem. Os dois começariam a conversar e a amizade rapidamente evoluiria para um namoro. Eles morariam juntos na cidade de Düsseldorf, mas em alguns anos o relacionamento iria se desgastar. Na noite em que Agnes finalmente dissesse que estava indo embora, o rapaz beberia muito e dirigiria a esmo. Em seu estado de embriaguez, iria atropelar um político menor que voltava para casa a pé. O partido ao qual ele pertencia começaria uma nova campanha baseada nos males do álcool e em uma volta a valores familiares, o que geraria uma onda de ultraconservadorismo e resultaria num simpatizante nazista no mais alto cargo político da Alemanha.

Agnes deu um passo à direita, então quase esbarrou em alguém vagamente familiar.

Era Ernst Hoffman, o homem perturbado que eles haviam encontrado na Estação Central. Ele ainda carregava o buquê de flores e, sem que ela soubesse, tinha um revólver dentro do paletó. Ernst tinha decidido rezar em busca de orientação antes de rumar ao sítio arqueológico onde confrontaria sua ex-esposa. Mas, por azar, encontrou a Igreja de Santa Maria fechada para reformas. Ele poderia ter escolhido qualquer uma das várias igrejas de Osnabrück. Então Agnes não o teria visto mais uma vez, teria seguido à direita, conhecido o rapaz e tudo teria sido diferente.

— Fechada? — esbravejou o homem. — *A igreja está fechada?* Isso é coisa dos comunistas!

As pessoas que andavam pelo largo viraram a cabeça. Ernst Hoffman tinha bebido desde que Agnes o vira. Sua voz tinha um tom engrolado inconfundível e o rosto estava ainda mais vermelho. Ele gesticulava com as flores sem nenhum cuidado, as pétalas caíam cada vez mais. Elas já pareciam tão bêbadas quanto ele próprio.

— Foda-se Maria e foda-se essa igreja de merda! — gritou Ernst. — Quem batiza uma igreja com nome de mulher?

Agnes sentiu a agressividade daquele sujeito. Enquanto os olhares eram atraídos para a arenga blasfema, ela decidiu se afastar.

Então virou à esquerda, para longe da Estação Central e de uma guinada horrenda na política alemã. Rumo a outra praça, com outra igreja, um teatro e uma ruela estreita que desembocava num colégio.

Agnes não sabia que, virando à esquerda, estava repetindo os passos do lendário Rei Carlos Magno e se aproximando do primeiro colégio da Alemanha. Dentro de um trem para algum lugar, o rapaz sentiu uma saudade súbita de algo indefinível, quando os futuros se separaram. Ele nunca saberia o que era aquela saudade, o que teria sido aquele futuro. Nem Agnes.

11

EM QUALQUER OUTRO MOMENTO, AGNES TERIA ATRAVESSADO A praça e entrado na Catedral de São Pedro. Era uma igreja estranha, com duas torres muito desiguais, uma consideravelmente mais grossa que a outra. Parecia ser guardada por uma estátua de leão que não era imponente nem estava muito perto da própria catedral. Os habitantes locais a chamavam de "Leão-Poodle". Talvez, se a igreja fosse mais convidativa, se o leão inspirasse mais proteção ou se Agnes não tivesse acabado de escapar de um padre enlouquecido, ela teria escolhido este caminho.

Mas ela seguiu em frente, meteu-se nas ruelas medievais de Osnabrück, por um caminho que não parecia levar a lugar nenhum, até que foi tomado por crianças e adolescentes em debandada. Agnes não escondeu um leve susto ao ser quase atropelada pelas dezenas de jovens, mas então começou a rir. Era tudo absurdo. Uma maré de crianças conversando, rindo, gritando, fingindo ser personagens de desenhos animados ou reencenando cenas de filmes americanos que tinham visto no cinema. Agnes ficou contra uma parede de pedra antiga, fria, tomada pela sombra, sentindo a vibração que parecia emanar da história daquele lugar, contrastada com a juventude inconsequente. A pedra austera e as roupas e mochilas coloridas de poliéster e nylon não pareciam combinar, mas aquela era a Alemanha. Agnes foi tomada pela noção de que, naquele mesmo chão, guerreiros haviam marchado, reis e bispos haviam tomado decisões monumentais, para que um dia crianças pudessem correr sem preocupação. Sua mente voltou para a história do Padre Tristano, sobre caminhos com significado místico e eventos acontecendo de novo e de novo, gerando poder.

Definitivamente, não era o caso ali.

Mas então ouviu um dos garotos falar, animado:

— Aposto que eles vão declarar guerra! Meu pai disse que a primeira bomba atômica vai cair em Berlim!

O coração de Agnes disparou. Ela lembrou das palavras do mendigo na Igreja de Santa Maria: *"sacrifício atômico"*. Não, aquilo fora imaginação — imaginação dela ou do pobre homem. Aquele homem tentou matá-la. Não, nada daquilo tinha acontecido. Ele falara em sacrifício atômico, na morte da humanidade, mas isso não significava nada, porque todos estavam tensos. Todos estavam pensando no que poderia acontecer se o governo da Alemanha Oriental atropelasse manifestantes com tanques de guerra, fizesse um pronunciamento desafiador e fosse apoiado pela União Soviética. No que os Estados Unidos fariam, se haveria retaliação. Por outro lado, se os comunistas se dobrassem, ninguém sabia qual seria a reação de Moscou. Aquilo não eram questões que costumavam preocupar Agnes, mas naquele dia ela se viu tomada pelo medo do holocausto nuclear.

Bobagem, ela tentou se convencer. Só estava com fome e sem dormir.

Decidiu avançar na direção contrária da enxurrada de crianças, já que o fluxo não dava sinais de diminuir. Andou em zigue-zague, tentando desviar e sendo preenchida pelos gritos, risos, conversas. Ouviu de novo e de novo as palavras "míssil", "guerra" e "comunistas". Aquelas crianças estavam crescendo com heróis militares e viam boa parte daquilo tudo como uma brincadeira.

Ela enxergou o lugar de onde todas elas vinham: *"Gymnasium Carolinum"*, ou "Colégio de Carlos Magno". O complexo murado se abria subitamente entre os caminhos estreitos. Todos os alunos estavam emergindo de um mundo medieval, do início da história da Europa, de algo construído muito antes que sequer existisse Alemanha. Agnes se sentiu tonta.

Enfim ela avistou um adulto no meio da multidão, tentando direcionar a manada infantil, mas sem sucesso. Vestido num abrigo com listras brancas, um apito em volta do pescoço. Era um professor e, fora dos limites do colégio, sua autoridade tinha sido anulada.

Agnes chegou até ele e subitamente se sentiu fraca. Fome e falta de sono, disse a si mesma. Agarrou-se nos ombros do homem para não cair.

— Você está bem, irmã? — perguntou o professor.

— O que está acontecendo?

— Quer que eu a leve ao hospital?

— Não, vou ficar bem. Só me diga o que está acontecendo.

As crianças continuavam correndo ao redor dos dois, como se fossem um povo inteiro em migração. Agnes achou que lembrava de algo, de algo que tinha ocorrido ali mesmo muito tempo atrás, mas era impossível.

— As aulas foram canceladas — disse o professor. — Os alunos estão voltando para casa. Tem certeza de que não precisa de nada?

— Estou bem — disse Agnes.

Então desmaiou.

O professor conseguiu agarrá-la nos braços antes que ela caísse no chão. Dois alunos mais velhos notaram no mesmo instante e ajudaram. Juntos, os três apoiaram Agnes para que ela não se machucasse. As crianças pararam de correr, imediatamente consternadas com aquilo tudo.

O professor viu o rosto jovem e delicado de Agnes. Lembrou-se de sua própria juventude.

Ele havia sido um atleta na década de 1960, um dos orgulhos da Alemanha Oriental. A sociedade e o governo consideravam-no uma menina e ele participava do time feminino de arremesso de peso. As únicas coisas que funcionavam perfeitamente sob o regime ditatorial eram o exército e os esportes. Ele tinha se destacado, competido contra meninas do mundo todo, posado para fotos, conhecido os líderes do Partido Socialista Unificado e da Stasi. Naquela época, ele não sabia que era um menino. A disforia de gênero causava inquietação e confusão crescentes, com características externas femininas se acentuando a cada ano.

Ele já possuía algumas medalhas de ouro quando seu treinador começou a lhe dar injeções.

Disse que eram remédios. Impediriam que ficasse doente, ajudariam a se recuperar dos treinos. O jovem atleta só queria continuar servindo a seu país, pois aprendera desde cedo que era preciso provar para o Ocidente que a República Democrática Alemã era um triunfo. Ele confiava no país, no Partido e no treinador. Assim, recebeu as injeções sem questionar. Não sabia exatamente o que significava "doping", nunca ouvira falar em anabolizantes e esteroides. Tinha aprendido sobre hormônios no colégio, mas não associou uma coisa a outra.

Tomando as injeções diariamente, não sentiu nenhuma diferença de força ou resistência. Não teve nenhuma vantagem nas competições. Mas se tornou mais agressivo e emotivo. Ninguém lhe explicou o que estava acontecendo, o que eram as injeções. Isolado em si mesmo, continuou a obedecer, tentou esconder a instabilidade.

Teve vergonha de si mesmo quando notou os pelos em vários lugares do corpo, já que naquela época ainda se entendia como mulher, a sociedade o via como mulher, o treinador o fazia competir num time feminino.

Não conseguiu esconder quando os pelos começaram a crescer no rosto.

Ele demorou mais de um ano para perceber o que estava acontecendo com ele e com várias das atletas. Ele confiava no treinador, confiava no Partido, confiava no país. Antes, a disforia causava horror. A Alemanha Oriental começara um processo de hormonização sem explicar a ele o que era, sem consultá-lo, sem que os próprios médicos e treinadores entendessem o significado daquilo tudo. O atleta foi uma cobaia.

Confessou ao treinador seus medos. A resposta foi que preocupações com "estética" eram fúteis e capitalistas. Ele não achava que seu país merecia um pouco de sacrifício, depois de tudo que tinha lhe dado?

Não sabia a resposta.

Os atletas tinham permissão especial para viajar ao mundo ocidental para competições. Durante uma dessas viagens, o atleta fugiu e pediu refúgio na embaixada da Alemanha Ocidental. Já não sabia mais quem era.

Do outro lado do Muro de Berlim, os médicos disseram que a melhor alternativa era completar a hormonização. Os hormônios haviam sido aplicados à força, em doses descontroladas, sem seu consentimento e sem nenhuma preocupação com seu bem-estar, seu estado emocional ou sua saúde. Muito mais tarde, ele encontrou trabalho como professor numa cidadezinha do interior. Adotou o nome Franz.

Franz sentiu um forte instinto de proteger Agnes, mas sua criação comunista aflorou. Sentia forte desconfiança de qualquer tipo de religião — algo que não podia confessar para não prejudicar seu emprego. A noviça desorientada precisava de ajuda, mas o deixava desconfortável. Ele não sabia como reagir com ela e se sentia inquieto com a noção de alguém que vivia de acordo com regras e rituais místicos. Então não levou a noviça desmaiada para o hospital, mas para o colégio.

E assim, quando surgiu um padre que disse conhecer a noviça, ele achou que era suficiente. Não notou que estava deixando a jovem inconsciente a sós com um homem que representava a autoridade, exatamente como tinham feito com ele quando era ela. Franz deixou os dois na enfermaria do colégio e foi para casa, para tentar descobrir por que afinal as aulas tinham sido interrompidas.

O culpado pelo cancelamento das aulas no meio do dia foi o Capitão Tony Green, do exército britânico, arqueólogo amador, que residia em Osnabrück.

A 4ª Brigada Blindada do Real Regimento de Tanques do Exército Britânico ocupava uma construção histórica que datava do fim do século 19 e mais tarde seria usada como parte da Universidade de Ciências Aplicadas de Osnabrück. O prédio antigo e amarelo, cheio de janelas, ficava numa colina quase fora da cidade, acessível por ruas de paralelepípedos, e escondia um pátio amplo que abrigava blindados e tanques. Muitos militares ingleses viviam e trabalhavam nos quartéis que faziam parte daquela estação. Tony Green já não era mais um combatente, mas trabalhava em caráter administrativo no Corpo Médico e estava preocupado com as crianças.

Ele não conseguia se concentrar no trabalho naquele dia. Sendo a maior presença militar britânica fora do Reino Unido, a Brigada da qual ele fazia parte estava em alerta moderado, pronta para reagir a qualquer consequência do pronunciamento daquela tarde. A ameaça de massacre de manifestantes um mês atrás tinha deixado as forças militares que ocupavam a Alemanha num clima de tensão e o novo governo era uma incógnita. O governo inglês, na verdade, não queria uma Alemanha unificada. Alemanha e França fortes nunca haviam sido boas notícias para a Inglaterra, mas o Capitão Green temia que a continuidade da divisão fosse letal para o povo alemão.

Ele não planejara se afeiçoar àquela gente. Green tinha nascido logo depois do fim da Segunda Guerra, seu pai tinha participado da tomada daquela mesma cidade. No exército, tivera contato com uma cultura que ainda via os alemães em parte como o inimigo. O sentimento vinha de cima: a Primeira-Ministra, Margaret Thatcher, já tinha usado as palavras "Quarto Reich" para se referir à possibilidade de que as duas Alemanhas um dia se unificassem. Mas, desde que se mudara para Osnabrück, Tony Green tinha mais e mais contato com pessoas que não eram nazistas. Que viviam horrorizadas e envergonhadas com a história recente de seu povo. Que eram humanas.

Em especial, Tony Green desenvolvera uma relação cordial e então uma sólida amizade com Wolfgang Schlüter, um arqueólogo que o havia aconselhado onde procurar relíquias romanas na região. O hobby da arqueologia fazia parte de sua vida, mas ele nunca pensara que faria uma descoberta histórica. Contudo, pelos conselhos de seu amigo, o capitão inglês descobriu o local da Batalha de Teutoburgo e mudara a compreensão da arqueologia na Europa para sempre.

A Batalha de Teutoburgo era uma das mais importantes da história ocidental. O Império Romano parecia invencível, mas fora detido pelos germânicos numa batalha decisiva. Isso gerou uma divisão que perdurou para sempre. Osnabrück marcava o limite das conquistas de Roma na Europa. A partir dessa divisão, diferenças culturais entre o mundo romano e o mundo "bárbaro" influenciaram toda a história do continente.

Tony Green se sentia um pouco parte daquela história. A batalha estaria para sempre ligada a Osnabrück e ele também. A sensação de pertencimento lhe dava um sentimento protetivo e ele achava que precisava se preocupar com as crianças da cidade. Se alguma hostilidade estourasse e o Regimento recebesse a ordem de impor lei marcial, era melhor que as crianças estivessem em casa.

Ele sentira a tensão no ar naquela manhã, na Estação Central. Havia um ar de expectativa e violência contida. Talvez isso tivesse a ver com o Padre Tristano, que parecera estranhamente familiar, de um jeito indefinido. Talvez Tony Green tenha notado inconscientemente o revólver que o desequilibrado Ernst Hoffman levava escondido no paletó. Talvez tenha sido apenas o nervosismo de tantos cidadãos com o pronunciamento do fim da tarde.

Mas, talvez mais do que tudo isso, Tony Green ficou em alerta porque a Brigada sofrera um atentado alguns meses antes.

Uma terrorista do IRA colocara cinco bombas no quartel e atirara contra um funcionário civil. Quatro das cinco bombas não explodiram por pura sorte e ninguém morreu porque os soldados da Brigada agiram rapidamente. Com o governo comunista ameaçando massacrar civis e o mundo inteiro com os olhos sobre a Alemanha, ele ficou mais e mais inquieto, lembrou a si mesmo que aquela cidade também podia ser palco de violência e que inocentes morriam se pessoas como ele não agissem com eficácia. Ninguém pensava muito em Osnabrück, mas ele sabia como poucos que sua história era sangrenta.

O Capitão Tony Green escreveu suas preocupações e sua recomendação num pedaço de papel, chamou um estafeta e mandou que o rapaz entregasse a nota a um major.

O major reportou a preocupação a seu próprio superior, que a levou acima na cadeia de comando e assim por diante. A Brigada entrou em contato formal com autoridades do município, numa reação em cadeia que culminou com a suspensão das aulas em todas as escolas.

Isso, é claro, foi visto como evidência de que algo grave iria acontecer. Os pais de muitos alunos ficaram sabendo pelo rádio ou por boatos e pediram dispensa de seus empregos.

Se Tony Green não tivesse encontrado moedas romanas nos arredores de Osnabrück e dado início a uma das maiores descobertas arqueológicas da história da Alemanha, talvez não tivesse tanto carinho pela cidade e não se preocupasse tanto com seus habitantes. Então provavelmente as aulas não teriam sido suspensas, Agnes não teria encontrado Franz, o colégio não estaria fechado e tudo teria sido diferente.

Mas, da maneira como as coisas aconteceram, Agnes recobrou os sentidos para se ver mais uma vez presa num prédio antigo e vazio, frente a frente com o Padre Tristano.

Havia em Osnabrück uma mulher que odiava a chuva.

Trudi Gossler tinha memórias vívidas da prisão sempre que seus pés ficavam molhados. Em 1953, quando tinha apenas 25 anos, Trudi vivia em Berlim. O Muro ainda não tinha sido construído e ela achava que a pior parte de sua vida havia passado. Lembrava bem do regime nazista e julgava que, com a derrota de Hitler e a reconstrução do país acelerando cada vez mais, seu futuro era brilhante. Estar na parte de Berlim ocupada pela União Soviética não lhe causava grande apreensão. Mas certa noite, enquanto ela dormia ao lado do namorado no apartamento dele, a porta foi arrombada. Os dois acordaram com o barulho e não tiveram chance de se vestir antes que agentes da Stasi, a polícia secreta comunista, os levassem embora em caminhonetes separadas.

Ela ainda estava nua quando foi colocada numa sala escura e interrogada por três agentes da Stasi. Queriam saber detalhes sobre a operação de contrabando de armas do namorado de Trudi. Queriam que ela delatasse seus cúmplices nos esforços de sabotagem ao regime e que admitisse sua própria culpa. Chamaram-na de nazista e traidora. Depois de horas de interrogatório, Trudi foi levada a sua cela e finalmente recebeu roupas. Foi julgada e condenada a 3 anos e 8 meses de prisão por boicotar e subverter instituições democráticas, além da invenção e propagação de boatos que ameaçavam a Alemanha Oriental, seu povo e o mundo.

O mundo.

Aos 25 anos, Trudi Gossler quase poderia rir da noção de que era capaz de ameaçar o mundo, mas não restava muito humor quando ela foi levada a uma prisão de mulheres, onde cumpriu sua sentença em condições de fome e frio. Passou muito tempo na solitária e com o pior castigo que os carcereiros tinham para ela: a cela inundada.

As celas eram sempre úmidas, mas vez por outra a água subia, chegando a ficar o dia inteiro pela cintura. Quando a água ficava um pouco menos gelada, escoavam toda e inundavam a cela de novo, para que o frio se renovasse.

Trudi Gossler estava grávida quando foi presa. Deu à luz na prisão e, três semanas depois do nascimento, sua filha foi tirada dela. Trudi nunca mais a viu.

Depois dos 3 anos e 8 meses, ela foi solta e fugiu da Alemanha Oriental. Ainda não havia o Muro e sua fuga foi facilitada. Osnabrück não era a cidade mais interessante, mas era pacata e escondida. Trudi Gossler só queria esquecer da prisão, mas lembrava da cela inundada sempre que suas meias ficavam molhadas de chuva.

Ela nunca mais vira a filha a quem dera à luz na prisão, mas tivera outra filha e sua filha tivera uma filha, que agora estudava no Gymnasium Carolinum. Trudi ouviu no rádio sobre a interrupção das aulas e seu coração disparou. Osnabrück estava longe dos comunistas, mas a noção de que tudo podia mudar do dia para a noite causou nela um pavor instantâneo. Ela se viu mais uma vez sendo levada por agentes desconhecidos para ser punida por um crime que não cometera.

Viu sua filha sofrendo o mesmo destino.

E sua neta.

Trudi Gossler precisou se segurar na parede da biblioteca onde trabalhava para não desmaiar. Interrupção das aulas significava emergência, emergência significava soldados, soldados significavam prisão. Ela pegou o telefone e precisou de três tentativas para discar o número do trabalho de sua filha. Quando enfim acertou, só obteve sinal de ocupado. Ligou para o colégio da neta, mas ninguém atendeu. Trudi queria sair correndo pelas ruas para encontrar a menina, garantir que tudo estava bem, mas sabia que isso era absurdo.

Olhou para os lados, para seus colegas e para as pessoas que liam em silêncio na biblioteca. Imaginou se algum deles era um agente da Stasi. Mesmo no meio de um ataque de ansiedade, aquilo não era paranoia: havia espiões infiltrados em todos os níveis da sociedade na Alemanha Ocidental.

Qualquer um podia ser um deles.

Trudi decidiu ligar para sua sobrinha que morava em Bonn, a capital da Alemanha Ocidental. Ela era uma secretária do governo federal e talvez tivesse ouvido algum boato sobre o que os comunistas anunciariam no fim da tarde. A conversa não resultou em nenhuma informação — uma funcionária comum não sabia de nada, é claro, mas ouviu as inquietações de Trudi sobre as aulas interrompidas e comentou o fato com alguns colegas na repartição pública.

No intervalo do almoço, a sobrinha de Trudi compartilhou as inquietações de sua tia com o namorado. Era um rapaz bonito e estudado, que se interessara por ela porque ela era secretária do governo e ele na verdade era um espião infiltrado.

Então, em algum lugar em Berlim Oriental, um oficial do Ministério da Segurança do Estado recebeu uma ligação. Os nomes de Tony Green e de Trudi Gossler eram significativos e tudo sugeria que o lado ocidental estava se preparando para um ataque ou algum tipo de hostilidade. Era pouca informação para provocar qualquer decisão, mas ele reportou a seus superiores, ativando toda uma rede de espiões. O Ministério, também conhecido como a polícia secreta Stasi, era um dos mais eficazes e repressivos órgãos de espionagem e inteligência do mundo, mantendo cidadãos sob vigilância constante por meio de incontáveis informantes e delatores. A notícia de que os ingleses estavam de prontidão e que uma antiga criminosa ideológica estava ligada àquilo tudo motivou um alerta de nível médio, fazendo com que a Stasi movimentasse seus agentes em toda a Alemanha Oriental e redobrasse a vigilância sobre lideranças antirrevolucionárias. Há um mês, a Stasi espalhara propaganda falsa sobre líderes de protestos pacíficos contra o comunismo e orquestrara uma onda de violência que acabara nunca se concretizando.

Agora seu aparato podia enfim ser necessário.

Agentes infiltrados da Stasi em várias partes da Alemanha Ocidental foram notificados e ficaram prontos para relatar qualquer anomalia nos alvos que vigiavam.

Se Trudi Gossler tivesse conseguido falar com sua filha, saberia que a neta chegara em casa em segurança. Não teria ligado para sua sobrinha e tudo teria acontecido de forma diferente.

Mas, do jeito como as coisas aconteceram, a neta de Trudi chegou em casa sem saber que sua avó se preocupava com ela e o Gymnasium Carolinum estava vazio, exceto por alguns funcionários e por Tristano e Agnes, na enfermaria.

A noviça abriu os olhos e demorou alguns segundos para focar a visão no padre. Ele estava sorrindo.

— Quem é o Papa, Agnes?

Ela tentou ficar sentada na maca, mas não teve força imediatamente. Entendeu os arredores devagar. A enfermaria do colégio era uma sala pequena, com duas macas, três cadeiras e uma mesa. Tinha um armário com medicamentos e aparatos médicos e uma janela coberta de gotículas de chuva fina. Tristano estava sentado numa das cadeiras, de pernas bem abertas, com o encosto para a frente. Para chegar até a porta, ela precisaria passar por ele. Não sabia se a porta estava ou não trancada. Na verdade, não sabia exatamente onde estava. Não saberia sair. Agnes quis ficar de prontidão, mas seus músculos fraquejaram.

— Que lugar é este? — ela perguntou.

— Quem é o Papa? — ele insistiu.

Agnes olhou para trás. A janela dava para um pátio vazio e ela podia ver pedaços dos prédios ao redor. A estrutura deixava claro que era um colégio. Fazia sentido.

— Onde está o homem que me ajudou?

— Eu o convenci de que você ficaria bem comigo — ele abriu ainda mais o sorriso, como se estivesse mostrando seus poderes de persuasão. — Também convenci a enfermeira a confiar em mim. Estamos com pressa, então não podemos perder tempo dando explicações para tanta gente ou levando-a para um hospital.

— Por que você está fazendo isso comigo?

— Não estou fazendo nada. Você concordou em me ajudar e é livre para mudar de ideia a qualquer momento. Eu não a obriguei a vir em direção a minha próxima parada. Você fez isso por vontade própria.

Ela sentiu a cabeça dançar. Por que ele estava ali? A resposta óbvia era que a estava seguindo, e toda a conversa sobre ela estar livre e ajudá-lo voluntariamente era um jogo perverso de gato e rato. Ao mesmo tempo, ela amaldiçoou o fato de ter escolhido esquerda em vez de direita e teve certeza de que não estaria ali se não tivesse se deparado com o homem esquisito com o buquê de flores.

— Quem é o Papa? — repetiu o Padre Tristano.

— Por que você está perguntando isso?

— Sua tontura tem a ver com fome e com não ter dormido quase nada, mas também tem a ver com ter passado por uma mudança de linha de destino. Nós passamos por isso o tempo todo, a cada minúscula escolha que fazemos, mas o efeito só é sentido quando somos arrancados de uma linha para a outra. Eu a trouxe comigo para um futuro específico, no qual a porta da igreja estava destrancada e pudemos entrar sem fazer um escândalo. Então eliminei várias possibilidades ao fazer o exorcismo e garantir a segurança do selo que existe na Marienkirche. Você esteve no olho do furacão quando o Mecanismo do Destino funcionou, Agnes, e isso pode abalar qualquer um, até mesmo a coisa que existe nesta cidade. Não me admira que tenha abalado uma humana. Você poderia começar a lembrar de coisas que nunca existiram, ou que transcorreram de maneira muito diferente. Porque, veja bem, eu posso escolher os futuros, mas ninguém pode escolher um passado. Uma lembrança desse tipo pode significar que sua alma está se desprendendo dos ângulos do tempo. Eu poderia perguntar quem é o presidente dos Estados Unidos ou qual foi o primeiro homem a pisar na Lua, mas escolhi um fato arbitrário, tendo em vista que você é uma noviça e eu sou um padre. Assim, me responda, Agnes, por favor. Quem é o Papa?

Ela engoliu em seco antes de dizer:

— João Paulo II.

— Ótimo — sorriu Tristano. — Posso supor que o presidente dos Estados Unidos seja George Bush, o primeiro homem a pisar na Lua tenha sido Neil Armstrong e Madonna recentemente tenha feito enorme sucesso com uma canção excelente e extremamente blasfema?

Ela fez que sim com a cabeça, ainda atordoada.

— Tudo indica que você continua bem firme no tempo. Quaisquer divergências na memória devem ser mínimas, mas não deixe de me apontar se notar alguma incongruência. Agora venha, vamos comer e então continuar com nossa tarefa.

Nem Tristano nem Agnes sabiam, mas havia um erro profundo e crucial no que ele acabara de dizer. Agnes pensou em apontar algo estranho, mas decidiu se preservar. Ela, afinal, não desejava embarcar na loucura de Tristano, muito menos dividir com ele algo bem íntimo.

Se Agnes tivesse revelado sua desconfiança, tudo teria sido diferente. Ela pensou em seu segredo e no Papa.

O Papa João Paulo II, originalmente polonês, era parte da razão pela qual a Cortina de Ferro tinha caído na Polônia. Tristano achava que aquela tinha sido uma pergunta aleatória, mas havia conexões que nem mesmo ele conhecia. João Paulo II fora um exorcista. Ele havia estudado sob ninguém menos que Javier Francisco Azaghal, que fora por sua vez discípulo de Tristano, quando se chamava Tobias. Muitos anos depois dos acontecimentos da caravana de Golgotha Hill nos Estados Unidos, Javier sofreu um atentado em sua igreja, quando seus inimigos jogaram coquetéis molotov pelas janelas da sacristia. Era bem possível que o coroinha que viria a ser Papa estivesse lá dentro. Se isso tivesse acontecido, ele teria morrido queimado. Então o Papa, em 1989, não teria sido polonês, não teria tido tanto investimento pessoal na queda do comunismo, a Polônia teria permanecido sob o regime por alguns anos a mais. Não haveria tanta pressão para que a Alemanha Oriental abrisse as fronteiras, o povo não estaria nas ruas. Não haveria pronunciamentos todos os dias nem especulações em Osnabrück e no mundo todo.

Mas o Papa João Paulo II nunca sequer soube do risco que correu tantas décadas antes. Por isso o comunismo estava ruindo no mundo todo e as lideranças em Berlim estavam cientes de que não podiam mais controlar uma população cada vez mais insatisfeita.

Agnes pulou da maca com cuidado. Então notou o que estava fazendo e hesitou.

— Você é livre para ir embora, Agnes, mas realmente não posso perder tempo com indecisão. Você não tem razão para confiar em mim, então só posso prometer que tenho seus melhores interesses em mente. Se quiser me acompanhar, venha comigo e mantenha a mente aberta. Não temos espaço para outro resultado como o de Javier.

Ele se levantou da cadeira, virou as costas, foi até a porta da enfermaria, abriu-a e saiu para um corredor.

— Estamos no Gymnasium Carolinum, como você deve imaginar. À direita está o refeitório, onde podemos comer para você recuperar as forças. À esquerda você vai encontrar a saída. Tome sua decisão agora, minha pupila.

Ele virou à direita, então sumiu da vista de Agnes.

Ela caminhou com cuidado até a porta, sentindo o coração bater forte, ficando mais segura sobre as próprias pernas a cada passo. Olhou para o armário, viu uma tesoura. Decidiu pegá-la e escondê-la num bolso frontal do hábito. Era pelo menos algo com o que se defender.

Olhou para a direita e para a esquerda do corredor. Não quis admitir que o delírio de Tristano fazia sentido. Não quis lhe virar as costas sem ter um destino, um futuro ou pelo menos um sanduíche.

Então Agnes fez o que sempre fazia quando precisava de orientação. Rezou.

III

ERNST HOFFMAN NÃO CONSEGUIU REZAR PORQUE A IGREJA estava fechada. Em vez de caminhar por cinco minutos até outra igreja, aceitou o contratempo como confirmação do ódio que vinha sentindo há anos e que só crescera depois da separação. Se nem mesmo Maria era confiável, qual mulher podia ser?

Ele gritou blasfêmias contra a santa em frente à Marienkirche. Viu uma noviça, a mesma noviça que avistara na Estação Central. Um lado de Ernst Hoffman pensou que aquela seria a mulher ideal. Bonita, virgem e ingênua. Alguém não maculada pela modernidade, pela cultura popular e pelo contato com outros homens. A raiva que Ernst Hoffman tinha de si mesmo fazia com que ele visse qualquer interação com outras pessoas como um ataque e a sociedade inteira como competidores num jogo vago cujas regras e objetivo ele não conhecia. Só sabia que, o que quer que fosse o jogo, ele estava perdendo, porque decidira assim. Por isso a noção de achar uma mulher que não pudesse compará-lo com ninguém era muito atraente. Por outro lado, ele odiava a noviça de antemão, por ser jovem, por ter a vida toda pela frente, por não precisar estar no ambiente competitivo e traiçoeiro em que ele vivia. Por ser mulher. Ele considerava mulheres ao mesmo tempo privilegiadas e cidadãs de segunda categoria.

Nada disso tinha nenhuma ligação com o mundo real, mas Ernst Hoffman já estava tão perdido em ódio, raiva, bebida e medo que não percebia. Se alguém perguntasse, ele teria contado uma história de vida fictícia sobre a noviça, convencido de que era verdadeira, depois de tê-la visto por poucos segundos.

Estavam olhando para ele. Pessoas normais, com vidas normais, que Ernst também considerava privilegiadas. Estavam fingindo não ver o absurdo do mundo, a injustiça que assolava todos os dias homens de bem como ele próprio. A derrocada da religião, tornada evidente por uma igreja que estava fechada para reformas. Enquanto gritava contra a santa, ele odiou cada uma daquelas pessoas, com suas vidas patéticas e perfeitas. Não sabia que um homem sério que passava por ele tinha perdido o único filho para um acidente de trânsito, que uma idosa que balançava a cabeça em reprovação era uma sobrevivente do Holocausto, que a tal noviça estava fugindo de uma situação de perigo. Ele tinha certeza de ser o único injustiçado, o alvo de toda uma conspiração universal que culminara em sua esposa o deixando.

Ernst Hoffman dizia a si mesmo que batia na esposa só quando ela merecia e não via nada de horrendo nessa noção.

Seria fácil puxar o revólver e atirar naquelas pessoas que reprovavam sua indignação. Atirar na noviça para lhe roubar a vida perfeita que ele tinha criado em sua mente distorcida. Seria fácil trocar as flores pela arma ali mesmo, mas as balas tinham dona.

E, por mais que ele odiasse a igreja fechada, odiava ainda mais outro lugar.

O sítio arqueológico de Kalkriese, onde sua esposa trabalhava, achando-se muito mais importante que ele só porque tinha formação acadêmica avançada, ambição, inteligência e curiosidade. Ela dizia que seu trabalho estava ajudando a redefinir a história da Alemanha, entender um dos pontos-chave do Império Romano.

Quem ela pensava que era?

Como ela poderia ser mais importante do que ele, sendo mulher?

Ernst Hoffman se conteve e calou a boca. Se tivesse gritado só mais uma blasfêmia, a sobrevivente do Holocausto teria chamado a polícia, ele teria sido abordado, seu revólver teria sido achado e apreendido. Tudo teria sido diferente.

Mas ele calou a boca e decidiu finalmente ir até sua esposa. Ela iria pegar as flores, aceitá-lo de volta e abandonar o emprego, ficando em casa para que ele não se sentisse mal.

Ou então ele iria provar com chumbo que era mais importante do que ela.

O Partido Socialista Unificado da Alemanha estava realizando uma convenção naquele dia. Era uma época em que a história borbulhava e ameaçava transbordar. Egon Krenz fora apontado como líder do Partido há um mês, depois de uma conspiração na qual ele mesmo e Günter Schabowski se uniram para derrubar o líder anterior, que julgava que fuzilar civis era boa ideia.

Egon sentia a cabeça latejar, num intervalo de poucos minutos entre uma e outra reunião na sede do Partido, em Berlim. Os telefones e o burburinho do lado de fora da porta não o deixavam esquecer que havia uma centena de decisões a serem tomadas em poucas horas. Levou a mão à garganta, sentindo a azia se manifestar com o estresse. Apesar de tudo, confiava no pronunciamento de Günter Schabowski, no fim daquela tarde, para apaziguar os ânimos e controlar os dissidentes. Günter era um homem bom, seria um aliado de valor para a linha de frente. A nova norma de viagens internacionais seria um bom paliativo para deter os protestos. Por enquanto.

Aquele era seu intervalo, quando deveria estar mantendo o trabalho afastado, pelo menos por uns minutos. Não podia debater consigo mesmo.

Egon Krenz apertou os olhos com as palmas das mãos e se surpreendeu com o barulho da porta abrindo. Ninguém entrava sem ser anunciado. Mesmo num ambiente de caos produtivo como aquele, ele era o líder do Partido. Havia protocolos.

Ele piscou e reconheceu a figura que tinha entrado.

Erich Mielke fechou a porta atrás de si. Cumprimentou os quatro lados da sala, como se houvesse gente lá, como se estivesse sendo filmado. Caminhou até Egon sem fazer cerimônia.

Ninguém nunca admitiria que aquilo estava acontecendo. Jornais, registros da convenção, livros de história e as próprias memórias dos envolvidos nunca retratariam tamanha informalidade. Mas assim era decidido o destino do mundo, com muito menos pompa e mais ameaça do que qualquer um queria admitir.

— Espero que não se importe, Camarada Egon — disse Mielke. — Não temos tempo para formalidades.

Egon Krenz pigarreou, ficou mais ereto na cadeira e fez sinal para que o outro sentasse. Sua azia se fez notar de novo.

Mielke era um dos homens mais temidos da Alemanha Oriental. Um militar, revolucionário, político e espião, fora o líder da Stasi desde 1957 até dois dias atrás. Mielke mandara matar e matara com as próprias mãos mais pessoas do que qualquer um no Politburo. Desejara que a resposta da República Democrática Alemã à onda de protestos do mês anterior fosse tão enérgica quanto a da China. Tanques e fuzis resolveriam tudo, assim como líderes antirrevolucionários sumindo no meio da noite. Era um comunista até o fundo, mas também um pragmático que notara que a maré estava mudando no Partido. Participara da conspiração que colocara Egon Krenz no poder ao mesmo tempo em que propusera um plano para criação de novos campos de concentração em todo o país. Enquanto sorria e falava sobre um regime mais aberto, Mielke chantageara o antigo líder e vigiara reuniões do Politburo com agentes da Stasi.

Sua própria renúncia, dois dias atrás, fizera parte da nova face da Alemanha Oriental.

— Acredito que não tenha mais assuntos oficiais aqui, Camarada Erich — disse Egon, incerto.

— Acredite no que quiser. Acredite que, em questão de dois dias, perdi a lealdade do Ministério que liderei por mais de 30 anos. Acredite que você está no comando.

Mielke permaneceu de pé. Egon fez menção de levantar, mas ele o impediu com um gesto.

— Não vamos fingir que não sabemos o que está acontecendo aqui — disse Mielke. — Você, com todo respeito, é uma figura temporária que foi colocada para tentar apaziguar os traidores. Você tem duas escolhas, Camarada Egon. Pode entrar para a história como um traidor ou como um mártir.

Egon Krenz engoliu em seco.

— Mas você sabe — disse Mielke — que o Ministério de Segurança do Estado não vai permitir que esta farsa continue.

O líder do Partido ficou mudo alguns segundos. Se qualquer outra pessoa falasse com ele daquela maneira, bastaria chamar a segurança. Mas Mielke, ainda que tivesse caído em desgraça publicamente, controlava todos os tentáculos da Stasi. Impossível saber quais militares, políticos, funcionários ou mesmo familiares eram seus agentes.

— Não há nenhuma farsa e meu posto não é temporário — disse Egon. — Não sou um traidor e não serei um mártir.

Mielke deu um sorriso largo.

— Nenhuma farsa? — disse o espião. — Pois a dança que você e seus cúmplices fazem para agradar aos antirrevolucionários me parece uma farsa! Prestam satisfações todo dia, como se fossem crianças malcomportadas? Toleram ordens de líderes estrangeiros?

— Não toleramos ordens. Apenas ouvimos o povo.

— O povo? — Mielke riu. — Existe o povo, para quem trabalhamos todos os dias, e existe o inimigo. Quem se ergue contra o regime é nosso inimigo, Camarada Egon. E receberá o mesmo tratamento de qualquer inimigo externo.

Egon Krenz observou o outro com cuidado. Aquela fora a postura da Stasi durante décadas, mas não era sustentável. Mesmo que se descartasse questões de ética e humanidade, não havia soldados ou balas suficientes para conter a onda de insatisfação.

— Estamos saindo da era dos inimigos — tentou o líder do Partido.

— Pelo contrário. Nossos inimigos só se multiplicam. Você está se curvando para que Gorbachev abra suas nádegas, e então os capitalistas possam currá-lo. É um inimigo, Camarada Egon?

Egon Krenz ficou sem saber o que responder com o insulto. Começou a falar várias vezes, soltou sílabas desconexas, mas Mielke continuou.

— Estamos cercados de inimigos. Ingleses e franceses nos temem e querem que sejamos fracos. Americanos nos veem como gado indo para o abate, que eles podem transformar em hambúrgueres. Nossos antigos aliados estão caindo.

— O que resta então?

— Resta o Muro, Camarada Egon — disse Mielke, com orgulho. — A Muralha de Proteção Antifascista. Só o Muro de Berlim protege o verdadeiro comunismo da invasão.

Egon Krenz olhou para ele por um longo tempo.

O Muro continuaria. Quanto a isso não havia dúvida. Mas era preciso aliviar a pressão. O povo estava fugindo pela Tchecoslováquia. Egon Krenz não sabia exatamente por quê; tinha ouvido razões absurdas de que eles queriam conhecer outros países ou comprar roupas mais bonitas. Motivos idiotas, que não faziam sentido. O Muro permaneceria, mas os agitadores poderiam ir embora.

Manter tudo como era antes, como Mielke queria, era insustentável.

— Sabe o que vou fazer quando tudo isso acabar, Camarada Egon? — disse Mielke, com entusiasmo. — Caçar! Vamos cantar, vamos soltar os cães e vamos caçar! Eu amo caçar, Camarada Egon! Amo!

— Camarada Erich...

— Os animais estão contidos na floresta! Eu amo todos eles, tão inocentes, tão belos! Eles passam correndo e eu atiro e eles caem! Então são meus. É lindo.

Mielke riu para si mesmo como se estivesse pensando numa piada:

— Imagine como seria absurdo se os animais saíssem da floresta! Imagine como seria perigoso se eles estivessem aqui, nas ruas de Berlim! Então eles seriam uma ameaça. Antes que eles cheguem às ruas, eu atiro. Então nós podemos cantar e comemorar.

O ex-líder da Stasi parecia genuinamente feliz ao pensar numa caçada. Então começou a arrumar a mesa de Egon Krenz, desaprovando a bagunça do dia de trabalho intenso.

— Camarada Erich... — Krenz começou, mas o outro continuou com a arrumação.

— Você deve ser mais organizado, Camarada Egon.

— Como espera que um muro nos proteja, Camarada Erich? Nossas dívidas só aumentam!

Mielke terminou de arrumar a mesa. Ficou de pé, olhando para o outro, sério. Por fim, respondeu:

— Nossas dívidas serão pagas por Moscou. Como sempre foram.

— Você acabou de dizer que Gorbachev está abrindo nossas nádegas.

— Gorbachev não é Moscou, Camarada Egon. Gorbachev não é à prova de balas.

Egon Krenz se sentiu ficar gelado.

— O que está insinuando? — perguntou o líder do Partido.

— Eu nunca insinuo nada, apenas explico o óbvio. Existem forças em Moscou que não tolerarão mais submissão ao Ocidente. Forças que não vão hesitar em usar medidas drásticas para preservar o comunismo.

— Medidas drásticas? Como seu plano de colocar indesejáveis em campos de concentração? Como suas ordens que não foram cumpridas por seus próprios agentes?

Mielke abriu mais um sorriso largo.

— É confortável falar em termos vagos, Camarada Egon. Talvez um número incerto de traidores não tenha sido executado ou aprisionado. Talvez uma quantidade indefinida de agentes sem nome tenha desafiado minhas ordens. Mas só preciso que *um* agente cumpra *uma* ordem contra uma pessoa para que sua esposa sofra um acidente.

— Erich...

— Você é um traidor e um fraco, Egon. Não há dúvida disso! Resta saber se é tão fraco a ponto de se curvar para uma turba de capitalistas.

— Não sou traidor! — disse Egon, tremendo. — Eu mesmo dei a ordem para que fugitivos fossem executados...

— Deu a ordem? Muito bonito. Quer que eu comece a falar o que fiz pessoalmente, Camarada Egon? Quer que eu descreva a dor que já causei a mulheres iguais a sua esposa?

— Você não pode conter uma população inteira sozinho — então, com voz sumida: — Nem eu.

— Talvez eu não possa. Mas um míssil pode.

— Lembre do que Gorbachev falou, Erich. A vida pune aqueles que ficam para trás. Não podemos viver no passado.

— De quem você tem mais medo, Egon? Da vida — lentamente colocou a mão em volta da garganta do outro — ou de mim?

Silêncio.

— Fiz uma pergunta — disse Mielke.

— De você, Camarada Erich.

Ele tirou a mão da garganta do outro e deu dois tapinhas em seu rosto.

— Bom homem.

Mielke se virou para ir embora, mas então mudou de ideia.

— Enquanto você faz leis para agradar traidores, nossos inimigos se articulam — ele disse. — Hoje mesmo um militar inglês e uma criminosa antirrevolucionária estiveram envolvidos em uma ação que interrompeu as aulas numa cidade dos capitalistas. O maior contingente de soldados ingleses fora do Reino Unido está em alerta.

— O que vai acontecer, Camarada Erich? — Egon engasgou.

— Depende do pronunciamento. Se tudo correr como esperado, nada. Você permanecerá no poder mais um dia e o mundo continuará adiante. Eu vou caçar, os animais vão continuar na floresta. Mas os verdadeiros comunistas não tolerarão mais um protesto como o da Alexanderplatz. Não seremos humilhados.

— O que vai acontecer?

— Eu amo todas as pessoas, Camarada Egon. Todas. Vou protegê-las.

— O que vai acontecer?

Mielke deu de ombros.

— Em Berlim? Fuzis, tanques. Em Moscou? Uma bala, veneno, um guarda-chuva com material radioativo, uma troca de regime. Em Washington?

Erich Mielke não completou a frase. Foi até a porta, abriu-a e saiu do gabinete.

Mas a palavra "míssil" pairou no ar.

Karoline Hoffman não era supersticiosa, mas sempre tivera alguma suspeita de que seu nome, etimologicamente ligado a Carlos Magno, faria com que sua vida tivesse alguma relação com a história do rei. Vivendo em Osnabrück, a certeza irracional era uma constante, pois havia vários lembretes da presença do Pai da Europa e fundador da cidade. Contudo, a grande virada da carreira e da vida de Karoline não tivera relação com Carlos Magno, mas com um evento bem anterior na história da região: a Batalha de Teutoburgo.

Karoline era arqueóloga. Não se formara pela Universidade de Osnabrück, pois a jovem instituição nem existia quando ela cursara a faculdade. Apaixonara-se por um homem chamado Ernst e com ele se casara. Ela não queria morar em Osnabrück. Havia muitas cidades mais cosmopolitas, mais instigantes. Havia lugares onde ela poderia crescer profissionalmente e fazer grandes contribuições para a ciência. Mas Ernst insistira em voltar a Osnabrück. Primeiro Karoline achara que isso se devia à natureza antiquada do marido. Ele queria ficar na cidade onde os dois haviam crescido. Depois ela chegou à conclusão de que Ernst insistira tanto para que ficassem em Osnabrück justamente porque lá *não* havia grandes oportunidades. Era um lugar aprazível, mas não notável. E certamente não era um centro arqueológico como Colônia. Eles viveram numa infelicidade tranquila. Ela cada vez mais inquieta, tendo que pedir permissão para um número cada vez maior de atividades comuns. Ele cada vez mais dominador, enxergando cada vez mais ofensas e razões para ciúme.

Até que um militar inglês chamado Tony Green fez uma descoberta na Colina de Kalkriese.

Tony Green tinha aprendido a operar um detector de metais e foi com ele que descobriu moedas romanas no local. A simples descoberta de moedas ali não era novidade, mas Tony Green, entusiasmado, continuou as buscas e achou uma bola de chumbo, que descobriu ser munição para fundas romanas. Os achados, divididos com o arqueólogo Wolfgang Schlüter, levaram à hipótese cada vez mais provável de que Osnabrück tivesse sido palco de uma das batalhas mais importantes da história do Império Romano, um evento que havia moldado a história da Europa para sempre.

O inglês fez suas primeiras descobertas em 1987. No outono de 1989, escavações arqueológicas começaram na Colina de Kalkriese. Osnabrück se tornou um centro de arqueologia na Alemanha.

Karoline Hoffman arranjou um emprego na escavação e se lembrou do que era ser feliz.

Também sofreu pela primeira vez uma agressão física do marido.

Ernst já a havia ameaçado muitas vezes ao longo dos anos. Quando ela discordava dele, quando ele bebia, quando tivera um dia difícil no trabalho, quando seu time perdera. Mas principalmente quando Karoline entendia algo que fugia à compreensão dele, ou quando expressava em voz alta um grande sonho, como adquirir o título de doutora ou se mudar para um lugar mais interessante. Ernst odiava se sentir inferior. Ele ameaçara muito, passara muitas noites em claro culpando-a aos gritos por todos seus problemas. Mas nunca tinha batido nela.

A primeira vez foi no dia em que ela assinou o contrato para trabalhar no sítio arqueológico de Kalkriese.

Ele inventara um motivo para a agressão, ela nem lembrava qual. Algum comentário que ele julgara desrespeitoso ou um olhar para outro homem, não importava. A verdade era que Ernst Hoffman não tolerava que sua esposa tivesse sucesso, então usou de violência para lembrá-la de que podia fazer com que ela também se sentisse inferior. E Karoline gostaria de poder dizer que tomou a decisão do divórcio no dia do primeiro soco, mas foi um processo lento. Todas as noites ele surgia com uma nova razão para que ela desistisse do emprego, dizendo que aquilo estava prejudicando o casamento ou que só a queriam no projeto para transar com ela. Todas as manhãs Ernst insistia para que ela não fosse. Criava problemas, situações e desculpas. Chegou a mandar quatro dúzias de rosas para o local da escavação e ficou furioso quando Karoline disse que o gesto "romântico" era uma tentativa de marcar território.

Ela apanhou mais algumas vezes, mas por fim conseguiu pedir a separação. Ernst foi viver na casa de um primo numa cidade próxima e Karoline respirou aliviada.

Ir para o trabalho sem todo o ritual de culpa e chantagem foi o primeiro benefício, mas logo todos os outros se mostraram. Ela mais uma vez podia fazer o que queria. Podia tomar uma cerveja ou falar ao telefone sem se justificar, podia ter amigos e interesses. Seu primeiro pensamento ao acordar não era mais uma especulação sobre o humor do marido e sobre o que poderia provocar nele um ataque de fúria.

Enquanto trabalhava na escavação, Karoline Hoffman ouvia o rádio e comentava a situação em Berlim e em Osnabrück com os colegas. A suspensão das aulas fazia tudo parecer tenso e ela mais uma vez pensou em como fora uma boa decisão não ter filhos. Filhos seriam uma ligação permanente com Ernst e um motivo adicional de preocupação naquele dia estranho. No mesmo minuto em que Agnes decidiu ficar no Gymnasium Carolinum e Egon Krenz foi ameaçado por Erich Mielke, Karoline fez uma pausa para o almoço.

Se o Capitão Tony Green não tivesse como hobby a arqueologia e não insistisse em suas buscas depois de encontrar moedas romanas,

Karoline Hoffman nunca teria arranjado um trabalho instigante. Ernst nunca teria cumprido suas ameaças abusivas, eles teriam permanecido casados até que ele morresse de cirrose e ela já estivesse aposentada. Karoline lembraria com certa melancolia de seu sonho de participar de uma grande descoberta, faria uma viagem à cidade de Aachen, capital do império de Carlos Magno, onde seria assassinada por um jovem usuário de drogas após reagir a um assalto. O verdadeiro local da Batalha de Teutoburgo teria permanecido um mistério até 1999 e tudo teria sido diferente.

Karoline Hoffman mordeu seu sanduíche, ponderando as improbabilidades da vida. Ela não sabia que, naquele momento, Ernst estava dentro de um ônibus rumo a Kalkriese, munido de um buquê e um revólver.

10

AGNES SE SENTIA MELHOR. EM PARTE ERA O SANDUÍCHE. ELA desconfiara de aceitar comida oferecida por Tristano, mas cada vez mais se via num mundo separado do cotidiano que conhecia. Parecia impossível que há menos de 24 horas tivesse estado numa estação deserta, esperando para ir a algum lugar aleatório. Parecia impossível que o padre não fizesse parte de sua vida então. Ao mesmo tempo em que achava que fora boa ideia fugir de Tristano na igreja, sentia uma conexão com ele, como se lembrasse de conhecê-lo num sonho ou em algum ponto indefinido do passado. Foi por isso que ela aceitou o sanduíche que ele ofereceu, devorou-o com café numa mesa comprida no refeitório vazio do colégio chamado Gymnasium Carolinum. E se sentiu melhor.

Mas boa parte da sensação de alívio vinha de ter rezado.

— Não está mais com medo de mim? — perguntou Tristano, com um sorriso só de um lado da boca.

— Ainda, um pouco — ela respondeu, limpando os lábios com um guardanapo de papel.

— Então por que me seguiu?

— Jesus disse que eu deveria fazer isso.

Eles ficaram se olhando um tempo.

— Você consegue adivinhar qual é minha tarefa nesta cidade?

— Você veio para exorcizar algumas pessoas.

— Não — Tristano balançou a cabeça. — Não, isso é só uma maneira de chegar até meu objetivo. Eu não sabia que aquele homem estaria na Marienkirche. Espero não encontrar nenhum inimigo aqui.

— Ele o chamou de irmão — disse Agnes.

O sorriso de Tristano se alargou. Ela notou um cintilar nos olhos claros, uma qualidade zombeteira nas sobrancelhas.

— Finalmente está fazendo os questionamentos certos, Agnes! Chega de fugir, chega de dizer que as coisas são impossíveis! Aceite o que viu e pergunte o que significa!

Fazer aquela pergunta, ter aquele diálogo, entrar no delírio, ia contra tudo que era instintivo para Agnes. Ela sabia qual era a maneira normal de proceder, como qualquer pessoa agiria naquela situação. Mas ela rezara e Jesus Cristo dissera a ela para confiar em Tristano. Agnes sentia a garganta apertada, o estômago formigando, mas lembrou de quando fez os votos de noviça. Era também algo que ia contra o senso comum, uma atitude corajosa e um mergulho num futuro estranho. Talvez fosse necessário investigar mais, saber o que estava acontecendo. Talvez de alguma forma aquilo tudo explicasse o desaparecimento do rapaz com quem ela quebrara seus votos, a sensação de desconexão com o mundo, as alucinações na igreja, o próprio desmaio.

Era amedrontador, mas também era emocionante. Agnes deu um passo na direção do desconhecido.

— Por que ele o chamou de irmão?

O sorriso de Tristano não se desfez, mas adquiriu um tom triste. Havia afeição para com ela, mas o padre olhou para baixo. Um gesto inconfundível de vergonha.

— Eu não sou humano, Agnes. Imagino que você tenha entendido isso da história que lhe contei sobre a caravana de Golgotha Hill.

— Padre Tristano, isso é um absurdo. Você está falando em metáforas e alegorias ou está louco. Preciso que fale a verdade.

— A verdade é essa, Agnes. Eu não sou humano. Uso corpos humanos há muito tempo. Desde que a humanidade existe. Mas não sou humano e o homem que exorcizamos na igreja também não era. Fazemos parte da mesma raça e é errado dizer que somos irmãos, mas não existe uma palavra em nenhum idioma humano para o que somos. Compartilhamos a mesma mente por um tempo mais longo do que a física mundana consegue explicar. Lembro de experiências que podem ser minhas ou dele, ou de qualquer um de nós.

— "Nós"?

— Nossa raça.

— E agora você está lutando contra eles?

— Sim.

— Por quê?

Tristano não respondeu.

— Você sabe que tudo isso parece um filme, certo? — Agnes estreitou os olhos. — Deve ser a história de um filme. Você é um demônio redimido que luta contra outros demônios?

— Não sou um demônio, muito menos redimido. Pelo contrário.

Ele começou a dizer algo, mas se conteve.

— Continue — Agnes incentivou, agora num tom quase agressivo. — Continue falando sobre sua raça que existe desde o início dos tempos.

Ela mesma mal se reconhecia. Estranhou a coragem súbita, a ponta de raiva que sentiu por ele. Agnes quis rir de si mesma por uma hora atrás ter sentido medo daquele velho mentiroso. Queria ouvir suas fantasias, apontar os absurdos, esfregar na cara dele como eram improváveis e patéticas, rir de sua tentativa de convencê-la.

A cada segundo ela ficava mais irada. Era uma sensação boa.

— Eu fiz algo muito ruim, Agnes. Estou há dois mil anos tentando pagar por meu crime, mas nunca conseguirei.

— Cometeu um grande crime há dois mil anos?

— Não, há muito mais tempo. Nem sei quanto. Estou só no início de minha penitência e vou passar a eternidade tentando cumpri-la, enquanto a eternidade durar.

— Então você é responsável pelo Pecado Original? — ela controlou o riso.

Agnes estava achando tudo aquilo muito divertido. Divertido e irritante. Mal conseguia olhar para o rosto lamurioso daquele idiota sem cair na gargalhada. Mas queria que ele fosse mais longe, queria humilhá-lo. Queria que ele abrisse o coração, para que ela pudesse expor toda sua fraqueza. Como podia ter tido medo?

— Agnes, o que está acontecendo? — Tristano franziu o cenho.

— Estou ouvindo — ela quase riu. — Me fale. No início você ofereceu uma maçã a Eva?

— Não, nada a ver com isso — ele falou, sério, pausadamente. — Por que acha que os humanos têm um Pecado Original? O pecado original foi meu.

Então ela não se conteve e começou a rir.

As lágrimas escorreram pelo rosto de Agnes. Ele era ridículo, era patético. Ela tinha testemunhado a briga de um mendigo contra um louco e isso era hilário. Também riu de si mesma, da situação, da complexidade daquela história.

— Sua mente está resistindo — disse Tristano. — É a mesma reação que você teve na igreja, apenas mais fraca. Enquanto você achar graça da verdade, não vai conseguir acreditar nela.

Agnes caiu do banco, o corpo convulsionando de riso. Cada palavra dele era mais engraçada que a anterior.

Tristano foi até ela e se agachou a seu lado.

— Sou membro de uma raça não humana, Agnes. Existem muitos outros como eu e existem muitas outras raças. Existe um mundo oculto por trás da fachada que você conhece.

Ela não conseguia respirar de tanto rir.

— Isso é sua mente rejeitando a verdade. Seu corpo vai pagar o preço se você não se controlar. Você pode sufocar em vez de compreender.

Aquilo era mais engraçado ainda. Ela tentou puxar o ar para mais uma gargalhada.

Não conseguiu.

— Sou membro da Grande Raça de Yith. Estamos aqui desde que o mundo físico foi criado. Nós nos erguemos contra os deuses e usamos a humanidade como nossos escravos. Fomos vencidos e fugimos para o futuro, em vez de enfrentar a fúria de nossos inimigos. Nós possuímos corpos humanos, roubamos suas vidas e suas memórias. Eu carrego milhares de humanos dentro de mim, Agnes.

Ela sentia o tronco inteiro em espasmos. Os pulmões tentavam puxar o ar, a barriga se contraía. A garganta estava fechada. Cada palavra era mais engraçada que a anterior.

— Eu vejo os futuros possíveis, Agnes. Vejo os destinos. Neste momento seus futuros estão se estreitando. Em cada vez mais linhas você morre aqui mesmo, sufocada de riso no chão de um colégio. É sua mente rejeitando a verdade, preferindo destruir seu corpo. Se isso acontecer, vou prender sua alma dentro de mim, em vez de deixar que você sofra o esquecimento. Mas você não precisa passar por isso, Agnes. Aceite a verdade.

Através das lágrimas de riso, ela olhou para cima, para o teto do refeitório do colégio.

Estava morrendo.

E viu o cortejo dos mortos chegando para levá-la.

Poucos humanos chegam a ver o cortejo dos mortos. Ou ao menos poucos lembram disso. Mesmo entre os que chegam muito perto da morte, a visão da parada de monstruosidades e almas com um lugar central para o novo homenageado é muito rara. Enquanto ria até morrer, Agnes sentiu as duas manzorras enrugadas de Tristano dos lados de sua cabeça, notou os pingos de suor caindo no rosto dela, viu a pele dele avermelhada de esforço, as veias saltando nas têmporas. Arranhando a

da palavra abafou as lembranças, substituindo-a pela memória banal de uma aula de história das religiões.

— Isso é mitologia — disse a noviça. — Sobre o que está falando?

— Você viu uma procissão de criaturas, Agnes? Os mortos pareciam convidá-la a se juntar a eles?

— O quê?

— Havia um lugar de honra para você?

A lembrança voltou. A certeza de que a plataforma no centro de tudo se destinava a ela. Então, assim como veio, a compreensão foi embora.

— Os humanos veem isso quando morrem — disse o Padre Tristano. — Não existe uma boa palavra em nenhuma língua, então Psicopompo é o melhor termo. Você viu o Psicopompo?

Ela franziu o cenho. Sabia que havia algo para lembrar, mas só conseguia pensar na aula de história das religiões que teve no convento, anos atrás. Na voz monótona de uma freira explicando conceitos de outras culturas da forma mais tediosa possível, pontuando cada fato com a afirmação de que todas as outras mitologias e religiões estavam erradas porque não eram cristãs. Psicopompo, ou guia das almas, que levava os espíritos dos mortais para o outro mundo. Um conceito identificado como o barqueiro Caronte na Grécia, o deus Anúbis no Egito, as Valquírias na Escandinávia. Por que Tristano estava falando naquilo?

— Eu vi alguma coisa? — ela perguntou com sinceridade.

Ainda com o rosto dela nas mãos, Tristano ajeitou alguns fios de cabelo.

— Agnes, o que você acha que acontece quando os humanos morrem?

Ela de início quase não entendeu a pergunta.

Era a questão mais complexa do universo, um mistério insolúvel, ou algo que se perguntava a uma criança para provocar uma resposta óbvia.

— Vamos para o Céu — Agnes optou pela simplicidade, porque era o que fazia sentido.

Tristano tirou as mãos do rosto dela e olhou em volta, como se pudesse achar algum resto do Psicopompo ou como se as paredes do refeitório pudessem oferecer uma resposta.

— Você acha que todos os humanos que já morreram estão num Paraíso? Acha que seus antepassados, que Hitler e Elvis Presley, que as vítimas da caravana de Golgotha Hill e o Rei Carlos Magno, que fundou esta cidade e este colégio, estão todos com Deus?

Agnes suspirou. Havia ensinamentos, tanto da Bíblia quanto vindos das freiras e dos padres, que não pareciam corretos. Para começar, uma divisão entre Céu, inferno, purgatório e limbo parecia algo saído de algum filme de ficção científica. Agnes precisava dizer que acreditava no inferno, precisava *tentar* acreditar no inferno, porque isso era esperado dela. Mas no fundo achava que sim, só havia um lugar depois da vida, e não podia ser um lugar ruim porque Deus era bom.

— Eu não sei se é o Paraíso físico que as pessoas imaginam — ela falou. — Talvez seja algo imaterial, que nem podemos compreender direito. Mas sei que vamos para perto de Deus. E acho que Jesus nos deu a pista para decifrar o mistério quando falou em dar a outra face. Não devemos pensar em punição ou retribuição. Mesmo alguém que fez o mal na Terra irá para junto de Deus, onde não fará mais o mal.

— Mas você aprendeu que é preciso se arrepender. Aceitar Deus.

— Acho que todos aceitam Deus, no fundo.

Sim, isso parecia fazer sentido.

— Então o Psicopompo veio para levá-la ao Céu?

Ela sorriu.

— Do que está falando?

— Não! Não esqueça! Não rejeite o que experimentou! Não deixe a parte física de sua mente lhe pregar truques.

Ela apertou os olhos, como se precisasse colocar a imagem de Tristano em foco. Um lampejo da procissão dos mortos surgiu em sua mente, todos os detalhes evidentes e marcados, como se ela estivesse olhando uma foto. Agnes sentiu a boca ficar seca no mesmo instante, seu coração disparou.

Mas, um segundo depois, a imagem foi embora.

— O que está acontecendo? — ela perguntou mais uma vez.

— Você está sendo tirada da ignorância. Peço desculpas por fazer isso, mas é a única forma de garantir que você cumpra seu destino. Não faça como Javier, Agnes. Responda-me. O que você acha que acontece quando os humanos morrem?

— Vamos para junto de Deus! Precisa ser assim!

— Por que pensa isso?

— Porque Jesus fala comigo!

— Eu sei que assim lhe parece, Agnes. Existe poder real nos rituais que você aprendeu, assim como existe poder no exorcismo. Mas lembre do Psicopompo. Lembre das entidades e dos mortos vindo levá-la. O que você acha que acontece quando os humanos morrem?

Mais uma vez, ela lembrou. De novo, o lampejo da imagem clara, então o esquecimento. Mas, em vez de tristeza e perda, a sensação foi de horror. Desastre iminente, como se o mundo fosse algo muito frágil que pudesse desabar sobre ela a qualquer instante.

— Para onde o Psicopompo iria levá-la?

E ela ouviu as palavras saindo de sua boca como se viessem de outra pessoa. E, enquanto ouvia, sentiu vergonha profunda, como se fosse uma blasfêmia, mesmo que na verdade fosse o que ela tinha aprendido no convento.

— Para o inferno...?

Tristano manteve os olhos fixos nela.

Então concordou.

— Talvez você precise ouvir isso mais algumas vezes até aceitar. O inferno existe. Mas não o Céu.

Ela não respondeu por um longo tempo.

— Isso é tão inacreditável assim? — perguntou Tristano.

— Você está me dizendo para deixar de acreditar em tudo que me ensinaram no convento.

— Mas você não aceita tudo que lhe ensinaram no convento, não é mesmo?

Ela olhou para baixo. Não sentia vergonha. Não exatamente. Agnes sabia que ele não estava falando sobre questões teológicas, sobre Céu e inferno ou sobre quantos anjos podiam dançar na cabeça de um alfinete. Tristano estava falando de sua rebelião, revelada pelo mendigo possuído na Igreja de Santa Maria.

— Não é errado questionar o que você aprendeu. Eu não acho que você tenha feito nada errado, Agnes.

— Por que me perdoou então? — ela rebateu, sagaz.

— Perdoei..?

— Durante o exorcismo, na igreja. Você me perdoou.

Ele suspirou.

— O exorcismo é só um ritual. Falar aquelas palavras faz parte dele. Abracadabra, hocus pocus. Eu te perdoo. Não tenho autoridade para perdoar nenhum humano. No máximo posso pedir perdão a cada um de vocês.

Ela apertou os lábios.

— O que aquele homem falou... — ela começou, deixando a pergunta no ar.

— Ele era um yithiano — o padre falou com segurança. — Yithianos são muito bons em manipular sua mente. Como a criatura que possuiu

Gottfried Guttmacher na história que lhe contei. Cada um de nós tem habilidades um pouco diferentes, aprende magia um pouco diferente. Assim como um demônio na tradição católica do exorcismo, ele foi capaz de enxergar uma vulnerabilidade dentro de você.

— O que ele disse era mentira, não?

A coisa falando pela boca do mendigo distorcera o relacionamento de Agnes até seus maiores medos absurdos. Preocupações que nunca entravam no pensamento consciente, porque não faziam parte da racionalidade. Ela não precisava falar para que Tristano entendesse.

— Provavelmente tudo mentira — disse o padre. — Mas as mentiras mais assustadoras falam sobre uma verdade. Você não precisa pedir perdão pelo que fez. O inimigo que enfrentamos na igreja tentou tirar o valor de sua vida, como arma para atingi-la. Tentou tirar seu amor.

— Amor? — ela deu um meio riso. — Como algo tão rápido com alguém que eu nem conheço pode ser amor?

Tristano também sorriu de leve.

— Por que não me conta como foi então?

Apesar de si mesma, Agnes sentiu o rosto ficar corado. Aquele era um dia absurdo. A chegada na cidade, o exorcismo na igreja, o desmaio. Sua quase morte minutos atrás. Revelações ou delírios sobre a natureza do universo. Mas o que a fazia hesitar era sua história absolutamente comum com um rapaz.

Todo o resto, mesmo a existência de Deus ou o que acontecia com os humanos quando morriam, era externo. Fazia parte do mundo, não dela mesma. A intimidade era mais preciosa, mais importante.

— Por que está perguntando isso? — ela balançou a cabeça. — Num minuto fala sobre a vida e a morte, depois...

— De que importa a vida e a morte sem o que os torna humanos? Estou perguntando isso porque sinto inveja de você. Tenho dentro de mim memórias de incontáveis pessoas, mas nunca vou saber exatamente o que vocês experimentam.

Ela olhou fundo em seus olhos. Por um segundo, até acreditou que ele era mesmo outra coisa, outra criatura. E teve pena.

Mas fazia muito mais sentido que fosse apenas um padre que nunca tivesse provado algumas nuances da experiência humana.

— Eu não estava preocupada com amor — Agnes surpreendeu a si mesma ao falar. — Eu... Eu só queria ser livre. Perto dele, eu me sentia livre.

— Por quê?

— Não existe razão — ela revirou os olhos, deixando claro que era uma pergunta boba. — Algumas pessoas são assim. Há uma conexão que não precisa ser profunda. Só uma vontade de estar com ele. Ele foi um puxão numa direção em que eu nunca havia sido puxada.

Tristano não perguntou mais nada, mas ela continuou falando:

— Que tipo de menina se torna freira hoje em dia? Qual menina sonha em passar o dia rezando e obedecendo a todo mundo? Principalmente sabendo que vamos sempre ser subordinadas a algum homem! Fui criada no convento porque sou órfã, mas eu sonhava em ser freira. Quando andávamos pela cidade, as meninas de fora do convento me olhavam como se eu fosse alienígena. Elas fazem aulas de aeróbica, ouvem Nina Hagen e tomam pílula. Usam cabelos coloridos, roupas coloridas. Eu também olhava para elas como se fossem alienígenas. Eu não sentia desprezo nem inveja. Era só como se eu tivesse nascido num planeta diferente. Eu sonhava em ser freira. Sempre quis ser freira.

— E você era livre?

Ela deu de ombros.

— Acho que sim. O que é ser livre? Quem é livre? Um executivo que trabalha oitenta horas por semana e gasta metade do salário em cocaína? Um trabalhador nos países comunistas? Eu achava que todo mundo estava meio preso, mas isso não era problema para mim, porque eu estava no lugar que queria.

— E depois não quis mais?

— Depois...

Ela parou de falar por quase um minuto. Ficou olhando para o teto, lembrando de quase ter morrido, lembrando de ter vivido. Sorriu para si mesma.

— Você já olhou para uma imagem muitas vezes e, na milésima vez, notou algo que nunca tinha percebido? — perguntou Agnes.

— Claro.

— Foi assim. Foi como se eu estivesse sempre numa sala com duas portas e, num belo dia, notasse que existia uma terceira porta. Eu podia abri-la ou não, mas de repente ela estava lá.

— Como era o nome dele? — perguntou Tristano.

— Dennis — ela riu sozinha, como se só falar o nome em voz alta fosse engraçado. — Dennis Von Strauss. Nós nos conhecemos num evento de caridade.

Tristano não precisou fazer mais perguntas. A história brotou dela como uma enxurrada, ficando mais real por ser contada.

— Ele não queria fazer caridade. Só estava lá por pressão da família! Nunca vi ninguém tão entediado. Ele quis me chocar falando daquele videoclipe da Madonna, mas eu corrigi a pronúncia de seu inglês. Ele queria me chocar, coitado! Passamos a tarde inteira conversando, depois fugimos para beber numa cervejaria próxima. Quase fui pega em flagrante! A Madre Superiora veio me procurar e tive que me esconder no banheiro masculino.

Ela riu.

— Dias depois, ele foi atrás de mim no convento. Inventou uma história sobre entregar doações, ninguém acreditou. Não o deixaram entrar. Aproveitei uma visita a um memorial da guerra e escapei para encontrá-lo. Consegui tirá-lo da aula.

Agnes fechou os olhos.

— Depois daquilo, escapei várias vezes. As freiras eram muito ingênuas, achavam que eu nunca faria nada errado. E eu não acho que tenha sido errado. Não acho que Deus desaprove. Quando eu estava com Dieter, eu não pensava no futuro, nem no passado. Eu era livre, e só.

Tristano ergueu uma sobrancelha.

— Você disse que o nome dele era Dennis.

— Hã? — Agnes pareceu despertar. — Não, era Daniel.

— Repita o nome dele, Agnes.

— Dietrich, já falei!

Tristano começou a ficar sério.

— Como era o rosto dele?

— Normal — Agnes descartou a pergunta com um gesto.

— Normal? Qual era a cor de seu cabelo?

— Era...

O sorriso se desfez quando ela percebeu que não conseguia lembrar.

— Qual era o nome do evento de caridade em que vocês se conheceram?

— Mãos Dadas... Não, Irmãos de... — ela deu de ombros. — Eventos de caridade são todos iguais, quem consegue lembrar?

— Em qual cidade ele estava?

— Münster.

— Perto daqui. Bem perto. Mas como era tão fácil para você chegar a Münster se o convento ficava em Würzburg, no sul do país?

Agnes balançou a cabeça. Não conseguia lembrar das respostas.

— Você escapou para vê-lo durante uma visita a um memorial da guerra. Qual guerra, Agnes?

— A guerra!

— Qual guerra, Agnes?

Ela estremeceu quando admitiu, quase sem voz:

— Não lembro.

— Agnes — disse Tristano, devagar — você tem certeza de que conheceu este rapaz nesta vida?

Ela não sabia quanto tempo havia passado.

— Você já esteve neste mundo muitas vezes, Agnes. Você existe há muito tempo, desde antes das coisas físicas.

Ela balançou a cabeça. As imagens do Psicopompo iam e vinham. Cada vez com menos clareza, mas deixando um rastro. Ela conseguia manter em mente que vira algo, que a experiência não fora normal.

— Isso não é uma ideia nova, só não é uma ideia católica — ela retrucou. — Muitos acreditam em reencarnação.

— Lembre do que eu falei enquanto contava a história de Javier. Tudo é verdade. Muitas religiões humanas capturaram partes da verdade. Reencarnações. A existência do inferno. A presença de deuses onipotentes.

— E você acredita que lembra de suas vidas passadas?

Ele manteve o semblante severo.

— Eu não tenho vidas passadas, Agnes. Já disse, não sou humano. Eu reencarno, mas sempre numa só existência.

— Quer que eu lembre das minhas, então? — ela não sabia mais o quanto estava só deixando que ele falasse e o quanto estava começando a acreditar.

— Isso é impossível — respondeu Tristano. — É a maldição dos humanos. Vocês estão presos neste mundo. Então morrem e o Psicopompo os leva para o outro lado, onde nada é físico. Mas suas memórias são apagadas na procissão. Suas experiências, sua personalidade, tudo que você já foi. Vocês se tornam receptáculos vazios. Então reencarnam neste mundo, com todas suas limitações, sem memória.

Ficaram em silêncio por alguns segundos.

— É uma visão muito pessimista — ela disse.

— Não é pessimismo. É a verdade. É impossível combater o mal sem conhecer a verdade. Vocês estão presos neste ciclo eterno, à mercê de inimigos poderosos.

— Inimigos?

— Criaturas como eu. Yithianos. E deuses, e os servos dos deuses.

Ela se sentia anestesiada. Não era mais fome, embora ainda houvesse bastante fraqueza. O medo que surgira das lembranças do Psicopompo tinha se tornado um terror latejante em volume baixo. As crenças de Tristano não pareciam mais fantasias de um louco, mas também não faziam sentido completo.

— E estamos todos em perigo — ele continuou. — Estamos em perigo porque existem outros de minha raça nesta cidade, possuindo corpos humanos e realizando um ritual. E existe um poder nesta cidade, Agnes, um poder que não podemos ignorar. Nós precisamos impedir o ritual. Esta é minha tarefa e é seu destino.

— Um ritual? — aquilo quase tinha graça de novo. — Como os jornais sensacionalistas descrevem?

— Um ritual mágico, com um sacrifício, com um objetivo grandioso. Um ritual para proteger os yithianos de seus próprios inimigos, e o sacrifício é toda a humanidade. Um sacrifício atômico.

VI

GERHARD LAUTER, O CORONEL DA POLÍCIA POPULAR QUE LIDEROU a elaboração de uma norma provisória de viagens a partir da Alemanha Oriental, não ficou alheio ao zumbido que chegava ao governo comunista por meio de espiões e informantes. Numa cidade da Alemanha Ocidental, as aulas tinham sido canceladas. Uma ex-prisioneira política perguntava a sua sobrinha, que trabalhava para o governo federal, sobre quaisquer notícias de hostilidade. Estava claro que o Politburo tinha uma bomba-relógio nas mãos. Cabia a ele desarmá-la. Ou ao menos atrasar os ponteiros.

Lauter nunca soube que o cancelamento das aulas fora uma sugestão talvez emotiva demais de um militar inglês que se preocupava com o povo de uma cidadezinha após ter se conectado emocionalmente com ela por seu hobby de arqueólogo amador. Nunca soube que a informação só chegou a ele naquela manhã porque uma avó que fora presa pela polícia secreta tivera um ataque de pânico. Aquilo aumentou o sentimento de tensão, fez com que ele pensasse nas possíveis consequências de uma continuidade das fronteiras fechadas. Fez com que ele pensasse nos alemães que desapareceriam nas sombras da Stasi se a pressão continuasse a aumentar e não houvesse uma mudança real.

Talvez Lauter, cercado por essas informações, boatos e responsabilidades, tenha se distraído e cometido um erro ao não incluir no texto da norma a data em que ela entraria em vigor. Mas havia ainda muita chance para que ministros, altos oficiais, secretários de distritos e o próprio líder do Partido examinassem suas palavras com cuidado antes de anunciar a norma à imprensa mundial.

Na União Soviética, um militar recebeu uma informação da Stasi e continuou vigiando Mikhail Gorbachev. A atividade foi notada e reportada por um espião americano no Kremlin. Nos corredores do poder nos Estados Unidos, a noção de retaliação contra Berlim ou Moscou emergiu.

O mundo estava à beira de uma reconciliação. A ameaça de uma guerra atômica estava cada vez mais distante. Então não fazia sentido que, naquele dia, enquanto aguardavam um pronunciamento em Berlim, os líderes das grandes potências começassem a discutir a opção nuclear.

No Real Regimento de Tanques do Exército Britânico em Osnabrück, o Capitão Tony Green estava pronto para atender aos feridos em caso de hostilidades. De qualquer forma, pensou que sua intuição podia não estar tão errada. Talvez fosse bom que as aulas tivessem sido suspensas e as crianças tivessem ido para casa, ficar com suas famílias. Ninguém sabia o que poderia acontecer.

E nenhuma dessas pessoas, em Berlim, em Osnabrück ou em qualquer lugar do mundo, sabia que a tensão crescente tinha a ver com um homem que naquele momento descia de um ônibus.

Ernst Hoffman se pôs a caminhar até o local da Batalha de Teutoburgo, com um buquê de flores nas mãos trêmulas e um revólver no paletó velho.

VII

— ESTAMOS NUM LUGAR DE IMPORTÂNCIA MÍSTICA — DISSE O Padre Tristano. — O primeiro colégio da Alemanha, fundado por Carlos Magno, numa cidade também fundada pelo rei. Numa região que já foi o centro sagrado da religião saxã, que mesmo antes sempre foi sagrada. Meus irmãos querem tomar o controle desses pontos místicos, Agnes. Este é o Mecanismo do Destino. Se eles controlarem suas engrenagens, controlarão o destino do mundo.

Agnes não lembrava direito de como eles haviam chegado ao porão do colégio. Lembrava de estar no refeitório, então atravessar corredores, passar por portas trancadas que Tristano abria com destreza ou força bruta. Enquanto eles andavam, ela teve a impressão de estar num lugar diferente. Não, não um lugar. Num tempo diferente. Olhou pela janela e, em vez de um pátio de colégio, enxergou árvores e guerreiros mutilados. Ouviu passos atrás de si, virou-se e enxergou um monge. Então, assim como tinham surgido, as árvores e os mortos não estavam mais lá, o monge dera lugar a um corredor vazio.

Eles passaram por uma porta entreaberta. Agnes espiou para a sala do outro lado e viu crianças berrando de dor enquanto eram examinadas por adultos em trajes de proteção nuclear. Seu coração disparou, mas então ela viu que era só uma sala de aula comum.

Eles tinham descido por uma escada irregular, feita de pedra. Chegaram a um lugar sem luz elétrica, com archotes nas paredes. Tristano acendeu-os e o porão começou a ser tomado por fumaça.

Era pouco mais que um salão vazio. Havia buracos escavados na terra, como se fossem tumbas. Mas não havia lápides nem ossos, apenas fragmentos de enfeites e armas feitas de algum metal semicorroído.

Ela piscou e, no lugar de cada tumba, havia um guerreiro bárbaro. Mas então a imagem se desfez.

— O plano de meus irmãos yithianos é acabar com o conhecimento da humanidade — disse Tristano. — Se eles fizerem isso, estarão a salvo dos deuses. Esta cidade, assim como várias cidades espalhadas pelo mundo, foi construída sobre pontos de convergência mística. Osnabrück abriga um poder e faz parte de uma máquina que move o futuro, Agnes. A máquina esteve paralisada pelos selos que foram criados aqui por meu grande amigo, mas foi mais uma vez ativada por Gottfried Guttmacher. Estamos lutando para dominá-la. Nós contra eles.

Tristano puxou uma faca de dentro do casaco. Agnes mal notou que podia ser um gesto ameaçador, mas o padre não a usou como arma. Em vez disso, agachou-se entre as tumbas e começou a traçar uma linha na terra entre cada uma delas. Um círculo.

— A Roda de Deus. O selo de Carlos Magno.

— Não pode ter sido outra vida — disse Agnes, de repente.

— O quê?

— Eu não lembro do rosto dele, nem da guerra que estávamos lamentando. Mas não pode ter sido uma vida passada porque falamos sobre a Madonna.

— Não podemos interromper o ritual agora, Agnes.

— Por que não lembro dele? E por que eu lembraria de outras vidas se os humanos perdem toda a memória quando morrem?

— Fique no meio do círculo.

Ela obedeceu. Ele traçou a roda entre as tumbas, depois começou a desenhar as hastes que levavam do aro exterior até a própria Agnes.

— O primeiro local onde estivemos foi um local de fé — disse Tristano. — Uma fé falsa, é claro, mas o foco da crença dos humanos. A Igreja de Santa Maria estava sob o domínio dos yithianos, mas agora é nossa.

Aos olhos de Agnes, os sulcos na terra começaram a brilhar.

Não, não brilhar. Não era luz. Era apenas uma imagem surgindo, como se fossem cortes que mostrassem outro lado do mundo físico.

— Este é o segundo local. Um local de conhecimento. O primeiro colégio da Alemanha. O ritual vai nos fortalecer, vai blindar a parte humana e racional de todos aqui. Conquistaremos também este ponto, e assim o Mecanismo do Destino irá nos favorecer. O que aconteceu antes deve acontecer de novo. Numa igreja, você fez parte de um rito religioso.

— O que vai acontecer aqui? — ela perguntou, meio ausente de si mesma.

— Já está acontecendo — Tristano desenhou a última haste da roda, tocando nos sapatos dela com a faca. — Desde que chegou ao Gymnasium Carolinum, você está adquirindo conhecimento. Mais uma engrenagem do Mecanismo do Destino gira a nosso favor.

A Roda de Deus girou aos olhos de Agnes. Os sulcos se uniram numa imagem borrada.

A imagem de um homem alto, montado sobre um cavalo.

— Eles fazem sacrifícios — disse Tristano. — Este é o modo deles. Morte para gerar morte, guerra para gerar guerra, fúria trazendo a fúria. Nosso modo é outro. É a elevação do espírito humano, a magia que sua raça descobriu, apesar de tudo no universo estar contra vocês.

O que acontecera antes devia acontecer de novo: assim como o Real Regimento de Tanques ocupava a cidade em 1989, um poder estrangeiro já ocupara a região. Não fosse assim, as ações de Tony Green não teriam interrompido as aulas, a tensão não teria chegado aos corredores do Partido em Berlim, um espião não faria uma ameaça velada, as lideranças mundiais não estariam prontas para responder com armas. O que acontecera antes devia acontecer de novo: Ernst Hoffman se aproximava do local da Batalha de Teutoburgo disposto a derramar sangue.

O Mecanismo do Destino vibrava, enquanto duas facções tentavam controlá-lo.

— Você continuará aprendendo, Agnes — disse Tristano. — Você conhecerá a história do rei e da fundação desta cidade.

Paladinos

Saxônia, 772

J

NA FLORESTA DE TEUTOBURGO HAVIA UMA ÁRVORE SAGRADA, Agnes, e seu nome era Irminsul.

O Irminsul não ficava onde hoje é esta cidade, mas a floresta que toca Osnabrück englobava também aquela que era o centro de toda a antiga religião saxã. As tribos da região sempre reconheceram que este lugar era místico e aqui realizaram seus rituais, enterraram seus mortos, cultuaram seus deuses. Aqui a história foi escrita, enquanto os humanos de novo e de novo foram atraídos e realizaram aqui seus grandes feitos para depois esquecer e ignorar o nexo dos acontecimentos. O maior dos reis começou aqui sua maior campanha. Uma guerra de trinta anos por um lugar sem riquezas, sem recursos, por um fim de mundo primitivo ao qual seu espírito foi puxado. Uma guerra pelas almas dos saxões.

Na Floresta de Teutoburgo havia uma árvore sagrada e eu estava lá quando o Rei Carlos Magno ordenou que ela queimasse.

Era nossa primeira incursão na Saxônia. Carlos Magno era o preferido de Deus, o Rei dos Francos, protetor do Papa e único monarca europeu a encarar de igual para igual o Imperador Bizantino. Aquela era uma época diferente, Agnes, com fronteiras diferentes e preocupações diferentes. Foi uma época vivida por povos que ninguém mais menciona, como os lombardos e os sorábios, em terras que hoje têm outros nomes, como Austrásia, Nêustria e Aquitânia. Não havia a Europa como conhecemos hoje, porque esta é a história do Pai da Europa, que tive a honra de chamar de amigo.

Ele teve muitos nomes. Karl, Charles, Carolus, Charlemagne. Vou chamá-lo de Carlos, pois era assim que ele gostava de ser chamado pelas pessoas mais queridas, e entre elas estava eu. Carlos, o Grande, como veio a ser conhecido mais tarde. Carlos Magno, o único homem que chamei e chamarei de meu rei.

Carlos era o Rei dos Francos, mas isso não significava que fosse o rei da França, pois a França não existia. Os francos eram um povo germânico, uma tribo que fora considerada bárbara pelos romanos, mas que se erguera como um verdadeiro reino. O Reino dos Francos era composto de partes do que hoje é França, Bélgica, Alemanha, Holanda. Carlos e seu irmão Carlomano tinham dividido as terras herdadas de seu pai, mas Carlomano morrera ainda jovem e coubera a Carlos também sua coroa. E Carlos tinha se casado com a princesa Desiderata da Lombárdia, que era uma parte do que hoje é a Itália, e assim seu poder também se estendia àquela terra. Reinos onde hoje é a Espanha pediam ajuda a Carlos e até mesmo a Inglaterra reconhecia seu poder. Ele era um farol no continente, uma cruz luminosa avisando que todos aqueles povos diferentes seriam levados de volta ao caminho da civilização e da cristandade. As pessoas eram atraídas a ele, assim como eu fui, e ninguém duvidava da glória que estava em seu futuro.

Talvez apenas os saxões.

O que posso dizer da Saxônia, Agnes, esta terra selvagem e lúgubre, onde o destino do mundo foi escrito tantas vezes? Se hoje Osnabrück é ignorada, isso é parte de um padrão que sempre existiu. Exércitos lutaram por esta região incontáveis vezes ao longo da história. Foi assim na Batalha de Teutoburgo, que você conhecerá mais tarde, e também na Segunda Guerra Mundial, quando este lugar foi bombardeado sem trégua e caiu, apenas nos últimos dias, com a própria Berlim. Na época de Carlos Magno, a Saxônia era um ajuntamento de tribos em eterna disputa, assim como fora 700 anos antes.

Por que Carlos desejava tanto conquistar os saxões?

Parte de mim acredita que era porque eles não reconheciam sua majestade. Mesmo seus inimigos o viam como um conquistador quase invencível. Mesmo o Imperador Bizantino, quando entrava em conflito com Carlos, aceitava-o como um igual. Mesmo o califa na Pérsia ofereceu a ele um presente enorme, sobre o qual você vai ouvir. Quem eram os saxões para desafiar sua autoridade? Como meros chefes tribais logo ao lado dos domínios do rei podiam se erguer em rebeldia quando a força dele era sentida em Roma, Constantinopla, Barcelona?

Ao mesmo tempo que Carlos estava disposto a conquistar e matar os saxões, ele os via como iguais. Eram um povo germânico, assim como os francos. Carlos sonhava em unir os povos germânicos sob um só rei.

Outra parte de mim sabe que as Guerras Saxãs, a grande obsessão de três décadas de meu rei, aconteceram por minha causa. Depois de anos ouvindo meus sussurros, o rei nos ordenou a queimar o Irminsul.

Ele estava na linha de frente, como sempre, espada em punho e armadura manchada de sangue. Eu estava a seu lado. Os filmes que você viu e livros que você leu não mostram aquela época como realmente foi, Agnes. Talvez você imagine que todos nós usávamos armaduras de placas, brilhantes e pesadas, mas isso só foi existir séculos mais tarde. Eu, Carlos e todos os outros vestíamos armaduras de escamas, um punhado de nós usava couraça cobrindo o peito. Mesmo assim, eram o ápice do que havia naquela época, tão poderosas que havia uma lei proibindo que fossem vendidas para outros povos. Havia muita pompa em nossos estandartes e brasões, mas isso era porque Carlos reconhecia a importância de ser percebido como rei. Seus melhores guerreiros montavam cavalos e a cavalaria pesada foi uma das maiores armas do rei. A carga de cavalaria fora tornada possível pela invenção do estribo de ferro, que nos deixava firmes sobre as selas mesmo ante a força do impacto de nossas lanças e espadas contra os corpos dos inimigos. O cavaleiro era o tanque de guerra daquela época; nenhum dos exércitos que enfrentávamos podia fazer frente àquele poderio. Estávamos montados, nossos cavalos eram impetuosos e bravos. Nossas espadas eram mais longas que as dos romanos, tinham pomos grandes e guarda-mãos curtos. Era nosso costume cobrir a lâmina de inscrições e por isso eu, Carlos e alguns outros tínhamos espadas gravadas com diagramas místicos que traziam à arma o poder do outro mundo. Usávamos escudos circulares pintados com cores vivas. Nossos elmos cobriam só as partes de cima e de trás da cabeça e muitos de nós usavam proteções de ferro nas canelas e nos antebraços, o que nos dava uma aparência escura e sinistra de espectros. E usávamos capas, porque éramos vaidosos, porque desejávamos mostrar a opulência que nosso rei nos proporcionava.

Aquela campanha tinha sido uma longa incursão pelas florestas e colinas. O estopim foi o saque da Igreja de Deventer pelos pagãos, mas a verdade era que só precisávamos de uma desculpa. Eu queria que os saxões fossem convertidos, Carlos queria que os saxões fossem convertidos, e assim guerreamos. De novo e de novo, nós os vencemos, avançando para o coração de suas terras.

Enfim, as tribos recuaram até a enorme formação de rochas onde ficava a árvore sagrada, e lá permanecemos por mais de uma semana num impasse.

Mesmo olhando o Irminsul, eu tinha dúvidas sobre o que aquilo era no mundo físico. Os nobres, cavaleiros e soldados de nossas forças descreviam-no a cada noite como uma árvore ou como um pilar, como um totem ou como uma torre. Era uma árvore, mas algo no Irminsul parecia manufaturado. Alguns enxergavam escadas de pedra, mas algumas horas depois as perdiam de vista. Estando aqui e do outro lado ao mesmo tempo, o Irminsul desafiava a compreensão mundana, como sempre acontece com os lugares de ligação com o outro mundo.

A árvore era enorme, mas o que mais impressionava eram os pilares de pedra que a cercavam. Quando chegamos ao local, primeiro pensei que era um paredão contínuo, mas, quando nos aproximamos, pude ver que eram colunas naturais. Eu devia lembrar de tudo aquilo, Agnes, porque era um lugar de grande significado e grande poder, mas era difícil distinguir quais memórias eram minhas e quais eram das almas dentro de mim. Eu vi as torres naturais do Irminsul como se fosse a primeira vez, mas já estivera ali há muito tempo, até antes que o mundo físico as tivesse formado.

Eram pilares cinzentos de rocha, largos e muito altos, mas ao mesmo tempo parecendo estreitos como os dedos de uma mão. A visão pregava truques ao enxergá-los, pois achávamos que seriam da largura de uma pessoa e logo víamos que eram grandes o bastante para esconder entre si uma pequena multidão. Ficavam de costas para um pequeno lago, em meio à floresta densa, ladeados por montanhas escuras e cobertas de árvores. Os pilares tinham cavernas e túneis, formavam passagens sinuosas entre si, onde era fácil se perder. Havia em um dos pilares um buraco que se alinhava perfeitamente com o sol no solstício, como um templo ancestral criado espontaneamente.

A árvore ficava bem no meio dos pilares.

Não chegava a um terço da altura do pilar mais alto, mas era impressionante. Seu tronco grosso subia, retorcido e cheio de reentrâncias, até se dividir em dois, dando origem a duas copas diferentes cujos galhos e folhas se mesclavam às passagens entre os pilares. Ninguém conseguia compreender o Irminsul numa primeira olhada — por isso as representações artísticas da árvore sagrada são tão conflitantes. Alguém já representou o Irminsul como a morada de um deus e em seu próprio nome há o nome Irmin, que era um deus local dos saxões. Irmin também foi o nome de outro homem que escreveu a história neste lugar, mas isso não importa agora. Aquele era mesmo um local de deuses, assim como esta cidade cheia de igrejas é também um local de deuses.

Os saxões estavam acuados contra os pilares de rocha cinza, nos corredores entre eles, ocupando toda a área naquela margem do lago. Milhares de saxões, milhares de francos. Estávamos todos exaustos, feridos e famintos. Podíamos olhar nos olhos dos saxões à distância, de nossos acampamentos. Os dois lados tentavam vencer um ao outro pelo cansaço, mas era óbvio que os saxões não venceriam. Eles só tinham recuado até seu lugar de maior poder. E agora nos olhavam com medo, tentando manter suas lanças firmes, sabendo que não havia para onde fugir.

Estávamos montados. O Rei Carlos Magno no centro, bem à frente dos exércitos. A sua direita, Roland, o maior de seus cavaleiros. A sua esquerda, eu.

Carlos era muito alto e digno. Mantinha o cabelo curto e o rosto escanhoado, exibindo apenas um bigode, pois cabelos longos e barbas selvagens tinham sido a marca da dinastia que viera antes da sua. Seu pescoço grosso dava lugar a feições belas e um olhar que conquistava qualquer um. O rei tinha uma barriga que teimava em se mostrar quando não estava de armadura, pois gostava de boa comida, mas ninguém poderia chamá-lo de desleixado ou glutão. Era um rei em aparência e modos, além de caráter e capacidades. Todos ouvíamos suas palavras como se fossem leis por si só.

— Roland — disse Carlos. — Queime esta abominação.

Roland engoliu em seco. Nada o amedrontava, mas ele conhecia o espírito dos homens, mesmo de seus inimigos. Eles estavam cercados, vencidos, mas não iriam tolerar a profanação de um sítio sagrado. O Irminsul estava quase conquistado. Com a decisão correta, os saxões iriam se ajoelhar e louvar a Jesus Cristo.

Mas o rei tinha dado a ordem.

— Arqueiros! Tochas! — gritou Roland. — *Montjoie!*

Montjoie, nosso grito de guerra, tinha origens primitivas e antigas, em palavras pagãs, em ordens misturadas de exércitos que há muito não existiam mais. Seu significado, rastreado através da transformação das línguas, era algo como "Fiquem firmes!" ou "Resistam!", mas agora não tinha mais significado além do chamado aos guerreiros, da exaltação ao rei e da reafirmação do espírito dos francos. Montjoie era o que ouvíamos e gritávamos antes da guerra, durante uma batalha, no meio de uma carga, quando o inimigo se aproximava. Montjoie, uma palavra que se bastava por si só, um som de concentração e coragem para nossos soldados.

Um murmúrio de surpresa virou um grito de horror das tropas saxãs quando os arqueiros começaram a acender suas flechas nas tochas.

Carlos então olhou para mim.

— O estandarte é seu, Turpin.

Eu carregava a Oriflamme, o estandarte sagrado de Carlos Magno, a bandeira vermelha com um sol dourado que era o símbolo do reino muito antes que existisse a França e a flor-de-lis. Se Roland era a espada do rei, eu era sua consciência. A mim cabia a grande decisão. Pois, enquanto a Oriflamme estivesse erguida, não haveria rendição. Nenhum inimigo seria poupado.

Do alto de meu cavalo, levantei o braço e a bandeira vermelha tremulou ao vento.

— *Montjoie!* — gritei.

— Cristãos! — chamou Carlos Magno. — Carga!

Eu matei naquele dia, Agnes. Matei gente que não precisava ser morta. Eu tinha minha espada, Almace, na mão direita, e a Oriflamme na esquerda, e matei. Por causa da Oriflamme, os soldados de Carlos mataram, até que estivéssemos todos chafurdando num pântano de sangue saxão.

Nossa carga de cavalaria foi devastadora. Galopamos com nossos grandes cavalos, as escamas de nossas armaduras fazendo barulho umas contra as outras. Os saxões formaram uma parede de escudos de costas para os pilares e o Irminsul para nos receber. No meio da carga, como era nosso costume, desaceleramos para sacar e arremessar azagaias, pequenas lanças que fustigaram os escudos inimigos. Vi uma de minhas azagaias penetrar um escudo saxão pintado de verde, quebrando a madeira e fazendo o guerreiro recuar de encontro a seus companheiros. Então uma outra azagaia perfurou seu corpo, e mais azagaias choveram sobre eles numa tempestade de madeira e ferro.

Então seguramos as lanças compridas e as espadas e partimos em galope selvagem.

Encontramos a parede de escudos desestabilizada pelas azagaias, os saxões tentando se manter firmes enquanto sua retaguarda era esmagada contra os pilares, escorregava na terra em direção ao lago ou se enfiava nos túneis e nas passagens entre as rochas.

Um estrondo como cem trovões tomou a paisagem inteira quando nos chocamos.

Minha lança atravessou um escudo, perfurou um saxão de fora a fora. As lanças deles mataram nossos cavaleiros e nossos cavalos, mas muitas não resistiram a nossas armaduras pesadas e se quebraram. Saquei minha espada e fiz meu cavalo avançar no meio do rombo na parede de escudos, descendo a lâmina sobre suas cabeças protegidas por elmos, partindo crânios, fazendo a terra pisoteada ficar enlameada de sangue.

— Montjoie! Montjoie!

Em meio a tudo isso, as flechas incendiárias zuniram sobre nossas cabeças.

As primeiras que atingiram o Irminsul se apagaram, mas isso durou só um momento. Em seguida dezenas de flechas se cravaram na árvore mística e as chamas começaram a se espalhar. Nossos homens correram com tochas em meio à batalha, para ajudar a atear fogo no centro da religião inimiga.

A parede de escudos se desfez quando as chamas rugiram em suas costas. Os saxões correram para nos matar a qualquer custo, berrando o nome de deuses pagãos. Galopei de braços abertos, bandeira e espada erguidas, descendo um pedaço de terreno irregular, indo encontrar três guerreiros saxões. Eram homens enormes, barbudos e cabeludos, vestidos em calças e armaduras de anéis, carregando espadas, lanças e escudos. Os saxões não eram organizados, pois viviam ainda numa época de heróis, pensando que a bravura e a habilidade podiam vencer qualquer batalha.

Eles estavam errados.

O primeiro dos três urrou em desafio a mim, agarrou sua lança com as duas mãos e investiu contra meu cavalo. Ele não tinha a menor chance de ficar vivo, mas a montaria saltou os últimos metros e ele viu uma abertura, golpeando para cima, a ponta metálica contra a barriga vulnerável do animal. Vi dezenas de futuros explodindo daquele gesto — em quase todos eu era derrubado. Vi meu corpo caindo sobre minha cabeça, o pescoço quebrando, os saxões dançando em meio a sua derrota, comemorando a morte de um sacerdote cristão. Vi o cavalo tombando por cima de mim, sufocando-me enquanto a batalha rugia a meu redor. Vi uma queda que resultava numa perna quebrada, então numa infecção e numa morte lenta, durante a qual eu teria ficado convalescendo numa igreja em Reims, longe de meu rei, longe da campanha. Se isso tivesse acontecido, Carlos teria ouvido os conselhos de Roland e desistido da guerra contra os saxões. Teria esperado e os convertido com compaixão, o que teria sido muito mais lento e dado aos yithianos controle total sobre a região e o Mecanismo do Destino. Osnabrück nunca teria sido fundada e tudo teria sido diferente.

Então escolhi um futuro dentre um punhado, em que a arma do saxão resvalava no couro do cavalo e um casco largo encontrava o crânio dele. A cabeça estourou como uma fruta podre, os outros dois guerreiros arreganharam os dentes, chamando seus deuses falsos, e os cristãos que viram isso acreditaram ter testemunhado mais um milagre.

Eu era o Arcebispo Turpin, o milagroso, protegido de Deus, que rezava a missa com a mesma força com que matava inimigos. Eu não iria tombar naquela batalha.

Galopei por entre os dois saxões. Inclinei o corpo à direita e deixei que minha espada encontrasse a garganta de um deles. O homem tentou bloquear meu golpe, mas eu sabia onde sua arma iria estar e fui preciso. Senti o calor líquido e o gosto ferroso banhar meu rosto. Puxei as rédeas do cavalo, fazendo-o empinar. Olhei para o sobrevivente.

— Fuja, pagão! — gritei, na língua saxã, para que ele entendesse. — Fuja para morrer de costas!

Ele largou sua espada e fugiu, correndo aos tropeços em direção aos pilares e ao Irminsul. A fumaça tomava o ar no campo de batalha. Eu tossi e vi as lágrimas do inimigo em fuga. Não sabia se eram pela nuvem negra ou pela perda.

Alguns se renderam e pediram perdão, mas a bandeira continuou erguida e eles foram mortos. Quase todos preferiram cair lutando, desafiando nossa conquista. Outros tantos fugiram. Os saxões correram entre nossos cavalos, entre nossos homens a pé, e não sabíamos se eles estavam tentando se organizar para nos atacar ou só fugindo. Acho que nem eles sabiam.

O rugido do fogo abafou nossos gritos de guerra e de dor. A árvore cósmica estava coberta de chamas, soltando faíscas e pedaços de casca incandescente para todos os lados. As duas copas irmãs pegaram fogo, criando uma linha imensa de chamas em forma de V. O saxão que eu mandara fugir chegou até a árvore e se jogou no incêndio de braços abertos. Para ele era melhor morrer do que viver com aquela derrota, e também para muitos outros.

Ouvi um galope a minha esquerda. Precisei me virar para enxergar quem era, pois o elmo restringia minha visão periférica e o acolchoamento por baixo abafava meus ouvidos. Ser um cavaleiro naquela época era como lutar com a cabeça enfiada numa caixa de papelão, se me perdoa o anacronismo. Eu não continuaria tão eficiente se não fossem as vozes, memórias e experiências de tantos soldados dentro de mim — legionários romanos, hoplitas gregos, artistas marciais indianos. Então, ao ouvir o som dos cascos do cavalo pisoteando a lama e o tilintar de metal contra metal, eu soube que quem se aproximava era um aliado, mas não sabia quem.

Era Roland.

Deixe-me falar de Roland, Agnes. Aquele que estava a minha frente era um homem sujo e coberto de sangue, porque estávamos em batalha. Roland era o primeiro dos Doze Pares da França, ainda que a França não existisse e citá-lo deste modo seja uma imprecisão. Carlos Magno tinha guerreiros de honra, que em seu caráter moldaram tudo que você hoje em dia conhece como os ideais de cavalaria. Antes de Roland, ninguém sabia como um herói cavaleiro deveria se portar, e desde então todos vêm tentando imitar seu exemplo. Sua armadura precisava de reparos e ele ofegava, mas nada disso maculava o fato de que era o cavaleiro perfeito. Assim como Carlos, Roland foi conhecido por muitos nomes, entre eles Orlando, Hruodland e Rotholandus. Ele era quase tão alto quanto o rei, e assim como ele usava bigode e rosto escanhoado. E, embora Roland fosse furioso na guerra, naquele momento veio a mim com palavras de piedade.

— Abaixe o estandarte, abençoado Turpin — ele pediu. — Não precisamos de mais matança.

Eu o olhei de alto a baixo.

Não é à toa que existem até hoje histórias sobre Roland. Alguns séculos antes, na Britânia, Lancelot, Galahad e Percival também criaram um legado de bravura cavaleiresca que irá perdurar para sempre, mas algumas das qualidades que atribuímos a eles vêm de Roland. Ele era um homem bom, Agnes. Não tinha medo de nada. Era tão bom que várias presenças dentro de mim o odiavam um pouco, porque perto dele não podiam fingir que a natureza humana era fraca e egoísta. Ele também foi um dos humanos que me lembrava de poupar vidas, mesmo vidas inimigas. Era difícil olhar para o espelho depois de olhar para Roland, mas ele me inspirava.

— Ainda restam saxões vivos — retruquei.

— Você nunca matará todos os saxões, Turpin! — ele vociferou. — Por que insiste nisso?

— Porque eles insistem em cultuar uma árvore. Porque eles estão aqui, virando as costas a Jesus Cristo.

— Abaixe o estandarte.

— O braço que ergue a Oriflamme é o braço de Carlos, Roland.

— Não, o braço é seu. A decisão é sua.

— Assim como Carlos é a espada de Deus, eu sou o braço do rei.

— Doure com palavras belas sua sede de sangue, arcebispo. Eu vou obedecer, pois meu corpo pertence ao rei. Mas minha alma pertence a Deus e está chorando pelos saxões.

Roland agarrou seu berrante, que chamávamos de Olifante. Era um objeto místico, assim como muitos objetos eram místicos na época, porque seu interior era gravado com diagramas de poder ritualístico. O Olifante de Roland está hoje em dia na Catedral de Santiago de Compostela, porque todas as histórias na verdade fazem parte da mesma história e todos os significados místicos são um só. Roland levou o Olifante aos lábios e o som da trombeta tomou o campo de batalha, mais alto que o rugido das chamas, mais alto que os gritos dos moribundos. Foi ouvido por quilômetros, por toda a floresta gigantesca, enchendo os francos de ímpeto e os saxões de pavor.

— A mim, cavaleiros! — dirigiu-me um olhar venenoso. — Vamos levar a eles a fúria de Deus! Montjoie!

E, chamados pelo som da trombeta, dezenas de cavaleiros se reuniram ao redor de Roland. Ele os liderou em mais uma carga, fazendo uma ponta de lança que rasgou o campo de batalha.

O Irminsul queimava e a Oriflamme continuava erguida.

11

SUA PERGUNTA AGORA DEVE SER POR QUE EU ERA TÃO SANGUINÁRIO e o que mudou desde então.

Quando segui o Rei Carlos dos Francos, eu já havia me voltado contra meus irmãos yithianos. Eu já aprendera a amar a humanidade. Mas, embora reconhecesse o horror que era cada morte humana, cada alma levada pelo Psicopompo para ser apagada, eu não tinha deixado de lado o ódio.

Os saxões cultuavam deuses que nem eles mesmos entendiam. E, no meio desse culto obscuro, nesse local de poder, adoravam as divindades verdadeiras, os deuses loucos que existem no outro lado. Mas este não era o motivo de meu ódio. Os saxões cultuavam o Irminsul, sem notar que o poder da árvore cósmica não era algo a ser cultuado, apenas temido. Eles, em sua ignorância, tinham escolhido ser escravos dos yithianos que controlavam aquele lugar. Eram ferramentas em seu domínio do Mecanismo do Destino. Em vez de odiar apenas os mestres, odiei também os escravos, e este foi o erro que me levou a toda uma série de tragédias.

Meu ódio era fomentado pelos humanos dentro de mim. Era uma época de tribos, Agnes, embora algumas se chamassem reinos, repúblicas ou impérios. Era uma época em que alguém de outro lugar, com interesses conflitantes, era um inimigo irredimível. Eu ouvia centenas de vozes humanas dentro de mim chegando à conclusão de que, se os saxões eram o inimigo, então a única saída era matá-los. Foi preciso um outro humano para me ensinar um caminho diferente, mas estou me adiantando.

Eu queria salvar a humanidade, mas não hesitava em matar humanos. Não entendia que, matando um humano, eu estava matando uma parte indispensável do todo. Como eu era tolo!

É claro que nem todos os saxões morreram naquele dia. A fumaça do Irminsul e das árvores próximas queimando trouxe a noite precoce, então a noite verdadeira chegou e não conseguíamos mais enxergar para matá-los. Não havia mais nenhuma resistência entre os pagãos e nenhuma organização entre nossas tropas. Nossos guerreiros andavam pelo campo de batalha, achando quem ainda estivesse vivo, enquanto os saxões fugiam, jogavam-se nas chamas ou só aguardavam a morte.

Meu cavalo estava exausto. Não conseguia mais galopar, apenas me carregava de cabeça baixa para que a Oriflamme fosse vista por todos, sinalizando a continuidade do massacre. Passei por uma pilha de corpos saxões, alguns ainda vivos. Enxerguei fiapos de destino saindo de alguns deles. De um em particular, brotavam linhas robustas e variadas. Comecei a virar o rosto, mas então minha visão foi inundada pela explosão de destinos que era Carlos Magno.

O rei cavalgava à frente de Roland, Oliver e outros de sua *scara*, ou guarda de honra. Ele empunhava sua espada, que se chamava Joyeuse. Os destinos do saxão moribundo se enredaram com os destinos de Carlos, até o ponto em que eu não conseguia mais distingui-los e descartei a visão do futuro. Quase qualquer mortal na presença do rei tinha seu destino engolfado pelo dele, pois este era seu poder, que nada tinha de sobrenatural. Até mesmo você tem alguma linha mesclada às de Carlos Magno, Agnes, e posso dizer o mesmo de praticamente todos os humanos.

Enquanto a comitiva se aproximava de mim, o saxão moribundo se arrastou pelo campo de batalha. Se eu estivesse olhando para seu destino, veria como uma linha em particular se reforçou naquele instante, como se retorceu ao redor do destino de Carlos Magno e como, a partir de um certo momento, ambos viraram um só. Nunca percebemos estar num momento que define a história do mundo até ser tarde demais. Entre outras coisas, se eu soubesse que aquele saxão era tão importante, provavelmente Adolf Hitler nunca teria ascendido e a Segunda Guerra Mundial nunca teria acontecido, mas estou me perdendo em divagações.

O rei ficou a poucos metros de mim. Atrás dele, o sol se punha, por entre as árvores e a fumaça. Carlos não falou uma palavra, não me pediu ou me ordenou a fazer nada, porque a responsabilidade do estandarte era minha.

Mas Roland continuava a me dirigir um olhar suplicante.

Então, meu braço tremendo de esforço, abaixei a Oriflamme.

O rei ergueu a espada no ar:

— Alegria, cristãos! A vitória é nossa!

De todo o campo de batalha, ergueu-se um grito de comemoração. A alegria era em grande parte o que nos movia, Agnes, mesmo através do ódio e da matança. Cada guerreiro, cada plebeu ou padre notava que tinha tido a boa fortuna de nascer na época certa para conviver com Carlos Magno e isso era fonte de felicidade. Ele mesmo falava muito em alegria e queria a felicidade de todos.

Como se por um milagre, quando o grito de vitória tomou a floresta e finalmente paramos de matar, uma enorme parte do Irminsul desabou, com um ruído terrível de madeira quebrando. Chamas e faíscas se espalharam por toda parte. O que restava do tronco estava em estilhaços, ardendo e mostrando brasas em seu interior. Já era quase metade carvão, e o que ainda não era estava coberto de fuligem. Todos estávamos cobertos de fuligem, além de sangue, lama e suor.

As faíscas do Irminsul tocaram muitas outras árvores. Logo o incêndio se renovou.

— A floresta vai arder! — gritou alguém.

Carlos continuou me olhando, impassível, numa postura de confiança total.

Com calma, enrolei o estandarte e o entreguei a um pajem que mal enxerguei. Então limpei minha espada Almace num trapo e a embainhei. Tirei meu elmo, revelando meus cabelos empapados de suor, grudados ao crânio.

Eu estava sorrindo.

Estendi a mão direita com a palma para cima. Pouco depois, a primeira gota de chuva caiu sobre ela.

Um trovão anunciou a tempestade, acompanhado pela risada de Carlos.

— Deus está conosco! — disse o rei. — Abençoado seja, Turpin, hoje fizemos a coisa certa!

A chuva caiu numa torrente sobre cristãos e pagãos, sobre mortos e vivos, sobre as árvores mundanas da Floresta de Teutoburgo e o cadáver da árvore cósmica que tínhamos destruído. As chamas se apagaram aos poucos, as brasas ferveram e morreram.

— Se me permite, meu rei — falei, curvando-me sobre o cavalo. — Nosso trabalho ainda não está completo.

Carlos deu seu sorriso franco enquanto também limpava a espada.

— Um amigo nunca precisa pedir permissão, bom Turpin. Qual é a próxima tarefa que Nosso Senhor nos impôs?

— Até agora só enfrentamos os pagãos, meu rei. Precisamos enfrentar os próprios demônios. Precisamos entrar no Irminsul.

Nossos guerreiros cristãos e os guerreiros pagãos do inimigo olharam com reverência enquanto eu e o rei atravessamos o campo de batalha, desmontamos dos cavalos e caminhamos entre raízes queimadas e pilhas de cadáveres em direção aos pilares. Carlos fez um gesto para que sua comitiva ficasse para trás. Cada vez mais éramos só eu e ele, unidos como irmãos.

Os saxões sobreviventes nos observavam com horror. O sacrilégio da destruição da árvore sagrada só podia ficar pior se o rei conquistador fosse até ela acompanhado de um padre. Eles imaginaram o que aconteceria com os restos do Irminsul. Temeram que eu consagrasse o local ao Deus cristão, mas não foi isso que fiz. Eu e Carlos chegamos bem perto, escalamos algumas pedras, então tateei por um dos pilares e achei um túnel escondido entre reentrâncias e sombras.

Dei o primeiro passo para dentro do labirinto de colunas naturais.

— Meu senhor! — ouvi Roland chamar atrás de nós.

Entre o silêncio dos milhares de guerreiros triunfantes e derrotados, vivos e mortos, foi só a voz do cavaleiro que atraiu nossa atenção. Ele tinha as sobrancelhas arqueadas com preocupação óbvia e genuína. Um olhar de tristeza e apreensão.

— Deixe-me acompanhá-los — disse Roland.

Qualquer rei numa missão sagrada olharia para seu sacerdote de confiança em busca de orientação, mas Carlos agiu como se eu não estivesse ali. Eu lhe dera a tarefa, mas uma vez que isso estivesse claro, ele era soberano. Considerava-se um servo direto de Deus, sem intermediários.

— Nossa luta será do espírito, Roland — disse o rei. — Você é um guerreiro do mundo. Preciso de você aqui.

Roland deu mais um passo à frente, seu rosto transtornado. Então se ajoelhou.

— Sei que o Arcebispo Turpin o guia em assuntos da alma, meu rei — Roland falou, olhando para baixo. — Mas, neste mundo ou em outro, minha espada deve protegê-lo. Minha vida deve ser colocada antes da sua. Isso significa também minha alma. Permita que os acompanhe para enfrentar os demônios.

— Não sei se conseguirá aguentar... — comecei, mas a voz de Carlos me interrompeu:

— Erga-se, Roland! Você tem razão. Sua espada matou tantos de meus inimigos! Como posso partir para enfrentar o demônio sem você?

A voz de Carlos não era imperiosa ou poderosa. O rei tinha uma voz fina que não combinava com sua estatura ou sua confiança, e essa era uma das únicas coisas no mundo que o envergonhava. Mesmo assim, era mais que suficiente para calar a boca de qualquer um de nós.

Não ousei contrariá-lo. Eu precisava de Carlos, assim como precisei de Javier muito tempo depois e agora preciso de você. E, para tê-lo a meu lado, eu devia aceitar sua autoridade suprema. Ao comando do rei, Roland ficou de pé e se juntou a nós.

Então entramos no labirinto.

Os locais sagrados têm caminhos ocultos, passagens que não se revelam aos olhos mundanos mesmo que sejam observadas milhares de vezes. Você lembra de como chegamos a este porão, Agnes? Seria capaz de refazer o caminho se entrasse sozinha no colégio? Todos os dias centenas de pessoas passam na frente da passagem que usamos para descer e não notam que ela está lá. Veem uma sombra ou apenas ignoram sua existência.

Foi assim com nossa entrada para o labirinto do Irminsul. Aquele local era visto por saxões há séculos e por povos ainda mais antigos há milênios, e poucos notaram todas as passagens entre os pilares. Mesmo em meio à batalha, com milhares de olhos focados na destruição da árvore, com guerreiros se espremendo nos túneis e entre os paredões, ninguém viu algumas entradas, até que eu guiei Carlos Magno e Roland para uma delas. E se qualquer guerreiro franco ou saxão tivesse tentado nos seguir, não enxergaria a passagem mais uma vez. É preciso ter uma visão além da visão, algo que poucos humanos têm, mas que é natural para criaturas como eu.

Os pilares eram enormes por fora, mas os espaços e túneis entre eles eram ainda maiores por dentro. Carlos e Roland ficaram desorientados, não sabiam para onde olhar e mal conseguiam andar em frente. A mente humana sempre resiste à verdade. Isso é especialmente poderoso quando a verdade é visível. Os túneis pelos quais andamos eram serpenteantes, estreitos e muito longos, feitos de pedra, mas com elementos que nem Roland nem Carlos conseguiriam descrever, mesmo enquanto os observavam.

Eram pedaços de metal entranhados na rocha, materiais que não existem neste mundo e peças de uma ciência que não faz sentido na Terra. Havia algo que parecia vidro, e globos que brilhavam com luz verde, vermelha e de cores que não têm nome. Era uma paisagem que desafiava o mundo físico, porque era o início de uma transição entre os dois mundos.

Roland ficou de frente a uma parede feita de pedra, metal e osso fossilizado.

— É um caminho sem saída, Turpin! — ele falou em voz alta. — Onde estão os demônios que viemos enfrentar?

Não havia espaço para nós três lado a lado, precisávamos achar reentrâncias para que coubéssemos. Mal conseguíamos nos mexer. Carlos olhou em volta. Mesmo que não quisesse admitir, ele também não via uma direção pela qual seguir, só paredes fechadas para onde quer que olhasse. O rei não estava acostumado a não saber o que fazer.

— Venham comigo — eu disse. — Sigam-me de perto.

Andei pela passagem que estava óbvia a minha frente, mas que nenhum dos dois conseguia notar. Mesmo depois de só um passo, Roland se perdeu. Por instinto, virou-se para trás e ensaiou andar na direção contrária.

— *Não* — segurei-o pelo ombro. — Não vá por esse caminho, ou vai se perder no inferno para sempre.

— Mas...

— Você não está indo para trás, Roland. Aqui existem muito mais direções do que você conhece. Estamos num labirinto e precisamos seguir o caminho exato. Um passo na direção errada pode levá-lo a um destino horrendo ou dar início a um ritual imprevisível.

Ele rilhou os dentes, mas não demonstrou medo. Só conseguiu ir na direção certa porque continuei com a mão em seu ombro, guiando-o.

— Não há vergonha em pedir ajuda — disse o rei. — Somos irmãos, Roland.

Existe algo curioso sobre os guerreiros dessa época que talvez explique o comportamento do cavaleiro. Roland tinha 22 anos quando isso aconteceu. Todos os campeões eram impossivelmente jovens e tinham um peso imenso de responsabilidade sobre os ombros. Carlos tinha só 30 anos e eu mesmo tinha menos de 40. Havia uma quantidade limitada de experiências que conseguíamos acumular, então estávamos todos improvisando. Ou ao menos eles estavam; eu existia desde antes do início do tempo.

Mas Roland era jovem, jovem demais. Ainda queria provar seu valor, tendo provado já tantas vezes. Queria agir como se tudo aquilo fosse normal, como se nada abalasse sua coragem. Por isso teimou em andar sem ajuda até que atravessamos os túneis e chegamos ao coração do labirinto.

A melhor maneira de descrevê-lo é como um salão imenso, mas ao mesmo tempo qualquer um de nós podia esticar o braço e tocar em uma das paredes feitas de pedra, metal, osso, vidro e cor. O espaço não funcionava do modo normal no coração do Irminsul, no centro do labirinto, porque ali estávamos na fronteira entre os mundos. Tudo estava tão longe de nós que não fazia sentido que conseguíssemos enxergar. Ao mesmo tempo estava perto o bastante para ser claustrofóbico.

— Demônios... — rosnou Carlos, enquanto sacava a espada Joyeuse.

Eram demônios, até onde ele conseguia entender. Eram os ninhos de meus irmãos.

Casulos semitransparentes cobriam as paredes e se erguiam numa coluna espiralada infinita pelo interior do labirinto. Dentro deles, corpos enormes encimados por tentáculos estavam num estado de dormência morta. Seria possível tocar em qualquer casulo, mesmo os mais altos, apenas aceitando a loucura da distorção espacial. Mas isso enlouqueceria a forma física de nossos corpos, assim como aceitar o horror enlouquece a mente dos mortais. Carlos e Roland olhavam para os lados, para cima, para baixo, em todas as direções enxergando as formas monstruosas da Grande Raça de Yith.

Você viu nossa verdadeira forma, Agnes, ou pelo menos uma sombra. Viu os tentáculos emergindo da boca do homem possuído na igreja, que foi como sua mente humana traduziu o que sua alma estava tentando processar. Viu os vitrais retratando os corpos yithianos, mas até que veja um de nós com seus próprios olhos, não entenderá o horror que somos.

Os corpos yithianos são uma espécie de cones carnosos, ao mesmo tempo rígidos e esponjosos. Não têm cabeça, mas tentáculos emergindo do topo, com olhos, garras de crustáceo, tubos menores arranjados como se fossem flores num buquê. Existe algo que lembra a fragilidade de um bebê humano, mas a única semelhança serve para inquietar. As bordas quase macias das dobras de carne convidam ao toque, mas também repugnam. Não existe ferocidade na Grande Raça de Yith. Só uma curiosidade fria e asquerosa.

E é isso que sou.

Enquanto este padre de sorriso sugestivo fala com você, lembre-se de que quem fala é na verdade um monstro, uma coisa sem imponência ou dignidade que abandonou o próprio corpo e possuiu um corpo humano.

— Não toquem neles, a não ser com suas espadas — avisei. — Sua carne não vai resistir às artimanhas deste lugar, mas as armas que portam foram feitas para isso.

Foi todo o incentivo de que Roland precisava. Ele era um guerreiro, um herói, uma pessoa voltada à ação. Segurou o cabo de sua espada e sentiu um conforto que só ela era capaz de proporcionar. Puxou-a da bainha e a arma vibrou de antecipação.

A espada de Roland era Durandal, uma das mais extraordinárias armas que já existiram no mundo físico. Sei disso porque fui eu que a forjei e arranjei para que ele a encontrasse. Eu havia equipado Carlos e seus campeões com objetos imbuídos do poder do outro mundo. Sob as tiras de couro no cabo de Durandal, havia diagramas místicos, as dobras do metal em sua lâmina seguiam padrões complexos que por si só eram ritualísticos. Havia desenhos no ferro que eram quebra-cabeças para a mente e os olhos, e isso era capaz de trazer magia para a arma. Assim também era Joyeuse, a espada de Carlos Magno, minha espada Almace, o Olifante, o estandarte chamado Oriflamme e tantos outros itens. Hoje vivemos numa época de plástico e nylon, em que tudo que é misterioso deve ficar muito bem escondido, porque não há mais espaço para misticismo. Mas, na época de Carlos Magno, os milagres eram aceitos como parte da vida. Assim pude armar os heróis de que precisava com o poder que os faria vencer nossos inimigos.

Quando as espadas foram sacadas, um chiado emergiu de todas as direções, audível em nossos ouvidos e em nossas almas.

Atrás de mim, ou à frente ou acima, um de meus irmãos se moveu.

— *Você voltou para ser punido* — ele disse, na língua terrível da Grande Raça de Yith. — *Quantas gerações de mortais se sacrificaram para que estivesse aqui de novo?*

Roland e Carlos grunhiram de dor. O idioma de minha raça é compreendido por todos os mortais, porque se expressa num código primordial em que cada palavra é precisa e completa em si só. Todos os idiomas terrenos derivam de línguas das raças sagradas. Eu não conseguiria esconder as palavras de meu irmão dos dois humanos, mesmo que quisesse. E, naquele momento, eu queria que eles ouvissem.

— Você foi deixado aqui, como guardião dos corpos, enquanto os outros singram o espaço e o tempo? — falei em tom de desdém. — Até quando ficará aqui, preso entre os mundos, quase ao alcance das garras dos deuses? Até quando ficará observando corpos inertes, só especulando o que suas almas aprendem? Até quando ficará apavorado vigiando o que está escondido?

Um chiado vil fez nossos ouvidos doerem.

— *A espera não significa nada, irmão. Está contaminado pelas limitações dos humanos. Não consegue mais ver o futuro com clareza, não é? Eu vejo. Vejo nossa glória renascida, vejo nossa liberdade neste mundo. Vejo que triunfaremos e estaremos livres dos deuses!*

— A Grande Raça de Yith não passa de uma raça de covardes! — gritei, contaminado pelas emoções humanas que rugiam dentro de mim. — Uma raça que foi derrotada e está fugindo!

— *Covardia e bravura são invenções de quem não vê o tempo. Como pode tolerar estes seres cegos e surdos?*

— Turpin! — gritou Carlos, em meio aos chiados e à voz reverberante do yithiano. — Por que está conversando com este demônio? Por que ele o chama de irmão?

— Não ouça as mentiras dos demônios, meu senhor! — respondi.

Os yithianos não são capazes de rir, mas os guinchos de desprezo que tomaram o centro do labirinto só podem ser descritos como uma espécie de gargalhada.

— *Você nos traiu nesta terra há 700 anos, mas agora ela é nossa. Os humanos cultuam coisas que não entendem. Derramam sangue, repetem a história porque não a conhecem. Mas é fácil manipulá-los, são só bárbaros. Agora eles nos cultuam, traidor. O Mecanismo do Destino está funcionando para criar nosso futuro de glória e não há nada que você possa fazer.*

— Já estamos fazendo — rosnei. — Estamos matando seus peões.

— *E por acaso seus humanos sabem o que significa a morte?*

A matança dos saxões foi minha culpa, Agnes, e por isso, entre tantas outras razões, nunca poderei pagar minha dívida para com a humanidade. Os saxões eram pagãos, cultuavam deuses misteriosos como Wotan e Tyr, mas nunca souberam o que acidentalmente cultuavam em seus rituais. Meus irmãos da Grande Raça de Yith podiam agir livremente entre as tribos saxãs, usá-las para seus sacrifícios, direcionar o futuro por meio de clareiras místicas e linhas energéticas na Floresta de Teutoburgo. O centro de tudo isso era o Irminsul, a árvore-pilar que ligava o mundo físico e o outro lado. Eu precisava que os saxões fossem convertidos para que eles resistissem aos yithianos e a tudo que existe aqui.

Ou que simplesmente morressem.

— *Queime a árvore, o labirinto continuará existindo. Esta floresta continuará sendo uma engrenagem do Mecanismo. As linhas continuam convergindo e a máquina continua construindo nosso futuro.*

— Queimamos a árvore só para converter seus peões — falei. — Nosso propósito aqui é outro. Viemos destruir os corpos.

Então eu saquei Almace, e foi o único sinal de que Roland e Carlos precisavam.

— *Montjoie!* — gritou Roland, enquanto estocou com a espada um dos corpos na parede.

Durandal ressoou com o outro mundo, a lâmina se estendeu, preservando o corpo do cavaleiro, sem que parecesse ter um comprimento maior do que antes. Tudo se mostrou proporcional aos olhos de Roland e ele simplesmente conseguiu alcançar o corpo monstruoso. A ponta afiada da espada perfurou o casulo e se enterrou na carne alienígena. Sangue negro verteu do ferimento.

O único yithiano que estava vivo e desperto guinchou e seus tentáculos descreveram um padrão ritualístico. Era feitiçaria yithiana, que na verdade é uma ciência do outro mundo.

Senti minha visão ficando turva, um negrume se alastrando por todos os lados, transformando a claridade multicolorida do coração do labirinto num túnel. Sou um yithiano, mas meu corpo era humano, era o corpo roubado do Arcebispo Turpin, e os corpos humanos estão sempre vulneráveis às armadilhas da probabilidade. Uma dor lancinante correu por meu braço esquerdo. Não era improvável que um humano tivesse um ataque cardíaco naquele lugar de horrores. Não era improvável que o único capaz de guiar Carlos Magno e Roland de volta ao mundo exterior morresse de causas naturais ali mesmo, deixando os francos sem rei e a Europa sem um pai. Meu irmão yithiano manipulou as linhas de destino, algo tão fácil perto do outro lado, e jogou o mundo físico num futuro de barbárie e fragmentação.

Caí de joelhos num chão que não era chão.

— *Você não morrerá de verdade* — disse meu algoz. — *Cada vida yithiana é sagrada. Vai reencarnar no futuro, em algum outro corpo. No nosso futuro.*

Então senti a mão de Carlos Magno em meu peito.

O rei também estava ajoelhado. Tentava me erguer. Apesar de todo o horror em volta, ele estava preocupado com seu irmão, com seu súdito. Vi as linhas de destino em torno de Carlos explodirem, engolfarem a mim, ao próprio yithiano. Poucos, muito poucos mortais têm tanto destino jorrando de si.

Ele me ergueu.

Assim como não era improvável que um mortal tivesse um ataque cardíaco naquele lugar, não era improvável que fosse só um ataque de pânico. Não era improvável que uma profunda sensação de dever conseguisse cortar através da ansiedade e do desespero.

— *Montjoie!* — gritou Carlos, erguendo Joyeuse.

— *Montjoie!* — respondi, erguendo Almace.

Naquele momento, só por um segundo, esqueci que era um yithiano. Fui mais uma vez Turpin, o arcebispo, o súdito de Carlos, e o segui com fé genuína.

A espada do rei cortou o tentáculo que se movia no padrão ritualístico. Girei o corpo e decepei o tentáculo cheio de olhos. O yithiano recuou no espaço que não era espaço, então senti sua alma deixando aquele corpo monstruoso, em busca de um hospedeiro humano em algum lugar.

Roland estava coberto de sangue negro, cortando e estocando, fazendo serviço de açougueiro com Durandal.

Os corpos yithianos retalhados caíam dos casulos, as linhas de destino giravam em descontrole enquanto meus irmãos deixavam de ter formas verdadeiras para onde voltar e ficavam, para sempre e irremediavelmente, presos à humanidade.

Roland deu um passo à frente e ergueu Durandal contra um corpo dormente que ainda estava intacto. Olhei aquilo e um terror primordial tomou conta de mim.

Senti uma ligação com aquele pedaço de carne monstruosa. Havia linhas de destino fortes e óbvias me ligando àquele objeto.

Era meu corpo.

— Não! — falei, sem pensar. — Roland, deixe que nosso rei mate os demônios!

Os dois me olharam. Eu estava tremendo. Era algo que não fazia sentido, que não fazia diferença. Imagine estar presente, assistindo de fora, no momento de sua morte, Agnes. Imagine sobreviver a sua morte, ou ao menos à morte de seu corpo. É uma estranheza incompreensível, um nojo que existe em todos, até em coisas como eu. Naquele momento, a única coisa que podia me oferecer um pouco de conforto era se Carlos fosse o responsável pela destruição de meu corpo.

Segurei o braço do rei. Eu confiava nele.

Então Roland cravou a espada Durandal na carne que já fora minha, e destruiu minha forma física.

Não havia razão para que fosse diferente, é claro. Não fazia diferença qual guerreiro destruía a carne de um demônio.

E, mesmo que eles pudessem saber da verdade, um demônio não merecia conforto.

III

FICAMOS MAIS DE UM DIA INTEIRO DENTRO DO LABIRINTO, MESMO que para nós apenas algumas horas tenham se passado. Durante aquele dia, os francos reuniram os prisioneiros, saquearam os corpos, aproveitaram a chuva torrencial que parecia um presente de Deus. Seus pecados foram lavados, assim como o sangue da terra revirada. Todos ficaram afundados em lama até o tornozelo, mas isso não importava, porque a água impediu que o resto da floresta queimasse e levou embora as evidências de sua ânsia assassina.

Então montaram acampamento.

Exércitos medievais, principalmente naquela época nebulosa, dependiam de um grande número de não combatentes que acompanhavam os soldados. Eram servos, pajens, mercadores, familiares, cozinheiros, até mesmo prostitutas e trapaceiros que conduziam jogos de azar em suas tendas. Carlos era um cristão fervoroso, inclusive por minha influência, e odiava a embriaguez, mas não era moralista. Pelo menos não mais que outros homens de sua época. Os próprios cavaleiros se escandalizavam mais do que o rei pela falta de decoro nas tropas. Quando o acampamento foi montado depois da batalha em que o Irminsul queimou, isso significava que uma espécie de aldeia em miniatura surgia na frente dos pilares de pedra.

Este era um dos grandes trunfos de Carlos. Seus guerreiros eram ferozes e habilidosos, havia os campeões como Roland e eu mesmo, mas campeões não ganhavam guerras. Ele foi tão bem-sucedido porque era um especialista no lado mais tedioso da guerra. Carlos Magno entendia a logística e se cercava de pessoas que entendiam ainda mais. Nós sempre tínhamos o que comer, sempre estávamos perto de alguém que pudesse reparar nossos equipamentos. Também tínhamos acesso a muito ferro, o que significava que nossas armas eram melhores e mais numerosas que as dos inimigos. Nas aldeias e nos castelos, o povo franco estava aprendendo a usar a força dos animais e dos rios para moer grãos, garantindo que houvesse pão.

Mas, se tantas inovações e uma estrutura tão grande a nosso redor permitia que fôssemos vitoriosos na guerra, também aumentavam o caos que trazíamos conosco. Os exércitos mais uma vez eram grandiosos, depois de um período de séculos em que se resumiram a bandos de guerreiros. Não eram profissionais, mas ligados a nobres e senhores de terras por laços de lealdade. Cada um fazia mais ou menos o que queria, dentro da vontade do rei.

Isso permitiu que, enquanto o acampamento fosse montado, um saxão rastejasse para longe da pilha de cadáveres onde estava. Durante horas ele se movimentou com cuidado, sem pressa, de sombra em sombra, aproveitando os lugares aos quais ninguém prestava atenção. Já era o meio da noite e boa parte do acampamento estava dormindo ou bebendo, dentro de tendas ou sob árvores para se proteger da chuva, quando o saxão achou que era seguro ficar agachado.

Ele estava coberto de lama e ferimentos. Seu elmo caíra no meio da batalha, suas botas tinham sido retiradas por um franco que não percebera que ele ainda estava vivo. Sua espada sumira logo no início e foi pura sorte que fez com que ninguém tentasse pegar sua cota de anéis até que ele mesmo a largou em meio ao trajeto agoniante. Gelado e encharcado, ele ergueu a cabeça que latejava.

Olhou para trás, tentando enxergar os restos do Irminsul através da barreira de chuva, iluminado pelas poucas fogueiras que queimavam sob alguma proteção. Os pilares de rocha pareciam uma parede única, de alguma forma roubada de seu poder.

Seus olhos se encheram de lágrimas.

Eu não me arrependo de ter participado da destruição do Irminsul, mas tudo que se perde de uma cultura humana é motivo de luto. Eu não pensava assim naquela época, achava que tudo era válido para impedir os yithianos. Aquele saxão podia tolerar a invasão de suas terras, porque eles também invadiam as nossas. Com o tempo, aquele povo podia se tornar parte do mesmo povo franco, como em parte realmente se tornou. Os saxões conheciam os francos, as mulheres saxãs imitavam modas e maneirismos das mulheres de nosso reino, alguns senhores saxões já tinham se convertido ao cristianismo.

Tudo podia ser tolerado, menos a destruição do centro de sua religião.

Aquele saxão se chamava Widukind, que significa "Filho da Floresta", e foi ao ver a silhueta dos pilares profanados que ele se tornou nosso inimigo eterno.

Widukind rastejou pela lama por horas ainda depois daquilo, debaixo da chuva, até que o sol nasceu, quase sem brilho. Então ele julgou que já estava longe o bastante de nossas tropas. Ficou de pé e correu.

Widukind correu pela manhã toda, enterrando os pés na lama, ferindo-os nas raízes, galhos e folhas no chão. Correu sem rumo pela floresta, com o único intuito de entrar mais e mais em sua terra, afastar-se de nós enquanto ainda fosse possível. Ele olhava para trás, mas logo não conseguia mais ver o Irminsul. Apenas a memória do fogo permanecia, e a sensação de que algo estava faltando em seu mundo. Widukind se deparou com saxões mortos, um punhado que tentara escapar da sanha dos francos, mas que tombara no caminho.

E, no meio da tarde, quando estava faminto e exausto, quando mal conseguia discernir a diferença entre ele mesmo e a Floresta de Teutoburgo, ele encontrou um franco.

O homem estava sentado na lama, a chuva caindo sobre ele, empoçada na cota de escamas em seu colo. Seu escudo redondo estava ao lado, quebrado, e sua espada estava em sua mão direita. Widukind chegou mais perto, com cautela, e viu que o homem tinha um pedaço de lança cravado no peito. A haste de madeira estilhaçada se movia devagar, com cada respiração, como se fosse um membro adicional de um monstro moribundo. A cada respiração laboriosa, bolhas avermelhadas brotavam do buraco no peito do homem. Seu pulmão tinha sido perfurado.

Havia um crucifixo tosco de madeira pendendo de seu pescoço.

Ninguém nunca saberá como aquele homem chegou tão longe, ou por que se afastou de seu próprio exército vitorioso. Talvez tenha sido um covarde, que fugiu assim que a batalha começou e por azar sofreu um ferimento mortal mesmo assim. Talvez, pelo contrário, tenha sido um bravo que escolheu perseguir saxões em fuga e por isso se desgarrou. Talvez fosse só míope ou tolo e tenha se perdido cada vez mais, numa sequência improvável de erros que o afundaram irremediavelmente na Floresta de Teutoburgo. A verdade é que pessoas desaparecem na guerra, como se a luta entre os humanos fosse uma fera que engolisse suas vítimas sem distinção.

Widukind correu os últimos metros até o homem e, num bote, pegou sua espada.

O franco o olhou sem força, concentrando-se em puxar ar para seu pulmão arruinado.

Ele não merece só a morte, Widukind ouviu em sua mente. *Você precisa sacrificá-lo.*

O saxão deu um pulo onde estava, virou-se para um lado e para outro.

Mas, onde quer que olhasse, só havia a floresta, mostrando-se e escondendo-se através das ondas de chuva.

Widukind encostou a ponta da espada na garganta do moribundo.

Não!, disse a voz. *Uma morte simples não é o bastante. Eles não vieram só matá-los. Eles vieram matar seus deuses.*

O franco ergueu a mão lentamente em direção à lâmina. Um último gesto desesperado, uma última tentativa de salvar a própria vida por pelo menos alguns minutos.

Mas então, em vez de tocar na lâmina, ele tocou na cruz.

Widukind foi tomado por raiva indignada. Aquele homem, mesmo frente à morte, escolhia seu Deus, enquanto apagava os deuses dos saxões. Ele era pior que um inimigo. Era uma ameaça a tudo que a Saxônia fora, a tudo que seria. Widukind pensou em seus ancestrais, no que eles haviam construído, no quanto haviam lutado para manter seu modo de vida. As pessoas morriam e nasciam, mas o povo continuava. Exceto que, depois dos cristãos do Rei Carlos, o povo também morreria.

Sacrifique-o, Widukind ouviu. *Não uma lâmina na garganta. Não uma morte de guerreiro. Ele deve ser uma vítima de sacrifício.*

— Quem é você? — o saxão falou para o nada, em voz alta.

Sou o espírito que existe no Irminsul. Sou o espectro que acompanha a Saxônia. Estou em Osning desde o início dos tempos. Você me conhece.

Osning, como Teutoburgo era conhecida até pouco tempo atrás. Osning, que significava "Floresta Sagrada" na língua saxã. Um nome ancestral, carregado de mistério mesmo para seus habitantes. Widukind engoliu em seco. Foi tomado pelo pavor primordial do desconhecido, mas também atraído por algo familiar. A voz lhe dava uma sensação enigmática, mas vagamente ressoante com o sentimento de cultuar os deuses no Irminsul.

Você deve sacrificá-lo.

E então Widukind perguntou:

— Como?

Você sabe que perguntas e respostas são coisas poderosas para os yithianos, Agnes. Assim como quase foi possuída ao revelar seu nome para a criatura na igreja, também poderia se tornar vulnerável a ela se abrisse as portas da curiosidade. Em sua época de vinil e televisão, já houve crianças possuídas por yithianos porque fizeram o jogo do copo ou brincaram com uma tábua de Ouija. Em épocas de festas elegantes com sessões espíritas, já houve médiuns farsantes que foram possuídos por yithianos na tentativa de impressionar os tolos. Tudo começa com uma pergunta ou uma resposta, uma curiosidade ou uma conexão.

Widukind perguntou como deveria sacrificar o moribundo e foi tomado por imagens de uma batalha 700 anos antes.

Ele não reconheceu os mortos trajados em túnicas vermelhas, portando escudos enormes e espadas curtas. Também não soube identificar os guerreiros que pareciam vitoriosos, trajando nada mais que calças de tecido e armaduras de couro e peles. Mas sentiu pelos primeiros um asco instintivo e pelos segundos uma fraternidade implícita. Widukind enxergou um eco da Batalha de Teutoburgo e soube que os vitoriosos eram também saxões, embora naquela época tivessem outros nomes.

Enxergou o que eles fizeram.

E ele não sabia, mas tinha chegado até um dos pontos de matança da batalha. Não estava em Kalkriese ou onde seria fundada Osnabrück, mas dentro da floresta, em contato com o fantasma daqueles acontecimentos. O que aconteceu uma vez deve acontecer de novo. Então Widukind repetiu os atos de seus ancestrais.

Cavou um buraco com as próprias mãos, até que as unhas sangraram, lutando contra a chuva e a lama que teimava em rolar, preenchendo os vazios. Ele sentiu estar chegando perto de algo poderoso. Widukind era inteligente, fez represas com o escudo do moribundo e com um galho de árvore para ajudar no trabalho. Já era noite mais uma vez quando estava pronto.

Então ele ficou de pé sobre o inimigo e o chutou para dentro do buraco.

— O que devo fazer? — ele perguntou, e a resposta foi de novo visões do que já acontecera. Agora com mais clareza. Mais detalhes.

Widukind levou a espada ao rosto do inimigo no buraco. Fez força com a lâmina sobre a pele. E, como o ferro dos francos era bom, a lâmina afiada fez um corte fundo. O saxão enfiou os dedos por sob a pele e puxou.

A tortura no poço durou até o amanhecer, cada hora deixando as imagens de seus ancestrais mais claras em sua mente. Os povos de Osning, que podiam ser chamados de saxões ou de Queruscos, de alemães ou de qualquer outro nome ao longo das eras, sempre tiveram seus modos de barbárie. Mas nisso eles não são únicos, pois a tortura faz parte da humanidade. Widukind se conectou ao poder de seus ancestrais por meio da dor infligida a um inimigo caído.

O franco estava quase morto, sem pele, sem genitais, sem mãos e sem pés, quando o sol terminou de nascer. Widukind ergueu a espada para decapitá-lo.

Mas antes arrancou o crucifixo e o jogou longe.

Dizia-se entre a corte de Carlos Magno que os saxões eram adoradores do diabo. Mas todos os povos dizem isso sobre seus inimigos ferrenhos, de uma forma ou de outra. É falso dizer que eles adoravam o diabo, pois nem reconheciam essa invenção cristã, mas fizeram pactos com demônios, e estes demônios são meus irmãos. O franco fez um gesto quase imperceptível com o coto sangrento de seu pulso, na direção do crucifixo arremessado. Sentiu-se longe de Jesus e indefeso frente ao poder do deus inimigo.

Widukind cortou sua cabeça, dando um uivo de júbilo. Então arrancou a lança de seu peito e a usou para fincar a cabeça decepada na árvore, assim como seus ancestrais haviam feito com os romanos, 700 anos antes.

Admirou seu próprio trabalho e se sentiu parte de uma grande tradição.

Qual é seu nome?, perguntou a voz.

— Widukind.

Pergunta e resposta. Os dois agora estavam ligados numa estrada dupla.

Widukind caminhou para longe do sacrifício, carregando a espada do guerreiro franco sem nome.

A voz o acompanhou.

Widukind é seu nome, o Filho da Floresta. Eu sou Osning e você é meu filho. Você pertence a mim.

— Não — disse Widukind, incerto sobre o que era inspiração divina e o que era delírio de fome e cansaço. — Eu tenho pai e tenho mãe.

Este é seu nome, seu nome é sua verdade. A verdade é que você nasceu da floresta e à floresta deve tudo que é.

E Widukind caminhou até mais um anoitecer ouvindo as mesmas palavras:

Você é meu.

O Irminsul fora destruído, mas a sensação do culto aos deuses saxões perdurou. O sacrifício tinha sido bom, tinha feito com que ele se sentisse parte de um todo. Mas ele também era um indivíduo. Também era ele mesmo.

Sutilmente, ele começou a sentir que, ao responder sobre seu nome, tinha entregado o nome à presença.

Quando a noite já estava escura a ponto de tapar toda a visão, ele precisou se segurar numa árvore. Nenhum animal cruzara seu caminho. Ele estava delirante de fome. A chuva não cessara, sua força torrencial continuava apagando todos os rastros, transformando a floresta em um labirinto sem saída.

Eu posso lhe dar alimento, disse a voz. *Eu sou a floresta. Eu tenho os caminhos e a fartura. Você é filho da floresta.*

No escuro, ele seguiu caminhando. Estava sozinho desde a morte do guerreiro franco, mas se sentiu acompanhando um exército. Um exército antigo, feito de ancestrais. O que acontecera uma vez tinha acontecido de novo.

Seja eu, disse a voz. *Deixe-me ser você.*

Ele pensou em como seria delicioso deixar de existir. Deixar de sentir os pingos gelados que não cessavam, abandonar a dor nos pés e nas mãos, largar a cabeça latejante como se fosse ele o decapitado, não ter mais fome. Desfazer-se na floresta.

Você me cultuou. Você me deu um sacrifício. Agora só resta um sacrifício para me saciar.

Ele apertou os olhos e levou as mãos aos ouvidos, mas escutou mesmo assim:

Você.

Quando amanheceu, ele reconheceu uma árvore. Uma árvore larga, com um tronco que se dividia em dois. Era familiar, era prova de que ele estava indo a algum lugar. Widukind riu de felicidade, sabendo que chegaria em casa.

Então o véu de chuva revelou mais alguns metros adiante e ele viu a cabeça do franco pregada na árvore.

Widukind caiu de joelhos na lama. Ele estivera andando em círculos.

Eu posso lhe dar alimento, disse a voz.

Ele comeria qualquer coisa. Comeria terra, comeria madeira.

Aceite.

Então ele ficou de pé e caminhou até o buraco onde estavam os restos de sua vítima.

E aceitou o alimento.

Widukind cortou um pedaço da carne do inimigo e, com mãos trêmulas, levou-o à boca. Mastigou e chorou com o gosto delicioso. Na Linha de Ley, ele consumiu a hóstia sangrenta, sem saber o que era uma hóstia. Tudo que aconteceu acontece de novo, e nisso há poder. Widukind comeu carne humana sacrificada, seguindo a rota de Arminius, assim como os membros da caravana de Golgotha Hill comeram carne humana sacrificada, seguindo a rota da Caravana Donner. A história é escrita com sangue e exige que sangue seja derramado de novo.

Seja eu. Deixe-me ser você.

Widukind comeu mais um pedaço.

— Eu sou a floresta — ele disse.

E, subitamente como começara, a chuva cessou. Widukind olhou para os lados e enxergou com clareza o caminho de volta para casa.

Mas já não era mais ele mesmo.

IV

A CHUVA DUROU TRÊS DIAS E TRANSFORMOU O FOGO EM UMA memória distante. Todos viram a tempestade como um sinal da aprovação de Deus pelos atos do rei. Eu desconfiei da coincidência, mas era algo que me favorecia. Eu precisava de Carlos como um favorito de Deus, precisava que ele fosse visto assim e assim continuasse. Depois que nós três emergimos do labirinto, ficamos acampados na floresta, porque tínhamos matado como ceifadores e todos estavam exaustos e feridos.

Mesmo assim, estávamos felizes. Não era só a sequência de vitórias que elevava os francos à supremacia naquelas terras, nem mesmo a esperança que Carlos trazia contra as invasões dos sarracenos e os saques dos pagãos. Nós, assim como o povo em geral, sentíamos uma volta à ordem. Eu lembrava dos romanos, lembrava de inúmeras dinastias chinesas, dos babilônicos e de outros tantos impérios ao redor do mundo. Também lembrava das vastas épocas sombrias de tribos e chefes guerreiros. Embora o povo comum nunca tenha noção de seu lugar na história, eles sabiam por um instinto vago que as últimas gerações tinham existido num mundo em caos, e que agora a ordem voltava mais uma vez a suas vidas.

Um império é uma coisa terrível, Agnes. Conquistadores são, sem exceção, sanguinários. Só os julgamos de formas diferentes porque justificamos as consequências tardias de seus atos ou porque não nos importamos muito com suas vítimas. Sob um império, vive-se à mercê dos poderosos, a vida é estanque e monolítica. Mas, e isso talvez seja intragável para uma humana acostumada com a democracia, impérios também trazem previsibilidade. Isso é o mais importante para a maior parte das pessoas. Quem vive no século 20 não imagina o privilégio que tem simplesmente por ter palavras como "político" e "burocracia" em seu vocabulário. Somos tão privilegiados que descartamos esses termos como algo pejorativo ou desprezível. Mas, se existem políticos, é porque as decisões são tomadas com base em acordos, não em força bruta. Se existe burocracia, existem funcionários que aplicam e regulam leis de forma igual para todos. Muito idealizamos a existência livre, mas a verdade é que em sociedades fragmentadas a lei é diferente para cada um, de acordo com sua força e com a lealdade de amigos próximos. Quanto mais dividida e desigual a sociedade, mais cada um está vulnerável. Mais imprevisível é a existência das pessoas comuns. Um plebeu queria plantar sabendo que ia colher sem que ninguém queimasse sua lavoura. Queria saber quanto de sua colheita seria confiscado a título de impostos, sem temer que tudo seria simplesmente roubado. Queria construir um poço sabendo que seu filho estaria vivo para usá-lo no futuro.

Carlos estava oferecendo tudo isso de novo.

Um império representa segurança porque é maior que seus governantes. Naquela época, as estruturas só eram tão sólidas quanto seus líderes. O governo dependia de força e de carisma, a economia dependia de saques. Mas um império, assim como todas as grandes estruturas sociais que existem e existiram, garantia que as coisas continuassem funcionando mesmo com governantes fracos ou sem carisma, mesmo com líderes odiados. O dia de amanhã era conhecido, porque não dependia das ações pessoais de um líder.

Quando o Império Romano caiu, séculos antes, a transformação na vida das pessoas comuns não foi drástica. Houve uma simplificação gradual, o mundo ficou cada vez mais restrito, a vida retornou cada vez mais às necessidades básicas. Os imperadores de Roma foram em grande parte tiranos, muito sangue inocente foi derramado para que o esplendor de Roma existisse. Mas, mesmo entre os conquistados, havia ordem, havia previsibilidade. Julgue por você mesma se isso tem mais valor que liberdade ou que as vidas que foram perdidas em incontáveis massacres, mas tudo se desintegrou quando Roma sucumbiu ante seu próprio peso. Estávamos todos fragmentados mais uma vez, vivendo em tribos, com chefes chamando a si mesmos de reis e vários homens poderosos clamando a legitimidade dos títulos romanos. Hoje em dia, chama-se essa época de Idade das Trevas. Eu a vivi e lhe digo que é ingenuidade imaginar que foi só escuridão, mas foi uma época de imprevisibilidade, uma época em que muitas vezes tudo que impedia um chefe guerreiro de saquear e destruir uma aldeia era o medo da vingança do santo que a protegia. Não havia impostos e assim não havia estradas, só caminhos dentro da mesma aldeia. Não havia políticos e assim não havia acordos, só conquistas.

Mas, depois de séculos, um homem estava mudando tudo isso e seu nome era Carlos.

Então estávamos todos felizes com as vitórias de nosso rei, mesmo quando ele se mostrava um selvagem. Acampados em Osning, que hoje em dia se chama Floresta de Teutoburgo, à vista dos pilares de rocha, nós comemos, bebemos e respiramos aliviados. Os soldados perderam parte de seu saque em jogos de azar, os servos costuraram roupas rasgadas e escovaram cavalos, os homens mais próximos do rei ouviram atentamente seus planos. Todos assistiram às missas que celebrei.

Eram missas, mas seu significado real era perdido naqueles homens. Eu estava fechando portas sutis que levavam ao outro mundo. Sentindo aonde as linhas energéticas levavam, avaliando o Mecanismo do Destino e o quanto ele mexia no futuro. Ninguém lembrava de quando ou como aquilo tinha surgido, mas eu sabia quais tinham sido suas consequências.

A chuva cessou, mas roupas, tendas, armas e equipamentos estavam cobertos de lama, davam a impressão de que nunca mais ficariam limpos. Certo dia, depois da missa noturna, fui falar com o rei.

— Acha que Cristo está satisfeito conosco, Turpin? — ele perguntou, sorrindo.

Mesmo que eu não pudesse responder sobre Cristo, era claro que Carlos estava satisfeito.

— Estamos fazendo o trabalho de Deus, meu rei.

— E continuaremos! — ele esfregou as mãos. — A Saxônia cairá ante nós, porque Deus está do nosso lado! Minha mente já está na campanha do ano que vem!

— Mas esta batalha ainda não terminou, meu senhor.

Carlos ergueu uma sobrancelha e não disfarçou uma careta de decepção. Uma vitória limpa, rápida e abençoada era sempre atraente. Detalhes sempre estragavam tudo.

— O que quer dizer? Parece bem acabada para mim.

— Destruímos o centro do paganismo, meu senhor, mas não construímos nada.

— O que você quer construir? — disse Carlos, um pouco irritado.

— Uma cruz.

Ele se forçou a conter a irritação. Assuntos divinos eram muito queridos para o rei.

— Ainda há muito terreno a conquistar, Turpin. Você é um guerreiro, mas não conhece a guerra como eu. Não adianta erguer uma cruz e esperar que os bárbaros a respeitem.

— Não basta queimar uma árvore e esperar que Deus esteja aqui — retruquei. — Sabe como os saxões chamam esta floresta?

Ele não sabia, é claro.

— Osning — respondi minha própria pergunta. — Significa "Floresta Sagrada" na língua deles. Conseguimos uma grande vitória, mas eles continuarão chamando este lugar de Osning, sempre encontrarão refúgio aqui. Precisamos manter Osning sagrada. Mas para o verdadeiro Deus.

Carlos ficou um longo tempo sem falar nada.

— Muito bem — disse, por fim. — Dê a ordem, bom Turpin. Mande construir sua cruz.

O segredo para influenciar pessoas poderosas é progredir aos poucos. Se eu sugerisse que Carlos movesse os exércitos para outro lado da floresta, ele teria negado. Mas agora a ideia de "erguer uma cruz" já fazia parte de seus pensamentos e ele julgava que a decisão fora sua.

— Não pode ser aqui — falei.

— Por que não?

— Deus revelou a mim seus desejos. Devemos entrar mais fundo, ir mais ao norte.

— Uma cruz nunca ficará de pé em território que ainda não está seguro, Turpin! Você quer dar um brinquedo para os saxões desmontarem, como se fossem crianças!

— Uma cruz não ficará de pé, mas não será apenas uma cruz, meu senhor. Nós vamos consagrar este território. Vamos criar a primeira diocese da Saxônia.

— Uma diocese...?

Um sorriso lento se espalhou pelos lábios do rei. Sua ambição e sua religiosidade estavam intimamente ligadas. Eu sabia que a noção de desbravar território espiritual seria sedutora para ele.

— Você não apenas redescobre o que os antigos deixaram, meu rei. Você desbrava novos caminhos. Qual outro monarca é capaz de resolver questões de interpretação bíblica que nem mesmo o Papa e o Imperador Bizantino solucionam? Qual outro rei tomou para si com tal vigor a tarefa de espalhar a palavra de Deus? Basta de apenas defender o que os antigos criaram. Você deve fundar sua primeira diocese.

— Muito bem, arcebispo — ele deu um tapa carinhoso em meu braço. — Diga aonde devemos ir.

E assim o exército de Carlos Magno se aprofundou na Floresta de Teutoburgo, que naquela época era conhecida como Osning. Achamos equipamento romano esquecido ali há séculos, restos da grande vitória de um príncipe saxão antigo. Encontramos rotas ancestrais, abertas na floresta, esquecidas e redescobertas incontáveis vezes. Seguimos pelo terreno alagado e lamacento, ladeando uma colina que eu conhecia muito bem, até que alcançamos a orla da floresta.

As linhas energéticas convergiam ali. Ou, devo dizer, convergem aqui. Como o centro de uma roda, elas chegam de todas as direções e se unem num único ponto. Um lugar que geração após geração esquece, mas onde a história da humanidade é escrita. Onde foi travada uma batalha que decidiu os rumos do Império Romano, onde mais de mil anos depois seria assinado um acordo de paz que colocaria fim a guerras religiosas. A primeira diocese fundada por Carlos Magno.

Dei a comunhão ao rei e ao exército. A religião era obscura naquela época e eu era uma autoridade. Nenhum deles sabia que meus gestos ritualísticos faziam parte de diagramas de feitiçaria. Com o poder daquela magia escondida no rito cristão, coloquei um selo no Mecanismo do Destino. A cruz que erguemos marcou o lugar onde mais tarde seria construída uma igreja, então uma catedral.

— Consagro esta terra a São Pedro — falei, com os braços erguidos. — Que esta seja sempre a Ponte para Deus. Em nome do Pai, do Filho e do Espírito Santo, em nome do Rei Carlos dos Francos, está fundada a Diocese de Osnabrück.

Naquela noite, em volta de uma fogueira, dois amigos conversavam. Eles, assim como todos, estavam inspirados por ter testemunhado aquele fato histórico, mas sua amizade os inspirava ainda mais.

Existem pessoas cujo destino está interligado por alguma razão, Agnes, e às vezes esse destino continua interligado mesmo depois da morte. Era o caso de Roland e Oliver. Eles tinham a mesma idade e os mesmos ideais. Tinham se encontrado no serviço ao rei, duelado e logo se tornaram irmãos. No ano anterior, Roland tinha casado com a irmã de Oliver, e assim se uniram efetivamente numa só família. Não era estranho que empreendessem grandes buscas heroicas em dupla ou que conversassem por horas noite adentro, só os dois.

Eles falavam de mim.

— Sua alma anda estranha, irmão — disse Oliver, com voz suave. — Duas coisas que não espero do grande Roland são segredos e melancolia.

Roland cutucou a fogueira com um graveto.

— Eu deveria estar feliz? — ele perguntou.

— Todos estão! Olhe a sua volta. Cristo está aqui, finalmente. Esta será só a primeira das dioceses criadas por nosso rei, tenho certeza.

Roland ficou calado.

— Quem poderia imaginar uma vitória maior? — insistiu Oliver. — Quem ousaria supor que, em retaliação ao saque de uma igreja, nós iríamos destruir o centro da maldade pagã?

— Toda aquela matança e destruição foi mesmo justificada?

— Também não espero de Roland arrependimentos e tormento interno! Você é uma flecha, meu irmão, voando reta ao coração do inimigo sem hesitar.

— Exato, Oliver. E você é uma bigorna, suportando tudo e sempre sólida. Esqueça os palavrórios, não sou um poeta! Por que não está questionando tudo isso?

— Não há nada para questionar, Roland. Você só está tomado pelo cansaço divino.

— Não! Eu não senti a fúria divina nenhuma vez nesta batalha. Não são meus braços e pernas que estão pesados. É minha alma.

Roland era conhecido por ser tomado por um frenesi de matança e heroísmo. Muitas vezes, depois do fim da batalha, ficava moroso ou mesmo inerte por vários dias. Oliver tomava conta dele nesses períodos.

— Sua alma está pesada porque está cheia de segredos — disse Oliver.

— Minha alma está pesada porque está encharcada de sangue.

— Sangue pagão.

— Por que Turpin não abaixou a Oriflamme, irmão? — Roland confessou seu questionamento num jorro.

O rosto redondo de Oliver foi tingido por uma sombra. Se Roland era tomado por fúria, o outro era tomado por introspecção. Oliver de Viena era filho de uma das famílias mais importantes do reino e sua educação tinha se traduzido em sabedoria e sagacidade. Roland esperou calado enquanto a mente de seu amigo trabalhava sob um cenho franzido.

— Sua pergunta não faz sentido — disse Oliver, por fim. — Mesmo eu, que me perco em divagações, não posso questionar o Arcebispo. Estávamos lutando contra os pagãos.

— Por que matar todos eles? Com a batalha vencida, por que não batizá-los?

— Você é tão ingênuo quanto é bravo, irmão! — riu Oliver. — Os saxões se ajoelhariam e jurariam qualquer coisa que mandássemos! Depois voltariam para seus demônios e continuariam nos saqueando.

Roland não riu. Na verdade, seu rosto só se tornou mais grave.

— O que foi, irmão? — perguntou Oliver.

— Nada. Você tem razão.

— Roland — disse Oliver, tirando uma mecha de cabelo dos olhos do outro.

Roland olhou fundo nos olhos de seu amigo.

— Eu vi coisas, Oliver — ele disse. — Dentro do Irminsul.

— É isso que pesa dentro de você? Por que não quer me contar o que aconteceu lá dentro?

Roland se desvencilhou da mão de Oliver. Deixou parado o graveto com o qual cutucava a fogueira, até que começou a queimar também. Ficou olhando para o fogo enquanto a chama subia pelo graveto em direção a sua mão.

— Você vai se queimar, Roland.

Ele enfiou o graveto na fogueira, desfazendo a pilha de madeira que queimava e mandando faíscas para todo lado.

— Você nunca teve segredos comigo — disse Oliver. — Até as coisas que aconteceram com minha irmã, que outros homens teriam medo de compartilhar, você me contou de peito aberto. Você é Roland, que nada teme. Por que está amedrontado com essa verdade?

— É o Arcebispo — admitiu Roland.

— O que ele fez?

— Não sou capaz de dizer.

— Turpin fez com que você jurasse silêncio?

— Ele não precisou — disse Roland. — Ele sabia que eu não conseguiria explicar o que houve lá dentro.

Não era verdade por completo. Eu sabia que Roland não teria as palavras para descrever o centro do labirinto, mas o que me deixava seguro era a confiança do rei. Ainda que Roland contasse tudo que viu e ouviu, Carlos tinha plena fé em mim e isso bastaria para manter meu status entre a corte e os campeões.

Porque, assim como Roland, Oliver e nove outros, eu era um Paladino.

— É verdade o que os soldados comentam, Roland? O que Turpin disse antes que entrassem? Vocês enfrentaram o diabo?

— Não… — Roland balançou a cabeça. — Não o diabo. Enfrentamos demônios.

— Você foi ao inferno, meu irmão? — perguntou Oliver, com urgência contida.

— Não sei — Roland tocou em sua mão. — Não sei que lugar era aquele, Oliver, mas Turpin o conhecia.

— O Arcebispo é abençoado. Assim como mandamos batedores para reconhecer a floresta, faz sentido que um homem santo conheça o terreno dos demônios.

— Eles o chamaram de irmão.

Oliver ficou em silêncio por um longo tempo.

— Demônios mentem — ele disse, por fim. — Demônios tentam envenenar sua mente, fazê-lo cair em tentação.

— Não me ofereceram nada.

— Não é preciso que lhe ofereçam nada! Você já tem tudo que um homem pode sonhar. É o mais forte entre os fortes, o mais bravo entre os bravos. É a espada do rei, tem uma bela mulher esperando por você, é parte de uma família de prestígio. E tem um amigo que o ama.

— Eu sei.

— Não existe nada que um demônio possa oferecer para tentá-lo. Eles estão tentando tirar coisas de você para arrastá-lo ao caminho da maldade.

— Tirar?

— Estão tentando tirar sua amizade com o rei. A proteção espiritual que Turpin oferece. Para quem só conhece a felicidade e a vitória, um gosto de amargura e derrota pode ser tentador.

Aquilo fez sentido para Roland. Assim como um príncipe podia se vestir de mendigo por um dia, por pura curiosidade, assim como uma criança podia tocar em ferro em brasa, um homem que já alcançara a plenitude podia experimentar a perda e a degradação. Mas se o príncipe se perdesse e fosse esquecido entre os mendigos, se a criança tropeçasse e queimasse o braço inteiro até o osso, essas curiosidades podiam ser causa de ruína.

— Turpin falou palavras incompreensíveis — insistiu Roland.

— Que palavras?

— Nem consigo repetir! Palavras que nunca ouvi antes.

— Palavras que nunca ouviu antes! — Oliver deu uma risada pequena. — Inimigos que nunca matou antes, isso sim seria uma surpresa. Armas que nunca brandiu antes também. Cavalos que nunca montou antes, riquezas que nunca conquistou antes… Mas palavras? Acredite em mim, irmão, você não é o Papa ou o Rei Carlos! Há muitas palavras que nunca ouviu antes!

— Pareceu algo diferente.

— Era grego? Latim?

— Isso é algo que também não entendi direito, Oliver. Não era língua nenhuma, mas era nossa língua. Os demônios falavam de um jeito que eu conseguia entender.

— Para mentir melhor…

— Turpin também falou na mesma língua.

Eles ficaram em silêncio.

— Fale tudo que está em sua mente, meu irmão — Oliver pediu.
— Eu acho que o Arcebispo Turpin é um herege diabolista.

A acusação era ainda mais grave do que você pode imaginar, Agnes, e vou lhe explicar por quê. Quando você me chamou de louco, quando Javier me chamou de herege porque eu falava em yithianos e na ausência de um Deus protetor, vocês estavam atacando minha posição como padre, como guia espiritual. Mas ser um arcebispo naquela época não era o mesmo que ser um padre. E, além de arcebispo, eu era um Paladino.

A política do Reino dos Francos era complicada e caótica. Depois que o Império Romano caiu, não houve barbárie automática e então uma progressão ao feudalismo. Havia ecos fortes de Roma na maneira como se governava e se obedecia. A família de Carlos tinha originalmente o cargo de Mordomos do Palácio, o que pode parecer uma função servil, mas era um posto guerreiro e administrativo, quase como um primeiro-ministro. E os reis da época se tornaram inúteis e preguiçosos, deixando que os Mordomos do Palácio governassem cada vez mais em seu lugar, até que só eles tivessem poder real e o respeito do povo. E assim o pai de Carlos, chamado Pepino, o Breve, foi coroado Rei dos Francos pelo Papa e deu início a uma nova dinastia.

Eram tempos de loucura e a Igreja era uma das únicas forças que mantinham a ordem. Bispos assumiram o papel de governadores, sendo alguns dos únicos poderes que comandavam por algo além da pura força física. Então eu, como arcebispo, era um senhor de terras. Um senhor de terras que não possuía um título hereditário. O próprio cargo de arcebispo me foi dado por Carlos, dependia de sua amizade e confiança. Não havia uma lei maior que o rei, e mesmo a lei de Deus nos era passada por ele, muito mais que pelo Papa. Acusar-me de heresia e diabolismo não era só dizer que um sacerdote maligno estava na corte, mas afirmar que uma parte das terras do rei estava sob o comando de alguém que o tinha enganado, era jogar dúvida sobre todo o sistema de relações de confiança e amizade que estava civilizando a Europa. Eu era arcebispo porque Carlos queria, assim como Roland era conde da Marca da Bretanha porque ele queria. "Conde" não era ainda um título de nobreza hereditária, mas um cargo herdado da administração romana, um misto de burocrata, governador e chefe guerreiro. Todos confiávamos no julgamento de Carlos para escolher as pessoas certas e o povo confiava em nós porque tínhamos sido escolhidos.

Se o rei pudesse ser enganado, isso significava que ele não era diretamente inspirado por Deus?

Uma acusação de heresia e diabolismo também colocava em xeque nossa irmandade.

Oliver e Roland eram irmãos porque eram inseparáveis, mas eu também era seu irmão, pelo menos em meus deveres e aos olhos de Carlos. O rei escolhera doze de seus melhores guerreiros, de seus mais leais súditos, para serem os mais próximos dele. Nas canções de séculos posteriores, fomos chamados de Doze Pares da França, mas não existia França. Na época, o rei nos chamava de Paladinos.

O título também tem uma origem rica, vindo dos servos mais próximos dos imperadores romanos que viviam no Monte Palatino, mas entre nós significava que devíamos ser como Carlos. Devíamos demonstrar as mesmas qualidades, a mesma bravura, a mesma sabedoria, a mesma fé. Lutávamos juntos nas principais campanhas, enfrentávamos juntos os pagãos, os rebeldes, os bárbaros, os sarracenos. E para todas essas pessoas podíamos ser só guerreiros sanguinários e conquistadores, mas em nossos corações fazíamos o bem, assim como o enxergávamos.

Um Paladino confiava no outro, assim como o povo confiava num conde ou arcebispo. Carlos Magno nos escolhia, nos unia na irmandade de guerreiros. Talvez a Távola Redonda seja a união desse tipo mais famosa hoje em dia, mas a palavra "paladino" entrou no vocabulário do mundo todo, e eu fui chamado assim pelo rei.

O maior sonho de qualquer cavaleiro de Carlos era ser um Paladino. Eu fiz parte da primeira leva. Para sempre nosso exemplo foi imitado, mas nunca igualado.

Você imagina, Agnes, o que significava o maior cavaleiro do mundo erguer a suspeita de diabolismo sobre o único sacerdote dentre os Paladinos?

Naquele acampamento, nos dias depois de nossa grande vitória contra os pagãos, a semente foi lançada por Roland. Uma vez que aquilo foi dito, nunca mais poderia ser silenciado. Éramos os primeiros Paladinos, mas já havia em nosso meio uma rachadura. Oliver apertou o antebraço de seu irmão e não conseguiu responder.

V

FOI SOB ESSA SOMBRA QUE VIAJAMOS PARA FORA DA FLORESTA DE Teutoburgo e saímos do território dos saxões, chegando até Colônia.

Foi como estar em outro mundo. O Rio Reno marca o fim da conquista romana nestas terras, por causa do rebelde chamado Arminius, que travou contra os romanos a Batalha de Teutoburgo. Colônia é a última grande cidade romana na região do Reno, e até hoje você pode sentir no ar como é diferente de lugares depois do rio, inclusive a cidade lúgubre onde estamos.

Carlos estava no meio de uma campanha na Saxônia, mas tínhamos acabado de criar algo novo. A Diocese de Osnabrück seria subordinada à Arquidiocese de Colônia e era preciso acertar toda a burocracia eclesiástica, mesmo que essa parte não me interessasse. Além disso, nossas tropas precisavam descansar e todos precisávamos de mais suprimentos. Talvez, para a conquista pura, fosse mais inteligente continuar à frente, construir fortalezas no território inimigo e esmagar os saxões sem piedade. Em parte, eu queria que isso acontecesse, mas sabia que não podia forçar o rei demais. Carlos não respondia a ninguém além de si mesmo. Ou ao que ele pensava ser seu Deus. E, para Carlos, a guerra era um incômodo necessário. Ele desejava pacificar toda a região, unir os povos germânicos, e para isso precisava guerrear, mas não gostava da matança. Carlos passou a maior parte da vida fazendo guerra, mas aquela era a parte tediosa do governo. Ele queria fomentar a cultura, estudar as escrituras, ensinar as crianças. Queria receber embaixadores e fazer alianças com outros reis. Queria, enfim, construir em vez de destruir, por isso determinou que iríamos a Colônia em vez de continuar matando saxões, como uma criança que come a sobremesa antes dos vegetais.

E talvez tenha sido uma ideia maravilhosa ir a Colônia, porque ao chegar lá encontramos embaixadores do Papa.

Não vou encher seus ouvidos com descrições de Colônia, Agnes. Era uma cidade romana, tanto quanto ainda havia cidades romanas na época. As pessoas tinham demolido construções para fazer suas casas, oficinas e fortificações, porque é mais importante sobreviver do que preservar a história, mas havia traços dos romanos por todo lado. Havia um aqueduto e restos de colunas. E o rei chegou ao palácio, que era um castelo tosco habitado por um bispo, e encontrou dois embaixadores do Papa.

Nossa chegada a uma cidade era tanto motivo de festa quanto de desespero. Os soldados estavam ávidos por gastar o ouro que tinham conquistado dos saxões, mas todos sabiam que haveria brigas, bebedeiras e sujeira por todo lado. O rei trazia riquezas e honra, mas também escrutínio. E todos tinham reverência por mim, além de medo, porque eu era o arcebispo e a maior autoridade eclesiástica entre os francos. Dezenas de garotas jogaram seus lenços para Roland e Oliver, mas outros tantos jovens ficaram ansiosos por desafiá-los e provar sua força.

Nossa chegada foi o maior evento do ano para muita gente, o maior evento das vidas de alguns, mas para nós tudo se passou num borrão. Havia embaixadores do Papa.

Carlos era irrequieto e não quis nem dormir uma noite sobre uma cama macia antes de recebê-los. O rei tinha uma energia que raramente vi em humanos. Até sua corte era móvel — quando as campanhas militares exigiam, ele arrastava a burocracia consigo e reinava de um acampamento ou de um de seus vários palácios. Naquele dia ele rezou, tomou banho, fez a barba para manter a tradição de sua família e, antes que o sol se pusesse, esparramou-se no trono de madeira do bispo. Então mandou que os embaixadores entrassem. Estávamos todos de pé, assistindo. O próprio bispo de Colônia retorcia as mãos e se desfazia em bajulações ao rei.

Dois soldados abriram as portas do salão, deixando ver a luz do crepúsculo lá fora. Os embaixadores entraram, caminhando em passos comedidos, de cabeça baixa. Chegaram até perto do rei e se ajoelharam.

— Ergam-se, homens — mandou Carlos. — Já perdemos muito tempo com formalidades. Eu esperava chegar aqui e tomar decisões sobre colheitas, não me deparar com dois enviados do Papa!

— Peço perdão por importunar o Rei dos Francos — disse o embaixador. — Mas cavalgamos desde os Estados Papais, de castelo em castelo, de cidade em cidade, atrás de sua ajuda. Ouvimos histórias de que o rei estava entre os pagãos, espalhando a palavra de Nosso Senhor e punindo-os pelos saques às igrejas de seu reino. Foi Deus que nos colocou aqui, enquanto o rei chegava, para lhe entregar esta mensagem de súplica.

— Não há o que perdoar — disse Carlos, impaciente.

Senti o cheiro de carne assando por perto. O bispo devia conhecer as preferências e apetites do rei. Ele comia carne assada todos os dias, e eu sabia que a comida de campanha era uma das razões para ele querer parar em uma cidade próspera. O bispo coletava altos impostos do porto movimentado de Colônia e teria recursos para alimentar bem a barriga real. Com certeza Carlos queria se livrar dos formalismos para poder trabalhar e comer.

— Sua magnanimidade é lendária... — continuou o embaixador.

— A mensagem! — o rei cortou.

Então o embaixador engoliu em seco, aproximou-se e estendeu um pergaminho. Carlos pegou o rolo, quebrou o lacre e fingiu examiná-lo. Enquanto alguns desviavam o olhar por vergonha, eu fiquei atento para a postura do rei, pronto para intervir. Aqueles embaixadores quiseram agradar Carlos, lisonjeando suas capacidades intelectuais, mas não sabiam que, mesmo falando latim e grego, o rei não sabia ler direito.

Dei um passo à frente.

— Esperam que o rei relate a todos nós a mensagem, como se fosse um simples arauto? — repreendi, minha voz tomando o salão. — Ou esperam que nós, seus Paladinos, sejamos deixados ignorantes desta missiva que vocês se esforçaram tanto para entregar? Você é a voz do Papa, homem! Pare de gaguejar e fale!

Eu não precisava dizer quem era para que ele me reconhecesse. Só havia um homem que acompanhava o rei, usava a batina e tinha o porte de um guerreiro.

— Perdão, bom Turpin — ele abaixou a cabeça de novo.

Então os dois se entreolharam e o embaixador finalmente tomou coragem:

— O Papa Adriano suplica a ajuda do Rei Carlos dos Arnulfling — ele disse. — Os Estados Papais foram invadidos pelo Rei Desidério da Lombardia.

Um silêncio fúnebre tomou conta do salão. Carlos deixou de lado o semblante impaciente e enérgico, virou o homem de pedra e ferro que era quando uma decisão importante chegava. E aquela era uma decisão importante, que mudava tudo.

Carlos era casado com Desiderata, a princesa da Lombardia e filha do Rei Desidério. Carlos apreciava as mulheres, já tivera algumas concubinas e viria a amar muito ao longo da vida. Mas o casamento com Desiderata era tanto luxúria e amor quanto política. Ele quisera garantir a paz com Desidério.

Ao mesmo tempo, o Papa Adriano era um aliado de valor. O pai de Carlos tinha dado ao Papa terras na região que hoje é a Itália, fazendo com que, pela primeira vez, ele fosse um governante real, uma autoridade política além de religiosa. Os Estados Papais compunham uma região considerável e durariam até a época de Napoleão. Não eram o Vaticano, mas um reino verdadeiro, respaldado por armas e espiritualidade, que continha em si a cidade de onde emanava toda a legitimidade dos últimos séculos.

O Papa dera à dinastia de Carlos o título de reis, e assim se tornara uma força capaz de fazer reis. Embora aquele tivesse sido um arranjo mutuamente benéfico, também representava um risco. Agora que o Papa Adriano pedia ajuda a um rei da dinastia, havia a ameaça implícita de que sua legitimidade podia ficar abalada. Carlos não respondia ao Papa, mas almejava uma autoridade maior do que a mera força. Isso era algo que só a Igreja podia construir.

Esfacelar uma aliança com um rei poderoso que era seu sogro ou ignorar o pedido de ajuda do Papa? Entrar numa guerra quase fratricida ou jogar fora o maior verniz de legitimidade que um rei podia possuir?

Carlos fez sinal para que o embaixador lesse a mensagem completa. Desidério estava avançando sobre Roma. Talvez já estivesse sitiando a cidade. Por todo o salão, linhas de destino explodiram e se entremearam. O destino brilhante que emanava do rei foi aos poucos engolfando todos.

— O Papa Adriano suplica sua clemência, Rei dos Francos — concluiu o embaixador. — Sem sua ajuda, a Cidade Eterna cairá para um rei herege.

O que deve chamar sua atenção aqui, Agnes, é a absoluta falta de formalidade. Havia bajulação, mas não protocolo. Mesmo os títulos não eram estabelecidos como viriam a ser. Os embaixadores sabiam que sua mera insistência podia estimular o rei a dar uma resposta imediata.

— Vão embora — disse Roland. — Deixem o rei pensar sozinho.

— Não — corrigiu Carlos. — Não, Roland, deixe que fiquem. É sobre a casa deles que vamos deliberar, nada mais justo que estejam presentes.

O silêncio persistiu, quebrado apenas pelos agradecimentos sussurrados dos dois embaixadores.

Por fim, Carlos se voltou a Oliver.

— Oliver de Viena! — disse o rei. — Sua sabedoria é única entre os Paladinos. Em seus poucos anos nesta terra, já falou mais verdades do que os anciões mais eruditos. O que acha que seu rei deve fazer?

Oliver deu um passo à frente e pigarreou.

— A matança deve ser sempre a última escolha, meu rei. O Papa Adriano pede ajuda, mas esta ajuda não precisa ter a forma de espadas e cavalos. Eu digo que, com seu poder e sua autoridade, o senhor deve convocar o Rei Desidério e o Papa Adriano a um mesmo castelo para que um acordo seja firmado. Apenas se isso não for possível deve pegar em armas.

Carlos meneou a cabeça, sopesando as palavras do cavaleiro.

— Turpin! — virou-se para mim. — Você é meu amigo mais antigo. É o mais próximo a Deus dentre todos nós. Você ergue e abaixa meu estandarte, decidindo quem vive e quem morre. O que diz que devo fazer?

Olhei para todos os presentes.

— Não pode haver dúvida, meu senhor — falei, sério. — A única escolha é esmagar os exércitos hereges de Desidério e fazer com que ele se arrependa de ter erguido espadas contra o Bispo de Roma.

Houve um murmúrio generalizado no salão. Os dois embaixadores mal contiveram um sorriso.

Vê por que eu insisti para que Javier abandonasse o fanatismo, Agnes? Vê por que insisto para que você não feche os ouvidos à verdade? Eu mesmo já fui um fanático. Eu sabia da verdade, conhecia o universo como aqueles homens nunca conheceriam, mas havia muito do verdadeiro Turpin dentro de mim.

Mais do que isso, eu via o cristianismo como a única força que nos salvaria da barbárie.

Havia um turbilhão em minha mente. Há meros 700 anos eu tinha decidido defender os mortais em vez de escravizá-los. Eu estava repleto de sacerdotes e guerreiros dentro de mim, conhecia só a selvageria. Eu amava os humanos, mas só admirava um humano e seu nome era Carlos. Enxergava os demais como peças num quebra-cabeça. Peças substituíveis.

Eu sabia que precisávamos de algo que conquistasse o Mecanismo do Destino, que impedisse que os humanos fossem possuídos pelos yithianos e, para mim, isso era apenas a Igreja. Eu queria trancá-los para protegê-los, queria fechar suas mentes porque achava que vocês nunca poderiam tomar conta de si mesmos. Javier era um fanático, mas pelo menos ele acreditava. Eu fui um fanático cínico. O foco de meu fanatismo era o próprio fanatismo, eu queria doutrinar a humanidade com uma doutrina, não importava qual fosse.

Era preciso defender o Papa. O que importavam alguns milhares de cadáveres?

— Turpin! — disse Oliver, mas Carlos fez um gesto e ele se calou.

Então, em poucos momentos, o salão também ficou quieto, ante o olhar do rei.

— Roland — disse Carlos. — Você é nosso maior herói. O campeão entre os Paladinos, o melhor cavaleiro do mundo. Todos temem sua fúria, todos sabem que nunca ergueria uma lâmina contra alguém que não fosse ímpio. O que você acha que seu rei deve fazer?

Roland respirou fundo e deu um passo à frente.

— Se Desidério marchou contra os Estados Papais, não há mais acordos a fazer — disse o cavaleiro. — A guerra já começou e palavras não vão salvar as vidas dos plebeus.

Ele olhou fundo nos olhos de Carlos.

— Mas o rei faz parte da família de Desidério. Não convém que seja sua a espada a derramar sangue lombardo. Não é certo que o senhor mate o pai e os irmãos de sua esposa. O senhor não precisa entrar em guerra com a Lombardia se houver um conde que faça isso pelo senhor.

Carlos franziu o cenho.

— Deixe que eu vá sozinho, meu rei! — disse Roland. — Eu, alguns companheiros e minhas tropas pessoais. Matarei quantos lombardos for preciso e o senhor fará a paz.

Mais uma vez silêncio. Roland e Oliver roubaram um olhar mútuo e o sábio cavaleiro fez um sutil gesto de aprovação para seu amigo.

Então Carlos abriu um sorriso.

— Que assim seja, Roland! — disse o rei. — Você irá aos Estados Papais, como um herói em defesa do Papa. Eu mandarei uma mensagem a Desidério...

— Não — eu disse, interrompendo Carlos Magno.

Houve um engasgo coletivo no salão.

— O que falou, Turpin? — Carlos me olhou com descrença e raiva.

— O Papa pede ajuda e o Rei dos Francos vai mandar um só cavaleiro com suas tropas? Roma está ameaçada e Carlos está preocupado com a amizade de um herege?

— Está falando com seu rei! — vociferou Roland.

— Estou falando com um servo de Deus! — minha voz trovejou pelo salão. — Resta saber se é um servo valente ou um covarde!

— Arcebispo Turpin! — gritou Carlos. — Você não é só um servo de Deus, mas também meu!

— E, como seu servo, vou cumprir minha função, Carlos dos Arnulfling! Vou bani-lo do seio da Igreja caso esqueça de onde emana seu poder!

Roland levou a mão à espada.

— Não tenho medo de ferro e nenhuma ameaça pode calar o julgamento dos santos — eu disse. — Cumpra seu dever, Carlos! Cavalgue para a Lombardia e massacre os apóstatas!

— Você não me dá ordens, Turpin — meu rei grunhiu.

— É verdade, não lhe dou ordens.

Então respirei fundo algumas vezes. Deixei que os ânimos esfriassem.

Saquei minha espada.

— Recuse-se a enfrentar Desidério, Rei Carlos — falei. — E não vou lhe dar ordens. Apenas lhe impor consequências. Tente escapar de suas responsabilidades com subterfúgios e vou sitiar Paris. Então o senhor terá inimigos por toda parte, no Céu e na Terra.

Roland sacou Durandal, mas Oliver o segurou.

— Ousa erguer uma lâmina contra seu rei? — disse Carlos.

— Desidério ergue a lâmina contra Deus! E quem não defende Deus não é meu rei. Você tem milhares de guerreiros, Carlos, mas eu também tenho os meus. Sou o Arcebispo Turpin de Reims e há muitos guerreiros que vão me seguir para atacar Paris se eu ordenar!

— Só é Arcebispo de Reims por minha autoridade.

— Que prevaleça agora a autoridade moral! Os homens seguirão quem fala com suas almas!

Carlos Magno olhou as lâminas nuas, que pareciam implorar para ser usadas. Olhou para os embaixadores, para a carta que não conseguia ler.

Para mim.

— Está mesmo disposto a destruir tudo que construímos por isso, Turpin?

— Meu rei, eu o amo como um pai, como um irmão. E estou disposto a sacrificar minha vida e a vida de todos nós por este amor. Seus campeões podem me matar e morrerei alegremente se isso lhe mostrar o erro de sua decisão. Eu o ameaço, meu rei, ameaçando a mim mesmo. Enfrente Desidério ou atacarei Paris. Enfrente Desidério ou me enfrente. Pense em quem o ama mais.

Carlos ficou em silêncio.

Fechou os olhos.

Então, um longo tempo depois, os abriu. Ergueu-se do trono, sacou a espada e foi até mim.

O destino estava agitado como um maremoto.

Carlos Magno se ajoelhou para mim e me ofereceu sua espada com as duas mãos estendidas.

— Não sou digno de Joyeuse se não sei quem ela deve matar, bom Turpin. Pegue-a e só me devolva quando achar que mereço.

— Guarde sua espada, meu rei — sorri. — Vai precisar dela para matar Desidério.

Então ele se ergueu, nós dois embainhamos as lâminas e nos abraçamos.

Roland demorou um longo tempo para embainhar Durandal.

VI

LUTAMOS CONTRA OS LOMBARDOS, CONSEGUIMOS EXPULSÁ-LOS dos Estados Papais. Garantimos que o cristianismo continuasse centrado no Papa, mas foi uma vitória amarga. Roland lutou a meu lado, assim como Oliver e os outros Paladinos. Talvez um dia haja tempo para que eu lhe conte essas histórias, mas hoje elas não importam. Foi uma guerra, foi o momento mais importante das vidas de muita gente.

Mas, para nós, nada foi mais importante que o Rei dos Francos cedendo a minha ameaça.

Pela primeira vez, na frente de todos, não foi a vontade de Carlos que prevaleceu, mas a minha. Carlos conquistou as terras dos lombardos, ampliando seu reino. Carlos escolheu o Papa acima de Desidério. Carlos rejeitou e expulsou Desiderata. Porque eu quis.

Na época, não era óbvio que o Papa fosse o líder da religião cristã. Em Constantinopla, os imperadores bizantinos flertavam com a heresia iconoclasta ou a seguiam abertamente. O Papa era o bispo de Roma e usava títulos emprestados dos imperadores romanos do passado, como Pontifex Maximus, numa tentativa de atrair para si poder e prestígio. Mas ninguém sabia se o cristianismo não iria se fragmentar em várias correntes, se Roma não seria apenas o centro de uma vertente, se não haveria tantas crenças separadas quanto santos espalhados pelo mundo.

Mas eu precisava de uma só Igreja, emanando de um só lugar, para acorrentar os humanos e impedir que fossem usados por meus irmãos. Então empurrei o Papa e o Rei dos Francos um para o outro até que minha vontade fosse feita.

E, depois da campanha contra Desidério, a maior parte das tropas voltou para o reino, mas eu e Carlos ficamos para trás, a pedido do Papa e por insistência minha. Roland cavalgou de volta com a cabeça baixa e cheia de nuvens negras, mas sentiu algum alívio ao finalmente chegar à capital do Reino dos Francos, Aachen.

Deixe-me falar de Aachen, Agnes. Quase não existe uma cidade humana da qual eu não tenha memória, dentre as muitas memórias dentro de mim, mas Aachen sempre terá um lugar especial em minhas recordações. Aachen não era tão grande ou esplendorosa quanto Roma, nunca chegaria à sofisticação que Paris alcançou. Mas Aachen representava um novo mundo. Um mundo diferente, variado e emocionante para os francos. Estar em Aachen naquela época era como estar em Nova York depois da Segunda Guerra Mundial. Enquanto outras capitais se reerguiam da ruína e viviam de glórias passadas, aquela era uma cidade do futuro. Talvez não tão magnífica, mas plena de potencial. O destino estava em Aachen e foi por isso que Roland sorriu ao vê-la de novo.

Paris tinha sido a capital do Reino dos Francos até Carlos abraçar Aachen. Há pouco tempo, o rei tinha decidido que sua corte não seria mais itinerante, como era a tradição de líderes germânicos, mas teria uma sede fixa. Aachen fora uma cidade romana, famosa por suas fontes termais naturais, mas estava quase esquecida até que Carlos a visitou. Nosso rei era atraído pelas terras germânicas, Agnes, mesmo que tanto ao redor dele pareça e soe francês. O Palácio de Aachen marcou a transição do poder para estas terras e colaborou para que pudéssemos continuar guerreando contra os saxões, como eu queria, por trinta anos.

Aachen estava em construção. A corte não ficava exatamente na cidade, mas no palácio um pouco ao norte. E, embora a barulheira de trabalhadores e a poeira fossem constantes, havia em Aachen um ar ao mesmo tempo confortável e cheio de entusiasmo.

Roland soltou um assobio ao ver como a construção do palácio estava avançada.

— Nem tudo é tão ruim, irmão — disse Oliver. — Aachen continua aqui.

— Aachen continua aqui — concordou Roland. — Então por que o rei está tão longe?

— Os três maiores representantes de Deus ficaram em Roma — Oliver descartou a lamúria. — Eles têm assuntos divinos a tratar, enquanto nós temos vinho a tomar.

Roland tentou rir, mas seu bom humor logo foi interrompido por um pensamento:

— O Papa Adriano é um representante de Deus e o Rei Carlos também. Mas não tenho tanta certeza quanto a Turpin.

Oliver resmungou algo, então se afastou do amigo.

O Palácio de Aachen era um conjunto de prédios e construções, todo de pedra cinzenta, imponente e severo. Tinha colunas e arcos, salões multifacetados e tetos altos. Nunca alcançou a ambição de Carlos, que era se equiparar ao esplendor de Constantinopla, mas ao vê-lo, mesmo pela metade, era impossível não lembrar da arquitetura romana. A maior parte já estava de pé e funcional. Lá havia a Aula Regia, a imensa sala do trono de Carlos, capaz de abrigar centenas de pessoas ao mesmo tempo, onde eram conduzidas as cerimônias mais importantes. Havia escritórios para os estudiosos e alojamentos para os amigos e campeões do rei. Uma sala de justiça onde o rei decidia questões legais, uma sala de tesouros, um arquivo contendo documentos e a correspondência real, um quartel, um hospital para os moribundos, uma oficina de ourives e outra para trabalhos em mármore, além de um ginásio e termas com uma piscina onde uma centena de pessoas poderia nadar ao mesmo tempo. Lá havia uma biblioteca que já estava crescendo, e cresceria ainda mais nos anos seguintes. Lá viviam as filhas de Carlos.

E, mesmo com o palácio ainda em construção, já havia lá uma multidão de pessoas entrando e saindo, indo e vindo. O palácio era um lugar público, além da morada do rei, e os plebeus chegavam para trabalhar, entregar produtos ou fazer pedidos aos oficiais; mendigos vinham pedir esmolas; jovens vinham tentar a sorte como servos ou soldados.

Ao lado do palácio estava sendo construída uma catedral. Seria um prédio muito característico, em forma octogonal, mais uma das maravilhas de Aachen. Roland viu a imponência da igreja e ficou um pouco mais tranquilo quanto à presença de Deus na corte.

O cavaleiro fez sua montaria galopar para alcançar Oliver quando viu aonde o amigo iria. Quase esquecendo as acusações contra mim, os dois adentraram uma construção anexa ao palácio, uma das primeiras que foram erguidas na corte: a ménagerie.

A melhor maneira de explicar o que é uma ménagerie é traduzi-la como zoológico. Não éramos idiotas naquela época, Agnes. Tínhamos tanta curiosidade quanto as pessoas de hoje em dia. Carlos desejava um lugar para seus animais exóticos e isso era uma prioridade porque era preciso abrigar o elefante Abul-Abbas.

Oliver riu de felicidade ao ver o animal e seus tratadores se curvaram ante o Paladino. Então abriram a porta gradeada do pátio cercado onde ele vivia. Oliver desmontou e foi até o elefante com cautela.

Abul-Abbas era tranquilo, então Oliver não teve medo de tocar em seu couro grosso e enrugado. O elefante apenas agitou a cabeça, abanando as orelhas.

— Você está todo coberto de poeira! — disse Oliver, como se falasse com um cão ou gato. — Um palácio em construção não é lugar para um dignitário tão ilustre!

Roland também desmontou e foi obrigado a rir do jeito bobo de seu amigo.

— A cada vez que vejo Abul-Abbas, fico surpreso de novo — disse o cavaleiro. — Acho que nunca vou me acostumar.

— Espero que nós nunca fiquemos acostumados com esses prodígios, Roland! Espero que as maravilhas de Deus sempre nos deixem surpresos.

Roland também chegou perto do animal e tocou em seu couro, a mão bem do lado da mão de Oliver. Os dois trocaram um sorriso.

Abul-Abbas fora um presente do Califado Abássida para nosso rei. Nós enfrentávamos os sarracenos, mas, assim como os cristãos, as alianças e inimizades entre eles eram variáveis e complexas. Um califa se aproximava de Carlos enquanto outros governantes muçulmanos tinham sido seus inimigos mortais. Os próprios Paladinos já tinham sido escravizados por muçulmanos, se aliado a eles, jurado lealdade a seus monarcas e matado outros. Naquela época, assim como hoje, as pessoas eram pessoas. E, embora houvesse ódios entranhados em nós, ninguém podia ignorar seus vizinhos.

Além disso, a vida sempre parecia mais interessante quando Abul-Abbas estava por perto.

Oliver e Roland ficaram um longo tempo admirando o elefante, depois tomaram banho nas termas, prestaram honras às jovens princesas e conheceram seus novos aposentos. Tanto um quanto outro tinham suas próprias terras e suas próprias esposas, mas Aachen era muito atraente. O tempo começava a esfriar e eles ficariam na corte por alguns meses. Carlos logo estaria de volta para passar o inverno.

Passaram-se só alguns dias até que um mensageiro chegasse com uma carta minha. A mensagem foi passada aos burocratas, às princesas e enfim aos cavaleiros.

Oliver encontrou Roland sentado sozinho no salão vazio com o trono desocupado de Carlos Magno.

— Imagino que você tenha ouvido a notícia — ele disse.

— O rei está enfeitiçado — respondeu Roland. — É a única explicação.

— Não é a única explicação — Oliver deu um suspiro impaciente. — Ele só vai passar o Natal em Roma com o arcebispo.

— O arcebispo! — Roland ficou de pé e chutou a cadeira onde estivera sentado. — Sempre o maldito arcebispo! Decidindo quem vive e quem morre, declarando guerra em nome do rei, privando-nos da presença dele! Carlos ainda nem sentou neste trono! Nem mesmo sabe como seu palácio está ficando esplendoroso! Enquanto isso, Turpin tem liberdade para sussurrar em seu ouvido todos os dias!

— Roland... — Oliver chegou mais perto. — Você só está com ciúmes porque seu pai tem um amigo.

Roland se virou para o outro, com fúria nos olhos. Carlos não era realmente pai de Roland, é claro, mas o cavaleiro era seu sobrinho preferido e seu protegido. O rei tinha por Roland o misto de preocupação e confiança que compunha um amor paternal, mesmo com uma diferença de idade pequena. Mas Carlos não tinha nenhuma obrigação — e, de qualquer forma, Roland era um adulto, o maior guerreiro da cristandade, não uma criança chorona.

— Retire o que disse — Roland apontou o dedo para o amigo.

— Ou o quê? Vai me matar? Cresça, Roland. O rei vai passar o Natal em Roma, não é como se o tivesse abandonado num orfanato.

— Você não viu o que eu vi! Turpin falou com demônios! Estava muito à vontade nas portas do inferno!

— Eu vi Turpin desafiar o próprio rei para proteger o Papa. Se os demônios são capazes de fazer isso, então não me parecem muito diferentes dos anjos.

— Não vê nada de errado com isso? Ele desafiou o rei!

— Turpin nunca sairia vivo daquele castelo se Carlos não quisesse — Oliver descartou a preocupação com um riso pequeno. — Você estava lá, Roland. Se o rei se sentisse mesmo ameaçado, bastaria uma palavra e você teria cortado a cabeça do arcebispo.

— Mas o rei não falou nenhuma palavra.

— Não.

— Porque estava enfeitiçado.

— Sim, porque estava enfeitiçado por um demônio cujo maior interesse é defender a Igreja. Ou talvez porque tenha prestado atenção a um sábio com tamanha convicção no que dizia que estava disposto a arriscar sua vida por isso! Ou talvez, apenas talvez, você não tenha todas as respostas e não possa julgar os homens como se fosse Jesus Cristo. Talvez lhe falte um pouco de humildade para reconhecer quando é apenas humano.

Roland pigarreou e recolheu a mão que apontava para ele. Desviou os olhos.

— Você é apenas humano, meu irmão — disse Oliver. — E, como todos os humanos, fica preocupado com aqueles que ama.

Segurou a mão de Roland entre as suas.

— Existem só duas coisas que podem acalmar uma alma atormentada, Roland. Um cálice de vinho e um livro. Felizmente, este palácio tem ambos em abundância.

Era um prodígio que Roland soubesse ler, mas repare que não falei que ele sabia ler bem. As letras eram um mistério naquela época, e não só porque era um tempo de luta e sobrevivência. Boa parte da cultura clássica vinha se perdendo ao longo dos séculos, porque não havia recursos ou pessoas para preservá-la. Esta é outra característica desconfortavelmente positiva dos impérios, Agnes. Eles se prestam a manter os objetos do passado, porque criam pessoas que não precisam se preocupar com o que comer no dia seguinte e podem trabalhar na manutenção do conhecimento. Estávamos sem um império e assim sem ninguém que preservasse o que veio antes. Carlos estava começando a mudar isso.

Roland examinou os livros da biblioteca. Eram cerca de uma dúzia, um número impressionante para a época. Selecionou *A Cidade de Deus*, de Santo Agostinho, e pôs-se a tentar decifrar suas páginas. Ele quase pronunciava cada letra em voz alta, movendo os lábios para montar cada palavra. Não era fácil, pois as letras eram espremidas umas contra as outras para poupar espaço, não havia divisão clara entre palavras. Alguns textos usavam apenas maiúsculas; outros, escritas cursivas em que o tamanho, o formato e a colocação das letras na página variava imensamente. Ninguém até então estivera especialmente empenhado em padronizar a escrita e a ortografia. Se Roland tinha aprendido a escrita de uma palavra de um determinado jeito, talvez num livro diferente ela aparecesse de um jeito diferente.

Suas mãos brutas manusearam as páginas com toda a delicadeza que ele conseguia. Os sacerdotes responsáveis pela biblioteca não ousariam recusar a entrada do Paladino, mas se encolhiam de pavor sempre que ele fazia um movimento mais brusco. Roland não fora mesmo feito para os livros. Só aprendera rudimentos de leitura porque o rei amava as letras, apesar de não saber ler. Durante as refeições, em vez de ouvir música ou trocar fofocas com membros da corte, Carlos gostava de ouvir passagens de textos sacros lidos em voz alta, principalmente a própria *Cidade de Deus*. Oliver pusera o dedo na ferida — Roland era, de certa forma, uma criança, e tentava imitar os interesses do pai para agradá-lo.

Frente a uma palavra especialmente difícil, ele se exasperou e deu um tapa na mesa de madeira, fazendo um castiçal balançar. Os sacerdotes deram um gritinho em uníssono atrás dele. Roland se virou rápido, com irritação óbvia no rosto, e eles fugiram.

Sozinho na biblioteca, o cavaleiro balançou a cabeça. Santo Agostinho não oferecia mais conforto do que o próprio Oliver. Seus medos de que eu estivesse envenenando a mente de Carlos com diabolismo continuavam. Na verdade, as páginas só tinham aumentado sua sensação de impotência. Eu era, afinal, um erudito, membro de um grupo seleto que o rei valorizava muito, enquanto ele era só um guerreiro. Era o melhor cavaleiro do mundo, mas só até Deus escolher outro mais digno. A guerra era um meio para um fim. Ele fazia parte do meio, eu fazia parte do fim.

Roland abandonou Santo Agostinho e andou em círculos pela biblioteca. Olhou de novo o punhado de tomos, em busca de algum que parecesse mais atraente. Então viu um livro que não conhecia.

Pegou-o nas mãos, tirando-o de uma prateleira que era uma espécie de pedestal. Tocou em sua capa de couro macio. Levou-o a uma mesa e abriu suas páginas.

Estava coberto de escrita estrangeira, que ele não conhecia, mas que supôs corretamente ser árabe. Roland imaginou que era mais um presente do califa ou de algum nobre sarraceno que estivesse tentando bajular Carlos. Ou mesmo do Imperador Bizantino, que pudesse ter capturado o livro de algum inimigo. Curioso talvez, e bonito, mas inútil.

Então Roland piscou e notou que, embaixo dos rabiscos árabes, havia escrita em latim. Cada letra bem desenhada, as palavras com espaços entre si. Movendo os lábios, Roland quase sussurrou o título:

— Necronomicon. O Livro dos Mortos. Compilado por Abdul Alhazred de Saná.

Roland ficou feliz consigo mesmo. Foi fácil ler aquelas primeiras palavras, embora algumas não fizessem sentido. Ele virou a primeira página.

Algo chamado de "Livro dos Mortos" parece sinistro hoje em dia, e naquela época não tínhamos nenhum apreço maior pela morte. Mas a noção de que os mortos tinham algo a dizer era comum. Os santos cristãos estavam mortos, mas participavam da vida dos fiéis. Monges e nobres gastavam muito dinheiro e esforço recuperando corpos e pedaços de santos, acreditando que sua vontade era expressa com tanta clareza quanto a ordem de um rei. Igrejas e abadias eram protegidas por seus santos. Uma tempestade ou seca fora de época ou um golpe de sorte contra um inimigo eram fenômenos atribuídos aos santos. Já ouvi os santos daquela época descritos como "os mortos muito especiais", e eram isso mesmo para nós.

Eu sabia que nada daquilo era verdade. Um santo nada mais era que um humano morto a quem se atribuía milagres. Talvez, no máximo, um feiticeiro. Eu sabia que mortos que falavam nunca eram bom sinal, mas exigir tanto discernimento de um cavaleiro como Roland era pedir demais. Ao ler "O Livro dos Mortos", ele pensou que quase todos os livros que já conhecera tinham conteúdo religioso e que mortos registrados num livro deveriam ser os mortos muito especiais que faziam parte de sua vida.

Além disso, finalmente era uma leitura fácil.

Ele leu uma página, depois outra. O Necronomicon não lhe mostrou nada que o alarmasse, não logo de início. Até hoje não sei como aquele livro chegou à corte de Carlos. Abdul Alhazred o escrevera cerca de 70 anos antes, mas tudo isso são informações duvidosas. Nem mesmo o nome Abdul Alhazred faz sentido, parece um nome pseudoárabe inventado por alguém sem nenhum conhecimento daquela cultura. De qualquer forma, quem quer que o tivesse escrito, o Necronomicon estava ali, na biblioteca de Aachen, e Roland o leu.

As páginas do Necronomicon revelaram a ele formas de ver o futuro. Mostraram parábolas sobre como o destino podia ser alterado. Mas nada daquilo parecia profano. Eram as palavras dos mortos muito especiais, orações e práticas cristãs que forçavam só um pouco aquilo a que Roland estava acostumado. Ele não duvidou do livro porque viera de um sarraceno. Ele sabia que alguns dos monges mais devotos vinham das terras muçulmanas, tinham se isolado em rochedos e pilares nos desertos, em meio aos infiéis, para receber a iluminação de Jesus Cristo.

Alguém como você, capaz de abrir uma enciclopédia e checar esses fatos, logo duvidaria disso tudo. Mas Roland contava apenas com a memória de sermões antigos, com conversas entreouvidas, com sua própria interpretação da teologia e da história.

Por fim, o Necronomicon falava de pactos. Não pactos com demônios, mas simples pactos entre mortais. Falava do poder que existe em ouvir seus inimigos. Ora, Jesus mandava amar nossos inimigos. Oliver vivia falando em pensar antes de agir, tentar o caminho da diplomacia antes da espada. As palavras do Necronomicon faziam sentido.

Roland leu até ficar sonolento demais.

À noite, Roland dormiu profundamente.

E sonhou.

Ele sonhou com seu rei, que era seu tio e seu pai. No sonho, Roland olhava para cima, vendo seu rosto sorridente, como se fosse uma criança. Mas viu que, atrás do rei, surgia um tentáculo.

Roland se debateu entre os lençóis, confundindo o tecido com os tentáculos das coisas que tinha matado dentro do Irminsul. Seus corpos inchados e grotescos se misturaram com o corpanzil do elefante Abul-Abbas e ele pensou ver olhos na ponta de sua tromba. Abdul Alhazred, que ganhou um rosto inventado, surgia cavalgando o elefante para dentro da corte do rei, mas então Carlos o atacava.

Roland viu Carlos matar o elefante, matar o árabe, matar os saxões. Matar Desidério e Desiderata, e depois o Papa Adriano. Viu-o matar as princesas e os sacerdotes, viu-o matar os Paladinos. Viu-o erguer a espada Joyeuse e partir o crânio de Oliver de Viena.

No sonho, o Irminsul queimava e era Carlos Magno quem fazia sacrifícios humanos a seu redor. Ele decapitava saxões ajoelhados, matava inocentes num julgamento sangrento. Todos tombavam ante sua espada e queimavam nas chamas que ele acendera, todo o reino ardendo e apenas ele triunfante. O próprio Roland tentava detê-lo, chorando e estendendo as mãos, mas ele era cada vez menor, um bebê que nem conseguia andar, nem conseguia articular uma palavra de súplica. Queria que o pai o pegasse no colo.

Então Roland foi erguido, mas não por Carlos.

No sonho, eu o peguei em meus tentáculos. Os tentáculos também enredaram Carlos e o reino todo.

O Irminsul continuava queimando, e o último sacrifício foi ele mesmo.

— Acorde — disse Oliver, sacudindo-o de leve. — Você está tendo um pesadelo.

Roland acordou encharcado de suor, o coração batendo descontrolado na garganta.

Abraçou o amigo, ofegante, recuperando aos poucos a noção do que era real.

— Calma — sussurrou Oliver. — Foi só um pesadelo.

Mas não era.

Poucos dias depois, Roland cavalgou sozinho, no meio da noite, rumo ao leste.

VII

QUAL É A DIFERENÇA, AGNES, ENTRE ILUMINAÇÃO DIVINA E loucura?

Na época de Carlos Magno, uma pergunta melhor seria: qual a diferença entre iluminação divina e sugestão diabólica?

Roland cavalgou ao leste guiado pela visão que tivera à noite e por um ímpeto que sentia em seu espírito. Ele *sabia* que aquela era a direção correta, sentia-se puxado para lá. Oliver tinha razão quando dizia que Roland era um homem levado pelos ímpetos. Assim como era tomado pela fúria divina, fora também tomado por aquela súbita iluminação. Homens mais ponderados diriam que interpretar uma decisão impetuosa como a vontade de Deus é algo que beira a heresia, pois apenas a Igreja pode traduzir os desígnios divinos para ouvidos mortais.

Mas Roland não era ponderado, não era erudito. Estava acostumado a estar certo. Então cavalgou.

O ano se arrastou para seu fim e a neve tomou a paisagem enquanto ele se afastava do Reino dos Francos. Roland passou por igrejas e mosteiros, mas os ignorou, escolhendo dormir ao relento e deixar seu destino nas mãos de Deus. Por fim, quando já deixava uma trilha de pegadas brancas na neve e os dias estavam curtos e lúgubres, Roland entrou mais uma vez na Floresta de Teutoburgo.

Foram dias exaustivos. Ele fazia progresso lento, o cavalo estava cansado. Seguia por uma trilha específica que seus olhos não enxergavam, mas que seu espírito percebia. Os chineses chamariam aquele trajeto de Linha do Dragão, um charlatão chamaria de Linha de Ley. Fazia parte da geografia sagrada, da arquitetura sagrada desta terra onde estamos. Assim como a caravana de Golgotha Hill, Roland seguiu uma linha energética para chegar a seu destino. Ele passou pelos restos do Irminsul e pelas centenas de cadáveres meio cobertos de neve.

Não era neve espessa e densa, como a que recebeu os migrantes nos Estados Unidos, mais de mil anos depois. Era a neve fina a que esta cidade está acostumada. Uma neve que deixa tudo branco de manhã, começa a derreter com o sol da tarde e à noite congela, transformando o chão num misto de gelo escorregadio e lama encharcada. Não neve branca e pura, mas suja e traiçoeira. Roland atravessou a neve, atravessou os pântanos e terrenos alagados de Osning. Esteve sempre gelado e úmido, sempre enlameado e cuidadoso para que o cavalo não escorregasse e quebrasse uma pata.

Certa noite, montou acampamento e se recostou em uma árvore. Adormeceu de encontro ao corpo do cavalo para tentar se aquecer. De manhã, recolheu suas coisas e seguiu viagem, sem notar que do outro lado da árvore estava pregada a cabeça decapitada do guerreiro franco sacrificado por Widukind.

Roland se aprofundou em Osning. Passou por antigos altares pagãos, restos de ossos humanos. À medida que avançava, começou a achar cadáveres mais recentes. Examinou os escudos e armaduras, mas não reconheceu o equipamento. Parecia romano, mas ele sabia que não havia armas e armaduras romanas tão conservadas naquela região, e talvez em nenhum lugar do mundo. Roland imaginou quem poderiam ser aqueles guerreiros, sem notar que estava enxergando os ecos da Batalha de Teutoburgo, 700 anos antes. A batalha que possibilitara a existência do Rei Carlos, que definira o destino da Europa para sempre.

Nos dias seguintes, Roland ouviu tropas marchando, mas procurou-as e não achou. Ouviu gritos, mas estavam longe demais, não vinham de lugar nenhum. Disse para si mesmo que devia ser o vento pregando truques.

Não duvidou de si mesmo, porque não era seu modo. Não duvidou de Deus, porque tinha fé.

Ele reconheceu os arredores e disse a si mesmo que era mais uma confirmação de que fazia a coisa certa. Reconheceu uma grande colina e o lugar onde ele pela primeira vez expressara sua dúvida com relação a mim.

Então Roland avistou uma cruz.

Tínhamos plantado uma cruz no chão, porque não havia ainda como construir uma igreja. Assim como, em outro lugar de Teutoburgo, o Irminsul marcara a ligação de céu e terra, ali era o início de nossa diocese. Naquele mesmo lugar um dia seria construída uma igreja, que seria reconstruída como catedral e para sempre permaneceria dedicada a São Pedro. Os santos não existem, exceto como fantasmas e feiticeiros, mas existe algo morto e ainda ativo aqui, e existe poder real naquele lugar até hoje. Era a primeira diocese e era um selo no Mecanismo do Destino.

Roland passou pela cruz.

E, deixando-a para trás, sentiu que algo mudava.

Ele alcançou o rio que hoje chamamos de Hase, que atravessa esta cidade. Naquela época o chamavam de Rio Cinzento. O cavalo refugou, mas Roland andou por sua extensão e achou uma ponte tosca feita de troncos caídos. Ele não sabia que os pontos de travessia do rio eram um segredo dos saxões e que ter encontrado a ponte natural era um augúrio. Atravessou o Rio Cinzento e Osning ficou mais escura.

E continuou.

Soube que tinha chegado a seu destino quando viu uma enorme pedra lisa, como uma mesa enorme, apoiada por outras pedras, com tamanho suficiente para que mais de um adulto deitasse nela. Era algo primitivo, ancestral. Algo não natural, mas que fora construído há tanto tempo que era como se sempre estivesse ali. Um altar. Uma pedra de sacrifício.

À frente da pedra de sacrifício, havia seis figuras dispostas num círculo. Roland puxou as rédeas do cavalo e sacou Durandal. A espada tremeu de desejo por violência.

— Deixem-me passar — disse o cavaleiro. — Sou Roland, Paladino do Rei Carlos, o defensor da cristandade e senhor por direito de tudo que enxergamos.

Não havia por que ele sequer ser entendido. As seis figuras, homens e mulheres metidos em peles, couro, adornos feitos de chifres e cabelos selvagens, não deveriam ter nada em comum com um cavaleiro.

Mas um deles falou:

— Não precisa passar por nós. Você chegou a seu destino.

O coração de Roland disparou de novo, com a mesma força e intensidade que tivera na noite do sonho. Ele tentou discernir o rosto de quem falara por trás de um emaranhado de barba e peles, mas o homem quase não parecia humano.

— Quem é você? — perguntou Roland.

O homem não se mexeu. Continuou em sua posição no círculo.

— Sou Widukind, o Filho da Floresta. Osning fala através de mim.

Roland não tinha medo de nada, mas estremeceu. Teve medo da decisão que estava prestes a tomar, porque o único inimigo que podia vencê-lo era ele mesmo.

— Aproxime-se — disse Widukind.

Roland apertou os lados do cavalo com os calcanhares, mas o saxão o interrompeu:

— A pé.

Roland olhou em volta. O sol estava quase sumindo no céu. O caminho atrás não revelava nada além de floresta coberta de neve fina e suja. À frente, não havia nada óbvio além da pedra de sacrifício. A trilha o levara até ali.

Roland desmontou.

Começou a andar na direção deles. Os saxões não moveram um músculo. Chegando perto, através do ar frio, o cavaleiro sentiu o cheiro deles. Suor, animais, sangue, esterco, perfume. Era repugnante e intoxicante ao mesmo tempo.

Roland caminhou mais alguns passos. Então, quando percebeu, estava no meio dos seis.

— A roda está completa — disse Widukind. — As hastes chegam ao centro e agora todos colocamos nossa fé em você.

— Não sou pagão! — ele gritou, brandindo Durandal. — Minha fé é uma só!

Mas eles pareciam imunes a ameaças. Roland sentiu uma espécie de formigamento no corpo todo. Ele não tinha o vocabulário para descrever a sensação de um leve choque elétrico, mas era isso. Como se houvesse eletricidade entre ele e cada um dos seis saxões.

— Hoje não falaremos de fé — disse Widukind. — Os deuses estão em seus tronos. Talvez um dia estejamos em lados opostos do campo de batalha, lutando por eles. Mas não hoje. Hoje falaremos de alguém que diz servir a seu Deus. Alguém que ataca nossos deuses. Nosso inimigo. Seu inimigo.

O sol desceu mais um pouco, deixando a planície quase no escuro total.

— O Arcebispo Turpin — sussurrou Roland, mal ousando dizer meu nome.

— Turpin é a serpente que sibila no ouvido de seu rei. É o lobo que devora nosso povo. Turpin deve ser silenciado e só você pode fazer isso.

A escuridão caiu por completo.

— Não vou trair Carlos — disse o Paladino.

— Não falamos de traição. Sua lealdade será sempre para Carlos, não para Turpin. Para que sejamos eu e você inimigos de novo, precisamos ser aliados hoje.

— Você me chamou até aqui?

— Acha que tenho poder para isso? — Widukind soou quase zombeteiro. — Também fui chamado. Chamado por algo. Talvez por seu Deus.

A bajulação não foi óbvia demais para Roland. Naquele momento, ele teve certeza de que Deus agia por meio dos saxões.

— O que devo fazer? — ele perguntou, meio para Widukind, meio para Jesus.

— Você deve matar Turpin.

— Nunca irei contra o Rei Carlos.

— É preciso separar Turpin de seu rei. Eu farei isso. Você fará o resto.

Na noite escura, as nuvens se abriram só um pouco, mostrando algumas estrelas pálidas. Roland viu uma estrela cadente. No meio do círculo, atordoado pelas decisões, tentou calcular quantos dias haviam se passado desde que partira. Em seu coração, com a mesma certeza que tivera ao seguir a rota invisível, ele soube que era Natal.

— Chame seu cavalo, Roland.

O cavaleiro assobiou e o cavalo se aproximou, tranquilo. Era um corcel branco imponente, acostumado à guerra, sem medo de nada. O cavalo ficou ao lado de Roland.

Então, com a velocidade de um raio, Widukind sacou uma faca e a enterrou na garganta do animal.

Roland deu um grito, em uníssono com o relincho de dor e surpresa do cavalo. O corpanzil desabou a seu lado, pateando o vazio. Sangue quente tocou em seu rosto, tingiu a neve de rosa. Com horror, ele viu a vida se esvaindo dos olhos do animal.

— Coloque-o sobre o altar — disse Widukind.

— Que ritual diabólico é este?

— Não é um ritual. É nosso acordo. Precisa ser você. Coloque-o no altar.

Nenhum homem normal conseguiria fazer aquilo. Mas Roland não era um homem normal.

Ele se ajoelhou, firmou as mãos sob o corpo do cavalo. Então, com um grunhido que cortou a floresta, Roland se ergueu, erguendo consigo o animal. Rolou-o para a pedra de sacrifício de forma indigna. Ficou olhando para Widukind, enquanto ofegava, sujo de sangue.

— Arranque o coração do cavalo.

Roland não falou nada. Tinha que confiar em Deus. Tinha que confiar na inspiração que o levara até lá. Subiu na pedra. Ficou sobre o altar, ajoelhado acima do cavalo.

Encostou a ponta de Durandal no peito do animal que o acompanhara até ali. Então fez força e enterrou a lâmina.

A espada desempenhou a tarefa indigna. Algum tempo depois, o peito do cavalo tinha virado uma ruína e Roland estava com o coração ainda quente nas mãos.

Virou-se, sujo de sangue, e ofereceu-o ao saxão.

— Não — disse Widukind, fechando os dedos de Roland ao redor do órgão. — Ele é seu.

Por instinto, o Paladino aproximou o coração de seu próprio peito.

— Ele continuará vermelho e incorrupto, enquanto você esperar por meu sinal. Então, quando o coração apodrecer, você saberá que é hora.

Um coração incorrupto, como o de um santo. Um acordo para se livrar de um herege. No dia de Natal, Roland amou seus inimigos, como Jesus ensinara.

Sobre a pedra de sacrifício saxã, Roland beijou o coração sangrento do cavalo branco. Mais tarde, aquela região, que é esta região, seria chamada de Baixa Saxônia e o cavalo branco seria seu brasão.

E aquela pedra existe até hoje, com o nome Pedra de Carlos, mas você conhecerá a razão mais tarde.

VIII

ENQUANTO ROLAND SE EMBRENHAVA NAS FLORESTAS DA SAXÔNIA, eu e Carlos assistíamos à missa de Natal em Roma. Roma naquela época era como uma mansão com as janelas fechadas e as cortinas comidas por traças. Todo o esplendor estava lá, mas decadente. O poder político do Papa Adriano era frágil. Onde quer que ele fosse, precisava de guarda-costas. Os prédios de mármore que tinham sido o símbolo do poderio romano eram depredados pelos próprios cidadãos, as pedras usadas para construir coisas novas. Havia um ar de aristocracia caída, as ruas eram sujas e perigosas, mas ali também estava uma das maiores coleções de riquezas, relíquias e memórias do mundo ocidental. Os próprios nobres achavam indigno que precisassem se preocupar com negócios e plantações, pois viviam à sombra de antepassados gloriosos. Roma já não era mais Roma de verdade há séculos. Nem mesmo era a capital do império, que mudara antes da queda, e agora só restava Constantinopla no Oriente, que alguns chamavam de Roma.

Mas, se não era mais o centro de poder político, Roma ainda tentava se apegar a seu poder espiritual.

O Papa rezara a missa olhando fixamente para Carlos. Notei o desconforto do rei. Depois celebramos o Natal com um banquete e finalmente estivemos livres das obrigações da corte. Carlos pediu que eu o acompanhasse até seu quarto, no palácio do Papa. Ficava próximo aos aposentos do próprio Bispo de Roma, o que era uma honra, mas também era exaustivo. Durante nossa visita, o Papa não deixara nosso lado.

Carlos se atirou numa cadeira larga, soltando um suspiro de cansaço.

— Mal posso esperar pelo fim deste ano, Turpin — disse meu rei. — Não aguento mais tantas obrigações. Às vezes tenho a impressão de que preciso de alguém que me aponte para o inimigo certo. Eles já estão todos misturados na minha cabeça.

— Você sempre ataca o inimigo certo, meu senhor — respondi.

Servi um cálice de vinho, entreguei-o a Carlos.

O cálice logo ficou vazio.

— Sinto falta de Aachen — confessou o rei. — Queria estar em meu reino.

— Seu reino já não é mais apenas o Reino dos Francos.

Fiz menção de servir mais vinho, o rei recusou. Carlos odiava a embriaguez e via o excesso na bebida como um dos piores vícios da humanidade.

Não vou soterrá-la com as minúcias daquela guerra, Agnes, mas foi mais complicada do que pareceu. A invasão de Desidério tivera por objetivo chantagear o Papa para que colocasse parentes de Carlos no trono dos francos, acabando com a legitimidade do rei. Foi uma tentativa de mudar a balança de poder na Europa por completo. Houve traições, tentativas de assassinato. No fim, o rei venceu, mas foi misericordioso como sempre. Não executou os inimigos, apenas exigiu que os nobres lombardos raspassem suas barbas em sinal de submissão.

— Acha que é errado eu temer a coroação? — perguntou Carlos. — Quando penso nela, sinto como se estivesse pensando em minha execução.

— Você nunca esteve destinado a ser só o Rei dos Francos. É seu dever.

— Quantos deveres um só homem pode aguentar?

— Quantos Deus lhe impuser.

Ele estendeu o cálice para que eu servisse de novo. Então mudou de ideia.

Carlos seria coroado Rei dos Lombardos em maio do ano seguinte. Ainda havia algumas revoltas a abafar, mas os Paladinos já estavam em casa e nós estávamos ocupados celebrando o Natal. A formalidade seria cumprida em maio só porque era a data das grandes assembleias da corte.

— E quantas coroas um só homem pode usar? — ele perguntou.

— Você sabe que o Papa deseja que só use uma.

Carlos grunhiu.

— Adriano me olha como um fazendeiro olha uma vaca prenha. Não me vê, só vê o que posso dar a ele.

Muito tempo mais tarde, eu vi o olhar que o Papa Adriano dirigia a Carlos Magno em muita gente. É o olhar de um jogador num cassino, puxando de novo e de novo a alavanca de uma máquina caça-níqueis.

— Sua dinastia sempre precisou dos Papas. E eles sempre precisaram de vocês.

— Sim, é claro! — Carlos fez um gesto largo. — Não quero ser só mais um brutamontes que governa pela intimidação! Preciso saber que Deus está a meu lado, preciso da confiança do povo, preciso ser rei por direito. Mas não preciso que outra pessoa coloque uma coroa na minha cabeça.

— Outra pessoa? Ou Deus?

— Deus pode querer que eu seja Rei dos Lombardos, mas Adriano quer ser quem faz reis. E quem faz reis pode desfazê-los.

A carta com o pedido de ajuda não mencionara a chantagem ao Papa. Não mencionara que Desidério e Adriano consideravam que o trono de Carlos estava em jogo. Quando Carlos se apressou para defender Roma, involuntariamente mandou uma mensagem à nobreza da Europa. Se Carlos correu para impedir que o Papa apontasse outro rei para os francos, isso dizia a todos que a coroa de Carlos dependia do Papa.

— Você precisa da Igreja, Carlos — falei, com fervor. — As pessoas estão perdidas, precisam de algo que una seus espíritos. Você vai fazê-las aceitar Cristo. Mas, para isso, precisa que a mensagem de Cristo seja uma só. Adriano é a ferramenta para isso.

— Acho que deveríamos estar fazendo isso, Turpin. Convertendo os pagãos. Avançando na Saxônia.

Controlei um sorriso. Era tudo que eu queria ouvir.

— Os francos são o povo escolhido — falei. — Você é o rei do povo de Deus.

O peito de Carlos se inflou. Ele amava o Velho Testamento, amava as histórias sobre os judeus. Podia fazer alianças com outros reinos e acolher gente de todos os cantos do mundo, mas considerava os francos como espiritualmente superiores, herdeiros da missão de catequizar o mundo.

— O que achou da missa que ouvimos hoje, meu senhor?

— Foi bonita — Carlos deu de ombros.

— Foi linda. Adriano é um político, mas também é um devoto fiel. Ele transmite a mensagem certa. Mas, em outros lugares, outros padres falam coisas diferentes. Não sabem ler. Recitam passagens em latim mal lembrado.

— Onde quer chegar?

— De que adianta converter os saxões se em alguns anos a religião entre eles mudar para algo irreconhecível, em meio a heresias e simples erros? De que adianta construir igrejas se os bispos vão morar nelas com suas concubinas ou esposas, então passá-las para seus filhos? Não basta espalhar a palavra de Deus, Carlos. É preciso espalhar a palavra *certa!* Todos devem aprender a mesma coisa, falar a mesma coisa para ensinar às futuras gerações! *Todos devem pensar a mesma coisa.* Precisamos controlá-los, ou haverá a anarquia mais uma vez!

— Entendo — disse o rei.

— Chegará o dia em que você precisará aceitar sua responsabilidade, Carlos. Deverá deixar de ser só um rei para ser imperador.

A palavra não era dita com frequência. Só havia um imperador no mundo próximo de nós, e era o Imperador Bizantino. Havia sempre a sombra do Império Romano sobre Carlos. A expectativa de que ele o reerguesse.

— Hoje em dia, quem resolve questões de doutrina da Igreja sou eu — disse o rei. — O poder espiritual do Papa depende de mim, mas meu poder político não depende dele. Será mesmo sábio inverter esta relação? Deixar que o Papa me torne imperador?

— Não haverá questões de doutrina a serem resolvidas quando nosso trabalho estiver feito — respondi. — Apenas bons cristãos em todas as terras, cumprindo a vontade de Deus e do imperador.

Ele se permitiu um riso pequeno.

— Estou com saudade de Aachen, Turpin. Mas também da Saxônia.

— A Saxônia espera por nós, meu rei.

E não teve de esperar muito tempo.

Em maio, Carlos foi coroado Rei dos Lombardos. Enquanto os meses passavam e lidávamos com inimigos e aliados, com nosso povo e os povos a nosso redor, os saxões voltaram a atacar Hesse. As tropas pagãs invadiram território franco e atacaram igrejas, mas foram repelidas. Chegou até nós a história de que anjos que guardavam as relíquias de São Bonifácio, o missionário que tinha começado a catequizar a Saxônia no passado, expulsaram os saxões de volta a suas florestas. Os mais devotos sussurraram preces em agradecimento, os mais cínicos disseram que era só uma tática do inimigo para nos atrair até seu território, onde eles estariam esperando em emboscada. Eu sabia que as duas versões tinham elementos verdadeiros. Não havia anjos, Agnes, e se um dia uma criatura do outro mundo se colocar contra um humano, não importa quem seja, deve tomar o partido do humano. Não há protetores do outro lado, só algozes. Mas São Bonifácio era um estudioso do oculto. Ele não conhecia todos os aspectos da verdade, sabia que alguns rituais tinham poder real, sabia que labirintos e diagramas atraíam energias místicas. As relíquias, partes do corpo de Bonifácio, estavam guardadas por rituais que ele mesmo pusera em seu corpo, então suspeito que os saxões tenham experimentado algum tipo de resistência sobrenatural.

Ninguém conhecia o nome "Widukind", mas também circulava o boato de que havia um líder rebelde entre os saxões, uma figura que estava unindo as tribos rivais em desafio à autoridade de nosso rei. Roland estava nervoso naqueles dias. Ele se ausentava repetidas vezes. Eu não sabia, mas era para checar o coração de cavalo que ele guardara num baú e que levava consigo para todo lado. O coração continuava vermelho e incorrupto, escorrendo sangue como se tivesse acabado de ser retirado.

No inverno, um ano depois que Roland fez seu pacto com Widukind, o rei fez sua corte de Natal em Paris. Embora Aachen fosse o lar de Carlos, era importante passar por todas as grandes cidades e castelos de vez em quando, ser visto pelos súditos, lembrar os nobres de que o rei não se preocupava só com a Lombardia e os Estados Papais. Como eu disse, Agnes, naquela época, o carisma e a força do governante eram tudo, não havia uma instituição que todos respeitassem inerentemente. Os nobres eram escolhidos por Carlos e era bom saber em quem se podia confiar. Todos assistimos à coroação na Lombardia, todos participamos da corte de Natal em Paris. No banquete de Natal, depois da missa que eu mesmo celebrei, o rei se ergueu de seu assento. Aos poucos, todos notaram e fizeram silêncio.

Toda a corte olhava para ele. Os doze Paladinos estavam lá com suas famílias, as princesas, todos os principais nobres da região, monges e sacerdotes. Eu sentava à esquerda de Carlos, Roland a sua direita. E todos acharam que o rei ia erguer uma taça, fazer um brinde ao que conquistáramos naquele ano, mas ele desembainhou e ergueu a espada.

— Hoje celebramos o nascimento de nosso Senhor Jesus Cristo, na companhia de bons cristãos, com o calor das lareiras mantendo o frio do lado de fora. E eu não poderia desejar companhia melhor. Turpin, que nos ajuda a decifrar a vontade de Deus! Roland, o melhor e mais leal guerreiro que um rei jamais teve, o homem que todos tentamos imitar! Minhas filhas, meus campeões, meus súditos queridos.

Todos se sentiram contemplados. Sorriram com bochechas vermelhas de vinho e do calor da lareira. Oliver encontrou o olhar de Roland, mas Roland desviou os olhos para baixo.

— Mas existe frio lá fora, meus irmãos. O frio domina o leste, congela as almas e os corações. E é nosso dever acender o fogo que vai derreter esse gelo!

Ninguém que estava presente na destruição do Irminsul pôde ignorar a alusão.

— Eu faço um juramento aqui, meus irmãos! Um juramento perante todos vocês e perante Cristo que hoje nasce! Eu juro avassalar na guerra o infiel povo saxão e continuar até que todos eles tenham sido derrotados e subjugados ao cristianismo ou completamente aniquilados!

— *Montjoie!* — gritei, também me erguendo e sacando a espada.

— *Montjoie!* — gritaram todos.

Sacaram suas armas, bateram com os cálices nas mesas, ergueram os punhos e fizeram suas próprias juras de guerra santa.

— Montjoie — disse Roland, em voz baixa.

Foram anos de guerra e de felicidade. Fomos à Saxônia, lutamos e vencemos. Enfrentamos as tropas de Widukind e os prisioneiros falaram o nome do líder. Eu mesmo batizei muitos saxões, muitos se converteram, mas Widukind fugiu para a corte de um rei na Dinamarca. Lutei ao lado de cada um dos Paladinos. Especialmente de Roland.

Ver Roland lutando era ver poesia em forma de morte. No primeiro dia em que encontramos o exército de Widukind, Roland revirou os olhos e começou a tremer em cima do cavalo. Oliver galopou até ele e precisou segurá-lo, enquanto o cavaleiro chacoalhava sem controle os braços e as pernas. Então, quando o surto acabou, Roland emitiu um urro gutural e quase musical, sacou Durandal e galopou até o inimigo, por pouco não derrubando Oliver no processo. Ele foi sozinho, mas logo fomos atrás dele. Encontrou a parede de escudos dos saxões com uma bravura que nunca vi em ninguém. Havia algo sobrenatural em Roland, Agnes, ele era tocado de alguma forma que não sei explicar. Talvez seu próprio nascimento tenha sido de alguma forma ritualístico. Ele quebrou a primeira linha da parede de uma forma que nenhum cavaleiro conseguia fazer, decapitou três saxões num só golpe, abriu uma linha de sangue e carne que deixou os inimigos tomados de pavor.

Depois da batalha, adormeceu e não acordou por três dias. Oliver cuidou dele durante esse tempo.

E, quando acordou, Roland quis logo olhar seu baú, sozinho em sua tenda.

E no ano seguinte Widukind voltou, os saxões assassinaram gente de seu próprio povo que tinha se convertido. Cavalgamos de novo à Saxônia, de novo lutamos. Eu, Roland e o rei éramos uma força que ninguém conseguia deter. Widukind fugiu de novo à Dinamarca, pois guerra é algo repetitivo e tedioso. Construímos igrejas, Carlos deu as terras conquistadas a pessoas de confiança e enfim concedeu a outro homem o título de arcebispo. Fiquei feliz em ter alguém com o mesmo grau eclesiástico que eu possuía, pois nem eu seria capaz de liderar todos os francos e saxões espiritualmente.

Vou confessar algo, Agnes. Naqueles anos, em alguns momentos, eu quase esquecia que não era humano. Era tão prazeroso estar entre eles, fazer parte da construção de um legado, que meu desejo de ser vocês quase me convencia de que eu de fato era. As vozes não deixavam que eu esquecesse, é claro. Assim que eu baixava a guarda, um burocrata chinês do início do milênio ou uma sacerdotisa egípcia da época das pirâmides tentavam tomar o controle e eu precisava ser eu mais uma vez.

E, é claro, mais na superfície que todos esses, havia Turpin. O verdadeiro Turpin.

Você nunca vai entender o que é possuir um humano. Sinta-se sortuda por isso. Sua raça tem incontáveis defeitos e fraquezas, mas pelo menos cada um de vocês tem uma identidade própria. Eu não. Quando possuí Turpin, assim como foi com o Padre Tristano e com o Padre Tobias, além de Thusnelda, que você conhecerá mais tarde, eu passei a *ser* cada um deles. E eles passaram a ser eu. Não é uma simples questão de vestir um corpo ou adquirir conhecimento. Tudo que eles amam, eu amo; tudo de que lembram, eu lembro. A identidade do possuído se confunde com a minha, com a de todos os outros que estão em meu interior e são também nós.

Eu mudei o Arcebispo Turpin radicalmente quando o possuí. Chamava a si mesmo de Tilpin, era um monge na Basílica de Saint-Denis, perto de Paris. Era um homem de erudição e comedimento, um apaziguador e estudioso. Turpin teria sido um grande sábio se eu nunca tivesse tomado conta de sua vida e de seu destino. Entre suas ambições estava escrever uma biografia de Carlos Magno. Mas, pouco depois que ele foi eleito bispo de Reims, eu o possuí.

Transformei Turpin num guerreiro. Ele gritava e chorava por dentro, enquanto de alguma forma fazia as escolhas de vestir armadura sobre a batina, de empunhar uma espada em vez de uma pena. Turpin não entendia a razão da mudança de sua personalidade, mas aos poucos foi aceitando, até que eu e ele éramos um só, e também eram todas as vozes dentro de nós. Eu adquiri as memórias e a personalidade de Turpin, ele demorou mais a adquirir as minhas, mas enfim foi subjugado por completo. Ele alcançou comigo honras muito maiores do que alcançaria de qualquer outra forma, e isso ajudou a convencê-lo de que era ele mesmo que decidia tudo que fazíamos. Turpin se tornou arcebispo e presidiu o funeral do irmão de Carlos. E às vezes ele lembrava que um dia, inocentemente, quis escrever a biografia do rei, quando o que precisou fazer foi direcionar o rei a seus próprios propósitos.

A meus propósitos.

Então, tomado pelo amor a todos vocês, com uma certa piedade por Turpin, decidi dar uma chance à ambição dele. A situação na Saxônia estava sob controle, avançávamos pouco a pouco, tomávamos controle da geografia sagrada. No meio da guerra, pus-me a escrever a vida de Carlos. Fui preenchido por uma felicidade que vinha de algum lugar dentro de mim. Turpin era e sempre seria meu refém, mas reféns às vezes amam seus captores quando recebem algum tipo de conforto.

A biografia causou furor entre soldados e nobres. Todos queriam falar comigo, oferecer suas próprias visões, para garantir seu lugar na vida do rei. Carlos achava graça, mas quando tinha tempo concordava em me contar histórias, esmiuçar suas lembranças e conversar sobre o que ambos tínhamos vivido. Ele não queria admitir, mas adorava aquilo. Assim, o rei e todos os Paladinos falaram comigo. Todos menos Roland.

Tínhamos passado os últimos anos quase sempre juntos, lutando, então não era difícil notar que o cavaleiro estava me evitando. Certa noite, depois das preces, fui até sua tenda.

A vida em campanha não era infeliz, mas era modesta. A tenda de Roland só tinha o mínimo de que um guerreiro precisava para sobreviver. Uma cama, um baú com roupas e outro que ninguém nunca vira aberto. Um crucifixo pendurado na estrutura de tecido e as armas e os equipamentos do cavaleiro. Pedi licença e o encontrei se levantando. Estivera ajoelhado em oração.

— Fale, Turpin — disse Roland, num instante olhando para a tenda inteira, como se verificasse algo.

— Dentre todos os que já falaram comigo sobre nosso rei, há uma ausência notável — respondi. — O cavaleiro preferido de Carlos e de Deus.

Não era bajulação. Eu sentia admiração genuína por Roland, embora entendesse suas limitações. Também tinha curiosidade: com tempo, desejava investigar o que dentro dele o tornava capaz de façanhas guerreiras que ninguém mais ousava. De início eu achara que fosse algo perigoso que eu conhecia bem. Mais tarde você vai entender o que quero dizer.

— O que posso dizer sobre o rei que outros já não disseram? — ele se esquivou.

— Não faz sentido que logo você não conte sobre o que passaram juntos, Roland. Você faz parte da família dele, é o maior dos Paladinos.

— Habilidade com a espada não significa habilidade com a língua. Oliver pode falar muito melhor do que eu.

Ele tentou sair, mas coloquei a mão em seu peito, de leve, barrando sua passagem. Roland me olhou e, por uma fração de segundo, houve nele intenção violenta. Admito que senti uma bola de gelo no estômago, uma reação humana instintiva. Mesmo com toda a experiência guerreira reunida dentro de mim, ali estava um homem que talvez pudesse me matar.

Recolhi a mão.

— Por que não quer falar comigo, Roland?

— Não tenho nada a dizer.

Ficamos um instante em silêncio. Então abri um sorriso cheio de entendimento tácito.

— Você realmente não gosta de mim.

Roland ficou embaraçado como um garoto. Desviou o olhar, pigarreou, começou meia dúzia de frases desconexas. Vendo aquilo, ninguém nunca pensaria que ele era um dos maiores guerreiros do mundo.

— Você luta a meu lado e serve fielmente a meu rei — eu disse. — Não precisa me considerar um irmão. Mas gostaria de saber o que fiz contra você.

Roland conseguiu olhar para mim de novo. Então suspirou.

— Não fez nada contra mim, Turpin. Eu apenas não o entendo.

— O que não entende?

— O que aconteceu dentro do Irminsul?

Foi a primeira vez que eu soube que Roland também possuía astúcia. Nunca achei que ele fosse um idiota, mas a maioria dos cavaleiros aceitaria qualquer experiência inexplicável com uma dicotomia simplista de milagres ou forças diabólicas. Mesmo experiências explicáveis como tempestades e doenças eram atribuídas a Deus ou ao diabo. Era preciso pensar um pouco mais além para questionar o estranho.

— Nós destruímos corpos de demônios — respondi.

— Os demônios o conheciam.

— É claro. Assim como os saxões conhecem Carlos.

— Um demônio falou com você.

— O maior poder dos demônios está na fala, Roland. Nas mentiras. É claro que ele falou comigo. Você desconfia de mim depois de todo esse tempo?

Talvez você ache que eu estava sendo cínico, mas eu estava do lado de Roland. Queríamos a mesma coisa. Menti para ele assim como menti para você no início, mas nunca menti sobre minhas intenções.

Ele não respondeu.

— Farei qualquer coisa para provar que sou fiel a Carlos e não a nenhum diabrete mentiroso — eu disse. — Imponha-me uma prova, Roland, e irei cumpri-la.

— Não... — ele balançou a cabeça. — Você...

— Fale, cavaleiro.

— Você tinha toda a atenção do rei — ele admitiu, soltando suas preocupações de uma vez só.

Foi a minha vez de suspirar.

— Precisamos aceitar que Carlos não pertence a nós — eu disse. — Ele é parte de algo maior. Enquanto o rei está conosco, é puxado em todas as direções, mas não podemos evitar amá-lo. Naquele ano fiz com que ele permanecesse comigo em Roma, porque ele precisava entender seu papel no plano de Deus. Entenda que não há intermediários entre Carlos e Deus, Roland. Se ele errar, não haverá ninguém para guiá-lo ou corrigi-lo. Eu quis que nós dois ficássemos em Roma sozinhos para que ele pudesse contemplar suas responsabilidades.

Roland permaneceu calado.

— De qualquer forma, peço perdão, meu amigo — coloquei a mão em seu ombro. — Talvez sua presença tivesse sido uma boa influência para o rei.

Ele não soube o que dizer. Deixou-se cair sentado na cama.

— Não há o que perdoar, Turpin. Estamos em guerra e eu estou me portando como uma criança.

— Todos somos crianças aos olhos de Deus. Agora, se não se importar, me conte sobre Carlos.

Ele demorou para achar as palavras. Mas, uma vez que começou a falar, não quis parar. Roland tinha uma torrente interminável de experiências e emoções relacionadas a Carlos Magno. Ouvi tudo com atenção. A noite já ia alta quando ambos nos deixamos ficar quietos.

Ele bocejou.

— Acha que Widukind será um inimigo à altura dele? — perguntei.

Roland saiu do estado de relaxamento em que estava, interrompeu o bocejo.

— O que quer dizer?

— Nosso rei nunca teve um inimigo de valor. Ouvimos as histórias do passado sobre Leônidas e Xerxes, Marius e Sulla. Até mesmo Arthur e Mordred, na Britânia. Quem nossos netos considerarão o grande inimigo de Carlos? Ou ele será um rei que lutou contra uma horda sem face?

— Impossível dizer — Roland falou rápido.

— Um homem de ação como você deve rezar para que Widukind pare de fugir. Assim poderemos enfrentá-lo cara a cara.

Roland me olhou nos olhos.

— O que mais quero é que Widukind morra — ele disse.

Eu já estava dormindo em minha tenda quando Roland se esgueirou para fora da sua. Não estava de armadura, mas arrastava consigo um baú.

— Aonde vai? — uma voz o surpreendeu.

O coração de Roland disparou. O acampamento estava em silêncio, faltavam poucas horas para o nascer do sol. Os únicos sons eram as sentinelas ao longe e os animais noturnos. Nem mesmo jogos de azar existiam em grande número: os aproveitadores tinham percebido que havia mais lucro e menos risco entre os trabalhadores que estavam construindo igrejas em nosso rastro.

O cavaleiro se virou e viu o rosto sorridente de Oliver, iluminado por uma tocha próxima.

— Volte a dormir — falou Roland, um pouco ríspido.

— Eu não estava dormindo — Oliver franziu o cenho, meio surpreso e quase divertido. — Estava rezando.

— Volte a rezar então.

— Aonde está indo, Roland?

— Vou usar a latrina.

— Com esse baú?

Roland ficou mais ereto. Suas narinas se expandiram de irritação. Ele era bem mais alto que Oliver. Se Oliver não fosse Oliver, aquela poderia ser uma postura amedrontadora.

— O que está acontecendo, Roland? — ele chegou mais perto.

— Nada está acontecendo! — Roland deu um sussurro bem audível. — Por que preciso dar satisfações a você?

Oliver perdeu o ar divertido, o vinco entre suas sobrancelhas ficou mais fundo.

— Não precisa. Se precisasse, teria me dito o que há dentro desse baú que você carrega consigo há anos.

— Já respondi há muito tempo. É saque.

— Você nunca foi ganancioso. Nunca escondeu riquezas de ninguém. Pelo contrário, tenho de lembrá-lo de não dar tudo que tem aos menos afortunados.

— É o que vou fazer — Roland se apressou. — Há muitos órfãos e viúvas desta guerra. Vou dar a eles minha riqueza, que está neste baú.

Oliver ficou ainda mais sério.

— O que há dentro do baú, Roland?

— Nenhuma resposta será suficiente para você?

— Há anos você se esconde para olhar dentro do baú. Há anos o carrega de Pavia a Paris, de Aachen a Colônia. Por que não quer me contar?

— Porque não preciso.

— O que está acontecendo com você, meu irmão? — Oliver estendeu a mão para tocar no rosto dele. — Desde que desapareceu do palácio naquele Natal...

— Nada está acontecendo, Oliver! — Roland tirou a mão do amigo com um safanão. — Eu não desapareci, já disse uma centena de vezes! Cavalguei para onde quis, pois sou um homem livre! E isso aconteceu há anos, por que insiste?

— Estou preocupado com você.

— Pois não se preocupe. Você não é minha esposa.

Oliver inspirou o ar num engasgo. Fez menção de abrir a boca, mas ficou calado. Deu um passo para trás.

— Tem razão, Roland. Não sou sua esposa. Não tenho o direito de exigir respostas.

Virou as costas e caminhou para a escuridão. Roland hesitou. Olhou para fora do acampamento, em direção à floresta. Onde estava o local em que eles tinham se encontrado. Onde, em algum lugar, estava Widukind. Olhou para a silhueta de Oliver, que sumiu atrás de uma tenda.

Olhou para o baú, sem precisar ver seu conteúdo.

— Oliver — chamou, mas não ousou nada além de um sussurro.

Então Roland devolveu o baú ao interior da tenda e foi atrás de seu amigo.

IX

MAIS UM ANO DE CAMPANHA NA SAXÔNIA FOI BEM-SUCEDIDO E mais uma vez não há nada a dizer. Lutamos com coragem e selvageria, como heróis e como assassinos. Vários chefes saxões cederam reféns e se converteram. Todos falavam de Widukind, o líder rebelde, mas ele permanecia uma sombra fora de nosso alcance.

Numa dessas batalhas, lembro de estar cercado por saxões furiosos e de ouvir o som musical do Olifante, o berrante de Roland. Ele surgiu como um tufão, quebrou as linhas inimigas e veio em meu auxílio. Lutamos juntos a cavalo e depois a pé, costas com costas, matando os pagãos e fazendo-os aceitar Cristo.

A corte passou mais um Natal unida, dessa vez em Aachen, no palácio quase completo. Rezamos juntos, participamos de um torneio amigável. Eu li passagens da biografia do rei, montamos no elefante Abul-Abbas. Enquanto a neve caía, soubemos que com a primavera voltaríamos à Saxônia para dar continuidade à obsessão do rei, que era minha obsessão. A cada ano ganhávamos mais um pouco de território, a cada ano fazíamos mais algumas conversões.

Roland acordou no dia 26 de dezembro e percebeu que passara o Natal inteiro sem olhar dentro do baú.

Então, na semana seguinte, disse a si mesmo que não era preciso olhar. Que, o que quer que acontecesse, não aconteceria no inverno, pois ninguém guerreava no inverno. E assim se passaram as semanas e depois os meses. O baú ficou esquecido num canto. Ele e Oliver cavalgaram juntos em buscas, caçaram, lutaram contra bandidos e rebeldes, sabendo que na primavera marchariam mais uma vez à Saxônia.

Quando maio se aproximou, Carlos determinou que realizaria a corte mais importante do ano em Paderborn, na parte conquistada da Saxônia. Um palácio havia sido construído lá há poucos anos, na verdade um misto de palácio e igreja, mas era simples e rústico em comparação com a corte. Todos tivemos certo pesar e certa preguiça de deixar Aachen, mas obedecemos sem reclamar. Roland só lembrou do baú quando um pajem veio até ele e perguntou se o objeto também deveria ser levado com a bagagem do cavaleiro ou se ficaria para trás, esperando por ele. Roland ergueu as sobrancelhas, surpreso consigo mesmo. Mandou que levassem o baú. Não conseguia pensar na última vez em que o tinha aberto.

Fomos recebidos em Paderborn com toda a pompa que aquele território disputado era capaz de oferecer e ainda mais comemorações porque éramos vitoriosos. A economia do reino avançava sem cessar, impulsionada por nossos saques. Apesar do risco, missionários e sábios vinham de todos os cantos da cristandade, atrás de conforto, prestígio, riquezas, chances de catequizar e da simples presença luminosa de Carlos.

E, em Paderborn, recebemos uma visita inusitada.

O rei estava na sala do trono, que era na verdade um salão com uma cadeira grande, recebendo nobres, como fazia todos os dias durante a corte de maio. Estávamos todos lá e de manhã eu mesmo tinha batizado alguns saxões arrependidos. Quando o arauto interrompeu os procedimentos, nem sabia direito como anunciar os recém-chegados. Eles irromperam nas portas do salão, deixando sua importância e procedência bem claras.

— O uá... — começou o arauto, suando. — O ali...

— O Uale Sulayman Al-Arabi, com a graça de Alá — um arauto do visitante interrompeu. — Um seu servo, Rei Carlos, filho de Pepino dos Francos.

E eles se curvaram.

O decoro não evitou que a corte trocasse murmúrios e olhasse fixamente para os visitantes. Nossos aristocratas não eram nobres refinados e delicados, mas guerreiros, suas esposas e filhos, vestidos com algumas das únicas roupas que tinham, conscientes de que a cidade ficava muito perto da fronteira inimiga. Não havia protocolo estrito: se fosse hoje em dia, eles teriam pegado câmeras e tirado fotos sem vergonha nenhuma. Os mais experientes de nós já tinham visto sarracenos, como chamávamos naquela época os habitantes do Oriente Médio — muitos de nós tinham conhecido os sarracenos em combate. Mas os mais jovens ou menos cosmopolitas só conheciam aquele povo de pinturas e histórias. E, vendo que eram ao mesmo tempo quase iguais a nós e muito diferentes, não resistiram a comentar com um misto de curiosidade e escândalo.

Era uma delegação pequena. Vinham de um lugar assolado por inimigos. Mesmo assim, eram impressionantes. Suas roupas eram muito coloridas e eles ostentavam joias. Suas peles escuras pareciam exalar calor e perfume. Eles tinham modos meio teatrais, mas nunca cômicos. Pelo contrário, pareciam ser incapazes de não falar a sério.

O que claramente era o líder se postou à frente dos outros e se curvou de novo.

— Rei Carlos — disse o sarraceno. — Que a paz esteja sobre vós. Sou o Uale Sulayman Al-Arabi, de Barcelona e Girona. Venho aqui evocar a aliança que seu pai firmou entre a Francia e o Califado Abássida. Solicito ser ouvido como seu companheiro, contra nossos vis inimigos, os rebeldes da dinastia Omíada.

Eu avisei no início que esta seria uma história de povos e lugares de que pouco falamos hoje em dia. Para entender o que aconteceu em Paderborn e depois, você deve entender o que era o Califado Abássida e o Califado Omíada.

A Península Ibérica estava sob domínio muçulmano desde o início do século, mas os sarracenos não eram um só povo, uma só dinastia ou um só governo. Havia uma trama complicada de alianças, interpretações dos ensinamentos de seu profeta, assassinatos, eleições, descendentes, vizires, nobres e homens santos. O Califado Omíada se originara da família Omíada, que vinha sendo percebida como decadente, amante de luxo e riqueza. Partidários de um movimento de austeridade se ergueram contra o que percebiam ser uma traição dos valores originais do profeta. A família Abbas aproveitou a luta interna e assumiu o poder, construindo uma capital magnífica chamada Bagdá. O Califado Omíada caiu, dando lugar ao Califado Abássida. Mas o Califado Abássida não se provou austero, muito menos fanático em seus costumes religiosos. Sob a família Abbas houve um esplendor cultural e científico. E o Califado Abássida era nosso aliado, havia estabelecido acordos comerciais com Pepino, o pai de Carlos, e tinha presenteado o rei com um elefante.

E, se tudo ainda parece confuso, a única coisa que você precisa saber é que o califa era como um imperador, o uale era como o governador de uma província e o emir era como um general, comandante ou príncipe, um título bem inferior ao de califa.

As conquistas islâmicas e o subsequente domínio sarraceno em países europeus não eram um esforço de conversão em massa. Se fosse assim, eu teria possuído algum homem santo muçulmano e teria usado os califas para meu propósito de submissão e unificação. O mundo árabe teria sido capaz de chegar à Saxônia e deixá-la de joelhos, Agnes. Eles já haviam vencido os bizantinos em uma batalha naval, sem nunca terem sequer visto um rio que não secava no verão. Quem tinha conversão à força na mente era Carlos Magno. E eu.

Al-Andalus, como eram chamadas as terras grosseiramente equivalentes à Espanha e a Portugal pelos sarracenos, pertencia ao Califado Abássida, mas havia uma região independente. O Emir Abd ar-Rahman de Córdoba era da dinastia Omíada e, embora não se denominasse califa e usasse o título inferior de emir, mantinha-se rebelde. E estava ganhando poder, avançando sobre as terras dos outros governantes. Os uales da região, todos leais aos Abássidas, viam-no como um poder perigoso, um corpo estranho que podia facilmente se tornar uma ameaça. Era tudo um grande caos, com nuances demais para que os nobres guerreiros de nossa corte entendessem sem pegar no sono. Não espero que você lembre de tudo isso, mas saiba que havia um nó político no mundo islâmico e a família que estava por cima naquela época era favorável a nós.

Tudo isso foi explicado pelo Uale Sulayman Al-Arabi, em latim perfeito, numa sala privada, onde só estávamos eu, Carlos, Roland, Oliver e a comitiva Abássida. Sulayman terminou com a sugestão de que Carlos marchasse a Al-Andalus para dar cabo do emir.

— Sua amizade é valiosa para nós — disse o rei, com cuidado. — Mas estamos enfrentando pagãos aqui mesmo na Saxônia e mantendo rebeldes sob controle na Lombardia. O acordo de meu pai com o califado nunca foi uma garantia de que iríamos marchar contra seus inimigos. Principalmente quando esses inimigos não fizeram nada que exigisse nossa retaliação.

Sulayman continuou com uma expressão calma e indecifrável.

— Não há, é verdade, obrigação de sua parte em combater nossos inimigos — disse o uale. — Mas os desprezíveis Omíadas sempre foram inimigos em comum de nossos dois povos.

Carlos roubou um olhar furtivo para mim. Ele era um homem instruído, cercado de sábios, mas nenhum de nós podia se iludir a ponto de pensar que éramos iguais aos Abássidas em diplomacia ou política. O que Carlos tentava estabelecer na Europa era o que o califa já tinha estabelecido no Oriente Médio. O Califado Abássida logo seria o maior império daquela época, superando até mesmo a China, com uma burocracia estatal e estrutura de impostos que fazia inveja a nosso sistema de lealdade pessoal e economia baseada em saques. Um governante como Sulayman Al-Arabi estava acostumado a negociações complexas, mesmo sendo inferior em posição ao rei.

— As batalhas dos francos contra os Omíadas já ficaram no passado — disse Carlos. — Graças à sabedoria de seu povo, que derrubou aquela vil dinastia.

Sulayman se permitiu um leve sorriso.

— Mas eu pergunto ao senhor, Rei dos Francos, que vive numa terra verde e fértil. O que o jardineiro faz quando as ervas daninhas tomam seu jardim? Retira só algumas, esperando que as demais não se multipliquem? Ou arranca todas, para que jamais voltem?

— O jardineiro arranca todas as ervas daninhas — Carlos respondeu. E antes que Sulayman conseguisse retrucar, completou: — Mas, quando há ervas daninhas no jardim vizinho, o jardineiro não pula a cerca para capinar, escondido no meio da noite.

O uale ergueu uma sobrancelha e aumentou o sorriso. Estava achando aquilo divertido.

— Vamos então deixar de falar de jardineiros e ervas daninhas, meu senhor. Vamos falar de reis e califas.

— Estamos aqui para falar disso.

— A nova capital do califado, Bagdá, será a cidade mais esplendorosa deste mundo — disse Sulayman. — Até mesmo Constantinopla vai empalidecer ante seu brilho. O olhar de Deus está voltado ao leste. Imagino que seja de seu interesse que o olhar do califa também esteja.

Carlos se curvou para a frente, prestando atenção.

A construção de Bagdá era muito recente. A maioria de nós nem acreditava nos boatos sobre a cidade — diziam que era toda planejada, construída em círculos concêntricos como uma fortaleza. E se localizava nas terras da Pérsia. Com a capital em Bagdá, o califado se concentrava no Oriente e sinalizava menos interesse nas terras do Mediterrâneo e da Europa. A Península Ibérica já estava dominada pelos sarracenos, mas a ascensão das terras do leste praticamente garantia que eles não iriam mais uma vez tentar tomar pedaços do Reino dos Francos. Era um ótimo sinal que os Abássidas se voltassem cada vez mais para aquela parte do mundo. Deixava-nos livres para conquistar a Saxônia.

— Se a erva daninha Omíada encontrar terreno fértil em Al-Andalus, ela crescerá para seu jardim franco mais uma vez — disse

Sulayman. — Foi a imunda dinastia Omíada que criou problemas, não a iluminada e pacífica dinastia Abássida.

— Não tenho interesse em suas terras do leste, vocês não têm nas minhas do oeste — disse Carlos. — Tudo isso é ótimo. Mas por que atacar agora?

— Porque há riqueza suficiente para o califa no leste e ele não se importaria de perder algumas terras no oeste — respondeu Sulayman. — O senhor pode ocupar Córdoba, Rei Carlos dos Francos. Pode espalhar a palavra de seu profeta Jesus, isso nunca nos importou. Poderá contar com nossa aliança e a submissão de Saragoça.

Carlos era um homem astuto. Assim, não deixou que seu entusiasmo transparecesse, mas notei que seus olhos se arregalaram de leve. Al-Andalus era uma coleção de regiões com seus próprios governadores. Se o que o uale falava fosse verdade, Carlos poderia cavar um domínio para si em Córdoba, expandindo ainda mais seu território. Poderia mandar missionários e pregar o cristianismo, pois os sarracenos tinham grande respeito por cristãos e judeus e não se importavam com a presença dessas religiões. Mais do que isso, poderia abocanhar a província de Saragoça sem luta. Saragoça era leal aos Abássidas, mas a centralização não era completa. Tudo que um homem com poder quer é mais poder.

— Mesmo que o califa esteja preocupado com o Oriente, pode não concordar com ceder uma parte do que já é dele — disse Carlos. — Quem pode garantir que, ao entrar num conflito com os últimos Omíadas desesperados, eu não acabe em guerra com os poderosos Abássidas?

— Tropas do califa irão se juntar a nós, Rei Carlos. Ele só deseja expulsar o rebelde de Córdoba. Se houver qualquer dúvida, os embaixadores de ambos os povos irão se encontrar em Al-Andalus.

Dessa vez Carlos olhou para mim abertamente. Eu me mexi em minha cadeira e falei com o uale em árabe:

— Parece-me que tudo está a seu favor, Uale Sulayman Al-Arabi. A totalidade de Al-Andalus e tropas de Bagdá contra o Emir de Córdoba sozinho. Por que então pede ajuda de meu rei e oferece a ele as terras do inimigo, em vez de tomá-las para si próprio?

Sulayman deixou a surpresa passar num relance por seu rosto quando falei em sua língua. Então manteve a expressão educada e um pouco divertida.

— Por que fala em árabe?

— Porque talvez você queira falar algo que interesse a você e a mim, mas a mais ninguém. Os termos do acordo não precisam chegar ao califa. Ou ao rei.

Era mentira, claro. Eu não enganaria Carlos mais do que já havia enganado. Mas, oferecendo confiança escusa ao uale, eu o convidava a conspirar comigo, revelar mais de suas intenções. O uale era esperto, mas havia uma dezena de comerciantes fenícios borbulhando na superfície de minha consciência, observando Sulayman por todos os ângulos.

— O que estou propondo interessa ao rei, mas não ao califa — disse o uale, por fim. — Estávamos confortáveis em Al-Andalus antes do avanço do emir. Não queremos governadores que tenham vindo diretamente de Bagdá, muito menos radicais que acham que Alá deseja que seus fiéis vivam em cavernas.

— E o que mais?

Ele perdeu um pouco da impassividade, deixou escapar um grunhido.

— E as tribos bascas da região não são leais a ninguém. Não podemos deixar nossas cidades desguarnecidas, precisamos dos francos para aumentar nossos números.

Os bascos eram considerados imprevisíveis. A situação na península era mais volátil do que Sulayman quisera apresentar de início.

— Você precisa falar em latim o que sabe falar em árabe, Uale Sulayman Al-Arabi. Se quiser, posso ajudá-lo na tradução.

Foram horas de negociações com o uale, então nos reunimos para deliberar sozinhos. Eu podia ver a cobiça nos olhos de Carlos.

— Podemos nos dar o luxo de mais uma guerra? — perguntou Oliver. — A Península Ibérica não é seu território, meu rei. Enquanto isso, continuamos encontrando resistência na Saxônia.

— Os saxões estão se convertendo — Carlos descartou a preocupação com um gesto. — Veja quantos já foram batizados! Widukind estará morto ou rezando num mosteiro antes do Natal.

Carlos era um homem sábio, mas ele não imaginava o quanto estava errado ao fazer aquela previsão. Seriam mais vinte anos até que a Saxônia fosse conquistada.

— Córdoba seria uma bela joia em nosso reino — disse o rei. Então olhou para mim: — Em nosso império.

Foi a primeira vez que a sugestão de um império foi falada explicitamente na presença de qualquer um além de mim. Carlos estava ficando mais e mais atraído pela ideia.

— E Saragoça também! — o rei esfregou as mãos. — Duas bases de poder na península, com burocratas acostumados a administrar um governo sofisticado. Riqueza e conhecimento para nós. E mais almas para Cristo.

Foi a vez de Roland olhar para mim.

— O que me diz, Turpin? — perguntou Carlos. — Isso não se encaixa em nosso plano? Espalhar a palavra de Deus pelo mundo todo? Ensinar a humanidade como pensar, como rezar, como agir!

Roland não disfarçou a atenção que prestava a minha reação. Aquele era, de fato, meu modo de ver o mundo. Espalhar a cristandade por todos os cantos, criar um único povo.

— Creio que seja um erro, meu senhor — falei. — Os sarracenos não são nossos inimigos. Eles rezam ao mesmo Deus, apenas de uma forma diferente. Nossa maior preocupação é o paganismo.

Carlos fez uma careta.

— E o que são os sarracenos, senão pagãos? Não ficaria surpreso se eles cultuassem Apolo e Júpiter!

Essa ideia existia na época e existiu por bastante tempo. Alguns textos medievais descrevem os seguidores do islã como pagãos e inventam para sua religião toda sorte de práticas esquisitas ou deuses antigos.

— Existe um prêmio a ser conquistado em Al-Andalus — falei. — Mas o risco também é grande. Estaríamos nos envolvendo na inimizade entre duas dinastias, com tribos...

— Desde quando o risco nos deteve, Turpin? O que vamos falar no dia do Juízo Final, quando formos julgados por nossos atos? Que não era conveniente catequizar aquele povo prisioneiro? Que o momento não era propício para glorificar Jesus?

Comecei a dizer algo, mas Carlos se voltou a Roland.

— Quero saber sua opinião, meu sobrinho, o mais bravo dos cavaleiros! Diga-me, Roland, você também deseja ficar parado enquanto Deus nos chama?

O Paladino suspirou.

— Eu irei aonde o senhor decidir, meu rei — ele falou. — Matarei quantos inimigos Deus colocar em meu caminho, até meu último suspiro. Mas não acho que seja nosso dever procurar inimigos.

Mais uma vez, Roland olhou para mim. Foi só um instante, mas em seu rosto havia um sorriso genuíno.

Carlos se recostou na cadeira, de mau humor. Ficou um tempo ruminando aquilo.

— Quer dizer que meus três conselheiros mais fiéis, os três Paladinos que exalto acima de todos os outros, todos acham que invadir Córdoba é um erro?

— Só dei minha opinião porque foi pedida, meu rei — disse Roland. — Sou uma flecha. Aponte-me na direção correta e me dispare, e só pararei quando matar o alvo. O que a flecha pensa não pode ter tanto valor quanto o julgamento do arqueiro.

A irritação de Carlos nunca durava muito. Seu rosto permaneceu retorcido em contrariedade por alguns minutos, então foi ficando mais suave, tornando-se apenas sério. Ele juntou as pontas dos dedos à frente do rosto, em reflexão profunda.

— Estou num dilema — disse o rei, depois de bastante tempo em silêncio. — A ideia da riqueza e da conquista me seduz, é claro. Mas nunca fomos bárbaros que simplesmente tomam o que não é seu. Sou capaz de colocar essas ambições de lado. Mas e nosso dever sagrado? E a missão de espalhar o cristianismo?

— Nem toda catequese se faz pela espada — falei. — Os sarracenos não são iguais aos saxões. Desde a época de seu pai eles não nos atormentam. É possível mandar embaixadores para Córdoba, negociar a rendição do emir aos Abássidas, com a condição de que tenhamos permissão de construir igrejas lá. Talvez este seja um assunto de pena e tinta, não de ferro e sangue.

Aos poucos, um sorriso relutante tomou conta do rosto do rei.

— Por isso tenho conselheiros! — disse Carlos, de novo entusiasmado. — Vocês têm razão, Paladinos. Vamos enviar dois embaixadores a Córdoba.

Carlos pulou da cadeira e saiu à frente de todos, fazendo os servos se apressarem para abrir a porta. Ele não era um homem de espera e procrastinação.

Senti a mão de Roland tocando meu braço enquanto seguíamos o rei. Olhei para ele.

— Você é um bom homem, Arcebispo Turpin — disse o cavaleiro.

Mandamos dois embaixadores para Córdoba. O Emir Abd ar-Rahman nos mandou suas cabeças.

Carlos deu a ordem para que todas as tropas se unissem. O chamado foi ouvido e atendido na Austrásia, na Nêustria, na Bavária, na Borgonha, na Lombárdia e onde mais o poder do rei fosse reconhecido. Em algum lugar, o Uale Sulayman Al-Arabi estava sorrindo, pois a força completa dos francos cavalgou para Al-Andalus.

COMO JÁ DISSE VÁRIAS VEZES, A GUERRA É A GUERRA, AGNES, E NÃO É o objetivo principal deste relato. Nós fizemos guerra na Península Ibérica, mas não como esperávamos.

Fomos recebidos com boas-vindas e glória em Barcelona, onde as tropas do Uale Sulayman Al-Arabi se juntaram a nós. Chegamos a enfrentar exércitos do emir, mas não tínhamos encontrado sua força principal. Foram batalhas rápidas e desiguais, nas quais matamos com desprendimento.

Eu estava na tenda de comando, com Carlos, Sulayman, Roland e Oliver, quando batedores do uale voltaram com informações. Um pergaminho foi entregue a Al-Arabi, que o leu e abriu um largo sorriso.

— O emir está sitiando Saragoça! — disse Sulayman.

— E isso é uma boa notícia? — Carlos perguntou.

— Vamos pinçar as tropas do vil ar-Rahman entre nossos cavalos e as muralhas de Saragoça! Será um massacre! O senhor poderá então ocupar Saragoça e em seguida marchar para Córdoba, onde o patético emir estará enfraquecido, apenas esperando o abate.

— Com o respeito que devo a alguém de sua estatura, uale — disse o rei — só contarei as moedas depois que estiverem em meu baú. Um cerco não é algo bonito.

— Mas a morte do inimigo é linda, Rei Carlos. O senhor irá libertar Saragoça e será recebido como um herói! A cidade será sua! Então Córdoba!

As linhas de destino estavam cheias de nós, enredadas num novelo insolúvel, mas eu conseguia ver um futuro enevoado. Saragoça não iria cair ante as forças do emir, isso era certo. Não estávamos rumando a uma armadilha. Não sei exatamente o que vai acontecer a cada momento, especialmente numa situação tão cheia de imprevistos e surpresas quanto uma guerra com vários lados e lealdades.

Mas eu saberia avisar Carlos de uma mentira óbvia. Fiz um sinal de aprovação sutil com a cabeça.

— Perdoe-me, Uale Al-Arabi — disse Oliver. — Não cabe a mim questionar as palavras de senhores e generais, mas meu espírito inquieto não permite que eu aceite a perspectiva de uma estrada sem lama e buracos ou de um céu sem nuvens. Não há mesmo nada sinistro ou traiçoeiro no horizonte?

Sulayman engoliu em seco.

— Os bascos — ele disse. — As tribos bascas são selvagens e incontroláveis. Não estou tentando enganá-los, senhores. Existe risco, mas a esta altura o maior risco não é o emir.

No instante em que ele falou aquilo, algumas linhas de destino se tornaram bem claras para mim. Vi o conceito das tribos bascas como um perigo, notei vários futuros que se encaminhavam para algum tipo de confronto com aqueles nativos.

— O uale fala a verdade — interrompi. — Em minhas orações, Deus me revelou que devemos ter cuidado com os bascos.

O povo basco não era mais selvagem ou mais traiçoeiro que nenhum outro, incluindo nós mesmos. Mas, na rede de lealdades que era aquela península, as tribos não eram controladas por ninguém, e isso assustava todos. A palavra que denomina os bascos tem raízes que remontam a "povo da montanha", "povo alto" e "povo orgulhoso", e tudo isso pode compor de algum estereótipo parcialmente verdadeiro. Os bascos habitavam uma região no oeste da cordilheira dos Pirineus, têm até hoje uma língua única e sempre mantiveram uma cultura própria. Em nossa marcha a Saragoça e então ao sul até Córdoba, não devíamos passar perto de seu território, mas eram uma das grandes preocupações de Sulayman Al-Arabi.

— Tenha cuidado com os bascos e resgate Saragoça, Rei Carlos dos Francos — disse o uale. — Então não terá o que temer.

Sempre se fez guerra no verão, mas nem mesmo nós estávamos acostumados a marchar no verão fervente de Al-Andalus. Tanto homens quanto cavalos ficavam morosos e suarentos, mas perseveramos. As tropas do uale nos acompanharam no caminho a Saragoça, mas eram menos guerreiros do que eu gostaria. Muitos tinham ficado em Barcelona, sob a justificativa de que precisavam proteger a cidade de saques bascos. Assim que os exércitos do califa chegassem, receberíamos reforços — ou assim acreditávamos.

Nossa coluna era longa, com vários milhares de soldados e uma cauda vagarosa de suprimentos, os agregados que sempre seguiam um exército. Aos poucos, os homens começaram a se misturar com os guerreiros sarracenos, trocando produtos, achando novos jogos onde perder dinheiro e ficando fascinados por mulheres exóticas. Havia estradas, mas boa parte do caminho era composto de meras trilhas formadas pela passagem de pés e carroças ao longo dos anos. A natureza era vibrante e farta, o sol era escaldante, o céu era azul e o ar tinha cheiro de especiarias.

Quase todos os Paladinos estavam lá, exceto por alguns que tinham se metido em outras aventuras ou responsabilidades. Eu me forço a calar a boca quando penso nesses cavaleiros, Agnes, porque a vida de cada um deles seria por si só uma história fascinante.

O primeiro sinal de problemas surgiu quando chegamos perto de Saragoça.

Uma cidade em cerco é um verdadeiro evento, algo que se nota de longe. Em primeiro lugar, há o próprio exército sitiante, que se esparrama para todos os lados e exaure os recursos da região, cortando árvores, caçando animais e saqueando fazendas. Além disso, existem linhas de suprimentos — o exército precisa se alimentar e muitos comerciantes enriquecem. Eu soube que algo estava estranho quando os batedores começaram a voltar sem relatar nada disso. As estradas não estavam interrompidas, não havia sinal de mudança no comércio.

E logo eles voltaram trazendo objetos que tinham achado na estrada: espadas curvas, elmos, escudos. Coisas que tinham tirado de cadáveres que apodreciam pelo caminho. Equipamento abandonado depois de alguma batalha.

Quanto mais nos aproximamos, maiores ficaram os sinais de que houvera um exército em fuga por ali. A coluna principal passou a marchar sobre os corpos em número cada vez maior, à medida que nos aproximamos de Saragoça.

Quando avistamos a cidade, já sabíamos por meio dos batedores que não havia cerco nenhum.

Cavalguei junto a Carlos e Roland na vanguarda para enxergar com meus próprios olhos. Uma batalha havia sido travada ali. Uma batalha com vencedores claros. E os cadáveres dos perdedores não deixavam nenhuma dúvida. Os defensores da cidade tinham triunfado e as forças do emir foram massacradas.

— Alá é grande e Maomé é seu profeta! — comemorou Sulayman, chegando a cavalo logo atrás de nós. — A vitória veio antes do esperado!

Oliver chegou com os cavaleiros do uale. Ele estava sério, assim como nós três.

— Não há necessidade de salvar a cidade então — disse Carlos.

— Não há necessidade de perder uma vida sequer — o sarraceno respondeu. — Nosso trabalho já foi feito por nós, Rei dos Francos. Poderemos comer e descansar. Quando decidir que é sábio, iremos a Córdoba para terminar o serviço.

Carlos olhou para a frente e para trás. Saragoça se erguia sólida, com muralhas altas de pedra amarelada. Podíamos ver que havia atividade lá dentro, mas os portões estavam fechados para nós. Nosso exército se alongava na estrada, quase só composto de súditos do rei, com poucas tropas sarracenas. As forças do califa ainda não tinham dado as caras.

— Turpin — disse o rei. — Anuncie nossa chegada. Mande que abram os portões.

Assenti e destaquei alguns cavaleiros para me acompanhar. Eu carregava o estandarte de Carlos, mas não Oriflamme, a bandeira de guerra. Se ela fosse erguida, haveria um significado muito diferente.

Galopamos até o portão. Ergui a voz e falei em árabe:

— Que a paz esteja sobre vós! Sou o Arcebispo Turpin, falando em nome do Rei Carlos dos Francos! Abram os portões!

Silêncio.

A meu redor, os cadáveres de guerreiros do emir fediam.

— Carlos, Rei dos Francos e dos Lombardos, vem em seu auxílio, para lutar contra as forças do vil Emir Abd ar-Rahman! Abram seus portões para seus aliados!

Não houve resposta.

Soamos trombetas, mas Saragoça continuou nos ignorando. Eu podia ver que alguns guardas espiavam pelas muralhas, mas não adiantava me dirigir a eles. Negociações diplomáticas não se faziam aos gritos.

Súbito, Carlos cavalgou até onde eu estava. Foi seguido por Roland e Oliver, Sulayman com seus cavaleiros logo atrás.

— O que está acontecendo, Turpin? — perguntou o rei.

— Eles estão virando as costas a nós, meu senhor — respondi.

O rosto de Carlos ficou ainda mais vermelho. Suor se empoçava em seu lábio superior, por baixo do bigode. A humilhação de ficar do lado de fora de uma cidade, como se implorasse para entrar, era incompatível com sua posição. Carlos era humilde quando recebia o respeito que lhe era devido, mas sabia ser um deus sobre a terra quando se sentia aviltado.

— O que tem a me dizer, Sulayman? — perguntou o rei, irritado.

— É um mal-entendido, meu senhor — garantiu Sulayman. — Por enquanto, sugiro que o exército acampe do lado de fora. Pela manhã podemos partir a Córdoba.

— Você acha que sou um soldado comum, Sulayman? — Carlos permitiu que sua voz tivesse um tom afiado. — Acha que vou dar de ombros e me resignar a dormir ao relento?

— Meu senhor...

Mas o rei o ignorou. Voltou-se aos portões e urrou.

— Sou o Rei Carlos dos Francos! Abram os portões desta cidade que pertence a mim!

Continuamos naquele impasse durante um tempo. Roland tinha a mão sobre o cabo de Durandal. Carlos mandou Oliver dar ordens de prontidão aos comandantes. Até que ouvimos os portões se abrindo.

Pudemos enxergar o interior de Saragoça por uma fresta, então de lá de dentro saiu uma comitiva a cavalo. Guerreiros de honra, fortemente armados e protegidos por armaduras. No centro deles, um homem barbudo e digno, em trajes de nobre. Armas e armadura magníficas. Um dos cavaleiros tomou a frente.

— Que a paz esteja sobre vós — disse o cavaleiro. — Este é o Uale de Saragoça, Husayn Ibn Yahya al Ansari, com a graça de Alá. Ele convida o Rei Carlos dos Francos a um banquete em sua homenagem.

Não precisei de uma ordem para falar em nome do rei:

— Não viemos até aqui para um banquete. Esta cidade pertence ao Rei Carlos, de acordo com os termos da aliança contra o emir, negociados em Paderborn.

— O Uale de Saragoça, Husayn Ibn Yahya al Ansari, lamenta não ter estado presente durante tais negociações e assim não pode reconhecer a promessa que foi feita. Mas o Rei Carlos e mais um nobre a sua escolha são nossos convidados para conversar sobre os termos da real aliança com Saragoça.

Carlos avançou o cavalo, ignorando o protocolo.

— Husayn! — disse ele. — Não se esconda atrás de seu arauto! Fale com seu rei!

Os sarracenos se agitaram e fizeram movimentos que sugeriam pegar em armas, mas o uale saiu do meio do grupo.

— Rei Carlos dos Francos, que a paz esteja sobre vós — disse Husayn. — Saragoça respeita seu poder e seu domínio sobre as terras dos francos. Mas o senhor não é meu rei.

— Renega uma promessa? Vim a Al-Andalus porque recebi garantia da aliança de Barcelona, da submissão de Saragoça e da conquista de

Córdoba. Agora Barcelona fica para trás, em segurança, venho resgatar Saragoça e a cidade fecha as portas para mim?

— Minha cidade foi negociada sem meu consentimento. Agradeço a tentativa de ajuda, mas não precisamos ser resgatados. O exército do emir foi vencido e recuou para Córdoba.

— Isto é um ultraje! — vociferou o rei. Então se virou: — Sulayman, o que significa isso?

— Apenas um mal-entendido, meu senhor. Por que não comparecemos ao banquete e conversamos como homens civilizados?

Carlos avançou o cavalo mais um pouco. Roland fez menção de segui-lo, mas o rei sinalizou para que ficasse onde estava.

— Abra os portões de minha cidade, Husayn — disse Carlos. — Ou sofrerá as consequências.

— Podemos oferecer outras coisas — disse o Uale de Saragoça. — O maior general do emir está sob nosso poder e é seu, se assim desejar. Também terá ouro e preciosidades.

— Não sou um mercenário. Abra os portões.

— Podemos oferecer prisioneiros... — disse Husayn, hesitante.

— Teremos prisioneiros de sobra.

E Carlos não precisou nem elevar a voz ao falar:

— Roland.

No mesmo instante, Roland sacou Durandal. Num só movimento, girou o corpo e decapitou dois dos guardas de Sulayman. O terceiro guarda começou a sacar a espada, mas o Paladino atravessou sua garganta com a ponta da lâmina. O quarto puxou as rédeas do cavalo, mas só conseguiu que Roland o matasse pelas costas. Em segundos, os quatro estavam no chão e o cavaleiro estava respingado de sangue.

Fui devagar até Sulayman e coloquei a mão em seu braço.

— Você é nosso prisioneiro — falei. — Não tente fugir.

— Cristãos! — gritou o Rei Carlos. — Vamos cercar a cidade!

O rei estava frustrado, eu estava inquieto. Quando Carlos deu a ordem de cerco, alguns guerreiros sarracenos que nos acompanhavam morreram, alguns foram feitos prisioneiros, a maioria fugiu. Passamos semanas cercando a cidade de Saragoça, sob o sol, sentindo o fedor do exército e vendo nossos homens adoecerem. Lá dentro, o povo começava a passar fome, o uale começava a se desesperar. Eles iriam tentar negociar, nós iríamos atacar os portões algumas vezes. Seria tudo uma grande perda de tempo e recursos.

Pelo menos Carlos não foi cruel com Sulayman Al-Arabi. O uale não foi executado, muito menos torturado. Apenas o colocamos numa tenda com dois guardas e impedimos que ele saísse.

O sol estava começando a se pôr certo dia quando eu andava com Carlos pelo acampamento. O cheiro do exército já estava se transformando: de suor, sujeira e cavalos ao fedor de disenteria.

— O que estamos fazendo aqui, Turpin? — disse o rei, irritado.

— A resposta está com o senhor.

Ele me dirigiu um olhar torto.

— Eu poderia excomungá-lo por desrespeito.

— Poderia, meu rei. Mas não estou lhe faltando com o respeito, nem falando nenhuma mentira. Toda esta campanha foi ideia sua.

— O único erro foi ouvir o maldito Sulayman! Depois que mandamos embaixadores ao emir e eles foram assassinados, como ignorar o insulto?

— Meu senhor — falei, com calma. — Estamos ignorando o insulto. O emir matou nossos embaixadores e agora está rindo, enquanto lutamos entre nós.

Carlos bufou.

— Fale o que está em sua mente, bom Turpin. Quais são nossas alternativas? Atacar os portões de Saragoça numa batalha sangrenta? Deixar este lugar e sitiar Barcelona? Ignorar estes governadores traiçoeiros e ir até Córdoba?

Estávamos numa situação delicada. Nosso exército era muito maior do que as forças de Saragoça. Mais cedo ou mais tarde conseguiríamos vencê-los pelo cansaço. Mas a cada dia o ganho em potencial diminuía e as perdas reais aumentavam. Mesmo com a superioridade numérica, um ataque direto era sempre arriscado. Por outro lado, sitiar Barcelona, o que seria outra forma de aplacar o orgulho do rei, seria arriscar mais um cerco demorado. E não sabíamos onde as tropas do califa estavam, ou o que elas fariam quando chegassem. Havia informações de que o exército vindo de Bagdá tinha parado justamente perto de Barcelona, mas por quê? Se atacássemos aquela cidade, eles ficariam de nosso lado, do lado de Sulayman ou neutros? Por fim, simplesmente descer ao sul e atacar Córdoba não resolvia nada, pois precisaríamos voltar pelas terras dos governadores que tinham nos enganado. E talvez eles estivessem em melhor estado, prontos para se vingar pelo cerco.

— Existe uma saída, meu rei. Podemos simplesmente voltar para casa.

A tristeza se derramou sobre Carlos como se uma nuvem tapasse o sol.

— Então tudo isto terá sido para nada.

— Tudo isto já foi para nada. Seu reino espera pelo senhor. E há uma guerra ainda inacabada.

Ele olhou para cima, como se pedisse desculpas a Deus. Eu estivera tranquilo, porque a campanha contra os saxões progredia bem, mas não podíamos descuidar daquela região. Al-Andalus tinha sítios místicos importantes como Santiago de Compostela, mas o Mecanismo do Destino estava na Saxônia.

— Ficaremos aqui — disse Carlos. — Não podemos deixar que os sarracenos pensem que podem insultar o Rei dos Francos impunemente.

Ficamos.

Ficamos por mais duas semanas, cada vez mais inúteis e enraizados naquela terra que não era nossa. Trocávamos mensagens com Saragoça: a cidade oferecia ouro, mas não rendição. A cada dia, era mais difícil para Carlos dar o braço a torcer e a cada dia isso era mais correto. Começamos a pensar onde passaríamos o inverno se aquele cerco se arrastasse por meses.

A noite caía quando Carlos me chamou para acompanhá-lo até a tenda do prisioneiro. Roland já estava com o rei.

— É claro, meu senhor — comecei. — O que...

— Não fale comigo, Turpin! — ele me interrompeu. — Fale com o sarraceno!

Ele entrou intempestivamente na tenda, eu e Roland logo atrás. Dispensou os guardas.

— Que a paz esteja sobre vós — disse Sulayman. — Em que posso servi-lo...

— Quieto!

Sulayman apenas curvou a cabeça.

— Você nos trouxe até aqui, pagão infernal — rosnou Carlos. — Qual é seu jogo? Ou já está tão acostumado a mentiras que nem sabe mais o que é a verdade?

— Não há jogo nenhum, Rei Carlos dos Francos — ele respondeu. — Nunca esperei que Husayn renegasse a promessa.

— Não me interessa — Carlos estava tão furioso que pensei que fosse executar o prisioneiro. — Você me trouxe até aqui. Você vai achar uma saída.

Eu e Roland nos entreolhamos. Carlos sempre foi um sábio e um estrategista, mas àquela altura era difícil dizer se ele realmente iria ouvir a sugestão de um mentiroso ou se só estava testando Sulayman.

O uale perdeu o ar divertido. Seu rosto foi tomado pela mesma expressão que tivera comigo quando negociamos na língua árabe.

— Sei que o senhor não vai aceitar se eu disser para ignorar Saragoça e rumar a Córdoba. Então o melhor que posso oferecer é que ataque as tribos bascas.

— E por que eu faria isso? — Carlos mal conseguiu articular as palavras, de tanta raiva.

— Porque elas estão lá — disse Sulayman, calmo. — Porque o senhor pode.

O rei abriu a boca para responder, mas se deteve.

— Eu sei o que está acontecendo aqui — o uale continuou. — Sei que não pode recuar por orgulho e sei que não pode arcar com tantas perdas. Não vou entregar Barcelona ao senhor, assim como Husayn não entregou Saragoça, mas os francos podem demonstrar seu poderio contra os bascos. Ninguém sentirá falta deles. Eles são selvagens... Mas têm ouro.

Carlos engoliu em seco. Roland arqueou as sobrancelhas, como uma criança ao ouvir o pai falar uma blasfêmia. Ele não conseguia acreditar que o rei sequer estava considerando algo assim.

E não houve tempo para saber se Carlos tomaria uma decisão ali mesmo, porque a tenda foi invadida. Nós três nos viramos, Roland já com a mão na espada, mas era um dos nossos. Um rapaz jovem, pouco mais que um garoto, vestido em roupas esfarrapadas, coberto de poeira, com suor fazendo trilhas por seu rosto. Estava magro e esbaforido, parecia não comer há semanas e não respirar há horas.

— Meu senhor — ofegou o rapaz. — Me perdoe. Por favor, me perdoe...

— Quem é você, garoto?

Antes que ele caísse de exaustão, segurei-o nos braços.

— Uma mensagem... — ele balbuciou, tentando erguer a mão que carregava um rolo de pergaminho. — Vim o mais rápido que pude.

Carlos se ajoelhou ao lado dele. Pegou um cantil de algum lugar e fez com que bebesse, mas o garoto se recusou.

— Ouça-me, senhor. Por favor. Os saxões, senhor. Eles atacaram de novo.

Li e reli a mensagem, mas não havia muito a ser interpretado. Widukind tinha liderado uma nova revolta dos pagãos e estava avançando sobre nossas terras. Eles tinham queimado igrejas, massacrado missionários e agora estavam saqueando e aterrorizando nosso povo. A mensagem tinha demorado mais de um mês para chegar até nós e aquele rapaz era só o mensageiro mais recente. Talvez não houvesse mais nada a fazer, mas era impossível ignorar aquilo.

Carlos não deliberou por mais de uma hora antes de transmitir a ordem:

— Vamos para casa.

Depois disso, o cerco acabou numa velocidade incrível. Aceitamos riquezas e prisioneiros de Saragoça, apenas para fingir que não saíamos desesperados, deixamos para trás tudo que não era importante. Antes que eu conseguisse perceber, já estávamos cavalgando de novo.

Um pajem colocava o baú de Roland numa mula de carga quando o cavaleiro sentiu um cheiro estranho.

— Saia daí, menino — Roland quase empurrou o pobre coitado para tirá-lo do caminho.

Chegou perto do baú e sentiu o cheiro mais forte. Seu coração disparou.

Abandonamos Saragoça a suas mentiras. Levamos Sulayman, mas em grande parte só porque não sabíamos o que fazer com ele. Subimos ao nordeste, em direção aos Pirineus, para cruzar de volta ao Reino dos Francos e empreender a longa jornada à fronteira com a Saxônia.

Naqueles dias, Roland não falou uma palavra.

— Deus ouviu nossas preces — disse Oliver, fazendo o cavalo acertar o passo com a montaria do amigo. — Talvez seja uma blasfêmia falar isso, mas prefiro lutar contra os pagãos do que continuar aqui, sendo manipulado por sarracenos.

Cavalgando em meio à enorme coluna, ao lado de Roland, Oliver riu, mas o outro continuou sério. Nem olhou para ele.

— Não fique nervoso, meu irmão — disse Oliver. — Tenho certeza de que os ataques dos saxões não foram tão graves. Eles são covardes, não teriam coragem de entrar fundo em nossas terras. Vamos vingar os mortos e espalhar a palavra de Deus.

Roland continuou com o olhar fixo à frente.

— Você está bem?

Nada.

— Roland?

O Paladino se virou de repente, como se notasse Oliver pela primeira vez.

— O que quer?

— Quero que você consiga respirar, meu irmão — Oliver franziu o cenho. — Não há razão para se martirizar. Estamos indo para casa.

Roland não respondeu.

Depois de alguns minutos, Oliver insistiu:

— O que está acontecendo, Roland? Precisa se confessar?

— Por que acha que tenho algo a confessar? — latiu o Paladino. — Talvez eu só não queira ouvir sua arenga!

— Vou atribuir essas palavras ao rancor dos últimos meses.

— Atribua ao que quiser, desde que faça isso longe de mim.

Roland virou o cavalo e galopou na direção contrária.

Rumo à retaguarda, onde ficavam os suprimentos.

Onde estava a mula que carregava seu baú.

O cheiro estava mais forte.

E seguimos, Agnes, por terreno cada vez menos civilizado e mais montanhoso. Ladeando florestas cada vez mais densas. Entrando no território dos bascos.

As palavras de Sulayman Al-Arabi ressoavam na mente de Carlos. Encontrei-o com uma tigela de comida nas mãos, sentado, esquecendo de comer. Sentei a seu lado.

— Já sabe o que vai fazer, meu rei?

Mas ele não respondeu.

E avançamos.

Roland não falava com ninguém. Tinha escolhido marchar na retaguarda, perto da mula. A cada dia que passava, sentia mais o cheiro. Passou a dormir com a cabeça sobre o baú, mas não dormia de verdade. Oliver desistiu de tentar falar com ele. Disse a si mesmo que, quando chegassem em casa, resolveriam o que quer que estivesse acontecendo.

O cheiro ficava mais forte.

E ele se acostumava, rezava para que fosse imaginação. Um exército fedia. Devia ser o cheiro da própria mula. Mas então um vento quente soprava em seu rosto com uma nova golfada e ele sentia a garganta apertar. Não era cheiro de exército. Era cheiro de podridão.

Mas não tinha coragem de abrir o baú.

Enfim, avistamos Pamplona. A única grande cidade dos bascos, Pamplona era independente e não se envolvia naqueles jogos de poder. Os bascos eram tribais e sua cidade não podia ser comparada a Barcelona ou Saragoça, mas era muito mais civilizada do que as histórias dos sarracenos sugeriam.

Os batedores disseram que Pamplona não tinha fechado seus portões. Duvidamos daquilo, mas quando chegamos mais perto notei a razão.

Havia altares a santos locais na estrada. Não era a mesma maneira como nós cultuávamos Cristo, porque os bascos estavam no meio-termo entre cristianismo e paganismo. Eles veneravam santos com imagens na estrada, como se fossem deuses locais ou espíritos protetores. Era uma época em que a Igreja se desenvolvia e em cada lugar se cultuava de um modo diferente, mas eles eram cristãos.

Em algum lugar no interior da cidade, ouvi um sino.

— Eles são cristãos, meu senhor — falei para Carlos. — Eles não têm medo de nós porque servem ao mesmo Deus.

Como sempre, estávamos os quatro à frente do exército. Oliver abriu um sorriso enorme, Carlos deu um suspiro de alívio tão profundo que achei que ele fosse chorar. Roland estava quieto.

Os portões de Pamplona continuaram abertos. Então figuras surgiram lá de dentro. Vinham a pé, trajando roupas simples, mas coloridas. Carregavam pequenos baús e caixotes. Tanto homens quanto mulheres. Eles vinham nos oferecer presentes, um tributo, algo para garantir nossa boa vontade.

— Como pude sequer considerar atacar este povo, Turpin? — a voz de Carlos mal foi audível.

— O senhor não fez nada. Escapou das mentiras de Sulayman.

— Eles são cristãos. São cristãos em tribos, perdidos nestas montanhas, cercados por sarracenos.

Então uma espécie de rugido baixo começou de algum lugar perto de nós.

Primeiro achei que fosse um animal, depois imaginei um deslizamento de pedras ou mesmo um terremoto. Mas todas essas conjecturas só duraram um instante, porque ouvi a voz de Oliver:

— Roland...?

Roland estava rijo sobre o cavalo. Os olhos revirados para trás, os dentes rilhados, tremendo. As mãos agarravam as rédeas do cavalo com tanta força que o animal pateou o chão, inquieto. O cavaleiro tinha as pernas esticadas nos estribos, como um boneco de madeira. Espuma branca começou a verter de sua boca.

— Roland!

Então o Paladino despertou, o rugido baixo virou um urro. O corpo rijo se moveu num relâmpago. Ele abriu a boca e esbugalhou os olhos.

E sacou a espada.

— *Montjoie!* — o grito gutural de Roland se ergueu no céu, ressoou pelo exército, fez pássaros revoarem assustados.

— Roland, não!

Ele galopou com a espada na mão, num segundo chegou até os bascos. O pequeno grupo que vinha com os presentes não teve tempo de reagir. Soltaram um caixote no chão, ele se espatifou e vi moedas de ouro reluzindo ao sol. Uma mulher que carregava o tributo deu um grito estridente, ergueu os braços na tentativa de proteger o rosto, mas foi inútil. Os cascos dianteiros do cavalo esmagaram seu crânio e, antes que o cadáver tocasse o chão, Roland já tinha matado mais um. Estocou com a espada para baixo, perfurando o peito de um homem logo atrás. Eles se espalharam, berrando, correndo, mas o cavaleiro fez carga.

— Montjoie!

A gritaria começou na cidade. Berrantes soaram em alerta, a percepção de um ataque se espalhou em ondas enquanto a população começava a se agitar e correr, como um formigueiro que levasse um chute.

Carlos olhou para mim tomado de horror. Eu balancei a cabeça, decepcionado.

— *Montjoie!* — gritou Roland, enquanto matava os últimos bascos que vinham nos receber.

Havia uma escolha no ar tomado por gritos de guerra e de morte. Renegar Roland, abandonar o maior dos Paladinos, deixá-lo morrer sozinho contra uma cidade inteira. Virar as costas ao maior ícone do exército dos francos, talvez a vários outros Paladinos, mostrar a todos que ele era só um homem. Um homem falho que não merecia a confiança de seu rei. Pagar aos bascos o que fosse preciso para que se sentissem menos insultados e sair de lá com o rabo entre as pernas.

Ou a outra opção.

Não havia escolha verdadeira, Agnes. Só uma coisa a fazer.

O rei ergueu a espada Joyeuse.

— Montjoie!

E os comandantes gritaram ordens, as trombetas soaram, os cavalos relincharam, as espadas fizeram barulho contra os escudos.

O exército dos francos investiu contra Pamplona. E, no meio do furor, Carlos me deu a ordem como se doesse em seu corpo:

— O estandarte é seu, Turpin.

Ergui a Oriflamme.

XI

DESTRUÍMOS PAMPLONA, AGNES. OS BASCOS ERAM CRISTÃOS E não tinham nenhuma inimizade conosco. Não tinham fechado suas portas e nos receberam com tributo. Mas destruímos sua única grande cidade.

Eu mantive o estandarte erguido para sinalizar que não haveria trégua.

Matamos guerreiros e plebeus, queimamos suas casas, saqueamos suas riquezas. Porque a alternativa era admitir que a fúria divina de Roland não era divina, apenas fúria.

Depois de meses frustrantes de viagens e um cerco sem resolução, depois de uma temporada sem um inimigo real a combater, sem saque e sem batalhas, os homens se deleitaram na matança. Triunfaram sobre um adversário fraco, que não estava nem de longe preparado para nos enfrentar. Os bascos lutavam sem armaduras, com lanças de arremesso, facas e espadas curtas. Não tinham organização nem estratégia, não eram páreo para nós. Massacrá-los foi uma alegria. Eu olhava meus próprios atos com horror, então deixei que homens e mulheres selvagens dentro de mim tomassem o controle e saciassem sua sede de sangue enquanto o verdadeiro Turpin tentava em vão interromper aquela brutalidade.

No fim do dia, deixamos Pamplona para trás, colunas de fumaça se erguendo de suas ruínas. Cavalgamos para longe sujos de sangue e ricos, ou pelo menos mais ricos do que antes.

Roland caiu num sono pesado assim que a batalha acabou. Teve de ser carregado o resto do caminho até o acampamento, sem que os pajens conseguissem tirar suas roupas e seu equipamento. Foi assim, dentro de sua tenda, que eu e Carlos o encontramos à noite.

O rei gritou o nome do cavaleiro, mas ele não acordou.

Então Carlos o despertou com um chute.

Roland abriu os olhos, tentou se mexer e caiu da cama. Olhou para nós como se não nos reconhecesse.

— Quem...?

— Sou seu rei, Roland! Ainda reconhece minha autoridade?

Roland piscou várias vezes, então uma luz de compreensão tomou seu rosto.

— Meu senhor! — ele balbuciou. — O que...

— Ousa perguntar qual assunto me traz aqui?

Foram longos instantes até que a memória voltasse a Roland. Ele ficou pálido e se ajoelhou.

— Meu rei! — disse, com mais energia. — Me perdoe!

Roland tentou pegar a mão de Carlos, mas o rei não permitiu.

— Perdoar? Por que eu deveria perdoá-lo, Roland?

Não houve resposta.

A cabeça de Roland pendeu aos poucos. Então lágrimas começaram a pingar aos poucos no chão de terra.

— Por que fez aquilo, Roland? — perguntou Carlos.

Silêncio.

— *Por quê?* — gritou o rei, empurrando-o para trás com o pé.

Roland caiu soluçando.

Ergueu a cabeça só um pouco e, no meio do choro, falou:

— Fiz o mesmo que o senhor fez no Irminsul.

Poucas vezes eu vi Carlos realmente tomado pelo ódio. Ele era um guerreiro, um homem acostumado a verter sangue, mas suas conquistas não eram questões de emoção. Nem mesmo Widukind, o líder saxão que o desafiava há anos, merecia ódio genuíno. Mas, naquele momento, o que borbulhou dentro de Carlos foi ódio puro. Sua expressão foi tão neutra que seu rosto parecia ter desaparecido. Não houve veias pulsando em sua testa ou mesmo músculos retesados. Carlos relaxou. Porque, dentre tantos amores e tantas responsabilidades, agora tinha um a menos. Uma pessoa a menos ocupava sua mente.

Carlos Magno olhou para seu sobrinho Roland como se ele fosse uma coisa, um objeto sem importância. Não era nem mesmo lixo, que exige a atitude de ser jogado fora. Era como um punhado de areia ou uma folha de grama.

O mesmo que nada.

— Você continuará sendo um Paladino — disse Carlos.

— Obrigado, meu rei.

— Cale-se. Você continuará sendo um Paladino, mas apenas porque é útil como um símbolo. Ninguém jamais saberá que você caiu em desgraça. Você não faz mais parte de minha família, nem tem lugar entre meus amigos. Você sentará à mesa conosco. Vai rir, comer e beber como todos. Vai ouvir seu nome em meus lábios e receberá honras. Mas saberá que é tudo fingimento, porque cada palavra será falsa, cada gesto de afeto será encenado. Você será para sempre um intruso. E só nós três saberemos disso.

Roland não falou nada, mas sua boca se contorceu num esgar de horror e tragédia. Ele procurou o olhar de Carlos, mas não havia nada lá. Era como se a folha de grama tentasse ser notada pelo homem que nela pisava.

Carlos virou as costas para sair da tenda e o acompanhei. Mas então ele se deteve.

Voltou-se de novo a Roland.

— Nem mesmo Deus pode perdoá-lo, Roland. Você irá se ajoelhar nas igrejas e falar as palavras das orações. Irá comungar conosco e usar a cruz. Mas será só um teatro. Porque você está excomungado.

Então fomos embora.

Assim como Carlos tinha o poder de criar bispos e arcebispos, assim como podia batizar infiéis e decidir questões de doutrina entre o Papa e o Imperador Bizantino, podia banir alguém do rebanho de Cristo.

Roland ficou ajoelhado, contemplando as trevas que tinham recaído sobre ele, por horas. Falou com Jesus, mas se sentiu um impostor.

Então saiu da tenda, tropeçando, esbarrando em soldados, sem realmente enxergar a sua frente, até a tenda de Oliver.

Encontrou o amigo acordado, ajoelhado em oração.

— O que quer? — Oliver perguntou.

Roland se jogou sobre ele, tentando abraçá-lo, tentando beijar suas mãos, seu rosto.

— Você precisa me ajudar, Oliver, por favor, precisa me ajudar, não tenho mais ninguém — ele falou, incoerente, tagarelando. — Mais ninguém, só você, Oliver, por favor, me diga o que fazer, o que...

— Afaste-se!

Oliver o empurrou. Ele caiu para trás, sem forças.

E permaneceu deitado no chão. Passou-se um longo tempo até que Oliver cedesse e perguntasse:

— Por que você fez aquilo, Roland?

Ouvir seu nome, ter uma pergunta dirigida a si que ele pudesse responder, encheu Roland de alívio quente. Como um cão, ele se arrastou até o amigo, segurou seus calcanhares.

— Deus me imbuiu de fúria, Oliver. Não sei a razão. Eu sou apenas um instrumento, minha vontade não é minha. Deus quis que eu os matasse.

— Não acredito.

— É verdade, Oliver, você tem que acreditar! — Roland começou a beijar os pés do outro. — Eu nunca sei o que acontece, apenas me deixo levar pela vontade divina, por favor...

— Não — Oliver se desvencilhou. — Pare com isso.

O maior dos Paladinos se encolheu no chão.

— Acho que você está mentindo, Roland. Sei que a fúria divina o toma, mas você não deve culpar Deus por seus atos. Você está cheio de segredos desde o ano em que passou o Natal sozinho.

— Você precisa acreditar em mim.

— Fale a verdade, Roland. Admita que estava enredado pelas palavras de Sulayman Al-Arabi e assustado com a perspectiva de voltar para casa sem ouro e sem glória. Você já é um assassino, já nos transformou em assassinos. Não seja também um mentiroso, um covarde.

Roland respirou fundo várias vezes. Ele não sabia dizer se ainda havia afeto no olhar de Oliver, mas havia *algo.*

— Muito bem — disse Roland. Então ficou de pé. — Vou contar a verdade.

Oliver continuou esperando.

— Venha comigo.

— Aonde?

— Até a retaguarda do exército — disse Roland. — Até os suprimentos. Preciso lhe mostrar.

Segurou o pulso do amigo.

— Não! — Oliver se desvencilhou.

— Mas...

— Chega de enigmas! Chega de acusações, atos inexplicáveis e portentos místicos! Fale a verdade, só a verdade, só uma vez! Diga que matou os bascos por burrice e por ganância!

— Não foi isso, Oliver. Você precisa ver o que tenho para lhe mostrar.

— Não! Apenas fale.

Roland estremeceu.

— Muito bem — ele disse. — Chegou a hora de revelar. Você será o único a saber, meu irmão.

Ele forçou as palavras a saírem aos poucos.

— Existem feiticeiros saxões...

Então Oliver deu um passo para trás.

— Feiticeiros saxões? — ele interrompeu.

— Deixe eu continuar...

— *Feiticeiros saxões?* — Oliver gritou. — Você é um assassino de cristãos e vem culpar feiticeiros saxões?

— Não é isso, Oliver! Ouça-me! Ou então venha comigo!

— Nem mais uma palavra. Tudo que sai de sua boca são mentiras e justificativas. Culpa Turpin, culpa Deus, culpa os saxões. Volte a seu baú de tesouro, pois é tudo que importa para você.

E Roland quis dizer que o baú não continha um tesouro, mas algo que ele não tinha coragem de olhar. Quis dizer que precisava do amigo para abrir a tampa e ver o que o cheiro de podre já denunciava. Que o medo do que estava dentro do baú não o deixava dormir nem comer, não o deixava raciocinar, e que a matança tinha sido a erupção daquele estado constante de pânico morno.

Mas, para que Roland compartilhasse tudo isso, para que Oliver tivesse com ele a intimidade e a cumplicidade que lhe dera conforto durante tantos anos, era preciso que houvesse também amor.

E não havia mais.

Uma vez que tivéssemos começado, não fazia sentido ou diferença parar. Atravessamos o território dos bascos matando, saqueando e queimando. Roland tinha transformado um povo inteiro em nosso inimigo. Ou, se eu estiver sendo honesto, em nossas vítimas. Não havia outras cidades, apenas aldeias e povoados. Destruímos tudo por onde passamos, roubamos o que conseguimos encontrar.

A consciência do rei recebeu algum conforto quando encontramos altares pagãos. Boa parte dos bascos ainda rezava a deuses primitivos ou misturava seu culto ao culto dos santos. Também houve um lado amargo e pragmático de Carlos que viu os benefícios que o tesouro saqueado dos bascos iria nos trazer.

Em noites insones, ele passou horas falando comigo, tentando achar o lado bom de ser um assassino.

Mas por fim deixamos os domínios daquele povo infeliz. Adentramos os Pirineus. Depois de atravessar a cordilheira, estaríamos mais uma vez no Reino dos Francos, onde não precisaríamos olhar para as marcas de nossos crimes.

— Tudo vai ficar melhor, Turpin — disse Carlos, meio para mim, meio para si mesmo. — Tudo vai ficar melhor depois que atravessarmos o Passo de Roncevaux.

XII

DEIXE-ME FALAR SOBRE RONCEVAUX, AGNES.

A humanidade segue a geografia sagrada, as linhas energéticas que existem em diversos lugares, como em Donner Pass ou no Mecanismo do Destino, na Floresta de Teutoburgo. E um dos maiores exemplos de geografia sagrada são os caminhos de peregrinos, as rotas ritualísticas que funcionam como quebra-cabeças, como soluções de labirintos para invocar o poder do outro mundo. Assim como pó de metal é atraído por uma linha magnética, peregrinos são atraídos por essas linhas místicas.

Uma das mais poderosas compõe o Caminho de Santiago de Compostela e atravessa o Passo de Roncevaux.

Chamam-no também de Roncesvalles, e talvez faça mais sentido usar o termo basco e chamá-lo de Orreaga. É uma passagem entre os Pirineus, uma trilha elevada mais de 1.000 metros em relação ao nível do mar, que permite a travessia daquelas montanhas, mas que se torna mais e mais estreita.

O Passo é um terreno pedregoso e sinuoso, tomado por árvores, cheio de córregos, desfiladeiros e pontos cegos. Inesperadamente enevoado, escuro, labiríntico e traiçoeiro. Por vezes se abre em terreno tão desimpedido que quase lembra uma planície banhada pelo sol, mas então forma gargalos abruptos entre os paredões. Ninguém naquela época tinha mapeado os Pirineus, mas Roncevaux era uma passagem conhecida, um caminho para sair do pesadelo febril que era Al-Andalus de volta ao Reino dos Francos, onde havia ordem e onde éramos heróis aguardados pelo povo.

Nosso exército era numeroso e pesado, cheio de cavaleiros. Dividia-se em três partes. Na vanguarda ia o rei, com boa parte da cavalaria, os nobres e a guarda de honra. Eu e Oliver permanecíamos perto de Carlos durante quase toda a jornada. O meio era composto pela infantaria, guerreiros e plebeus carregando lanças e espadas, trajados em couro e trapos ou armadura de escamas provavelmente saqueada. Na retaguarda estava todo o tesouro que tínhamos conquistado, além dos prisioneiros e todos os suprimentos. Era a parte mais lenta do exército, por isso era protegida pela cavalaria pesada. Cada parte da coluna contava com alguns milhares de homens — nossas tropas formavam uma longa serpente pelo Passo de Roncevaux e a retaguarda demorava horas para alcançar a vanguarda quando acampávamos a cada noite. Uma marcha desse tipo, principalmente nos ermos, não é como um grupo unificado viajando em formação, mas mais semelhante à migração de um povo. A população da maior parte das cidades europeias era menor que nosso contingente. Os três pedaços do exército iam bastante separados, pois cada um tinha suas próprias maneiras de lidar com o terreno. Chegávamos a passar quase um dia inteiro sem ver os outros trechos e dependíamos de trombetas e sinalização para que os comandantes se comunicassem.

Cada parte do exército tinha seus líderes. O rei comandava a vanguarda, assistido pelos Paladinos. O meio tinha pequenos nobres e chefes guerreiros que desejavam provar seu valor. A retaguarda era uma grande responsabilidade, por isso também contava com grandes campeões. E o grande líder da retaguarda era Roland.

Logo no início da viagem, estávamos acampados à noite e Carlos estava apreensivo. Fiz menção de perguntar o que o afligia, mas ele falou espontaneamente.

— Roland — disse Carlos. — Sempre Roland.

Sentei ao lado dele, pesado. O corpo do Arcebispo Turpin já estava bem velho para um guerreiro. O verdadeiro Turpin não tinha se preparado desde a juventude para lutar, seus músculos estavam sendo forçados ao limite desde que eu o possuíra. Dores nas costas e nas pernas eram minhas companheiras constantes nos últimos anos e tinham se agravado em Al-Andalus.

— Acha que ele pode colocar tudo a perder de novo? — perguntei.

Carlos suspirou.

— Sou tão cego a ponto de ter confiado durante anos num assassino?

Eu gostaria de dizer que desviei os olhos de vergonha, mas seria mentira. Não senti vergonha nenhuma. Eu sentia culpa, porque sabia que meu grande crime nunca poderia ser expiado, mas era capaz de olhar nos olhos daquela pessoa extraordinária e deixar que ele se lamentasse sobre confiar num assassino, sendo quem sou. Calei a voz do verdadeiro Turpin em meu interior.

— Por que deixou o comando da retaguarda com ele, meu rei?

— Seria difícil explicar aos homens por que Roland está na retaguarda e não tem o comando. Não sou bom com mentiras, Turpin. Não gosto de enganar meu povo.

Roland não saía da retaguarda, onde estavam as bagagens e os suprimentos. Onde estava a mula com seu baú.

— O que acha que ele pode fazer? — perguntei.

— Depois do que fez em Pamplona? Qualquer coisa. Matar prisioneiros. Roubar o tesouro. Simplesmente fugir.

— Não acho que Roland vá roubar ou fugir, meu senhor — falei com sinceridade.

— Mas ele pode ser mais uma vez tomado pela sanguinolência.

Era impossível negar aquilo. Carlos estava com medo. Um medo justificado. Alguém como Roland sempre seria aterrorizante — o que nos confortava era sua obediência e o fato de que estava de nosso lado. Agora era como um touro louco.

— Deixe que eu siga na retaguarda com ele — eu disse. — Se existe um guerreiro que pode enfrentar Roland, sou eu.

Carlos deu um sorriso triste.

— É claro que já pensei nisso, bom Turpin. Foi a primeira coisa que me ocorreu.

— Então por que não falou nada?

Fiquei esperando a resposta por longos segundos.

— Porque não quero ficar sozinho — o rei balançou a cabeça e riu de si mesmo. — Perdi um amigo. Sinto-me longe de Deus. Não quero viajar sozinho.

Segurei o antebraço de Carlos.

— Logo estaremos em Aachen, meu senhor. Então vamos sair à guerra que conhecemos. Vamos matar pagãos e espalhar a palavra de Cristo.

— Se você estiver na retaguarda, quem vai erguer meu estandarte até lá?

— Sempre haverá alguém para erguer a Oriflamme, meu rei. O estandarte deve ficar com você. Se achar que continuo digno dessa honra, você irá confiá-lo a mim de novo no Reino dos Francos.

Ele se ergueu. Também me levantei, por respeito. Então Carlos Magno me segurou num abraço forte.

— Até o Reino dos Francos, meu amigo.

Não respondi. Ele me largou, fiz uma reverência e saí de sua tenda.

Encontrei Oliver me esperando do lado de fora.

— O que deseja, cavaleiro?

O rosto jovem estava marcado por rugas precoces. Oliver vinha se preocupando há anos. Ele, assim como todos nós, tinha envelhecido de forma desproporcional durante aquela campanha desastrosa.

— Você vai para a retaguarda não é? — ele falou, quase como uma acusação. — Vai vigiar Roland?

— Estava escutando escondido, Oliver?

— Não é preciso espionar para perceber isso. Você saiu da tenda do rei. Nenhum de vocês confia em Roland.

— E você confia?

Ele olhou para baixo.

— Deixe-me ir com você — disse o cavaleiro.

— O rei não deve ficar sozinho.

— Nem Roland.

— Roland não vai ficar sozinho.

— Ele precisa de alguém que o ame — Oliver desabafou. — Não de um inimigo.

Franzi o cenho.

— Roland me considera um inimigo?

— Eu não deveria falar isso, Turpin, mas ele tem medo de você. Desde que entraram no Irminsul ele desconfia…

— É uma acusação grave — interrompi.

— Por favor — Oliver pegou minhas mãos. — Se o pior acontecer, um de vocês vai matar o outro.

— Se o que diz é verdade, Roland mentiu na confissão durante anos e guardou ódio por um servo de Deus. Enganou todos nós.

— Ele merece mais uma chance.

— *Mais uma chance…?* — comecei, mas então vi a súplica no rosto de Oliver.

Vi o destino dele entremeado com o de Roland.

— Precisa existir algo mais forte que o ódio, Turpin.

— E o que seria isso?

— O amor.

Silêncio.

— Muito bem — falei, jogando o futuro numa direção inesperada. — Se existe alguém capaz de tirar Roland da escuridão, deve ser você.

Era agosto. Estávamos quase fora dos Pirineus.

O dia já se aproximava do fim. A retaguarda atravessava um trecho complexo do Passo de Roncevaux, uma área aberta e florestal, com dois paredões logo à frente, estreitando o caminho a ponto de apenas dois cavaleiros poderem viajar lado a lado confortavelmente. Nossa coluna se estendia até o horizonte dos dois lados e a vanguarda já devia estar acampada há muito tempo, longe de nossa vista.

Roland estava no meio das carroças e dos animais de suprimentos, perto de sua mula. Eu seguia logo atrás dos batedores. O sol do crepúsculo brilhava forte em nossos olhos, ofuscando-nos e ocultando metade da paisagem enquanto as árvores e as sombras deixavam a outra metade camuflada. O vento soprava entre as montanhas e a floresta, assobiando, pregando truques, distorcendo os sons.

De repente, ouvi um grito.

Fiz o cavalo parar, os homens a minha frente e atrás de mim me olharam com estranheza. O vento soprou.

Então mais um grito.

Coloquei a mão sobre os olhos, tentando me proteger do sol, mas não conseguia distinguir nada naquela direção.

Então uma gargalhada.

Levei a mão à espada.

O ar a nosso redor explodiu com uivos, risadas, berros, no mesmo instante em que fomos atingidos por uma chuva de pedras.

— Emboscada! — gritei. — Emboscada! Soem as trombetas!

Eu não conseguia enxergar de onde vinha o ataque. As montanhas acima de nós pareciam chover pedregulhos. Meu elmo foi atingido por uma pedra do tamanho de um punho. Senti minha cabeça jogada para o lado, meus ouvidos foram tomados por um zumbido alto, então um berro logo a minha frente. Virei-me e enxerguei o cavaleiro que estava comigo tombando do cavalo, trespassado por uma lança vinda de lugar nenhum.

— Emboscada! — repeti. — Homens, comigo!

A gritaria vinda de todos os lados se juntou a berros de dor, brados de guerra dos francos, relinchar de cavalos e tropel de cascos no chão. Puxei as rédeas, mas no meio dos raios de sol me ofuscando, notei que a coluna não estava avançando. No mesmo instante, fui atropelado por cavalos e cavaleiros em disparada no sentido contrário. Um homem se chocou contra mim, o tronco pendente sobre a sela do cavalo, uma lança enfiada em seu pescoço.

Saquei a espada e fiz o cavalo girar, deixando a luz do crepúsculo atrás de mim.

— Montjoie! — gritei, procurando os inimigos.

O contraste da floresta escura com o sol forte que vinha do outro lado era extremo. Por alguns segundos, não consegui enxergar nada, enquanto meus olhos se ajustavam. As sombras se moveram. Uma pedra me atingiu no rosto, quebrando meu nariz. A dor me cegou por um instante, meus olhos se encheram de lágrimas que se misturaram com sangue. O tropel continuou a meu redor, então um cavalo solto se chocou contra mim, em pânico. Não consegui me segurar e caí da sela.

Consegui proteger a cabeça quando me choquei com o chão duro, virei-me para ver cascos de cavalos vindo em minha direção, prontos para me pisotear. As partes metálicas de nossas armaduras refletiam a luz do crepúsculo, a gritaria mascarava todo o senso de direção. Um casco veio na direção de meu peito e pulei para uma linha de destino adjacente, onde o cavalo recebeu uma lança na barriga e caiu para o lado, errando-me por centímetros.

Fiquei de pé, atordoado, sujo de meu sangue e do sangue do cavalo. O elmo amassado fazia pressão contra meu crânio. Senti a cabeça e o rosto latejarem em uníssono. Olhei ao redor, tentando ter noção do que acontecia.

As montanhas gritaram na língua dos bascos e vomitaram guerreiros contra nós.

Três vieram em minha direção. Quase nus, trajando apenas calças e uma casaca feita com couro e lã de ovelha. Tinham facas e lanças curtas, berravam como feras, correndo em zigue-zague, saltando de uma pedra para outra. O primeiro me atacou por cima, com a faca em direção a meu pescoço, mas consegui recuar. Deixei os guerreiros em meu interior virem à tona. Meu braço foi tomado por um legionário romano, cortei a virilha do agressor com precisão. Ele desabou numa poça de sangue. O segundo veio abaixado, a faca procurando meus tornozelos. A alma de um guerreiro númida fez com que eu evitasse o golpe com um chute certeiro no rosto do adversário, mas o terceiro surgiu pelo flanco e conseguiu enfiar a faca por baixo de minha armadura de escamas. Senti a mordida do metal enquanto toda a lateral de meu tronco foi tomada por uma anestesia ardida e o calor molhado do sangue verteu, empoçando e escorrendo, por baixo da armadura, para minha perna.

Girei numa velocidade estonteante e a cabeça do inimigo voou.

Mas eles não paravam de surgir, com pedras e lanças.

Nossa coluna se estendia por quilômetros, nossa cavalaria pesada era lenta e estava sem formação. Havia carroças, animais de carga e não combatentes no meio de nós, havia prisioneiros e pajens entrando em pânico e tornando tudo ainda mais confuso. A passagem estreita logo à frente estava bloqueada pelo inimigo e pelos corpos de nossos cavalos e cavaleiros. Vi os bascos sobre os paredões, no meio das reentrâncias, atravessando aquele terreno como se fossem fantasmas. As árvores a nossa volta os abraçavam e os jogavam sobre nós. A chuva de pedras continuava, não importava se eles atingissem seus próprios companheiros. Parecia absurdo que as pedras chegassem tão longe vindas das montanhas, mas também vinham de trás de árvores, de curvas na trilha, do meio das sombras ou do sol.

A trilha principal estava tomada por uma confusão de corpos feridos ou mortos, lutando ou fugindo. Um cavaleiro viu um pajem desesperado e achou que era um inimigo. Enterrou a espada no garoto, que morreu implorando por misericórdia. Um grupo de cavaleiros tentou galopar para longe, sair da aglomeração que impedia que se movessem, mas logo o primeiro cavalo resvalou em algo. Eles logo descobriram que o terreno onde estavam era de pedra lisa, levemente inclinada, apenas o suficiente para que os cascos escorregassem, levando cavalo e cavaleiro numa queda cada vez mais íngreme, cada vez mais rápida, até que eles só rolaram, deixando marcas de sangue pelo caminho. Ouvi os gritos de morte inglória de homens e animais.

E o inimigo não parava de chegar por todos os lados.

Os bascos não tinham sido nossos inimigos, mas não tinham mais nada a perder. Nós os havíamos massacrado. Roubamos deles, destruímos sua cidade. Fizemos o que os sarracenos não tinham feito. E agora eles revidavam.

Nossa coluna extensa, lenta, estreita, estava paralisada. Os bascos conheciam aquele terreno como seus próprios corpos. Eles eram o povo das montanhas e cada reentrância, cada truque, cada passagem e caminho no meio das pedras e das árvores era seu lar.

Não podíamos avançar porque o gargalo estava tomado de corpos e fustigado pelo inimigo. Não podíamos recuar porque estávamos trancados pelas carroças e animais de carga. Não podíamos tampouco fugir para os lados, porque o terreno era nosso inimigo e jogava guerreiros sobre nós sem cessar.

— São demônios! — gritou alguém perto de mim. — Demônios do inferno que vieram levar nossas almas!

Mas não eram demônios. Eram apenas os donos daquela terra.

— Montjoie! — ouvi o brado de um cavaleiro.

Outros se juntaram a ele, passando por cima de corpos, atropelando bascos, unindo-se numa formação compacta, com poucos guerreiros treinados e protegidos por ferro.

— *Carga!* — ordenou o cavaleiro, e o grupo todo investiu.

O líder conseguiu atravessar vários metros em direção a um conjunto de guerreiros bascos, mas um outro logo atrás deu um berro de surpresa. Seu cavalo meteu a pata num buraco oculto por um arbusto. O impulso jogou o corpo do animal para a frente enquanto a pata continuava presa. Ouvi o barulho horrendo de osso estilhaçando sobre a gritaria e o clangor da batalha. O cavalo despencou para a frente, quase arrancando a pata, enlouquecido de dor, e o cavaleiro caiu no chão de pedra. Não sei se sua espinha se partiu, mas ele ficou se debatendo, sem conseguir se mexer direito. O líder da carga matou o primeiro basco, mas seus seguidores foram obrigados a deter o avanço para desviar do companheiro, então receberam uma enxurrada de lanças e pedras. Os bascos atacaram sem medo, por todas as direções, puxaram-nos dos cavalos, mataram animais, jogaram suas vidas fora para que o próximo matasse um franco.

Um cavalo sem ginete passou por mim. Agarrei-me em seu pescoço, firmei o pé no estribo e consegui subir, montando com dificuldade. Deixei o espírito de um nômade huno tomar o controle e guiar a montaria para fora daquele morticínio. O cavalo derrapou num conjunto de pedras soltas no chão, mas fiz com que saltasse às cegas, em direção ao brilho ofuscante do sol, e senti os cascos pisando em água.

Olhei a meu redor, tanto quanto o brilho permitia. Havia um córrego fundo, que refletia ainda mais o sol, transformando tudo em meu campo de visão num caleidoscópio de luz e sombra. Um basco escalou meu cavalo e me agarrou por trás, colocando a faca em minha garganta. Fiz o cavalo empinar, ele caiu no córrego, então o animal escoiceou. Senti o impacto e não fiquei por ali para ver se estava morto.

Um franco morria afogado sob o peso da própria armadura, o rosto submerso na parte mais rasa do córrego.

Os bascos continuaram a vir contra mim, contra todos nós. Matei um, dois, dez, muitos, perdi a conta de quantos tombaram ante minha espada, dando as vidas em troca de mais um corte, mais uma pancada. Em algum momento, meu cavalo caiu. Deixei-o morrendo no córrego, tingindo a água de vermelho. Virei-me quando ouvi um chapinhar atrás de mim. Ergui a espada, mas era um guerreiro franco.

Não. Era um basco que tinha roubado um elmo e um escudo francos.

Ele teve um segundo de vantagem e atingiu meu rosto com uma faca.

Senti um rasgão dilacerar meu lábio, minha bochecha. Engoli sangue em golfadas, o gosto ferroso tomou meu paladar, meu estômago ficou instantaneamente nauseado. Enfiei minha própria lâmina na barriga dele.

Os bascos corriam a nosso redor carregados de tesouro, com armaduras e espadas, com os estandartes. Matei um basco e me preparei para matar outro. Então pela segunda vez me detive, pois não era um basco.

Era um sarraceno.

— Que isto ensine seu rei a se arrepender da covardia — disse Sulayman Al-Arabi.

Ele bateu em minha têmpora com uma maça. Caí para o lado, de quatro no córrego.

Eu queria rezar para algum deus, Agnes. Naquele momento quis mais do que tudo ser ignorante, acreditar em algo, pois só um milagre poderia nos salvar.

Então lembrei que, de certa forma, milagres existiam.

Nenhum deus viria em nosso resgate. Mas um homem poderia vir.

— Carlos — falei, sem força, sem conseguir articular o nome com minha boca arruinada.

Os bascos eram muitos e conheciam o terreno, mas nem mesmo eles poderiam resistir a todo o poderio do exército franco. Nós éramos a cavalaria pesada e lenta, mas havia a infantaria e a cavalaria leve. Se Carlos viesse com o resto do exército, poderia passar pelo gargalo, proteger nossa retirada, garantir uma formação mais defensável do que a fila que tinha sido emboscada.

Nesse momento, um cavaleiro passou por mim a galope.

Oliver estava ferido. Seus dentes rilhados estavam tingidos de vermelho, ele já não tinha mais elmo, apenas os cabelos encaracolados empapados de suor e sangue. Ele galopou, passando por bascos e francos, evitando o combate, tentando só ficar vivo para chegar a um homem.

— Roland! — chamou o Paladino.

Então os raios do crepúsculo desceram mais um pouco, deixando o Passo na escuridão. Oliver conseguiu ver a figura galante de seu amigo.

Roland estava coberto de sangue, cercado de inimigos mortos. Sobre o cavalo, com a lendária espada Durandal na mão direita, mas a esquerda não carregava um escudo. Em vez disso, Roland segurava as rédeas de uma mula de carga.

O cavalo de Oliver empinou quando chegou perto do outro.

— Roland! — disse Oliver, esticando-se para tocar o amigo, como se quisesse ter certeza de que ele era real e não um fantasma.

— Desculpe, Oliver — falou Roland, os olhos arregalados. — Desculpe, meu irmão, por favor, me desculpe.

Oliver tocou com delicadeza em seu rosto.

— Você não podia saber, Roland. Nenhum de nós...

Um grupo de bascos surgiu sobre eles, vindo de uma sombra negra. Oliver e Roland os mataram sem dificuldade, numa dança ensaiada, quase tendo prazer no combate mais uma vez.

— Você pode nos salvar, Roland — ofegou Oliver. — Precisamos de ajuda. Precisamos do rei.

Roland ficou calado.

— Soe o Olifante, Roland — o Paladino insistiu. — Só assim Carlos poderá vir nos ajudar.

Houve um momento de quietude em meio ao caos.

Então Roland disse:

— Não.

— Roland! — gritou Oliver. — O Olifante é seu! Só você pode pedir ajuda! Não deixe o orgulho cegá-lo!

Roland se inclinou na direção dele. Não quis largar a rédea da mula, então embainhou Durandal para segurar a nuca do amigo, puxá-lo para perto com intensidade trêmula.

— Não é orgulho. Você não entende, Oliver. Isto é tudo culpa minha. Foi o acordo que fiz com Widukind.

— O que está falando?

Oliver tentou se desvencilhar, mas não conseguiu.

— Eu fiz um acordo de morte, Oliver. Este é um campo de sacrifício. Se o rei vier, vai morrer também.

— Acordo de morte...? Morte de quem...?

— De Turpin.

Roland sentiu Oliver ficar gelado.

— Você está delirando, Roland. Soe o Olifante.

— Não posso. Vou provar a você. Sozinho, eu não conseguia olhar. Só senti o cheiro. Mas, agora que está aqui, eu consigo. Vamos olhar juntos.

— Por favor, Roland — Oliver fez mais força, mas o outro não o soltou. — Soe...

— Vamos finalmente abrir o baú, meu amigo.

As lágrimas de Oliver pingaram sobre a armadura de Roland. Lágrimas de desespero, de compreensão.

— Estamos morrendo — sussurrou Oliver. — Esqueça o baú.

— Você vai entender tudo. Eu prometo.

Roland o soltou. Oliver fez menção de cavalgar para longe, mas olhou nos olhos do amigo.

— Você promete?

— Pelo amor que tenho por você, Oliver. Eu prometo. Eu juro.

Ele fez o cavalo avançar alguns passos.

O morticínio continuava logo perto, mas parecia a mil quilômetros de distância.

— Você vai entender por que isto está acontecendo. Por que não posso soar o Olifante.

Com mãos trêmulas, Roland se virou e pegou o baú. Desamarrou-o da mula e o colocou sobre sua própria sela.

Olhou para Oliver uma última vez. Enfiou a mão dentro da roupa, puxou uma chave.

Encaixou-a na fechadura e girou.

Abriu a tampa.

— Vê?

Roland sorriu, um sorriso triste e sábio. Mostrou o interior do baú a Oliver, deixando tudo evidente.

Oliver recuou, a boca aberta, os olhos injetados. Segurou o cabo da espada.

— Você está louco.

— Não — respondeu Roland. — Não vê? Está tudo aqui. Tudo explicado.

Estendeu o baú, inclinando-o um pouco para que o amigo pudesse enxergar.

— Roland, o baú está vazio.

Não havia nada lá dentro. Um cheiro forte saiu do interior. No fundo estava empoçado uma espécie de líquido escuro. Mas nada mais.

Ele guardara por anos um baú vazio.

— O coração de cavalo apodreceu — disse Roland. — Não vê? Widukind falou que o coração continuaria incorrupto enquanto a hora não chegasse, mas iria se decompor no momento de nos livrarmos de Turpin. O coração estava aqui, Oliver, mas já apodreceu.

Oliver sacou a espada devagar.

— Roland — disse, com cuidado. — Você carregou um coração de cavalo num baú durante anos?

— Ele estava incorrupto, Oliver. Agora apodreceu. Tudo isto tem um propósito. Vamos nos livrar de Turpin.

Oliver ergueu a espada, num gesto instintivo de proteção.

Então uma pedra atingiu sua cabeça.

Ele estava sem elmo e já ferido. Caiu para o lado, o cavalo se assustou. Seu pé ficou preso no estribo, enquanto o sangue do supercílio escorreu sobre seus olhos. Confuso, tentando ficar na sela, Oliver agitou a espada às cegas.

Os bascos enxamearam sobre os dois.

Roland urrou. Jogou o baú para o lado, fazendo o líquido podre respingar num arco. Num relâmpago, segurou o cabo de Durandal e a desembainhou.

— *Montjoie!*

Um grupo de bascos correu pela lateral, dois arremessaram lanças. Oliver foi atingido por trás, Roland galopou para perto dele, tentando ao mesmo tempo avaliar o quanto ele estava ferido e avançar para os inimigos. Uma lança encontrou seu peito, mas a armadura o protegeu, a ponta se fincou apenas superficialmente. Ele matou dois bascos com um só golpe, outros se jogaram sobre ele, segurando as patas do cavalo, pendurando-se em seu pescoço. Roland ergueu Durandal e a desceu, numa fúria selvagem. Como um açougueiro, retalhou os corpos bascos, meros pedaços de carne.

Virou o cavalo, jogando cadáveres para trás. Viu Oliver cercado, acossado.

Uma pedra atingiu o ombro de Oliver, enquanto ele estava cego, caído, ainda preso ao estribo. Uma faca rasgou o ventre de seu cavalo. O animal saiu correndo de dor e pânico, mas tombou em alguns passos. Oliver conseguiu desprender o pé, rolou para o lado. Os bascos o fustigaram com pedras, chutaram-no, fincaram suas lanças de cima para baixo. Ele tentava proteger o rosto com uma mão e golpeava sem enxergar com a outra.

Os bascos tinham elmos e joias, escudos e bandeiras, tudo que tinham roubado de nós.

Roland galopou para eles. Jogou o cavalo sobre o grupo, dispersando-os. Um basco cravou a lança no peito do animal. Roland não esperou ele morrer para saltar ao chão. Segurou Durandal com as duas mãos e girou-a, cortando a mão do inimigo. Então enfiou a espada até o cabo no peito dele.

Oliver ficou de pé, tonto, sangrando, cego. Com força suficiente só para segurar a espada.

Roland chutou o basco, livrando sua própria lâmina, e se virou para o amigo.

— Oliver, você...

Oliver brandiu a espada e acertou a lateral da cabeça de Roland. O elmo voou, o Paladino caiu para trás. Suas costas se chocaram com uma pedra pontuda, então a cabeça bateu no chão.

Levou a mão à têmpora. Não encontrou resistência, porque o osso tinha se quebrado. Notou que não enxergava com um olho. O que escorria de sua cabeça era espesso demais para ser sangue.

Roland se forçou a ficar sentado. Estendeu a mão a Oliver.

Oliver caiu de joelhos a sua frente. Largou a espada.

Roland o segurou em seus braços. Tentou limpar o sangue dos olhos do amigo.

Mas já estavam desfocados. Oliver olhava para algo além de Roland. Além do mundo. A luz dentro dele estava cada vez mais fraca.

— Oliver, me diga apenas uma coisa — Roland quis chorar, mas não conseguia mais.

Oliver pareceu se concentrar.

— Oliver, o golpe foi de propósito?

Então Roland sentiu o corpo de seu amigo amolecer. A cabeça de Oliver pendeu e sua última respiração tocou o pescoço do homem que ele amava.

Roland andou pelo Passo de Roncevaux, entre pilhas de cadáveres dos dois lados.

Quase todos os nossos tinham morrido. Muitos dos bascos também, talvez a maior parte. E os sobreviventes tinham fugido com o tesouro e os prisioneiros.

Um guerreiro basco correu berrando na direção de Roland. Arremessou uma lança, o cavaleiro cortou o cabo da arma em pleno ar com Durandal. O basco atacou com uma faca. Roland mal notou, apenas se esquivou para o lado e enterrou a lâmina sob a axila do inimigo. Antes que ele terminasse de morrer, Roland já tinha puxado a espada de volta e estava se afastando.

A escuridão da noite era total. Ele só notou que estava perto de um córrego quando sentiu a água encharcando suas botas.

Roland seguiu pela margem, desviando de corpos afogados, perfurados, retalhados.

Então me viu.

Eu estava sentado na margem, sangrando. Minhas pernas estavam totalmente imersas. Eu já tinha transcendido o frio há horas, meu corpo estava todo dormente. A dor era tão absoluta que eu mal a sentia.

Quase não reconheci Roland quando ele ficou sobre mim. Toda a lateral de sua cabeça era uma ruína. Seu cérebro estava exposto, o olho direito fora destruído. Ele encostou a ponta de Durandal em minha testa.

— Tudo isto por sua causa — balbuciou o maior dos Paladinos. — E ainda não morreu.

Consegui força suficiente para me inclinar e agarrar sua roupa. Puxei-o para baixo. Ele não resistiu. A ponta da espada fez um risco em minha testa, mas a sensação do corte se diluiu entre todas as outras.

Roland ficou de joelhos em minha frente, assim como Oliver ficara na frente dele.

— Você precisa me batizar, Roland — falei, de forma quase incompreensível.

— O quê?

— Precisa me batizar. Eu mereço sofrer desta forma, mas Turpin não merece.

Ele me olhou com seu único olho, sem compreender.

— Me batize, Roland. Antes de morrer, me batize. Eu o ensino.

— Mas como posso batizá-lo — ele falou, débil — se é você quem deve me batizar?

— Me batize, Roland.

— Eu fui excomungado.

— Me batize. Agora.

O córrego continuava em seu curso, tingido de sangue na escuridão. Roland soltou Durandal. A espada desceu na correnteza. Ele levou as duas mãos às laterais de minha cabeça. Então a mergulhou para trás.

E me segurou embaixo d'água.

Fiz força para emergir, mas ele não deixou. Senti a água gelada e suja me purificando.

Roland me soltou. Consegui me erguer o suficiente para respirar, ofegante.

— Coloque as mãos em mim — mandei.

Fiz com que ele deixasse a mão em minha testa marcada pela espada.

— Repita — falei as palavras truncadas, doídas. — Crux sacra sit mihi lux.

— Crux sacra — ele falou, sem entender, morrendo aos poucos. — Sit mihi lux.

— Non draco sit mihi dux.

Ele repetiu.

— Vade retro Satana!

— Isto não é um batismo — disse Roland. — É...

— Vade retro Satana!

Ele engoliu sangue e água, então repetiu:

— Vade retro Satana.

— Numquam suade mihi vana.

— Numquam suade mihi vana.

— Sunt mala quae libas...

— É verdade então, Turpin?

— Repita — falei. — Faça o ritual enquanto há tempo.

— Sunt mala quae libas.

— Ipse venena bibas.

— Ipse — Roland recitou as últimas palavras do ritual beneditino de exorcismo — venena bibas.

Ele olhou a seu redor e não enxergou mais o mundo. Roland estava morrendo. O cortejo dos mortos dançava a seu redor, com um lugar de honra para ele.

E eu não estava morrendo, mas meus tentáculos emergiram do pobre Turpin. Minha mente de yithiano saiu de dentro do arcebispo, carregando consigo milhares de humanos e os yithianos que eu já exorcizara. As almas dentro de mim berraram, quiseram se libertar, mas estavam e estarão presas para sempre em minhas ventosas, em minhas garras, em meus flagelos. Para sempre minhas, porque assim serão preservadas. Elas não são mais elas mesmas, mas ainda são algo. Ainda têm memória e é meu dever preservá-la. O Psicopompo cresceu por todo o céu, querendo as almas que eram suas por direito, mas não permiti que as levassem.

Um de meus tentáculos se enroscou no pescoço de Roland.

Em seu último gesto, ele levou o Olifante aos lábios.

Soprou com tanta força que o sangue verteu do ferimento horrível em sua têmpora. Por todo o Passo de Roncevaux, seu lamento foi ouvido. O Rei Carlos dos Francos escutou aquilo e imediatamente seus olhos se encheram de lágrimas, porque ele soube que era o canto de morte de um amigo.

Roland morreu e agarrei sua alma, trazendo-a para perto de mim.

— Era verdade — ele falou, meio vivo e meio morto, cada palavra dita em um mundo. — Você era um demônio.

E agora ele também era. E será para sempre.

XIII

TURPIN, O VERDADEIRO TURPIN, NÃO MORREU NO PASSO DE Roncevaux. O verdadeiro Turpin adotou o nome Tilpin, horrorizado com tudo que fizera, sem entender as memórias que tinha do período em que estava possuído. Voltou a sua paróquia de Reims, mas o ferimento em sua boca o afastou da proeminência dentro da Igreja. Ele nunca mais teve uma noite de sono sem pesadelos. Minha misericórdia de abandonar seu corpo lhe deu o presente da loucura. Tilpin foi infeliz e atormentado até o dia de sua morte, mais de vinte anos depois.

É claro que ele não foi capaz de explicar isso ao rei. Depois dos eventos de Roncevaux, Tilpin se tornou distante, porque não era mais o homem enérgico a que Carlos estivera acostumado. Ele não conseguia falar direito. O rei o forçou a treinar com espadas certo dia, para tentar reavivar a amizade, mas o pobre arcebispo apenas fechou os olhos, aterrorizado com a perspectiva de se ferir. Aos poucos Carlos desistiu.

E ficou sozinho.

Não apenas Roland e Oliver morreram naquele dia terrível. A maior parte dos Paladinos estava na retaguarda. Eles eram guerreiros exemplares, Agnes, homens verdadeiramente preocupados com seu povo e seu rei, mas nem vale a pena mencioná-los nesta história, pois seu papel na luta contra os yithianos foi só morrer. Carlos tinha entrado em Al-Andalus com amigos leais, com cavaleiros invencíveis, com uma irmandade idealista que o seguia. Voltou sem ninguém, tendo sido enganado e tendo matado milhares de inocentes.

Nada mais nunca seria igual.

Ele liderou o exército contra os saxões de Widukind e venceu como sempre. Mas não havia mais prazer na vitória. Widukind não morria nem era capturado. Os chefes saxões juravam lealdade, depois traíam seu juramento ou apenas eram abandonados por suas tribos. Os ataques pagãos continuavam, continuariam sempre. Carlos não era mais o homem de altos ideais e temperamento afável. Ele tinha matado tanta gente que tinha se tornado um assassino.

O espectro dos amigos mortos não o deixou. Ele continuava cumprindo seus deveres, construindo a capital em Aachen, discutindo teologia, lentamente fomentando a cultura e o saber, mas nada mais tinha gosto. Nem mesmo sua querida carne assada, que ele comia todos os dias. Nem mesmo a leitura de trechos de Santo Agostinho durante o jantar. Tudo era cinza em sua boca, em sua alma.

No ano seguinte, Carlos instaurou os *missi dominici*. Era preciso manter controle de suas terras, ter certeza de que tudo corria bem nos lugares mais distantes, sem que ele precisasse conferir pessoalmente. Então criou um sistema em que duplas de homens de confiança viajavam e visitavam as terras de seus súditos, garantindo que a lei de Deus e do rei fosse cumprida. As duplas eram sempre compostas de um nobre guerreiro e um sacerdote, que deveriam complementar um ao outro.

Quando Carlos decretou isso, um jovem sacerdote sorriu e falou:

— Ah, entendo! Um guerreiro e um sacerdote, como Roland e Turpin! Duas faces de seu poder! Uma decisão sábia, meu rei!

— Não! — explodiu Carlos. — Isso não é nada como Roland e Turpin!

— Mas...

— Moleque insolente! Irá para uma abadia bem longe daqui!

Carlos não enxergava que os missi dominici eram um substituto idealizado do que ele tivera, ou achara que tivera, com Roland e comigo. Fosse como fosse, o sistema deu certo, mas o infeliz sacerdote viveu o resto de seus dias longe de Aachen.

Mas não culpe apenas o rei por aquele temperamento, Agnes, porque a responsabilidade não é só dele. Também é minha.

Minha mente profana carregava consigo as almas de incontáveis humanos, todos gritando e lutando para se libertar. Carregava as mentes de alguns de meus irmãos yithianos, que eu já exorcizara ao longo dos séculos. E carregava também a alma inquieta de Roland, que começava a entender o que acontecia enquanto perdia a individualidade.

Quando um membro da Grande Raça de Yith morre ou é arrancado do corpo hospedeiro, a tendência é que seja puxado para o futuro, em busca de outro humano a ser possuído. Uma era dos humanos é o mesmo que um instante para nós, a percepção de tempo da humanidade é primitiva e limitada. Mas eu não queria ser tirado daquele tempo, porque havia muito a fazer. E porque eu amava Carlos.

Não. Eu não apenas amava Carlos, Agnes.

Assim como o yithiano que possuiu Widukind, eu cobiçava Carlos. Seu corpo, sua mente, sua alma.

Eu queria ser ele.

É algo egoísta, é algo terrível, é roubar de uma pessoa tudo que ela é. E não, não é o maior crime de que sou culpado. Mas ele brilhava de destino como poucos humanos, estava ligado a tudo e todos. Eu queria ser Carlos e não me importava de privá-lo de ser ele mesmo.

Então, rasgando as almas humanas que estavam presas dentro de mim, fazendo força mística e matemática nas linhas de destino, eu me movi lateralmente. O tempo não funciona assim na verdade, mas é uma metáfora que um humano pode entender. Em vez de ir para a frente, eu me desloquei na transversal, procurando freneticamente um futuro em que Carlos cedesse a mim.

Meus tentáculos se enredaram nele, prenderam seus braços e suas pernas, suas memórias e sua alma, sua vontade e seu futuro. Dentro de mim, Roland percebeu o que estava acontecendo e gritou de desespero. Tentou nos puxar para outro lado, encheu-me de lealdade abnegada, mas minha fome era maior. Eu tinha fome de futuro e nenhum futuro era mais abundante que o de Carlos Magno. Generais e nobres ambiciosos dentro de mim estenderam as mãos, querendo agarrar um pouco do rei, querendo ser ele para sentir o gosto de governar mais uma vez.

Envolvi Carlos com tudo que eu era. E eu não precisava perguntar seu nome, seus sonhos, seus segredos, pois ele tinha me confidenciado tudo aquilo.

Seu nome é Carlos. Carlos dos Arnulfling, Carlos dos Carolíngios, Carlos filho de Pepino, descendente de Charles Martel. Carlos, Carolus, Karl. Charles. Carlos, o Grande.

Na solidão de seu quarto, de madrugada, no Palácio de Aachen, Carlos sentiu uma presença que sabia tudo sobre ele.

Carlos, Rei dos Francos, que deseja espalhar a palavra de Cristo ao mundo inteiro. Carlos, inimigo de Widukind. Carlos, que se vê como escolhido de Deus. Carlos que tem vergonha de não saber ler, Carlos que odeia sua voz fina, Carlos que ficou secretamente feliz com a morte de seu irmão, Carlos que tem ciúme de suas filhas, Carlos que almeja mais do que tudo restaurar o esplendor de Roma.

Ele tateou os lados da cama, mudo, em busca da espada Joyeuse.

Eu posso lhe dar o que deseja. A Saxônia será só o começo. Eu posso lhe dar a supremacia entre os pagãos. Comigo você colocará fim às heresias. Comigo fará com que sua crença seja a crença de todos. Comigo você apagará a mancha de Roncevaux.

Ele achou a espada.

Não, meu senhor, disse Roland, em algum lugar. *Não faça isso.*

Sozinho no escuro, Carlos não percebeu que começara a chorar.

Comigo você será supremo entre os reis. Seu nome será sinônimo de monarca, como foi César. Comigo você ofuscará Constantinopla e Atenas. Comigo terá o conhecimento que deseja e nunca mais será derrotado.

— Quem é você? — ele perguntou para o quarto vazio.

Você sabe quem sou.

A toda volta de Carlos, sussurros de guerreiros, de governantes, de mercadores, de sacerdotes e de amantes. Todos quase falando o que ele precisava ouvir, quase ensinando a ele seus segredos.

— Quem é você? — Carlos segurou a espada.

Então todas as vozes disseram:

Eu sou seu senhor. Eu sou Cristo.

Não houve um momento de quebra.

O rei apenas fechou os olhos e disse:

— Isso não é verdade.

Senti-me arremessado através do tempo. Todos dentro de mim gritaram de dor, Roland louvou o Deus que ele já sabia que não existia e o rei em quem ele confiava mais do que tudo. Meus berros foram ouvidos em sonhos durante anos, no passado e no futuro. Bezerros nasceram com duas cabeças, um raio caiu numa igreja, sapos choveram sobre uma aldeia próxima. Voei por futuros paralelos e consegui enredar um tentáculo em volta da alma de Carlos.

Ele se ajoelhou, beijou a espada e rezou.

Eu me tornei pequeno. Tornei-me fraco. Uma assombração rondando seu ombro e sua cabeça. Segurando-me nele para não ser expulso.

Nunca consegui possuir Carlos Magno. Foi o único humano que resistiu a mim.

Mas fiquei para sempre sussurrando em seu ouvido, colocando pensamentos de conquista em sua mente. Roland nunca deixou de cantar seus louvores, pedir perdão, implorar para que ele não me ouvisse. O rei não nos escutava com os ouvidos, nunca soube o que de fato acontecera. Mas para sempre se sentiu invadido por aqueles ímpetos opostos.

Assim, Carlos Magno nunca conseguiu esquecer de mim e de Roland. A escuridão o acompanhou até o dia de sua morte.

Mas ele teve outras companhias.

Carlos tinha o hábito de vestir roupas comuns quando não estava em campanha ou na corte. Por vezes ele andava por Aachen vestido como um plebeu, circulando em meio ao povo. Não era um disfarce, pois ninguém deixava de notar sua estatura, seu ar digno ou mesmo o característico rosto escanhoado, mas era algo que o aproximava dos súditos.

Desde Roncevaux, aquilo tinha deixado de ser uma alegria para os plebeus. Tornara-se motivo de pânico.

O rei andava com o rosto sempre retorcido de raiva. Seus pensamentos repletos de arrependimento e vingança. Se fosse menos inteligente, Carlos teria levado os exércitos de volta a Al-Andalus para se vingar de bascos e talvez de sarracenos. Teria morrido, não há dúvida, mas seria uma morte satisfeita, de alma lavada. Contudo, ele entendia todas as implicações daquilo, sabia que precisava simplesmente engolir a derrota e viver com aquela humilhação. A batalha não foi registrada nos anais do reino, ele passou a fingir que nada daquilo tinha acontecido.

E todos a seu redor também fingiam.

Os atos arbitrários e caprichosos de Carlos não foram muitos, mas foram terríveis. O povo tinha razão de temer quando ele andava pelas ruas da capital em construção. Ninguém além do sacerdote que ousara perguntar sobre os missi dominici foi preso, banido ou morto, mas o humor do rei sugeria que isso poderia acontecer a qualquer momento.

Carlos andava pelo mercado, rosto soturno cheio de ódio e pesar. Aachen estava crescendo e se tornando uma cidade verdadeira. Havia mercadores de toda parte oferecendo seus produtos. O cheiro de carne salgada, peixe, especiarias, mel e couro impregnava tudo. O povo desviava de Carlos, as pessoas faziam pequenas mesuras sem olhar diretamente em seu rosto. Ele não respondia, apenas continuava em frente, como se não enxergasse os súditos.

A gritaria do mercado não incomodava Carlos. Na verdade, ele parecia nem mesmo ouvi-la. Tinha o mesmo passo controlado, a mesma expressão sombria no palácio ou na catedral, entre guerreiros ou entre mercadores. Eu estava sobre ele, como sempre estaria, como uma presença, um peso em suas costas, enchendo-o de vontade de conquistar e catequizar.

De repente, num canto, dois mercadores atraíram a atenção do rei.

Carlos virou uma esquina do mercado entre algumas tendas e viu dois monges gritando a plenos pulmões.

— Ah, que todos que desejam sabedoria venham e tomem-na de nossas mãos, pois é sabedoria que temos à venda!

Eles estavam sorrindo. Seus hábitos monásticos eram um pouco diferentes do que os monges costumavam vestir no Reino dos Francos e eles falavam com sotaque carregado. Eram ambos ruivos, com pele sardenta e pálida. Carlos chegou perto e eles não demonstraram nenhuma mudança em sua postura.

Eram estrangeiros recém-chegados. Não sabiam que o estranho alto com cara de poucos amigos era o rei.

— Quem são vocês? — perguntou Carlos, num tom que não era cordial nem imperioso. Apenas rude.

— Bem-vindo, amigo — disse um dos monges. — Somos mercadores! Estamos no mercado, assim como todos os outros, oferecendo nossa mercadoria.

— Onde está sua barraca?

— Não precisamos de barraca para vender nosso produto. Ele é infinito e não cabe em nenhum tablado. Mas também não pesa e está todo aqui — apontou para a própria têmpora.

Carlos continuou carrancudo. Os monges continuaram sorridentes.

— Estão vendendo sabedoria? — o rei latiu.

— Sim, é sabedoria que vendemos! É o bem mais precioso, que todos devem possuir!

— Se todos devem possuir sabedoria, por que vendem e não dão a quem pede?

Um dos monges deu um sorriso melífluo. Era a pergunta que ele queria ouvir.

— As pessoas não apreciam o que é dado, apenas o que é vendido! — disse o religioso. — Estamos aqui vendendo sabedoria, esperando que o povo a compre junto a todos os outros produtos!

— Além disso — completou o outro monge, em tom divertido de confidência — esperamos ser curiosidades aos homens para que sejamos notados pelo rei.

Os dois terminaram o discurso com sorrisos largos, como qualquer vendedor que você pode ver na TV hoje em dia.

— Pois bem — disse Carlos. — Tiveram sucesso em seu intuito. Eu sou o rei e notei sua pantomima.

No mesmo instante, os sorrisos se desfizeram e os monges ficaram ainda mais pálidos. Eles perceberam que todos os mercadores mantinham distância, que havia guerreiros por perto, vigiando a interação. Os dois caíram de joelhos, pedindo perdão e exaltando a majestade de Carlos.

— Chega de arengas — disse o rei. — É verdade que trazem sabedoria?

Um dos monges teve coragem de erguer o rosto e olhá-lo nos olhos.

— Possuímos sabedoria e estamos prontos a dá-la, em nome de Deus, a quem a busca valorosamente.

— Mas antes disseram que estavam vendendo — ele resmungou. — Qual seu preço?

— Não temos um preço, ó rei, mas pedimos um lugar onde ensinar e mentes rápidas para aprender. Pedimos também comida e roupas, pois sem isso não podemos continuar nossa peregrinação.

Carlos ficou em silêncio.

Aos poucos, desfez a expressão de raiva. A sugestão de um sorriso tomou seus lábios. Eles eram jovens, eram corajosos. Sem armas, sem armadura, tinham vindo de longe para espalhar sabedoria. O rei lembrou da velha missão, mais importante que conquistar e matar, mais difícil que a vingança. A missão de espalhar a palavra de Deus, a palavra única, entendida da mesma forma por todos.

Algo que só podia ser feito por meio da escrita.

— Levantem-se e venham comigo — ele ordenou. — Encontraram a maior barganha de suas vidas.

Eles eram irlandeses. Naquela época, os monges irlandeses tiveram uma importância enorme na propagação da cultura e na preservação do conhecimento clássico. Havia na Irlanda uma doutrina de fundação de mosteiros com a missão ativa de copiar manuscritos e manter vivo o legado de Roma e da Grécia, além da língua latina. Os irlandeses, nunca tendo sido parte do Império Romano, não falavam latim como língua nativa e assim não tinham vícios de quem falava um intermediário entre o latim e o que iria se tornar francês, espanhol, italiano, português. Eles aprendiam o latim puro, antigo e por isso eram capazes de entender textos antigos e ensinar outros a fazer o mesmo.

Um daqueles monges que encontrou Carlos no mercado se chamava Clement e ficou conhecido como Clement Scotus, porque a história é imprecisa e cheia de erros, e naquela época, no Reino dos Francos, ninguém se preocupava em diferenciar Irlanda de Escócia. Clement não foi responsável por tirar a nuvem negra de cima do rei, mas ele e seu companheiro lembraram Carlos da verdadeira finalidade daquilo tudo, do que eu e ele tínhamos conversado em Roma tanto tempo atrás. Ensinar o mundo a pensar como um só, padronizar o conhecimento. Pode parecer tirania, e era, porque era minha única estratégia para combater a dominação dos yithianos. Mas também era o modo de fazer as inúmeras tribos da Europa voltarem a falar entre si, o modo de garantir que textos fossem compreendidos em qualquer lugar, que não dependêssemos de descobertas isoladas de cada povo que via os demais como inimigos. Para que a humanidade pudesse se unir e construir um legado mais uma vez, era preciso que se entendessem.

Depois de ver os monges vendendo sabedoria no mercado, Carlos enxergou a futilidade de suas últimas campanhas. A guerra não era um fim por si só, mas um meio de chegar ao grande objetivo, que era cultuar Cristo de maneira uniforme e entender a Bíblia.

Ninguém acreditava que a Bíblia devia ser interpretada literalmente, isso é uma simplificação de preguiçosos e oportunistas. Todos os religiosos da época entendiam a Bíblia como um livro de mistérios a ser decifrado, o que exigia conhecimento em vários campos. Eram as Artes Liberais. As mais importantes, o Trivium: lógica, gramática e retórica. E as secundárias, o Quadrivium: aritmética, astronomia, geometria e música.

Meus pensamentos sanguinários enevoavam a mente do rei todos os dias, assim como as lamúrias de arrependimento de Roland, mas a curiosidade de Carlos fora atiçada mais uma vez. Ele voltou a chamar estudiosos de todo o mundo para Aachen. Passou a dormir com uma tabuleta de cera sob o travesseiro, na esperança de que qualquer tempo livre ou insone pudesse ser usado para que ele tentasse escrever na tabuleta ou ao menos se acostumasse com a sensação de um instrumento de escrita nas mãos. Foi com a ajuda da espada mística Joyeuse que Carlos resistiu à possessão, mas Joyeuse permaneceu embainhada por meses.

E os dois monges irlandeses, acompanhados de cada vez mais estrangeiros, começaram a ensinar as crianças do Palácio. Não só filhos de nobres, mas também plebeus que poderiam se tornar monges.

Carlos circulava carrancudo pelos corredores, mas sob sua expressão sombria havia um objetivo. Ele passou aquele tempo sozinho, mesmo cercado de gente, vendo a cultura começar a florescer em Aachen com satisfação, mas sem prazer. As letras continuavam fora de seu alcance e ele se sentia impossivelmente distante dos grandes homens com quem poderia aprender: Cícero, Sócrates, Santo Agostinho. Havia uma barreira e ele não tinha mais amigos.

Mas a tristeza e a raiva do Rei dos Francos nunca foram morosas. Ele fazia seu luto com trabalho. Assim, entre estudar, dar ordens para que abadias fossem construídas, lutar contra pagãos e administrar o reino, Carlos foi aos Estados Papais. E, na cidade de Parma, conheceu a pessoa mais importante de sua vida.

XIV

MINHA PARTICIPAÇÃO NA HISTÓRIA DO REI PODE PARECER importante, Agnes, mas é apenas porque quem está contando sou eu. Fui uma nota de rodapé na vida de Carlos. Um amigo querido, um conselheiro que o influenciou a atos magníficos e terríveis, mas parte de um preâmbulo. Ele não sabia, mas sua trajetória estava apenas começando. Tudo que viera antes, a queima do Irminsul, a defesa de Roma, a Batalha de Roncevaux, tudo foi só um prelúdio para as reais façanhas de Carlos Magno.

E isso só começou quando ele voltou de Parma acompanhado por Alcuin de York.

Quando o rei chegou a Aachen, um zumbido já preenchia o castelo. Todos cochichavam que Carlos tinha encontrado um prodígio. E houve muita especulação sobre quem seria aquela maravilha. Vários nobres garantiram que era um guerreiro, um cavaleiro santo emerso do seio da Igreja, para preencher a lacuna deixada por Roland nas fileiras dos Paladinos. Outros disseram que era um feiticeiro vindo de longe, escondendo em sua mente magias que tornariam o rei imortal. Houve quem falasse que era na verdade uma mulher, uma beldade por quem Carlos se apaixonara e que ele trazia como mais uma concubina. Havia o boato de que era um gigante que se convertera ao cristianismo e agora lutaria em nome de Deus.

Carlos adentrou o Palácio conversando, cercado pelo cortejo usual de guerreiros, monges, pajens, escribas. A corte o estava esperando e se curvou em uníssono ante sua chegada.

Olharam para o cortejo e não enxergaram a maravilha.

— Aachen se ilumina mais uma vez com sua chegada, meu senhor — disse um nobre mais ousado.

— É bom estar em casa. Bom vê-los todos! Mas desejo, mais do que tudo, ver a Academia.

A corte não se moveu.

— Há alguma coisa que eu precise resolver? — perguntou o rei.

— Meu senhor, nós ouvimos histórias sobre um recém-chegado. Estamos todos ansiosos para conhecê-lo. Peço que nos conte, Rei Carlos. Onde está o prodígio?

Carlos franziu o cenho.

— Está aqui!

Os nobres se entreolharam.

— É um gigante que não cabe no Palácio! — disse alguém no fundo.

— Está disfarçado para escapar de nossos inimigos, meu rei?

Carlos balançou a cabeça.

— Este é o prodígio — fez um gesto para o monge a seu lado. — Conheçam o maior sábio de nossos tempos, Alcuin de York.

Os nobres da corte se apressaram em cumprimentar Alcuin, mas não conseguiram esconder a decepção. Havia tantos padres, monges, bispos e religiosos de todo tipo em volta de Carlos o tempo todo que eles se confundiam uns com os outros. E aquele homem não parecia nada especial. Era baixo e magro, com a expressão pacata que quase todos adquiriam com a vida monástica. Tinha um vago ar estrangeiro, mas não exótico.

— Você deve comer alguma coisa, Albinus! — disse Carlos. — Então poderá conhecer seus aposentos. Mas quero começar a trabalhar ainda hoje!

— Não tenho fome, Eneias — respondeu o sábio, com voz cordial, falando sem sotaque nenhum. — O trabalho pode começar imediatamente.

A atitude enérgica não combinava com a figura sutil de Alcuin, mas combinava com o temperamento do rei. Antes que toda a corte pudesse cumprimentar o recém-chegado, Carlos abriu caminho por entre eles e acompanhou o prodígio para o interior do Palácio, falando o tempo todo, até que os ecos de sua voz fina se perdessem nos corredores.

Os nobres deixados para trás ficaram em silêncio. Ninguém entendera por que o sábio chamara o rei de "Eneias", um nome que ninguém reconhecia, e por que não tivera para com ele nenhuma cerimônia. Havia uma vaga noção de ciúme, mas principalmente incompreensão. Ninguém sabia o que dizer, até que o castelão falou:

— O rei estava sorrindo.

Talvez fosse um exagero dizer que Alcuin era o homem mais sábio do mundo, mas não era um absurdo. Se houvesse como medir algo assim, ele não estaria deslocado entre os maiores estudiosos vindos de Bagdá, da China, de Constantinopla, de Roma. Se juntássemos os povos que os europeus daquela época ainda não conheciam, haveria entre eles grandes sábios, mulheres e homens que descobriram de forma independente o que os grandes filósofos e cientistas registrados pela história também descobriram, mas mesmo assim Alcuin de York poderia fazer frente a qualquer um deles.

Ele nascera na Nortúmbria, na Britânia, que naquela época era um lugar de pouca importância, uma ilha de onde as pessoas saíam para fazer parte do centro do mundo. Houvera em séculos passados grandes heróis na Britânia, como Boudicca e Arthur, mas, na época de Carlos, o que surgia de mais importante lá era a tradição monástica, semelhante à da Irlanda. Fora naquela tradição que Alcuin tinha sido criado.

Alcuin estudara com sábios lendários e se tornara reitor das maiores escolas da época, onde tivera acesso a uma biblioteca prodigiosa. Era um diácono, mas nunca foi ordenado sacerdote. Não era na verdade um monge, mas isso podia passar despercebido, porque vivia como se fosse. Ele já ouvira falar sobre o interesse do Rei dos Francos pela sabedoria e estava voltando de uma viagem a Roma quando, por acaso ou milagre, encontrou Carlos em Parma. Alcuin não voltou para casa, mas aceitou o convite do rei para integrar sua corte.

E nem tinha tirado a poeira da estrada do hábito quando conheceu a Academia Palatina.

— Aqui os monges ensinam nossos jovens, Albinus! — disse Carlos, como um garoto orgulhoso mostrando um desenho ao pai. — De Aachen sairão os maiores sábios do futuro! Vamos ensinar a cristandade a cultuar Deus! Em breve todos os sacerdotes serão capazes de ler a Bíblia!

Alcuin sorriu ao ver, entre os monges que ensinavam na escola do Palácio, irlandeses, que provavelmente haviam aprendido de forma semelhante a ele próprio.

A Academia Palatina não era um prédio ou lugar definido dentro do Palácio, mas uma maneira de ensinar e viver a cultura clássica. Os estudiosos trabalhavam por todo o Palácio e na Catedral. As aulas aconteciam nos escritórios, onde eles estavam naquele momento, mas o rei fazia seus monges o acompanharem por toda parte, oferecendo lições enquanto ele fazia outras coisas.

— Vamos, Clement — incentivou o rei, com entusiasmo que Clement Scotus nunca vira. — Mostre o que seus alunos fizeram enquanto estive fora!

Vários garotos estavam ali, olhando tudo com um fascínio quase apavorado. Por suas roupas e seus rostos, era possível ver que vinham de classes muito diferentes. Alguns eram baixos demais, porque não tinham muito o que comer. Seus hábitos eram puídos e suas mãos jovens eram calejadas. Outros se empertigavam, acostumados a serem respeitados. Vestiam roupas coloridas, novas e limpas, tinham calos apenas por treinar com espadas. Clement os reuniu, fez com que se curvassem ao rei, então apresentou pergaminhos com textos e versos que os pupilos tinham composto durante aqueles meses.

Carlos os segurou nas mãos, meio envergonhado pelo analfabetismo. Pigarreou e os entregou a Alcuin.

— Veja, Albinus, o que meninos tão jovens podem fazer em Aachen!

Alcuin tomou os pergaminhos nas mãos e começou a passar os olhos sobre eles.

Jogou o primeiro no chão.

— Cheio de erros — decretou. — Lamentável.

Fez o mesmo com mais um. Deu um pequeno riso do terceiro, deixando-o cair no chão na mesma pilha frouxa. Criticou a crueza e idiotice do conteúdo de mais alguns. O rosto de Carlos aos poucos foi tomado de decepção. Suas bochechas ficaram rosadas de vergonha e uma centelha da velha fúria estalou em seus olhos.

— Este está ótimo — disse Alcuin, observando um novo pergaminho. — Surpreendente para um mero discípulo.

E, aos poucos, o professor de York separou os pergaminhos, jogando no chão aqueles que achava péssimos e deixando sobre uma mesa os que considerava aceitáveis.

— Eu diria que metade de seus alunos está realmente aprendendo — Alcuin deu o veredito. — A outra metade está mais preocupada com assuntos mundanos.

Carlos se abaixou e recolheu os pergaminhos reprovados do chão.

— Clement — falou, com ira controlada. — Quem são os responsáveis por isto?

O monge irlandês tomou nas mãos os trabalhos e assentiu com a cabeça. Separou cerca de metade dos garotos, empurrando-os gentilmente com as mãos. Quando terminou, tinha de um lado os filhos dos nobres, que sem exceção tinham composto versos horrendos, cheios de erros crassos. Do outro, os filhos de plebeus, cujos textos estavam sobre a mesa e tinham impressionado Alcuin.

Carlos balançou a cabeça.

— Meus filhos — dirigiu-se aos plebeus — vocês conquistaram meu favor, pois tentaram com toda sua força cumprir minhas ordens e obter vantagem para si mesmos. Agora estudem para atingir a perfeição! Vou lhes dar bispados e esplêndidos mosteiros. Vocês serão para sempre honrados a meus olhos.

Então se voltou para o outro grupo. Raiva e desprezo tomaram sua face. Era, afinal, o mesmo rei que perdera Roland e Turpin, o mesmo rei furioso e humilhado, agora mais uma vez decepcionado.

— Vocês, nobres, filhos de meus chefes... Vocês, refinados senhores! Vocês confiaram em seu nascimento e em suas posses! Desprezaram minhas ordens, que eram para seu próprio avanço! Negligenciaram a busca do conhecimento e se entregaram ao luxo e à diversão, à preguiça e a passatempos inúteis.

Ele ergueu a cabeça e, naquele momento, não enxergou os meninos apavorados como filhos de seus próprios súditos. Enxergou-os como pagãos, como sarracenos, como Roland colocando tudo a perder.

— Pelo Rei dos Céus, eu não dou importância a seu berço nobre e a sua bela aparência, mesmo que outros os admirem por isso! Saibam com certeza que, a menos que compensem sua indolência com estudo vigoroso, nunca terão o favor de Carlos!

Vários dos garotos estavam chorando, mesmo aqueles que tinham sido elogiados. Todos olhavam a mão de Carlos, pois ela parecia prestes a voar à espada. Assim como Deus, ele pusera um grupo a sua direita e um grupo a sua esquerda, dividira-os entre virtuosos e ímpios. Não parecia absurdo que se livrasse dos que o tinham desapontado.

Carlos bufou. Então virou as costas e deixou o escritório.

— Venha, Albinus! Não aguento a vergonha que estes pequenos nobres me fizeram passar!

Alcuin o seguiu, tranquilo, enquanto Carlos pisava forte pelos corredores. Ele parou em um átrio e deixou o sábio alcançá-lo.

— Peço perdão pelo que precisou ver, Albinus — disse o rei, respirando fundo, com o punho fechado. — Ordenarei que os monges pensem numa punição adequada.

Mas Alcuin não se alterou.

— Só precisa pedir perdão por uma coisa, Eneias, meu discípulo. Não pelos jovens ignorantes, mas pela maneira como os tratou.

Carlos se virou para ele num repelão surpreso.

— Quer dizer que releva a preguiça e o orgulho daqueles fedelhos?

— De forma alguma. Se continuarem assim, crescerão para ser tiranos bárbaros que deverão ser mantidos sob controle, como são os chefes e nobres desde que o Império Romano caiu e nos jogou à selvageria. Mas eles ainda não cresceram, Eneias. Eles ainda não são tiranos ou bárbaros. Eles, aos poucos, estão sendo expostos à religião e à sabedoria. Você já foi exposto a tudo isso. Não é dever deles terem almas elevadas, meu discípulo. É seu.

Carlos ficou sem reação.

Engoliu em seco e tocou no cabo da espada.

Roland fervilhava de fúria contra Alcuin, querendo a todo custo defender Carlos para aplacar a própria culpa. Eu tentava entender aquele homem, decidir se era um aliado ou uma ameaça.

— Qual será a punição para um professor que fala a verdade, Eneias?

O rei segurou o cabo da espada.

— Albinus, meu mestre — ele sacou Joyeuse. Então se ajoelhou e a apresentou ao professor, como se fosse um cavaleiro jurando lealdade a um senhor. — Quero que seja o reitor da Academia Palatina.

Entre si, eles adotavam apelidos crípticos, como se fossem irmãos com uma linguagem secreta. Carlos era "Eneias", em alusão ao herói mítico da Guerra de Troia. Dizia-se que os ancestrais da dinastia Carolíngia descendiam de Eneias, o que era falso, mas heroico e conveniente, e assim Alcuin passara a usar o nome como forma particular e afetuosa de se referir ao rei. Alcuin era "Flaccus Albinus Alcuinus", um nome latino, deixando claro o amor dos dois pela tradição romana. Colocando o amigo como Eneias, Alcuin também o colocava como parte da família dos fundadores de Roma e se colocava como seu súdito. Alcuin também o chamava de Davi, como o Rei de Israel e Judá, rei do povo escolhido, lembrando-o de seus deveres.

Mas boa parte disso era apenas diversão entre duas pessoas que tinham se encontrado e, num relâmpago, se tornado companheiros inseparáveis.

E eu sabia o que devia fazer.

Pairando sobre Carlos, eu via Alcuin diariamente. Eu sabia de seus nomes, ouvira suas confidências ao rei. Sabia sobre sua infância e seus desejos. Ele era um sábio, mas não era um homem de vontade inquebrável. Não tinha uma espada imbuída de poder místico nem nada que o protegesse.

Era só um humano.

Estendi meus tentáculos a Alcuin de York no meio da noite, antes que ele acordasse para a primeira oração do dia. Fui tomado de uma tristeza infinita, enquanto Roland lamentava a perda de mais um estudioso da Igreja. Mais um amigo de Carlos.

Alcuin tinha a confiança do rei. Eu precisava falar em seu ouvido, como fizera por meio de Turpin, para direcionar a conquista da Saxônia. Tudo que importava era deter a Grande Raça de Yith, dominar o Mecanismo do Destino.

Vi Alcuin dormindo, sozinho, vulnerável. Estendi um tentáculo fino até sua mente. Toquei em seus sonhos.

Bastava falar seu nome, oferecer sabedoria.

Bastava usar aquilo que ele tinha confiado a meu rei.

Bastava isso e eu poderia roubar o destino de Alcuin de York. Poderia fazer como fiz com Turpin: transformá-lo em um guerreiro, ou um espião, ou o que fosse preciso. Destruir seu futuro para criar o futuro que eu queria.

Meu tentáculo adentrou seu sonho e Alcuin foi assaltado por imagens do inferno. Ele era motivado e inteligente, ponderado e sagaz. Ele não fizera nada errado, dedicara sua vida a preservar conhecimento. Alcuin não odiava ninguém e não hesitava. Era um homem perfeitamente encaixado naquela época. O destino passava por Alcuin, ele tinha múltiplos futuros prováveis.

Enrolei meu tentáculo em uma das lembranças de seu mentor em York. No futuro, um texto de Virgílio deixou de ser preservado. Finquei as garras em seu medo de morrer afogado num naufrágio. No futuro, um monge deixou de aprender a observar as estrelas e a ciência da astronomia recuou algumas décadas.

Tudo que importava era o objetivo. A proteção da humanidade.

Alcuin, falei em sua mente. *Flaccus Albinus Alcuinus.*

Ele continuava dormindo. Sorvi um pouco de sua personalidade. Tinha o mesmo gosto do momento em que uma criança monta as letras de uma palavra pela primeira vez.

Fiz com que, em meio ao inferno, uma porta surgisse no sonho de Alcuin. Ele a abriu e viu uma biblioteca de corredores labirínticos, com livros até a eternidade.

Convidei-o a dar um passo.

Tudo que importava era o objetivo.

Alcuin de York se moveu em direção à porta.

Então me joguei a uma linha de destino paralela, minha presença voltou a assombrar Carlos Magno. Em seu quarto, Alcuin acordou sobressaltado, perdendo rapidamente as lembranças de um pesadelo vívido. Mas isso só posso especular, porque não vi. Ele estava sozinho mais uma vez.

Eu não pude, Agnes. Mesmo com todos meus crimes, não pude cometer mais aquele. Eu precisava corrigir o que tinha feito há tanto tempo, mas não era justo que Alcuin pagasse o preço. Entendi o sentimento que me ocupava. Era eu, o eu primordial, com minha culpa, e era também Roland, o sobrinho/filho perdido, tentando mais uma vez se aproximar de Carlos. Entendi um pouco por que Roland fizera o que fizera. Não há perdão para ele, assim como não há para mim, mas não houve também uma atrocidade a mais.

Naquela noite ninguém foi possuído.

Enfim chegou a primavera e as espadas estavam afiadas. Carlos reuniu o exército. Ele tinha passado os dois últimos anos tomado por minhas intenções de conquista da Saxônia.

No dia da partida, foi se despedir de Alcuin.

— Gostaria que entendesse seu verdadeiro papel neste mundo, Eneias — disse o professor. — Você não está aqui para a guerra.

— Estou aqui para espalhar a palavra de Cristo — o rei retrucou.

Alcuin apenas deu um sorriso triste.

— De todas suas façanhas, sabe qual mais admiro? — perguntou Alcuin.

— A fundação da Academia Palatina, é claro! — o rei não teve dúvida.

— Um feito extraordinário, mas não. Sua sabedoria permitiu que nos abrigasse, mas quem faz o verdadeiro trabalho são os monges.

Carlos não gostou da resposta, mas fingiu não se abalar:

— Minha campanha em defesa do Papa, então. Sem Roma, perderíamos o legado do Império. Eu e você não teríamos nos conhecido!

— Não, não — disse Alcuin, tranquilo. — O Rei Desidério nunca teria conseguido manter Roma sob seu poder, mesmo que você não o tivesse expulsado. Muitos bárbaros já sitiaram Roma e a cidade continua onde sempre esteve.

— Minha primeira campanha contra os mouros, quando era jovem...

— Vou poupar seu tempo, Eneias, porque você nunca vai adivinhar. Seus maiores feitos não são permitir que alguém trabalhe, muito menos guerrear. Seus maiores feitos são aquilo que constrói.

— O que então, Albinus, meu mestre? O Palácio? A Catedral?

— Aachen já era cristã antes de sua chegada, Eneias. Seu maior feito, sem dúvida, foi a criação de sua primeira diocese.

XV

FOI COM AQUELAS PALAVRAS NA MENTE E MEU ÍMPETO CONQUISTADOR que Carlos Magno marchou à Saxônia no ano 780. Não era mais um lugar puramente tribal e selvagem. Já contava com igrejas, ainda que fossem vítimas constantes dos saques pagãos. Tinha seus próprios nobres e suas populações de francos que conviviam em paz relativa com certos grupos saxões.

A terra estava dividida entre abades, bispos e padres. Estava, aos poucos, caindo sob a cruz, mas a civilização dos francos não penetrava tão fundo. A primeira diocese fundada por Carlos Magno continuava lá apenas em nome, mas tomada pelos pagãos.

Aquela terra já tinha nome. Já tinha um marco. Já tinha um santo padroeiro, que era o guardião das portas do Céu. Era a Ponte para Deus, na mesma floresta onde a árvore que ligava céu e terra fora queimada.

No ano 780, Carlos Magno cavalgou para Osnabrück.

Por onde passou, promoveu batismos em massa. Foi o padrinho de centenas de saxões. Mergulhou a cabeça de chefes tribais em água benta, sempre pensando nas palavras de seu amigo que ficara em Aachen.

Mas, enquanto Carlos avançava por um lado, Widukind atacava por outro. Quanto mais fundo os francos entravam na Saxônia, mais ele ouvia de sacerdotes e nobres que o grande líder saxão estava à espreita. Widukind era uma sombra. Eles nunca tinham se visto, mas o saxão matara mais francos do que qualquer outro inimigo. Os bascos em Roncevaux tinham dizimado os Paladinos, massacrado milhares numa só batalha, mas Widukind matava há anos. Widukind matava inocentes. Widukind queimava igrejas, destruía aldeias. Widukind era tudo que se colocava entre Carlos e uma Saxônia cristã.

Quando o exército entrou em Osning, todos os traços de cristandade desapareceram. A floresta sagrada era escura, misteriosa. Já houvera várias incursões em Osning, mas os francos eram tão intrusos lá quanto haviam sido desde o primeiro dia.

Quando as tropas estavam no meio da floresta, começaram as chuvas.

A região onde estamos é assolada por chuva constante, Agnes. Sempre foi assim e sempre será, e você vai saber por quê. A primavera é época de chuvas e Carlos estava preparado para uma campanha naquelas condições de desconforto, mas não para tamanha intensidade. Água caiu do céu em volume e constância como há muito não se via. Os pântanos e terrenos alagados transbordaram, tornando boa parte do caminho intransponível. Eles descobriram rios súbitos, formados de um dia para o outro por deslizamentos, submergindo rotas antigas dos saxões.

Longe de Alcuin, encharcado e frustrado, Carlos deixou a raiva tomá-lo aos poucos.

As linhas energéticas são fortes aqui e eu sussurrava intenções no ouvido do rei, para que ele direcionasse a marcha por elas. Eles encontraram vários pequenos povoados saxões. Mataram os guerreiros, batizaram quem se rendeu. Fizeram prisioneiros que seriam mandados para as terras já cristãs.

Eram tribos, mas não eram primitivas. Aqueles povoados plantavam, criavam animais. Os saxões lutavam com espadas e escudos, assim como nós. Quando Carlos matava os guerreiros de uma aldeia e fincava uma cruz em seu centro, não estava lhes dando vida nova, não havia nenhuma vantagem para os colonizados. Não estava oferecendo nada que os saxões não tivessem além do próprio Cristo.

Foi numa dessas aldeias, com todos os homens aprisionados e ajoelhados, que Carlos ouviu o desafio pela primeira vez:

— Widukind vai matá-lo.

Ele se virou, enfurecido. Procurou o prisioneiro que ousara dizer aquilo e não foi difícil achar. Era o único que olhava para ele de cabeça erguida. O saxão falara na língua dos francos. Com erros, mas inteligível. Carlos deu um passo em sua direção.

— Repita o que disse.

— Widukind vai matá-lo! — gritou o saxão. — Somos poucos aqui porque todos estão com Widukind. Quando o encontrar, não vai se deparar com uma aldeia ou com um bando de guerra. Toda a Saxônia estará contra você.

Carlos segurou o cabo de Joyeuse.

— Como sabe falar nosso idioma?

— Um padre me ensinou. Depois o matei. Ele sabia implorar na minha língua.

O rei suspirou.

Observou o saxão por um longo tempo. Gritei para que o matasse.

Carlos lembrou das palavras de Alcuin.

— Se consegue aprender nossa língua — disse o rei — conseguirá aprender a ser civilizado. Você vai se arrepender e Deus vai perdoá-lo.

Ele deu as costas ao prisioneiro e se afastou, ouvindo o saxão amaldiçoá-lo nas duas línguas.

Quase no mesmo instante, a chuva recomeçou.

As tropas avançaram mais e mais em Osning, sob chuva, progredindo lentamente. Carlos não tinha com quem conversar, mas sentia a assombração que era eu. Sua mente ficou cada vez mais tomada por rancor. Ele esperava uma emboscada a qualquer momento. A situação começava a ficar cada vez mais parecida com Roncevaux.

Eles tinham acampado para descansar no meio do dia, sob chuva, como sempre, quando um dos cavaleiros veio chamar o rei.

— O que quer? — perguntou Carlos, mal-humorado.

— Acho que o senhor precisa ver o que encontramos.

Carlos o acompanhou a cavalo. Eles atravessaram o exército, avançaram mais um pouco, até o perímetro que tinha sido estabelecido pelos batedores, quando o rei viu o que o esperava.

Eram cabeças.

Cabeças de bispos, de padres, de monges.

Estavam pregadas em lanças dispostas aleatoriamente no caminho. A chuva penetrava pelos buracos feitos por insetos e corvos. A água escorria em pequenas cachoeiras pelas cavidades oculares, pelas bocas abertas, como se as cabeças fossem gárgulas. Eram inconfundíveis, porque os saxões quiseram que fossem. Eles tinham amarrado estolas e pedaços de hábitos nos restos mortais, deixado adornos litúrgicos profanados em volta, como ornamentos de uma tumba.

Tinham enfiado crucifixos nas bocas e nos olhos.

— Eles foram trazidos até aqui — disse Carlos, lamentando para si mesmo porque não tinha para quem se lamentar. — Ainda não há uma missão tão fundo na floresta. Os saxões os trouxeram aqui para que nós os encontrássemos.

Um trovão marcou o comentário.

— Enterrem-nos — ordenou o rei.

— Senhor — começou o cavaleiro, com cuidado. — O terreno está alagado. Vai ser difícil...

— Enterrem-nos! Ou ficarão aqui para proteger estes mártires!

Os homens obedeceram. Cavaram a terra alagada, enquanto mais e mais chuva enchia os buracos de lama e água. Eles colocaram as cabeças lá, mais de uma vez, mas elas foram cuspidas de novo pela terra, como em uma comédia grotesca. Desperdiçaram horas nisso, até que o rei perdeu a paciência e tomou ele mesmo uma pá. Cavou, enterrou a primeira cabeça e a viu ser descoberta. Urrou, jogou a pá longe. Cobriu as cabeças com pedras, logo foi ajudado pelos soldados. Mas mesmo aquele monte desabou sob o solo instável assim que eles enfim levantaram acampamento.

Vencidos por Widukind de novo.

Nada estava seco. Os dias em que era possível fazer uma fogueira eram raros. Osning ria deles.

Então, quando estavam em terreno conhecido, ladeando uma grande colina, um raio atingiu uma árvore a poucas dezenas de metros do rei.

Carlos quase caiu da montaria, momentaneamente cego e surdo. Quando a visão clareou, ele seguiu adiante. Gritou ordens, mas ninguém conseguia ouvir porque os ouvidos zumbiam.

Então vieram as primeiras boas notícias da campanha:

— Há um exército por perto, senhor — disse um cavaleiro. — A chuva está apagando quase todos os rastros, mas o contingente é grande demais para se esconder.

O coração de Carlos acelerou. Ele soube que era Widukind. Tinha que ser. Depois de anos, Widukind, enfim.

E, no dia seguinte, Carlos avistou a cruz.

Ele mal lembrava da aparência daquele lugar, mesmo que tivesse sido tão importante. Aquele lugar, que era este lugar. A floresta parecia sempre igual para um franco. Mas, quando viu de novo o local de sua primeira diocese, tudo voltou a ele. Ali estava o rio, muito mais cheio do que o normal por causa das chuvas.

Ali estava a cruz. Ainda de pé.

Aos poucos, a chuva parou. Carlos achou que fosse um sinal divino. A cruz continuava onde nós a havíamos deixado. Ali era uma diocese, embora quase ninguém soubesse. O rei sentiu um alívio enorme. Em parte eram as notícias boas, em parte era o ritual que eu havia feito. Os yithianos não conseguiam manipular o destino ali.

Então um cavaleiro o chamou:

— Senhor, os batedores encontraram bois!

O homem quase esqueceu a pompa, de tanta felicidade. Finalmente não chovia, eles estavam sob a proteção de Cristo e tinham bois.

— Bois? — perguntou Carlos.

— Devem ter fugido de algum povoado próximo. Já os capturamos. Os homens estão fazendo fogueiras antes que a chuva volte. Hoje vamos comer bem!

Carne vermelha assada. O estômago do rei roncou.

— Hoje vamos comer bem — ele sorriu.

O cheiro dos assados preencheu todo o acampamento, enquanto Carlos reuniu padres, nobres e guerreiros para confabular sobre os próximos passos.

— O exército inimigo está logo depois do rio, meu senhor — disse um chefe de batedores. — Não há dúvida. Estão muito perto.

O rei olhou para a escuridão da floresta depois do rio.

— Como vamos atravessá-lo? — perguntou.

— Precisaremos construir uma ponte — um nobre respondeu. — Não é um rio largo, mas está rugindo com as chuvas.

— Mas, se nós não conseguimos atravessá-lo — disse o batedor — o inimigo também não consegue.

Os saxões tinham atravessado o Hase de alguma forma, mas isso já fazia alguns dias, pelo menos. Podiam ter improvisado pontes temporárias, amarrado a si mesmos com cordas ou feito qualquer tipo de truque. Uma travessia era possível, mas muito demorada. Deixaria as tropas vulneráveis. Perto do exército inimigo, ninguém atravessaria daquela forma.

Era preciso pensar em como construir a ponte de forma eficiente. Um problema clássico de engenharia militar, que os romanos haviam solucionado algumas vezes. Carlos se animou, finalmente em território conhecido.

— Mas há algo mais importante — disse o rei. — Este lugar não vai mais ficar abandonado.

Os homens continuaram ouvindo.

— Precisamos honrar esta diocese, que hoje é só uma cruz. Esta terra não é dos saxões, é de Cristo! Construiremos uma igreja no exato local da cruz. Haverá aqui um mercado. Os francos e os saxões tementes a Deus poderão vir aqui para comprar e vender seus produtos, sem medo das hordas pagãs.

Ele fez um gesto largo, englobando tudo que haveria ali.

— Aqui construiremos a cidade da Ponte de Deus. Aqui haverá uma igreja de São Pedro que nenhuma horda bárbara conseguirá derrubar!

Eles ergueram as espadas em comemoração ao futuro.
Depois de pouco tempo, comeram carne assada.
Então, no meio da tarde, a chuva recomeçou.

Carlos estava em sua barraca, num sono intermitente, sob o ruído contínuo da chuva e o estrondo esporádico dos trovões. Tinha quase conseguido secar algumas roupas na fogueira durante a manhã, mas agora tudo ficara encharcado de novo. Havia goteiras em todos os cantos da tenda, ele tivera de se acostumar a dormir daquele jeito. Era primavera na Saxônia, e aquela primavera estava sendo especialmente saxã.

Eu estava em seus sonhos. Enxerguei o mundo que ele construía entre ambições e absurdos. Carlos sonhou com as esposas e concubinas. Sonhou com Roland e comigo. Sonhou com Alcuin, aconselhando-o a fazer coisas que ele sabia que deveriam ser feitas.

Habitei seu sonho e o modifiquei. Caminhei pelas ruas vagas da cidade que ele planejava construir ali. Eram ecos de Aachen, de Roma, com a exaltação que Santo Agostinho fazia da cidade sagrada em sua *Cidade de Deus*. E havia, no meio do sonho, lugares que Carlos não podia imaginar ou lembrar. Ele sonhou com um cemitério que abrigava mortos vindos de longe. Viu um altar que não era cristão. Roland, dentro de mim, reconheceu a pedra de sacrifício do outro lado do rio e berrou de pavor. Eram as memórias deste lugar. Nas tumbas e circulando entre as ruas imaginadas, vi mulheres primitivas com colares de cobre em forma de meia-lua, guerreiros com machados de cobre. Eram antigos visitantes, pessoas que tinham estado aqui muito antes dos francos. Antes até mesmo dos romanos e de Arminius. Este é um lugar antigo.

E Carlos sonhou com Widukind, que tinha o rosto de muitos inimigos ao longo dos anos. Widukind era Desidério, era Sulayman, era Roland.

Widukind era seu irmão Carlomano.

Abafei minha própria memória do que acontecera com Carlomano. Um jovem de vinte anos que morrera de causas naturais, impedindo que o Reino dos Francos fosse dividido e concentrando o poder nas mãos de Carlos.

Impedi que ele sonhasse com a verdade. Carlomano estava enterrado bem fundo dentro de mim e não notou o quanto estava próximo da mente do irmão vivo. Nem ele nem ninguém nunca saberiam que eu tinha distorcido a linha de destino para que a morte improvável acontecesse. Existem maneiras piores de morrer, Agnes. Existem vidas mais curtas. Eu fiz o que precisava ser feito.

Carlos nunca precisou se sentir culpado por odiar Carlomano. Ele nunca chegou a ser um incômodo. Widukind, que era montado no sonho com o rosto de Carlomano, estava logo do outro lado do rio.

Carlos acordou com um grito.

Pulou de pé antes que notasse exatamente o que acontecia. Inundei sua mente com experiências de guerreiros de todos os povos e eras, deixei que Roland o banhasse com seu instinto lutador. O rei estava colocando a armadura quando seus cavaleiros entraram na tenda esbaforidos para ajudá-lo.

— O que está acontecendo? — gritou Carlos, enquanto voltava ao mundo desperto.

— É Widukind, senhor! — o cavaleiro estava encharcado, pingando água e sangue. — Estamos sob ataque!

O rei agarrou Joyeuse e seu escudo, então saiu da tenda acompanhado por guerreiros.

Tropeçou num cadáver.

Os saxões estavam por toda parte, como sombras afiadas. Eles gritavam, uivavam, atravessavam o acampamento para todos os lados. Os trovões mascaravam o tropel de seus cavalos, a noite sem lua escondia seus movimentos. Só se podia saber que eles estavam lá pelo caos que provocavam.

— Como isso aconteceu? — urrou Carlos. — Como eles atravessaram o rio?

O cavaleiro olhou para ele com pavor indefeso. Não era preciso estar dentro da mente daquele homem para saber o que ele pensava, o que queria responder: eles atravessaram o rio com a ajuda de magia. Atravessaram o rio porque são demônios. Atravessaram o rio porque podem voar pelo céu escuro e não podemos fazer nada contra eles.

Sem fogueiras, a visibilidade das sentinelas fora mínima. Com o rugido constante do rio, o ribombar dos trovões e o martelar da chuva, fora difícil ouvir qualquer coisa. Sua furtividade tinha explicação, mas a travessia do rio encheu Carlos de raiva impotente.

— Traga meu cavalo! — ordenou o rei. — Reúna os Paladinos!

Nunca mais haveria Paladinos como nós, mas havia uma elite. O rei confiava neles.

O primeiro Paladino chegou sangrando. Ele não tivera tempo de colocar a armadura. Segurava o estômago com uma mão e com a outra agarrava a espada. Estava inclinado sobre a sela, mas de algum lugar achou forças para dizer:

— A seu serviço, meu rei.

Carlos sentiu a sombra de Roncevaux sobre o exército de novo. Os francos tinham a melhor cavalaria pesada do mundo, mas dependiam de formação, de equipamento. Os saxões tinham atacado no meio da noite, impediram que a cavalaria se organizasse e se equipasse, estavam misturados com os francos.

De algum lugar surgiu o cavalo do rei. Carlos não prestou atenção em quem o trouxe, apenas segurou as rédeas, enfiou o pé no estribo e montou.

— A mim! — gritou o rei, sua voz abafada pela chuva. — Montjoie!

Carlos precisaria do Olifante para ser ouvido por todos. Seu desespero aumentou. Então um raio de esperança veio a cavalo, com uma bandeira vermelha e dourada.

Um Paladino trazia a Oriflamme encharcada, pesada de água.

— O estandarte é seu, Turpin! — gritou Carlos, sem prestar atenção ao erro. — A mim! Carga!

— *Montjoie!* — gritaram os Paladinos.

Eles galoparam pelo acampamento, abrindo caminho entre saxões e francos, formando um ponto de união para o exército real. Carlos achou um grupo de saxões numa parede de escudos, de costas a um conjunto de árvores, e atacou para saciar sua vingança. Joyeuse encontrou madeira e ferro dos saxões, partiu-os como se fossem de brinquedo, então encontrou carne e osso. O rei deixou que eu penetrasse fundo em sua mente. Naquele momento ele só queria matar. Matar pelo menos um pouco, para que aquela afronta custasse caro.

— Montjoie! — gritou Carlos, erguendo a espada na chuva, o cavalo empinando.

Então um relâmpago atingiu a cruz.

Era o único objeto de metal ali, além de armas. Deixou saxões e francos surdos e cegos. Carlos tentou proteger os olhos, mas viu uma silhueta em meio ao clarão.

Sem conseguir enxergar direito, berrando como um selvagem, se desgarrou da formação e galopou em direção ao estranho. Quando chegou onde ele estivera, a figura já não estava mais lá.

Era um truque da visão, é claro. O inimigo não podia ter sumido num instante. Carlos varreu o campo de batalha coberto de trevas e achou o cavaleiro montado num cavalo negro.

Ele vestia peles, trapos, couro de animais. Seus cabelos estavam duros e espetados com sebo e esterco, mesmo sob a chuva. Galhadas de cervo surgiam por baixo de uma espécie de capuz peludo. Sua barba selvagem quase encobria o rosto e, no escuro, não se podia ver suas feições. Mesmo assim, Carlos teve certeza de quem era.

— *Widukind!*

Widukind olhou para ele por um segundo.

Então berrantes saxões soaram por todos os lados do campo de batalha. Assim como tinham chegado, os pagãos correram em direção ao rio, no meio da noite. A chuva criava uma cortina que impedia que se enxergasse mais do que alguns metros. Todos ali estavam meio cegos pelo relâmpago.

Mas Carlos galopou em perseguição.

— Montjoie!

Widukind se perdeu no meio das gotas d'água, dos cavaleiros e guerreiros a pé. Seu cavalo negro se confundiu com a noite, sua capa de peles se confundiu com Osning. Carlos achou que o via, fez o cavalo correr mais rápido, ergueu Joyeuse para um golpe, mas no último instante notou que era um cavaleiro franco.

Eles passaram pela cruz. O rio rugia à frente. Carlos se recusava a acreditar que o poder do diabo favorecia tanto os saxões. Devia haver algum truque.

Mas, ao chegar perto da margem, seu cavalo se recusou a seguir em frente. Empinou, quase derrubou o rei.

Os Paladinos e o resto do exército se reuniram aos poucos ao redor dele.

Do outro lado do rio, os saxões observavam, vitoriosos.

Widukind à frente de todos, sobre o cavalo negro.

Todos esperaram que Carlos os mandasse de volta ao acampamento, mas o rei não desceu do cavalo ou soltou a espada. Ficou sob a chuva, esperando o sol nascer. E o brilho cinzento e esmaecido se juntou à cor do rio. Chamavam-no de Rio Cinzento, por suas águas opacas, e não era difícil enxergar a razão. Ele escondia algum segredo que Carlos Magno estava determinado a desvendar.

Widukind também permaneceu montado, encarando-o, à frente da horda saxã.

Com o nascer do sol, vieram também as notícias da batalha.

— Perdemos algumas centenas, meu senhor — disse alguém. — Não foi tão grave quanto temíamos, mas...

— Widukind! — gritou o rei, de repente, interrompendo. — Widukind, não se esconda atrás do rio! Venha me enfrentar!

Widukind jogou a cabeça para trás e gargalhou. Um trovão se juntou ao desdém.

Carlos fez o cavalo andar até o limite máximo da margem. Terra caiu lá embaixo, os cascos do animal resvalaram e ele reclamou. Mas o rei afagou sua crina encharcada e o manteve na beira.

Widukind, em desafio, fez o mesmo. Seu cavalo negro não refugou, andou com passo firme até o limite de onde a terra aguentava.

— Você usa um truque para atravessar o rio! — acusou Carlos. — O diabo não tem poder nesta terra de Deus! É apenas um truque e é questão de tempo até eu descobri-lo!

Do fundo da cabeleira e da barba, Widukind olhou em seus olhos.

— O rio me protege, Carlos dos Francos — ele disse com voz poderosa, sendo ouvido acima da chuva e da correnteza. — Esta terra não pertence a seu Deus pregado. Osning é mais antiga do que você pode imaginar.

Widukind falava com perfeição na língua dos francos. Não está entre minhas capacidades pressentir quando um yithiano possui um humano, mas aquele detalhe me fez desconfiar. As lembranças de Roland dentro de mim foram mais uma pista. Então, quando ele mencionou como Osning era antiga, a confirmação foi quase total. Havia um yithiano dentro dele. Senti um arrepio de familiaridade e nojo. A guerra pela geografia sagrada estava em seu ápice e a Grande Raça de Yith tinha ali seu campeão.

— Um rio é transposto por uma ponte, seu selvagem! — gritou Carlos. — Nada mais! Neste ermo abandonado, construirei uma cidade! Uma igreja, um mercado! A terra vai se dobrar a mim!

Widukind cuspiu no chão.

— Esta terra é antiga, Carlos. Construa aqui uma cidade cristã e ela será só uma gota na correnteza da história deste lugar. Há milhares de anos pessoas vêm aqui de muito longe, para ser sacrificadas, para ser enterradas, para morrer. Vocês acham que sua Roma é o reduto de sabedoria ancestral? Aqui há tumbas com artefatos que datam de milênios antes de seu Cristo! Escave do sul até o norte e não encontrará nada como há aqui! Esta sempre foi uma comunidade sagrada. Um local de peregrinação, um altar, um cemitério. Nunca será *sua* cidade, Carlos dos Francos. Esta terra pertence a si mesma.

Carlos estremeceu sobre o cavalo. De algum lugar na memória surgiram as imagens das mulheres com os colares em forma de meia-lua, dos guerreiros com machados de cobre.

Widukind não mentiu, Agnes. Todos esses artefatos estão aqui, em tumbas que datam de mais de três mil anos antes de Cristo. Ainda não foram descobertas, mas serão, se os yithianos não triunfarem sobre nós. Esta cidade sempre existiu. Frente a tudo que aconteceu aqui desde muito antes da Pré-História, a ambição de Carlos de dar a este local seu rosto definitivo era mesmo risível.

— O que está aqui sempre existirá, sempre será destruído, sempre será esquecido, sempre voltará. É a roda dos deuses, Carlos. Você não pode impedir que ela gire.

Carlos começou uma resposta, mas foi tomado pela ira. Ele sabia, em seu âmago, que tudo aquilo era verdade. Estava nas profundezas de um lugar que não conhecia, tentando restaurar o poder de Roma em uma terra que nunca fora conquistada pelos romanos. Suas palavras se transformaram num berro de frustração, de fúria, de pura destruição infantil.

Widukind e os saxões continuaram olhando, impassíveis. Era um desafio, um insulto, mostrando a Carlos quem eram os verdadeiros selvagens.

— Montjoie! — gritou o rei, sem mais nada a dizer.

Tentou fazer o cavalo avançar para dentro do rio, mas o animal se recusou.

— Montjoie! — gritaram os Paladinos. Então o exército em uníssono, milhares de vozes fazendo a terra tremer: — Montjoie! Montjoie!

Os francos começaram a bater com as espadas nos escudos e berrar, fazendo barulho animalesco. Os cavalos estavam apavorados. Mesmo acostumados à batalha, aquilo era um pandemônio que eles não conheciam. O clangor cacofônico tomou a floresta. A chuva ficou ainda mais forte, os trovões se juntaram à algazarra, altos como se estivessem dentro dos elmos, os relâmpagos brilhando cada vez mais perto.

— Montjoie! — eles batiam as espadas nos escudos sob a sinfonia de trovões. — Montjoie!

E, se os cavalos estavam acostumados à batalha, ali havia animais que não conheciam nada da guerra.

Os bois, que haviam sido capturados e estavam aguardando uma pausa na chuva para ser transformados em carne assada para o rei, se apavoraram. O primeiro deles se jogou contra o cercado improvisado que os soldados tinham construído. Disparou, os olhos revirados de pânico, querendo só se afastar do barulho, embora os trovões estivessem por toda parte.

— Montjoie! Montjoie!

O estouro dos bois fez tremer o chão, mas eles não ameaçaram o exército franco. Em vez disso, dispararam em medo louco para o rio.

E, ante os olhos de Carlos Magno, todos os bois correram na mesma direção exata. Um caminho que mesmo aqueles animais estúpidos conheciam, porque viviam naquela região. Eles afundaram até a barriga no rio, continuaram correndo rumo à outra margem.

Porque, mesmo inchado pela chuva incessante, o Rio Cinzento não era grande, muito menos intransponível. Havia um banco de areia largo por onde bois podiam passar sem se afogar.

Por onde um exército podia passar no meio da noite.

Carlos viu aquilo e o grito morreu em sua garganta, substituído pela certeza de vitória.

Virou-se para um Paladino.

— O estandarte é seu — então à frente, apontando com a espada para o banco de areia que os bois tinham mostrado: — Carga.

XVI

OS FRANCOS ESTAVAM ARMADOS E EQUIPADOS. ESTAVAM MONtados, em formação, com a Oriflamme e com seu rei. Eles avançaram pelo banco de areia. Os cavalos mergulharam só até a barriga e encontraram o exército saxão numa investida devastadora.

Foi menos uma batalha do que uma matança, Agnes. Se antes os saxões tinham toda vantagem, agora a luta era ideal para os francos. Eles cruzaram as tropas inimigas com sua cavalaria pesada, mataram aos milhares. A floresta e as clareiras ficaram cobertas de corpos, enquanto a chuva e os trovões não cessavam. Os inimigos correram para as colinas florestais que ficavam nos arredores, mas nossos cavalos eram muito mais rápidos.

Encontraram a pedra de sacrifício e um templo pagão feito de madeira e peles, que Carlos destruiu pessoalmente, junto aos Paladinos.

E, no fim do dia, todos estavam exaustos, porque tinham passado a noite em claro, então a manhã e a tarde matando. Exaustos e exultantes. Os últimos saxões da horda foram caçados e chacinados, enquanto os prisioneiros eram reunidos para ser batizados.

Mesmo os Paladinos já começavam a descer dos cavalos.

Mas Carlos continuava montado.

— Widukind! — gritou o rei. — Transformarei num santo quem me trouxer Widukind!

Ele galopou com seus cavaleiros, com soldados, então finalmente sozinho, quando todos estavam exauridos. Galopou de um lado a outro da floresta, afastou-se o suficiente para que os guerreiros implorassem para que ele não continuasse ou podia sofrer uma emboscada.

— Widukind! — trovejou o rei, e o céu trovejou também. — Onde está Widukind?

Os prisioneiros já estavam de joelhos. Os feridos já estavam sendo tratados. Todos olhavam o rei com preocupação. Na orla da floresta, já no início da planície, eles só esperavam o rei desistir. A pedra de sacrifício estava ali perto, mas ninguém suspeitava do significado que ela tivera para aquilo tudo.

— Widukind! — repetiu Carlos, como se fosse uma oração.

Foi um pajem que teve coragem de chegar perto dele e falar:

— Seu inimigo fugiu, meu rei.

Carlos berrou e apontou Joyeuse para o garoto. Ele se encolheu e protegeu o rosto. Então o rei se deteve. Parou, ofegando.

— Fugiu...?

— Acho que sim, meu senhor — o menino gaguejou.

Carlos olhou em volta. Parte dele esperava enxergar Widukind finalmente o encarando num duelo. Parte esperava que alguém tivesse outra resposta. Parte esperava que alguém lhe oferecesse uma maneira de sair daquele acesso de raiva sem passar vergonha.

Mas todos desviaram os olhos ou apenas aguardaram uma ordem.

— Seu cavalo precisa descansar... — tentou o pajem.

Carlos continuou olhando em volta. A fúria começou a crescer de novo dentro dele. Percebeu mais uma vez a chuva, a maldita chuva que não cessava. A floresta se iluminou com um raio, o trovão chegando um segundo depois. Girando o cavalo exausto, ele se deparou com a pedra de sacrifício.

Trovão.

— Malditos pagãos! — berrou Carlos.

Então, soltando um grito sem palavras, fez o cavalo galopar em direção à pedra. Francos e saxões pularam, saindo do caminho, enquanto os cascos do cavalo batiam na lama, espirravam água. O rei ergueu Joyeuse com as duas mãos.

— *Montjoie!*

E, com toda a força de seus braços e do cavalo, golpeou com a lâmina mística contra a pedra.

O clangor se espalhou pelo exército, mas logo foi abafado por um trovão ainda mais alto. O ferro soltou faíscas contra a rocha. Carlos estremeceu com o golpe, precisou se segurar na sela para não cair.

A pedra de sacrifício continuou intacta.

Carlos olhou para trás, para seus homens. A vergonha era ainda maior.

Um dos Paladinos se aproximou. Era Astolf, que menciono pela primeira vez aqui porque aqui começou a ter importância nesta história.

Astolf era um nobre acima de tudo, um homem belo e eloquente que sabia erguer o moral de todos à volta, e foi isso que tentou fazer.

Tudo que queria fazer era poupar seu rei daquela situação vexatória, que roubava a exaltação do triunfo em combate. Mas seu gesto só piorou tudo: ele se ajoelhou frente à pedra de sacrifício.

— Que este seja um local sagrado, meu rei — disse Astolf. — Vamos criar aqui o primeiro altar cristão de sua cidade.

Carlos sentiu o próximo trovão como se estivesse dentro de seus ouvidos. O tempo parecia zombar dele. Agora havia a necessidade de se livrar daquele altar pagão, porque o cavaleiro tinha expressado a ideia de que fosse consagrado a Cristo. Antes havia só a cruz, que já estava erguida, que seria substituída por uma igreja.

O rei respirou fundo e sentiu, entre as gotas de chuva, o fedor de tumbas milenares. O peso de uma história mística muito mais antiga do que seu povo.

Golpeou de novo com Joyeuse. O clangor foi mais alto, mas a pedra nem mesmo lascou.

Outros seis Paladinos se ajoelharam ao redor, tentando ajudar o rei. Os sete cavaleiros exaltaram o poder de Jesus.

Carlos urrou, ergueu a espada de novo com as duas mãos e a desceu sobre a pedra.

Ninguém ouviu o clangor, pois coincidiu com um trovão e um raio que fez o crepúsculo tempestuoso parecer dia claro. Quando os guerreiros recobraram a visão, enxergaram a espada caída na lama. Tamanha a força de seu golpe, o rei soltara Joyeuse. A arma girara e fora parar a alguns metros de distância.

Carlos empinou o cavalo, sem tentativa de dignidade, apenas fúria pura.

— É impossível quebrar esta pedra! — urrou — Assim como é impossível quebrar os pescoços duros dos saxões!

E, mal o grito de raiva do Rei dos Francos foi ouvido, ouviu-se também um trovão. Um novo raio caiu e a eletricidade transformou a planície num branco total e ofuscante. Os cavaleiros foram jogados para trás. Carlos despencou do cavalo.

Caído na lama, ele piscou até que a visão retornasse.

A pedra estava fumegando, partida em três.

O exército se ajoelhou e até mesmo os saxões reconheceram o poder de Deus e de Carlos Magno. Aquela pedra ficou conhecida desde então, e até hoje, como Pedra de Carlos. Ela continua nesta cidade e continuará para sempre. No lugar do templo pagão destruído, um padre celebrou uma missa. Eles ergueram ali também uma cruz, uma cruz de ferro com uma inscrição marcando a primeira missa da região.

Foi um milagre ou uma enorme coincidência que o altar pagão se quebrasse naquele momento, Agnes.

Ou a fúria da terra e da tempestade canalizada na vontade de um homem que dobrava o próprio destino.

Na manhã seguinte, a chuva tinha parado.

Ao contrário do que Astolf queria, o primeiro templo cristão não foi erguido na Pedra de Carlos, mas onde estava a primeira cruz, onde Carlos comungou e eu fundei a diocese. Mesmo assim, existe até hoje a tradição de erguer cruzes ao redor da Pedra. As pessoas não esquecem dos locais sagrados, mesmo que não saibam disso.

Carlos rezou à memória dos guerreiros que caíram enfrentando os saxões e de Turpin, que consagrara aquele lugar. O exército achou que o rei tinha sido inspirado por Deus, mas na verdade ele foi inspirado por mim, em sonhos.

Carlos Magno desenhou uma roda com seis hastes e um círculo central com a espada, na terra molhada, ao redor da cruz. Ele não sabia que este é um selo poderoso e, com aquilo, estava prendendo o poder do Mecanismo do Destino.

O centro das linhas energéticas estava finalmente seguro.

Naquele mesmo ano, a igreja foi erguida e formou-se o primeiro mercado. Era, mais uma vez, uma cidade.

Já era o meio do outono quando Carlos chegou, cansado e vitorioso, de volta a Aachen. E, antes de qualquer um, quis falar com Alcuin de York.

Encontrou-o escrevendo num pergaminho. Alcuin não se virou enquanto ele contava toda a história.

— Existe lá uma cidade, Albinus, meu mestre — Carlos acabou, ofegando, como se tivesse corrido desde a Saxônia e narrado tudo num fôlego só. — Widukind escapou de novo, mas a cidade existe. Ela é nossa e de Cristo.

— Seu maior feito fica ainda maior — Alcuin se virou para olhar o rei, mas não levantou da cadeira. Mantinha seu sorriso tranquilo. — Uma cidade! Esplêndido. Irei chamá-la de Ansibarium.

— Ansibarium? — perguntou Carlos. — O que quer dizer isso?

Carlos dominava o latim, mas nunca ouvira aquela palavra. Parecia uma combinação de sílabas puramente fonética.

— Você me conhece, Eneias, meu discípulo. Quando algo é muito querido, para mim soa melhor em latim. Ansibarium. Ponte dos Bois.

— Ponte dos Bois? — protestou Carlos. — Não! Ponte de Deus!

— Pois me parece que os bois o ajudaram bastante, Eneias. Louvamos a Deus todos os dias, mas quando lembramos de louvar aos bois? Sim, sim. Ansibarium.

— Mas Albinus, meu mestre...

— Ou talvez seja melhor usar a língua saxã. Afinal, os saxões precisam se acostumar com esse lugar. Ponte dos Bois. Ossenbrugge.

— Ossenbrugge? — Carlos ficou confuso. — Mas este é o mesmo nome que...

— Ah! — disse Alcuin. — Deus age de formas misteriosas. E os bois também.

Ele se ergueu e deu um abraço no amigo. Então foi levando-o para fora do escritório, para que descansasse enquanto falava.

Os dois nomes eram iguais. Variações ligeiras, significados muito diferentes que se encontravam na vitória de Carlos.

— Conte-me mais sobre Ansibarium, Eneias. Sobre Ossenbrugge. Sobre Osnabrück.

XVII

A VITÓRIA SOBRE WIDUKIND EM OSNABRÜCK FOI UM MARCO DE alívio para o rei. Sempre houve guerras, o verão sempre foi a estação da batalha, mas, durante dois anos, Carlos esteve convencido de que a Saxônia estava pacificada. Os eventos pareciam confirmar sua tranquilidade: naqueles dois anos, missionários se espalharam pela região, igrejas foram construídas, pagãos foram batizados. A Saxônia estava mais uma vez no fundo das preocupações de Carlos, enquanto ele enchia Aachen de sábios de todo o mundo e estudava obsessivamente sob a tutela de Alcuin.

Ele tinha o coração leve quando levou seus exércitos de volta a Osning, que hoje é a Floresta de Teutoburgo. Não para uma batalha, mas para a grande assembleia anual de maio. Carlos espalhou a notícia de que a reunião não aconteceria em uma cidade, como era tradicional, mas na nascente do Rio Lippe. Uma região desabitada dentro da floresta.

Talvez os nobres tenham ficado decepcionados, porque a assembleia de maio era uma chance de desfrutar de cidades como Aachen, Paris ou Colônia. Em vez de termas romanas, teriam um rio gelado. Em vez de um palácio, teriam um enorme acampamento. Mas a vontade do rei era suprema e quaisquer reclamações ficaram dentro de quatro paredes.

Aquilo não era estranho para Carlos. Ele sabia ser pomposo, mas odiava luxo. Embora sua capital fosse repleta de maravilhas, os convidados sabiam que não deveriam aparecer com joias ou arriscariam a irritação do rei. E, embora a mesa fosse sempre farta, ele ficava atento para quem bebia demais. Receber nobres e embaixadores no meio do nada, numa clareira em uma floresta saxã, era só a última excentricidade do Rei dos Francos.

E os nobres e embaixadores chegaram. Governantes de todos os cantos do reino vieram prestar homenagens, expor seus problemas e receber instruções. Naquele ano, Carlos recebeu enviados do rei dos dinamarqueses, que abrigara Widukind no passado. Também embaixadores dos ávaros, um povo nômade das estepes. Com ambos, Carlos queria fazer a paz, mesmo que isso parecesse improvável.

Mais improvável ainda, mas verdadeira, foi a chegada de nobres saxões.

A nobreza da Saxônia não era como a nossa. Os saxões se dividiam em clãs e tribos, então seus aristocratas eram chefes familiares e líderes de bandos de guerra. Mas, de uma forma ou de outra, tinham poder e eram respeitados. Assim, era importante que viessem prestar respeito a Carlos. Os saxões nunca tiveram um rei. Quando seus líderes reconheciam um soberano, isso era um ato de submissão que nem mesmo o auge do Império Romano testemunhara.

A assembleia já durava vários dias sem incidentes graves. As delegações de diferentes partes do mundo conseguiam manter paz relativa e, apesar das brigas entre os guerreiros, nenhuma morte importante tinha ocorrido. Era meio-dia e Carlos estava de pé sobre um tablado alto, uma espécie de palco de madeira onde podia fazer proclamações e ser ouvido. A seu lado estava o Conde Theoderic, um primo do rei. Theoderic tinha a mesma idade de Carlos e era uma figura de destaque no reino. Mais uma vez, não o mencionei antes porque ele esteve nos bastidores da história que preciso contar, fazendo outras coisas, travando outras batalhas. Theoderic tinha sido elevado a Paladino alguns anos depois da tragédia em Roncevaux. Merecia o título, mas não tanto quanto Roland, Oliver ou eu. Se houvesse homens melhores, ele não faria parte daquela elite, mas era leal e todos precisavam lidar com o que estava disponível.

Carlos observou mais uma comitiva saxã chegando à assembleia. Eles emergiram da floresta a cavalo e a pé, carregando seus estandartes rústicos. Mas não levavam símbolos pagãos. Isso agradou o rei.

— Acha que ele está ali? — perguntou Carlos.

Theoderic desviou os olhos e não respondeu.

— Talvez ele chegue quando a assembleia estiver acabando — insistiu o rei. — Assim iria se coroar como seu verdadeiro líder. Abaixo de mim, é claro.

Theoderic olhou para o céu, para os saxões, para a floresta, para os próprios pés. Para todos os lugares exceto para o primo.

— Fale algo, homem! — disse Carlos.

— Se me permite a crueza, primo — Theoderic bufou — você parece mais um garoto esperando a menina mais bonita da aldeia do que um rei esperando seu maior inimigo. O que o leva a pensar que Widukind virá? O que o faz pensar que ele virá em paz?

— Sabemos que Widukind não está na corte do rei dos dinamarqueses. A Saxônia está em paz.

— Mesmo assim, o único encontro que vocês tiveram foi uma batalha. Nada leva a crer que ele queira se curvar.

— Já lutamos contra muita gente que senta a nossa mesa hoje em dia — Carlos descartou o comentário. — Isso faz parte de governar.

— Você está muito disposto a perdoar, primo.

— Estou disposto a espalhar a palavra de Cristo.

Mas Carlos resmungou de decepção quando aquela comitiva foi anunciada e nela não estava Widukind, assim como não estivera em nenhuma outra.

A assembleia continuou, com inúmeras reuniões, banquetes, juras de lealdade e resoluções de conflitos. Muitos chefes saxões foram batizados, até que os sacerdotes nem prestassem atenção às palavras que recitavam, tamanho o número de repetições. Casamentos foram arranjados entre aristocratas das tribos e famílias importantes do Reino dos Francos. Alguns noivos até mesmo se conheceram, para alegria ou horror mútuos. A cada dia, Carlos esperava Widukind e via o pôr do sol com decepção. Em parte era a incerteza sobre onde ele estava e o que faria, em parte era ter que admitir o erro.

Houve muitos anúncios públicos, até que os arautos ficassem sem voz. A Saxônia foi dividida em condados, mas vários dos novos condes eram apenas aristocratas saxões que tinham jurado lealdade e sido batizados, recebendo novos títulos. Para alguns deles, parecia meio absurdo, mas eles deram de ombros e aceitaram o novo arranjo.

E, durante todos aqueles dias, enquanto esperava por Widukind, Carlos esteve reunido com nobres, monges copistas e sábios. Formulou um novo documento. Um conjunto de leis escritas em pergaminho, que seria lido pela primeira vez para aqueles líderes saxões, para que levassem de volta a seus condados e soubessem como seria a vida sob o novo domínio franco. Carlos já pensava naquilo há um bom tempo, mas finalmente chegara a hora de anunciar a decisão. Ele tinha discutido o documento com Alcuin, em Aachen, antes de mandar escrevê-lo naquele acampamento. Alcuin aconselhara que ele descartasse algumas ideias, mas Carlos cada vez mais se convenceu de que seu mestre podia saber muito dos astros e dos sábios da antiguidade, mas não sabia como reinar.

Enfim o documento ficou pronto. Chamava-se *Capitulatio de Partibus Saxoniae*, um código legal sobre a rendição da Saxônia. Eu podia sentir o entusiasmo e o nervosismo de Carlos quando o arauto abriu o pergaminho e pigarreou antes de começar a ler. O rei estava a seu lado, no palco, assim como Theoderic, Astolf, vários outros nobres e um punhado de monges. Todos os convidados importantes da assembleia estavam reunidos para ouvir as novas regras, os saxões à frente de todos. Os convidados desimportantes se amontoavam no fundo, tentando ouvir também.

— Que seja conhecida a lei e a vontade do Rei Carlos dos Francos para suas terras na Saxônia — começou o arauto. — Com a graça de Deus, assim o rei ordena.

Os nobres saxões e de todas as partes ouviam em silêncio absoluto.

— É do agrado de todos que as igrejas que estão agora sendo construídas na Saxônia e consagradas a Cristo não tenham menor, mas maior e mais ilustre honra, que os templos dos ídolos tinham.

Os senhores saxões não esboçaram reação. Era só o esperado.

— Se qualquer um fugir para uma igreja em busca de refúgio, que ninguém o expulse com violência; ele será deixado em paz até ser levado a uma assembleia judicial.

Os saxões na verdade ergueram as sobrancelhas e olharam uns para os outros em aprovação. Uma boa surpresa.

— Se qualquer um entrar numa igreja por violência e levar qualquer coisa em seu interior por roubo ou força, ou queimar a igreja em si, será punido com a morte.

Os saxões suspiraram e abaixaram as cabeças, mas aquilo não era um choque. As igrejas estavam no centro do poder de Carlos na Saxônia e aquela era afinal uma guerra santa. Do alto do tablado, o rei observou seus novos súditos como um falcão olhando a presa.

— Se qualquer um, por desprezo pelo cristianismo, ignorar a sagrada quaresma e comer carne, será punido com a morte.

Os saxões ergueram as cabeças. Alguns se entreolharam. Carlos abafou um sorriso. Ele quase podia sentir o gosto do paganismo morrendo, finalmente. Sem notar, deu um passo adiante, como se assim pudesse enxergar melhor. Astolf também sorriu ante a alegria do rei.

— Se qualquer um, de acordo com os ritos pagãos, queimar o cadáver de um homem e reduzir seus ossos a cinzas, será punido com a morte.

Um burburinho começou entre os saxões. Carlos franziu o cenho, confuso. A reação não era de medo ou submissão. Eles estavam falando entre si.

— Se qualquer um formar uma conspiração com os pagãos contra os cristãos, ou tiver desejado se juntar a eles em oposição aos cristãos, será punido com a morte.

O burburinho ficou mais alto. Alguns saxões se viraram uns para os outros, discutindo quase em voz alta. No meio da assembleia, uma voz saxã se ergueu:

— *Desejado?* Vão regular os desejos de um homem livre?

— Se qualquer um se mostrar infiel ao rei — o arauto teve de erguer a voz — será punido com a morte.

Os saxões começaram a argumentar com o arauto, que olhou para o rei em busca de auxílio. Carlos estava ultrajado. Os saxões não hesitavam em mostrar seu descontentamento, vociferavam entre si ou para o servo. Astolf deu uns passos à frente, ergueu as mãos em gesto apaziguador, mas seu rosto bonito de aristocrata só irritou ainda mais a multidão. Theoderic lançou um olhar ao rei, perguntando em silêncio se deveria fazer alguma coisa. Os guerreiros estavam em alerta.

— Se qualquer um da raça dos saxões — o arauto já estava quase gritando, suando de calor e nervosismo — se esconder para permanecer não batizado e desejar se manter pagão, será punido com a morte.

Eles gritavam com o arauto, erguiam os punhos.

— Proibimos que todos os saxões realizem assembleias públicas em geral, a menos que nós os tenhamos reunido de acordo com nossas ordens.

— Tirania! — gritou alguém.

Carlos estava vermelho de raiva e de vergonha. O arauto continuou lendo o pergaminho, sua voz mais e mais rouca à medida que ele precisava forçá-la para ser ouvido. Ao todo, catorze ofensas seriam punidas com a morte. Os saxões ainda seriam obrigados a conceder servos para a Igreja, trabalhar sem pagamento e, o maior insulto de todos, pagar um dízimo além dos demais impostos. Um dízimo que seria coletado não pela Igreja em si, mas por nobres francos e senhores saxões que tinham se convertido anteriormente. Nada levava os saxões a confiar naquelas autoridades súbitas. A guerra na Saxônia nunca fora sobre riquezas, porque os saxões não tinham praticamente nada. Agora, de um dia para o outro, eles se viam privados dos frutos de seu trabalho, divididos em novas castas, olhando para o espectro da fome.

Então, pouco a pouco, a gritaria cessou. Os soldados francos estavam de prontidão, mas não precisaram intervir. Os próprios saxões ficaram em silêncio, em ondas. Seus ombros caíram e eles pareceram envelhecer no mesmo instante.

Carlos sorriu.

Ele podia ser um rei severo, Agnes, principalmente porque eu o assombrava, mas nunca foi um idiota. Carlos sabia que sua nova lei seria pesada para os saxões. Aquela era a intenção. A indignação aberta foi inesperada, mas agora eles entendiam que estavam derrotados. Enfim.

O arauto respirou aliviado e conseguiu ler o documento até o fim. Astolf roubou um olhar bem-humorado para o rei, Theoderic continuou rijo e a postos. Os aristocratas conquistados permaneceram de cabeça baixa. Então, quando tudo tinha acabado, eles fizeram suas reverências e voltaram a suas tendas, a seus grupos.

O resto da assembleia transcorreu como esperado. Carlos não conseguiu fazer a paz com os dinamarqueses e os ávaros, mas isso não era motivo de preocupação. Sempre precisaria haver guerra. Pelo menos a guerra contra os saxões estava ganha.

O rei foi à Bavária para lidar com um duque problemático e reunir tropas para invadir as terras dos ávaros. Guerra, sempre guerra. Nada disso importa, Agnes, porque se eu descrevesse toda campanha empreendida por Carlos, o ponto central disso tudo se diluiria num rio de sangue. Ele estava na Bavária quando soube que os sorábios tinham cruzado o Rio Elba e estavam saqueando as terras da Turíngia e da Saxônia. O Elba por muito tempo ficara nas profundezas das terras dos saxões rebeldes, mas naquela época estava bem dentro dos domínios de Carlos. A Turíngia já tinha sido dominada pelo rei há muito mais tempo, mas a Saxônia era sua nova protegida. Era preciso revidar. Era preciso defender velhos e novos súditos.

Você não precisa saber quem são os sorábios. São um povo eslavo e, se mergulhássemos em sua história, encontraríamos tanto heroísmo, tragédia, banalidade e riqueza quanto existe em qualquer outro povo. Eles não são vilões ou protagonistas desta história, apenas estavam lá, invadindo terras assim como os francos faziam e todos faziam. Eles não eram um grande problema. Na verdade, eram um problema e um interesse bem menor que os ávaros. Assim, o rei continuou reunindo suas tropas na Bavária e enviou três comandantes com soldados de elite para lidar com os saques. Não todas as tropas, não uma mobilização total do reino. Só três comandantes e sem a presença do rei.

O sistema de mensageiros que usávamos era surpreendentemente rápido e eficiente. O mundo não estava conectado à distância de um telefonema ou um canal de TV internacional, mas Carlos só conseguiu reinar porque conhecia a importância das informações. Ele recebia mensagens o tempo todo. Notícias de novos inimigos ou ameaças só sofriam o atraso da velocidade dos cavalos. Enquanto outros reis dependiam de visitantes aleatórios ou de enviados especiais, Carlos tinha um grande número de mensageiros. Assim, ele sabia que seria ouvido quando ditou a mensagem a ser escrita, então passada ao mensageiro e aos três comandantes que estavam na corte:

— Os sorábios serão combatidos por uma scara de cavaleiros de elite, apoiados por um exército de guerreiros saxões.

A história que estou contando é rápida, mas o tempo tinha passado devagar. Eram dois anos de paz na Saxônia, dois anos de juramentos, dois anos de missionários pregando sem serem martirizados, de igrejas sendo construídas, de senhores saxões vendo as vantagens de se alinhar aos francos. Dois anos desde que Carlos cruzara o Rio Cinzento e um relâmpago destruíra a pedra de sacrifício. Dois anos sem Widukind.

Mais do que isso, eram dois anos em que os guerreiros saxões estavam parados. Fazia sentido mobilizá-los, dar-lhes uma chance de obter saque, mesmo que fosse o saque pobre daqueles invasores. Fazia sentido garantir que eles formassem com os francos laços de irmandade no campo de batalha.

O pergaminho foi escrito, o mensageiro partiu e Carlos continuou preparando a campanha.

E as notícias voltaram rápido.

Os saxões tinham se unido à elite dos francos sem hesitar. Tinham marchado, sob os três comandantes por toda a Saxônia, ao norte, rumo ao Rio Elba, sem encontrar resistência. Então, antes que enfrentassem os sorábios, souberam de uma revolta no meio daquelas terras. Uma revolta atrás deles, nas regiões por onde já tinham passado. Uma revolta sangrenta, voltada especialmente contra os padres. Sacerdotes estavam morrendo como moscas, igrejas estavam sendo queimadas e saqueadas. De novo. E os culpados não eram os pobres sorábios.

Carlos não era muito bom com letras, mas arrancou o pergaminho das mãos do monge que o lia em voz alta. Vasculhou as palavras e achou aquela que se destacava como se estivesse escrita em fogo. Mesmo que ele não entendesse o que mais a mensagem dizia, poderia reconhecer um nome em qualquer lugar:

Widukind.

Os saxões que tinham se unido às forças dos francos desapareceram no meio da noite. Carlos sabia que nenhum exército desaparecia em silêncio. Seus três comandantes tinham se visto incapazes de impedir a deserção. Pelo menos ainda estavam vivos.

Mas seus novos súditos, que tinham pegado em armas prontamente por ele, agora deviam estar com seu inimigo, destruindo tudo que ele construíra. Ele tinha confiado em saxões e fora traído.

Carlos jogou o pergaminho no chão e andou até seu quarto, ignorando todos que o perseguiam com perguntas. Fez sinal para que Astolf o acompanhasse. Então os dois se fecharam lá dentro.

Carlos se deixou cair numa cadeira.

— Não diga que Alcuin foi contra tudo isso — avisou o rei, com o dedo em riste. — Não diga que ele me avisou ou que eu fui teimoso.

— Está bem, meu rei, não direi isso — Astolf deu de ombros. — Deixe-me contar então a história de outro monge que foi contra outra guerra e de outro rei que foi teimoso...

Carlos cobriu o rosto com as mãos. Súbito, sentiu-se velho. Muito velho.

O privilégio da zombaria com Carlos estava reservado quase que exclusivamente a Astolf, talvez porque ele mesmo não se levasse muito a sério. Já tinha se disfarçado de bobo da corte certa vez, fingira ser um covarde incompetente antes de um duelo. Ele era uma presença leve naqueles dias pesados.

— Esta será minha vida, Astolf? Vou ser lembrado por uma guerra eterna e inconclusiva com selvagens pagãos?

— Meu rei... — Astolf deixou o humor fraquejar.

— Vou ser lembrado como o rei tolo que foi enganado por todos? Iludido por Sulayman, por Roland, por um bando de bárbaros?

— Carlos...

— É assim que honro o legado de Charles Martel? De meu pai? Será que até Carlomano ou, Deus me perdoe, um rei Merovíngio governaria melhor do que eu?

Astolf não teve resposta.

Uma batida na porta e logo em seguida ela se abriu. Theoderic, o primo do rei, entrou na sala sem muita cerimônia. Olhou para Astolf e logo soube que algo estava errado quando viu que o outro Paladino estava sério.

— Seu primo está tomado por um espírito lamurioso — Astolf ainda tentou um chiste. — Tente ajudá-lo, bravo Theoderic.

O cavaleiro hesitou por um instante.

Então falou talvez a pior coisa que pudesse:

— Primo — disse Theoderic — o que você vai fazer?

Carlos tirou as mãos do rosto e olhou para ele. Naquele momento teve inveja do primo. Ambos tinham a mesma idade, mas Theoderic não estava preocupado com a maneira como a história iria lembrar dele nem tinha seu orgulho ferido por ser desafiado. Estava apenas de pé no quarto de outro homem que, por acaso de nascimento, era seu superior, esperando para receber ordens. Carlos teve inveja de Astolf, que podia se vestir de bufão e fingir covardia. O rei gostaria que, pelo menos em um momento, pudesse ser um tolo sem que isso arruinasse um continente.

— Vocês não entendem. Eu não posso pensar apenas em mim mesmo, ou nesta batalha, ou na Saxônia. O Papa me deu um dever sagrado quando eu tinha 12 anos. Eu vi meu pai ser ungido. Cristo conta comigo. E eu só consigo decepcioná-lo.

— Tenho certeza de que os homens já decepcionaram Cristo de maneiras piores — disse Astolf.

— Os saxões estão matando padres enquanto conversamos — Theoderic não entendeu a tentativa de humor. — O que Cristo deve pensar disso?

Carlos suspirou fundo.

— Nossas tropas estão quase reunidas, primo — insistiu Theoderic. — Podemos ignorar os ávaros e ir à Saxônia para esmagar a rebelião.

— Ou talvez Carlos tenha direito a pelo menos um dia como uma pessoa e não um rei — Astolf começava a se irritar.

— Pessoas estão morrendo nas mãos dos rebeldes.

— Eu já fiz isso — Carlos cortou a discussão com voz soturna. — Já deixei que inimigos em diferentes partes do mundo me arrastassem como um boneco. Já virei as costas a tudo quando Widukind atacou e corri com meu exército inteiro para enfrentá-lo.

— Acha que os ávaros podem causar mais um Roncevaux? — perguntou Theoderic.

Silêncio.

— Posso contar com você, Theoderic?

— Sempre.

Astolf balançou a cabeça. Era próximo ao rei, mas de uma forma mórbida a dureza de Theoderic era mais atraente.

— Você entende minha posição, não? — disse Carlos. — Não posso ser para Widukind como um garoto é para seu irmão mais velho. Não posso ficar correndo atrás dele, tentando alcançar um brinquedo sempre fora de meu alcance. Preciso ser um rei, Theoderic. Preciso ser digno e resoluto.

— O que você vai fazer?

O pragmatismo de Theoderic era ao mesmo tempo irritante e bem-vindo. Ele só tinha uma pergunta.

— Vou continuar o que estou fazendo — respondeu o rei. — Vou reunir as tropas e enfrentar os ávaros. Você, meu primo, vai convocar guerreiros em nosso reino. Vai cruzar o Rio Reno e encontrar o que restou de nosso exército em Eresburg, na Saxônia. Então você vai acabar com a rebelião.

Theoderic assentiu.

— E se eu encontrar Widukind no campo de batalha, primo?

— Eu não sou um chefe bárbaro. Não quero matar Widukind com minhas próprias mãos. Ele não é meu inimigo, não é meu igual. Ele não é ninguém. Se encontrar esse saxão ou qualquer outro, mate-o e enterre-o numa cova coletiva.

O tempo se passou.

As notícias viajavam rápido, Agnes, então o rei já sabia do resultado de tudo aquilo. Mas aguardou a chegada de um sobrevivente como se só ele pudesse relatar o que tinha acontecido de verdade. Durante a espera, nenhum nobre, guerreiro ou monge ousou falar com ele, exceto o mínimo exigido pelo protocolo. Durante os jantares, Carlos não quis ouvir trechos de suas obras sacras favoritas e não precisou dar ordem nenhuma para que todos ficassem calados. Ouvia-se os ruídos de facas e de mastigação, e só.

Enfim alguém teve o dever de dizer que o sobrevivente chegara. Carlos continuou sentado no trono, o queixo apoiado na mão, a barba por fazer maculando seu rosto normalmente bem cuidado, olheiras fundas sob seus olhos.

O sobrevivente foi anunciado. Ficou frente ao rei e não soube como proceder. Ele não era um nobre, não era um cavaleiro. Nem mesmo era um soldado. Era só um pajem, pouco mais que uma criança.

— Fale — ordenou Carlos, em voz sombria.

— Meu rei, eu...

— Fale ou morra.

O garoto não conseguiu controlar as lágrimas, que escorreram sem som, sem soluço.

— Me disseram que o senhor já ouviu sobre a batalha... — ele começou, com a simplicidade de um menino encabulado.

— Você esteve próximo aos comandantes, não? Quero que me conte tudo que viu.

O garoto fez que sim com a cabeça.

— Nós encontramos o Conde Theoderic em Eresburg, meu rei. Conseguimos chegar até lá sem que os rebeldes nos pegassem.

— "Nós"?

— Eu levava comida a um dos comandantes, meu rei. Arrumava as coisas dele. Era o senhor...

— Não me interessa a quem você servia.

O garoto apertou os lábios.

— O que você viu no caminho até Eresburg, criança?

O garoto desviou os olhos.

— Muitas igrejas destruídas. Uma abadia toda queimada. Os padres e freiras...

— Fale. O que aconteceu com os padres e freiras?

As pernas do garoto tremiam tanto que ele parecia prestes a desabar a qualquer momento.

— Estavam em pedaços, meu rei. Sendo comidos pelos corvos. Quer dizer, o que tinha sobrado deles.

— E os comandantes deixaram os padres e freiras ao relento?

O pajem fez que sim.

— Continue.

— Nós chegamos a Eresburg, meu rei. O Conde Theoderic estava lá, com muitos soldados. Mas não muitos cavaleiros. Quase todos a pé.

— Então o que aconteceu?

— Ouvi meu senhor dizer que os saxões tinham se reunido nas Colinas Su... Si... Nas Colinas S...

— Nas Colinas Süntel? — interrompeu Carlos.

— Sim, meu rei, isso mesmo. Nessas colinas. Ficam numa floresta enorme. Eu lembro o nome.

E ele falou, mas não precisaria ter falado. Não só porque Carlos já tinha recebido as notícias. Mesmo que não soubesse de nada, ele sabia que os saxões só podiam estar reunidos em um lugar. Só havia uma floresta que podia abrigar acontecimentos tão sombrios. A Floresta Sagrada, chamada pelos saxões de Osning.

— Continue.

— Os dois exércitos se juntaram e entramos na floresta. Chegamos ao pé das colinas. Qualquer um conseguia ver que um exército tinha passado por lá, meu rei.

Carlos respirou fundo.

— O que aconteceu então, pajem?

O menino não conseguia parar de tremer.

Carlos se inclinou para a frente. Ele já sabia das notícias, mas algo estava estranho. Não entendia por que o garoto não queria falar aquela parte, tendo já falado sobre profanações e massacres.

— O que aconteceu?

— Eu não quero mentir para o senhor, meu rei — a voz do menino saiu como um assobio desafinado. — Mas também não quero morrer.

— Não vai ser punido se falar a verdade. Conte o que aconteceu.

— Meu rei...

— Você é meu súdito — Carlos falou, de repente com uma doçura reconfortante e genuína. — Não vou matá-lo. Prometo.

As lágrimas do menino pingaram no chão.

— Eu estava na tenda dos comandantes, meu rei. Eles estavam reunidos.

— Eles quem?

— Os três.

— Não Theoderic?

O menino fez que não.

— Eles disseram... — ele tomou coragem. — Eles disseram que, se o Conde Theoderic participasse da batalha, todo a glória da vitória iria para ele. Então eles chamaram o conde e mentiram, meu senhor. Disseram que iriam esperar para atacar depois. Subiram a colina sozinhos.

Carlos deixou a boca pender aberta. A estupidez o atingiu aos poucos. Por inveja, por orgulho, os três comandantes tinham rejeitado as tropas que foram ajudá-los. Tinham atacado apenas com o exército que já tinham desde o início.

— Continue — ele mandou.

— Não sei muito bem o que aconteceu depois, meu rei. Eles correram para cima da colina como se estivessem perseguindo um inimigo que estivesse fugindo. Mas não estavam. Os saxões tinham montado um forte no topo da colina.

— E Theoderic?

— O Conde Theoderic viu que a batalha tinha começado — disse o menino. — Mas já estava atrasado.

O relato quebrado daquele pajem se combinou com as informações que o rei recebera. A armadilha fora simples e brilhante: os saxões tinham ficado na beira da colina, sem proteção nenhuma, e atraído os francos. Mas, ao chegar, os francos descobriram que seus inimigos tinham construído um forte de madeira ao estilo romano. Cavalaria pesada e infantaria atrasada correndo colina acima não tinham a menor chance.

— Os cavaleiros morreram?

— Sim, meu rei.

— E os três comandantes?

— Também.

— E... — Carlos hesitou antes de fazer a pergunta, já sabendo a resposta. — E o Conde Theoderic?

— Também, meu rei. Não vi nenhum nobre descer a colina.

O pajem tinha fugido com um grupo de servos e soldados. Vários deles foram mortos na perseguição, mas os saxões estavam mais interessados em chacinar cavaleiros e grandes senhores. Quem se destacava por armadura pesada e armas refinadas. Não era uma guerra contra o Reino dos Francos. Era uma guerra contra a nobreza e a Igreja. Uma guerra contra o rei.

— Você me serviu bem — disse Carlos. — Receberá comida e poderá descansar. Terá um lugar em minha corte.

O pajem agradeceu, mas Carlos não estava mais ouvindo. Nem viu quando ele foi tirado da sala do trono. Olhou em volta, abrindo a boca para dar uma ordem, mas de novo não reconhecia ninguém a sua volta. Nada mudara, mas a confirmação da morte de Theoderic o jogara de novo no vazio.

Numa mesa num canto, um monge escrevia.

— A batalha foi uma vitória — disse o rei.

O monge demorou alguns instantes para perceber que Carlos falava com ele.

— Meu senhor...?

— A batalha foi uma vitória, entendeu? Assim deverá ser registrado nos anais do reino.

— Mas senhor, o conde...

— *Foi uma vitória!* — gritou Carlos. — Nós não fomos derrotados por Widukind de novo! Meus comandantes não morreram por sua própria estupidez! Nós vencemos a Batalha de Süntel, porque eu sou o rei e eu decido!

— Sim, meu senhor — o monge se apressou em concordar.

E assim foi registrado, mas os saxões sabiam da verdade.

E Carlos também.

Quase oito séculos antes, um exército havia tentado conquistar aquela região e falhado. Carlos passara dez anos em guerra constante e seus esforços haviam se esfacelado ante seus olhos. A assembleia de maio não significara nada. Os batismos e as conversões, os juramentos e títulos. Tudo inútil.

Sua lei era só um amontoado de palavras.

Eu tinha medo do Mecanismo do Destino, Agnes. Eu sabia que havia um yithiano dentro de Widukind e precisava que Carlos controlasse esta região, mantivesse os selos, dominasse os saxões. Mas, àquela altura, Carlos nem mais notava minha presença. Seu ódio era só seu, seu medo não tinha nada a ver comigo.

Ele fez o que disse que não faria: abandonou a campanha que tinha começado a organizar, reuniu todas as tropas que estavam lá e cavalgou em pessoa liderando o exército principal de volta à Saxônia. À frente, mandou mensageiros e arautos, grupos de cavaleiros e batedores, para que espalhassem a ordem de que os líderes da revolta deveriam ser entregues a ele. O terreno fora perdido, tudo a partir de Osning era mais uma vez chão instável, território pagão, mas os culpados precisavam ser punidos. Enquanto cavalgava, ele recebeu relatos sobre as cidades e fortalezas que continuavam leais. Respirou aliviado quando escutou que Osnabrück permanecia de pé, embora o inimigo estivesse muito perto e boa parte do povo tivesse fugido para regiões mais seguras. E, para sua surpresa, soube que Verden ainda pertencia aos francos.

Verden não era especialmente importante, mas ficava bem ao norte. Embora a presença selvagem dos pagãos fosse forte no meio da Saxônia, aquela fronteira que parecia mais vulnerável se mantinha.

Ele já tinha atravessado para dentro da Saxônia quando recebeu a informação:

— Os saxões estão se reunindo em Verden, meu senhor — disse um mensageiro.

— Um ataque de Widukind? — Carlos perguntou.

— Não parecem estar atacando, meu rei. Parecem estar se rendendo.

Carlos demorou para absorver o sentido daquelas notícias. Depois de quebrar os acordos e devolver a Saxônia ao caos, os bárbaros estavam se reunindo em Verden para se render. Uma fagulha de otimismo fez com que pensasse que suas ordens tinham sido ouvidas, que ele tinha autoridade ali.

Direcionou o exército a Verden, para encontrar os saxões. Rezando pelo melhor e esperando o pior.

A coluna dos francos não foi incomodada em sua passagem. Quando viajava com um grande exército reunido, Carlos quase nunca encontrava problemas. Widukind atacava quando ele virava as costas, aproveitava-se de desvantagens temporárias. Nunca lutava limpo. Mas, se não havia ataques, havia as marcas da rebelião. Por onde eles passavam, encontravam igrejas destruídas, mosteiros queimados, aldeias devastadas. A Saxônia parecia mais escura de novo.

Eles não ousaram entrar em Osning.

Quando chegaram perto de Verden, enxergaram outras marcas. As marcas da passagem de milhares de pessoas. Verden era um posto avançado bastante fortificado, localizado bem na confluência de dois rios. Tinha estrutura para resistir a um cerco, mas não para receber tanta gente. As estradas estavam pisoteadas, novos caminhos tinham sido formados pela simples quantidade de pés em marcha. E mesmo de longe era possível ver saxões. Saxões por toda parte, acampados fora das muralhas, entrando e saindo, enxameando dentro da fortaleza. Eu via tudo de fora, mal conseguia tocar os pensamentos de Carlos. Sua mente tinha se tornado um cofre de ferro. Tudo que eu conseguia notar era uma espécie de surpresa do rei ao ver tantos saxões reunidos. Como se a terra não fosse deles.

Quando o exército adentrou a fortificação, os saxões se ajoelharam. Homens pararam de falar, mulheres pararam de trabalhar, crianças pararam de brincar. Até os cachorros ficaram reverentes. Carlos não olhou para nenhum deles. Manteve-se ereto sobre a sela, rosto fixo à frente. As tropas passaram pelo grande portão e logo o rei foi recebido pelo comandante local.

— É uma honra tê-lo aqui, meu senhor... — começou o nobre, enquanto Carlos desmontava do cavalo, mas o rei o interrompeu.

— O que está acontecendo?

— Eles estão aqui, meu senhor.

— O que quer dizer? Quem está aqui?

— Os saxões, meu rei. Eles se renderam. Trouxeram os líderes da rebelião como prisioneiros.

Tudo aconteceu muito rápido. Antes mesmo de olhar direito para Verden, Carlos estava no salão principal da fortificação, acompanhado por Astolf, conversando com o comandante. O nobre serviu vinho aos três. Carlos empurrou seu cálice para longe, Astolf bebeu ambos.

— Widukind está aqui? — perguntou o rei.

— Não — o comandante disse com cuidado. — Ele fugiu mais uma vez.

Carlos bateu com o punho na mesa.

— Como então fala que os líderes estão aqui como prisioneiros? O verdadeiro líder é Widukind!

— Quase todos estão aqui, meu rei. Alguns se entregaram. Outros foram capturados por seu próprio povo.

— Mas a Saxônia continua em caos!

— Sim — admitiu o comandante. — Eles não podem nos devolver o que roubaram e destruíram. Mas os saxões que ainda são leais vieram até aqui para se curvar pessoalmente ao senhor.

Carlos piscou. Aquele povo era capaz de enlouquecê-lo. Se fossem francos, bávaros ou mesmo lombardos, teriam nobres ambiciosos, alguns governantes rebeldes, mas seriam uma só raça, como se falava na época. Uma só população. Os saxões eram como o mar revolto, como os relâmpagos de uma tempestade. A conversão não significava nada para eles, mas a revolta aberta e a profanação de templos também não. Naquela terra a campanha normal, conquistando cidades e castelos, obtendo a lealdade de senhores vencidos, não tinha significado.

O território que tinha acabado de se revoltar, a região que teoricamente era hostil, tinha lhe dado passagem, após esfaqueá-lo pelas costas. E agora os saxões simplesmente obedeciam. Eram milhares de súditos fiéis pedindo clemência e perdão. Impossível saber quantos daqueles tinham participado da rebelião, matado padres, queimado igrejas, e agora se ajoelhavam de novo. Impossível saber quantos genuinamente tinham se convertido e estavam horrorizados com o que acontecera. Impossível saber quantos existiam no meio-termo incompreensível, em que não viam nada de mais em fazer juramentos e depois quebrá-los, como se tudo fosse uma briga de vizinhos numa aldeia.

— Quem são estas pessoas? — Carlos perguntou quase para si mesmo.

— Perdão, meu senhor?

O rei balançou a cabeça.

— Meu senhor — disse Astolf. — Lembre-se de que nem todos são como você. Nem todos têm vontade inflexível e inspiração divina.

— O que quer dizer com isso, Astolf?

— Algumas pessoas… Mudam de ideia.

Carlos permaneceu em silêncio, como se pensasse pela primeira vez naquilo.

— Mas todo um povo… — o rei começou.

— Não é todo um povo — disse o Paladino. — São essencialmente famílias. Famílias diferentes, com opiniões diferentes. Famílias que mudam de comportamento quando as circunstâncias mudam.

— Você está falando como se eles decidissem matar um porco em vez de uma vaca para obter carne — Carlos fez um gesto exasperado. — Isso é muito mais! É a guerra! É a fé!

— Meu rei, já pensou na possibilidade de que eles sempre sejam assim?

— Se já pensei em minha derrota? É um pesadelo que me assombra todos os dias!

— Não sua derrota, meu senhor. Já pensou na possibilidade de mudar sua ideia de vitória? De não tentar tornar os saxões iguais ao senhor?

Era um pensamento ponderado, inteligente e óbvio.

E muito perigoso.

Eu não podia permitir que os saxões vivessem como quisessem, pensassem como quisessem. Trazendo à tona o espírito de um astuto conselheiro egípcio, aproximei meus tentáculos e sussurrei na mente de Carlos.

— Quantos saxões estão aqui? — o rei perguntou.

Sua retórica ignorada, Astolf se resignou a servir mais vinho.

— Ao todo, cerca de quatro mil e quinhentos — disse o comandante. — Entre homens, mulheres e crianças.

Silêncio.

— Por que... — começou Carlos. — Por que eles estão aqui? Por que estão fazendo isso?

— Como assim? Estão cumprindo suas ordens.

— Por quê? — o rei perguntou, duvidando dos saxões, do comandante, de si mesmo. — Por que eles cumprem minhas ordens logo depois de trair seus companheiros de batalha? Por que se revoltaram antes, quando havia algo a ganhar sendo leais, e se submetem agora, quando já atraíram minha ira? Por quê?

Astolf tentou responder, mas o rei só dava ouvidos ao comandante. O nobre deu de ombros.

— Só posso imaginar que nem eles esperavam ter tamanho sucesso em sua rebelião, meu senhor. Talvez eles originalmente só quisessem saquear, roubar de volta o que tinham pago a título de impostos. Acho que não imaginavam vencer a batalha de Süntel. Sem Widukind, não sabem o que fazer.

O comentário sobre Süntel passou batido, perdido na confusão do rei.

— Quero vê-los — disse Carlos, em voz sumida. — Quero recebê-los agora mesmo.

Tudo muito rápido. O comandante deu ordens para que os líderes saxões fossem reunidos na praça central da fortificação. Carlos permaneceu sentado, olhando fixamente para o cálice de vinho vazio.

— O senhor sabe que estou a seu lado não importa o que aconteça, não sabe? — perguntou Astolf.

— Eu sei, nobre Astolf. Eu sei.

— Não importa o que aconteça.

Depois de mais ou menos uma hora, Carlos ouviu uma voz anônima dizer que os aristocratas saxões o estavam esperando. Então, como se estivesse fora do próprio corpo, ergueu-se da cadeira e saiu à praça. A poeira da estrada ainda estava em suas roupas.

O centro de Verden estava tomado por saxões. Guerreiros francos mantinham vigilância sobre eles, cavaleiros de elite faziam a guarda do rei. Também havia saxões nas ruelas entre os prédios, crianças saxãs sobre a muralha espiando, saxões por toda parte. Deviam mesmo ser quatro mil e quinhentos, talvez até mais.

Carlos caminhou até a frente daquele contingente, Astolf em seus calcanhares. O comandante de Verden apontou vários nobres saxões em posição deferente. Eram os líderes e traziam os rebeldes presos como tributo. Outros dez chefes saxões estavam ajoelhados e amarrados, tendo sido identificados como senhores da rebelião. Centenas de prisioneiros comuns ocupavam um espaço central no meio da multidão. O resto dos saxões estava livre, tinha vindo por vontade própria, como súditos.

O rei se dirigiu a um nobre saxão aleatório que usava um crucifixo no pescoço. Um homem livre e respeitoso.

— Quem é você?

— Me chamo...

— Não quero saber seu nome — interrompeu Carlos. — Você é um senhor? Um conde?

O homem gaguejou um pouco, desconcertado. Seguiu falando na língua dos francos, com bastante sotaque.

— Sou um conde, graças a você, rei! Vim trazer estes porcos rebeldes que ousaram desafiá-lo!

Ele segurava as cordas de um prisioneiro. O homem dirigiu a ele um olhar venenoso.

— Por quê? — perguntou Carlos.

— Ora, porque é o certo! O senhor é nosso rei, não vamos tolerar estes bandidos no meio de nós!

Carlos andou, se afastando um pouco daquele homem. Agachou-se para falar com um prisioneiro que parecia tranquilo.

— Qual é sua história?

O saxão não hesitou. Respondeu como se falasse com um servo qualquer.

— Eu me entreguei, e com orgulho! Sei o que fiz, matei muitos francos, mas agora chega! Sei que vou morrer, então que minha família sobreviva. Já nos divertimos bastante!

O rei se ergueu de novo. Fez mais algumas perguntas a saxões diversos. Eram histórias parecidas. Homens que não concordavam com a rebelião ou que tinham mudado de lado algumas vezes ao longo daquele ano. Alguns tinham sido capturados, outros tinham se entregado. Alguns saxões amaldiçoaram o rei e suas leis, outros começaram a xingar seus conterrâneos. Logo a multidão ferveu em burburinho, uns chamando os outros de mentirosos e traidores. Manter quatro mil e quinhentos saxões num forte era como segurar ferro em brasa com as mãos nuas.

Carlos caminhou de volta ao comandante e ao Paladino, sem pressa. Passou os olhos mais uma vez nos saxões.

Suspirou. Então falou com voz tranquila:

— Mate-os.

O comandante franziu o cenho.

— Matar os prisioneiros, senhor?

Carlos sacou Joyeuse. A espada vibrou de entusiasmo. O rei foi até o primeiro saxão com quem falara, o conde que usava o crucifixo no pescoço. Descreveu um giro rápido e limpo, um movimento contínuo, e cortou sua cabeça. O corpo caiu no chão, vertendo sangue farto pelo pescoço. A cabeça decepada rolou como se ainda não tivesse entendido o que acontecera.

— Todos — disse Carlos, sem alterar a voz. — Mate cada um deles.

Astolf fechou os olhos em desgosto.

E sacou a espada.

O pânico que tomou os milhares de saxões não foi instantâneo, porque eles demoraram alguns instantes para perceber o que acontecia, mas os francos não hesitaram. Como se cada um deles fosse a mão de Carlos Magno, sacaram as espadas, empunharam as lanças e mataram. A multidão reunida na praça não teve chance. Estavam todos presos nas muralhas, formavam um campo de extermínio perfeito. Eles se ajoelharam, se jogaram no chão, imploraram, mas a palavra do rei era a palavra de Deus. Tentaram lutar com as mãos nuas, mas foi só um gesto de desafio inútil, que deixou os francos ainda mais irados.

Os saxões que estavam do lado de fora das muralhas viveram alguns minutos a mais.

Eles correram, pais e mães tentando deter o avanço do exército para que seus filhos fugissem, mas só conseguiram lhes comprar alguns segundos de vida. Os cavaleiros alcançaram as crianças, pisotearam-nas com os cascos dos cavalos, perfuraram seus corpos com lanças.

E principalmente cortaram cabeças.

O gesto inicial do rei foi o incentivo, e eles afinal também eram guerreiros que gostavam de troféus. Os francos executaram saxões presos, cortaram suas cabeças enquanto suas mãos estavam amarradas atrás do corpo. Atingiram seus pescoços com as espadas enquanto eles tentavam fugir. Decapitaram os corpos já mortos, porque em certo momento foram tomados por um frenesi e tudo que queriam era separar as cabeças dos corpos.

Carlos só viu o início.

Olhou aquilo sem emoção. Não tinha postura imperiosa. Seus ombros estavam caídos, seus braços ficaram estendidos ao longo do corpo. Notou que uma lenta maré de sangue avançava pela areia, prestes a alcançar suas botas. Observou os berros, a luta desesperada das vítimas, o furor assassino dos algozes, como se estivesse olhando para uma parede nua. O som da morte rugiu até o céu, mas ele mal escutava.

Um cavaleiro franco acertou o pescoço de um menino com sua espada. O primeiro golpe não o decapitou por completo. A criança caiu no chão, espirrando sangue e estrebuchando. O cavaleiro se abaixou e completou o serviço com um segundo corte.

Carlos limpou a lâmina de sua espada, virou as costas e caminhou de volta ao salão. Ouviu seu nome berrado inúmeras vezes, em súplicas de misericórdia e em exaltações a sua vingança, mas não esboçou reação. Sentiu o cheiro ferroso de sangue, o cheiro pútrido de milhares de estômagos se rompendo. Verden foi tomada pelo calor úmido da violência em larga escala, uma sensação pegajosa e animalesca.

O rei entrou no salão e fechou a porta.

Havia um prato com carne assada fatiada sobre a mesa.

Ele sentou e começou a comer.

Ninguém ouviu a voz de Carlos Magno em todo o caminho de volta.

Astolf não se dirigiu ao rei, exceto quando necessário. Mas, sem palavras, disse tudo que precisava dizer quando tirou a armadura e viajou fantasiado com as roupas de um bufão.

Não houve campanha naquele ano. Aquela foi a campanha. O veredito sangrento de Verden foi toda batalha de que o rei precisava. Uma vitória sem dificuldade. Ele não sabia se a punição iria abafar de vez a resistência saxã, mas ainda assim eram alguns milhares de saxões a menos.

Carlos voltou a Aachen, ainda sem falar. Todos a sua volta estavam preocupados, mas ninguém ousou contrariá-lo. Ele foi recebido por suas filhas e seus filhos, por nobres, por monges e professores, mas passou por todos, como se não enxergasse ninguém.

Em sussurros, aqueles que o tinham acompanhado desde Verden falaram que era melhor não interpelá-lo. Carlos não foi às termas, à catedral, aos escritórios da Academia ou mesmo a seus aposentos reais. Foi à biblioteca, como se estivesse hipnotizado.

E, aos poucos, sua mente deixou de ser opaca.

Senti seus pensamentos e gritei em minha forma vaga e difusa, tentando alertá-lo. Roland subiu à superfície, vindo de dentro de mim, e implorou ao rei.

Carlos não pensava no massacre.

Não pensava nem mesmo nos saxões ou na guerra.

Carlos pensava em como, durante todo aquele tempo de esforço como patrono do conhecimento, ele mesmo nunca aprendera a ler direito. Pensava que até os meninos preguiçosos que ele condenara eram ao menos capazes de ler e escrever, mas não ele, seu rei. Carlos enxergou sua vida como uma eterna montanha. Ele empurrava uma rocha montanha acima, mas ela voltava a rolar para baixo. Sendo levado de um lado a outro, lutando a mesma guerra de novo e de novo, fundando uma diocese e uma cidade, sem sentir grande diferença entre ambas, discutindo teologia e astronomia, mas incapaz de ler uma carta.

Ele estava ficando velho e tudo era mais e mais inútil.

Carlos entrou na biblioteca. Já havia quase cem manuscritos armazenados ali. Seria uma grande vitória se ele conseguisse ler pelo menos um deles.

Devia existir um, ao menos um, que até mesmo ele fosse capaz de ler.

Carlos selecionou ao acaso um tomo. Abriu-o sobre uma mesa.

Necronomicon.

O Livro dos Mortos.

Compilado por Abdul Alhazred de Saná.

Tentei segurar sua mente com meus tentáculos. Roland chorou arrependimento sobre o rei. Mas éramos apenas assombrações. Eu não sei se o massacre de Verden foi causado por anos de influência de um yithiano nos pensamentos de Carlos, se foi consequência direta de quando eu o fechei para as palavras de alívio de um Paladino, se foi um desenrolar da decisão trágica de Roland naquela mesma biblioteca. Mas pelo menos era o crime de um humano.

Ler o Necronomicon era algo muito pior.

Carlos conseguiu ler as primeiras linhas sem grande dificuldade. Sentiu uma onda de autoestima. Era capaz de melhorar pelo menos um pouco, pelo menos naquilo. A campanha na Saxônia era fútil, mas pelo menos ele conseguia ler. O conhecimento era a coisa mais importante.

Tocou na página do livro com carinho. O tomo parecia convidá-lo a continuar.

Leu mais uma página.

— O que tem aí, Eneias?

Carlos se virou ante a voz conhecida de Alcuin. Mas, em vez de provocar alegria, a presença de seu mentor foi motivo de vergonha.

— Um livro.

— Vi o exército chegando, mas não imaginei que o encontraria aqui.

— Preciso de algo que faça sentido, Alcuin — Carlos virou as costas. — Por que nada funciona? Por que meus súditos não me respeitam? Por que não sei ler?

Fixou os olhos no Necronomicon.

— Eneias — Alcuin tocou seu ombro de leve. — Se precisa de algo que consiga ler, venha comigo. Vai gostar de ver no que estamos trabalhando.

Carlos controlou o instinto de se desvencilhar do toque. Deixou que Alcuin o levasse para longe do Necronomicon. Andou arrastando os pés até uma mesa onde havia um grande pergaminho, um pote de tinta e uma pena.

— Veja só — Alcuin fez um gesto para a folha meio coberta de escritos.

Carlos se abaixou para enxergar melhor, apertou os olhos. Os símbolos eram um pouco diferentes do que ele estava acostumado. Cada letra era separada da outra e havia espaços claros entre as palavras.

— O que estou vendo, Albinus?

— Uma maneira melhor de escrever. Logo será a única maneira! Um dos problemas que enfrentamos é que cada clérigo escreve de um jeito, cada burocrata desenha as letras numa forma e num tamanho diferente. Chega de tudo isso. Letras grandes no início, pequenas no restante, de forma padronizada.

Eram letras minúsculas. As mesmas que usamos até hoje. Inventadas na corte de Carlos, sob a tutela de Alcuin.

As palavras pareceram se desenredar aos olhos de Carlos. Não era um milagre. Ele não aprendeu a ler num minuto, mas a divisão ordenada e a forma constante dos símbolos faziam tudo ter sentido.

— E o que é isto? — Carlos apontou para algo na página.

— Não toque no pergaminho, Eneias, a tinta ainda está molhada. Isso é algo que começamos a usar. Um sinal para que o leitor saiba quando está lendo uma pergunta.

— Como isso pode funcionar?

— Acho que todos vão se acostumar. Para compreender Deus, parece mais útil fazer perguntas do que afirmar respostas, não?

Carlos não soube o que dizer. Estava desconcertado.

Alcuin caminhou rapidamente até o Necronomicon.

— Se quiser compreender o que está lendo, não se volte ao passado, Eneias! — fechou o livro sem cerimônia. — Leia o que estamos copiando aqui mesmo em sua corte. Você tem os maiores sábios do mundo, não precisa se perder nos devaneios de profetas obscuros.

Alcuin seguiu falando, mostrando o trabalho dos copistas, entusiasmando-se com as letras minúsculas que iriam padronizar a escrita. Carlos continuava meio apático, só indo atrás do professor.

— Eu matei todos, Albinus — disse o rei, de repente.

— O quê? — Alcuin se virou para ele, sem entender.

— Em Verden. Eu matei todos. Os saxões se renderam e eu os matei. Homens, mulheres, crianças. Todos decapitados.

Alcuin ficou um longo tempo olhando para o amigo.

— Por que você fez isso, Eneias?

— Não sei.

— Por que fez isso?

Carlos fechou os olhos.

— Pela mesma razão que estou nesta guerra na Saxônia há tanto tempo, Albinus. Para espalhar a palavra de Deus.

Alcuin esperou que o rei abrisse os olhos de novo. Estava com sua expressão curiosa, sábia, indecifrável.

— Para espalhar a palavra de Deus, eu inventei novas letras. O tempo dirá, Eneias, qual dos dois atos vai melhor servir a Nosso Senhor.

XVIII

AQUELES FORAM TEMPOS PESADOS E SANGRENTOS NÃO SÓ PARA Carlos e os francos, Agnes. Widukind e os saxões foram tomados de fúria depois do massacre, mas também de medo e cansaço.

Um dos centros da resistência saxã era uma fortaleza primitiva, uma colina onde haviam sido erguidas muralhas de terra concêntricas, com paliçadas de madeira e fortificações de pedra. Havia torres de vigilância ao estilo romano, um conhecimento passado ao longo dos séculos por meio do herói local, Arminius, que é a figura cuja sombra paira sobre toda esta narrativa. Mas não se enxergava muito longe, porque a fortaleza estava oculta no meio das árvores, no escuro da floresta.

Chamava-se *Wittekindsberg*, o Forte de Widukind, e ficava a poucas horas de caminhada da cidade cristã de Osnabrück.

Existe mais de um Wittekindsberg nesta região, porque o líder dos saxões ia de fortaleza em fortaleza, fugindo e unindo seu povo. Muitos lugares o homenageiam. Mas o coração da luta contra os francos ficava bem aqui, na área que hoje já foi engolida por Osnabrück e se chama Widukindland. Isso não importava tanto para os saxões — para eles, tudo era Osning, tudo era o lugar sagrado de seus deuses, desde o Irminsul, que fora destruído, até a pedra de sacrifício, das tumbas de tempos imemoriais até os locais onde Arminius havia sacrificado os romanos. Sempre fora místico, sempre fora deles, e agora o Deus estrangeiro dos francos estava cercando, destruindo e colonizando o lugar.

Eles tinham direito a esta terra, Agnes, tanto quanto qualquer pessoa tem direito a qualquer terra. Pertencia a eles, assim como seus deuses pertenciam a eles, e nós estávamos roubando tudo isso. Era minha culpa, em grande parte.

Era culpa da Grande Raça de Yith.

Widukind estava em Wittekindsberg, sentindo a presença da cristandade e dos selos na cidade logo perto. Seria fácil ir até lá e atacar, tinha sido fácil por anos. Mas a fortaleza era o melhor segredo dos saxões, seu lugar seguro dentro de Osning. O labirinto da floresta enganara inimigos por séculos, por milênios. Widukind, o verdadeiro Widukind, sabia disso pelas histórias que seu pai, o pai de seu pai e o pai do pai de seu pai contaram, a tradição oral saxã que falava da importância daquela terra. Widukind, o falso Widukind, o yithiano que tinha roubado sua personalidade, sabia daquilo porque lembrava. Muito antes da Pré-História que os humanos conhecem, houve um evento em Osning. Muito antes da Pré-História, os yithianos usaram aquele lugar como arma numa guerra, manipulando o destino através da energia da geografia sagrada. Tinha sido um tempo de glória para a Grande Raça de Yith, uma época em que nós realmente pensamos que podíamos triunfar. Tinha sido um tempo de horror, em que eu cometi meu maior crime.

Widukind, no salão central da fortaleza, estava alheio à discussão dos outros chefes saxões. Eles gritavam, discordavam com violência de irmãos. No fundo da mente possuída, o verdadeiro Widukind lamentava a perda daquele sentimento. Ele sabia que, um dia, fora como eles. E sabia que seus atos eram motivados pelo desejo de liberdade, mas direcionados unicamente pela presença que o dominava. Havia a intenção, mas era a intenção de um sonho, uma vaga vontade que, sem que ele notasse, se transformava em ato.

Widukind lamentava por saber da verdade.

Ele acreditara nos deuses antes daquilo tudo, acreditara com todo o poder de sua crença. Quando a floresta falara com ele, fora algo assustador, mas também mágico, como tinham sido os primeiros ritos que ele testemunhara quando criança. Mas, quando a possessão aconteceu, o mistério foi destruído. O pragmatismo frio da Grande Raça de Yith apagou suas ilusões. Ele viu a floresta sagrada como um instrumento, o misticismo como uma arma. Viu o que havia na terra. Quando realizava os rituais, parte dele acreditava de verdade e era envolvido pelo mistério, mas outra parte agia como um fazendeiro, como um artesão, como qualquer trabalhador numa tarefa banal, apenas cumprindo passos mundanos que teriam um resultado previsível.

Era possível ter tanto amor por uma terra e usá-la de forma tão indiferente?

Quando pensava na ousadia dos francos, Widukind, o verdadeiro Widukind, se enchia de raiva. A presunção de fundar uma cidade naquele lugar era o testemunho de que Carlos e seus cristãos não enxergavam o mundo além de si mesmos. Sempre houvera habitantes ali. O que os cristãos batizaram de Osnabrück era habitado desde 8.000 anos antes do nascimento de seu deus morto. Fora um povoado importante por 1.000 anos, vira a humanidade sair da Idade da Pedra. Tinha sido local de tumbas ritualísticas. Pessoas vinham de mais de 1.000 quilômetros de distância para ser enterradas ali. Ofereciam àquela terra suas novas descobertas, ornamentos e armas de cobre que eram as grandes maravilhas daquele tempo. Em nenhum outro lugar da Saxônia existia aquilo. Dar um nome àquele local, fundá-lo como se ele não existisse antes, era um ato de cegueira que beirava a blasfêmia. Blasfêmia contra deuses saxões e contra muitos outros.

Aquele povoado sempre existira. Mesmo que fosse esquecido ou destruído, iria existir de novo.

Sempre.

Mas Widukind, o falso Widukind, sabia que tudo aquilo eram ilusões de uma raça jovem que só enxergava o tempo numa direção. Milhares de anos eram um piscar de olhos para um yithiano.

Do lado de fora do salão, os chefes ouviram barulho de passos. Uma comoção, alguém correndo até eles.

— Os batedores! — disse um dos chefes.

A porta se abriu. Dois guerreiros trajados em armaduras de couro leve entraram, suando e ofegando.

— Onde eles estão? — perguntou um dos senhores saxões.

— Estão perto — um dos batedores conseguiu dizer. — Em alguns dias vão chegar ao Rio Cinzento.

Todos começaram a falar ao mesmo tempo. A liberdade dos saxões significava que não havia protocolos. Batedores não precisavam fazer reverências nem usar títulos honoríficos com seus senhores. A autoridade se fazia nas decisões e na guerra.

Mas todos prestaram atenção quando Widukind abriu a boca.

Ele era sinistro e soturno mesmo para seus companheiros. Falava pouco, conversava por meio de enigmas, conhecia mistérios. Não hesitava em punir aqueles que fraquejavam na luta.

— Eles vão encontrar a fortaleza — disse Widukind.

Os chefes arregalaram os olhos.

— Como? Durante anos ficamos aqui...

— Eles vão encontrar a fortaleza — repetiu o líder. — Os cristãos estão devorando aos poucos o poder da floresta. Ela não consegue mais nos esconder.

Um dos chefes chutou uma cadeira.

— Maldito seja eu — disse um dos homens — que falhei em proteger Osning quando todos meus ancestrais triunfaram.

— A luta não acabou — disse Widukind. — A floresta perde seu poder, mas outro poder emerge.

— Foi o que falei desde o início! — um chefe deu um soco numa mesa. — Qual o problema de se ajoelhar para aquele deus esquisito? Que eles mergulhem nossas cabeças na água! Não faz diferença!

— Por causa do deus cristão estamos sendo escravizados e mortos! — outro chefe empurrou o primeiro. — Você quer trabalhar para homens inúteis que passam o dia rezando e escrevendo?

— Prefiro negociar com homens a travar esta luta dos deuses! Se os deuses se importam tanto com isso, que venham aqui brigar!

A discussão degenerou para uma gritaria, os batedores tendo tanta voz quanto os chefes. Mas todos se calaram quando Widukind ergueu a mão.

— Não vamos nos render aos cristãos nem travar uma batalha perdida — ele disse. — O poder está aqui, só precisamos reaprender a usá-lo.

Eles ficaram esperando que ele continuasse.

— Traga-me Gheva — ordenou.

Imediatamente, um dos chefes correu para fora, gritando aquele nome.

Os saxões estavam apreensivos. O massacre em Verden fora o estopim para mais revolta, mas ainda era motivo de tristeza profunda. Todos conheciam inocentes que tinham morrido lá. Continuava a guerra, continuava a morte, e o inimigo cristão não desistia. Cada estratagema de Widukind criava uma nova esperança, mas os francos se recuperavam e voltavam. Alguns daqueles homens tinham passado quase toda sua vida adulta naquela guerra e não aguentavam mais. Outros lembravam de uma época mais fácil, quando Carlos não estava obcecado com a Saxônia. Algo tinha mudado.

Algo precisava mudar de novo.

Uma bela mulher com rosto marcado por rugas e cabelos loiros tocados de fios brancos entrou no salão dos chefes. Os chefes prestaram seus respeitos. Ela foi até Widukind e o abraçou com grande ânsia, plantou um beijo em seus lábios.

Mas o líder logo se desvencilhou dela.

— Você irá até a cidade dos cristãos — disse Widukind. — Vai viver entre eles...

— Isso é o que tem a me dizer depois de passar dias sem falar comigo?

Widukind olhou para ela sem expressão. Por dentro, o verdadeiro Widukind gritava para tomá-la nos braços, sentir o calor de seu rosto, de seus lábios, do meio de suas pernas.

— Talvez você pense que já vive numa corte cristã! — disse Gheva. — Num castelo tão grande que as pessoas não se veem! Mas estamos numa fortaleza e eu o vejo todos os dias! E todos os dias me ignora! É isso que devo esperar de meu marido agora? Ser tratada como um fantasma e depois receber uma ordem?

Os chefes começaram a sair do salão discretamente.

— Fiquem aqui! — ordenou Gheva. — Quero que ouçam! Quero que saibam quem é o homem que seguem!

— Gheva, não há tempo para isso — disse Widukind.

— Não, não há mais tempo. O tempo já passou. Tenho sorte de você ter me dado filhos quando havia tempo, porque você deixou o tempo passar. Há anos você me ignora.

— Você deve levar todos que não forem guerreiros até a cidade dos cristãos. Não diga que é minha esposa. Eles não conhecem nossos nomes, acham que somos animais.

— Quer que eu viva no meio daqueles invasores lamurientos? Por que eu faria isso?

— Não adianta lutar contra os cristãos desta maneira. Eles estão vencendo. Devemos usar sua lei contra eles.

Então Widukind explicou seu plano. A chegada das tropas de Carlos era inevitável. O yithiano que o dominava via que a maior parte dos futuros levava à descoberta da fortaleza. A estratégia de se esconder ali tinha chegado ao fim. Mas, dentre as leis tirânicas que o Rei dos Francos anunciara no ano anterior, havia uma que podia ser usada. Todo saxão que se apresentasse a um padre para ser batizado seria recebido. Gheva deveria levar as mulheres, as crianças e os inválidos para Osnabrück e pedir asilo.

— Então o quê? — ela colocou as mãos na cintura. — Ser batizada e virar uma daquelas sacerdotisas que não podem deitar com um homem?

— Apenas seja batizada, Gheva. O batismo deles não significa nada. O único sacerdote dos francos que conhecia rituais verdadeiros morreu há anos. Os outros feiticeiros cristãos estão longe. Ser batizada por um deles não é nada além de falar mentiras e mergulhar a cabeça na água.

— Eu não quero falar mentiras e viver com cristãos. Quero viver com meu marido.

O falso Widukind deixou que o verdadeiro emergisse por alguns segundos. O verdadeiro Widukind tocou o rosto de Gheva com carinho avassalador. Então a puxou num beijo fervente. Agarrou-a pela parte de baixo das costas, forçando seu corpo contra o dela. Não havia dúvida de que aquilo era genuíno. Um ato cheio de desejo e amor primordial. Por instantes no controle de seu corpo, com acesso a suas plenas sensações, o verdadeiro Widukind sentiu dor física pela vontade de penetrá-la, delirando com a percepção dos anos sem sexo.

Gheva colocou a mão dele por dentro de suas roupas.

— Aqui mesmo — ela ofegou. — Não me importa. Aqui mesmo...

Então o falso Widukind tomou o controle.

Empurrou-a.

O verdadeiro berrou por dentro, em desespero, enquanto perdia as sensações e se via de novo sendo frio e seco com a esposa. As decisões eram dele, de alguma forma. A lógica vinha de um lado de sua personalidade e emergia em ações, sob sua desaprovação.

Ele só tinha beijado Gheva para convencê-la de que ainda havia um casamento verdadeiro entre os dois. Sabia que aquilo era só uma forma de manipulá-la. Não entendia como podia ser tão cruel. E ainda assim era cruel, e seria de novo.

— Se estiverem aqui quando a fortaleza cair, serão mortos ou escravizados — ele falou. — Vocês devem se infiltrar entre eles. Devem viver entre os cristãos e espalhar a dúvida, Gheva.

— A fortaleza vai cair? — falou um dos chefes, mas foi ignorado.

— Seja batizada, isso não importa. Deixe que eles falem que você casou com seu deus. Ou case com outro homem, faça o que for preciso. Há saxões naquela cidade, além de francos que lembram dos velhos modos. Tire-os de sua fé, Gheva. Enquanto os soldados acham que podem triunfar com a força das armas, você vai triunfar com a força dos deuses.

Ela assentiu, dividida entre a raiva do marido, o breve momento de amor e a noção de dever.

— E você? — ela perguntou.

— Eu não vou morrer aqui, Gheva, não se preocupe. Vou me juntar a você quando for a hora. Talvez daqui a um ano, talvez dois. Eu estarei na cidade dos cristãos quando ela for nossa.

Gheva segurou a mão de Widukind.

— E vai governá-la?

— Não, minha esposa. A cidade que eles chamam de Osnabrück não tem um só senhor. Eu servirei a Osning, como sempre foi e sempre será.

— Mas então tudo vai continuar igual! — Gheva protestou. — Eles vão nos atacar de novo, nós vamos fugir...

— Não — interrompeu Widukind. — Quando eu entrar na cidade, tudo vai acabar. Lá vou matar o Rei Carlos.

O exército dos francos chegou e se colocou fora das muralhas de Osnabrück. Do outro lado do rio, os saxões o esperavam.

Por três dias os francos tentaram atravessar o Rio Cinzento e os saxões os repeliram com arcos, pedras e lanças. Quando os francos enfim cruzaram o rio, os saxões recuaram para a floresta. Sua fuga estava preparada e eles subiram a colina em direção a Wittekindsberg.

Já estava anoitecendo, mas Osning não era mais tão escura. A Pedra de Carlos não era sinistra, só uma rocha quebrada perto de uma cruz de ferro. As árvores não eram mais lúgubres e imponentes, criando caminhos serpenteantes e labirínticos com suas raízes, parasitas e troncos retorcidos. O exército cristão avançou por entre elas e, no meio da floresta, viu o brilho de tochas. A lua espiou por detrás das nuvens e eles puderam enxergar os contornos de uma colina.

Pontos bruxuleantes de luz subiam pela encosta.

— São os saxões! — gritou alguém. — É uma fortaleza pagã!

Sobre a colina, montado em seu cavalo negro, Widukind viu seu exército chegar. Os guerreiros passaram por ele, escalando como se caminhassem sobre chão plano. Sem perder o fôlego, sem hesitar, eles transpuseram as muralhas de terra, foram para dentro da paliçada e se juntaram à defesa de Wittekindsberg.

Ele sentiu a vibração de todos aqueles homens sob seu comando. Parte dele, o verdadeiro Widukind enterrado sob sua consciência monstruosa, pensou que não se importaria de morrer agora. Gheva estava em segurança, em Osnabrück. Mesmo que tivesse sido batizada, mesmo que precisasse casar com um cristão, ela seria poupada. Suas filhas e seus filhos mais novos também seriam protegidos pelos invasores, desde que se submetessem. Os filhos mais velhos estavam ali, assim como seu genro, mas eles eram guerreiros. Guerreiros eram feitos para morrer. Assim como ele, eram feitos para morrer defendendo a terra. O falso Widukind sentiu o exército enxameando a seu redor com uma das únicas sensações que lhe dava prazer real: o controle. O verdadeiro Widukind só queria ter uma morte honrada.

Oh, não, disse o falso Widukind, com a voz da floresta que usara tanto tempo atrás para seduzi-lo. *Oh, não, você não quer morrer.*

Bastou uma memória yithiana para que a consciência do saxão berrasse de desespero. Só um pouco de conhecimento.

Conhecimento sobre a morte.

Só um pouco de conhecimento, então Widukind não quis mais morrer.

Os francos se aproximaram. Eles finalmente enxergavam a colina. O jogo de gato e rato tinha acabado. Osning se entregava. Cada cristão tinha o tamanho de uma formiga ao longe, mas Widukind enxergou algo rebrilhando, refletindo as tochas entre os estandartes do inimigo. Reconheceu os fios dourados da Oriflamme. O Rei Carlos estava entre eles. Seus cânticos religiosos começaram a chegar à colina, distorcidos pela distância, mas cada vez mais claros.

Então Widukind ouviu os primeiros ecos da palavra dos francos, a palavra que eles gritavam quando iam à batalha. Era um padrão que os humanos tinham desde que haviam sido criados. Os francos podiam chamar de grito de guerra, mas o yithiano sabia, assim como eu sei, que era o mesmo que um mantra, algo que eles repetiam como uma forma simples de pequeno ritual.

— Montjoie! Montjoie!

Widukind sentiu que havia uma presença assombrando o exército.

Eu.

Os selos do Mecanismo do Destino ameaçavam se romper.

Os cristãos chegavam por todos os lados. As muralhas de terra tinham sido vencidas, algumas estavam já desabando em uma espécie de rampas, outras tinham virado amontoados de corpos que funcionavam como escadas tétricas. Havia dois grandes rombos na paliçada e as torres de vigilância estavam queimando. Os francos tinham deixado seus cavalos, com alguns contingentes de cavalaria pesada pronta para matar os saxões que fugissem.

Mas nenhum fugia.

Os saxões agora estavam defendendo as proteções de pedra. Muitos estavam sobre as construções da fortaleza, mesmo enquanto queimavam, disparando flechas contra os cristãos. O inimigo chegava por todos os lados, em maior número, coberto de ferro, mas os saxões não se entregavam.

Sobre o cavalo negro, Widukind observava. Ele estava numa elevação da colina, atrás de uma muralha de pedra, depois do salão dos chefes. Atrás dele, só floresta densa. Não era invulnerável aos cristãos, mas eles não subiam por ali, porque ele tinha escolhido uma linha de destino em que não subiam. Não era fácil — quando eles tinham o controle da região, o inimigo ignorava o esconderijo. Mas, com os selos no Mecanismo do Destino, tudo que ele conseguia fazer era garantir que não seria atacado pelas costas.

Uma seção das proteções de pedra caiu ante um aríete. Os saxões recuaram, protegendo-se com os escudos e golpeando. Os francos avançaram, tropeçando, morrendo cortados ou pisoteados.

Um dos chefes correu para ele. Estava ofegando, sangrando, mas não parecia notar que estava ferido. Sua espada pingava sangue, seu escudo estava amassado.

— Widukind! — o chefe manteve os olhos no combate mais abaixo enquanto falava com ele. — O que devemos fazer? Vamos fugir ou montar uma resistência?

— Vamos resistir até o fim.

— Muito bem — o chefe rilhou os dentes. — Venha, vamos nos proteger dentro do salão.

— Resistam lá dentro — disse Widukind, por sob a barba, dentro das camadas de peles e couro. — Eu vou lutar aqui.

Isso fez o outro se virar.

— É loucura! Venha conosco, assim pelo menos pode levar alguns deles!

Widukind manteve os olhos na batalha até ver a Oriflamme surgindo na colina.

— Meu inimigo não vai atacar o salão. Meu inimigo virá até mim.

O saxão sabia que era inútil argumentar.

— Vamos nos encontrar no outro mundo, Widukind. Morra bem!

E correu para o combate. Lá embaixo, os saxões fizeram uma parede de escudos para segurar os francos por algum tempo.

A Oriflamme despontou, carregada por Astolf, cercada por guerreiros de elite. Os francos gritaram e adquiriram entusiasmo renovado. Mesmo sem os cavalos, eles tinham equipamento superior. E aqueles eram os Paladinos, homens escolhidos por sua coragem e lealdade. No mar de gente e metal, perto do estandarte, Widukind avistou o elmo magnífico de Carlos. O rei atravessou um saxão com a espada Joyeuse, cortando sua armadura como se fosse tecido. Então olhou para cima, tentando entender a fortaleza. Seu olhar se encontrou com o do líder saxão.

— É ele! — Widukind ouviu Carlos gritar lá embaixo. — Comigo, cristãos! Montjoie!

A parede de escudos saxã caiu. Os francos atropelaram os saxões. Um grupo de invasores se desgarrou para o salão dos chefes. A custo, empurraram um aríete e começaram a atacar a porta. Os tetos de sapé das cabanas de pedra e madeira ardiam. Muitos saxões continuavam disparando flechas enquanto eram lambidos pelas chamas.

Carlos e seus Paladinos correram em direção à última elevação.

Widukind pegou o escudo que estava preso no cavalo. Sacou a espada e a ergueu ao céu.

— É ele! — gritou Carlos. — Montjoie!

O rei correu mais do que todos, mesmo sob o peso da idade e do equipamento. Eu tentava influenciá-lo, fazer com que esperasse pelos outros, mas a força de uma década de ódio era maior. Roland gritava ímpeto ao rei, esquecendo de toda a prudência, pensando apenas em se vingar do que ele mesmo havia feito.

— Comigo, Paladinos!

Carlos avançou pela elevação. Os guerreiros o cercaram pelos dois lados. Então um deles escorregou numa área de terra solta. Caiu para trás, levando outros dois. Uma flecha perdida acertou mais um no ombro e ele hesitou. Astolf parou por um momento para defender os companheiros. Fiz força para arrastar a linha de destino de volta, mas aquele era um lugar onde o poder yithiano era forte.

Carlos não notou que estava sozinho quando alcançou o topo da elevação.

Sozinho, a pé, frente a frente com Widukind sobre seu cavalo negro. O coração de Carlos disparou — fúria, alegria e uma espécie de entusiasmo apaixonado. Mal podia acreditar que o inimigo estava ao alcance de sua lâmina. Era como enxergar um santo. Era como enxergar o próprio demônio.

Widukind fixou o olhar nele, de dentro do capuz e da barba.

— Montjoie!

O rei golpeou contra a barriga do cavalo negro. Widukind fez a montaria empinar. Os cascos do cavalo desceram sobre a cabeça de Carlos. Cerquei o rei com minha presença etérea, trouxe à tona uma dançarina do Sri Lanka e ele teve a rapidez e a graça de se esquivar. Mas bombardeá-lo com habilidades não era o mesmo que ser tomado por cada uma daquelas personalidades. Carlos recebia apenas vislumbres e ainda sofria as limitações de seu corpo.

Widukind usou o ímpeto do cavalo para golpear com a espada. Abaixou-se e estendeu o braço num corte selvagem. Carlos ergueu o escudo sem nenhuma influência minha e bloqueou o golpe. O impacto fez seu braço tremer, ele arqueou um pouco os joelhos para resistir. Então atacou numa estocada veloz, precisa, errando o rosto de Widukind por pouco.

Os cascos do cavalo negro mais uma vez desceram como pedras de catapulta sobre o rei. Estendi meus tentáculos pelas possibilidades — os tetos de sapé das choupanas queimavam, as labaredas iluminavam a noite, palha incandescente era soprada pelo vento e pela fumaça, misturando-se às estrelas. Fiz uma das faíscas tocar num olho do cavalo. O animal relinchou, pateou o chão e tropeçou numa pedra. Widukind, sem estribos, teve de se segurar para não cair. Carlos impulsionou-se com o pé na proteção de pedra e urrou de esforço. Pulou em direção a Widukind com a espada em punho. O saxão colocou o escudo na frente do corpo, o clangor foi ouvido por toda a colina. Widukind caiu para trás, pesado no chão. Carlos sobre ele. Os dois rolaram na areia.

O traidor aparece, ouvi a voz eterna do yithiano.

O destino pertence a eles agora, respondi. *Seus peões estão morrendo.*

Sim, estão morrendo, o yithiano teria gargalhado, se fosse capaz. *E você chora por eles.*

Por um instante, senti toda a morte que ocorria naquele lugar. Vi o Psicopompo levando cada um deles.

Tente salvá-los, provocou o yithiano. *Tente salvá-los ou salve seu campeão.*

Widukind chutou o peito de Carlos. O rei rolou para trás, bateu a cabeça numa pedra. Ergueu-se, deixando o elmo cair. Seus olhos estavam desfocados.

O saxão saltou de pé e deu o bote. Escudo na frente do corpo, girou o tronco no último instante, a ponta da espada buscando o pescoço de Carlos.

— *Montjoie!* — gritou um guerreiro atrás dele.

Era um dos Paladinos. Chegou urrando, sangrando, sem escudo, segurando a espada com as duas mãos. Abaixou a arma num giro desesperado contra Widukind, sem técnica, apenas para impedir que ele matasse o rei. O saxão se virou, recebeu o golpe no escudo, então estocou com a espada de baixo para cima. Destruiu a mandíbula do guerreiro franco, cortou seu palato. Ele caiu morto.

Widukind se voltou para Carlos, mas o rei estava pronto.

Carlos desferiu um corte vertical com Joyeuse, cortando as camadas de peles, rasgando couro e chegando à carne de Widukind. Um corte longo que terminou em seu rosto, quebrando o nariz e marcando a testa. Sangue inundou a face do saxão.

— Vai morrer agora, Widukind! Você e sua raça vão morrer!

O verdadeiro Widukind foi tomado por pavor. O pequeno vislumbre que ele tivera da verdade sobre a morte foi o bastante para deixá-lo apavorado, querer preservar sua vida a todo custo. O desespero fez com que ele tomasse o controle por um instante. Correu até o cavalo. Segurou as rédeas e se ergueu às cegas, querendo só fugir.

— Osning, me proteja! — gritou Widukind, e era o verdadeiro. — Me proteja, meu lar!

— Osning é minha! — gritou Carlos. Então um grito de guerra que nunca fora usado: — *Osnabrück!*

O rei investiu contra Widukind. O yithiano tomou o controle de novo e jogou a linha de tempo numa direção inesperada, sem cálculo, sem frieza. Um menino surgiu na colina. Tinha mais de dez anos e em pouco tempo estaria pronto para guerrear, mas, frente aos adultos de armadura, parecia um bebê. Segurava uma espada sem conseguir erguê-la, tinha as bochechas sujas de fuligem e lágrimas. Viu o Rei dos Francos atacando Widukind e gritou só uma coisa:

— *Pai!*

Atacou Carlos, com toda a técnica de um menino apavorado. Colocou seu corpo em frente à lâmina do rei, sem a intenção de se sacrificar. Sem entender que nunca seria um herói, só uma vítima.

Joyeuse atravessou seu peito com um ruído nauseante.

— *Waltbert!* — gritou o verdadeiro Widukind, vendo o Rei dos Francos matar seu filho.

O filho de Widukind deveria estar na cidade dos cristãos. Era quase impossível que não estivesse. Existiam poucas linhas de destino em que ele havia fugido escondido e subido a Wittekindsberg com ilusões heroicas de ajudar o pai na batalha. Menos linhas ainda em que ele passava incólume por toda a batalha para ver o Rei dos Francos prestes a matar seu pai. E só existia uma linha em que tudo se conectava naquele momento exato.

O falso Widukind fez o cavalo galopar colina abaixo, por entre as árvores.

Carlos olhou para os olhos da criança enquanto ela terminou de morrer. Ficou paralisado por alguns segundos.

O corpo do menino ainda estava preso em Joyeuse quando o rei viu seu inimigo desaparecer na escuridão.

XII

— FAZ DIFERENÇA PARA DEUS — PERGUNTOU CARLOS — SE VOCÊ usa uma lâmina ou apenas dá a ordem?

— O que quer dizer? — perguntou Alcuin.

Carlos respirou fundo algumas vezes antes de responder.

— Quem é o verdadeiro assassino? Aquele que manda um inocente ser morto ou aquele que comete o ato?

— Esta é uma questão bíblica, Eneias — disse o sábio. — O que você acha?

Era inverno em Aachen. Carlos não voltara em silêncio ou em choque, e era isso que o preocupava. A campanha tinha sido um sucesso, eles haviam conseguido recuperar as perdas da Batalha de Süntel. Wittekindsberg caíra e, uma vez que a colina foi dominada, ninguém conseguia entender como ela ficara escondida por tantos anos. Chamavam a batalha de Colina da Matança, pela quantidade de saxões que tinham tombado. Osning não representava mais ameaça, a floresta era atravessada pelo exército franco com regularidade. Paderborn tinha se transformado em uma base segura de onde sair em expedições rumo ao território disputado e até mesmo um lugar onde passar o inverno. Eresburg tinha sua própria catedral. A Saxônia era bem menos escura do que parecia há poucos anos. Mais uma vez, tudo levava a crer que a rebelião fora esmagada. O rei estava tranquilo, tanto quanto era possível estar, com Widukind desaparecido.

— O que realmente acho se confunde com o que desejo — respondeu Carlos.

— O que você deseja?

— Desejo que você me diga que assassinato é algo muito específico. Que verdadeiros assassinatos ocorrem quando um pai mata o filho ou quando um servo envenena seu senhor. Quero que me diga que, numa guerra, é impossível saber se há mesmo assassinatos.

Alcuin ficou alguns momentos ponderando aquilo.

— E o que realmente acha?

— Eu acho que sou um assassino de crianças, Albinus.

Eles estavam na Catedral Palatina, admirando as paredes octogonais e os afrescos. Estavam sozinhos, porque todos na corte respeitavam aquela amizade. Já tinham conversado sobre Deus e os santos, Alcuin já falara sobre as estrelas e sobre os novos desenvolvimentos das miraculosas letras minúsculas. Tinham debatido sobre a iconoclastia e o adocionismo. Naquela tarde, e desde que o rei voltara, tinham conversado sobre tudo, menos sobre o que acontecera na colina.

— Você mandou matar crianças em Verden — disse Alcuin. — Então, se o verdadeiro assassino for quem dá a ordem, sim, você é um assassino de crianças.

O rei assentiu.

— Mas, em Wittekindsberg, matou uma criança com as próprias mãos. Então, se o verdadeiro assassino for quem empunha a arma...

— Você sabe disso? — Carlos interrompeu, alarmado.

— Ora, Eneias — Alcuin deu um sorriso condescendente. — Os homens falam e eu escuto. Acha mesmo que esconderia algo assim de seu Flaccus?

Carlos olhou para cima, como se pudesse encontrar Deus. Mas só viu o teto.

— Se sua consciência pesa, você deve se confessar, Eneias. Posso falar sobre a natureza de Cristo e sobre heresias até que ambos estejamos velhos, mas não sou um padre.

— Já me confessei, Albinus, mas este é o problema. Minha consciência não pesa.

— Por que isso é um problema?

— É isso que minha alma é agora?

Alcuin andou pela catedral, seus passos ecoando no espaço amplo.

— Está perguntando se a alma pode se degenerar? — ponderou o sábio. — É uma questão interessante, mas não me parece sua real preocupação.

— Diga-me então, Albinus, porque não aguento mais — Carlos andou atrás dele, como um filho atrás do pai. — Diga-me qual é meu problema, qual é minha preocupação. Isso é como decifrar as letras nas páginas, o que quero descobrir foge de mim a cada instante!

Alcuin ficou parado e olhou fundo nos olhos de Carlos.

— Imagine um homem que vai ao deserto sem comida nenhuma, apenas com seu fiel cão. Depois de uma semana, ele está morrendo de fome e é obrigado a matar o cão. Quando volta para casa, ele pergunta a seu amigo, um professor de paciência infinita, se foi certo ou errado matar o cão, ou qual teria sido a melhor forma de matar o animal para que ele não sofresse. Mas a verdadeira pergunta deveria ter vindo antes.

A compreensão iluminou o rosto de Carlos.

— Por que ele foi ao deserto sem comida em primeiro lugar? — disse o rei.

Alcuin deu um sorriso de aprovação.

— Isso não resolve meu dilema, Albinus. Matei as crianças porque os saxões as colocaram no meio da guerra.

— Você ainda está no deserto, Eneias. Saiu de casa há muito tempo, não quis levar comida, deixou a estrada e está se perguntando de onde veio toda essa areia, enquanto seu cão abana o rabo.

— Não entendo! Apenas me fale, porque não entendo!

— Por que você está em guerra com os saxões, Eneias?

Carlos pareceu ter levado um soco. Deu um passo para trás e demorou para compreender a pergunta.

— Como assim?

— É uma pergunta simples, deve ter uma resposta simples. Por que está em guerra com os saxões?

— Para espalhar a palavra de Deus, é claro. Eles são pagãos!

— Eneias... — Alcuin sorriu, mas com um pouco de decepção. — Ouça o que está falando.

— De todos meus erros, sei que de algo sou inocente. Não negligenciei meus deveres de cristão nem menti quanto à razão de minha guerra. Há povos muito mais ricos, Albinus, mas eu os deixei em paz! Poderia fazer como Desidério e atacar o próprio Papa, mas escolhi invadir a Saxônia, porque eles não conhecem Deus!

— A fé é um ato da livre vontade, Eneias, não um ato forçado. Devemos apelar à consciência, não impor a fé pela violência.

— Já viu o que eles fazem com os missionários que apelam a sua consciência? É preciso batizar esses selvagens na ponta da espada!

— Você pode forçar as pessoas a se batizarem — Alcuin falou com calma. — Mas não pode forçá-las a acreditar.

Carlos ficou calado.

Então se afastou, olhando para baixo.

— Como vamos construir igrejas e mosteiros — começou o rei — como vamos recuperar os livros dos romanos e dos gregos, sem ouro para custear tudo isso?

— Então é uma questão pecuniária? Você luta contra os habitantes de uma terra encharcada e florestal pela grande riqueza que eles possuem?

— Não seja maldoso, Albinus. Eles devem pagar o dízimo para que possamos espalhar os ensinamentos da Igreja.

— Ah, o dízimo! — Alcuin balançou a cabeça, exasperado. — Podemos questionar se o dízimo era sequer aprovado pelos apóstolos. Se nós, que nascemos e somos criados na fé, não gostamos de pagar o dízimo, o quanto os saxões devem se ressentir desse pagamento?

— Você não entende, Albinus! — Carlos quase perdia a paciência. — Pode compreender a gramática grega e o movimento das estrelas, mas não entende o que passamos na Saxônia! Os saxões são uma raça feroz, que cultua demônios e é hostil a nossa religião! Eles violam todas as leis dos homens e de Deus, sem ver desonra nisso!

— Eu sou saxão, Carlos. Sou feroz? Cultuo demônios?

O rei olhou para ele sem entender.

— Você, saxão? Não fale absurdos. Você veio de York.

— Sou saxão. Meus ancestrais saíram da Saxônia rumo à Britânia. Tenho certeza de que foram ferozes. A diferença é que eles venceram e agora um de seus descendentes é um professor nada feroz.

— Sugere que eu permita que eles vençam e reze para que daqui a alguns séculos tudo se resolva?

— Sugiro que converse com eles.

Silêncio.

— Como isso vai funcionar? — Carlos suspirou. — Estou envolvido nesta dança há tanto tempo que não sei ser outra coisa, Albinus. Nós avançamos, conquistamos. Eles juram lealdade e nos traem. Widukind foge. Então tudo se repete.

— Ora, este é o típico comentário de um aluno preguiçoso! Você, Rei Davi, é só um monarca guerreiro que luta com bárbaros inutilmente? Se não quiser se esforçar, pelo menos seja honesto e diga que é por brutalidade ou indolência! Você é o rei que resolve disputas teológicas, o rei que uniu a cristandade, o rei que constrói mosteiros e que mudou a maneira como escrevemos!

— Foi você...

— O rei não precisa empunhar a espada, empilhar as pedras ou segurar a pena. Foi você, Eneias.

Carlos ficou pensativo.

— Por onde começo?

— Talvez por si mesmo. Em vez de falar na raça dos saxões, fale em população. Assim como não separa os francos entre habitantes da Nêustria, da Austrásia, da Aquitânia. Fale em povo. *Seu* povo, meu discípulo.

— E quando Widukind surgir de novo?

— Pense que ele faz parte de seu povo. Ele é seu súdito.

Carlos balançou a cabeça.

— Ele nunca vai aceitar isso. Os chefes saxões não aceitam um rei.

— Claro que não. Eles são independentes. Livres. Talvez até ferozes. Para eles é uma desonra se curvar a um igual. Eles não aceitam reis.

— Então...

— Mas talvez aceitem aquele que governa sobre reis.

A palavra não foi dita. Era uma palavra sedutora, até perigosa. Quem a sugeria agora não era um Papa visando uma posição de poder, não era nem mesmo um arcebispo guerreiro e conquistador. Era um amigo visando a paz.

E não devia haver diferença, porque ele pertencia a uma linhagem com uma missão divina e com uma noção muito forte de seu próprio lugar na história. Mas Carlos começou a questionar se seus atos eram mesmo dignos de um Imperador.

II

A VIDA PROSSEGUIU.

Carlos tinha a impressão de que sua vida inteira seria passada naquela guerra sem fim, sem ponto de vitória ou de derrota. Enquanto guerreava com os saxões, ele tinha rejeitado sua esposa Desiderata e se casado de novo. Enquanto guerreava com os saxões, tivera nada menos que onze filhos com sua esposa e suas concubinas. Suas filhas tinham crescido e uma espécie de ciúme esquisito fazia com que ele as proibisse de casar e sair de perto do pai. Assim, as jovens tinham no palácio o que hoje em dia chamaríamos de namorados, para o escândalo dos mais conservadores.

Enquanto guerreava com os saxões, Carlos tivera sua maior derrota e dela se recuperara. Enquanto guerreava com os saxões, perdera amigos, conhecera um mentor, começara um processo de reforma no ensino e na recuperação de conhecimento. Enquanto guerreava com os saxões, ele se casara de novo.

E a guerra continuava.

Carlos não tinha ilusões de que a terra era estável e segura, mas não havia revolta naquele momento. As palavras de Alcuin tinham ecoado em sua mente por mais de um ano. O rei decidiu habitar a Saxônia, vê-la como parte de seu reino, conviver com seu povo.

Não era fácil.

Ele passara o Natal com sua nova esposa e seus filhos em Eresburg, sem nenhuma ameaça de novas batalhas. Não tinha sido uma decisão simples: havia um caminho pronto para que a rainha e os príncipes e as princesas pudessem fugir em caso de ataque, mas não foi necessário.

Então, em vez de voltar a Aachen e reunir tropas para a campanha do verão, Carlos decidiu levar sua família para passar a Páscoa em Osnabrück.

Quando, ao longo do caminho, as árvores ficaram mais densas e o chão ficou mais úmido, ele não conseguiu evitar um frio na barriga. Sabia que estava entrando em Osning, que fora palco de tragédias e horrores desde o início da guerra. Mas tinha um grande destacamento de guerreiros de elite, tinha as informações de que não havia tropas saxãs em nenhum lugar à vista, tinha a certeza de que Wittekindsberg continuava destruída e sob controle franco. Tinha a cidade que ele mesmo fundara, sua primeira diocese, que continuava cristã.

Quando eles se aproximaram de Osnabrück, Carlos ia à frente do destacamento, a cavalo. Um batedor galopou de volta, pelo caminho entre as árvores, diretamente para o rei.

— Meu senhor — ofegou o rapaz. — Trago notícias de Osnabrück.

Imediatamente, Carlos sentiu o velho peso da Saxônia sobre seus ombros, sobre sua alma. Imagens de cercos, de emboscadas, de traições e de fugas invadiram sua mente. O antigo ódio ferveu dentro de seu estômago e ele teve de lembrar a si mesmo das palavras de Alcuin.

— Uma revolta? — perguntou o rei.

— Na verdade não sabemos — o batedor respondeu, em tom de desculpas. — A cidade se recusa a abrir os portões.

Carlos franziu o cenho.

— Recusa-se como? — perguntou o rei. — O que o bispo falou?

— Nada, meu rei — o batedor deu de ombros. — Eles não responderam a nossos chamados. É como se ignorassem nossa presença.

Osnabrück era governada por um bispo, assim como muitas cidades e regiões. Fazia parte da administração eclesiástica e secular que Carlos implementava aos poucos, Igreja e reino como um só, sob seu comando. O nome daquele bispo não importa: ou desafiava o rei ou estava morto.

Os saxões tinham um arsenal infinito de truques, mas aquilo não era típico deles. Simplesmente se recusar a abrir os portões de uma cidade murada, sem uma palavra, era muito mais sutil do que queimar igrejas, matar sacerdotes, devastar regiões.

— O exército ficará aqui, protegendo minha família — ordenou Carlos. — Paladinos, comigo.

Astolf e mais cinco Paladinos estavam naquele contingente. Eles avançaram, postando-se junto ao rei.

— Iremos entrar em Osnabrück — anunciou Carlos. — E juro que matarei o primeiro habitante da cidade que encontrar.

Então o pequeno grupo cavalgou em direção aos portões.

Eu podia sentir que os selos ainda existiam, mas um zumbido estranho agitava o destino. Quando Carlos avistou as muralhas, dois Paladinos galoparam à frente. Um deles soou uma trombeta e o outro elevou a voz:

— Abram os portões para seu rei! Carlos, o Rei dos Francos, deseja entrar!

O silêncio da cidade só era quebrado pelo som do vento entre as árvores. Carlos controlava a respiração. Sua visão e seus pensamentos lentamente foram tingidos de vermelho.

— Deus — ele murmurou — conceda-me a fúria de Roland. Só quero matá-los. Sejam pagãos ou sejam cristãos, já não importa mais.

— Abram os portões para o Rei Carlos ou paguem o preço da rebeldia! — gritou o Paladino.

Então um sino começou a tocar na cidade. Não era algo tão grandioso quanto seriam as catedrais construídas depois, mas era um sinal de que a Igreja continuava tendo poder lá dentro. Há alguns séculos, o badalar de sinos era o som do cristianismo naquelas terras.

Ao som do sino, uniu-se o som dos portões sendo destrancados — travas de madeira e ferro foram arrastadas e retiradas. Então o lento ranger das portas enormes.

Osnabrück se abriu aos olhos de Carlos. Não havia ninguém para recebê-lo, mas o sino continuava tocando na Igreja de São Pedro.

O rei olhou para baixo e viu um cão.

O pequeno animal rosnava e latia no portão, como se pudesse deter a passagem do soberano. Abaixou-se sobre as patas da frente, feroz, e se postou bem à frente do cavalo de Carlos Magno.

O rei desmontou.

Sacou a espada.

O cão rosnou em desafio.

Então, com um movimento limpo, Carlos cortou sua cabeça.

Montou no cavalo e entrou na cidade, seguido por seus cavaleiros.

— Seu rei está aqui! — anunciou o mesmo Paladino que falara fora dos portões. — Venham se curvar a Carlos dos Francos!

O sino tocava.

O grupo a cavalo passou, deixando o portão e o cadáver do cachorro para trás.

Então, de sombras que pareciam exíguas demais para esconder alguém, emergiram quatro pessoas. Gente comum, francos e saxões. Eles andaram em silêncio, pelas costas do rei e dos Paladinos. Não foram vistos. Os quatro se abaixaram e tomaram nas mãos o corpo decapitado do cão.

Elevaram-no acima das cabeças como um ídolo.

O sino badalava na igreja.

— Venham prestar respeito a seu rei! — Astolf assumiu o comando. — Carlos dos Francos os honra ao visitá-los na Páscoa!

O mercado estava vazio. Eles passaram a cavalo e, assim que viraram as costas, uma cruz foi erguida numa ruela escura. Oito plebeus a puxaram com cordas. O homem que pendia da cruz, ainda vivo, estava sorrindo. O som da madeira e das cordas foi mascarado pelo sino.

Os cavaleiros passaram por uma rua onde várias casas já haviam sido construídas. Um deles abriu as portas de cada uma, revelando o interior vazio. Nem ele nem os outros Paladinos ou mesmo o rei perceberam que deixara uma porta ainda fechada na fileira.

Lá dentro, uma costureira cortava tiras finas da pele do rosto do marido. Perfurava as tiras com agulha e as costurava com linha, criando um véu adornado. Seu marido sorria, olhando o bom trabalho da esposa.

— Venham prestar seus respeitos ao Rei Carlos! A rebeldia será punida!

O sino continuava badalando.

Eles passaram por um estábulo. De longe, viram os cavalos nas baias.

Não perceberam que, em uma das baias, uma mulher aguardava com arreio e sela. Seus braços e suas pernas tinham sido quebrados e reconstruídos para que ela só pudesse andar de quatro. Ela sorria, aguardando a hora de pastar.

Aproximaram-se da igreja, o som do sino preenchendo totalmente seus ouvidos. Não notaram que os cavalos pisaram em terra fofa, recentemente revirada. Não notaram que a terra se mexia sob os cascos, pois as pessoas ali enterradas ainda estavam acabando de morrer.

Os cavaleiros se aproximaram da igreja. Não era grande como é hoje, mas era uma construção de pedra, com uma torre.

Onde o sino badalava.

— Fiquem aqui — disse Carlos. — Vigiem a igreja.

O rei desmontou e, com a mão no cabo de Joyeuse, andou até as portas do templo. Com a mão espalmada, empurrou-as e as abriu.

Astolf assentiu. Os Paladinos estavam com os olhos vidrados na cena, observando o rei em busca de qualquer sinal de perigo. Assim, não viram que, a suas costas, na praça aberta à frente da igreja, os quatro plebeus colocaram o cadáver do cachorro sobre um poste. Então se prostraram em adoração. No mesmo lugar até hoje há a estátua de um cachorro-leão, como um guardião da catedral.

Carlos entrou na igreja e deixou as portas se fecharem atrás de si.

— Meu rei — o bispo se curvou em reverência.

E as dezenas de habitantes que ocupavam cada espaço da igreja também se curvaram.

— Muito nos honra com sua presença na missa de Páscoa.

— O que significa isso? — exigiu o rei. — Por que não abriram os portões?

— Peço perdão, meu senhor — disse o bispo. — Nunca desafiaria sua autoridade.

— Onde está o resto do povo?

— Devem estar se preparando para o banquete, meu senhor. Nós seguimos a sagrada Quaresma, de acordo com suas leis. Afinal, a pena por quebrá-las é a morte.

Carlos olhou em volta, desconfortável.

Nos genuflexórios, na nave e nos corredores laterais, todos estavam ajoelhados, prestando atenção ao bispo e à conversa entre os dois. Uma grande imagem de madeira retratando Cristo na cruz se erguia atrás do sacerdote. Ele usava os paramentos que deveriam ser usados, tinha uma pia de pedra com água benta. Uma grande Bíblia aberta a sua frente. Nada parecia fora do normal.

Gritei para que ele interrompesse a missa, mas minha voz estava quase muda. Havia ali um outro poder.

— Permite que eu continue, meu senhor? — perguntou o bispo.

Ele ponderou por um instante. Seu maior ideal era que a religião fosse a mesma em todos os lugares. Talvez não fosse o momento de interromper uma missa para exigir submissão de súditos no meio da Saxônia.

Carlos se ajoelhou no genuflexório bem à frente, no lugar de honra.

— Se podemos hoje celebrar a Páscoa em Osnabrück — disse o bispo — devemos agradecer a nosso Rei Carlos. Os livros que saem de seus escritórios espalham a palavra de Deus neste lugar ermo. Sua espada venceu nossos inimigos pagãos e sua proteção nos dá a liberdade de louvar. Então louvemos a volta de Carlos, assim como a volta de Cristo.

O bispo sorriu e abriu os braços.

Atrás de todos, uma tranca foi colocada do lado de dentro da porta da igreja. O barulho foi mascarado pelo badalar do sino.

— A Páscoa é a época da ressurreição — o bispo prosseguiu. — O ressurgimento de nosso Salvador.

A missa continuou em latim. As mesmas palavras, o mesmo rito. A única irregularidade era o sino tocando sem parar, abafando as palavras. Mas não parecia certo interromper a celebração. Era mais uma das muitas interpretações erradas da maneira de cultuar, que seriam corrigidas quando todos os religiosos tivessem acesso aos materiais escritos e padronizados.

O sino tocou mais alto. O interior dos ouvidos de Carlos estremeceu. O som metálico não permitiu que ele ouvisse nada quando, no meio da missa em latim, o padre disse:

— Hoje é o dia da volta do Salvador. O Salvador é um homem, porque Deus não existe. Osnabrück não pertence a Deus, mas aos bois. Curvem-se aos bois e ao cão. Curvem-se aos cadáveres e aos vermes. Curvem-se ao nada, porque nada é tudo que existe.

O rei franziu o cenho, confuso. Achou que ouvira algo irregular, pensou que deveria falar com Alcuin mais tarde, descobrir como aquele bispo celebrava a missa. Mas o som do sino ficou um pouco mais baixo e ele pôde escutar o latim, como deveria ser. As mesmas palavras decoradas e repetidas. O mesmo rito.

O sino não parava. A cabeça de Carlos doía. Ele estava cansado da viagem, cansado da guerra, cansado de odiar os saxões e desconfiar de tudo e todos. Se aquela era sua primeira diocese, se ele mesmo fundara aquela cidade, por que viera a ela como um inimigo? Por que, nos portões, matara um pobre cão? Carlos esfregou os olhos.

Enquanto estava de olhos fechados, o bispo ergueu o livro que usava para celebrar a missa.

Não era a Bíblia, Agnes.

Mas era um livro trazido da corte de Carlos.

Quando Carlos abriu os olhos, o bispo pousou o Necronomicon de volta na mesa.

Então pôs fim à missa:

— Christus fhtagn.

— Hoje é o dia da volta do Rei — disse o bispo. — A Páscoa.

Aquilo não era regular. Carlos precisava garantir que Deus fosse cultuado de forma igual em todos os lugares. Ele era fluente em latim e entendia muito bem o grego, tinha certeza de que o bispo falara alguma palavra que não pertencia a nenhuma das línguas. Talvez fosse saxão. Mas o sino não permitia que escutasse direito, era difícil saber.

Talvez ele devesse chamar seus Paladinos. Mas para fazer o quê?

— Será uma honra se nosso rei for o primeiro a comungar — disse o bispo.

Os olhares estavam sobre ele, como deveria ser. Carlos hesitou, incerto sobre participar daquele rito errôneo. Mas não parecia correto interromper tudo.

Enquanto o bispo aguardava sua resposta, enquanto seus súditos olhavam com expectativa, ele sentiu alguém se ajoelhando a seu lado.

Carlos se virou e viu um mendigo.

Era um homem em frangalhos. Não era velho, mas maltratado. Suas roupas eram sujas e puídas. Seu cabelo não parecia nunca ter sido lavado, ele era magro e esmaecido. A barba escondia feridas no rosto. Seus olhos brilhavam de pesar.

— O senhor é o rei? — ele perguntou, sob as badaladas. — Tenha piedade de mim, pois sou o mais pobre de seus súditos.

Carlos olhou para o mendigo, então para o bispo.

— Hoje é Páscoa — o religioso repetiu. — A volta de nosso Senhor.

Ele voltou a olhar o mendigo. Suas mãos ossudas postas, seu ar alquebrado e submisso. No meio do turbilhão do sino, da dor de cabeça, da tensão da chegada, a igreja tinha um ar de milagres.

— É você? — Carlos perguntou, mal ousando, entre a superstição, o maravilhamento e a racionalidade.

— O mais humilde de seus súditos.

— Hoje é o dia da volta de nosso Senhor — a voz do bispo parecia dialogar com os dois.

Carlos fixou os olhos naquele pobre homem. Enquanto isso, a sua volta, os fiéis se ergueram e fizeram fila.

Um a um, foram até o bispo e se ajoelharam para receber a eucaristia.

O coração do rei disparou. Enquanto prestava atenção ao mendigo, no leve burburinho da comunhão e na barulheira metálica, ele pensou que deveria haver uma explicação mundana. Não era certo pensar logo em milagres, muito menos baixar a guarda numa situação estranha.

Sem notar, tocou o cabo de Joyeuse em sua cintura.

— Vai puxar uma espada para mim? — perguntou o mendigo. — O mais humilde de seus súditos?

Sua boca ficou seca. Alcuin o chamava de Rei Davi. Eu mesmo, enquanto Turpin, dissera que os francos eram o povo escolhido. Carlos lembrou de suas leituras da Bíblia. Talvez aquele fosse só um mendigo, talvez aquela fosse uma situação de perigo.

Ou talvez fosse o Rei.

O Senhor que naquele dia ressuscitava.

Talvez ele estivesse sendo testado.

— O que deseja de seu rei? — perguntou Carlos, hesitante.

Se ele apenas virasse o pescoço, veria a eucaristia acontecendo.

— Este é meu corpo — disse o bispo, cortando com a faca. — Este é meu sangue.

Gheva, vestida como uma freira, tapou a boca do bebê para que ele não gritasse. Era fácil segurar seus pequenos braços e pernas.

O bispo colocou a hóstia de carne na boca de um fiel ajoelhado. Ungiu sua testa com sangue.

— O corpo de um homem, porque o homem é tudo que existe. Hoje é o dia da volta do Rei.

— O que ele falou? — perguntou Carlos, quase virando para enxergar o ritual.

— Escolha — disse o mendigo. — Ouvir um bispo honrado ou o mais humilde súdito?

— A volta do Rei — disse o bispo.

Tudo que aconteceu acontece de novo, Agnes. Este é o horror. A emboscada na Floresta de Teutoburgo, ou Osning, ou como se chamar em algum ponto no futuro, se houver futuro. A base inimiga em Widukindland, oculta pelo poder deste lugar. A passagem estreita entre as montanhas, com a morte esperando. O ritual de canibalismo de um inocente.

A congregação de Osnabrück em fila para comungar com a carne de um bebê ainda vivo.

Carlos continuou olhando fixamente para o mendigo, enquanto a eucaristia profana acontecia a sua volta. Um filete de sangue desceu dos cabelos emaranhados do homem, correndo por sua testa até um olho. De suas mãos postas, uma gota de sangue pingou.

— Fale o que deseja — disse Carlos. — Se for apenas um súdito, será minha honra conhecê-lo. Se for quem eu penso que é, sou seu servo.

— Eu desejo que me revele sua alma — disse o mendigo.

— Minha alma pertence a Cristo. Não tenho nada a esconder.

— Desejo que se confesse, meu rei. Conte-me seus pecados. Seus segredos. Seus temores.

O sino continuava badalando.

Por que, Agnes, Osnabrück é uma terra que viu a história ser escrita e seu nome quase nunca é citado? Como, neste lugar, existiu a primeira diocese da Saxônia e uma fortaleza pagã, lado a lado? O que faz, neste lugar, os inimigos se cruzarem e não se notarem? O que faz um rei não enxergar que, a poucos metros, seus fiéis devoravam um bebê?

Osning é um labirinto. A cidade é um labirinto. Os humanos apenas não percebem suas paredes.

— Eu sou seu rei — Carlos perguntou devagar — ou você é meu Rei?

— Quero ouvir sua confissão.

Eu gritava em volta de Carlos. Finalmente, naquele lugar, compreendi a sensação dos humanos possuídos, das almas humanas que carrego comigo. Eu era um passageiro, pouco podia fazer para influenciar o destino, mas também não podia fechar os olhos. Naquele momento, Agnes, senti como se eu estivesse possuído por Carlos Magno. Agonia e horror, um abismo se aproximando sem que eu pudesse fazer nada.

— Sou um assassino de crianças — disse Carlos. — Sou um assassino de inocentes.

— Continue.

— A conquista tem mais sabor para mim que a catequese.

— Continue.

— Quero ser Imperador.

— O que mais você deseja?

— Desejo estar ao lado de Deus. Desejo ser conhecido junto a João Batista e Maria.

— O que mais deseja?

— Desejo ser um santo. Desejo a eternidade.

Os santos, os mortos muito especiais. Mortos, mas influenciando o mundo dos vivos. Mortos, mas com vontades e poderes. Mortos, mas com seus corpos ainda parcialmente vivos, por meio das relíquias.

Não era um desejo impossível, numa missa lida do Livro dos Mortos.

Os tentáculos do yithiano se estenderam a partir do corpo do mendigo. Quis avisar Carlos, mas ele não sentia minha presença.

— Você pode ser um santo, Carlos — disse o falso Messias. — *Mas para isso precisa ser um mártir.*

As mãos do mendigo não estavam mais postas. Agora uma de suas mãos estava para baixo. Segurando uma espada.

— Esta é... — começou Carlos.

— Durandal — disse o mendigo. — *Você deseja a santidade?*

A toda volta, os fiéis de Osnabrück estavam de pé, assistindo à queda do rei, ungidos de sangue. O bispo estava com o Necronomicon aberto, pronto para a próxima parte do ritual. Gheva segurou o pequeno cadáver nos braços.

Só então o bebê começou a chorar.

Sem se erguer, Carlos sacou Joyeuse.

— Escolha — disse o falso Messias. — Escolha uma espada. Morrer ou matar. Ser santo ou ser rei.

Carlos prestou atenção ao rosto do mendigo.

Notou a cicatriz cortando seu rosto.

O ferimento que ele mesmo causara.

— É Páscoa — disse Widukind. — É um dia que sempre foi sagrado. O dia da ressurreição do Rei. Mas hoje um rei morrerá. Escolha qual de nós dois.

Não era só uma profanação da missa pascoal. Era uma inversão do rito, para inverter tudo que fizéramos lá. Um dia de ressurreição transformado num dia de morte. Um soberano caindo em vez de ascender. A exaltação de um cão, o corpo de um humano como eucaristia. Os selos do Mecanismo do Destino começavam a se romper em Osnabrück.

Carlos segurou firme o cabo da espada. O bispo selecionou uma passagem do Necronomicon.

Dois futuros inundaram minha percepção. Num deles, Carlos matava Widukind, completando o ritual da morte do rei. Então recebia o yithiano e se erguia como um rei sangrento, espalhando a mentira e a morte por meio de seus monges copistas. Carlos como Imperador de Roma, e então como Pontífice, no trono do Papa. Carlos queimando textos ancestrais em vez de preservá-los. Carlos reescrevendo a Bíblia e destruindo as versões anteriores. Carlos como um rei numa corte de yithianos, usando o Mecanismo do Destino para aprisionar a humanidade.

No outro futuro, Carlos morria e seus filhos guerreavam. Sob Widukind, os saxões se uniam de novo, como haviam se unido tantas vezes. A eles se juntavam os dinamarqueses. A retomada do conhecimento nunca se completava e o mundo realmente embarcava numa Idade das Trevas. O cristianismo se fragmentava em múltiplas seitas rivais e o alvo seguinte era o Islã. Cada tribo com seu deus, em guerra eterna. A cultura se perdendo, a humanidade fragmentada. Widukind como o chefe e xamã de uma horda de yithianos, usando o Mecanismo do Destino para devolver a humanidade à Pré-História.

Dois futuros que levavam à mesma derrota. Matar ou morrer, o resultado era o mesmo.

Os tentáculos invisíveis se aproximavam.

Então Carlos Magno embainhou Joyeuse.

— Não vou matá-lo, Widukind.

Carlos continuou ajoelhado. O saxão se ergueu. Levantou Durandal acima de sua cabeça.

— *A escolha está feita, Carlos dos Francos.*

— Você também não vai me matar. Porque é meu súdito. E eu sou seu rei.

Widukind estremeceu.

A espada desceu alguns centímetros. Então ficou parada acima da cabeça de Carlos.

— Sou seu rei — ele repetiu. — Você não é meu inimigo, Widukind. Também não é meu Senhor. É parte de meu povo. E vai me obedecer.

Num instante, a expressão de Widukind mudou. De ódio frio para desespero, de certeza sinistra para medo abjeto.

— Liberte-me, Carlos! — gritou o verdadeiro Widukind. — Liberte-me, não quero arder no inferno!

Carlos foi tomado de surpresa. Engoliu em seco, mas se manteve firme.

— O inferno é real! — gritou Widukind. — Seus padres têm razão! Eu vi o inferno! Por favor, Carlos, liberte-me...

O yithiano tomou o controle no meio da frase e golpeou contra o Rei dos Francos. Carlos se jogou para o lado, derrubando o genuflexório de trás. A lâmina mística encontrou madeira e enviou farpas para todos os lados.

Carlos ficou de pé, levou a mão a Joyeuse, mas Widukind se deteve mais uma vez.

— Não quero morrer! — implorou o saxão. — O inferno é real! Deixe-me ficar vivo! Liberte-me, Carlos!

Porque este é o segredo, Agnes. Foi isso que o verdadeiro Widukind enxergou em Wittekindsberg.

As almas humanas perdem tudo que são ao morrer, mas não desaparecem. Elas reencarnam, mas não imediatamente.

Existe outro mundo. Este mundo físico que os humanos habitam é apenas uma sombra pálida da Realidade. Na Realidade habitam as almas, por séculos ou milênios.

E a Realidade, Agnes, é o inferno.

O diabo não existe. Existem deuses que se chamam Yog-Sothoth, Shub-Niggurath, Titânia, Ithaqua, Nyarlathotep, Unxzaq, Azathoth. Centenas de outros nomes, milhares de outras entidades. Dotadas de poder cósmico ou mesmo onipotentes. Contra elas a humanidade é indefesa. E tudo que vocês podem fazer é sobreviver um pouco mais, postergar a tortura.

Se Carlos passara grande parte de sua vida numa dança de vitória e derrota, Widukind passara aquele tempo como prisioneiro do yithiano. E agora pensava que o inferno o aguardava.

Mas, por mais de dez anos, o inimigo conquistador falara sobre arrependimento, sobre batismo, sobre renegar velhos deuses para entrar no Paraíso.

Para escapar do inferno.

A mensagem dos missionários cristãos nunca foi verdadeira, mas Widukind não sabia disso. Só sabia que o inferno existia. E, se o inimigo oferecia qualquer tipo de escapatória, ele estava pronto a se render.

Widukind golpeou com Durandal, mas Carlos sacou Joyeuse e aparou o golpe.

— Você se arrepende de seus pecados? — gritou o rei.

— Eu me arrependo! — as lágrimas escorriam dos olhos de Widukind.

Ele então atacou num corte amplo. Carlos recuou num salto, derrubando mais estruturas de madeira.

Enquanto o sino tocava, ouviu-se um estrondo na porta. Então outro. A trava de madeira que trancava a porta da igreja começou a ser forçada.

— Deixem-nos entrar! — gritou Astolf, do outro lado. — Em nome de Deus e do Rei Carlos!

Carlos segurou Joyeuse com as duas mãos e bloqueou um golpe do inimigo. Fez força, contendo a força de Widukind.

— Não posso forçá-lo ao batismo. A fé é um ato de livre-arbítrio.

Um berro feminino cortou o ar da igreja, misturando-se à cacofonia. O choro do cadáver num instante chegou muito perto de Carlos enquanto Gheva pulou sobre ele com uma faca.

Widukind se desvencilhou do rei e estendeu os braços.

Durandal se enterrou no peito da mulher. Ela olhou para Widukind sem entender, então deixou o pequeno cadáver cair.

Widukind largou a espada.

— *Você se arrepende?* — gritou Carlos.

— Eu me arrependo, meu rei! Salve-me!

Carlos deixou Joyeuse cair como um pedaço de lixo. Espadas não eram importantes ali. Então arrastou o inimigo para a pia de água benta.

A trava de madeira estourou numa chuva de farpas. A porta da igreja se abriu.

— Montjoie! — gritou Astolf.

— Eles não são nossos inimigos! — disse o rei. — São nosso povo!

Carlos empurrou a cabeça de Widukind para a bacia de pedra. Os dedos do saxão se enterraram na pele do rosto do rei, arranhando, rasgando.

— Você precisa querer, Widukind. Você precisa querer.

— Salve-me, meu rei! — o verdadeiro Widukind implorou, enquanto o falso Widukind resistia. — Eu renego os falsos deuses!

Carlos enfiou a mão na água benta e a jogou sobre o possuído. O bispo tinha sido corrompido, mas o que importava era o ritual. A água chiou sobre a pele de Widukind como se tocasse uma chapa quente. Com aquele ato, o Rei dos Francos assumiu para si e para seus súditos a autoridade espiritual. Carlos falava com Deus, mesmo que Deus não existisse.

Carlos se tornou um feiticeiro, mesmo que não soubesse.

— Eu te batizo! — gritou o rei. — Em nome do Pai, do Filho e do Espírito Santo!

Então ele pôde me ouvir de novo. Achou que estava inspirado por Deus, mas estava inspirado por mim.

— Vade retro Satana! — disse Carlos. — Numquam suade mihi vana!

Não há registro daquele dia porque não seria um bom registro. Não seria bom para cristãos ou pagãos contar a história de como uma cidade foi tomada por cultistas bizarros. Cristãos teriam que admitir que sua diocese tinha sido corrompida, pagãos aceitariam que alguns dentre eles cultuavam demônios.

Aquelas pessoas foram mortas em silêncio. O nome do bispo foi apagado e um homem devoto e confiável, chamado Wiho, assumiu naquele ano como o primeiro bispo oficial de Osnabrück. Talvez você o conheça, porque ele é um santo, mas muitos nesta história viraram santos, até mesmo nossos inimigos. Aquela igreja profanada foi queimada e demolida e naquele mesmo ano a primeira versão da Catedral de São Pedro foi construída. O que restou da verdade foram algumas histórias folclóricas. Uma delas afirma que Widukind assistiu a uma missa de Páscoa, disfarçado como mendigo, e se converteu quando, em vez de hóstias, o padre distribuiu aos fiéis lindos bebês para alegrar suas vidas. Outra história diz que Carlos matou a própria irmã e seu cachorro nos portões de Osnabrück, e que isso teria dado origem ao leão nada intimidador que existe na frente da catedral. Também existe a história de que Widukind foi batizado em Osnabrück. Mas qualquer livro confiável vai repetir o que foi para os registros oficiais do Reino dos Francos: Widukind foi batizado em Attigny, numa cerimônia que marcou sua rendição. É uma história muito melhor, que fala de guerra e fé, de diplomacia e conversão gradual.

Não existe em nenhum lugar menção a um exorcismo.

Widukind virou um monge depois de tudo isso. Seus filhos foram amigos da coroa dos francos e um de seus netos chegou a estudar em Roma. Uma dinastia de reis da Inglaterra até mesmo afirmou descender dele.

Esta é a verdade mundana: o líder militar e religioso pagão da resistência por mais de dez anos decidiu ser batizado porque era politicamente conveniente, então se tornou um monge e um grande aliado da Igreja. Parece plausível, desde que você não pense muito.

Mas você já sabe, Agnes, que por trás de toda verdade mundana existe uma verdade obscura.

XXI

SERIA MUITO MAIS SATISFATÓRIO DIZER QUE A GUERRA ACABOU ali, mas pontos finais definitivos são raros. Carlos reclamara de quanto tempo já tinha passado naquela dança, mas a dança se estendeu por quase vinte anos depois do batismo de Widukind. Nunca mais houve um grande líder ou uma grande revolta, mas os saxões demoraram a se render completamente.

A guerra durou até o ano em que Carlos fez mais uma visita a Osnabrück. Tinha dado ordens a seu filho, Luís, para que o seguisse sem demora, mas no meio da jornada mandou uma mensagem dizendo que ele podia acampar com o exército e simplesmente esperar pelo pai. As estradas eram seguras e todos os saxões, enfim, tinham sido conquistados.

Era o ano 804 e o mundo era muito diferente. Havia mais uma vez um Império Romano, agora chamado de Sacro.

E havia um Imperador.

Eu acompanhei de perto a coroação de Carlos, assim como acompanhei seus erros e acertos, seus momentos de sabedoria e de brutalidade. Em parte para ficar vigilante sobre esta terra, sobre o Mecanismo do Destino. Em parte por admiração e amizade.

Carlos foi humano. Pode ser decepcionante acompanhar a trajetória de um humano. Humanos podem nos encher de vergonha e de raiva, mas também de orgulho. E nenhum momento da vida de Carlos me deu tanto orgulho quanto sua visita a Osnabrück em 804.

— Só mais um pouco, Albinus — disse o Imperador, em voz alta para ser ouvido acima do barulho dos soldados e dos cavalos. — Estamos quase chegando.

— É o que estou dizendo para Jesus, Eneias — Alcuin sorriu sem força. — Mas acho que Ele está com pressa.

Eles atravessaram os portões de Osnabrück e foram recebidos pelo povo em festa. A cidade tinha crescido, principalmente porque enfim se podia viver em paz ali. A Catedral de São Pedro tocou seu sino e Carlos mal lembrou que um dia aquele som fora sinistro. O mercado estava cheio de comerciantes tentando vender seus produtos para o grande contingente de soldados. Osnabrück prosperava e prosperaria por bastante tempo, até que fosse deixada de lado mais uma vez. Mas sempre ressurgiria e sempre ressurgirá.

A liteira que carregava Alcuin de York foi colocada no chão. Levar o sábio até lá não tinha sido tarefa fácil. Ele era pouco mais velho que Carlos, mas parecia um ancião. Caminhava com bastante dificuldade enquanto o Imperador ainda cavalgava e até mesmo lutava. A liteira era acolchoada e tão confortável quanto possível, mas a viagem fora desgastante. Carlos se ajoelhou perto do amigo.

— Estamos aqui, Albinus. Na primeira diocese.

— Muito bem, muito bem — ele quase sussurrou. — Deixe-me ver esta maravilha.

Monges e cavaleiros se prontificaram a ajudar Alcuin a se levantar, mas o Imperador os afastou. Com delicadeza, apoiou o corpo leve do amigo e o ajudou a se erguer devagar.

— Quantos professores podem dizer que foram carregados pelo Imperador? — Alcuin riu.

— Quantos imperadores podem dizer que aprenderam com o maior sábio de seu tempo?

— Você não é Alexandre e eu não sou Aristóteles, meu amigo. Vamos parar com esta conversa antes que Deus nos fulmine por nosso orgulho.

Ignorando o bispo e todas as obrigações oficiais, Carlos passeou com calma, apoiando Alcuin com seu braço. Eles foram até a frente da catedral, sob olhares de cavaleiros, soldados, plebeus, monges e toda uma infinidade de súditos. Um monge em particular os seguia de perto, observando-os como um falcão. Era um adulto, mas de tão baixo e magro parecia um menino. Seu entusiasmo lhe emprestava uma energia sem limites.

— Dê um espaço ao Imperador, Einhard — disse Alcuin. — Ele não precisa compartilhar o mesmo ar que sai de seu nariz!

O monge deu alguns passos para trás, mas permaneceu vigilante.

— Não sei o que farei com este rapaz — disse Alcuin. — Brilhante, mas uma peste! Pretende escrever sua biografia.

— O último que tentou fazer isso foi Turpin — Carlos deu um sorriso triste. — Rezo para que Einhard tenha um destino melhor.

— Ele terá. Estava perguntando sobre Turpin alguns meses atrás. Queria saber histórias daquela época.

— Por Deus... Einhard nem era nascido quando Turpin cavalgava conosco! — Carlos pareceu notar aquilo pela primeira vez. — Como estes monges e cavaleiros ousam ser tão jovens?

— Todos já fomos jovens, Eneias. Einhard tem a idade que você tinha quando queimou o Irminsul.

Os dois ficaram em silêncio.

— O que eu deveria estar vendo? — perguntou Alcuin. — Até agora é só uma cidade como tantas.

— Veja o que estão construindo, Albinus.

Do lado da catedral a construção já estava quase acabando. Era um prédio amplo, sem função aparente.

— O que é isso?

— A coisa mais importante de nosso império, meu mestre. Um colégio.

O primeiro colégio daquelas terras, o primeiro colégio do lugar que viria a se chamar Alemanha.

Eles olharam a construção por um longo tempo.

— Você tinha razão, Eneias — disse Alcuin. — A jornada valeu a pena.

— Sei que você tem seus próprios deveres, Albinus — disse Carlos, como um jovem mais uma vez. — Mas gostaria que você ficasse aqui por algum tempo. Gostaria que organizasse a escola.

Alcuin riu.

— Não estarei vivo quando esta escola ficar pronta, Eneias.

— Não diga isso. Ficará pronta este ano.

— Acredite em mim, Eneias, Rei Davi, Imperador Carlos, meu discípulo. Não estarei vivo. Mas não lamento isso nem um pouco. Estou satisfeito por ter vivido no Império Romano, estou satisfeito por ter viajado pela Saxônia sem medo. Estou satisfeito por ver meu amigo construir um colégio.

— Vou batizá-lo com seu nome.

— Oh, não, Eneias — riu Alcuin. — Oh, não, isso seria um erro. O colégio deve ter o seu nome.

Alcuin não viu a inauguração do colégio, que foi naquele mesmo ano. Ele morreu em paz enquanto crianças e adultos começavam a aprender as disciplinas da Igreja. No mesmo ano em que a Saxônia foi pacificada.

É por isso, Agnes, que não podemos ser fanáticos como Javier. Eu fui um fanático, um fanático queimou o Irminsul e houve uma guerra que quase nos condenou. Quem pôs fim à guerra foi um professor.

Carlos viveu mais dez anos e só me despedi daquela época depois de sua morte. Fui uma assombração, mas gosto de pensar que fui também um amigo. E, mesmo que eu não seja um humano, mesmo que tenha roubado um corpo e uma vida, levarei comigo para sempre o título que Carlos me concedeu.

Paladino.

O Pecado Original

Osnabrück, 9 de novembro de 1989

J

AGNES NÃO SABIA QUANTAS HORAS TINHAM SE PASSADO QUANDO ouviu as últimas palavras e tentou decidir no que acreditar. A história de Tristano tinha sido maior desta vez, mais detalhada, de alguma forma mais fantástica e mais verossímil. Ela já não sabia mais ao certo se imaginara as cenas pela descrição dele ou se realmente vira tudo aquilo numa alucinação lisérgica.

Ou se estava lembrando.

— Você acredita em mim agora, Agnes? — ele perguntou, ofegante.

Por instinto, ela tocou no crucifixo.

Durante a última parte do relato, ele começara a tapar as covas que continham tesouros arqueológicos. Os adornos que estavam dentro daqueles buracos deviam ser resquícios das pessoas que viveram e morreram em Osnabrück milhares de anos atrás, mas agora estavam de novo debaixo da terra. Agnes sentira um cheiro forte de animais, como num zoológico, mas então o cheiro passou e ela achou que tinha imaginado. O padre fez o serviço com as mãos nuas. Estava coberto de terra e poeira, gotas de suor brotavam de sua testa e empapavam o colarinho de sua batina.

Uma vez que as tumbas estavam cobertas, o porão pareceu mais mundano, mais comum. Só um lugar escondido no subterrâneo, com chão de terra e paredes rústicas. Nenhum mistério.

— O que você está sentindo é o selo — disse Tristano, como se pudesse ler a mente dela. — De alguma forma, o selo que Carlos colocou neste lugar estava aberto, mas eu o fechei. O Mecanismo do Destino está parando mais uma vez, o que existe nesta terra está sob controle. Os yithianos não vão ameaçar sua raça.

Tristano, apesar de tudo, não parecia louco. Tudo que ela testemunhara naquele dia podia ser delírio ou efeito de alguma droga. Mas o jeito do padre, a honestidade em seus olhos, o ar de contrição que ele assumia quando falava de seu crime, tudo parecia formar o retrato de alguém que estava falando a verdade.

— Vamos embora — o padre sorriu. — Já passamos tempo demais neste porão.

Ele não esperou pela resposta de Agnes. Virou-se, começou a subir a escadaria. Ela demorou só alguns segundos e o seguiu. Eles passaram por corredores que a confundiram. Não conseguiria desenhar um mapa do colégio se isso fosse necessário, as esquinas e os ângulos não pareciam fazer sentido. Mas, depois de pouco tempo, eles estavam mais uma vez num corredor totalmente normal. Ela olhou pela janela e viu que o dia cinzento estava se transformando em noite.

— O dia está acabando e nossa tarefa também — disse Tristano.

Ela assentiu, muda.

Naquele dia, Agnes tinha ficado perdida numa estação de trens aleatória, conhecido um estranho e decidido ajudá-lo por impulso. Tinha sido ameaçada de morte, tinha testemunhado um exorcismo, tinha desmaiado e, por falta de uma palavra melhor, sido raptada. Tinha quase sufocado até a morte, ouvido que Deus não existia, sido apresentada a uma cosmologia bizarra que contradizia tudo em que ela ou qualquer outra pessoa acreditava.

Tudo porque fugira do convento, em busca do rapaz com quem quebrara seu voto de castidade, e descobrira que ele, assim como Deus, também não existia.

Não eram só as histórias, não era só a sequência de acontecimentos que mudara sua vida para sempre. Aquele dia parecia uma outra vida. Ela sentia ter sido concebida quando entrara no trem, sentia ter nascido na Estação Central de Osnabrück e crescido ao longo daquele dia interminável. A manhã, quando ela era inocente, quando Tristano não sabia sobre sua fuga, quando seu grande ato de desafio era entrar escondida numa igreja, foi sua infância. Ela tinha sido rebelde e adolescente ao meio-dia, rindo dele quase até morrer. Tinha amadurecido enquanto ele contava sobre Carlos Magno e a fundação da cidade.

Agnes olhou pela janela e viu a escuridão. Sentiu-se velha.

— Venha, não temos tempo a perder — disse Tristano. — Ainda há outros selos a serem reforçados e preciso de você.

Se o que ele falava fosse verdade, por que ela confiaria nele? Depois de suas confissões sobre Roland, Carlos e todo o sangue que ele derramara na Saxônia, para que ele precisava dela?

Se a noite era a velhice, o que vinha depois?

Ele se virou e começou a andar, presumindo que ela viria atrás. Mas Agnes continuou parada no corredor.

— Qual foi seu crime? — ela perguntou de repente.

Tristano interrompeu a caminhada.

— Meu crime...? — ele disse, sem se virar, a voz ecoando no corredor vazio.

— Você diz que é culpado, diz que quer se redimir. Mas nunca falou qual foi seu crime.

— Então acredita em mim?

Agnes ergueu a mão, como se fosse tocar no crucifixo de novo. Mas tocou na tesoura que tinha roubado na enfermaria horas antes. Estava escondida em seu hábito. Ela achava que conseguiria puxá-la com facilidade caso precisasse.

— Vou acreditar se você confessar — ela disse. — Não basta falar que se arrependeu, o perdão não funciona assim. Quero saber qual foi seu crime.

— Não há coisas mais chocantes no meu relato? — ele continuou de costas, como se não pudesse encará-la. — Acabei de dizer que o mundo físico é uma mentira. A Realidade é o inferno, o mundo em que você vive é só uma sombra. Seu Deus não existe, mas existem deuses monstruosos, que...

— Qual foi seu crime?

Silêncio.

— Você entende que estamos manipulando o poder da Realidade? — Tristano desconversou de novo. — Todos os milagres, todos os fenômenos inexplicáveis e todo o sobrenatural que existe no mundo. Tudo isso é a Realidade vazando em pontos místicos, como parte de rituais ou da geografia sagrada. O mundo físico está preso às leis da física, mas a Realidade é poder puro e bruto. Um poder maligno, um universo de sofrimento...

— Quero sua confissão.

Devagar, ele se virou.

— O que você está fazendo aqui, Tristano?

— Você sabe. Estamos fechando os selos do Mecanismo do Destino, para que os yithianos não manipulem o futuro. Para que não condenem a humanidade.

— Não é só isso. Ainda não sei por que você está lutando contra eles e por que guarda almas humanas dentro de si. Não sei por que tudo isso está acontecendo agora.

— Não temos tempo a perder — ele tentou.

— Você perdeu horas contando a história da fundação de Osnabrück. Por quê? Para me mostrar que eu não deveria ser fanática, como foi Don Azaghal e como você foi? É muito tempo perdido para uma lição de moral. Por que você quer que eu saiba de tudo isso?

Tristano não respondeu.

— O que é o sacrifício atômico?

— Os yithianos querem causar uma guerra...

— Eu sei por que tudo me pareceu falso — Agnes interrompeu. — Sei por que tudo pareceu um filme de ficção científica. É porque você está mentindo.

— Venha comigo.

— Confesse.

Então Agnes se sentiu tonta.

Tristano estava suando pelo esforço físico de cobrir as tumbas, mas de repente começou a suar muito mais. Seus músculos se retesaram, seu rosto ficou vermelho e seus olhos foram tomados por caminhos rubros serpenteantes. Sangue escorreu de seu nariz, ele rilhou os dentes e grunhiu. Sua forma etérea expandiu os tentáculos por milhões de possibilidades, agarrou Agnes, que era cada vez mais pesada e resistente. Arrastou-a pelas linhas de destino, vendo o Gymnasium Carolinum mudar sutilmente milhares de vezes, levou-a à força por uma infinidade de futuros. As possibilidades se estreitaram e ele viu futuros morrerem enquanto fazia algo inominável.

Agnes procurou a parede para se segurar, mas não havia nada a seu lado. Ela caiu de joelhos, desorientada, porque estava do lado de fora do colégio, sob o céu nublado e úmido do início da noite, na praça em frente à catedral.

Tristano foi até ela, limpando o sangue do nariz. Ajudou-a a se levantar. Agnes aceitou a manzorra dele e demorou para perceber que algo estava errado.

— O que aconteceu? — ela perguntou, vagamente.

— Peço perdão, Agnes. Fui obrigado a fazer isso.

Ela não entendeu o comentário, mas ajeitou o hábito e deu de ombros. Olhou para trás, para o caminho que levava ao colégio. Estranhou não lembrar do percurso. De qualquer forma, havia algo mais importante. Ela precisava ajudar Tristano na tarefa de fechar os selos. O padre começou a caminhar e ela o seguiu.

Então parou.

— Vamos, Agnes.

Ela não lembrava de sair do colégio, mas lembrava de decidir que não iria mais segui-lo até que ele contasse sobre seu crime. Por que? O pensamento era tão esquisito que não parecia pertencer a ela mesma.

— Você está bem? — perguntou Tristano.

— Não sei.

O mundo à volta era só um pouco diferente. O escuro da noitinha tinha um matiz estranho.

Ela reconheceu a sensação. Notou que estava num futuro diferente.

Tristano foi até ela. Segurou seus ombros com delicadeza.

— O que aconteceu?

— Não importa — ele respondeu. — Você tomou a decisão certa. Estamos no rumo certo.

Agnes franziu o cenho.

— Por que nos trouxe para outra linha de destino?

— Você é minha melhor pupila até hoje — Tristano sorriu de orgulho. — Já reconhece os sinais, já sabe...

— O que você fez?

Silêncio.

— Eu escolhi um futuro para nós — disse Tristano. — Uma possibilidade. Mas agora está tudo bem.

— Por quê?

— Não importa. Agora está tudo bem.

— Qual é a diferença?

Então ela notou.

O horror colocou sua visão em foco. Ela se desvencilhou dele e se cobriu com os dois braços, como se assim pudesse se proteger. Uma onda de nojo a invadiu. Nojo dele, nojo de si mesma, nojo do mundo a sua volta.

Um mundo sutilmente alterado. Não era um futuro que ela decidira. Tristano tinha tirado dela qualquer autonomia, qualquer independência.

Tinha levado ambos a uma linha de destino em que ela mudasse de ideia e concordasse com ele.

— Agnes...

— Não se aproxime de mim! — ela avisou, dando um passo para trás.

Era o início da noite e a cidade ainda estava movimentada. Em frente à praça, havia uma rua por onde vários carros passavam e outros tantos estavam estacionados. A sensação de Agnes era de que estivessem num universo particular, mas ela estava cercada de gente. Muitos habitantes de Osnabrück circulavam por ali e vários se detiveram e prestaram atenção ao grito da noviça.

Não eram nem 18 horas. Tristano tinha roubado seu poder de decisão, levando-a a um futuro no qual eles caminharam para o centro de uma cidade em que as pessoas saíam do trabalho, faziam compras, entravam em cafés e cervejarias, ligavam seus carros, reuniam-se em volta da TV para esperar o pronunciamento diário da Alemanha Oriental.

Uma mulher em especial notou a aflição na voz de Agnes. Trudi Gossler estava abrindo a porta de seu Audi 80 GL quando notou o padre e a noviça. Seu coração disparou. A tensão do dia, da interrupção das aulas de sua neta, das meias molhadas que a lembravam da prisão da Stasi, culminou num choque e na noção súbita de que alguém precisava de ajuda. Trudi fora presa injustamente pelo regime comunista quando tinha 25 anos e agora uma garota ainda mais jovem estava em perigo. Perigo de algum tipo, não importava. Ela não pensou. Deixou a porta do carro entreaberta e correu, suas meias úmidas fazendo barulho dentro do sapato pelos poucos metros através da praça.

Chegou até Agnes. Empurrou-a de leve, com um jeito protetor. Colocou-se à frente dela, ficando entre a garota e Tristano. Ergueu o queixo para encarar o homem muito mais alto.

— Você conhece esse homem? — perguntou Trudi, olhando para o padre.

— Não — respondeu Agnes. — Não sei quem ele é.

O rosto de Tristano foi tomado por tristeza. Dentro dele, Roland tripudiou. Foi uma pequena vitória sobre quem tinha roubado seu tio, sua vida, seu destino perfeito. Os yithianos que ele levava presos em seu interior sussurraram para que ele agisse. Seria fácil matar aquela mulher, ou pelo menos pular para um futuro em que ela escorregasse no chão molhado, batesse a cabeça e morresse. Milhares de humanos vibraram por Agnes, gritando em silêncio para que ela não se deixasse enredar. Outros milhares se desesperaram, querendo chamá-la de burra por não entender o que estava acontecendo.

— Agnes, eu preciso de você.

— Precisa para quê?

Muitas almas imploraram para que ele falasse a verdade.

Muitas outras disseram que a missão era mais importante que os sentimentos de uma garota.

— Fique longe dela — disse Trudi Gossler, como queria que alguém tivesse dito para os policiais que a levaram embora, em 1953.

Um padre não era um agente da Stasi, o fim da tarde não era a madrugada e uma praça cheia de gente não era um apartamento em Berlim. Mas ela podia fazer a diferença, qualquer diferença, na vida de uma jovem como ela mesma fora um dia.

— Quer que eu chame a polícia? — perguntou Trudi.

Agnes pesou aquela opção. Tristano viu os futuros passando em alta velocidade por ele enquanto ela não respondia.

Tristano soube que, se a polícia fosse chamada, ele não seria preso, mas perderia Agnes e os dois ficariam sob vigilância. Ele teria de responder perguntas sobre aquela identidade, sobre aquele corpo. Mais cedo ou mais tarde descobririam o nome falso que estava utilizando. Então ele teria que adiantar o uso que tinha para Agnes. Deveria abandonar o corpo do velho padre — talvez fazendo com que ele sofresse um aneurisma — e possuir o corpo da noviça.

Era cedo demais. Ele ainda precisava da autoridade que aquela aparência lhe emprestava, sem falar na força física. Mas Agnes era plena de destino. Por alguma razão, era um nexo de possibilidades ainda maior que Javier, quase tão grande quanto Carlos Magno. Se o pior acontecesse e ela escolhesse abandoná-lo, ele não teria escolha a não ser saquear tudo que ela era. Não podia arriscar outro caso como o de Don Azaghal.

Don Azaghal acabara cumprindo um grande destino, mesmo sem ele. Mas frustrara seu grande plano de chegar a Papa dentro de seu corpo, barrar a ascensão do fascismo na Espanha, impedir que houvesse a Guerra Civil e um campo de treinamento para novas armas, mudar o rumo da Segunda Guerra Mundial, adiar em décadas a construção da bomba atômica e dissolver as possibilidades de tensão nuclear na Guerra Fria.

Ele lamentaria possuir Agnes e transformá-la em só mais uma prisioneira dentro de sua mente inumana. Mas faria o que precisasse ser feito.

Se Agnes quisesse chamar a polícia, ele seria obrigado. Era o que dizia para si mesmo, calando as vozes dos humanos que o chamavam de monstro.

Qualquer outra pessoa que tivesse partido em auxílio a ela teria chamado a polícia automaticamente. Mas Trudi Gossler, que foi levada para a prisão por policiais, em 1953, que passara horas nua numa sala escura, que na prisão dera à luz uma filha que nunca mais vira, não confiava na polícia. Por isso perguntou se a noviça queria que a lei fosse chamada.

E deu a Agnes a chance de dizer:

— Não chame ninguém. Só me tire daqui.

Porque Agnes também não queria que as autoridades fossem alertadas. Não queria saber se o convento estava procurando por ela, muito menos que a achassem. Em especial, Agnes não queria passar por nenhum tipo de exame médico.

— Claro, minha filha — disse Trudi Gossler. — Vamos.

Sob os olhos de dez ou vinte pessoas na praça de chão úmido em frente à Catedral de São Pedro, Trudi Gossler levou a noviça até seu Audi. Entrou no lado do motorista, abriu a porta do carona e colocou a chave na ignição.

Tristano olhou tudo aquilo, ainda considerando possuí-la naquele mesmo instante.

Dentro do carro, Trudi Gossler sorriu para Agnes.

— Você está bem?

— Estou — Agnes respirou fundo. — Foi só um susto.

— Para onde quer que eu a leve?

Agnes hesitou.

— Posso responder mais tarde? Vamos apenas sair daqui.

Trudi assentiu, girou a chave e ganhou a rua.

— Você se importa se eu ligar o rádio? — ela perguntou. — Quero ouvir o pronunciamento dos comunistas em Berlim.

JJ

A TARDE FOI LONGA EM BERLIM.

Egon Krenz, o Secretário-Geral do Partido e líder da Alemanha Oriental há um mês, tinha recebido o primeiro rascunho da nova norma de viagens internacionais pouco depois do meio-dia, mas não tinha conseguido prestar atenção ao texto. As palavras de Erich Mielke, até dois dias atrás o líder da Stasi, reverberavam em sua mente. A noção de que comunistas arraigados estavam prontos para agir de forma drástica em seu país e na União Soviética era óbvia e absurda ao mesmo tempo.

Aquela era uma época de abertura. Krenz sabia que o regime duraria por décadas ou séculos, que a crise atual seria contornada, mas também sabia que nada daquilo seria feito pela força. Gorbachev sinalizava mudanças e dera permissão tácita para que ele e Günter Schabowski retirassem o antigo Secretário-Geral cuja estratégia era atacar o povo e fingir que tudo estava bem. O jeito certo de lidar com os protestos em massa, com a pressão da Tchecoslováquia e com a dívida alemã era colocar panos quentes. Fazer pequenas mudanças que não mudavam nada, jogar o jogo e agradar o povo.

Mas, por trás da abertura, havia a promessa de guerra.

Ele estava no poder há um mês. Erich Mielke liderara a polícia secreta por três décadas. Se Mielke desse a ordem, mesmo sem um cargo oficial, não seria obedecido? Se houvesse mais uma vez protestos e revolta, os policiais puxariam os gatilhos? As lideranças antirrevolucionárias iriam desaparecer no meio da noite? Tanques iriam atropelar estudantes, como tinha acontecido naquele mesmo ano na China?

Se a Alemanha Oriental não conseguisse barrar a invasão capitalista com seu Muro, Gorbachev iria ser assassinado?

Krenz segurou nas mãos as folhas datilografadas por Gerhard Lauter. Havia algumas anotações a caneta, não parecia um documento oficial. De qualquer forma, era só um paliativo. O suficiente para dar uma boa notícia no pronunciamento das 18 horas, mas não o bastante para provocar Mielke e os comunistas linha-dura. Só entraria em vigor no dia seguinte e faria com que houvesse um aumento de trabalho para muitos burocratas, tirando boa parte da carga de serviço da Polícia Popular. Não poderia haver guerra por causa disso.

E o texto ainda seria revisado e aprovado pelos ministros. Havia ao todo 44 ministros, todos aptos a dar seu parecer. A norma só seria anunciada em caso de unanimidade. Isso dava a ele um pouco de calma: haveria assinaturas e todos os Ministérios seriam igualmente responsáveis.

Os serviços de *courier* do governo levaram cópias do documento confidencial e ele foi enviado por telex para as mesas dos ministros.

Mas, naquela tarde, 29 dos 44 ministros estavam ausentes. O documento ficou sobre muitas escrivaninhas, fechado e não lido.

A pausa para o almoço costumeira dos altos oficiais do governo acontecia às 14h30 e durava uma hora. Embora fosse tecnicamente uma pausa, naqueles dias Egon Krenz não tinha descanso. Em vez de almoçar, ele recebeu em caráter oficial Johannes Rau, um político importante da Alemanha Ocidental.

Johannes Rau era um homem de tradição. Tinha décadas de experiência na política e ascendera a governador do estado da Renânia do Norte-Vestfália. Participara ainda muito jovem da resistência ao nazismo e, sendo profundamente religioso, sua presença era um desafio direto ao regime comunista — Johannes Rau era tudo, menos um covarde. Tinha recebido o apelido "Irmão Johannes" de forma pejorativa por seus rivais, mas abraçara o nome. Era um convidado oficial do governo da Alemanha Oriental, sua visita sendo parte dos esforços de abertura e paz que vinham acontecendo no mundo todo. Mas incomodava.

Egon Krenz sorriu e apertou a mão de Johannes Rau, enquanto os dois eram fotografados. Desejou que aquele fosse quase qualquer outro político do lado capitalista, exceto o "Irmão Johannes". Seu estômago roncou. Egon preferia estar almoçando.

Depois das fotos oficiais, os dois puderam sentar a sós e conversar. Foi um início tenso, esquisito, cheio de meias palavras e boas intenções simuladas. Enfim, Johannes Rau suspirou e foi sincero.

— Senhor Krenz, estou frustrado. Muito frustrado.

— Por que diz isso, Camarada Rau?

Johannes Rau olhou fundo nos olhos dele, um pouco como um professor decepcionado.

— Porque somos irmãos, mas nos comportamos como inimigos.

Egon Krenz se ajeitou na poltrona, desconfortável.

— O que você quer dizer com "irmãos", camarada?

— Somos um só povo, senhor Krenz. A divisão entre Alemanha Ocidental e Alemanha Oriental é falsa. Por milênios nossos pais lutaram para nos unir. Criaram identidades culturais e uma história para construir o que chamamos de Alemanha. E será a nossa geração que vai destruir isso? Seremos lembrados como aqueles que jogaram um país no lixo por causa de desconfianças?

— Duvido que a maior mácula na história do povo germânico seja a Muralha de Proteção Antifascista — Egon Krenz fez questão de chamar o Muro de Berlim pelo nome oficial. — Foi a extrema direita que nos trouxe até aqui.

— Não estamos mais sob o regime nazista, senhor Krenz. Não há ameaça de nacionalismo ou totalitarismo. Pelo menos não de nosso lado.

Egon Krenz pigarreou.

— Precisamos de reconciliação — disse Johannes Rau. — Não de divisão.

— Entre nós não há divisão. Somos um só povo unido num ideal de igualdade.

— Aquele muro é uma vergonha.

— É nossa proteção. E nunca vai cair.

Os dois se olharam por um longo tempo.

— Vim até aqui como irmão, não como inimigo — disse Johannes Rau. — Vim para falar em nome de seu povo. Que também é meu povo.

— Peço que tenha um pouco menos de presunção, camarada.

— Todos nós somos alemães, senhor Krenz. Todos somos irmãos. Ouça nosso povo. Eles querem liberdade.

— Eles têm liberdade. Pelo menos aqui, onde não estão sob o jugo de poderes estrangeiros.

— O mundo não tolera mais este regime. O comunismo está caindo pouco a pouco.

— Nossa muralha protege o comunismo.

— Ninguém está falando em derrubar seu muro, sua muralha, como quiser chamá-lo, mesmo que me cause vergonha. Estou falando de não sermos mais inimigos. De não tratar nosso povo como inimigo!

— Está falando em metáforas.

— Estou falando de liberdade! — Rau foi enfático, como se estivesse num palanque. — Estou falando de eleições.

Egon Krenz sentiu a azia subir por sua garganta. Aquele era exatamente o tipo de assunto que arriscaria a ira de Erich Mielke. Que arriscaria a ação dos comunistas radicais. Que arriscaria uma guerra. Que arriscaria a vida de sua esposa. Tudo, menos um governador da Alemanha Ocidental, conhecido por ser cristão, tentando forçar eleições na República Democrática Alemã.

— Temos eleições aqui — disse Egon Krenz. — Eleições livres.

Johannes Rau esfregou os olhos.

— Temos concepções muito diferentes do que são eleições livres.

— O povo escolhe seus representantes, Camarada Rau.

— A maneira como trata seu povo... As mentiras, a brutalidade...

— Tem certeza de que não veio até aqui como inimigo?

Eles ficaram se medindo por um tempo longo demais.

— Serei mais claro então, senhor Krenz. Eu gostaria que o Muro de Berlim caísse, mas sei que isso não vai acontecer. Contudo, vejo todo o povo alemão como meu povo. Mais do que isso, o Chanceler Kohl vê todo o povo alemão como seu povo.

O Chanceler Helmut Kohl era o líder da Alemanha Ocidental, uma das figuras mais importantes e poderosas do mundo. Não era segredo que a unificação era seu grande sonho.

— Não posso fazer nada quanto à maneira como vocês veem o mundo, Camarada Rau.

— Se houver violência contra seu povo — Johannes Rau falou pausadamente — isso será o mesmo que violência contra *meu* povo.

As palavras preencheram a sala. Egon Krenz não conseguiu evitar um frio na espinha. Há um mês só não houvera um massacre de civis porque a polícia tinha se recusado a cumprir ordens diretas. Poucos dias atrás eles *quase* abriram fogo contra manifestantes pacíficos. Mielke e seus agentes viam os manifestantes como inimigos do Estado, essencialmente soldados invasores. Se a Alemanha Ocidental os via como seu próprio povo, abrir fogo contra eles poderia ser um ato de guerra.

Havia soldados dos dois lados do Muro. Se um lado atirasse, o outro atiraria também.

— O que pensam os outros líderes, Camarada Rau? — Egon Krenz perguntou com cuidado.

— Ninguém quer hostilidades. Mas Washington, Paris e Londres não tolerarão uma ação como ocorreu este ano na China.

Se os dois lados atirassem, as grandes potências iriam se envolver. Inglaterra. Estados Unidos. União Soviética.

A mente de Egon Krenz foi tomada pela imagem de um estudante sendo atropelado por um tanque de guerra.

Então pela imagem de sua esposa deitada na cama, com a garganta cortada.

E pela lembrança das pessoas que ele mesmo mandara matar. Pessoas de seu próprio povo.

— Se a Polícia Popular for obrigada a agir — Egon Krenz mediu cada palavra — o que irá acontecer?

— Se chegarmos a isso, meu irmão... Que Deus nos ajude.

Egon Krenz saiu daquela reunião pensando em comida, em Deus, na Stasi e no Muro. Mal teve tempo de sair de um prédio para ser conduzido a outro, onde aconteceria seu próximo compromisso. Recebeu em mãos a versão revisada da norma de viagens.

Passou os olhos rapidamente e não notou nenhuma mudança significativa.

Às 15h30 começou sua grande reunião com o Conselho Central, composto de ministros, de altos oficiais e de funcionários do governo. Era uma reunião regular, para tratar dos assuntos diários, um espaço onde todos eram ouvidos. Aquela forma de trabalhar era motivo de orgulho e de dor de cabeça.

Todos sentados em volta de uma enorme mesa, com símbolos do Partido nas paredes, os camaradas ouviram uns aos outros. Durante a primeira meia hora, Egon Krenz escutou sobre a necessidade prática e moral de reformas econômicas, num discurso inflamado. Todos discursavam. Krenz pensou que, em algum lugar do mundo capitalista, alguém devia considerá-lo um ditador. Teve vontade de rir.

Depois do primeiro assunto, um ministro estava pronto para entrar em outro ponto minucioso quando ele interrompeu:

— Camaradas! Antes que o Ministro tome a palavra, devo mais uma vez me desviar da ordem do dia. É sabido de todos vocês que existe um problema que pesa sobre nós. A questão das viagens ao exterior. Os camaradas da Tchecoslováquia sentem que isso se torna gradualmente um estorvo para eles, assim como já aconteceu com os húngaros. E mais. O que fazemos nesta situação é dar passos errados.

Egon Krenz se perdia, sua cabeça boiando numa sopa de preocupações. Ele explicou o que os membros do Conselho já sabiam, sobre a questão diplomática com a Tchecoslováquia, os cidadãos que desejavam voltar e o impasse que isso criava. Não pôde explicar a pressão que estava sofrendo de dois lados.

Com o papel nas mãos, explicou a eles a nova norma, a possibilidade de que, a partir do dia seguinte, cidadãos da Alemanha Oriental cruzassem diretamente as fronteiras para a Alemanha Ocidental, com a possibilidade de voltar, desde que tivessem um visto e fossem aprovados.

No texto ainda restavam os termos vagos: "curto prazo" e "exceções especiais".

Em nenhum lugar estava escrito que a norma entraria em vigor no dia seguinte, 10 de novembro.

Ele terminou seu próprio discurso e esperou as objeções. A essa altura, o documento devia estar nas mesas de todos os ministros. Os próprios membros do Comitê Central fariam contrapropostas. A responsabilidade era de todos.

Então alguém disse:

— Camarada Krenz, não poderíamos mudar esta palavra?

Antes que Egon Krenz percebesse, o Comitê Central entrou numa discussão semântica e gramatical sobre um punhado de palavras individuais e sobre a existência de pleonasmos no texto. Todos falavam ao mesmo tempo, uns com os outros, sobre aquele assunto e sobre outros tangenciais ou não relacionados. Ninguém objetou sobre o conteúdo da decisão.

E aquele assunto foi encerrado e outro assunto se seguiu, com outro discurso e outras minúcias. Ninguém mais sequer mencionou a nova norma de viagens, que continuava essencialmente como Gerhard Lauter tinha escrito em uma manhã.

A reunião acabou. Os camaradas se cumprimentaram e foram a seus escritórios para prosseguir com as atividades do dia ou apenas encerrar o expediente e voltar para casa. Nenhum dos ministros e membros do Comitê seria capaz de relatar a alguém o conteúdo da norma.

Egon Krenz tinha lido as páginas detalhadamente só uma vez. Quando as leu em voz alta na reunião.

A partir do prédio do Comitê Central, a máquina burocrática do governo foi posta em prática para distribuir cópias da nova norma aprovada. Ainda haveria tempo para fazer correções até o momento do pronunciamento, às 18 horas — e a unanimidade continuava necessária. Qualquer objeção barraria o anúncio.

Às 16h55 um funcionário notou que o texto não mencionava a data em que a norma entraria em vigor. Telefonou para a secretaria do Conselho dos Ministros com a correção, mas recebeu a resposta de que o texto já estava sendo distribuído aos vários distritos da Alemanha Oriental.

Era mais uma garantia de que fosse lido e aprovado. A nova norma chegou por telex, enviada a partir do prédio do Conselho Central, aos escritórios dos secretários dos distritos. Infelizmente, quase nenhum secretário estava em seu próprio distrito. Eles estavam em Berlim, no prédio do Conselho Central.

Às 17h30, meia hora antes do início do pronunciamento diário, Egon Krenz encontrou Günter Schabowski, o porta-voz do Partido, e entregou a ele o texto que deveria ser lido para a impresa internacional. Era a primeira vez que Schabowski tinha qualquer contato com o documento.

III

TRUDI GOSSLER SINTONIZOU O RÁDIO DO AUDI NA ESTAÇÃO Deutsche Welle, enquanto dirigia pelas ruas escuras de Osnabrück. O trânsito na cidade nunca era pesado, então havia grandes trechos desimpedidos, em que os faróis rebrilhavam nos paralelepípedos molhados. A escuridão do início da noite era aumentada pela camada de nuvens que havia coberto o céu o dia inteiro, mas todas as lojas, cafés e cervejarias estavam iluminadas e cheias de gente. Todos se reuniam em volta da TV, esperando o pronunciamento diário.

Agnes sentiu o coração acelerar quando a estática no rádio deu lugar à voz de uma repórter. As palavras "sacrifício atômico" ricochetearam em seus pensamentos. Ela se sentiu parte de uma mente coletiva alemã, esperando uma novidade boa, tentando se preparar para uma notícia ruim.

— Ainda não sei como você se chama — Trudi forçou um sorriso. A tensão estava clara em seu rosto.

— Agnes.

— Irmã Agnes?

Ela hesitou, mas fez que sim.

— É um prazer. Sou Trudi Gossler.

Agnes murmurou um cumprimento.

— Se eu não souber para onde devo levá-la, vou dirigir a esmo, Agnes — Trudi disse, com mais uma tentativa de humor.

No rádio, a repórter falava:

— *Enquanto aguardamos o início do pronunciamento em Berlim, continuamos com notícias de Osnabrück. O sequestrador mantém quatro reféns no sítio arqueológico de Kalkriese, mas ainda não fez exigências. A polícia está cercando o local.*

— Sendo bem honesta — disse Agnes — não tenho para onde ir.

O silêncio foi preenchido só pelo barulho do motor e a voz da repórter:

— *Um negociador acaba de chegar. A vida dos reféns é prioridade, mas a comunidade científica local demonstrou preocupação com danos aos achados arqueológicos da Batalha de Teutoburgo...*

— Uma noviça sem ter para onde ir, perseguida por um padre... — disse Trudi. — Você precisa de ajuda, Agnes?

Ela suspirou.

— Preciso.

— Fugiu de um convento?

— Sim.

— Imagino que teve suas razões.

Ela levou a mão ao crucifixo. Mas parou no meio do caminho e tocou em sua barriga.

— Eu sempre soube o que fazer, senhora Gossler.

— Me chame de Trudi.

— Eu sempre soube o que fazer, Trudi — Agnes sorriu, apesar de tudo. — Quando não sabia, falava com Jesus. Principalmente nas últimas semanas, por incrível que pareça, não tive medo. Jesus fala comigo. Mas estou questionando minha fé. Estou descobrindo que as coisas não são como eu imaginava.

— As coisas podem mudar a qualquer momento — Trudi Gossler falou, com um misto de otimismo e lembranças horríveis. — Quer passar a noite na minha casa?

— Seria ótimo, obrigada — Agnes sentiu alívio morno se derramando sobre seus ombros. Seu namorado desaparecido, a Caravana Donner, Carlos Magno e o Psicopompo pareciam um pesadelo longínquo. — Não durmo numa cama de verdade há alguns dias.

— Moro longe daqui, quase fora da cidade. Vamos demorar algum tempo para chegar, mas ainda pegaremos metade do pronunciamento na TV.

— *O sequestrador foi identificado como Ernst Hoffman* — disse a repórter no rádio. — *Entre os reféns está sua esposa, Karoline Hoffman.*

Ainda era dia quando Ernst Hoffman desceu do ônibus. Mais do que tudo, ele queria uma bebida.

Apenas ele tinha descido naquele lugar. O sítio arqueológico de Kalkriese não era ainda um lugar público. Até pouco tempo atrás, Tony Green procurava os resquícios de Teutoburgo sozinho, com o consentimento do departamento de arqueologia da região. As escavações com uma equipe altamente especializada ainda estavam no início. Há poucos dias o conselho da região resolvera custear o projeto. De longe, parecia uma vasta extensão de colinas e floresta, com marcadores e fitas estendidas no chão. Valas compridas e estreitas tinham sido escavadas em inúmeros lugares indicados por meio de buscas minuciosas com detectores de metais. Ao fundo, distantes, mas ainda visíveis, estavam duas grandes propriedades rurais.

Havia algumas barracas abertas onde os arqueólogos se reuniam e descansavam. Eles estavam acostumados a se sujar, a passar longos dias procurando, escavando, catalogando e armazenando artefatos, um trabalho minucioso que testava a paciência e fazia as costas doerem. Mas todos eles sentiam uma eletricidade no ar, seu entusiasmo era mutuamente contagiante.

Ernst segurou o buquê com orgulho nas mãos trêmulas. Achou uma trilha de terra pelo meio do terreno aberto e logo viu as barracas ao longe. Escorregou na lama e se apoiou no chão para não cair, sujando a manga do terno. A barra da calça também já estava ficando enlameada. Sua tremedeira aumentou, impulsionada na mesma medida por abstinência, medo de rejeição e raiva.

Ergueu-se e olhou para o buquê. Estava sujo de lama e não restavam mais do que duas flores intactas.

Mas o revólver dentro do paletó continuava limpo.

Ele seguiu caminhando, murmurando para si mesmo o discurso que tinha preparado. As barracas ficaram maiores em sua visão e logo ele foi capaz de discernir as pessoas. Naquele dia não havia muita gente trabalhando no sítio arqueológico. Menos de dez ao todo. Eles sentavam em cadeiras de plástico, debruçados sobre mesas dobráveis. Conversavam entre si, iam e voltavam, ocupados em seu trabalho.

Então, aos poucos, Ernst parou de ensaiar o discurso de amor. Sem notar, no meio das declarações e exigências a Karoline, falou para si mesmo:

— Vocês se acham muito importantes.

Continuou, as solas dos sapatos sociais juntando mais e mais lama.

Viu que havia um punhado de mulheres trabalhando no sítio.

— Se acham mais importantes que eu.

Mais alguns passos e uma delas saiu do meio das árvores e Ernst a viu com clareza.

Era Karoline.

Ela estava séria, mas entusiasmada. Falava com dois homens, gesticulando e apontando algo. Sua concentração parecia total. Ela se encaixava naquela colina e naquela equipe como se tivesse nascido para aquilo.

Ernst sentiu raiva porque não tinha lugar ali.

Andou mais rápido. Logo alguém percebeu o estranho que se aproximava. Apontou. Karoline parou de falar e ergueu os olhos em sua direção.

Ernst sorriu. Sentiu o peso do revólver dentro do paletó e sorriu.

O rosto dela se transformou de concentração animada em nojo.

— Ernst?

Em sua voz, vergonha e medo.

— Deixe eu falar, meu anjo — disse Ernst Hoffman. — É o mínimo que você pode fazer.

Os outros arqueólogos não sabiam o que fazer. Era constrangedor estar presente quando um casal passava por um momento assim e ainda mais constrangedor porque o recém-chegado era uma figura ridícula. O terno velho e enlameado, o buquê miserável e o hálito de álcool compunham um quadro triste. Alguns se afastaram, procurando outra coisa na qual prestar atenção. Um ou dois, pelo contrário, ficaram olhando.

— Não me chame assim — disse Karoline.

— Agora quer mandar no que eu posso falar? Tenho direito de estar aqui, Karoline. Sou seu marido.

— Ernst, vamos conversar mais tarde.

Enquanto Karoline falava entre dentes, tentando não ser ouvida, Ernst aumentava o tom de voz aos poucos. Ela olhou para os lados, pensando no que faria se ele ficasse agressivo.

— Mais tarde quando? Vamos conversar agora. Eu te amo, meu anjo. Não posso viver sem você. Quero que você volte para mim.

Deu um passo à frente. Por instinto, Karoline recuou. Ele estendeu o buquê.

— Para você, Karoline. Eu sei que nós dois erramos, mas estou disposto a recomeçar.

— Vá embora.

Ernst se ajoelhou, ainda com o buquê estendido.

— Eu te amo, meu anjo. Minha vida não tem sentido sem você. Não me importo que o mundo todo saiba.

— Ernst, este é o meu trabalho.

— Eu sei. Vamos conversar sobre isso.

— Você não pode simplesmente aparecer no meu trabalho.

— Qual é o problema? Tem vergonha de mim?

O tom de voz era só um pouco mais hostil.

— Volte para casa. Assine os papéis.

— Não posso voltar para casa porque você me expulsou. Vamos voltar juntos. Você pode sair mais cedo, vamos ter um jantar romântico.

— Não vou sair mais cedo. Eu trabalho aqui, Ernst. Por favor, vá embora.

— Pegue o buquê.

— Não.

O sorriso dele ficou só um pouco mais feroz.

— Eu voltei a esta cidade. Vim até aqui, sem medo de me ajoelhar e dizer o quanto eu te amo, e você não pode nem pegar um buquê? Depois de tudo que eu fiz?

— Eu não pedi nenhum buquê. Não pedi para você vir até aqui. Este é meu trabalho, por favor...

Ernst se levantou.

— Pegue o buquê.

— Vá embora.

— Você acha que esse trabalho é mais importante que o nosso casamento? Quando nós nos conhecemos, você não era nada. Agora arrumou um emprego importante e dá as costas ao seu marido?

Karoline recuou mais. Uma das arqueólogas cutucou um colega. Os dois se aproximaram.

— Acha que esses sabichões vão continuar do seu lado quando conseguirem o que querem? Depois que você abrir as pernas vai ser demitida! Acha que vou aceitá-la de novo?

— Ernst, você não está bem.

— E de quem é a culpa? Quem me abandonou, quem me tirou da minha casa, quem me trocou por um bando de almofadinhas? Eu faço tudo por você, Karoline, e você não reconhece! Todos os dias eu só queria ficar do seu lado e você escolhia o trabalho! É isso que é importante para você? Dinheiro? Ambição? Mais importante que amor, que família?

Havia um telefone celular numa das outras barracas. Era um aparato quadrado, quase do tamanho de uma mochila, que a equipe usava para ligações de emergência. Uma das arqueólogas começou a teclar o número da polícia. Não conseguiu completar a ligação. Tentou de novo.

— Nós já tivemos esta discussão — disse Karoline, chegando mais perto dos colegas.

— Você dá mais valor a um bando de estranhos do que a mim! Dá mais valor a lixo enterrado de gente morta do que a seu próprio marido!

— Você não vai me humilhar aqui.

— Está preocupada com aparecer! É tudo que as mulheres querem hoje em dia! Querem dinheiro, querem se exibir! Antigamente a mulher sabia seu lugar! Não tinha vergonha de ser feminina, de aceitar um buquê de flores do marido.

— Você não é meu marido — disse Karoline, com firmeza. — Já recebeu os papéis de divórcio. Volte para casa, assine e só fale comigo por meio dos advogados.

— *Pegue o buquê* — grunhiu Ernst.

A arqueóloga teclou de novo o número da polícia.

— Eu te amo — disse Ernst. — Você não merece, mas eu te amo. Eu vou fazer você ser uma mulher direita de novo. Venha comigo agora.

A ligação se completou.

— Pegue o buquê e diga que me ama.

— Não quero vê-lo nunca mais — disse Karoline. — Me deixe em paz.

Ernst berrou e jogou o buquê contra ela. A lama respingou por toda a barraca, as flores mortas bateram no peito de Karoline e só deixaram uma marca de sujeira. Ela piscou e viu que ele enfiou a mão no paletó.

— Vagabunda traidora! — gritou Ernst Hoffman. — Acha que é muito importante?

Sacou o revólver. Engatilhou e apontou para a ex-esposa.

— Peça perdão! — ele urrou. — Pegue o buquê!

Ernst Hoffman enxergou vultos em meio às árvores da Floresta de Teutoburgo. Achou que eram outros arqueólogos, outros sabichões empolados que só queriam transar com sua mulher ou vadias que a influenciavam a ser como elas.

Mas estava errado.

Com o dedo no gatilho, no local da batalha que dividiu a Europa, ele enxergou as sombras de legionários romanos e guerreiros germânicos. O selo do Mecanismo do Destino ameaçava se romper com a promessa de um sacrifício de sangue. Em algum lugar debaixo da terra, houve um rugido baixo.

Equipes de rádio e TV chegaram no local menos de uma hora depois que Ernst Hoffman sacou o revólver. A polícia já estava lá. Dentro de algumas horas surgiram também os soldados ingleses.

O ambiente da Floresta de Teutoburgo era propício para que pessoas treinadas se escondessem e se aproximassem furtivamente. Um atirador de elite do exército britânico estava oculto em meio às árvores. Ele tinha Ernst Hoffman na mira e só esperava a ordem para apertar o gatilho.

A noite caiu enquanto Ernst mantinha a arma apontada.

O Capitão Tony Green chegou em casa preocupado com o pronunciamento em Berlim, com as crianças sem aula, com o povo de Osnabrück e com os reféns em Kalkriese. Em parte ele se sentia responsável pelos arqueólogos que estavam lá, em risco de vida, olhando para o cano do revólver de um maníaco, um terrorista ou coisa pior. Por só um segundo ele desejou nunca ter encontrado sinais da Batalha de Teutoburgo, mas disse a si mesmo que o sequestrador teria agido em outro lugar, com outras pessoas, e o risco seria o mesmo. Aquilo não era verdade: embora o ódio e a violência de Ernst Hoffman fossem culpa exclusiva dele próprio, se Tony Green nunca tivesse descoberto moedas romanas na colina, Karoline Hoffman nunca teria realizado seu sonho e assim Ernst nunca teria transformado sua raiva em ações.

A 4ª Brigada Blindada do Real Regimento de Tanques do Exército Britânico colaborava com a polícia de Osnabrück em diversas ocasiões. Tony Green sabia que, quando o assunto era matar alguém discretamente, poucos eram tão bons quanto os ingleses. Ele esperava que isso não chegasse a acontecer.

A noção de um inglês mais uma vez puxando um gatilho contra um alemão o enchia de uma inquietação incômoda, um pânico sutil e subentendido. Ainda que fosse um criminoso alemão, ainda que o atirador inglês tivesse sido requisitado pela polícia alemã. Ele não conseguia ignorar as palavras de Margaret Thatcher, ditas à boca pequena, que tinham chegado até ele pela rede de boataria dos militares: uma Alemanha fraca, dividida, à beira de um colapso, era boa. Uma Alemanha forte e unida poderia significar o Quarto Reich.

Se a Primeira-Ministra falava da Alemanha como uma potência inimiga, a chance de mobilização militar, principalmente num dia de incertezas como aquele, era real. O atirador de elite inglês escondido na Floresta de Teutoburgo lembrava Green da própria Brigada instalada em Osnabrück, amigável, mas pronta para agir caso o pior acontecesse.

Eram medos bobos, ele decidiu.

Tony Green beijou sua esposa, conversou um pouco com seus filhos, trocou a fralda do filho mais novo, um bebê com poucos meses de idade. Sentou em sua poltrona e ligou a TV. A conferência em Berlim estava começando.

Quando a rádio Deutsche Welle interrompeu a cobertura da situação com reféns para transmitir a conferência do Partido Socialista Unificado da Alemanha, Ernst Hoffman já estava há horas com o revólver apontado para sua ex-esposa. Ele havia deixado alguns saírem e dois arqueólogos conseguiram fugir sem que ele visse. O sítio arqueológico estava cercado pela polícia e várias vans da TV e do rádio estavam estacionadas na estrada ao lado de Kalkriese, câmeras e jornalistas registrando o impasse. O negociador já tinha chegado, mas até agora a única exigência de Ernst era que Karoline segurasse o buquê de flores que ele tinha trazido.

Dentro do Audi, Agnes começou a dizer algo, mas Trudi Gossler colocou o dedo sobre os lábios, pedindo silêncio. Esticou a mão e aumentou o volume do rádio. O único barulho que competia com o pronunciamento em Berlim era o ronco do motor, acelerando numa estrada deserta em meio à floresta e a algumas fábricas.

O caminho à frente estava escuro, o início de noite parecia madrugada fechada. Os faróis só iluminavam alguns metros. Trudi adivinhava a estrada por hábito, dirigindo segura na rota que já cruzara incontáveis vezes.

— Como é o nome do homem que está falando? — perguntou Agnes.

— Schabowski — Trudi respondeu, prestando atenção ao caminho e à voz no rádio. — Günter Schabowski. É o porta-voz dos comunistas.

Trudi falou a palavra com ódio. Por alguma razão, tudo aquilo era muito intenso e importante para ela. Agnes olhou para os lados e se imaginou presa na estrada dentro da floresta escura. Imediatamente, pensou em locais de poder, passagens entre as montanhas, emboscadas, linhas de energia, rituais, geografia sagrada.

Sacrifício atômico.

Agnes tentou prestar atenção ao que o homem no rádio dizia, mas era uma arenga interminável, cheia de palavrório político e jurídico. Mais uma vez, sentiu-se como se tivesse acabado de nascer. Por que, sendo alemã, ela nunca dera tanta importância aos assuntos da Alemanha Oriental? Por que parecia perceber só agora que do outro lado do Muro o povo estava em ebulição? Será que, no convento, ela estivera mesmo tão protegida do resto do mundo, tão separada das pessoas em seu próprio país? Será que havia possibilidade real de guerra nuclear e sua presença em lugares de Osnabrück podia mudar alguma coisa?

Silenciosamente, pediu que Jesus a guiasse.

Trudi deu um riso para si mesma.

— Ouça! Ouça como esse homem fala! Parece um burocrata qualquer, um sujeito inofensivo! É isso que os comunistas querem que você pense! Que são só pessoas comuns, como qualquer um. Qualquer membro do Politburo é culpado de matar inocentes! Ou no mínimo prender!

Agnes tentou escutar tamanha malícia na voz de Schabowski, mas os assuntos eram monótonos demais.

Então, enquanto Trudi discutia com o rádio, o discurso se desfez em estática. Trudi praguejou, esticou a mão para ajeitar a sintonia e tirou os olhos da estrada só por um segundo.

— *Cuidado!* — berrou Agnes.

O vulto surgiu no meio da estrada de repente. Não havia nada além de escuridão, então os faróis mostraram uma silhueta humana difusa. Agnes viu primeiro, gritou e se segurou como pôde. Trudi Gossler ergueu os olhos, viu a figura se aproximar, parada no meio da estrada, no caminho do carro em alta velocidade.

Seu único reflexo foi girar o volante.

O carro rodopiou na estrada molhada, os faróis descrevendo um círculo de luz rápida, os pneus guinchando e abafando a estática do rádio. Agnes não percebeu que agarrava o crucifixo e gritava o nome de Jesus, os olhos fechados com força.

Um estrondo a chacoalhou até os ossos. Ela sentiu a lateral do corpo banhada por fragmentos de vidro e por algo molhado e quente. A buzina soava num tom alto, irritante e contínuo. O carro estava parado.

Ela abriu os olhos, ofegando.

A lateral do carro tinha se chocado com uma árvore. Agnes apalpou a si mesma e não detectou nenhum ferimento. Mas, do lado do motorista, o para-brisa estava rachado e manchado de sangue. O corpo de Trudi Gossler estava debruçado pela janela quebrada, seu cotovelo apertando a buzina. O vidro que tinha chovido sobre Agnes eram os estilhaços da janela. A sensação molhada era o sangue da mulher.

— Trudi...? — Agnes a tocou de leve.

Então a porta traseira do Audi se abriu.

— Ela está viva — disse o Padre Tristano. — Não se preocupe. Escolhi uma linha em que o acidente não fosse fatal.

Ele sentou no banco traseiro, acomodando seu corpanzil com naturalidade. Então fechou a porta. Agnes começou a tremer sem controle. Não teve coragem de se virar.

— Não temos tempo a perder — disse Tristano. — Precisamos seguir a Kalkriese imediatamente.

— Não... — um fio de voz saiu da garganta de Agnes. — *Não.* O que você está fazendo aqui?

— Peço perdão, Agnes, mas não tive opção. Preciso de você. Preciso de você agora. Não sei o que fizemos de errado, mas os selos estão ameaçados. Um louco está prestes a derramar sangue no local da Batalha de Teutoburgo. Percebe a gravidade disso? O que aconteceu uma vez acontece de novo. Se houver um sacrifício de sangue em Kalkriese...

— Ela não fez nada — disse Agnes. — Ela só me defendeu. Trudi é inocente.

Tristano franziu o cenho numa expressão de tristeza profunda. Mas ela não viu, porque ainda não conseguia se virar.

— Eu sei. Lamento muito. Ela não merecia isso.

A buzina continuava soando.

— Deixe-a ir, por favor — disse Agnes. — Coloque-a no acostamento. Quando acharmos um telefone, chamamos uma ambulância. Pelo menos ela...

— Desculpe, Agnes. Não posso fazer isso.

O som pegajoso que veio do banco de trás seduziu Agnes para que olhasse. Ela chegou a virar a cabeça alguns centímetros, mas se deteve. Não queria ver.

Em sua visão periférica, tentáculos serpentearam lentamente do banco de trás do carro. Um deles tinha em sua ponta algo similar a cones carnudos e esponjosos. Outro era fino e sedoso. Um terceiro era bulboso e cheio de olhos. Um quarto tinha garra de lagosta.

O tentáculo mais fino entrou lentamente no ouvido de Trudi Gossler. Os cones se grudaram como ventosas em sua nuca.

Ela se ergueu aos poucos. A buzina parou de soar.

Agnes tapou a boca com as duas mãos.

O tentáculo com os olhos se debruçou no ombro ensanguentado de Trudi. Os cabelos da mulher estavam empapados de sangue, seu rosto estava cheio de cortes.

Ela abriu os olhos. Bem arregalados e injetados, sobre olheiras fundas e negras. Virou-se para Agnes e sorriu.

— Ela não está possuída — a voz de Tristano saiu dos lábios de Trudi, distorcida e gutural. — Eu nem poderia fazer isso, não conheço seu nome ou sua história. Só vou usá-la um pouco, Agnes. Assim como foi com Carlos Magno. Só uma presença.

Com movimentos mecânicos e espasmódicos de seu corpo retalhado, vermelho de sangue, Trudi manobrou o carro até a estrada mais uma vez.

— Entenda, eu não posso dirigir — disse Tristano/Trudi. — Se eu sentasse no banco do motorista, em quase todos os futuros você me atacaria com a tesoura que traz escondida em seu hábito. E não podemos perder mais tempo, Agnes. Precisamos impedir o sacrifício.

— Jesus, me ajude.

Trudi engatou a primeira marcha. Pisou no acelerador.

O tentáculo com a garra de lagosta ficou atento, pairando sobre Agnes.

IV

EM BERLIM, DEPOIS DE SE DESVENCILHAR DE MEMBROS DO COMITÊ Central que ainda queriam fazer perguntas ou comentar assuntos que nada tinham a ver com a norma provisória de viagens internacionais, Egon Krenz entregou o documento a Günter Schabowski. Não foi um momento solene. Eles estavam à vista de muitas pessoas e no meio do burburinho.

Günter Schabowski pegou o documento com as duas mãos. Uma nota estava anexada à capa com um clipe de papel. Escrita à mão, com a letra de Egon Krenz:

"A notícia mundial."

Schabowski franziu o cenho. Por que apresentar a ele o conteúdo de uma notícia mundial apenas meia hora antes do pronunciamento?

A expressão de Egon Krenz estava neutra. Ele só queria ligar para casa, falar com sua esposa. A noção de que o Comitê Central não dera a devida atenção à norma incomodava, mas ele tinha falado claramente. Os ministros e os secretários dos distritos também estavam a par. A responsabilidade não era só dele.

Seu último ato para dividir o peso da decisão fora aquela nota. Schabowski não podia ignorar. "A notícia mundial", em letras grandes e bem desenhadas.

Além disso, era só uma norma provisória.

Schabowski abriu o documento, passou os olhos. Chegou mais perto de Krenz e falou em seu ouvido:

— Saiba de uma coisa. Isto é, para nós, uma bomba!

Egon Krenz se sentiu aliviado. Schabowski compreendia todas as implicações. Uma bomba. Ele estava ciente.

Mas, na agitação dos corredores, o Secretário Geral do Partido não parou para raciocinar que, para considerar uma norma jurídica uma "bomba", não era preciso entender todas suas implicações. O texto revogava uma lei anterior, não continha a data em que entraria em vigor e, em nenhum lugar, citava a palavra "provisória".

Certos de que tinham se entendido, os dois apertaram as mãos e se despediram.

Günter Schabowski andou até o carro que o levaria ao prédio onde ocorreria o pronunciamento. Entrou pela porta de trás, cumprimentou o motorista. Quando o carro partiu, ele começou a montar o roteiro do que falaria à imprensa internacional durante uma hora.

Às 17h45, um funcionário do Ministério da Justiça notou que a norma de viagens internacionais não era juridicamente válida.

O próprio ministro não estava em seu gabinete naquele dia, mas o secretário que ficara responsável em seu lugar reuniu uma pequena comissão para avaliar o texto do documento. Eles classificaram a norma em sua versão atual como destrutiva e retrógrada. Mais do que isso, identificaram erros que tornariam sua aplicação completamente inviável.

O primeiro ponto preocupante era uma minúcia legal: não havia como um cidadão que tivesse seu visto negado recorrer da decisão. O segundo e o terceiro pontos eram o que ninguém mais percebera: os termos "curto prazo" e "exceções especiais" não tinham sido definidos. A flexibilidade que parecera um trunfo para o Ministério do Interior e para o Ministério da Segurança do Estado era um rombo que causaria um caos jurídico insolúvel. Por fim, a revogação de uma lei anterior não podia ser feita com uma norma apresentada pela primeira vez num pronunciamento; era indispensável que todos os protocolos formais fossem cumpridos. Em essência, a norma era o mesmo que um comentário feito por um mero indivíduo: sem valor jurídico e sem respaldo do Estado.

Os membros da comissão improvisada escreveram suas objeções, formularam uma solução e, para não perder tempo, um deles pessoalmente achou o ministro e entregou em suas mãos o parecer. O Ministro da Justiça os parabenizou por seu esforço. Eram 18 horas em ponto.

Como não havia mais tempo para deliberações, o Ministério da Justiça enviou sua objeção em caráter oficial até o órgão responsável.

Ninguém viu necessidade de entregá-la a Günter Schabowski no meio do pronunciamento.

O parecer chegou à caixa de entrada do Comitê dos Ministros e saiu da alçada do Ministério da Justiça. Um papel num escritório vazio.

Os funcionários apagaram a luz e foram para casa.

Enquanto os funcionários do Ministério da Justiça faziam isso, Günter Schabowski colocou uma folha de papel pautado no colo, sobre uma pasta. Enquanto o carro avançava pelas ruas escuras de Berlim Oriental, ele rabiscou para si mesmo, com caneta esferográfica, o que diria dali a alguns minutos.

Sua letra era completamente ilegível, pelo balanço do veículo e pela pressa. Ele enumerou tudo que precisava ser anunciado, as pequenas novidades, as imperceptíveis mudanças no sistema burocrático e muitas outras gotas de informação que deveria esticar em uma hora. Para a imprensa internacional, aquilo era inédito: um vislumbre no Politburo, uma chance de ouvir respostas não editadas ao vivo. Mas, para Schabowski, era só mais uma tarefa maçante. E o melhor jeito de lidar com ela era torná-la maçante para todos. Ele não era homem de discursos, mas de deliberação. Tirando a emoção dos pronunciamentos, ele esperava acabar com o apetite sensacionalista da imprensa e se esquivar da responsabilidade de apresentar fatos concretos.

De novo e de novo, ele encheu suas anotações de pontos de interrogação. Momentos em que talvez coubesse algum comentário ou informação extra, ou sobre os quais ele mesmo tinha dúvidas. Progrediu até o fim.

A norma de viagens internacionais seria o último ponto a ser abordado. Era uma estratégia inteligente: deixando pouco tempo para aquilo, ele se via obrigado a responder poucas perguntas e não teria chance de elaborar.

Satisfeito na medida do possível com o roteiro, Günter Schabowski abriu o documento para lê-lo por completo pela primeira vez.

Passou pelas primeiras frases e o motorista estacionou o carro.

𝔘

— A ALEMANHA ESTÁ DIVIDIDA, AGNES — DISSE TRISTANO/Trudi. — Ninguém sabe o que vai ser dito no pronunciamento. Se um sacrifício de sangue for feito no local da batalha que dividiu esta terra, que dividiu a Europa, você imagina o que pode acontecer?

O Audi de Trudi Gossler cruzava as estradas de Osnabrück em alta velocidade. O ponteiro do velocímetro encostou no máximo e ficou lá, balançando. A porta do lado do motorista estava amassada, só restavam cacos pontiagudos da janela. O para-brisa estava rachado e manchado de sangue. Vento gelado e gotículas de chuva rugiam para dentro do carro. Os dedos sangrentos de Trudi escorregavam pelo volante. As árvores passavam num borrão, o asfalto úmido sumia sob os pneus.

Movida pelo tentáculo fino enfiado em seu ouvido, a cabeça de Trudi Gossler se virou para Agnes, tirando os olhos injetados do caminho.

— Algo está acontecendo, oculto até mesmo de mim — a voz gutural continuou. — Os futuros estão todos emaranhados. Você está radiante, Agnes. Há tantas linhas de destino emergindo de você a cada segundo que nem consigo acompanhar. Todos que passam por seu caminho são engolidos. Provavelmente todos que encontramos na Estação Central, de manhã, estão vivendo as consequências de ter cruzado com você.

Agnes olhou a porta de seu lado. Ela conseguiria simplesmente abri-la e se jogar do carro.

O difícil era sobreviver.

Levou a mão à maçaneta, por um instante achou que teria coragem. Mas algo dentro dela a impediu, uma voz de autopreservação ou um reflexo do próprio corpo. Ela rolaria pelo asfalto, esfolaria a pele do rosto, quebraria o pescoço. Demoraria poucos minutos para morrer.

Se Agnes tivesse feito isso, tudo teria sido diferente.

— Você é como Carlos Magno — disse Tristano/Trudi. — Com tanto potencial, tanto destino a seu redor, nem vai sentir diferença nesta linha que escolhi.

O comentário a encheu de fúria. Não importava se ele fizesse ou não o bem, não importava o que aconteceria se houvesse um derramamento de sangue em Kalkriese, não importava nem mesmo o que Jesus aconselharia. A presunção do que ele dissera transformou o medo em revolta. Agnes enfiou a mão dentro do hábito e puxou a tesoura.

Encostou a ponta em seu próprio olho.

— Não — disse Tristano/Trudi.

Havia um futuro em que a tesoura estava besuntada de óleo, o que a fazia escorregar da mão de Agnes para o chão, entrando debaixo do banco do carona, num local que ela não conseguia alcançar. Tristano puxou os três para aquela probabilidade, mas Agnes fixou a si mesma onde estava. Disse:

— Sim, Padre Tristano. Sim.

A cabeça de Trudi Gossler olhou para ela em choque. Os tentáculos examinaram Agnes com surpresa.

— Como você fez isso? — perguntou Tristano/Trudi.

Agnes não respondeu. Empurrou a ponta da tesoura contra o próprio olho direito.

— Não posso fazer nada contra você — disse a noviça. — É muito rápido e muito forte. Mas posso fazer algo contra mim.

— Agnes, cuidado...

— Você precisa de mim, não? Vamos ver o que vai fazer se eu enfiar esta tesoura na minha cabeça.

Ela respirava fundo. Não queria morrer. Mas sentia que a vida estava no fim de qualquer jeito.

— Nossa missão... — começou Tristano.

— Não importa. Nada me importa. Só me obedeça.

— Por favor, Agnes! — a voz ficou distorcida de apreensão. — Não faça nada de que vá se arrepender!

— Não sou eu quem deve se arrepender.

Eles ficaram em silêncio.

— O que você quer? — perguntou Tristano/Trudi.

— Quero que se arrependa — ela respondeu. — Quero que se redima.

— Eu já disse. Nunca vou conseguir pagar por meu crime...

— Eu decido isso — Agnes interrompeu. — Eu sou humana. Eu vou conceder o perdão ou vou condená-lo.

— Não temos tempo...

— Cale a boca! — Agnes berrou. — Cale a boca! Não quero mais mentiras! Não quero mais enigmas! Não me importo de morrer, não me importo se este mundo inteiro morrer! Fale o que está acontecendo! Agora!

As mãos ensanguentadas de Trudi seguraram o volante com mais força. O Audi continuou na velocidade máxima.

— Você tem muito destino — o yithiano ainda tentou, com a voz gutural saída da mulher. — Muito potencial.

— Não me importo — disse Agnes, quase num sussurro, quase num riso. — Acho que nasci hoje de manhã. Acho que minha vida está no fim. Vou morrer aqui mesmo se você não me explicar o que está acontecendo. Se não confessar seu crime.

Trudi Gossler virou a cabeça para a frente, num repuxão errático.

A estrada escura continuou deserta.

— Antes da Pré-História, houve uma guerra — começou Tristano/Trudi.

— Só responda o que perguntei.

— Você precisa saber disso para entender a resposta, Agnes.

Com seu silêncio, ela permitiu que ele continuasse falando. A ponta da tesoura forçava seu globo ocular.

— Antes da Pré-História, houve uma guerra — Tristano/Trudi recomeçou. — Uma guerra entre os deuses. O campo de batalha era o mundo físico.

— Os deuses que Widukind descobriu quando foi batizado?

— Sim, Agnes. Deuses terríveis. Os únicos verdadeiros deuses. Entidades que vivem na Realidade, *coisas* onipotentes e malignas.

— Você é um deus?

— Oh, não, Agnes. Eu não sou um deus. Na verdade, minha raça não poderia estar mais longe dos deuses.

A estrada continuava escura e molhada. O velocímetro continuava no máximo.

— Desde antes do início do tempo, os deuses escravizam e torturam os elos mais fracos da Realidade. São criaturas com potencial, mas são menos que insetos quando comparados a essas entidades, Agnes. São menos que bactérias. Quando o tempo começou e o universo físico se formou, essas bactérias foram atraídas para este lugar falso. De alguma forma, elas conseguiram escapar e surgiram no universo físico. São vocês. São os humanos.

— Os deuses fizeram guerra contra humanos?

— Não. Se um só deus pudesse tocar na humanidade e quisesse destruí-la, ela estaria destruída. Os deuses guerrearam entre si, no mundo físico. Eles tinham raças sagradas para lhes servir. E, em todas as batalhas, todos os lados usavam a humanidade. Humanos morriam aos bilhões, eram massacrados em horas ou minutos. Eram menos que soldados rasos, menos que escravos. A melhor analogia que posso fazer é a guerra biológica que sua raça inventou. Imagine um general humano se preocupando com o sofrimento de cada bactéria que infecta o inimigo.

Era, mais uma vez, uma trama fantástica, algo saído de um filme. Mas ressoava com algo dentro dela.

A tesoura lhe dava mais segurança que o crucifixo.

— A barreira entre o mundo físico e a Realidade era muito tênue naquela época. Os deuses podiam pisar no mundo físico, as entidades transitavam livremente. As almas de humanos mortos visitavam seus amigos, seus parentes, suas tribos. Eram usadas como combustível de rituais...

— Espere — interrompeu Agnes. — Como as almas podiam visitar quem conheceram na Terra se todos passam pelo esquecimento ao morrer?

No banco traseiro, Tristano engoliu em seco.

— Havia uma raça que não cultuava os deuses, Agnes. Uma raça que estudava e catalogava a Realidade e o mundo físico. Uma raça separada de todas as outras, que foi vítima de seu próprio orgulho frio.

Agnes sentiu a hesitação na voz gutural e distorcida.

— A Grande Raça de Yith julgou que podia desafiar os deuses. Enquanto todas as outras os cultuavam, nós achamos que poderíamos vencê-los. Criamos uma hipótese e precisávamos testá-la. A hipótese era que os deuses retiravam poder da devoção. Quanto mais cultuados eram, mais próximos estavam do mundo físico. Fazia sentido, porque os rituais que os traziam, que possibilitavam que eles tocassem o mundo físico diretamente, eram realizados por seus cultistas, por seus escravos, por seus servos. Para diminuir o poder dos deuses, bastava acabar com seus devotos.

— Vocês quiseram destruir a humanidade?

— Pior que isso — disse Tristano/Trudi.

Eles já estavam bem fora da cidade. Apenas floresta e colinas dos dois lados da estrada.

— Quando o mundo físico foi criado, foi criado também o tempo. Na Realidade, tudo existe simultaneamente, todas as possibilidades, tudo que já aconteceu, que acontecerá, que pode acontecer. Mas, no mundo físico, tudo isso é filtrado em possibilidades. O que pode acontecer se desfia, se transforma em destinos mais ou menos prováveis, é ordenado entre passado e futuro.

— Você está tentando me enrolar.

— Não estou, Agnes. Eu juro. Você não tem razão para acreditar em minha palavra, mas eu juro.

Ela sentiu que estava relaxando. Retesou os músculos do braço e forçou a ponta da tesoura contra o olho.

— Isso significa que os humanos têm pouco tempo. As raças sagradas são longevas ou imortais, seus rituais estão registrados e elas sempre cultuarão os deuses. Mas seus números são reduzidos. Para que os rituais e o conhecimento sagrado se mantivessem neste mundo, era preciso que a humanidade lembrasse. E a humanidade sempre lembrava. Vivos ou mortos, sempre lembravam. Morriam e voltavam à Realidade. Nasciam com conhecimento, continuavam sendo escravos valorosos de seus mestres. Porque eles lembravam, Agnes. Porque vocês lembravam.

A compreensão brotou nela aos poucos, mesclada com horror.

— A Grande Raça de Yith fez um ritual. Um ritual gigantesco, que usou cada linha de poder na Terra, cada ponto da geografia sagrada. Desenhamos e deciframos labirintos de complexidade inimaginável. Criamos diagramas que se abriam em várias dimensões, entre o mundo físico e a Realidade, no tempo, no espaço e nas possibilidades. Prendemos uma quantidade incalculável de entidades, de almas humanas.

O barulho do motor do carro se mesclou à estática do rádio.

— O que é a morte? — disse Tristano/Trudi. — Você pode realmente dizer que havia morte se os humanos lembravam de tudo? Uma pessoa morria de verdade se voltava para rever aqueles que amava, mesmo em meio ao sofrimento? Ainda que o corpo físico morresse, era uma pessoa diferente se nascia com as mesmas memórias, a mesma personalidade? Se a memória era preservada, existia realmente a morte?

— Não sei — disse Agnes, tomada pelo peso da confissão.

— Os yithianos cometeram muitos crimes na guerra contra os deuses. Usamos humanos em experimentos horrendos, causamos dor e destruição. Fomos vencidos, é claro, porque nosso poder nunca foi divino. No fim, os deuses baniram uns aos outros para a Realidade. Alguns estão mortos, alguns dormem, alguns tentam voltar para cá. Nós ficamos. A Grande Raça de Yith permaneceu no mundo físico, tentando escapar da vingança dos deuses. Quando eles voltarem, seremos punidos. Eles são tão ou mais malignos quanto nós. Mas merecemos sua punição.

Agnes enxergou luzes ao longe. O sítio arqueológico estava próximo.

— Desde então, os yithianos tentam manipular o destino para se proteger. Para fugir da vingança, para fugir da justiça. Se a humanidade for reduzida mais uma vez a um estado de barbárie, a tribos esparsas sem cultura, sem sabedoria registrada, a Grande Raça de Yith estará segura. Sem a transmissão dos rituais certos, sem o conhecimento da geografia sagrada e da verdade sobre o universo, os humanos nunca abrirão os portais para os deuses. Este é o sacrifício atômico, Agnes. Os yithianos querem que haja guerra nuclear para que possam se refugiar eternamente no mundo físico.

— Pare de falar em "nós", em "eles". Fale de você.

— Não há tempo...

Ela forçou a tesoura contra o olho, sentiu uma dor funda e aguda.

Trudi Gossler chorou, sem mover o rosto ou os olhos. O Padre Tristano soluçou no banco de trás.

Quando ele falou, não foi com a voz gutural saída da garganta da mulher. Foi com a voz mansa e grave do padre, entrecortada pelo choro de vergonha.

— Perdoe-me, Agnes, porque pequei. Cometi o maior crime da história. Idealizei, elaborei e construí o Psicopompo. Roubei cada um dos humanos de tudo que eles já foram, de tudo que já viveram, de quem já amaram e odiaram, de suas alegrias e tragédias. Prendi todas as pessoas numa existência curta. Do pó vieram e ao pó voltarão. Condenei a humanidade ao esquecimento eterno.

As luzes dos carros da polícia coloriam a estrada, refletidas no asfalto úmido. Antes que os policiais e repórteres pudessem ver quem estava dentro do carro, o corpo de Trudi fez o veículo parar e desligou os faróis.

Os tentáculos saíram de dentro dela enquanto Tristano falou:

— Eu criei a morte.

01

A CONFERÊNCIA DE IMPRENSA COMEÇOU ÀS 18 HORAS COM pontualidade alemã e rigor comunista. Günter Schabowski estava sentado ao centro de uma espécie de palanque comprido, com funcionários do Partido e do regime dos dois lados. Ele vestia um terno cinza e se recostava para trás na cadeira, numa postura quase desleixada.

À frente, a sala estava ocupada por 40 jornalistas do mundo todo, além de suas equipes. Câmeras de TV transmitiam o pronunciamento ao vivo, grandes microfones em hastes captavam a voz professoral de Schabowski. Ele mantinha os olhos nas folhas sobre a mesa, seguindo o roteiro rascunhado no carro, consultando os documentos que continham as novidades que ele precisava relatar.

Os jornalistas já haviam recebido o comunicado oficial. Conheciam os tópicos que seriam abordados, para que pudessem fazer perguntas, mas o conteúdo não era claro. O que estava no papel eram palavras escolhidas cuidadosamente. O que o porta-voz diria eram respostas cruas. Além disso, tendo pouco tempo desde o recebimento do comunicado até a hora do pronunciamento, nenhum jornalista seria capaz de compreender por completo o teor de tudo que estava escrito lá.

Schabowski agradeceu pela presença de todos e começou a falar.

A lista de assuntos era mesmo enorme, cada tópico era minúsculo. A postura de Schabowski, o modo como ele falava, o conteúdo, tudo colaborava para provocar sono em quem estivesse assistindo. Ele era um político astuto, apesar do jeito e da aparência. Tinha sido parte da conspiração que derrubara o antigo Secretário-Geral. O tédio era estratégico, confundia os repórteres, fazia as pessoas desligarem a TV, diminuía a chance de perguntas precisas sobre os temas centrais.

Trudi Gossler tinha prestado atenção porque ficava indignada com a frieza e indiferença de um oficial do regime que a prendera, que roubara sua filha. Também porque, naquele momento, ela ainda estava dirigindo, antes do acidente e dos tentáculos.

Franz, o professor que tinha auxiliado Agnes quando ela desmaiara, tentou prestar atenção, mas seu sentimento de revolta foi grande demais. Viu aquele político discursando sobre banalidades como se o governo não tivesse roubado dele a maior escolha de sua vida. Jogou a própria TV no chão com um chute. Decidiu que, se houvesse guerra, iria lutar.

A mulher tatuada com quem Tristano falara de manhã assistiu, atenta e bêbada. A cada vez que Schabowski trocava de tópico, ela bebia mais e rezava para que ele não anunciasse nenhuma permissão de saída da Alemanha Oriental. A cada frase do porta-voz, tomava um gole e temia que a amiga que traíra estivesse mais perto. Quando o pronunciamento chegou à metade, o álcool não foi suficiente. Ela dormiu com a seringa enfiada no braço, deixando a TV ligada e o Camarada Schabowski falando sozinho.

O mestre de obras que quase abriu a porta da Igreja de Santa Maria e quase descobriu o cadáver do mendigo chegou a ligar a TV do quarto de hotel, mas não viu nem o início do pronunciamento. Seu namorado o abraçou por trás, ele se virou para beijá-lo e, antes que percebesse, os dois estavam na cama, sua transa narrada pela voz de Günter Schabowski. Ele nunca mais voltou para casa, nunca deu satisfações à esposa ou aos filhos.

O Capitão Tony Green assistiu com atenção, sem perder uma palavra. Não tirou o uniforme. Ficou na beira da poltrona, com a sensação de que precisaria voltar ao quartel. A cada vez que Schabowski mudava de assunto, ele rezava para que fosse só mais um tópico sonífero.

Gerhard Lauter, que escrevera a primeira versão da norma de viagens internacionais naquela manhã, ficou o dia inteiro disponível, ao lado do telefone. Quando o pronunciamento começou, teve certeza de que ninguém iria precisar dele — provavelmente seu texto já passara por inúmeras revisões e estava irreconhecível. Lauter nem chegou a ligar a TV. Tinha um ingresso para uma peça de teatro e ficou feliz porque afinal iria poder aproveitá-lo.

E havia alguém com quem Agnes não tinha cruzado, direta ou indiretamente. Que ainda não tinha sido engolfado pelas linhas de destino que brotavam dela. Seu nome era Harald Jäger. Um tenente-coronel da Stasi responsável pelo controle de passaportes num posto militar do Muro de Berlim, Jäger estava de serviço numa guarita quando o pronunciamento começou. Por sorte, era hora de seu intervalo e ele pôde jantar enquanto assistia. Jäger era um comunista convicto e seu grande orgulho era servir na Muralha de Proteção Antifascista. Fazia parte da Stasi há 25 anos e trabalhara na construção do Muro. Cada palavra do

Camarada Schabowski, por mais entediante que pudesse soar, o enchia de orgulho cívico. Talvez ninguém no mundo todo prestasse tanta atenção ao pronunciamento quanto Jäger.

Eram 18h52 quando Günter Schabowski decidiu abordar a norma de viagens internacionais. Tempo suficiente para falar generalidades, mas não o bastante para perguntas. Demorou menos de um minuto expondo o panorama geral. Vários jornalistas pediram a palavra.

O primeiro deles começou:

— Senhor Schabowski, sou Johnson...

O porta-voz o interrompeu:

— Desculpe, mas primeiro seu colega italiano!

Outro repórter protestou:

— Mas eu pedi bem antes!

Se Günter Schabowski tivesse dado a palavra a Johnson ou ao segundo jornalista, que realmente tinham se manifestado primeiro, tudo teria sido diferente. Mas ele achou que um veterano da imprensa italiana chamado Riccardo Ehrman tinha direito à primeira pergunta.

— Meu nome é Riccardo Ehrman — começou o repórter. — Represento a agência italiana ANSA. Senhor Schabowski, o senhor falou antes sobre erros. O senhor não acha que foi um grande erro propor uma nova legislação sobre viagens?

Então começou uma longa e labiríntica resposta. Günter Schabowski, apoiado sobre um braço da cadeira, falava com tranquilidade, sem pressa.

— Não, não acho. Hã... Sabemos dessa tendência da população, dessa necessidade da população, de viajar ou de deixar a República Democrática Alemã.

O resto da resposta era suficiente para fazer qualquer um se perder ou parar de prestar atenção. Uma norma sobre viagens, um jornalista com uma pergunta sobre a opinião do porta-voz. Tudo muito normal e sonífero. Os minutos passavam, arrastando-se até as 19 horas com tranquilidade total, da forma como Schabowski queria.

Uma eletricidade vagarosa se espalhou pelos jornalistas. Murmúrios e comentários paralelos começaram a pipocar enquanto o porta-voz continuava seu palavrório. Havia algo importante, algo vago e crucial, no meio daquilo tudo. Os telespectadores se inclinaram para a frente em suas cadeiras. Tony Green se aproximou da TV, como se assim pudesse entender melhor o que Schabowski dizia. O professor Franz bateu na porta de um vizinho e pediu para assistir ao resto do pronunciamento com ele.

— Porque nós — Schabowski se perdeu por um segundo antes de continuar — estamos numa posição insustentável de que essas viagens... Hã... Se realizem através de Estados com os quais temos relações amistosas... Hã... Que também não é algo simples para esses Estados. E assim... Hã... Decidimos hoje... Hã... Chegar a uma norma que permita a todos os cidadãos da República Democrática Alemã... Hã... Viajar ao exterior através de todos os pontos de passagem de fronteiras.

Algo definitivo fora dito. Mas ninguém entendeu exatamente o quê. Várias perguntas começaram a ser disparadas ao mesmo tempo.

— O que significa isso? — perguntou alguém.

— Sem passaporte? — a voz do jornalista italiano se sobressaiu. — Sem passaporte?

Algum oficial do Partido falou "Não, não!", mas estava sem microfone e quase não foi ouvido.

Outro jornalista perguntou:

— Quando isso entra em vigor? Quando entra em vigor?

O impacto lento das palavras de Schabowski acelerou aos poucos. O zumbido na sala aumentou, as perguntas se acavalaram umas sobre as outras.

— Como? — perguntou Schabowski.

— Imediatamente? — disse um jornalista. — Imediatamente?

As câmeras tiravam dezenas de fotos, os cinegrafistas captavam cada expressão.

Tony Green desviou os olhos da TV para o telefone na sala. Começou a esperar que tocasse a qualquer momento.

— Bem, camaradas — disse Schabowski, coçando a cabeça. — Isso é o que foi compartilhado comigo.

Então Günter Schabowski colocou os óculos e começou a ler a norma pela primeira vez.

— Fiquem em seus lugares! — enquanto se inteirava da norma, ele a leu em voz alta nos papéis a sua frente para o mundo todo: — "Viagens pessoais ao exterior podem ser solicitadas sem a presença de requisitos (razões de viagem e relações de parentesco). As licenças serão expedidas em curto prazo. Os motivos de recusa serão aplicados apenas em exceções especiais".

Schabowski elaborou mais um pouco, tentando ele mesmo compreender o texto. Não mencionou a requisição do visto em repartições públicas, não explicou o que era "curto prazo" ou quais seriam as "exceções especiais". Ninguém poderia dizer isso com precisão, porque nunca fora decidido. No meio daquilo, o jornalista italiano voltou a perguntar se haveria necessidade de um passaporte. Caso um passaporte não fosse exigido, segundo o que o porta-voz falava ao vivo, bastaria cruzar a fronteira. O texto da norma, ainda que vago e juridicamente inválido, mencionava mais condições. Mas nenhum dos milhões de telespectadores sabia de nada além do que estava ouvindo da fonte oficial do governo.

Schabowski conferiu de novo o papel.

— Não posso responder à pergunta sobre o passaporte — ele disse. — Esta é uma pergunta técnica.

Houve mais perguntas, mais comentários pela metade, até que uma voz se sobressaiu às outras. Um jornalista perguntou:

— Quando isso entra em vigor?

Schabowski tomou os papéis nas mãos e não ergueu os olhos para responder. Como se pensasse em voz alta, disse:

— Pelo que sei... Imediatamente. — E, olhando fixamente o documento, confirmou: — Agora mesmo.

O Capitão Tony Green não conseguiu ouvir o resto, porque seu telefone tocou no mesmo instante. Ele sabia o que era. Beijou sua esposa, disse que precisaria voltar ao quartel e atendeu.

Em sua guarita, num ponto de passagem da fronteira entre as duas Alemanhas, Harald Jäger mordia um sanduíche. Ao ouvir "imediatamente", ele engasgou e começou a tossir. Ainda estava tossindo, os olhos lacrimejando, quando as vozes na TV continuaram:

— Isso vale também para Berlim Ocidental?

— Sim, sim — Schabowski deu de ombros, também tentando compreender. — A saída constante pode ocorrer a partir de todos os pontos de passagem de fronteira da Alemanha Oriental à Alemanha Ocidental ou a Berlim Ocidental.

VII

— VOCÊ CONHECE MEU CRIME — DISSE TRISTANO. — VAI ME ajudar ou vai deixar que seu mundo seja sacrificado?

Agnes colocou a tesoura sobre o painel do carro. Trudi Gossler fechou os olhos e entrou num coma tranquilo.

Tristano abriu a porta de trás e saiu. Começou a andar em direção aos policiais.

Agnes também saiu do Audi e foi atrás dele.

A colina de Kalkriese estava inundada de faróis, de luzes da polícia piscando, de lanternas, de equipamentos de TV. As sombras profundas da Floresta de Teutoburgo se misturavam com tudo isso, criando um misto de escuridão e brilho ofuscante que transformava todos em vultos. Quatro vans da imprensa, três carros da polícia e um blindado do exército britânico trancavam a estrada. Cavaletes interrompiam as duas pistas, vários policiais e soldados ingleses se espalhavam pelo terreno ermo e lamacento. As barracas com o sequestrador e os reféns estavam escondidas no meio das árvores, das luzes, das trevas.

Tristano se aproximou com passos decididos. Um dos policiais o notou.

— Vai me ver cometendo outros crimes — disse para Agnes, limpando os olhos das lágrimas. — Não há mais tempo para a bondade.

Ela não falou nada. Segurou o crucifixo.

Pensou que Jesus Cristo morrera e esquecera quem tinha sido, condenado pelo Padre Tristano.

— Senhor! — disse um policial. — Senhor, esta área está interditada.

Tristano continuou. Outro policial o notou e colocou a mão na arma.

— Senhor, por favor, volte a seu veículo. Senhor...

Tristano viu os destinos que emergiam de Agnes engolfando aqueles dois. Olhando com seus sentidos probabilísticos, mal conseguia discernir a forma dela em meio ao brilho, às infinitas linhas de futuro que se multiplicavam a cada segundo, num fractal de destino que não parava de se expandir. Em meio a isso, escolheu um dos muitos futuros em que sua batina lhe emprestava autoridade instantânea. O policial que tocara na arma relaxou. O outro chegou a sorrir.

— Desculpe, padre. O senhor está aqui para falar com o sequestrador?

— Deus o abençoe.

Ele e Agnes passaram pelos policiais.

A decisão altamente irregular depois foi questionada pelos superiores dos dois. Mas eles agora estavam numa linha de destino em que sua ânsia por resolver aquela situação sem sangue superara qualquer bom senso e disciplina. Ambos foram exonerados da polícia. Um se envolveu com contrabando de armas e o outro seguiu a vocação religiosa e entrou para um culto, resultando no suicídio coletivo de treze pessoas. Duas vidas arruinadas para que Tristano pudesse passar.

O padre estava vermelho e ofegante. Agnes continuava jorrando destino.

Ela era como Carlos Magno. E desta vez ele não cometeria o mesmo erro. Não seria só um conselheiro, só uma presença.

Ele seria ela.

Era cedo demais. Ele nunca mais possuiria alguém à força. Disse a si mesmo que não era como seus irmãos. Estava explicando tudo para Agnes. Quando chegasse a hora, ela entenderia. Ela deixaria que ele roubasse tudo que ela era.

Pelo bem maior.

Enquanto eles andavam, as linhas que emergiam de Agnes enredaram todos os outros policiais, os soldados, os repórteres. Todos foram tragados naquele vórtice. E Tristano, suando, tremendo de esforço, espalhou seus tentáculos etéreos pelas probabilidades. Outros se descobriram fanáticos religiosos e não ousaram questionar a presença do padre. Um soldado sofreu um aneurisma e ficou cego no mesmo instante. Uma jornalista lembrou de repente de seu antigo sonho de ser pintora. Largou o microfone no chão e saiu a pé pela estrada.

Nada impossível. Só muito, muito improvável.

— As linhas estão se estreitando demais, Agnes — grunhiu o padre. — Não sei o que você está fazendo. Mas se você não gerasse tanto destino, estaríamos encurralados.

— Não estou fazendo nada! — ela disse. — Todos eles...

— Nenhuma vida será a mesma depois desta noite. Eles estão sofrendo coisa muito pior do que decidir seguir um velho até uma praça. Mas nenhum sangue será derramado em Kalkriese.

Tristano saiu da estrada e ganhou as colinas. Embrenhou-se entre as árvores, Agnes logo ao lado. Havia policiais com lanternas e soldados escondidos nas sombras. Por acasos e coincidências incríveis, todos olharam para o lado, fecharam os olhos ou se confundiram com as luzes no exato instante em que o padre e a noviça passaram por eles.

Agnes ouviu uma voz bem a seu lado. Metálica, distorcida, acompanhada por um chiado. Vinha de um rádio.

— Voltem ao quartel imediatamente — disse a voz, em inglês. — Resolvam a situação e voltem ao quartel.

Mas a voz logo ficou para trás. Foi abafada pela microfonia que veio de um megafone. Agnes e Tristano enxergaram a barraca iluminada por holofotes de todos os lados. Viram Ernst Hoffman, que reconheceram da Estação Central. Ele estava de pé, trêmulo, o revólver nas mãos. Karoline Hoffman, que eles não reconheceram, segurava o buquê, na mira da arma. Outros três arqueólogos estavam na barraca, sentados e imóveis. Policiais cercavam o local, alguns agachados, com armas nas mãos. No meio deles, o negociador da polícia falou no megafone:

— Vamos fazer a troca, Ernst. Você solta um dos reféns e um de nós fica aí com você.

— Não! — gritou Ernst Hoffman, sua voz rouca competindo com o som amplificado. — Eu sei que vocês querem me matar! Só vou sair daqui com a minha esposa!

— Vamos conversar — insistiu o negociador. — Você não pode conversar com sua esposa se estiver armado.

Tristano se aproximou do negociador. Tocou em seu ombro.

— Eu conheço ele — disse. — Deixe-me passar.

A chance de um profissional aceitar aquela sugestão absurda era quase nula.

Quase.

— Um padre quer falar com você, Ernst — disse o negociador no megafone.

Suor pingava de todo o corpo de Tristano. Seu coração batia com tanta força que aquele corpo ameaçava se entregar. Ele precisou se apoiar nos próprios joelhos para ficar de pé. Nunca arrastara tanta gente por tantas linhas de destino. Enxergou os futuros: dezenas de carreiras arruinadas, casamentos dissolvidos, colapsos nervosos, suicídios, assassinatos. Mas em outros lugares. Não em Kalkriese.

— Finalmente! — Ernst gritou. — Finalmente um padre! Diga a ela! Diga a ela que o casamento é para sempre! Até que a morte nos separe!

A sequência de acontecimentos era tão improvável que apenas uma única linha levava àquilo. Mas, assim que Agnes se aproximou, milhões de destinos foram gerados e o futuro se proliferou de novo. Aos sentidos yithianos de Tristano, todo o céu noturno, todo o horizonte agora era uma massa luminosa emergindo da garota.

O negociador desligou o megafone.

— Como é seu nome? — Tristano falou alto, ofegando, enquanto chegava perto do sequestrador com as mãos erguidas.

— Ernst! Ernst Hoffman!

— Muito prazer, senhor Hoffman. Vamos conversar sobre Deus. Sobre o amor.

Ernst fez que sim. Tristano chegou mais perto, Agnes só um passo atrás.

Ernst Hoffman estreitava os olhos. Banhado pelas luzes quentes dos holofotes, ele conseguia enxergar muito bem Karoline e os outros reféns, mas todos que estavam a mais de alguns metros de distância eram apenas vultos sem face.

Em algum lugar da Floresta de Teutoburgo, um atirador de elite inglês recebeu mais uma vez a instrução de se apressar. Todos estavam sendo chamados ao quartel. Ordens de cima. Ele colocou Ernst Hoffman na mira.

— Você tem razão, Ernst — disse Tristano. — O casamento é para sempre. Mas existem outros votos, não? Você esteve com sua mulher na saúde e na doença? Na felicidade e na tristeza?

Uma enxurrada de linhas de destino cercou Ernst Hoffman como um casulo. Tristano controlou a respiração para mostrar calma. Todo o charme de sua identidade mais recente veio à tona, numa conversa acalentadora. As almas de trapaceiros, mercadores, sacerdotes e psicólogos emergiram, cada uma sussurrando um pouco de sabedoria. Roland chegou bem perto da superfície, emprestando a empatia de ter se sentido abandonado.

Tristano chegou à barraca. Ernst piscou e finalmente conseguiu enxergá-lo direito. O padre notou a expressão de desespero e insegurança do sequestrador.

Enxergou o rosto de Karoline, tomado por medo.

As mãos que seguravam o revólver tremiam, mas o cano continuava apontado para a mulher.

— Eu estive com ela quando ela não era nada! — gritou Ernst. — Tristeza, doença, eu estava lá todo dia! E agora ela me despreza!

Tristano chegou bem perto. Um sorriso bondoso iluminava o rosto vermelho, encharcado de suor. Quebrava a seriedade da pele enrugada, suavizava a imponência de seu tamanho.

— Sim, você esteve com ela durante a tristeza, a doença — disse Tristano, a fala entrecortada pela respiração pesada. — Mas e a saúde, Ernst? E a felicidade? Você conseguiu compartilhar isso com sua esposa?

Ernst Hoffman estava envolto num casulo de destino. Agnes seguia logo atrás de Tristano.

Ele abaixou a arma alguns centímetros. Não conseguiu responder.

— Dê isso a ela — disse Tristano, numa espécie de rugido manso e tranquilizador. O coração batendo com força e velocidade alarmantes, à beira de um colapso. — Seja feliz com ela. Seja feliz por ela. Só então pense em eternidade, Ernst. Só depois de ser feliz pense em lealdade até que a morte os separe.

Karoline Hoffman ousou sentir uma ponta de alívio.

— Pense primeiro na vida, Ernst.

Tristano chegou mais perto.

O atirador de elite perdeu a linha de tiro quando o padre se meteu na frente. Tirou o dedo do gatilho.

Tristano não sabia por que Agnes tinha tanto destino a seu redor. Naquele momento, ela era um nexo muito maior do que Carlos Magno jamais fora. Também não entendia como, se tudo dera certo até agora e cada vez mais os futuros mostravam uma resolução pacífica, aquela situação tinha chegado a ocorrer. Eram mistérios para outro momento.

Por enquanto, ele deu mais um passo na direção de Ernst Hoffman. Viu a arma baixar só mais um pouco.

— Não é melhor assim?

Os olhos de Ernst se encheram de lágrimas. Ele lembrou de tudo que sentira por Karoline. Lembrou do início, das partes boas. Por um segundo, teve clareza e enxergou o que ele tinha feito durante todos aqueles anos. Sentiu-se horrorizado por ter batido nela. Mal acreditava que estava lhe apontando um revólver. Teve vontade de morrer.

Mas, rápido como chegou, o impulso foi embora. Aquele padre estava falando de vida. Morrer ali não seria a solução.

Ernst Hoffman abaixou a arma.

Então piscou. As lágrimas escorreram por seu rosto. Em meio aos holofotes e ao choro, sua visão se clareou mais uma vez.

Agnes saiu da luz cegante. Ernst enxergou seu rosto. Um rosto jovem, belo, inocente. Um rosto de mulher.

Ernst Hoffman enxergou o rosto de Agnes e lembrou.

Num instante, sentiu um jorro de inveja porque a garota jovem e pura não era sua esposa. Sentiu uma explosão de ódio por ela ser tão perfeita. Foi tomado pela frustração de não ter conseguido entrar na Igreja de Santa Maria. Lembrou de Tristano na Estação Central, do quanto ele o tinha feito se sentir inferior. Num instante, soube que não era um homem de verdade e a culpa era de todos eles. Não de si mesmo, não de sua fraqueza, não de seu ódio. Tudo era culpa dos outros.

Mas ele possuía algo que o tornava poderoso.

Envolto no destino que emergia de Agnes, Ernst Hoffman apontou a arma para Karoline e apertou o gatilho.

O local da batalha que dividira a Europa bebeu sangue.

Em Berlim, Erich Mielke, o ex-líder da Stasi, pegou o telefone.

Harald Jäger, o agente da Stasi responsável pelo controle de passaportes num ponto de passagem de fronteira no Muro de Berlim, olhou pela janela da guarita. A rua estava tomada de gente conversando em voz alta, rindo, gritando. Algumas pessoas vinham em direção ao posto.

Não eram algumas, ele notou. Eram muitas.

Eram dezenas.

Jäger ligou para seu superior imediato, parte da imensa burocracia de espionagem, repressão e vigilância da polícia secreta.

— Recebemos instruções de cima — disse a voz no telefone. — Ninguém deve passar pela fronteira. O que foi anunciado na TV não tem nenhum respaldo legal.

— Sim, camarada.

Ele hesitou antes de fazer a pergunta:

— E se eles insistirem?

— Agitadores serão considerados inimigos do Estado — foi a resposta. — Se houver qualquer desordem, atire.

Enquanto o corpo de Karoline Hoffman caía, Ernst se moveu com velocidade surpreendente.

Tristano se jogou em direção a ele, mas todo o esforço de arrastar policiais e soldados a linhas de destino improváveis cobrou seu preço.

Suas pernas fraquejaram, o sangue não chegou em quantidade suficiente ao cérebro humano. Uma dor lancinante atravessou seu peito enquanto o coração batia descontrolado. Sentiu um enjoo forte, tentou respirar, mas o ar não era suficiente. A visão foi tomada por sombras. Ele tentou chamar à superfície as almas dos maiores guerreiros, mas em seu estado confuso não conseguiu controlá-las. Um humano tomou conta de uma perna, outro de um braço. Eles entraram em conflito.

E, no pior momento possível, o Padre Tristano tropeçou.

Ernst Hoffman agarrou o hábito de Agnes. Ela levou a mão ao local onde tinha escondido a tesoura, então percebeu que a deixara no carro. Se não tivesse chantageado Tristano com a própria morte, tudo teria sido diferente.

Ernst a puxou para junto de si. Agarrou-a pelo pescoço, deixou seu corpo à frente dele, como um escudo humano.

Agnes sentiu o cano quente do revólver encostado em sua têmpora.

Telefones tocaram em Bonn, em Moscou, em Londres, em Washington.

— Vou atirar! — gritou Ernst Hoffman. — Já matei uma vadia, posso matar outra! Não chegue perto ou eu atiro!

O corpo de Karoline Hoffman jazia estendido, sangrando na terra. Ela estava coberta de pétalas mortas, os restos do buquê destruído misturados com o rombo em seu peito.

Tristano deu um passo para trás, tentando erguer as mãos. Tropeçou de novo, caiu para trás.

A dor no peito aumentou. Estendeu-se pelo braço esquerdo.

Era muito improvável, quase impossível, que um humano normal como Ernst Hoffman tivesse se movido mais rápido que ele. Hoffman não estava possuído, não tinha nenhum poder especial.

Não era impossível.

Só muito, muito improvável.

Engolfado pelo destino que jorrava a partir de Agnes, Tristano tentou focalizar seus olhos na cena, horrorizado. Tentou respirar.

— Posso matar mais uma! — gritou Hoffman de novo. — Não me importa que seja freira! É uma vadia como as outras!

Agnes sentiu o hálito de álcool e sujeira bem perto de seu rosto. O cano do revólver ardia contra sua pele.

Ela enxergou o cortejo dos mortos dançando numa espiral infinita, cobrindo o céu noturno.

— Posso matar mais uma! — ela ouvia o barulho do dedo tremendo, encostado no gatilho. De propósito ou por acidente, podia atirar a qualquer momento. — São todas vadias!

Agnes fechou os olhos e ergueu a mão, como se fosse tocar no crucifixo. Mas tocou na própria barriga.

Não importava o que ela vira naquele dia. A fé era maior.

— Jesus — ela sussurrou. — Tudo vai acabar agora? Nunca vou ver meu filho crescer?

Era menos uma prece do que um apelo desesperado. Apenas um mês atrás, ela nunca teria a presunção de falar com Jesus Cristo com tanta intimidade. Nunca se acharia digna depois de ter questionado a própria existência de Deus, depois de ter ameaçado suicídio.

Mas Jesus perdoava.

E, em seu perdão infinito, Jesus Cristo respondeu:

Todas as crianças crescem, Agnes. Até mesmo aquelas que estão mortas.

A voz conhecida trouxe conforto. Ela sempre falara com Jesus quando precisara de orientação. Nas últimas semanas, quando estivera mais perdida do que nunca, Ele tinha começado a responder. Em momentos de indecisão, Agnes sabia que podia contar com algo transcendental. Algo milagroso.

Na estação de trem, quando conhecera o Padre Tristano. No colégio. No carro de Trudi Gossler. E agora.

Ela rezava, ela perguntava. Jesus respondia.

Agnes tentou decifrar a última resposta, a mensagem de esperança que viera em meio aos gritos de ódio, ao cheiro de sangue. Todas as crianças cresciam, mesmo aquelas que estavam mortas.

Então, pela primeira vez, foi Jesus Cristo quem fez uma pergunta:

Quando a criança nascer, Agnes ouviu em sua mente, em sua alma, em seu ventre, *qual será seu nome?*

Nota Histórica

A IDEIA DE ESCREVER UM LIVRO SOBRE A HISTÓRIA DE OSNABRÜCK surgiu quando visitei o Museu Arqueológico de Kalkriese. Aos poucos, descobri que a cidade onde eu morava era repleta de história, mesmo que eu nunca tivesse ouvido falar dela. Imagino que a maioria dos leitores brasileiros também não conheça esses detalhes.

Falar unicamente da história de uma cidade pouco conhecida poderia tornar o livro obscuro demais. Assim, meus editores e eu decidimos abrir a narrativa para um marco histórico da década de 1980 e para o Velho Oeste, cenários mais familiares ao público. Tudo centrado em Osnabrück, mas permitindo um ponto de conexão mais óbvio com o leitor.

As páginas a seguir trazem notas sobre o que é real e o que é ficção na narrativa. São anotações um pouco desconexas, mas que devem ajudar a separar os elementos e entender melhor as épocas retratadas.

Assim como não sou historiador, este livro não pretende ser um documento histórico. Podem haver erros, mas as principais divergências da história real são invenções para montar a parte ficcional.

1989

A crise que levou à queda do Muro de Berlim foi retratada com fidelidade razoável, apenas simplificada para que o livro não virasse um emaranhado de nomes, cargos e órgãos que não fariam nenhuma diferença na história.

No segundo semestre de 1989, realmente houve um aumento enorme da pressão sobre o Partido Socialista Unificado Alemão para que deixasse os cidadãos da Alemanha Oriental viajar para fora do país. Decidi não entrar em toda a questão diplomática com a Tchecoslováquia, mas houve um incidente diplomático e, no pronunciamento que levou à queda do Muro, aquele país foi citado especificamente.

Talvez a maior ficção que exista aqui sobre o dia da queda do Muro de Berlim seja a reação dos cidadãos da Alemanha Ocidental aos pronunciamentos de Günter Schabowski. As conferências de imprensa eram vistas como oportunidades para o Partido elogiar a si mesmo. Embora houvesse a possibilidade teórica de que algo importante fosse anunciado e aquela semana tenha sido simbólica para a fragilidade do regime, provavelmente o clima em Osnabrück não era de apreensão.

Anneliese Michel foi uma jovem que sofreu repetidos rituais de exorcismo sem supervisão na cidade de Würzburg, na Bavária, em 1976. Seu caso deu origem ao filme *O Exorcismo de Emily Rose.* Se Agnes estudou em Würzburg, há algumas opções de conventos e denominações às quais ela pode pertencer, mas ainda não vamos explicar isso, nem faz diferença.

A norma de viagens internacionais elaborada por Gerhard Lauter, em 9 de novembro de 1989, era mesmo vaga e talvez incompreensível. O resumo de tudo era que, antes, ninguém podia sair aos países capitalistas, exceto em circunstâncias especiais — de acordo com a nova norma, isso seria possível. Em entrevistas, Lauter ressaltou algumas vezes que alguém que quisesse visitar sua tia não deveria ser considerado um inimigo do Estado. Lauter tinha formação jurídica e certamente conhecia as falhas do que escrevera, mas aparentemente achou que a forma como o texto foi escrito jogaria a seu favor, dando ao governo um pouco de flexibilidade para aplicar a lei. A expectativa era que funcionários burocráticos vissem um aumento no número de pedidos de vistos, mas que a polícia estaria liberada para tratar de outras questões. Todos os meandros da lei antiga, da nova norma e do que cada setor do governo comunista queria com isso fogem muito ao escopo deste livro, mas uma coisa é certa: absolutamente ninguém estava falando em queda do Muro ou abertura de fronteiras.

Todos os casos de pessoas anônimas afetadas pela construção do Muro de Berlim e pelo regime comunista são versões levemente distorcidas de casos reais. A guitarrista punk delatora foi baseada na banda Chaos, cujo baixista era um informante da Stasi. O mestre de obras que foi separado do namorado não diz respeito a nenhum caso específico, mas representa várias famílias e casais que realmente foram separados do dia para a noite com a construção súbita do Muro.

A história do professor de Educação Física Franz foi inspirada no caso trágico de Andreas Krieger, que nasceu como Heidi Krieger. A história retratada no livro acompanha de perto a história real: Andreas diz que se identificava como homem desde cedo "de uma forma vaga", mas o doping realizado pelos oficiais da Alemanha Oriental forçou sua redesignação. Ele só completou a transição em 1997. O personagem fictício Franz teve acesso a recursos que o personagem real só foi conhecer mais tarde.

No dia 9 de novembro de 1989, não aconteceu nada de estranho em Osnabrück, até onde a pesquisa pôde revelar. A suspensão das aulas é totalmente fictícia e o envolvimento de Tony Green, um personagem "quase fictício", mais ainda. Optei por esse recurso para retratar tensão na cidade por duas razões. Primeiro porque isso dava acesso fácil ao Gymnasium Carolinum. Segundo porque a situação coloca "Tony Green" como uma figura simpática.

Tony Green é uma versão ficcional do militar inglês que realmente descobriu o local da batalha em que Varus perdeu suas legiões: Tony Clunn. De início, escrevi o livro usando o nome do próprio Tony Clunn. Contudo, à medida que as necessidades da história tornavam as ações de Clunn mais e mais fictícias, notei que era melhor criar um personagem que assumisse seu papel. Meu raciocínio foi: se eu soubesse que alguém do outro lado do mundo escreveu essencialmente uma fanfic sobre mim, acharia bem estranho. Tony Clunn já faleceu e é praticamente impossível que alguém de sua família um dia saiba da existência deste livro, mas não custa nada ter respeito por alguém que teve um papel marcante e positivo na história de Osnabrück. Os poucos leitores familiarizados com a história da descoberta arqueológica notarão a semelhança dos nomes e saberão que é proposital. Para os demais, não vai fazer diferença.

Optei por representar todas as pessoas reais da história recente como bem-intencionadas, com exceção de criminosos e psicopatas óbvios como Erich Mielke. Por isso "nosso Tony Clunn" só é apresentado em bons termos. Li o relato autobiográfico de sua descoberta e, mesmo sendo a visão do próprio Clunn sobre si mesmo, tive bastante simpatia por ele.

Um dos poucos detalhes que escolhi não pesquisar foi a relação entre o exército inglês e a prefeitura de Osnabrück. Mesmo uma leitura superficial revela que era uma relação muito cordial e amigável. Mas, quando notei que não havia espaço para entrar em detalhes, optei por colocar as duas instituições trabalhando juntas de perto. Assim, uma recomendação do exército inglês interrompe as aulas, um pedido da polícia local faz o exército inglês intervir numa situação com reféns.

Provavelmente não é realista, mas retira complexidade desnecessária de um livro que já é bastante complexo.

Também optei por não pesquisar a planta do Gymnasium Carolinum nem visitá-lo. Não seria impossível conseguir detalhes sobre os prédios reais que compõem o colégio, mas descrever um mapa de um lugar com crianças me pareceu um pouco questionável, mesmo sendo um colégio em outro continente. O interior do Gymnasium Carolinum é totalmente fictício e deixado vago de propósito.

Dentre os casos reais de cidadãos da Alemanha Oriental, talvez o mais trágico tenha sido o de Anita Gossler, que inspirou a personagem fictícia Trudi Gossler. A história real aconteceu quase exatamente como a história fictícia — a única diferença é que a verdadeira vítima tinha 19 anos, não 25. Anita Gossler ficou traumatizada para sempre, mas reencontrou a filha de quem foi separada na prisão. Nesse caso, mantive o sobrenome porque me pareceu desrespeitoso não usar o nome de alguém que passou por tanto sofrimento. Ficcionalizar a pessoa mantendo seu nome completo também pareceu falta de respeito.

O namorado espião da sobrinha de Trudi Gossler pode parecer algo inverossímil, mas esse era um fenômeno totalmente real. Secretárias do governo em Bonn eram os alvos principais dos espiões conhecidos como "Romeus". Os Romeus eram treinados pela Alemanha Oriental para formar relacionamentos que pudessem trazer informações e até mesmo converter mulheres em posições importantes para a causa comunista.

Tentei retratar os corredores do poder em Berlim Oriental da melhor forma possível sem afogar o leitor num oceano de títulos, órgãos, cargos e burocracias. A história real da queda do Muro de Berlim é quase igual à versão fictícia representada aqui: falhas de comunicação, erros, pessoas que não percebem a importância de suas decisões, líderes totalmente alheios aos anseios do povo. Contudo, a versão que está no livro é bem simplificada. Na realidade, houve vários outros erros, muitas outras pessoas que revisaram o documento e não se manifestaram a tempo.

Seria impossível retratar toda a loucura de Erich Mielke, o ex-líder da Stasi, sem dedicar um livro inteiro a ele. Mielke era tão obsessivo em sua necessidade de controle que amarrava os sapatos de seu filho e deixava instruções detalhadas passo a passo para as cozinheiras do Partido sobre como cozinhar um ovo. Essas instruções chegavam a explicar como elas deveriam quebrar a casca do ovo. Mielke amava cantar e caçar, via todos que pensavam de forma diferente como "inimigos do Estado" e, depois da queda do Muro, disse num tribunal que "amava todas as pessoas". No dia 9 de novembro, Mielke tinha renunciado à liderança da Stasi há dois dias. Na realidade, não sabemos se ainda havia lealdade para com ele no dia da queda do Muro, mas não é absurdo pensar que o poder que ele teve durante décadas ainda existiria tão logo após sua renúncia. O encontro entre Egon Krenz e Erich Mielke é fictício, parte da tensão exacerbada que existe no livro. A conspiração para matar Gorbachev é fictícia, mas a noção de que comunistas linha-dura poderiam tentar impedir a abertura da Cortina de Ferro é totalmente real.

A sucessão de erros que levou à leitura de uma norma sem valor jurídico e com implicações imensas num pronunciamento ao vivo ocorreu quase exatamente como foi retratada no livro. Omiti vários nomes e vários passos dessa sequência, porque todos tiveram o mesmo resultado: alguém deveria ter lido ou vetado a norma, mas não fez isso. Uma rápida pesquisa na internet pelos termos "Schabowski Zettel" mostra as anotações do porta-voz, rabiscadas às pressas antes do pronunciamento.

O governador Johannes Rau realmente se encontrou com Egon Krenz às 14h30 do dia 9 de novembro, mas não se sabe exatamente o que foi conversado durante essa reunião. Rau relatou ter falado sobre eleições livres e disse que Krenz tinha ideias muito diferentes dele mesmo sobre o que seriam "eleições livres". Enquanto isso, o Chanceler Helmut Kohl, da Alemanha Ocidental, tinha como grande objetivo a unificação dos dois países — era talvez a única pessoa no mundo que acreditava que isso fosse possível. Preenchi as lacunas, usando Johannes Rau para comunicar que o governo em Bonn não toleraria violência contra o povo alemão. Um de meus consultores, um cientista político que nasceu na Alemanha Oriental, disse que, embora guerra nuclear provavelmente não ocorreria se os comunistas abrissem fogo contra o povo, a Alemanha Ocidental provavelmente iria atacar. Apenas a opinião de uma pessoa, mas sinal de que estivemos bem perto de um conflito.

As palavras de Egon Krenz na reunião do Conselho Interno foram traduzidas das gravações daquela reunião. Se o Secretário-Geral parece confuso, é porque realmente estava confuso. Durante a reunião, houve realmente discussões sobre o significado de palavras, sem que o contexto geral fosse abordado. O resultado daquela reunião foi tirado diretamente dos relatos dos participantes.

Desnecessário dizer, não houve uma situação com reféns em Osnabrück no dia 9 de novembro de 1989. Isso faz parte da ficção do livro. O estado da escavação em Kalkriese foi extrapolado a partir dos relatos autobiográficos de Tony Clunn e do prefácio escrito de seu livro, escrito pelo chefe do setor de arqueologia do museu local. Isso não faz diferença nenhuma para a história, mas achei um golpe de sorte haver na fonte uma pequena descrição do estado das escavações precisamente em novembro de 1989.

Quanto mais perto do pronunciamento a história chega, mais exata e literal é a transcrição dos acontecimentos em Berlim. Grande parte das falas de Egon Krenz e principalmente Günter Schabowski foi retirada de gravações, relatos em primeira mão ou da própria transmissão ao vivo, que pode ser assistida no YouTube. Outras falas saíram de entrevistas posteriores. Alguns diálogos parecem um pouco truncados, porque são traduções e refletem o jeito como aquelas pessoas falavam.

Mesmo com entrevistas e registros, não se sabe exatamente o que Egon Krenz e Günter Schabowski estavam pensando antes do pronunciamento ao vivo. Alguns comentários dos dois ("passos errados", "notícia mundial", "uma bomba") dão a entender que eles percebiam a importância da norma. Mas nesse caso não faz sentido que não tenham se preparado. Contudo, é certo que Schabowski não teve tempo de ler o texto que iria apresentar ao mundo.

Harald Jäger estava mesmo jantando e se engasgou com um sanduíche quando ouviu a palavra "imediatamente". Trocou ligações com colegas e superiores, mas a primeira ligação não foi tão dramática quanto foi mostrado no livro. As ordens vieram depois e Jäger teve uma noite digna de qualquer filme de espionagem. Teremos chance de acompanhar tudo isso no próximo volume.

1880

Nessa época, o Movimento da Temperança estava a todo vapor nos EUA. Foi uma tentativa equivocada de lidar com os problemas epidêmicos de alcoolismo e abandono familiar que varriam o país. Era pouco provável que uma cidadezinha católica fosse totalmente tomada pelo Movimento da Temperança, já que era uma ideia eminentemente protestante, assim um lugar como Golgotha Hill poderia ter bebida escondida sem quebrar a verossimilhança. O Movimento da Temperança foi o estopim que, décadas depois, levou ao período da Lei Seca, que todos nós sabemos como terminou.

Todo o trecho passado em 1880 foi baseado na história real da Caravana Donner (conhecida como *Donner Party* ou *Donner Dinner Party* em inglês). Em 1846, uma caravana de migrantes partiu de Illinois rumo à Califórnia, seguindo uma rota alternativa detalhada no *Emigrants' Guide to Oregon and California*, escrito por Lansford Hastings.

Hastings era um trambiqueiro megalomaníaco. Esperava se instalar na Califórnia como presidente de uma nação separada. Seu guia convenceu bastante gente a não usar a trilha tradicional e tentar um caminho supostamente mais curto — entre estes, a Caravana Donner. Hastings não tinha realmente feito todo o trajeto, apenas parte dele, sempre sozinho ou num pequeno grupo. As condições para viagens a cavalo eram muito diferentes daquelas para viagens em grandes caravanas e a trilha se mostrou uma verdadeira armadilha. Além disso, parte do que Hastings detalhava em seu livro eram boatos que ele tinha ouvido de exploradores, mas que não tinha confirmado. Hastings deveria encontrar a Caravana Donner no meio do caminho para guiá-la por uma parte do trajeto, mas nunca apareceu. Ele chegou a guiar outros grupos.

Durante o trajeto, a Caravana Donner caiu vítima de acidentes, privações extremas e fome. Os membros chegaram a pensar numa espécie de loteria para decidir quem seria morto e devorado pelos demais, mas não tiveram coragem de prosseguir com o plano. Eles devoraram companheiros já mortos. Planejaram assassinar dois guias nativos americanos que tinham sido contratados na metade do caminho, mas as supostas vítimas perceberam o risco e fugiram para morrer de frio na neve.

Houve sobreviventes da Caravana Donner e quase todos demonstraram arrependimento e horror sobre o que foram obrigados a fazer para sobreviver. Contudo, em cartas, alguns expressaram felicidade por estar na Califórnia e chegaram a recomendar que suas famílias fizessem a viagem. Apenas um sobrevivente disse que gostou de comer carne humana, sendo evitado por todos em sua cidade.

Não é difícil encontrar na internet diários dos migrantes da Caravana Donner e o próprio *Emigrants' Guide*. Não há aqui uma preocupação com seguir cada detalhe literal descrito nesses documentos, mas compará-los com a história pode ser interessante.

Teoricamente seria possível que um lugar afastado como a fictícia Golgotha Hill não conhecesse a história da Caravana Donner, mas é muito improvável. O caso ficou muito famoso, sendo sensacionalizado pela imprensa. Certamente pessoas que os sobreviventes de Golgotha Hill encontrassem pelo caminho conheceriam a história. Em 1880 ninguém mais usava o infame *Emigrants' Guide to Oregon and California*. Apenas um vilão poderia manipular a caravana apresentada neste livro para que não se deparasse com nenhum aviso da tragédia iminente.

A trilha que a caravana de Golgotha Hill faz para chegar à Califórnia é mais parecida com as condições de 1846. Especialmente Independence, Fort Laramie, Fort Bridges e Little Sandy River são apresentados como eram na época da Caravana Donner. Foi uma escolha consciente, para aumentar o clima de pioneirismo. A exceção fica por conta do Donner Pass — um lugar turístico em 1880 com uma ferrovia, não foi possível ignorar o que havia se tornado. Contudo, houve uma escolha deliberada de não incluir toda a estrutura que existia na região por volta de 1880 (por exemplo, um resort para esquiadores). Algumas estruturas arruinadas pela nevasca simbolizam no livro o turismo que existia em torno do Donner Pass. Contudo, a neve ainda era um risco para aquelas estradas de ferro.

772

Esse foi o período que exigiu mais pesquisa. Também foi aquele no qual a história real está mais mesclada com versões ficcionais medievais e folclore local de Osnabrück, além das próprias ficções do livro. Desenredar tudo isso vai dar um pouco de trabalho, mas vamos lá.

O primeiro detalhe que pode soar estranho para um leitor atual é a maneira como o rei é tratado por seus súditos. Este livro não pretende ser uma recriação fiel das relações interpessoais entre diferentes classes sociais, mas a maneira como Carlos interagia com seus súditos era mais próxima como é citada aqui do que da pompa dos reis e rainhas de hoje em dia. Mesmo documentos oficiais tratavam Carlos como "senhor", ou "nosso senhor", ou ainda simplesmente como "rei", "abençoado rei" ou "Rei dos Francos". A maioria das fontes chama os líderes de exércitos ou fortalezas por títulos genéricos como "comandante", "senhor" ou mesmo "líder". Optei por manter isso, distinguindo apenas entre os Paladinos, os comandantes que às vezes têm certa importância e o próprio Carlos.

Carlos Magno realmente travou uma guerra frustrante de mais de trinta anos pela Saxônia. A Saxônia não era um lugar de grandes riquezas ou recursos naturais. As razões para a guerra foram os saques dos saxões em terras dos francos, a ideia que o rei tinha de si mesmo como governante dos povos germânicos e sua missão de catequizar o mundo. O evento que marca o começo da guerra é a queima do Irminsul, feita em retaliação ao saque da Igreja de Deventer, que hoje fica na Holanda.

Provavelmente houve vários pilares ou árvores sagradas chamadas "Irminsul", mas, até onde se sabe, o Irminsul que Carlos Magno queimou era mesmo um centro da religião saxã. Não se sabe exatamente onde ficava este Irminsul, mas é quase certo que se localizava perto do que hoje é a cidade de Obermarsberg — portanto, não na Floresta de Teutoburgo. A localização provável do Irminsul é tão próxima à localização apresentada no livro que mantê-la não faria diferença. Contudo, existe uma versão alternativa que diz que o Irminsul se localizava na formação rochosa conhecida como *Externsteine*. Não seria uma árvore, mas um baixo-relevo nas pedras. Embora essa versão não tenha muito crédito, o arqueólogo que a propôs era natural de Osnabrück. Parecia um detalhe saboroso demais para deixar de fora, além de um cenário interessante para a primeira cena desta parte. Infelizmente, neonazistas tomaram para si a crença de que o Irminsul ficava nas Externsteine, estragando tudo para todos mais uma vez.

O personagem principal nessa época assume a identidade do Arcebispo Turpin, num misto de história real, ficção medieval e minha própria ficção. Turpin foi na verdade Tilpin, um monge estudioso. Contudo, na *Canção de Rolando*, do século 11, ele é apresentado como Turpin, um sacerdote guerreiro. Na *Canção*, Turpin morre na Batalha do Passo de Roncevaux, mas na história real Tilpin viveu até 794 ou 800, dependendo da fonte. Para conciliar essas versões, optei por mostrar Tilpin sendo possuído e virando Turpin, adquirindo a faceta guerreira até o exorcismo, em 778, para continuar seus dias como a figura verdadeira.

Há alguma polêmica quanto à existência de estribos de ferro entre os francos. Optei por incluir esse detalhe para possibilitar e explicar as cargas de cavalaria no livro.

Uma das coisas interessantes de pesquisar sobre Carlos Magno é a existência de uma fonte primária, a *Vita Karoli Magni*, de Einhard, que conviveu com o rei, além dos anais do reino. Por meio de Einhard, podemos saber que Carlos era alto e que sua voz era fina. E, embora as representações mais famosas do rei apresentem barba e cabelos longos, isso era a marca da dinastia Merovíngia, que veio antes. Carlos mantinha os cabelos curtos e o rosto escanhoado. Na verdade, cortar cabelos era uma punição para os Merovíngios, pois roubava sua marca familiar.

Roland, como apresentado aqui, é uma figura totalmente fictícia. O Roland real foi um conde de Carlos Magno, mas não teve grande expressão, exceto por sua morte na Batalha do Passo de Roncevaux. Contudo, a *Canção de Rolando*, composta em parte como incentivo às Cruzadas, o transformou no cavaleiro perfeito. Essa foi a versão em que me baseei para criar o Roland do livro. A *Canção de Rolando* e as outras *chansons de geste* compostas séculos após o período Carolíngio introduziram as espadas sagradas (Durandal/Durendal, Joyeuse, Almace, entre outras), o Olifante, o conceito dos Doze Pares (depois chamados de Paladinos) e muitos outros elementos.

O papel do estandarte Oriflamme foi muito exagerado neste livro. O estandarte erguido significava que o inimigo não teria trégua, mas o papel de Turpin ou de qualquer figura equivalente como alguém capaz de tomar essa decisão é um artifício narrativo.

Alguns elementos saídos das *chansons* têm nomes em francês (como a espada Joyeuse), o que é totalmente anacrônico e desloca o clima da história do mundo germânico para o mundo da Europa Ocidental. De início tive dúvidas sobre como tratar isso, mas optei pelo "caminho Bernard Cornwell". Ao escrever sobre o Rei Artur, Cornwell usa nomes anacrônicos, como Lancelot e Guinevere. A espada de Carlos Magno nunca poderia se chamar Joyeuse, mas o leitor pode ver a Joyeuse "real" exposta num museu hoje em dia, então não fazia sentido criar outro nome.

Não tive nenhum pudor em ficcionalizar a figura de Widukind, pois sabemos pouquíssimo sobre ele. Widukind foi o grande líder saxão no início das Guerras Saxãs, o mais próximo que se pode chamar de um rival de Carlos Magno entre esse povo. Seu nome significa "Filho da Floresta" — assim, provavelmente era um título ou um epíteto cerimonial, não um nome próprio. Tudo indica que fosse tanto um líder militar quanto religioso. Como o texto do livro destaca, a influência dos francos sobre os saxões já se fazia sentir. Provavelmente uma cultura seria incorporada na outra com o tempo. Mas a queima do Irminsul provocou o surgimento de rebeliões e deve ter sido usada por Widukind, fosse quem fosse, para unir os saxões contra os francos.

Este livro atribui a Carlos Magno uma noção de seu papel na história, algo que provavelmente não existia. No livro, Carlos se preocupa com formar uma economia baseada em impostos e não em saques, com uma forma de governo que não dependa do carisma dos líderes. Isso foi um artifício para mostrar ao leitor o que está em jogo quando o rei é ameaçado e o que sua influência representou para a Europa. Por vezes o narrador explica o contexto histórico do século 8, porque é bem desconhecido para a maior parte de nós. Um yithiano talvez pudesse entender essas forças históricas, mas um humano dentro daquela época dificilmente conseguiria compreendê-las.

Entrando fundo na história de Osnabrück, é impossível não se deparar com algumas contradições. A cidade só foi fundada no ano 780, mas sua diocese conta como a primeira fundada por Carlos Magno, no ano 772. O primeiro bispo responsável pela diocese, São Wiho, só a assumiu em 785, o mesmo ano em que a catedral foi construída. Decidi usar o folclore de Osnabrück para contar sobre sua fundação, então era necessário conciliar as datas de fundação da diocese e de construção da igreja. Optei por um ritual totalmente fictício e uma cruz marcando o lugar. Uma saída simples para mostrar ao leitor a importância do lugar ao mesmo tempo em que o momento de fundação da cidade era preservado.

A amizade entre Roland e Oliver vem das *chansons de geste* medievais. No entanto, optei por aproximar sua relação do amor romântico para ilustrar um fato da corte de Carlos Magno que não se encaixou em outro lugar. Alcuin de York, que aparece mais adiante na história, não parecia desaprovar relações homossexuais. Pelo contrário, o amor romântico e o desejo sexual entre homens são sugeridos em seus escritos. Em vez de representar mera amizade entre os dois Paladinos e acrescentar mais relações quando Alcuin aparecesse, juntei ambos os conceitos num só, tornando o vínculo entre Roland e Oliver ainda mais profundo.

A campanha de Carlos contra os lombardos no livro é a mistura de duas campanhas históricas e romantizadas. O Rei Desidério dos lombardos realmente invadiu os Estados Papais, mas neste livro a campanha está misturada com o cerco de Milão pelos muçulmanos, que é uma invenção das *chansons de geste*. Na canção, Turpin efetivamente sitia Paris, não apenas ameaça — tendo em vista que Tilpin nunca foi um guerreiro, isso não aconteceu na realidade. Por fim, a essa altura, Carlos já estava separado de Desiderata, mas a solução de unir a separação à campanha contra os lombardos simplificou as relações entre os personagens.

A cidade de Aachen não seria capital de Carlos Magno até vários anos depois do que foi mostrado no livro. Na época, a corte de Carlos era itinerante, seguindo a tradição dos germânicos. Contudo, optei por avançar a linha de tempo e mostrar Aachen cedo demais para criar o sentimento de separação entre Roland e Carlos. Se a história do livro fosse narrada de uma maneira mais realista, Roland voltaria para a Bretanha e não haveria tanto impacto na estadia de Carlos com Turpin em Roma. O mesmo vale para as construções da capital: o grande arquiteto Otão de Metz (Odo) só começaria a construir o palácio em 794. O elefante Abul-Abbas só chegaria a Aachen em 802, mas não o incluir seria privar o leitor de um detalhe curioso. Outra escolha possível seria mostrar Aachen como parte das maravilhas da Renascença Carolíngia, mas decidi focar mais nos personagens do que nos eventos.

Segundo a história oficial dos francos, o Papa queria coroar Carlos como Imperador, mas Carlos não desejava a coroa. A coroação teria ocorrido como uma espécie de emboscada do Papa, que convidou Carlos para uma cerimônia e então apresentou a coroa de surpresa para o rei. Provavelmente essa versão é bastante romantizada, mas, de qualquer forma, Carlos foi relutante em permitir que o Papa determinasse sua posição política. Ele não desejava ser submisso à Igreja; ele se via como um rei do Velho Testamento, subordinado direto de Deus. Não houve uma tentativa de coroá-lo imperador na época retratada no livro, mas não seria absurdo cogitar que o Papa Adriano já estivesse pensando nisso. A conversa entre Carlos e Turpin sobre o título de imperador é um pouco anacrônica, mas introduz esse elemento e a real posição do Rei dos Francos na política do continente.

Existe uma versão da biografia de Carlos Magno escrita por Turpin, mas já foi provado que é uma falsificação criada séculos depois dos acontecimentos reais. Intitulada *Historia Caroli Magni* e hoje em dia mais conhecida como *Crônica do Pseudo-Turpin*, conta uma interpretação muito conveniente aos interesses do século 11. A ambição de Turpin de escrever uma biografia de Carlos foi incluída aqui como uma referência a esse documento falso. Desnecessário dizer, a escrita de uma biografia na época de Carlos Magno provavelmente não ocorria da forma como foi retratada no livro.

Uma das maiores simplificações exigidas pela história do livro foi a rede de alianças que levou à invasão de Al-Andalus. Tentei retratar os personagens mais importantes com fidelidade, mas as sutilezas e os detalhes políticos da situação facilmente poderiam ocupar um terço do romance inteiro. Também é útil lembrar que o Califado estava rapidamente se tornando a maior civilização do mundo inteiro, superando até mesmo a China. Não há como ser fiel a tudo que acontecia entre os muçulmanos na época e manter a narrativa focada em Carlos e Turpin. Os acontecimentos ocorreram do jeito como aparecem no romance, mas suas causas e minúcias foram resumidas. Também optei por não usar os termos "sunita" e "xiita" porque muitas vezes são utilizados de forma totalmente errônea no contexto sociopolítico atual, fomentando preconceitos. Mas sim, o Califado Abássida era xiita.

As grandes vítimas na história real da Batalha do Passo de Roncevaux são os bascos. Eles não tinham nada a ver com o motivo de Carlos Magno estar em Al-Andalus e foram saqueados e massacrados sem motivo, apenas para recuperar as perdas da campanha. Tentei apresentá-los de forma respeitosa, indo até fontes de história basca para aprender sobre a batalha sob sua perspectiva. As práticas religiosas dos bascos foram minha invenção — eles estavam mesmo entre o paganismo e o cristianismo, mas os altares na estrada e as oferendas foram só um jeito conveniente de mostrar sua espiritualidade aos personagens principais.

A Batalha do Passo de Roncevaux seguiu mais ou menos o que está descrito na *Canção de Rolando*, apenas adaptando a *chanson* aos detalhes históricos reais. Na versão medieval, a retaguarda é emboscada por muçulmanos, cujo líder está na vanguarda com Carlos Magno. Roland não soa o Olifante por orgulho, embora Oliver peça a ele repetidamente. Turpin morre durante a batalha, num córrego. Quase todos os Paladinos também acabam morrendo. Oliver golpeia Roland às cegas antes de morrer. Quando Roland finalmente soa o Olifante, o sopro é tão forte que o mata, fazendo suas têmporas estourarem. Mas é tarde demais — Carlos ouve, mas não tem tempo de fazer nada e o traiçoeiro líder dos muçulmanos tenta convencê-lo de que Roland não precisa de ajuda. O ritual de exorcismo/batismo não ocorre, é claro, foi só um artifício para preservar o Tilpin histórico, já que se sabe que ele viveu bem além dessa data. Para um leitor atual, a emboscada pode parecer um pouco absurda, já que uma rápida pesquisa por imagens revela que o Passo não é tão estreito quanto a *chanson* descreve. Mas a emboscada realmente ocorreu, então tentei apresentar uma versão que a justifique dentro do contexto do livro.

A passagem sobre os monges que vendiam sabedoria em Aachen é retirada parcialmente dos escritos de Notker, o Gago, um monge que nasceu pouco depois da morte de Carlos Magno e escreveu sua biografia com base nos relatos das pessoas que haviam conhecido o rei. Várias linhas de diálogo dos monges são traduções do que Notker registrou da história. Vale dizer que Carlos não andava entre os plebeus vestido como um deles, mas tinha o hábito de usar roupas comuns quando podia. Na versão de Notker, quem encontra os monges não é o rei, mas um servo que então os leva para falar com Carlos.

A cena dos pupilos ricos e humildes também é retirada de Notker (vários diálogos são traduções do que ele escreveu), mas no texto original Alcuin não está presente.

A importância de Alcuin de York na vida e no legado de Carlos Magno não foi exagerada. Na verdade, talvez tenha sido diminuída. Alcuin era considerado o homem mais sábio daquela época. Sua influência levou Carlos a se focar mais em conhecimento do que em guerra. Optei por resumir sua chegada à corte e inserir a cena fictícia dos nobres aguardando um "prodígio", porque o encontro dos dois não parece ter sido muito emocionante na história real. Mas Carlos Magno não seria Carlos Magno sem Alcuin. Muitas das falas de Alcuin no livro são traduções das cartas que ele mesmo escreveu ou trechos de Einhard.

Houve dois grandes enfrentamentos de Carlos Magno e Widukind que envolveram a travessia de rios na Floresta de Teutoburgo. Um deles ocorreu em Osnabrück. Optei por condensar os dois em um só, aproveitando para incluir passagens do folclore da cidade. Também há duas fortalezas em colinas que hoje se chamam "Widukindland" ou "Wittekindsland", que foram unidas numa só — a que existe em Osnabrück. Existem duas teorias sobre o nome "Osnabrück": poderia significar "Ponte de Deus" ou "Ponte dos Bois". O folclore da cidade diz que Carlos a batizou depois que viu um boi cruzar o Rio Hase, revelando um ponto raso de travessia onde ele poderia passar para enfrentar Widukind. O trecho sobre a pedra de sacrifício é uma adaptação de outra história folclórica: no folclore, a pedra se parte sem nenhum relâmpago, apenas com as palavras de Carlos Magno (exatamente o que ele diz neste livro).

Existem detalhes surpreendentes sobre Osnabrück. Em 2016, foram descobertas na cidade tumbas que datam de mais de 3.000 anos antes de Cristo, com peças de cobre (um colar em forma de meia-lua, uma cabeça de machado) que não existem em nenhum outro local da região. Tudo leva a crer que pessoas viajavam por pelo menos 1.000 quilômetros para ser enterradas lá. Osnabrück foi um centro antes da Idade Média e claramente foi habitada na Pré-História. Os trechos do livro que mencionam isso são uma referência a essas recentes descobertas arqueológicas.

Embora neste livro Carlos Magno desenhe o brasão como uma roda com seis hastes, houve também uma versão com oito hastes. Mas seria um detalhe desnecessariamente específico.

O conjunto de leis chamado *Capitulatio de Partibus Saxoniae* era bem semelhante ao que foi apresentado no livro, apenas algumas normas estão em ordem diferente. Os trechos lidos pelo arauto são traduções do documento preservado. A recepção foi desastrosa e resultou no Massacre de Verden.

A Batalha de Süntel e as atitudes dos saxões logo depois são alvo de especulações de historiadores. Na superfície, a mudança de postura realmente não parece fazer muito sentido. Coloquei na boca do comandante de Carlos Magno uma conjectura que parece ser bastante aceita, afirmando que os saxões tiveram mais sucesso do que planejavam. O Massacre de Verden é talvez o ato mais cruel de Carlos, superando até mesmo o ataque gratuito aos bascos. Contudo, alguns historiadores dizem que esse tipo de punição não era incomum. Há também quem diga que o número de saxões executados foi muito menor na verdade.

As letras minúsculas que usamos até hoje e o ponto de interrogação foram inventados na corte de Carlos Magno. Obviamente, não foi um momento único de criação, mas uma transição gradual. Contudo, existiu um esforço consciente para padronizar a escrita de uma forma que fosse mais facilmente compreensível.

Não houve, até onde se sabe, uma única batalha que tenha garantido a vitória de Carlos Magno sobre Widukind. Contudo, houve pelo menos uma batalha decisiva em Osnabrück. Optei por transformar essa batalha no grande confronto entre os dois para encaixar a guerra com o episódio do folclore de Osnabrück que fala da cidade tomada pelo paganismo.

O trecho sobre a Páscoa em Osnabrück foi construído pela junção de uma lenda sobre Carlos Magno e uma história do folclore da cidade. Na lenda, Widukind se disfarça de mendigo para assassinar Carlos durante as comemorações da Páscoa. Quando os fiéis vão comungar, as hóstias se transformam em lindos bebês (!), que o padre presenteia a cada família (!!). Widukind testemunha isso e fica tão maravilhado que desiste de assassinar o rei. Esse evento abre caminho para sua conversão. Na história folclórica, Carlos chega a Osnabrück, mas a cidade se desvirtuou da religião. Os habitantes não abrem os portões para o rei e ele jura que irá matar o primeiro cidadão que enxergar. Quem abre a porta é sua irmã, acompanhada por um cachorro. Carlos mata a própria irmã e o cachorro, que passa a ser considerado o guardião de Osnabrück, o "Leão-Poodle". Inserir a irmã de Carlos Magno neste livro seria estranho demais, mas optei por incluir a cidade caindo de novo ao paganismo. Embora a lenda sobre os bebês-hóstias não se passe em Osnabrück, é uma narrativa tão bizarra que se encaixou perfeitamente com uma cidade que tivesse sido dominada por cultistas.

Os registros dizem que Widukind não foi batizado em Osnabrück, mas na cidade de Attingy. Contudo, o folclore diz que o batismo ocorreu em Osnabrück. Várias outras cidades alemãs afirmam ter sido o local do batismo do líder saxão, mas obviamente neste livro vamos tomar o partido de Osnabrück.

Existe certa controvérsia sobre o Gymnasium Carolinum ser ou não o primeiro colégio da Alemanha. Contudo, já me parece bastante extraordinário que ele seja sequer considerado, tendo em vista que, mais uma vez, fica numa cidade de que pouco se fala. Infelizmente, Alcuin de York não parece nunca ter pisado em Osnabrück. Mas as datas de sua morte, do fim das Guerras Saxônicas e da fundação do Gymnasium Carolinum coincidem no mesmo ano de 804. Assim, pareceu correto inventar uma pequena visita. Tenho certeza de que ele teria gostado de ver o colégio — e de saber que, mais de mil anos depois, o lugar continua em plena atividade.

Bibliografia

A pesquisa para este livro e para o volume 2 envolveu interesse casual durante anos, visitas a lugares históricos, dezenas de vídeos de qualidade variável no YouTube, podcasts assustadoramente específicos, conversas com outros entusiastas, consultoria de um cientista político e mais incontáveis elementos de que nem lembro. Contudo, aqui está uma lista parcial das obras que usei como referência para os trechos históricos.

Embora eu tenha tentado me ater a livros acadêmicos ou no mínimo com certo rigor histórico, essa pesquisa não está nem no mesmo universo da pesquisa acadêmica real nem foi essa a intenção. No meio das fontes históricas, há ficção e compilações de folclore, por exemplo. Além disso, este número de fontes seria risível para um trabalho acadêmico.

Por isso todas as fontes são listadas num formato propositalmente não científico, suficiente apenas para que algum leitor interessado possa se aprofundar mais. Apenas um aviso: uma vez que você comece por esse caminho, pode se tornar um vício!

The Collapse: The Accidental Opening of the Berlin Wall, Mary Elise Sarotte

Song of Roland, anônimo

Kirchen, Kriege, Goldene Schätze: Mehr Sagenhaftes aus dem Osnabrücker Land, Matthias Rickling

Der neolithische Kupferschatz von Osnabrück (Lüstringen) Beiträge zur Metallurgie und zeitlichen Einordnung, Dr. Robert Lehman

Translations and Reprints from the Original Sources of European History Vol. VI, Department of History of the University of Pennsylvania

Carolingian Arms and Armor in the Ninth Century, Sandra Alvarez

The Surprising Human Factors Behind the Fall of the Berlin Wall, Mary Elise Sarotte

The Conquest of Saxony 782-785, David Nicole

The Donner Party, documentário da PBS

Emigrants' Guide to Oregon and California, Lansford Hastings

The Life of Charlemagne, Einhard

The Life of Charlemagne, the Monk of St. Gall

The Letters of Alcuin, Rolph Barlow Page

The Early Middle Ages, 284-1000 (HIST 210), Prof. Paul Freedman, disciplina da Universidade de Yale, assistida via YouTube

Chronik des Mauerfalls. Die dramatischen Ereignisse um den 9. November 1989, Hermann Hertle

The Life of Charlemagne, Thomas Hodgkin

Paladin — Warriors of Charlemagne, Ruben In't Groen